HEYNE
BÜCHER

Das Buch

Stella Cataloni ist Staatsanwältin in Texas, eine brillante Staatsanwältin, die mit ihrer Verurteilungsrate von fast hundert Prozent den Neid der Kollegen auf sich zieht. Doch einen Fall gibt es, bei dem sie ihren Hauptverdächtigen noch nicht dingfest machen konnte: den gewaltsamen Tod ihrer Eltern bei einem Brand vor funfzehn Jahren. Stella ist überzeugt, daß es sich um Brandstiftung handelte und daß ihr damaliger Freund Tom Randall das Feuer gelegt hat. Als Tom wieder in der Stadt auftaucht, schwört sie Rache.

Kurz darauf wird Tom ermordet aufgefunden. Dies ist für Stellas Kollegin und Konkurrentin Holly Oppenheimer eine ideale Gelegenheit, ihre Nebenbuhlerin aus dem Verkehr zu ziehen. Stella wird wegen Mordes an Tom Randall und wegen der Brandstiftung im Haus ihrer Eltern festgenommen.

Sie sieht nur eine Möglichkeit, ihren guten Ruf und ihre Existenz zu retten: Sie muß selbst den Schuldigen finden. Ihre Ermittlungen zeigen ihr einen Abgrund von Intrigen und Verbrechen hinter unschuldig scheinenden Fassaden. Schon bald muß sie erkennen, daß der Mörder nun alles daransetzt, um auch sie zu töten. Um sowohl den Mörder als auch der ungerechtfertigten Anklage zu entkommen, beginnt für Stella ein Wettlauf mit der Zeit.

Nancy Taylor Rosenberg läßt – wie in ihren vorherigen Romanen – ihre eigenen Erfahrungen als Polizistin einfließen.

Die Autorin

Nancy Taylor Rosenberg wurde in Dallas, Texas geboren. Nach einem Studium der Kriminologie war sie als Polizistin für das Dallas Police Department, die New Mexico State Police und das Police Department von Ventura, Kalifornien, tätig. Heute lebt sie als freie Schriftstellerin in New York.

Bereits in *Mildernde Umstände* (01/9519), *Im Namen der Gerechtigkeit* (01/10038) und *Unter Verdacht* (01/10264) ermöglicht Nancy Taylor Rosenberg dem Leser einen Blick hinter die Kulissen der Polizeiarbeit.

NANCY TAYLOR ROSENBERG

DIE FEUERPROBE

Roman

Aus dem Amerikanischen
von Doris Braunelle

WILHELM HEYNE VERLAG
MÜNCHEN

HEYNE ALLGEMEINE REIHE
Nr. 01/10523

Titel der Originalausgabe
TRIAL BY FIRE

Umwelthinweis:
Das Buch wurde auf
chlor- und säurefreiem Papier gedruckt.

Printed in Germany 1998
Umschlagillustration: Mathias Dietze/die KLEINERT
Umschlaggestaltung: Atelier Ingrid Schütz, München
Satz: Alinea GmbH, München
Druck und Bindung: Elsnerdruck, Berlin

ISBN 3-453-13107-X

Meinem Mann, Jerry Rosenberg,
zu seinem besonderen Geburtstag:
Du bist die Sonne in meinem Leben,
der dynamischste Mann, den ich
jemals kennengelernt habe,
und mein allerbester Freund.

DANKSAGUNG

Viele Menschen haben zur Entstehung dieses Buches beigetragen. Niemand hat hierbei jedoch eine wichtigere Rolle gespielt als meine Lektorin und liebe Freundin, Michaela Hamilton. Mike, ich weiß, ich habe es schon einmal gesagt, aber ich muß es wiederholen: Du bist die einzige, die mich dazu bringen kann, mich selbst zu übertreffen. Vielleicht schlage ich manchmal um mich und schreie, aber am Ende bin ich immer glücklich.

Meinem Agenten Peter Miller vom PMA Literary and Film Management gilt mein ewiger Dank. Du hast mir jeden Zentimeter meines Weges geebnet, und deine Begeisterung für meine Projekte läßt niemals nach. Ebenso danke ich Jennifer Robinson und allen PMA-Mitarbeitern.

Bei folgenden Personen möchte ich mich besonders bedanken: Richter Leonard Goldstein, Alexis Campbell, Irene McKeown, Rodney Hillerts, Nick Santangelo, John und Carol Cataloni. Mein aufrichtiger Dank gilt ebenso allen Mitarbeitern von NAL/Dutton und Penguin USA: Elaine Koster, Peter Mayer, Arnold Dolan, Marvin Brown, Peter Schneider, Lisa Johnson, Jane Leet, Mary Ann Palumbo, Alex Holt und Neil Stewart.

Für meinen fabelhaften Mann, der tagtäglich Opfer gebracht und mich unermüdlich unterstützt hat. Ich weiß, daß ich es ohne dich nicht geschafft hätte. Und für meine wunderbare Familie: Forrest und Jeannie, Chessly und Jimmy, Amy, Hoyt, Nancy Beth und unseren neuesten Zuwachs, die kleine Rachel. Ich liebe euch alle von ganzem Herzen.

KAPITEL I

Der Korridor vor dem Gerichtssaal erinnerte an ein Fernsehstudio: In dem engen Gang waren Scheinwerfer, Stative, Gerätekoffer, ein Gewirr von Leitungen und dicke Kabelstränge verstreut; Techniker lehnten lässig an den Wänden, schlürften Kaffee und plauderten. Charley Abernathy, ein Reporter der Dallas Morning News, erspähte die Vertreterin der Anklage, Stella Cataloni, und den Bezirksstaatsanwalt von Dallas, Benjamin Growman, der zusammengesunken in einer Ecke des Korridors saß. Da er auf eine kurze Stellungnahme während der Verhandlungspause hoffte, eilte Abernathy auf ihn zu. »Glauben Sie, daß Gregory Pelham diesmal verurteilt wird?« fragte er und hielt dem Staatsanwalt sein tragbares Aufnahmegerät direkt unter die Nase.

»Ganz sicher«, erwiderte Growman. Er war ein großer, magerer Mann, gekleidet in einen dunklen Anzug von Armani und ein weißes, gestärktes Hemd, das seine Initialen trug. Seine Nase war markant, er hatte eng zusammenstehende Augen und schmale Lippen. Das Haar des Siebenundfünfzigjährigen begann zu ergrauen, aber er war noch immer ein gutaussehender Mann, kultiviert und selbstbewußt.

»Warum wurde er bei der ersten Verhandlung freigesprochen?«

»Die Geschworenen kamen nicht zu einem einstimmigen Beschluß. Aber das wissen Sie doch alles, Abernathy. Lassen Sie uns damit in Ruhe.«

Growman wandte sich wieder seiner Gesprächspartnerin zu, doch Abernathy hielt ihm weiter sein Aufnahmegerät vor die Nase. »Pelham wurde kürzlich wegen versuchter Belästigung eines Kindes verhaftet«, fuhr der Reporter fort. »Haben Sie sich deshalb entschlossen, ihn noch einmal wegen des alten Mordverdachts vor Gericht zu bringen? Warum haben Sie ihn nicht einfach nur wegen des neuen Vergehens angeklagt? Haben Sie keine Angst, daß die Geschworenen ihn diesmal freisprechen könnten? Wenn er erst einmal freigesprochen ist, kann das Verfahren nicht wiederaufgenommen werden. So ist es doch, oder nicht?«

»Sobald er aufgrund der Mordanklage verurteilt ist, werden wir ihn wegen der neuen Anklagepunkte strafrechtlich verfolgen«, warf Stella Cataloni ein. »Machen Sie den Kassettenrecorder aus, Charley. Ben und ich haben jetzt etwas zu besprechen.«

Stella war fünfunddreißig Jahre alt und eine intelligente, entschlossene Frau. In der Presse wurde sie als »italienische Wildkatze« bezeichnet, aber auch als texanische Schönheit gerühmt. Sie trug ein gelbes Leinenkostüm, tiefschwarzes Haar fiel ihr in natürlichen, sanften Wellen auf die Schultern. Ihre leuchtendbraunen Augen hatten einen goldenen Schimmer, und ihre straffe Haut schien makellos zu sein. Ihr Haar hatte sie hinter das linke Ohr zurückgestrichen, auf der anderen Seite fiel es ihr ins Gesicht und verdeckte ihr rechtes Profil. Der zielgerichtete Gang und ihr fester Schritt standen im Kontrast zu ihrer schlanken und doch wohlproportionierten Figur. Zu ihren wertvollsten Eigenschaften gehörte ihre Fähigkeit, die Aufmerksamkeit ihrer

Zuhörer zu fesseln. Ihr direkter Blick, ihre ausdrucksvolle Gestik und die Modulation ihrer Stimme – mal sanft, mal aufrüttelnd – machten sie zu einer anziehenden Persönlichkeit. Es war faszinierend, sie zu beobachten.

»Wie lange dauert die Verhandlungspause noch?« fragte Growman, sobald der Reporter weg war.

Es war die zweite Augustwoche, und draußen herrschte sengende Hitze mit Temperaturen um vierzig Grad. Die Klimaanlage im Frank-Crowley-Gerichtsgebäude im Geschäftsviertel von Dallas war zwar in Betrieb, wenn es jedoch so heiß war, konnte sie die Temperatur nur selten unter siebenundzwanzig Grad drücken. Growman zog ein Taschentuch hervor und wischte sich den Schweiß aus dem Gesicht und vom Nacken.

Stella blickte auf ihre Uhr. »Nur noch fünf Minuten«, sagte sie, »und ich hatte nicht einmal Zeit, im Büro vorbeizugehen. Ich wollte nachsehen, ob der Bericht des Leichenbeschauers im Fall Walden inzwischen vorliegt.«

Growman runzelte die Stirn. »Du solltest dich im Moment nur um dein Schlußplädoyer kümmern. Alles andere kann warten.«

»Ich bin fast fertig«, erwiderte sie und suchte seinen Blick. »Falls die Geschworenen nicht zu lange beraten, haben wir vielleicht schon heute abend das Urteil.«

»Wie fühlst du dich?« fragte er. »Glaubst du, daß du es schaffst?«

»Gut.« Sie lächelte nervös. »Wenn sich die Geschworenen für länger als drei oder vier Stunden zur Beratung zurückziehen, bin ich natürlich kurz davor, mir die Pulsadern aufzuschneiden.«

Ihr Lächeln erstarb. In nur sieben Jahren hatte sich die freimütige, dynamische Italienerin Stella an die zweite Stelle der Staatsanwaltschaft des Bezirks Dallas emporgearbeitet. Glück, Begabung und Können hatten ihr zu einem bemerkenswerten Rekord verholfen: Ihre Erfolgsquote lag bei hundert Prozent. Es war also sehr unwahrscheinlich, daß sie nun einen Fall verlieren würde.

Ben Growman fuhr sich mit den Händen durchs Haar. »Kominsky sagte, daß du einige Zeugen ziemlich unter Druck gesetzt hast. Ich habe dich deshalb bereits gewarnt. Die Geschworenen gegen dich aufzubringen hätte in einem Fall wie diesem gerade noch gefehlt.«

»Es handelt sich um einen Mord, der bereits sechs Jahre zurückliegt.« Ihre Stimme hallte in dem gekachelten Korridor. »Auch die stärksten Erinnerungen verblassen nach so langer Zeit, Ben. Ich wollte die Zeugen nur dazu bringen, sich wirklich an alles zu erinnern, was sie gesehen haben.«

Growman war klar, daß dieser Fall für ihre und seine Karriere entscheidend sein konnte. Vor sechs Jahren hatte der Angeklagte, Gregory James Pelham, ein Landstreicher und gefährlicher Psychopath, zum erstenmal wegen Mordes an einem geistig zurückgebliebenen Jungen namens Ricky McKinley vor Gericht gestanden. Doch damals waren die Geschworenen zu keinem einstimmigen Beschluß gekommen, und Pelham war freigesprochen worden. Das neue Vergehen, dessen er nun angeklagt war, wog weit weniger schwer als der McKinley-Mord, aber es hatte den Angeklagten wieder ins Rampenlicht gerückt, und die Öffentlichkeit forderte jetzt Vergeltung. Die Medien machten die Staatsanwaltschaft dafür verantwortlich, daß ihnen ein gefährlicher Krimineller durch die Finger geschlüpft war. Der Bürgermeister und der Stadtrat heizten Growman gewaltig ein, daß er die Angelegenheit aus der Welt schaffen und den Mann endlich hinter Schloß und Riegel bringen solle. Das ganze Land verfolgte alle Einzelheiten des Dramas, über das in den nationalen Fernsehprogrammen berichtet wurde.

Growman beugte sich vor und blickte Stella aus nächster Nähe ins Gesicht. »Du mußt eine Verurteilung erreichen.« Sie spürte seinen heißen Atem. »Wir können diesen Mann nicht wieder laufenlassen. Wir hatten Glück, daß er dieses

Kind nicht getötet oder ihm, wie damals dem McKinley-Jungen, Batteriesäure ins Gesicht geschüttet hat.«

»Hör zu«, brauste Stella auf. »Ich habe alles getan, was in meiner Macht stand. Glaubst du etwa nicht, daß ich seine Verurteilung genauso sehr wünsche wie du? Ich habe so viel Zeit in diesen Fall investiert, daß mein Mann entschlossen ist, mich zu verlassen. Was willst du denn noch von mir?« fauchte sie ihn an. »Vielleicht Blut?«

»Reiß dich zusammen.« Mit dem Kopf deutete Growman in Richtung der Reporter. »Spar dir deine Energien für den Gerichtssaal.«

Stella sank zurück gegen die Wand, ihre dunklen Augen funkelten vor Wut. Während die Türen zum Gerichtssaal geöffnet wurden, die Leute hineinströmten und um die Sitzplätze rangelten, atmete sie mehrmals tief durch, um sich zu sammeln. Growman hatte ihr beigebracht, daß Gefühlsausbrüche bloße Energieverschwendung waren. Er hatte ihre natürlichen, manchmal ungezähmt wirkenden Talente erkannt und durch vorsichtige Ratschläge in Qualitäten verwandelt, die ihr nun zu beständigem Erfolg verhalfen.

Doch gerade deshalb kam sich Stella in vielerlei Hinsicht wie eine Erfindung Growmans vor. Vor einigen Jahren war es mit seiner Karriere bergab gegangen, und mit Stella hatte er sich genau das Mittel geschaffen, das ihn wieder ganz nach oben bringen konnte. Sie war seine Starthelferin, Handlangerin und Steigbügelhalterin. In ihrer derzeitigen Position arbeitete Stella überwiegend als Verwalterin und Beraterin für die zahlreichen Staatsanwälte, die sie in juristischen Finessen beriet und denen sie half, Prozeßstrategien zu entwickeln oder Geschworene einzuschätzen. Viele andere Anklagevertreter hätten den Fall Pelham ebensogut übernehmen können, allesamt fähige Juristen, die keine hundertprozentige Erfolgsquote zu verteidigen und daher weniger zu verlieren hatten. Doch Growman hatte behauptet, daß nur sie diesen Kampf gewinnen könne, und darauf bestanden, daß sie den Fall übernahm.

»Ricky McKinley ist tot«, sagte er leise. »Willst du den Mann laufenlassen, der den Jungen unter die Erde gebracht hat? Gerade du solltest wissen, was für Qualen er erleiden mußte. Ein armes, bemitleidenswertes Kind, Stella. Wie viele Kinder sollen wir ihn noch töten und verstümmeln lassen?«

Stella konnte nur mit Mühe ihre Tränen zurückhalten. Dann, plötzlich, hatte sie eine Idee, wie sie bei den Geschworenen ihren schlechten Ruf als ständig druckausübende Staatsanwältin aufpolieren konnte. Gleichzeitig würde sie dem Prozeß wieder Leben einhauchen, wie ein Schauspieler auf der Bühne seine Rolle zum Leben erweckt. Das Blut schoß ihr ins Gesicht. Würde sie es schaffen? Alle zählten auf sie. Auf keinen Fall wollte sie es zulassen, daß dieses Monster, dessen Schicksal in ihrer Hand lag, noch einmal als freier Mann den Gerichtssaal verließ.

Diesmal, dachte Stella mit eiserner Entschlossenheit, würde Gregory James Pelham der Strafe nicht entgehen. Soweit es sie betraf, war Mr. Pelham am Ende. »Schnell«, sagte sie. »Ich brauche ein Gummiband.«

Fünf Minuten später schritt eine andere Anklagevertreterin den Gang entlang zum Tisch der Staatsanwaltschaft. Stella hatte ihr Haar im Nacken zu einem festen Pferdeschwanz zusammengebunden, so daß auf ihrer rechten Wange nun deutlich eine häßliche, abgeschürfte Narbe zu sehen war. Sie bewegte sich zaghaft, mit gesenktem Blick, und sie sog an der rechten Seite ihrer Unterlippe, um das Zittern ihres Mundwinkels zu unterdrücken.

Alle Stühle im Auditorium waren besetzt. Reporter und Zuschauer standen an der Rückwand, die Luft im überfüllten Gerichtssaal war schon wieder stickig. Während Stella weiter den Gang entlangging, hörte sie die Leute keuchen und flüstern, und ihre Stimmen vermischten sich in ihrem Kopf zu einem unangenehmen Brummen. Sie waren wie ein Schwarm Killerbienen – bereit, über sie herzufallen und sie zu Tode zu stechen, dachte sie. Als sie ihren Tisch erreichte und sich auf den Stuhl fallen ließ, schlich sich ein Reporter heran, ging in die Knie und begann, Fotos von ihr zu machen. »Was ist mit Ihrem Gesicht passiert?« fragte er. »Ist die Narbe echt?«

Die Dummheit dieses Mannes machte Stella wütend. »Sie bekommen später noch Ihre Chance«, sagte sie, holte aus und stieß seine Kamera zur Seite. Als sie sah, daß die Geschworenen vom Gerichtsdiener hereingeführt wurden, ordnete sie rasch ihre Notizen auf dem Tisch und zwang sich, den ringsum herrschenden Lärm zu ignorieren. Der Richter hatte seinen Platz eingenommen, die Geschworenen saßen auf ihrer Bank, und Stella war voll und ganz auf die anstehende Verhandlung konzentriert.

Eine Frau mit großen, ausdrucksvollen Augen und edel geschnittenem Gesicht saß am Tisch der Anklagevertreter zwischen Stella und dem zweiten Staatsanwalt, Larry Kominsky, einem aufgeweckten jungen Juristen mit rotem Haar und Sommersprossen auf Nase und Wangen. Brenda Anderson war Beamtin der Staatsanwaltschaft und zuständig für die Ermittlungen im Fall McKinley. Die Afro-Amerikanerin hatte Informatik und Kriminologie studiert und sich durch alle Dienstgrade des Dallas Police Department zu ihrer derzeitigen Stellung emporgearbeitet. Mittlerweile war sie in ganz Texas als technisches Genie der Staatsanwaltschaft von Dallas bekannt, und ihre Sachkenntnis war sehr gefragt. Als sie die Narbe sah, die sie nie zuvor bemerkt hatte, rief sie aus: »O mein Gott, Stella, was hast du dir angetan?«

»Das erzähle ich dir später«, flüsterte Stella. »Jetzt werden wir erst mal jemanden fertigmachen.«

»Miss Cataloni«, sagte Richter Malcolm Chambers ins

Mikrofon und wartete, bis Stella aufsah. Chambers' Gesicht war müde und zerfurcht, sein weißes Haar zerzaust, und seine Brille war auf die Nasenspitze gerutscht. Falls er die Narbe auf Stellas Wange gesehen hatte, ließ er sich jedenfalls nichts anmerken. »Sie können jetzt da weitermachen, wo Sie vor der Verhandlungspause aufgehört hatten.«

»Danke, Euer Ehren.« Stella stand auf. Als sie zur Bank der Jury hinüberblickte, bemerkte sie die verstörten Mienen der Geschworenen, die verstohlen ihre Narbe musterten. Schaut nur, soviel ihr wollt, ermunterte Stella sie im stillen, und hört mir genau zu, denn ich werde jetzt die Zusammenhänge herstellen.

»Meine Damen und Herren«, begann sie und drehte sich ein wenig zur Seite, so daß sie den Geschworenen in die Augen sah, ihre rechte Wange aber in deren Blickfeld blieb. »Vor der Verhandlungspause habe ich die Fakten dieses Falles zusammengefaßt. Bevor Sie sich zur Beratung zurückziehen, möchte ich Ihnen noch einmal das Opfer ins Gedächtnis rufen. Vergegenwärtigen Sie sich die Autopsie-Fotos, die Ihnen im Laufe der Verhandlung vorgelegt wurden.« Stella senkte ihre Stimme, so daß sie fast nur noch flüsterte. »Versuchen Sie sich vorzustellen, wie Ricky McKinley aussehen würde, wenn er den grausamen Angriff des Angeklagten überlebt hätte.« Sie verstummte und wartete, reglos wie eine Statue, mit vollkommen ausdrucksloser Miene.

»Warum verlange ich das von Ihnen?« fuhr sie endlich fort. »Ich verlange es, weil Ricky McKinley nicht überlebt hat. Er ist nicht hier, um seinem Angreifer gegenübergestellt zu werden, um Ihnen persönlich die Qual und die Todesangst zu schildern, die er unter den Händen des Angeklagten erleiden mußte. Selbst wenn dieser Junge auf irgendeine Weise überlebt hätte, müßte er nun ein Leben voller Furcht und Verzweiflung führen. Nie mehr würde sich sein entstelltes Aussehen normalisieren, nie mehr würde er von seiner Altersgruppe akzeptiert werden, nie mehr würde er frei von Angst sein. Sie können sein Flehen nach Gerechtigkeit nicht hören, denn es sind nur geisterhafte Rufe aus dem Grab.« Sie senkte den Blick. »Ich aber kann sein Rufen hören, denn ich kann mir den unerträglichen Schmerz vorstellen, den er empfunden haben muß, als ihm der Angeklagte Batteriesäure ins Gesicht schüttete.«

Stella ging hinüber zur Geschworenenbank und strich mit einem Finger am Geländer entlang. »Seit sechs Jahren ist Ricky McKinley tot«, sagte sie eindringlich, »und seit sechs Jahren lebt der, der ihn mißhandelt und ermordet hat, in unserer Mitte als freier Mann.«

Im Gerichtssaal herrschte Stille. Niemand bewegte sich, kein Flüstern oder Kleiderrascheln war zu hören. Alle Blicke hingen an Stella, die Geschworenen verfolgten jeden ihrer Schritte und ließen sie nicht eine Sekunde aus den Augen. Stellas Gesicht glitzerte vor Schweiß. Sie spürte, wie ihr die Schweißtropfen zwischen den Brüsten herunterliefen und ihre Bluse unter den Achseln durchnäßten. »Diese verachtenswerte Person, diese Bestie«, sagte sie und reckte im Gehen ihren Arm in Richtung des Angeklagten, »lockte Ricky McKinley in sein Auto, fuhr mit ihm zu einem billigen Motel und vergewaltigte ihn grausam. Dann schlug er ihn halb tot, sprühte ihm Rasierschaum in Mund und Nase und zwang ihn, sich unter einen Tisch in die Ecke zu legen. War das genug?« fragte sie und hob eine Augenbraue. »Die perversen Begierden des Angeklagten waren befriedigt. Was wollte er noch?« Sie hielt inne und zuckte mit den Schultern, als wartete sie darauf, daß jemand ihr eine Antwort gab.

»Nein«, rief sie plötzlich, vor Erregung zitternd, »es war nicht genug!« Jetzt, da sie in Fahrt kam, sprach sie schneller. »Als nächstes schleppte er den blutenden und zerschundenen Ricky zu seinem Auto und warf ihn in den Kofferraum. Er fuhr zu einem abgelegenen Feld und goß ihm

Batteriesäure ins Gesicht, die seine Haut und sein Fleisch bis auf die Knochen zerfraß. Es war ihm egal, daß Ricky bis zur Unkenntlichkeit verstümmelt war, daß sein Leichnam später nur anhand des Gebisses identifiziert werden konnte, daß er selbst für die Frau, die ihm das Leben geschenkt hat, unkenntlich geworden war. Dem Angeklagten war nur eines wichtig: seiner Verhaftung zu entgehen, indem er dafür sorgte, daß dieses bemitleidenswerte Kind ihn niemals wiedererkennen und zwingen würde, sich für seine Tat zu verantworten. Damit sich Gregory Pelham sicher fühlen konnte«, sagte sie, »raubte er einem achtjährigen Kind das Augenlicht.«

Als sie zum Tisch der Staatsanwaltschaft zurückging, fiel Stellas Blick auf Judy McKinley, die Mutter des Opfers, die in der zweiten Reihe hinter dem Tisch saß. Die Schultern der Frau bebten, und Tränen strömten über ihr Gesicht. Stella streckte ihre Hand aus und berührte ihren Arm, dann wandte sie sich rasch wieder zur Geschworenenbank um. »Meine Damen und Herren, das Schicksal dieses Mannes liegt nun in Ihren Händen, zusammen mit dem Schicksal seiner künftigen Opfer.« Sie musterte die Geschworenen, als wolle sie diese zum Nachdenken verpflichten und jeden von ihnen zur Rechenschaft ziehen. »Wenn Sie das überwältigende Beweismaterial berücksichtigen, das von der Anklage vorgelegt wurde«, sagte sie langsam und deutlich, »werden Sie wissen, daß dieser Fall nur mit einem einzigen Urteil enden kann. Als Rickys Racheengel müssen Sie diesen Mann hinter Gitter bringen, denn dorthin gehört er, damit die Seele dieses armen Kindes endlich Frieden finden kann.«

Die Beratung der Geschworenen dauerte zwei Stunden.

Als Stella durch den Gerichtsdiener erfuhr, daß die Entscheidung der Geschworenen gefallen war, eilte sie zusammen mit Ben Growman, Larry Kominsky und Brenda Anderson in den Gerichtssaal zurück. Alle vier waren besorgt und unruhig. Kominsky wirkte jünger als seine einunddreißig Jahre. Als West-Point-Absolvent hatte er seine Karriere beim Militär aufgegeben, um Staatsanwalt zu werden. Neben Stella war er einer der brillantesten Anklagevertreter von Dallas, und seine geringe Körpergröße und frische Gesichtsfarbe verliehen ihm den Anschein von Unschuld und Naivität.

Brenda Anderson trug ein konservatives Strickkleid, dessen Saum bis einige Zentimeter unter ihre Knie reichte. Ihr Hals war lang und graziös, und sie trug ihr Haar im Nacken zu einem festen Knoten gebunden. Im größeren Kreis verhielt sie sich eher reserviert, jedoch konnte sie sehr aus sich herausgehen, wenn man unter vier Augen mit ihr sprach. Während sie mit gesenktem Kopf neben Stella durch den Flur ging, klapperten die Absätze der beiden auf dem Linoleumboden.

»Wir haben es geschafft«, sagte Kominsky und blickte zur Decke, als sei die Botschaft soeben direkt vom Himmel gekommen. »Die Geschworenen haben nur zwei Stunden beraten. Stellas Idee, ihre Narbe zu zeigen, war ausgezeichnet. Nun können sie den Kerl nicht mehr freisprechen.« Er hielt inne und lächelte, drauf und dran, einen seiner üblichen Steptänze aufzuführen. Immer wenn er einen Fall gewann, veranstaltete Kominsky einen kleinen Tanz in der Eingangshalle des Gerichtsgebäudes. »Verdammt, ich spüre es in den Knochen.«

»Halt den Mund«, sagte Growman und zerrte an seinen Manschetten. Er blieb stehen, sah Kominsky ins Gesicht und zischte durch die Zähne: »Hast du denn nicht einen Funken Verstand? Ist dir nicht klar, was es für diese Frau bedeutet hat, sich so vor den Kameras zu zeigen?«

Der Staatsanwalt sah Stella an und erbleichte. »Tut mir leid«, sagte er. »Das war gedankenlos von mir. Bitte entschuldige, Stella, aber ... es war einfach toll, weißt du. Am besten fand ich den Satz ›Versuchen Sie sich vorzustellen …‹. Mann, das hat gewirkt. Du hättest die Gesichter der Geschworenen sehen sollen.«

»Danke, Larry.« Stella stieß die Tür zum Gerichtssaal auf. »Wir können nur hoffen, daß es sich gelohnt hat.«

Die drei Vertreter der Anklage nahmen ihre Plätze ein. Es war nach sechs Uhr abends, und die meisten Zuschauer waren nach Hause gegangen, weil sie das Urteil erst für morgen erwarteten. Im Gerichtssaal saßen nur noch enge Familienangehörige und einige Presseleute. Da auch Growman noch anwesend war, setzte sich Brenda Anderson in die erste Reihe, neben Judy McKinley und einige andere Angehörige des Opfers. Sobald die Geschworenen hereingeführt worden waren und sich gesetzt hatten, rief der Richter den Saal zur Ordnung und fragte die Geschworenen, ob sie ein Urteil gefällt hätten.

»Ja«, antwortete David Cartwright, der Obmann. Er war ein älterer Mann mit Nickelbrille und roten Hosenträgern, hatte früher als Ingenieur bei Texas Instruments gearbeitet und war nun pensioniert.

»Der Angeklagte möge sich erheben«, sagte der Richter.

Gregory Pelham war ein kleiner, dunkelhäutiger Mann mit schweren Augenlidern und rötlichem Haar. Er trug einen billigen braunen Anzug, eine Krawatte mit Paisley-Muster und ein rosafarbenes Hemd. Als ihn sein Anwalt mit dem Ellenbogen anstieß, stemmte er sich langsam hoch und blickte Stella finster an, bevor er sich zum Richtertisch wandte.

»Bitte verlesen Sie den Spruch der Geschworenen«, forderte der Richter den Obmann auf.

»Wir, die Geschworenen«, las Cartwright vor, »befinden den Angeklagten des Totschlags im Fall Richard W. McKinley für schuldig, dessen er unter Punkt eins der Anklageschrift beschuldigt wird.«

Stella fuhr von ihrem Stuhl hoch, doch Growman zog sie auf ihren Platz zurück. Er war sehr zufrieden; allerdings gab es noch weitere Anklagepunkte, und er wollte auch hierzu die Entscheidung der Geschworenen hören. Da der Fall schon einige Zeit zurücklag und keine stichhaltigen Beweise dafür vorlagen, daß der Angeklagte seine Tat vorausgeplant hatte, konnten sie ihn nicht des vorsätzlichen Mordes beschuldigen – ein Kapitalverbrechen, auf das die Todesstrafe stand. Sie hatten ihn jedoch einiger weiterer Vergehen angeklagt, unter anderem – als schwerwiegendstem Delikt – der Kindesentführung.

»Wir, die Geschworenen«, fuhr der Obmann fort, »befinden den Angeklagten des Vergehens der Kindesentführung für schuldig, wie unter Punkt zwei der Anklageschrift aufgeführt.«

Kominsky beugte sich vor und flüsterte Stella und Growman zu: »Ich gehe jetzt Champagner kaufen.« Die verbleibenden Anklagepunkte interessierten ihn nicht mehr, und so schlüpfte er unauffällig durch die hintere Tür.

Stella verfolgte die weitere Verlesung des Spruchs der Geschworenen. Die meisten verbliebenen Anklagepunkte wurden als geringfügig oder als in den Hauptanklagepunkten bereits inbegriffene Vergehen eingestuft. Die Staatsanwaltschaft mußte oftmals verschiedene Anklagepunkte derselben Straftat zuordnen. Wenn die Geschworenen in einem Anklagepunkt schuldig sprachen, konnten sie dies in den anderen nicht auch tun. Wie von Stella erwartet, erkannte die Jury in den verbleibenden Anklagepunkten auf ›nicht schuldig‹. Sobald der Protokollführer die Verlesung beendet hatte, setzte der Richter einen Verhandlungstermin fest, an dem über das Strafmaß befunden werden sollte, und vertagte sofort danach die Sitzung.

Die Reporter sprangen auf, eilten zum Tisch der Staatsanwälte und bedrängten Stella mit ihren Mikrofonen.

»Für wie lange muß Pelham Ihrer Meinung nach ins Gefängnis?« fragte sie ein Reporter, nachdem er einige andere Journalisten beiseite geschoben hatte.

»Wir hoffen, das Höchststrafmaß durchsetzen zu können.« Stella löste das Gummiband von ihrem Pferdeschwanz und ließ ihr Haar wieder über ihre rechte Wange fallen, um die Narbe zu verdecken. »Wenn der Richter das Strafmaß für Totschlag mit dem für die Kindesentführung verbindet, wird Mr. Pelham vielleicht bis an sein Lebensende im Gefängnis bleiben.«

»Was ist mit Ihrem Gesicht passiert? Hatten Sie erst vor kurzem einen Unfall, oder ist das eine alte Verletzung? Haben Sie sich im letzten Moment entschlossen, die Narbe zu zeigen, um die Geschworenen zu beeinflussen?«

Fragen prasselten aus allen Richtungen auf sie nieder. »Kein Kommentar«, erwiderte Stella. Sie wandte sich um und sagte etwas zu Ben Growman, dann ging sie zu Judy McKinley hinüber, um sie zu umarmen. »Es ist vorbei, Judy. Vielleicht können Sie jetzt wieder mit Ihrem Leben klarkommen.«

»Ich danke Ihnen«, sagte die Frau schluchzend. »Ich weiß nicht, wie ich Ihnen jemals danken kann. Sie waren heute einfach wunderbar. Ich weiß ja nicht, was Ihnen zugestoßen ist, aber ...«

Stella verabschiedete sich von ihr, da im selben Moment Growman neben ihr auftauchte. Wieder liefen die Fernsehkameras, und die Fotografen machten Aufnahmen von ihnen beiden.

»Sie haben erwähnt, daß Sie nächstes Jahr vielleicht in den Ruhestand gehen wollen«, sagte eine Reporterin zu Growman. »Stimmen die Gerüchte, daß Sie Miss Cataloni als Ihre Nachfolgerin aufbauen?«

Strahlend trat Growman näher zu Stella und legte einen Arm um ihre Schultern. »Diese junge Dame ist ohne Zweifel eine mögliche Nachfolgerin«, antwortete er im entspannten, leutseligen Tonfall eines erfahrenen Politikers. »Um ehrlich zu sein, ich wüßte niemanden, den ich lieber als Stella Cataloni unterstützen würde. Sie ist die beste Anklagevertreterin, die wir in dieser Dienststelle je hatten.« Er blickte zu Stella hinüber, lächelte und sagte glucksend: »Vielleicht werde ich sogar ihre Kampagne organisieren. Mann, ich muß ja etwas tun, wenn ich im Ruhestand bin. Natürlich nur, wenn sie einverstanden ist.«

Stella spürte, wie ihre Brust vor Stolz anschwoll. Wenn ein Mann, der seit zwanzig Jahren im Geschäft war und so geschätzt und verehrt wurde wie Ben Growman, vor den Augen der ganzen Nation ein derart enthusiastisches Lob aussprach, bedeutete das nicht weniger als die Übergabe der Schlüsselgewalt. Als sie die zufällige Berührung seiner Hand an ihrer Seite spürte, griff sie danach und drückte sie. Stella war in Hochform, und sie genoß es. Nun konnte nichts mehr sie aufhalten.

Stella, Growman, Kominsky, Anderson und einige andere Staatsanwälte waren im Konferenzsaal versammelt, der allgemein als Kommandozentrale bezeichnet wurde. Einmal pro Woche rief Growman die dienstälteren Mitarbeiter und die Abteilungsleiter an dem langen Eichentisch zusammen, teilte spezielle Aufgaben zu und bezog Position zu verschiedenen Aspekten der aktuellen Fälle. Heute jedoch war der Tisch mit Papierservietten, Pizzaschachteln, Plastikbechern und offenen Champagnerflaschen übersät, und es herrschte eine festliche Stimmung.

Anwesend war auch Samuel Weinstein, mit dem sich Stella zum Abendessen verabredet hatte, bevor sie erfuhr, daß das Urteil im Fall Pelham noch am selben Tag verkündet werden sollte. Formell war Weinstein Stellas Scheidungsanwalt, doch auch bevor sie ihn engagiert hatte, damit er ihre Interessen bei der Auflösung ihrer Ehe vertrat, hatten sie beide schon in derselben kleinen Welt verkehrt. Weinstein war ein guter Bekannter Ben Growmans, und er hatte jeden der im Saal Anwesenden bereits bei mindestens einem oder zwei Anlässen getroffen. Auch in Dallas, wie in vielen anderen Städten, gliederte sich die Gesellschaft in bestimmte soziale Zirkel. Die Juristen gehörten im allgemeinen denselben privaten Clubs an, trainierten im selben Fitneßstudio, nahmen ihre Drinks in denselben Bars und bewegten sich innerhalb eines festen sozialen Gefüges. Zwei Branchen herrschten in Dallas vor – Versicherungen und Öl. Allerdings stand die schrumpfende Ölindustrie seit einigen Jahren im Schatten der Versicherungsunternehmen, die in riesigen Wolkenkratzern residierten. Außerdem gab es noch den alten Geldadel von Dallas – den Stella »die Highland-Park-Gruppe« zu nennen pflegte –, zumeist traditionsreiche Familien, die ihr Vermögen über Generationen vererbt hatten. Highland Park war ein wohlhabendes, etwas älteres Viertel im Norden von Dallas, wo die meisten Anwesen weit über eine Million Dollar wert waren. Auch High-Tech-Unternehmen wie beispielsweise Ross Perots Texas Instruments hatten im Laufe der Jahre in der Stadt Fuß gefaßt, und deren Angestellte hatten sich gleichfalls ihre eigene Welt geschaffen.

Stella hatte während der vergangenen Monate viel Zeit mit Weinstein verbracht, und das war nicht nur auf ihre Scheidung zurückzuführen. Sam war ein gutaussehender Mann, ein sehr dynamischer Scheidungsanwalt, in gewisser Hinsicht jedoch eher altmodisch. Obwohl erst dreiundvierzig Jahre alt, war er schon seit zehn Jahren verwitwet; seine Frau war an Brustkrebs gestorben. Stella fand ihn sehr sympathisch, wenn auch eine Spur zu konservativ. Er hatte lockiges Haar, einen durchdringenden Blick, eine markante Nase und ein ausgeprägtes Kinn. Die Scheidung hatte Stella aufgewühlt, doch dem Rechtsanwalt war es gelungen, sie wieder in emotional ruhigere Gewässer zu lotsen. Er ging hin und wieder mit ihr zum Essen aus und versicherte ihr jedesmal, alles werde gut enden, wenn sie nur abwartete und nicht in Panik verfiel. Aber Stella war sich immer noch unschlüssig, welche Entwicklung sie sich für ihre Beziehung zu Sam wünschte.

»Du solltest nicht soviel Champagner trinken«, riet er ihr und blickte sie tadelnd an. »Dir wird schlecht werden. Du hast ja nichts gegessen, noch nicht einmal ein Stück Pizza.«

»Ja, ja.« Stella kippte einen weiteren Plastikbecher Champagner hinunter. »Ich glaube, nach dem heutigen Tag habe ich ein Recht darauf, mich zu betrinken. Wenn alles wieder hochkommt, ist es mir auch egal.«

Die anderen am Tisch lachten. Growman stand auf. »Auf Stella«, sagte er und erhob seinen Champagner-Becher. »Wir sollten alle so engagiert arbeiten wie sie. Seht sie euch nur genau an, denn in wenigen Jahren wird Stella Cataloni die neue Bezirksstaatsanwältin von Dallas sein. Meine Wenigkeit wird dann nur noch einer dieser alten Knaben sein, die ihre Zeit auf dem Golfplatz verbringen.«

Stella griff nach ihrem Becher und stieß mit allen Anwesenden an, wobei sie sich vorbeugen mußte, um auch die Becher derer zu erreichen, die weiter hinten am Tisch saßen.

»Eine Rede!« rief Kominsky. Er hatte bereits eine Flasche Champagner geleert, lange bevor die anderen angekommen waren.

»Ich bin zu betrunken, um eine Rede zu halten«, murmelte Stella vor sich hin. Dann hob sie wieder ihren Becher. »Auf Ben Growman. Auf daß er so schnell wie möglich in den Ruhestand geht. Dann kann ich hier am Tischende sitzen und euch allen das Leben zur Hölle machen.«

Als sie gegen Sams Becher stieß, fiel dieser um, und der Champagner ergoß sich über Sams Anzug. Er griff nach einer Serviette und versuchte, einen Teil der Flüssigkeit damit aufzusaugen.

»Es tut mir leid, Sam.« Stella runzelte die Stirn.

»Kaffee!« brüllte Kominsky. »Bringt der Frau Kaffee! Wir

haben hier einen besoffenen Staatsanwalt. Oder vielmehr zwei!«

Brenda Anderson erhob sich, um unten in der Küche Kaffee zu holen. Growman, der neben Stella saß, beugte sich vor und flüsterte ihr ins Ohr: »Ich habe meiner Sekretärin gesagt, sie soll dein Interview aufnehmen, wenn es heute im Fernsehen gesendet wird. Komm bei mir im Büro vorbei, dann gebe ich dir das Video als Erinnerung. Sieh es dir genau an, damit du lernst, wie man sich in den Medien am günstigsten präsentiert. Das gehört dazu, weißt du. Ohne dieses glatte Auftreten kommst du in der Politik nicht weit.«

»Nein, danke. Vielen Dank.« Stellas gute Laune löste sich in Luft auf. Sie hatte ihre Narbe gezeigt und den Fall gewonnen, aber jetzt war es vorbei. Sie konnte mit Sicherheit auf ein Souvenir verzichten, das sie selbst als häßliches Monster zeigte. »Von mir aus können wir gehen«, sagte sie zu Sam und strich ihr Haar auf der rechten Wange glatt. »Es war ein langer Tag, und du hast recht – wenn ich weitertrinke, falle ich um oder mir wird schlecht.«

Während sie aufstand und sich anschickte zu gehen, dachte sie, daß Sam ein ganz besonderer Mensch war. Sie hatte ihn im Verlauf der letzten acht oder neun Monate zu schätzen gelernt und sich mehr und mehr auf ihn verlassen. Es mußte schwierig für ihn sein, seinen zwölfjährigen Sohn allein großzuziehen und gleichzeitig eine gutgehende Anwaltskanzlei zu führen. Sie selbst war derart in ihre Arbeit eingespannt, daß sie sich noch nicht einmal um ihren Ehemann hatte kümmern können, ganz zu schweigen von der Aufgabe, ein Kind zu erziehen.

Eine junge, hagere Assessorin steckte ihren Kopf zur Tür herein. »Ein Anruf für Sie, Stella. Wollen Sie ihn annehmen, oder soll sie morgen früh noch mal anrufen? Es ist Holly Oppenheimer von der Bezirksstaatsanwaltschaft Houston.«

»Auf welchem Apparat ist sie?« fragte Stella. Oppenheimer war zwar inzwischen Staatsanwältin in Houston, davor jedoch bei der Bezirksstaatsanwaltschaft in Dallas gewesen, und sie beide waren gute Freundinnen. Im ersten Pelham-Prozeß hatte Holly die Anklage vertreten, und Stella hatte sich vor und während der aktuellen Verhandlungen regelmäßig mit ihr beraten.

»Apparat drei«, antwortete die junge Frau. »Das ist die einzige Leitung, auf der Anrufe durchkommen, wenn die Zentrale nicht besetzt ist, und es läutet nur in meinem Büro. Jedesmal, wenn ich bis spätabends arbeite, landen alle Gespräche bei mir und halten mich auf.«

Stella erklärte Sam, daß es nur ein paar Minuten dauern werde, ging zur Konsole hinter dem Konferenztisch und nahm den Hörer ab. »Holly«, sagte sie, »hast du schon die Neuigkeiten über Pelham gehört?«

»Natürlich, Stella. Sie waren nicht zu überhören. Du warst auf fast allen Kanälen. Die Regionalstation von CBS hier in Houston hat es live übertragen. Ich mußte dir einfach sofort gratulieren.«

»Danke. Aber weißt du was? Das meiste Material, das ich eingesetzt habe, stammt von dir. Wir haben dieselben Anklagepunkte vorgebracht und dasselbe Beweismaterial verwendet wie damals. Wir haben nichts unversucht gelassen, aber es war nichts Neues aufzutreiben. Ich habe nur in deinen alten Aufzeichnungen gestöbert und ihnen einen etwas anderen Dreh gegeben.«

»Komm schon, Stella. Du hast eine Menge Mut bewiesen. Ich weiß, was deine Narbe für dich bedeutet. Ich fand deine Idee, sie zu zeigen, einfach genial. Für mich steht fest, daß deine Strategie die Geschworenen entscheidend beeinflußt hat.«

»Oh, niemand weiß, woran es tatsächlich lag. Die Geschworenen hätten dasselbe Urteil so oder so fällen können, aber ich vermute, mein kleines Theater im Gerichtssaal hat nicht geschadet. Ich muß mit diesem Gesicht jeden Tag leben, also kann ich auch mal Nutzen daraus ziehen.«

»Du kannst dir gar nicht vorstellen, wie sehr ich diesen Fall gewinnen wollte, Stella. Ich mochte Rickys Mutter sehr. Als wir dann verloren und sie diesen Pelham auf freien Fuß setzten, hatte ich das Gefühl, sie im Stich gelassen zu haben.«

»Sie ist eine sehr sympathische Frau.« Als Stella bemerkte, daß Ben Growman sie anstarrte, drehte sie sich mit dem Gesicht zur Wand und senkte die Stimme. »Sie hat erst vor kurzem nach dir gefragt und mir aufgetragen, dich zu grüßen.«

»Wie geht es ihr?« fragte Holly. »Es war so schrecklich für sie. Ricky war ihr einziges Kind. Seit ich selbst eine Tochter habe, weiß ich, wie eine Mutter empfindet.«

»Es geht ihr besser. Jetzt, nachdem alles ein gerechtes Ende gefunden hat, kann sie endlich wieder ihr eigenes Leben leben.« Diese Bemerkung lenkte Stellas Gedanken auf ihre eigene Situation. »Übrigens, hast du inzwischen einen Blick auf die alten Berichte über das Feuer geworfen? Du hast Adleraugen, Holly, und vielleicht fällt dir etwas auf, das die früheren Ermittler übersehen haben. Ich weiß, du hast wenig Zeit, aber ich hatte gehofft ...«

»Oh«, sagte Holly, »es tut mir leid, Stella. Ich war so aufgeregt wegen des Pelham-Falls, daß ich ganz vergaß, es dir zu sagen: Dein alter Freund ist wieder in der Stadt. Die Verkehrspolizei hat ihn letzte Nacht angehalten. Er kommt morgen früh zu uns, um eine Aussage zu machen.«

»Randall?« fragte Stella und griff sich in einem Reflex an die Wange. Sie tippte Growman auf die Schulter. »Sie haben Tom Randall gefunden, Ben. Er ist wieder in Houston.«

Growman rutschte unruhig auf seinem Stuhl hin und her, und sein Blick verfinsterte sich.

»Um wieviel Uhr kommt er?« erkundigte sich Stella.

»Er soll um neun hier sein«, antwortete ihre Freundin.

»Hör zu, Stella« – ihr Ton wurde schärfer –, »die Leute dachten, ich hätte die Dienststelle verlassen, weil ich den Pelham-Fall verlor. In Wirklichkeit bin ich aber gegangen, weil Growman mich sexuell belästigt und zur Kündigung gezwungen hat. Der Prüfungsausschuß hat meine Aussagen nicht ernst genommen, aber das bedeutet noch lange nicht, daß sie erfunden waren.« Sie legte eine Pause ein, und ihr schweres Atmen war durch die Leitung zu hören. »Ich weiß, daß du eng mit ihm befreundet bist und er wahrscheinlich direkt neben dir sitzt, aber, um ehrlich zu sein, das ist mir vollkommen egal!« Bevor Stella antworten konnte, hatte Holly den Hörer auf die Gabel geknallt.

»Deine größte Verehrerin«, sagte Stella zu Growman.

»Ach ja?« Er kippte seinen Stuhl nach hinten, bis die vorderen Beine vom Boden abhoben. »Erzähl mir etwas, das ich noch nicht weiß!« Ein paar Augenblicke später, als er Stellas Gesichtsausdruck bemerkte, setzte er sich wieder gerade hin. »Randall ist der Mann, den du verdächtigst, das Feuer gelegt zu haben, in dem deine Eltern umkamen, nicht wahr? Das heißt, daß er für deine Narben verantwortlich ist, stimmt's?«

»Ja.« In Stellas Augen blitzte Haß auf. »Weißt du, wie sehr ich mir wünsche, diesen Mann zur Verantwortung zu ziehen? Du kannst es dir gar nicht vorstellen, Ben.«

»Was willst du tun?«

»Ich habe sechzehn Jahre darauf gewartet, dieses Schwein zu stellen«, knurrte sie, »um ihn für alles, was er mir angetan hat, büßen zu lassen. Was ich tun werde, willst du wissen? Ich werde diesen verfluchten Mistkerl an die Wand nageln, und ...« – ihre Hände ballten sich zu Fäusten – »... ich werde jede Sekunde seiner Qualen genießen.«

Die Kollegen, die sich am Tisch unterhalten und gelacht hatten, verfielen plötzlich in Schweigen. Bis zum heutigen Tag hatte niemand außer Growman Stellas Entstellung bemerkt, da sie ihre Narbe immer hinter ihren Haaren verborgen hatte.

Brenda kam in den Saal zurück und blickte in die Runde. »Habe ich etwas verpaßt?« fragte sie. »Ist hier gerade jemand gestorben? Ich dachte, das wäre eine Party, Leute.«

Stellas Augen waren glasig, ihr Mund wirkte versteinert. Das Herz hämmerte ihr in der Brust. Als sie bemerkt hatte, daß die anderen Juristen auf jedes ihrer Worte lauschten, war sie verstummt und stand jetzt nur noch still da. Verlegenheit überkam sie.

Sam erhob sich rasch und schob seinen Stuhl an den Tisch zurück. »Komm, Stella!« Als er sie sanft beim Arm nahm, um sie zur Tür zu führen, fühlte er, wie sie zitterte. »Ich fahre dich nach Hause. Gehen wir!«

KAPITEL 2

Die Büros der Bezirksstaatsanwaltschaft befanden sich in der Fannin Street in der Innenstadt Houstons. In dem zehngeschossigen braunen Backsteingebäude arbeiteten über zweihundert Staatsanwälte und eine riesige Anzahl von Büroangestellten und anderem Hilfspersonal. Ein älterer Mann, der einen grauen Kunststoffanzug, schäbige schwarze Schuhe und auf dem Kopf einen großen grauen Stetson trug, näherte sich der Glastürreihe am Eingang. Er trat zur Seite, um zunächst eine Frau, einen Mann und zwei kleine Kinder eintreten zu lassen.

Dann scheuchte er sie quer durch die Eingangshalle, wie ein Cowboy eine Viehherde antreibt, und schob sie in einen geöffneten Fahrstuhl. Sie fuhren in den neunten Stock, verließen den Lift und gingen den langen Korridor hinunter. Das kleine Mädchen begann zu weinen. Ohne auch nur einen Moment stehenzubleiben, hob die Frau das Kind hoch und ließ es, während sie weiterging, auf ihre Hüfte gleiten.

»Tut mir leid«, sagte Detective Carl Winters zu der Frau, als sie die Tür des Vernehmungszimmers erreichten, »aber Sie müssen draußen warten. Weiter den Flur entlang sind ein paar Automaten, wenn Sie etwas trinken oder einen Schokoriegel für die Kinder wollen ...«

Die Frau sah ihren Ehemann an, nahm das ältere der beiden Kinder an die Hand und setzte sich auf eine Bank, das Kleinkind auf dem Schoß. »Ist schon in Ordnung.« Sie drückte die Kleine fest an sich. »Wie lange wird es dauern?«

»Wahrscheinlich nicht allzulange«, erwiderte Winters und schob seinen Stetson ein wenig zurück. Mit seinen sechzig Jahren hätte Carl Winters längst pensioniert sein müssen. Er war ein altgedienter Polizist, vor langer Zeit geschieden, und seitdem gab es in seinem Leben weit und breit keine Frau mehr. Sein Gesicht war tief zerfurcht, seine Augen waren klein und listig. Während der letzten Jahre hatte er immer mehr zugenommen, so daß nun eine große, wabernde Masse über den Bund seiner nach unten gerutschten Hose hing. Warum hätte er in Rente gehen sollen? Er hatte doch nichts anderes zu tun. Nur drei Monate nach der Pensionierung hatte sich einer seiner besten Freunde einen Revolverlauf in den Mund geschoben und abgedrückt. Da hatte Carl Winters beschlossen, so lange zu schuften, bis er von selbst ins Gras beißen oder irgendein Mistkerl ihn mit Blei vollpumpen würde. Die aufregende Polizeiarbeit – mit ihren immer neuen Herausforderungen und Überraschungen und der ständigen Gefahr – war sein Lebenselixier. Er liebte es, mit der Marke in der Tasche und der Pistole im Halfter herumzulaufen. Dies verschaffte einem Mann das Gefühl der Stärke und flößte den Leuten den nötigen Respekt ein. Er wußte, daß sie ihn wegen seines Cowboyhutes auslachten, aber das kümmerte ihn einen Dreck. Sein Kopfhaar begann sich zu lichten, und außerdem mochte er das Gefühl, wenn er morgens seinen Stetson aufsetzte. Es war wie der Gong für einen Boxer, das Signal, daß es Zeit war, in den Ring zu steigen.

»Hier hinein«, sagte er zu Tom Randall, öffnete die Tür des Anhörungszimmers und winkte ihn herein.

Randall war ein angenehm aussehender Mann Mitte Dreißig, mit hellbraunem Haar und einem freundlichen, offenen Gesicht. Er trug Jeans, Turnschuhe und ein kurzärmeliges Hemd mit leuchtendem Hawaii-Muster. Nervös lächelte er den im Raum Versammelten zu. Er war nicht großgewachsen, aber ausgesprochen stämmig. Seine Arme waren sehr muskulös, seine Beine so dick wie Baumstämme, und sein Hemd spannte sich über seiner Brust. Winters hatte keinen Zweifel, daß dieser Mann erheblichen Schaden anrichten konnte, wenn nur jemand auf den richtigen Knopf drückte.

»Setzen Sie sich«, sagte Winters und ließ sich auf einen Stuhl am Tisch fallen. »Diese Dame hier ist Holly Oppenheimer.« Er deutete mit dem Kopf auf eine Frau, die am anderen Ende des Zimmers an der Wand lehnte. »Sie ist eine unserer unermüdlichen Staatsanwältinnen.« Holly trug einen kurzen schwarzen Rock und einen langen roten Blazer. Ihre wohlgeformten Beine waren eines ihrer Markenzeichen, und sie ließ keine Gelegenheit aus, sie vorzuzeigen. Sie hatte leuchtendblaue Augen und eine breite Stirn. Ihr blondes Haar fiel vorn in weichen Locken auf ihre Augenbrauen und berührte hinten leicht ihren Nacken. Obwohl sie als zickig galt und weit davon entfernt war, ein prachtvolles Rasseweib zu sein, würde Winters sie nicht von der Bettkante stoßen.

»Der noble Herr da drüben ist Frank Minor«, fuhr er fort, »der Leiter der Mordkommission.« Minor hatte in Harvard studiert, entstammte einem wohlhabenden Elternhaus und war neu in der Bezirksstaatsanwaltschaft Houston. Er war jung und ehrgeizig, trug Anzüge von Brooks Brothers und auffällige Krawatten. Nur selten sah man ihn lächeln, und er würde nicht zögern, dachte Winters, durch eine Glasscheibe zu springen, wenn dies seiner Karriere förderlich war. Allerdings ließ sich nicht bestreiten, daß er scharfsinnig war. Immerhin hatte er Winters zugehört, als der ihn mit der Bitte aufgesucht hatte, einen sechzehn Jahre alten Fall wiederaufzunehmen. Jeder andere hätte ihn ausgelacht. In der Staatsanwaltschaft wurde Minor »Harvard-Schwanz« oder »Uppie-Yuppie« genannt, und jeder wußte, daß Oppenheimer ihn haßte. Winters jedoch neigte mittlerweile dazu, ihn für einen mutigen Kerl zu halten.

»Nun, Randall«, sagte der Detective mit seiner rauhen Stimme, »erzählen Sie uns zuerst mal, wo Sie die ganzen Jahre über gesteckt haben.« Nachdem Winters den Fall jahrelang verfolgt hatte, war Tom Randall, der Mann, den er immer als Hauptzeugen der Anklage betrachtet hatte, endlich wieder aufgetaucht. Eine Polizeistreife hatte ihn vor zwei Tagen wegen einer geringfügigen Mißachtung der Verkehrsregeln angehalten und war auf den alten Steckbrief gestoßen, mit dem er gesucht wurde, da er als Hauptzeuge der Anklage eine Vorladung im Fall der Cataloni-Morde einfach ignoriert hatte und nicht erschienen war. Als Winters diese Nachricht zu Ohren gekommen war, hatte er sich vor Aufregung beinahe in die Hose gemacht. Sechzehn Jahre lang – mehr als die Hälfte seiner siebenundzwanzigjährigen Laufbahn – waren ihm die Cataloni-Morde nicht aus dem Kopf gegangen. Als er Stella Cataloni während des Pelham-Prozesses im Fernsehen gesehen hatte, war er schon nahe daran gewesen, den Fall endlich aufzugeben. Aber dann war Randall urplötzlich wieder auf der Bildfläche erschienen, und Winters hatte beschlossen, diese letzte Chance zu nutzen, bevor er seine Dienstmarke abgeben würde.

Mit ausdrucksloser Miene starrte Randall ihn an. »Und wenn Sie schon dabei sind«, fügte Winters hinzu, »könnten Sie diesen guten Menschen hier vielleicht auch erklären, wie es dazu kam, daß Sie der damaligen Vorladung nicht Folge leisteten.«

»Ich wußte gar nicht«, erwiderte Randall nervös, »daß ich steckbrieflich gesucht wurde. Ich bin weggezogen, das ist alles. Ich habe nichts Verbotenes getan. Ich wußte nicht, daß Sie nach mir suchten.«

Winters befeuchtete mit der Zunge seine Lippen. Er haßte Lügner. Manchmal glaubte er sogar, sie riechen zu können, und in diesem Moment begann es gewaltig in dem Raum zu stinken. »Das ist doch glatt gelogen«, sagte er langsam. »Ich habe vor fünf oder sechs Jahren mit Ihren Eltern gesprochen, und sie sagten mir, daß Sie über diesen Steckbrief sehr wohl Bescheid wußten. Aber Sie wollten nichts damit zu tun haben, also machten Sie sich aus dem Staub.«

Randall zwinkerte mehrfach mit den Augen. Schweißperlen traten auf seine Stirn und Oberlippe. »Nach der Sache mit dem Feuer beschloß ich, nach Nebraska zu ziehen. Das ist nun wirklich kein Verbrechen.«

»Ich verstehe. Und Sie kamen nie wieder nach Houston zurück. Sie haben noch nicht einmal Ihre Eltern und Verwandten besucht?«

»Sie haben es erfaßt«, antwortete Randall und runzelte die Stirn. »Ich wollte nichts damit zu tun haben und bin abgehauen.«

»Sie wußten also doch, daß wir nach Ihnen suchten«, stellte Winters fest. »Verbessern Sie mich bitte, wenn ich mich irre, aber auch nachdem Sie fortgezogen waren, sprachen Sie noch regelmäßig mit Ihren Eltern, richtig?«

»Ja«, räumte Randall ein. Er wich Winters' Blick aus und starrte auf den Tisch. »Ich wußte, daß Sie mich suchten, aber ich dachte, es wäre keine so ernste Sache. Ich meine, ich habe bestimmt nicht damit gerechnet, daß Sie nach all den Jahren immer noch in dieser Angelegenheit rumstochern.«

Winters nahm seinen Stetson vom Kopf, fächerte sich damit etwas Luft zu und setzte ihn wieder auf. »Mord ist schon eine ernste Sache, mein Sohn. Zwei Menschen sind in diesem Feuer umgekommen, und wir wüßten gern, was damals passiert ist.«

Randall neigte seinen Kopf zur Seite und sah kurz zu Oppenheimer und Minor, bevor er sich wieder an Winters wandte. »Gibt es da nicht eine Verjährungsfrist oder so etwas?«

»Nicht bei Mord«, erwiderte Winters und hob eine seiner buschigen Augenbrauen. »Beginnen wir mit dem Tag, an dem das Feuer ausbrach.«

»Aber ich muß zur Schule zurück!« Randall sprang auf. »Ich bin gerade erst wieder in die Stadt gezogen. Ich bin der neue Football-Coach bei St. Elizabeth. Eigentlich hätten wir jetzt Training. Das Team muß auf die Herbstsaison vorbereitet werden. Wenn wir das Training auf den Nachmittag verschieben, kriegen meine Jungs noch einen Hitzschlag.«

Winters starrte ihn nur an.

»Okay«, sagte Randall und ließ sich wieder auf den Stuhl fallen. Sein Gesicht war vor Ärger gerötet. »Wenn ich meinen verdammten Job verliere, können Sie sich ja um meine beschissene Familie kümmern!«

»Warum erzählen Sie uns nicht einfach, was passiert ist?« fragte Winters ruhig. »Dann können Sie gehen und Ihr Training durchziehen.«

Randall zerrte an seinem Hemdkragen. »Hey«, sagte er, »das ist schon 'ne Ewigkeit her, und ich hab' kein so irrsinnig gutes Gedächtnis.« Sein Mund wurde schmal, als er sich über den Tisch beugte und fragte: »Stella Cataloni hat Sie aufgehetzt, stimmt's? Wissen Sie eigentlich, seit wie vielen Jahren diese Hure Lügen über mich erzählt? Scheiße ...« Plötzlich entspannte er sich und begann abzuschweifen. »Ich hab' sie neulich im Fernsehen gesehen, und ich muß sagen, sie sieht verflucht gut aus. Ich meine ... Damals nach dem Feuer dachte ich: Verdammt, das Mädchen wird niemals mehr normal aussehen.« Er lachte anzüglich und schlug sich auf die Schenkel. »Ich hätte nie gedacht, daß eine, die ich mal im Bett hatte, so berühmt wird. Glauben Sie, daß ich jetzt auch berühmt werde, wie?«

Winters und Minor grinsten verstohlen. Doch als Holly den drei Männern einen tadelnden Blick zuwarf, wurden sie schnell wieder ernst. Randall war nicht sehr intelligent und sogar ziemlich vulgär, aber er hatte ein einfaches, offenes Gemüt, das ihn den Männern sympathisch machte.

»Zurück zu meiner Frage«, sagte Winters. »Waren Sie in der Nacht, in der das Feuer ausbrach, im Haus der Catalonis?«

»Ja.« Wie ein gescholtenes Kind senkte Randall den Kopf und blickte sie von unten herauf an. »Ich war dort. Ich gebe es zu, in Ordnung. Ich bin ein Mann, Leute. Und ich bin bereit, mir dieses Zeug von der Seele zu reden.«

Winters horchte auf. Holly zog einen Stuhl heran und setzte sich an den Tisch. »Beginnen Sie mit der Nacht, in der das Feuer ausbrach, und erzählen Sie uns, was passiert ist. Haben Sie etwas dagegen, wenn wir Ihre Aussage aufzeichnen?« fragte sie mit einem Blick auf Winters' Kassettenrecorder, der vor ihm auf dem Tisch stand.

»Ich dachte, das tun Sie schon die ganze Zeit«, sagte Randall. »Na klar. Nehmen Sie auf, was Sie wollen. Ich habe nichts zu verbergen. Von mir aus können Sie mich auch an den Lügendetektor hängen.«

»Sind Sie der Vater von Stellas Baby?« fragte Holly. Die Houstoner Staatsanwältin mit ihren vollen Brüsten und langen Beinen hatte keine Probleme, die Blicke von Männern auf sich zu ziehen. Ihre Lippen waren jedoch etwas zu schmal und ihre Nase zu spitz, wodurch ihr Gesicht manchmal, wie auch in diesem Augenblick, verkniffen wirkte.

»Ich hab' doch schon gesagt, daß ich mit ihr gepennt hab'«, antwortete Randall. »Ist das nicht dasselbe, wie wenn ich zugebe, daß ich ihr ein Kind gemacht hab'? Wenn man mit jemandem pennt, passiert das eben manchmal.«

Winters kicherte in sich hinein.

Obwohl sie Randall jedes Wort einzeln aus der Nase ziehen mußten, arbeiteten sie sich Stück für Stück voran und kamen schließlich auf die Nacht zu sprechen, in der das Feuer ausgebrochen war. »Stella bestand darauf, daß ich mit zu ihren Eltern ging, um ihnen zu sagen, daß sie schwanger war. Mensch, die Dinge liefen gerade so gut, damals.« In Randalls Augen spiegelten sich angenehme Erinnerungen. »Ich war der umjubelte Quarterback bei St. Michaels und hatte jede Menge Freunde. Am Tag vor dem Feuer erfuhr ich, daß mein Football-Stipendium für Notre Dame durchgekommen war. Auf einmal hatte ich keine Ahnung mehr, was ich tun sollte. Kapieren Sie? Stel war schwanger.«

»Das Leben ist ungerecht«, sagte Holly. Sie war von Randall nicht annähernd so beeindruckt, wie es die Männer zu sein schienen.

»Wir gingen also zu ihr und sagten es der Mutter«, fuhr Randall fort. »Sie nahm es sehr gut auf, aber der Alte war noch nicht von der Arbeit zurück. Sein Job war die technische Überwachung von Gebäuden, und er war so konservativ wie ein Beamter. Einmal erzählte ich ihm, daß ich eine Wetterfahne vom Dach der Schule geklaut hatte, und er schwärzte mich beim Rektor an. Können Sie sich das vorstellen?«

»Erzählen Sie weiter«, forderte Winters ihn auf. »Versuchen Sie, nicht andauernd abzuschweifen, Randall. Denken Sie daran, daß draußen Ihre Frau und die Kinder auf Sie warten.«

»Nun, wenn ich mich recht entsinne, war Stel mit ihrer Mutter in der Küche. Ich hörte den Wagen des Alten vorfahren und ging zum Fenster, um nachzusehen, ob er es wirklich war.« Er blickte sich im Zimmer um. »Ich war ziemlich nervös, das kann ich Ihnen sagen. Ich konnte mich zwar ganz gut verteidigen, aber Stellas Vater war einer dieser drahtigen kleinen Itaker, die einem das Hirn rausprügeln können, wenn sie wütend werden. Er stand mit einem Kerl vor der Tür und schrie und brüllte. Wenn er sich aufregte, fing er für gewöhnlich an, italienisch zu quasseln und wild mit den Armen zu fuchteln. Die kommen aus Sizilien, wußten Sie das?«

»Wissen wir«, sagte Holly.

Winters sah sie neugierig an. »Stella ist aber hier zur Welt gekommen, oder?«

»Ja«, sagte Holly. »Nur ihre Eltern sind in Sizilien geboren.« Sie wandte sich wieder an Randall. »Kannten Sie den Mann, mit dem sich ihr Vater stritt? Hatten Sie ihn vorher schon einmal gesehen?«

»Nein«, sagte Randall kopfschüttelnd. »Vielleicht war er ein Nachbar oder so und sie stritten sich über den Hund. Ihr Hund hat immer in den Garten des Nachbarn gekackt. Der kleine Köter hatte partout keine Lust, in seinen eigenen Garten zu kacken.«

»Sie haben aber nichts von dem verstanden, was die beiden Männer sagten?« bohrte Holly nach.

»Ich glaube, er nannte den Kerl einen miesen Gauner oder so. Aber für Stellas Vater war jeder ein Gauner.« Randall räusperte sich und sprach konzentrierter weiter: »Als er hereinkam und ich sah, wie übel er gelaunt war, dachte ich, wir sollten es ihm besser ein andermal erzählen. Aber da kam schon Stellas Mutter aus der Küche gerannt und erzählte ihm alles brühwarm, bevor er auch nur die Tür zugemacht hatte.« Er stieß einen leisen Pfiff aus. »Mann, war der sauer! Er ging einfach in die Luft, verstehen Sie … Peng! Und er schrie mich an wie ein Irrer. Er verlangte, ich solle Stel heiraten, aber verdammt, ich hatte keine Lust, zu heiraten und ein Kind großzuziehen. Dann sagte er, daß er seiner Tochter niemals eine Abtreibung erlauben würde. Er schaffte es, mich ein paarmal zu schlagen, und ich begann zurückzuschlagen. Bevor wir uns versahen, rollten wir auf dem Boden herum. Stella geriet dazwischen und bekam ein paar Schläge ihres Vaters ab. Ich nehme an, daß die für mich bestimmt waren.« Seine Stimme wurde sanfter. Über den

Tisch hinweg fixierte er Holly. »Das war wirklich sehr schmerzhaft für Stel, wissen Sie. Ich glaube nicht, daß ihr Vater sie je zuvor geschlagen hatte. Sie standen sich so nahe, und sie ging zu ihm, weil sie glaubte, daß er sie verstehen und ihr helfen würde.«

»Was ist dann passiert«, fragte Holly, »nachdem Sie es ihm gesagt hatten?«

»Ich machte, daß ich rauskam«, sagte Randall, »aber dann bekam ich Angst, daß ihr Vater sie noch weiter in die Mangel nehmen könnte. Also schlich ich um das Haus herum und schaute nach, wie ich wieder reinkommen konnte. Schließlich bemerkte ich ein offenes Kellerfenster, und so kam ich wieder ins Haus. Die Kellertreppe endete gleich neben Stellas Schlafzimmertür. Ich huschte einfach in ihr Zimmer und schloß hinter mir die Tür.«

»War Stella zu diesem Zeitpunkt im Zimmer?« fragte Holly.

»Ja, und sie war stinksauer. Junge, war die mies drauf! Stel war sehr temperamentvoll, wissen Sie.« Er hielt inne und wischte sich mit dem Handrücken über den Mund. »Wir saßen einfach da und redeten, und plötzlich sprang sie vom Bett auf und fing an, über ihren Vater herzuziehen. Sie schimpfte, er sei ein Bastard und wie er es wagen könne, sie zu schlagen. Sie hielt sich ihren Bauch und weinte. Vielleicht hatte er ihr wirklich weh getan. Es ist nicht gerade gut für eine schwangere Frau, wenn man ihr in den Bauch schlägt. Ich war damals noch ein Jugendlicher und hatte von solchen Dingen keine Ahnung.«

»Hatte sie eine Fehlgeburt?« fragte Holly. »Sie wissen, daß sie das Baby verloren hat, nicht wahr?«

»Ich hab' davon gehört«, sagte Randall. Er räkelte sich auf seinem Stuhl, streckte die Arme in die Höhe und gähnte. Dann saß er nur noch da und starrte mit entrücktem Gesichtsausdruck ins Leere.

»Wann brach das Feuer aus?« fragte Winters.

»Ich erzähl's Ihnen ja gleich«, sagte Randall. »Können Sie mich nicht mal einen Moment nachdenken lassen? Jetzt wird die Sache ja erst richtig ernst. Ich muß versuchen, das alles wieder auf die Reihe zu kriegen.« Er lehnte sich auf dem Stuhl zurück und schloß die Augen. Kurz darauf vergrub er sein Gesicht in den Händen. Schließlich hob er den Kopf und setzte sich aufrecht auf seinen Stuhl. »Gut«, sagte er, »Sie wollen die Wahrheit hören, stimmt's? Was wirklich in dieser Nacht passiert ist ... Okay, Sie wollen es wissen, und Sie werden bekommen, was Sie wollen.«

Er holte tief Luft, dann legte er los, und die Worte brachen regelrecht aus ihm heraus. »Bevor ich mich versah, schnappte sich Stella irgendwas von der Kommode und rannte in den Flur raus. Wenn ich gewußt hätte, daß sie ihren alten Herrn anzünden wollte, hätte ich sie aufgehalten. Dann weiß ich nur noch, daß das ganze Haus brannte und daß alle schrien. Verstehen Sie, da war die ganze Sache außer Kontrolle geraten.«

Holly blickte kurz zu Minor und wandte sich dann schnell wieder Randall zu, wobei sie versuchte, sich ihr Erstaunen nicht anmerken zu lassen. »Stella hat ihren eigenen Vater angezündet? Sind Sie sicher, absolut sicher? Das sind schwerwiegende Beschuldigungen, Randall. Nach allem, was wir wissen, haben Sie das Feuer gelegt.«

»So ein hirnrissiger Blödsinn!« schrie Randall. »Verstehen Sie doch«, sagte er und warf seine Arme in die Luft, »deshalb mußte ich ja abhauen. Ich wußte, daß Stella versuchen würde, mir das anzuhängen. Seit Jahren versucht sie schon, mich zur Strecke zu bringen. Warum, glauben Sie denn, hab' ich mich dünngemacht und bin nie mehr nach Houston zurückgekommen? Verdammt, Lady, das hier ist meine Heimatstadt. Glauben Sie vielleicht, daß es mein Traum war, in dem verfluchten Nebraska zu leben? Und andauernd in allen Ecken nachzusehen, ob nicht irgendwo die verrückte Stella lauert, um mich vor Gericht zu zerren, weil sie mich für den Mord an ihren Eltern dranzukriegen versucht?«

»Haben Sie mit eigenen Augen gesehen, wie sie ihren Vater anzündete?« fragte Holly. »Vielleicht war das Feuer ja ein Unfall.«

»Ich hörte ihn schreien.« Seine Augen blitzten. »Ich habe es nicht mit eigenen Augen gesehen, aber ich hab' es gehört. Er schrie ›Nein, nein, nein‹ und kreischte Stellas Namen. Es klang eindeutig so, als würde sie ihn anzünden. Wenn jemand mit Feuerzeugbenzin und Streichhölzern in der Hand hinausrennt, und das nächste, was Sie mitbekommen, ist der Geruch von brennendem Fleisch und die Schreie des Kerls, dann können Sie sich leicht zusammenreimen, daß dieser Jemand getan hat, was er vorhatte.«

Hollys Kiefer klappte nach unten. »Sie haben gesehen, daß sie Feuerzeugbenzin und Streichhölzer in der Hand hatte?«

»Das hab' ich doch gerade gesagt«, stieß er hervor und rutschte tiefer in seinen Stuhl.

»Wann haben Sie das Feuerzeugbenzin und die Streichhölzer gesehen?« fragte Holly weiter. »Wo hatte sie die Sachen her? War es das, was sie von der Kommode genommen hat?«

»Stella war Cheerleaderin, wissen Sie«, sagte Randall. »Sie wirbelte mit diesen Stäben herum, die als Fackeln aufgestellt werden. Sie hatte immer Feuerzeugbenzin oder Petroleum oder so etwas zu Hause, und Streichhölzer hat jeder. Stel sammelte sie immer in Restaurants und legte sie in eine große Schale auf der Kommode.«

»Wie sind Sie aus dem Haus herausgekommen?«

Randall dachte eine Weile nach, bevor er antwortete. »Ich hätte einfach aus dem Schlafzimmerfenster verschwinden können, aber ich mußte versuchen, sie zu retten. Ich fand Stellas Bruder in seinem Bett, wo er geschlafen hatte, und trug ihn auf dem Rücken hinaus. Ich konnte weder Stella noch die anderen finden. Der Rauch war zu dicht, und überall wüteten Flammen. Wenn ich wieder in das Haus gegangen wäre, wäre ich wie ein Hähnchen gebraten worden.«

»Dann waren Sie es also«, warf Carl Winters ein, »der damals die Feuerwehr alarmiert hat?«

»Hey«, sagte Randall, »woher zum Teufel soll ich das nach so vielen Jahren noch wissen? Ich tat, was ich tun mußte. Bei einem Feuer ruft man die Feuerwehr.«

»Ich verstehe«, sagte Winters, der genau wußte, daß Randall wie ein Hase geflohen war. Nachdem die Feuerwehr schließlich von einem Nachbarn alarmiert worden war, hatten sie Stella und ihren Bruder bewußtlos auf dem Rasen gefunden; von Randall keine Spur. Stellas Bruder war wie durch ein Wunder unverletzt geblieben, doch Stella hatte schwere Verbrennungen erlitten, und ihr Leben hing nach dem Feuer noch viele Tage an einem seidenen Faden. Doch Winters hatte sie insgeheim von Anfang an verdächtigt, für diese Tat verantwortlich zu sein, und Randalls Aussage paßte zu seiner Vermutung, was sich in jener Nacht zugetragen hatte. Nachdem er jahrelang versucht hatte, die Puzzlestücke zu ordnen, war er zu dem Schluß gekommen, daß einzig und allein diese Version einen Sinn ergab. Randall mochte eine Giftschlange sein, aber Winters wußte, daß der Entschluß, einen Menschen anzuzünden, nur in einer engen persönlichen Bindung an das spätere Opfer reifen konnte.

Außerdem hatte er den Verdacht, daß zwischen Stella und ihrem Vater Dinge vorgefallen waren, von denen niemand etwas wußte. Eine Inzestbeziehung war für ein verzweifeltes junges Mädchen sicherlich ein Mordmotiv, besonders dann, wenn sie sich mit einem jungen Mann eingelassen und die Eifersucht ihres Vaters entfacht hatte. Vielleicht hatte sie Angst gehabt, daß ihr Vater sich an ihr rächen würde, sobald Randall gegangen war. Und nicht zum erstenmal sagte sich Winters, daß Stella das Kind möglicherweise vor allem deshalb gewollt hatte, um von ihrem Vater freizukommen. Dann brachte sie ihn um, wobei sie annahm, daß es wie ein Unfall aussehen würde, und verrückt genug war zu glauben, daß ihr genügend Zeit bliebe, ihren Bruder und ihre Mutter aus dem brennenden Haus zu retten.

»Noch einmal zurück zu jenem Abend«, sagte Holly nachdenklich. »Wenn Stellas Vater kurz vorher eine Auseinandersetzung mit jemandem hatte, dann hat vielleicht dieser Mann das Feuer gelegt.«

»Sonst war aber niemand im Haus«, erklärte Randall. »Ich kam durch den Keller hinein, und es brannte kein Licht. Soweit ich mich erinnern kann, waren Stellas Eltern in ihrem Schlafzimmer und schliefen. Außerdem«, fügte er hinzu, »war das Haus nicht gerade groß. Wenn jemand auch nur einen Schluckauf hatte, konnte man es im ganzen Haus hören.«

»Als Sie das Haus zum erstenmal verließen«, sagte Holly, die in diesem Punkt vollständige Klarheit haben wollte, »stand da noch ein Auto in der Einfahrt – außer dem Wagen des Vaters?«

»Nein«, antwortete Randall. »Sie können mich hundertmal fragen, aber ich sage Ihnen, daß sonst niemand im Haus war.«

Holly wandte sich an Winters. »Kann das Feuer auch außerhalb des Hauses ausgebrochen sein?«

»Nein«, sagte er, »laut den Brandexperten brach das Feuer an Stellas Bett aus.«

»Das paßt aber nicht zu Randalls Geschichte«, erwiderte Holly verblüfft. »Er war in ihrem Zimmer, als das Feuer ausbrach. Eben hat er uns erzählt, das Feuer sei am anderen Ende des Flurs ausgebrochen, nachdem Stella aus dem Zimmer gerannt sei, um sich ihren Vater vorzuknöpfen.«

»In dieser Nacht ging alles furchtbar schnell, und alle

waren verdammt aufgeregt, verstehen Sie«, sagte Randall. »Vielleicht habe ich mich geirrt.«

»Widerrufen Sie jetzt etwa Ihre Aussage?« Hollys Stimme klang ärgerlich. »Sie tischen uns hier diesen ganzen Mist auf, und jetzt nehmen Sie alles wieder zurück?«

»Nein«, verteidigte er sich. »Vielleicht habe ich nur den zeitlichen Ablauf durcheinandergebracht. Ich sagte Ihnen doch, mein Gedächtnis ist nicht das beste.« Er verstummte und dachte nach. »Vielleicht ist Stellas Vater in ihr Zimmer gekommen, und sie ist aufgesprungen und hat sich das Feuerzeugbenzin gegriffen«, sagte er und blickte zu Winters. »Vielleicht hat sie es gleich dort getan, wie er es gesagt hat. Ich erinnere mich, daß wir auf dem Bett saßen und redeten. Es war schon spät, nach Mitternacht, und vielleicht bin ich ein Weilchen eingenickt und dann wieder aufgewacht, als ihr alter Herr anfing zu schreien.«

»Aber Sie haben nichts gesehen?« Holly verschränkte die Arme vor der Brust. »Wenn Sie sich in demselben Zimmer aufhielten, Randall, wie konnten Sie dann nicht sehen, was passierte?«

»Das Zimmer war voller Rauch, und man konnte kaum etwas erkennen«, antwortete er. Dann leuchteten seine Augen auf. »Hey, wenn ich den brennenden Kerl gerochen habe, dann war er vielleicht wirklich im selben Zimmer wie ich. Stel nahm die Streichhölzer von der Kommode und so, und dann sind wir beide eingeschlafen. Vielleicht hatte ihr Vater beschlossen, in ihr Zimmer zu kommen. Dann ging der Streit wieder los, und sie hat ihn angezündet.«

»Eine Frage«, sagte Holly. »Wenn Sie wußten, daß Stella für dieses Verbrechen verantwortlich ist, warum haben Sie dann Ihre Sachen gepackt und sind aus Houston fortgezogen? Warum haben Sie sich nicht der Polizei anvertraut, wenn Sie unschuldig sind und sich nichts vorzuwerfen haben? Ist Ihnen denn nicht in den Sinn gekommen, daß Sie sich durch Ihre Flucht verdächtig machen würden?«

»Ich habe sie geliebt«, erwiderte Randall. »Und das arme Ding war so entstellt, verstehen Sie. Ihre ganze Schönheit war dahin. Wie hätte ich aufkreuzen und die Wahrheit sagen können, wo ich doch wußte, daß sie dann ins Gefängnis müßte? Wie kann man einem Menschen, der einem nahesteht, so etwas antun?«

Eine Weile war es still im Raum. Dann hieb Holly mit der Hand auf den Tisch, um Randall aus der Fassung zu bringen. »Sie erzählen uns hier eine ganze Menge Blödsinn, Randall. Vielleicht hätten Sie es vor Gericht ja nicht wiederholt, aber als die Polizei Sie damals gleich nach dem Feuer aufsuchte, war es für Sie überhaupt kein Problem, mit dem Finger auf Stella zu zeigen. Ohne Ihre Aussage hätte Detective Winters Stella niemals eingesperrt. Nachdem Sie die Stadt verlassen hatten, mußten wir das Verfahren einstellen, weil wir keine anderen Zeugen hatten.«

Randalls Schultermuskeln begannen zu zucken. Jetzt erinnerte er sich an den alten Dreckskerl. Es waren so viele Jahre vergangen, daß er vergessen hatte, wie Winters aussah. Außerdem hatte der Detective damals keinen Cowboyhut getragen. »Natürlich hätten Sie mich finden können«, gab er zurück. »Aber es hat mich ja niemand gesucht.«

Winters sagte: »Sie haben in Nebraska doch unter einem anderen Namen gelebt!«

»Na ja, das schon. Aber für einen so zackigen Bullen wie Sie, Carl, hätte das doch kein großes Problem sein dürfen.«

»Der Steckbrief galt nur für diesen Bundesstaat«, erläuterte Holly. »Der Richter fand den Fall nicht wichtig genug, um einen Zeugen im ganzen Land suchen und durch einen anderen Bundesstaat ausliefern zu lassen. Wir könnten Sie allerdings wegen Behinderung der Justiz anklagen, da wir jetzt wissen, daß Sie in einem Mordfall absichtlich Informationen zurückgehalten haben.«

Randall sprang vom Stuhl auf. »Ich muß mir Ihren Mist hier nicht gefallen lassen!« brüllte er. »Ich bin nicht verhaftet worden. Ich bin hierhergekommen, um Ihnen ein paar Informationen zu geben und Ihnen zu helfen, und Sie sitzen da und behandeln mich wie einen beschissenen Mörder oder so etwas! Ihr könnt mich alle mal! Wie habt ihr mich nur dazu gebracht, mich selbst zu belasten? Nennt man das nicht Verleitung zu einer Straftat?«

»Setzen Sie sich«, bellte Winters. Randall zog eine gute Show ab und spielte den naiven, treuherzigen Burschen, aber in Wirklichkeit war er weitaus gerissener, als der Detective ursprünglich gedacht hatte.

»Nein, ich werde mich nicht hinsetzen«, sagte Randall hitzig. »Ich habe für diesen Mist mein Stipendium für Notre Dame geopfert. Ich bin davongelaufen und habe mich versteckt wie ein Fahnenflüchtiger oder so was, nur damit ich niemandem erzählen mußte, was sie getan hat. Wissen Sie eigentlich, wie wichtig das für mich war? Schon mein Vater hat bei Notre Dame gespielt.« Erregt lief er vor dem Tisch auf und ab. »Sogar mein Onkel hat dort gespielt und die Hälfte meiner verdammten Vettern. Mein ganzes Leben lang hab' ich davon geträumt, auf diese Schule zu gehen und in ihrem Team zu spielen. Wäre Stella nicht gewesen, wäre ich heute vielleicht ein Profi und säße auf einem Vermögen. Statt dessen trainiere ich für einen Hungerlohn erbärmliche High-School-Jungs und frage mich, wie ich die Miete bezahlen soll.« Er blieb stehen und sah sie der Reihe nach an. »Kann ich jetzt gehen? Wenn Sie mich gegen meinen Willen hier festhalten wollen, müssen Sie mich dann nicht verhaften und mir meine Rechte vorlesen oder so?«

Während der gesamten Befragung hatte Frank Minor am anderen Ende des Raums gestanden und wortlos zugehört. Für einen Mann, der erst vor ein paar Wochen seinen dreißigsten Geburtstag gefeiert hatte, hatte Minor blitzschnell Karriere gemacht. Als Holly ihn fragend ansah, nickte er fast unmerklich. Er analysierte die Widersprüche in Randalls Aussagen, um festzustellen, ob das Gehörte für eine Wiederaufnahme der Ermittlungen ausreichte.

»Sie können gehen«, sagte Holly. »Wenn wir noch weitere Fragen haben, melden wir uns bei Ihnen.«

Winters drückte auf die Stopptaste des Kassettenrecorders und stand auf. Holly ging zu Minor und flüsterte: »Es sieht nicht gerade gut für Stella aus, oder? Glauben Sie, daß er uns angelogen hat, oder könnte auch etwas Wahres an seiner Geschichte sein?«

»Wie kommen Sie darauf, daß er lügt?« fragte Minor unverblümt, während er an ihr vorbei auf die Tür zuging.

Randall war im Begriff, den Raum zu verlassen, als er plötzlich mit verdutzter Miene stocksteif stehenblieb. Stella stand direkt vor der Tür im Korridor, nur wenige Meter von seiner Frau und den Kindern entfernt.

Sobald sie Randall erblickte, bekam sie einen Wutanfall, holte aus und schlug ihm mit aller Kraft ins Gesicht. »Du beschissener Bastard!« schrie sie, grub ihre Nägel in seine rechte Wange und hinterließ dort blutrote Kratzer. Sie warf ihr Haar zurück und rief außer sich: »Sieh nur, was du mir angetan hast, du Mistkerl! Wenn es etwas ändern würde, würde ich dich mit eigenen Händen erwürgen!«

Holly packte sie und versuchte sie fortzuziehen, aber Stella riß sich los, bereit, erneut auf Randall einzuschlagen. Dessen Frau schrie, und die Kinder weinten und umklammerten Stellas Beine. Mehrere Staatsanwälte hörten den Aufruhr und kamen durch den Korridor herbeigerannt. Aber Winters stieß sie beiseite, packte Stella um die Taille, hob sie hoch und setzte sie ein paar Meter von Randall entfernt wieder ab. »Wer auch immer Sie sein mögen«, keuchte er, vor Anstrengung schwer atmend, »noch eine Bewegung, und ich nehme Sie fest!«

Während Frank Minor und die anderen Staatsanwälte Randall und seine Familie den Korridor hinab zu den vorderen Büros führten, eilte Holly zu Winters und erklärte ihm, wer Stella war. In der Aufregung hatte er sie nicht wiedererkannt. Erst neulich hatte er sie im Fernsehen gesehen, doch heute sah sie verändert aus. Ihr Haar fiel über ihre rechte Wange, und sie hatte viel Make-up aufgelegt. Winters wußte, daß sie sich seit damals mehreren Schönheitsoperationen unterzogen hatte. Aber nicht nur die Narbe sah nun besser aus, auch eine Reihe weiterer kosmetischer Eingriffe hatte ihre Gesichtszüge verändert.

»Was haben Sie mit sich angestellt?« fragte Winters. »Sah Ihre Nase früher nicht anders aus? Hatten Sie eine Schönheitsoperation an der Nase oder so?«

»Allerdings.« Stella funkelte ihn an, als stehe sie kurz davor, auch auf ihn einzuschlagen wie zuvor auf Randall. »Ich habe versucht, das Beste aus einer schlimmen Situation zu machen, Winters. Aber auch Sie haben sich verändert, wenn Sie es schon erwähnen. Sie sind älter und ein ganzes Stück fetter geworden.«

Holly legte einen Arm um Stella und führte sie den Korridor entlang zu ihrem Büro. Es war schon schlimm genug, daß ihre Freundin Randall angegriffen hatte. Sie wollte nicht zusehen, wie sich Stella durch eine Attacke auf einen Polizeibeamten in noch größere Schwierigkeiten brachte.

Randall stand in der Eingangshalle der Bezirksstaatsanwaltschaft und betupfte seine Schrammen im Gesicht mit einem Taschentuch, das ihm Minor gereicht hatte. Seine Familie hatte er hinausgeschickt, damit sie im Auto auf ihn warteten. »Verfluchter Mist«, sagte er, »ich hätte nie gedacht, daß ich im Büro eines verdammten Staatsanwalts überfallen werden könnte. Kann ich sie verklagen? Wenn ein Mann eine Frau schlägt, muß er einen Batzen Geld lockermachen, warum also sollte sie einfach so davonkommen, he?«

Frank Minor beobachtete die Entwicklung dieses Falles mit großem Interesse. Er hatte von Anfang an dazu tendiert,

Randalls Geschichte zu glauben, da sie zu Winters' hartnäckiger Behauptung paßte, daß Stella das Feuer gelegt habe. Seit er eben ihren Auftritt beobachtet hatte, war er sogar überzeugt davon, daß es hier noch erheblichen Aufklärungsbedarf gab. Eine amtierende Staatsanwältin anzuklagen, überdies eine so angesehene und herausragende Kollegin wie Stella Cataloni, war allerdings schwierig und riskant. Minor war alles andere als risikofreudig. Wer ein Risiko einging, mußte mit negativen Konsequenzen rechnen, und keinesfalls wollte er durch einen Fehler seine Karriere gefährden. Abgesehen von Stellas Position und Einfluß, war dieser Fall nicht nur alt, sondern uralt. Wahrscheinlich waren viele Zeugen gar nicht mehr aufzufinden, und damit war auch ein großer Teil der Beweise dahin. »Wären Sie bereit, vor Gericht zu wiederholen, was Sie eben ausgesagt haben?« fragte er vorsichtig. »Ich will damit nicht sagen, daß wir diese Sache wieder aufrollen, aber wenn wir Ihre Einstellung dazu kennen, hilft uns das sicherlich, die richtige Entscheidung zu treffen.«

Randall schwieg eine ganze Weile; sein Blick wanderte in der Eingangshalle umher. »Ja«, sagte er schließlich, »ich werde aussagen. Stella Cataloni hat mir jahrelang das Leben zur Hölle gemacht. Sie hat meine Eltern angerufen und zu ihnen gesagt, ich hätte das Feuer gelegt. Verdammt, sie hat es all meinen Freunden erzählt. Jetzt hab' ich einen neuen Job, und allmählich bekomme ich mein verdammtes Leben wieder in den Griff. Aber wenn das die einzige Möglichkeit ist, mir diese Hure ein für allemal vom Hals zu schaffen ...« – er lächelte, als er seine Hand ausstreckte und in Minors Hand einschlug –, »... dann kommen wir ins Geschäft.«

Stella hatte sich inzwischen ein wenig beruhigt, aber der Wutausbruch hatte sie emotional völlig ausgelaugt. Zusammengesunken und zitternd saß sie auf einem Stuhl in

Hollys Büro und fühlte sich, als hätte ihr jemand alle inneren Organe herausgerissen. »Wie kann er die Frechheit besitzen, so etwas zu behaupten?« fragte sie. »Hat er wirklich gesagt, er hätte meinen Bruder in Sicherheit gebracht und sei all die Jahre auf der Flucht gewesen, um mich zu schützen?« Entsetzt schüttelte sie den Kopf. »Wie konnte ich mich nur in einen solchen Schleimer verlieben? Mir wird schlecht, wenn ich nur daran denke, daß ich tatsächlich mit ihm geschlafen habe.«

Holly saß ruhig da, mit ausdrucksloser Miene, den Kopf auf eine Hand gestützt. Seit fast einer Stunde hörte sie sich Stellas Tiraden und Gezeter an. Als sie ihr erzählt hatte, was Randall ausgesagt hatte, war Stella erneut in Wut geraten. Jetzt beruhigte sie sich allmählich wieder.

»Weißt du was?« Stella starrte auf einen Punkt an der Wand über Hollys Kopf. »Ich habe mich immer über die Menschen gewundert, die andere Menschen töten. Wie sind sie bis zu dieser Grenze gekommen? Was hat sie zum letzten Schritt getrieben? Man sucht immer nach einem großen, monumentalen Motiv, aber vielleicht ist das ein Irrtum. Vielleicht ist es ein ganz kleiner Auslöser, ein Moment des Hasses, unbedeutend für die Gesamtsituation und trotzdem stark genug, der sie zu Mördern werden läßt.«

»Was meinst du damit?« fragte Holly, die sich in Gedanken nochmals Randalls Aussage vergegenwärtigte.

»Ich hatte einmal einen Fall«, erklärte Stella, »bei dem es eigentlich nur um Hehlerei mit Diebesgut ging, aber der Kerl hatte ein langes Vorstrafenregister und ständig mit Diebstahl zu tun. Also argumentierte ich, er solle ruhig etwas Zeit im Knast verbringen. Sein Anwalt versuchte, an das Mitgefühl des Gerichts zu appellieren, indem er behauptete, wenn sein Mandant ins Gefängnis käme, müßten seine Frau und die drei Kinder Hunger leiden.« Sie unterbrach sich und lächelte spöttisch. »Ich hielt dem entgegen, seine Frau könne ja ihren Hintern bewegen und einen Job annehmen. Schließlich arbeiten heutzutage die meisten Frauen, auch wenn sie Kinder haben. Ich habe ja nicht verlangt, daß sie die Kinder in ein Waisenhaus bringen soll. Sie mußte die Kinder nur in einer Ganztagsschule anmelden. Warum sollte das ausgerechnet dieser Frau nicht zuzumuten sein?«

Holly kam sich vor wie eine Analytikerin, die ihrer auf der Couch liegenden Patientin lauschte. »Was hat das alles mit Randall zu tun?« fragte sie. »Kommen wir nicht ein wenig vom Thema ab, Stella?«

»Als dieser Typ«, antwortete Stella, »nach lächerlichen dreißig Tagen aus dem Knast herauskam, lauerte er mir mit einer Pistole auf. Der Schuß ging natürlich daneben, aber weißt du, was er anschließend sagte?«

»Nein, was denn?«

»Er war nicht sauer auf mich, weil ich ihn ins Kittchen gebracht hatte. Er war noch nicht einmal wütend darüber, daß ich ihn vor dem Richter und den Geschworenen einen notorischen Dieb genannt hatte. Nein, er war außer sich, weil ich seine Frau gezwungen hatte, sich einen Job zu suchen.« Stella lachte. »Seine Frau fand das Arbeiten wohl nicht so toll, aber inzwischen wird sie sich wahrscheinlich daran gewöhnt haben. Der Schuß, den er auf mich abfeuerte, brachte ihm zehn Jahre in Huntsville ein. Allerdings wird er keine zehn Jahre drinbleiben. Vermutlich setzen sie den Bastard demnächst schon wieder auf freien Fuß.«

»Hast du keine Angst, daß er dir wieder auflauert?« fragte Holly. Ohne aufzusehen, kritzelte sie gedankenverloren auf einem gelben Notizblock herum.

»Nein, eigentlich nicht«, entgegnete Stella. »So, wie ich mich im Moment fühle, sollte ich ihm vielleicht am besten meine Adresse mitteilen.«

»Ich verstehe noch immer nicht, worauf du hinauswillst«, sagte Holly, die langsam ungeduldig wurde. Alle Leitungen ihres Telefons blinkten. Sie hatte zwar ihre Sekretärin gebeten, sämtliche Nachrichten für sie entgegenzunehmen, aber sie war jetzt auch schon zehn Minuten zu spät dran für ihren nächsten Gerichtstermin. Außerdem würde sie, wie es aussah, morgen den größten Teil des Vormittags damit verbringen müssen, bei all diesen Leuten zurückzurufen.

»Also«, begann Stella. Weit vorgebeugt auf ihrem Stuhl sitzend, schien sie sich wie schutzsuchend zusammenzukrümmen. »Ich weiß nicht mit Bestimmtheit, daß Randall das Feuer gelegt hat, obwohl ich das immer vermutet habe. Aber ob er es getan hat oder nicht – weißt du, was mich am meisten wütend macht, warum ich ihn am liebsten würgen würde, bis ihm seine kleinen Augen aus dem Kopf quellen?«

»Was?« fragte Holly. Die Stimme ihrer Freundin klang jetzt so grimmig, daß sie schließlich doch Hollys volle Aufmerksamkeit auf sich zog.

»Daß er behauptet, *er* habe meinen Bruder gerettet«, sagte Stella und lehnte sich wieder in ihren Stuhl zurück. »Dieser Kerl denkt vierundzwanzig Stunden am Tag nur an sich selbst. Er würde noch nicht einmal sein eigenes Kind retten, wenn er dafür sein feistes Genick riskieren müßte.«

Holly schüttelte den Kopf, und ein paar blonde Locken fielen ihr in die Stirn. »Wer sonst hat deinen Bruder aus dem Feuer geholt, Stella?«

»Ich«, sagte Stella mit Nachdruck. »Wenn ich nicht durch diesen Flur gerannt wäre, um Mario zu holen, hätte ich niemals solche Verbrennungen abbekommen. Und ich hätte niemals die Schmerzen durch all diese fürchterlichen Operationen erdulden müssen.«

»Ich habe Mario neulich getroffen«, sagte Holly, die Stellas Bruder schon aus der Zeit kannte, als sie in Dallas gelebt und mit Stella zusammen bei der dortigen Staatsanwaltschaft gearbeitet hatte. »Als ich vor etwa drei Monaten im Fitneßstudio trainierte, ist er mir dort über den Weg gelaufen. Wir haben zusammen zu Mittag gegessen, und er hat mir alles über seine Arbeit erzählt. Ein paar seiner Fotografien wurden gerade in der Graham-Galerie in West-Alabama ausgestellt. Er bat mich, einmal reinzuschauen, und das tat ich dann auch. Er ist wirklich gut, Stella. Ich war beeindruckt.«

Das war neu für Stella. Sie hatte geglaubt, daß sich Mario hauptsächlich mit Mode-Layouts und Werbeanzeigen beschäftigte. Ihr Bruder hatte ihr gegenüber nie erwähnt, daß er versuchte, sich als Fotograf zu etablieren, aber sie hatte auch schon einige Zeit nicht mehr mit ihm gesprochen. »Ich werde versuchen, ihn irgendwo aufzutreiben, und auch mal mit ihm zu Mittag essen«, sagte sie und stand auf.

Holly bemerkte den gequälten Ausdruck im Gesicht ihrer Freundin und sah sie mitleidig an. »Ich hätte dir nicht erzählen sollen, was Randall gesagt hat. Das war dumm von mir«, sagte sie. »Ich hätte wissen sollen, wie sehr dich das aufregt. Es tut mir leid, Stella.« Sie verstummte und suchte nach Worten. »Du weißt schon, nicht nur wegen heute, sondern wegen des ganzen Höllentrips, den du durchgemacht hast.«

»Ja«, sagte Stella seufzend. »Mir tut es auch leid, aber das allein hilft auch nicht immer.«

Nachdem Stella gegangen war, rief Frank Minor in Hollys Büro an und ließ ausrichten, sie möge sich in seinem Dienstzimmer melden. »Sagen Sie ihm, daß ich auf dem Weg zu einer Verhandlung bin«, instruierte Holly ihre Sekretärin, während sie mit den Prozeßunterlagen und ihrer Aktentasche durch das Vorzimmer eilte. »Ich bin schon spät dran, und Richter Rolling ist ein Pünktlichkeitsfanatiker.«

»Auf Minors Weisung habe ich schon herumtelefoniert, um Ihren Fall auf den späten Nachmittag verschieben zu lassen«, erklärte die Sekretärin. »Er will Sie sofort sehen, Holly. Er sagt, es sei dringend.«

Ein paar Augenblicke später betrat Holly Minors Büro, das mit hübschen Polstersesseln, deckenhohen Fenstern hinter dem Schreibtisch und Bücherregalen aus Mahagoni ausgestattet war. Von Rechts wegen hätte eigentlich ihr dieses Büro zugestanden. Als ihr Blick auf das gerahmte Harvard-Diplom an der Wand fiel, straffte sie unwillkürlich ihre Schultern. Vor einigen Monaten, als sie und Minor sich um die Position der Mordabteilungsleitung beworben hatten, war Holly sicher gewesen, daß sie das Rennen machen würde. Sie besaß wesentlich mehr Prozeßerfahrung als Minor, und als ehemalige Polizistin kannte sie sich auch besser mit Untersuchungshaftverfahren, gerichtlichen Beweismitteln und den Problemen beim Aufbau einer Strafsache aus. Sie war am Boden zerstört gewesen, als Minor ihr den Posten vor der Nase weggeschnappt hatte.

Anders als Minor hatte Holly keine wohlhabenden und einflußreichen Eltern. Ihr Vater war gestorben, als sie erst zwölf Jahre alt gewesen war, und infolgedessen war ihre Familie verarmt. Holly hatte hart dafür gekämpft, Staatsanwältin zu werden. Sie hatte als Polizistin gearbeitet und zugleich eine erschwingliche Juristenschule in Dallas besucht. Nach den vollen Acht-Stunden-Arbeitstagen hatte sie die Nächte über den Lehrbüchern verbracht. Aber mit einem Harvard-Diplom konnte ihr Examen nicht konkurrieren, und sie befürchtete, bis zum Ende ihrer Karriere auf einem niedrigen Posten festgenagelt zu bleiben, eingesperrt in einem engen und erbärmlichen Dienstzimmer wie ihrem gegenwärtigen Büro. Sie machte sich keine Illusionen mehr wie so viele andere, die aus ähnlichen Verhältnissen kamen – Kollegen, die naiverweise dachten, nach bestandener Prüfung sei ihre Zukunft gesichert und niemand frage mehr nach den Namen der Institutionen auf ihren Abschlußzertifikaten.

Hollys Vater war in einer ähnlichen Situation gewesen. Nach fünfundzwanzig Jahren bei Mobil Oil hatte er sich um eine Führungsposition beworben, jedoch erfolglos. Sie erinnerte sich an seinen verstörten Gesichtsausdruck, als er abends nach Hause gekommen war und es ihrer Mutter erzählt hatte. »Meine Papiere waren nicht gut genug, Liebling«, hatte er gesagt. »Es kümmert sie nicht, daß ich mehr Erfahrung habe als alle anderen Bewerber zusammen. Sie sehen nur, daß ich meinen Abschluß nicht an einer angesehenen Universität, sondern an einem städtischen College gemacht habe. Wegen eines erbärmlichen Papierfetzens trauen sie mir den Job nicht zu.«

Der folgende Morgen hatte sich in Hollys Gedächtnis für immer als schwärzester Tag ihres Lebens eingebrannt. Sie war eine temperamentvolle Zwölfjährige gewesen und der Sonnenschein im Leben ihres Vaters. Damals waren sie nicht gerade wohlhabend, aber eine glückliche Familie, die ein erfülltes Leben führte. Als sie an jenem Morgen in die Garage ging, um ihr Fahrrad zu holen, mit dem sie immer zur Schule fuhr, endete Hollys Kindheit mit einem schrecklichen Schlag. Der leblose Körper ihres Vaters baumelte an einem Seil unter der Decke. Seine Füße schaukelten hin und her und stießen immer wieder gegen den Sitz ihres leuchtendroten Fahrrads ...

»Sie wollten mich sprechen«, sagte sie und setzte sich auf einen Ledersessel mit hoher Rückenlehne.

»Ich glaube, wir haben endlich etwas in der Hand«, begann Minor aufgeregt. »Mit Randalls Aussage können wir den Fall wieder aufrollen und erfolgreich vor Gericht bringen.«

»Was sagen Sie da?« fragte sie. »Sie glauben, wir haben genug, um Randall anzuklagen? Da bin ich anderer Meinung, Frank. Ich meine, Stella bittet mich schon seit Jahren, den Fall wiederaufzunehmen, aber ich ...«

»Warum sollten wir Randall anklagen?« unterbrach er

sie. »Er hat uns soeben den Schuldigen geliefert. Ich habe draußen noch mit ihm gesprochen, und er hat mir versichert, daß er aussagen wird.«

»Stella?« rief Holly aus. »Das kann nicht Ihr Ernst sein, Frank.«

»Warum nicht?« entgegnete er. »Wenn Sie mich fragen, könnte sich Ihre Freundin aus Dallas als Mörderin entpuppen.«

Schweigend schlug Holly erst das linke über das rechte, dann das rechte über das linke Bein. »Wahrscheinlich haben Sie recht«, sagte sie endlich. »Guten Gewissens können wir Randalls Aussage nicht einfach ignorieren. Aber wenn wir versuchen, jemanden strafrechtlich zu verfolgen, der sich in einer so exponierten Position wie Stella Cataloni befindet, werden sich die Medien wie Haie darauf stürzen. Der Ruf eines Menschen kann durch einen solchen Fall völlig zerstört werden. Wenn wir es angehen, sollten wir uns unserer Sache sicher sein. Wir brauchen Beweise, um die Anschuldigungen hieb- und stichfest zu machen.« Sie hielt inne, sah ihn prüfend an und versuchte herauszufinden, was er denken mochte. »Und vergessen Sie den Pelham-Prozeß nicht. Die Leute werden die Narbe in Stellas Gesicht sehen und sie sofort als Opfer einstufen.«

Anstatt sich ihren Argumenten zu beugen und seinen Vorschlag fallenzulassen, empfand Frank Minor ihre Überlegungen im Gegenteil als ausgesprochen anregend. Er begann, die einzigartigen Möglichkeiten zu erkennen, die ein so sensationeller Fall in sich barg, insbesondere jetzt, da Stella nach ihrem Erfolg im Pelham-Prozeß durch die Medien eine gewisse Popularität erlangt hatte. »Für Sie wie auch für mich könnte dieser Fall einen erheblichen Karriereschub bedeuten«, sagte er zu Holly. »Möchten Sie es versuchen? Sie wären die ideale Besetzung, weil Sie Stella so gut kennen und früher Seite an Seite mit ihr in Dallas gearbeitet haben. Wer wollte diese Story nicht auf der Titelseite bringen? Zwei Staatsanwältinnen im selben Gerichtssaal, einst Freundinnen, und nun muß sich eine von ihnen wegen Mordes und Brandstiftung verantworten.« Je länger er darüber nachdachte, desto begeisterter wurde er. »Hier steht mehr auf dem Spiel als unsere Karrieren, Oppenheimer. Wir könnten beide bald schon in einem riesigen Geldhaufen schwimmen. Buchrechte, Filmrechte, die Möglichkeiten sind grenzenlos!«

»Hm«, brummte Holly und wickelte eine Haarsträhne um ihren Finger. »Ich weiß nicht, Frank. Stella ist meine Freundin. Seit ich fortgezogen bin, stehen wir uns zwar nicht mehr so nahe, aber soweit ich sie kenne, kann ich nur sagen, daß sie eine anständige Frau ist. Und sie hat bereits Fürchterliches durchgemacht.« Sie zuckte mit den Schultern. »So, wie Sie es darstellen, hört es sich grausam und opportunistisch an. Ich weiß nicht, ob ich bei so etwas mitmachen möchte.«

»Was aber, wenn Stella Cataloni tatsächlich ihre Eltern umgebracht hat?« bohrte er, nun entschlossen, sie auf seine Seite zu ziehen. »Haben Sie ihr erzählt, was Randall ausgesagt hat? Wie hat sie reagiert?«

»Sie haben sie und Randall gesehen«, antwortete Holly und verzog das Gesicht. »Was glauben Sie, wie sie reagiert hat? Es hat sie völlig aus der Bahn geworfen. Ich konnte sie kaum noch beruhigen.«

»Diese Frau ist gewalttätig«, erwiderte Minor. »Ich glaube, sie hat das Feuer gelegt. Und wenn das stimmt, soll sie verdammt noch mal auch dafür büßen.«

»Hören Sie zu«, sagte Holly, »Stella war schon immer reizbar und impulsiv. Jeder weiß, daß sie leicht aus der Haut fährt, wenn man sie an der richtigen Stelle erwischt. Das ist nicht das erste Mal, daß ich gesehen habe, wie sie die Kontrolle verlor. Einmal habe ich miterlebt, wie sie mitten in einer Gerichtsverhandlung ausflippte.« Ihre Augen wurden trübe, und sie starrte durch den Raum zum Fenster hinaus. »Growman hat sie gebändigt. Er hat ihr beigebracht, ihr Temperament zu ihrem Vorteil zu nutzen.« Sie begann, Flusen von ihrem Rock zu zupfen. »Niemand kann eine Zeugin wie Stella Cataloni knacken.«

Als Holly aufsah, starrte Minor sie durchdringend an. »Wollen Sie etwa jemanden davonkommen lassen, der einen Mord auf dem Gewissen hat, nur weil Sie lose miteinander befreundet sind? Hier sind zwei Menschen gestorben, nicht nur einer!« rief er aus. »Wir reden von Doppelmord, Oppenheimer.« Er griff hinter sich in den Aktenschrank, zog eine Akte hervor und nahm einen Stoß Fotos heraus. »Sehen Sie sich die einmal an!« Er schob die Fotos an den Rand seines Schreibtisches. »Und dann sagen Sie mir ins Gesicht, daß es sich hier um eine Sache handelt, die wir zu den Akten legen und vergessen sollten!«

Beim Anblick der grauenhaften Fotos, die den Tatort – das Haus der Catalonis nach dem Feuer – zeigten, verzog Holly das Gesicht. Die Leichen von Stellas Eltern waren so stark verkohlt, daß sie wie schwarze, aus einem Lagerfeuer ragende Aststümpfe wirkten. Holly mußte die Fotos von allen Seiten betrachten, um überhaupt eine Ähnlichkeit mit Menschen feststellen zu können. »Wo wurde die Leiche des Vaters gefunden?«

»Irgendwo im Flur«, sagte Minor. »Das spielt aber keine Rolle. Haben Sie nicht gehört, was Winters gesagt hat? Das Feuer brach am Bett aus. Daß die Leiche nicht an derselben Stelle gefunden wurde, hat nichts zu bedeuten. Der Mann kann noch durch den Flur gewankt sein, nachdem sie ihn angezündet hatte, dann brach er zusammen und starb.«

Holly warf die Fotos auf seinen Schreibtisch zurück und seufzte. »Nun, was das Verbrechen angeht, haben Sie recht«, sagte sie. »Wissen Sie, es ist schon merkwürdig. Die Menschen denken, ein Mord sei wie der andere und es handle sich im Grunde immer um das gleiche Verbrechen, wenn eine Person gewaltsam zu Tode kommt.« Sie holte tief Luft und atmete langsam wieder aus. »Diese armen Leute sind bei lebendigem Leibe verbrannt, Frank. Sie müssen unter höllischen Qualen gestorben sein.«

»Jetzt kommt Ihnen Ihre kleine Freundin nicht mehr so süß und unschuldig vor, wie?« Er grinste selbstgefällig.

Doch Holly blieb reserviert, ihre Miene ausdruckslos. »Trotzdem ist sie noch immer eine von uns«, sagte sie nachdrücklich. »Und Randall hat uns möglicherweise nichts als Lügen aufgetischt, um sich selbst aus der Schußlinie zu ziehen.«

»Sie brauchen diesen Fall.« Minors Lippen kräuselten sich zu einem boshaften Lächeln. »Wenn Sie weiterkommen wollen, Oppenheimer, müssen Sie einen Killerinstinkt entwickeln. Sie haben jetzt drei Fälle nacheinander verloren. Finden Sie nicht, daß Sie allmählich mal einen großen Coup landen müßten?«

Hollys Augen verengten sich zu Schlitzen, doch rasch unterdrückte sie ihren Zorn. »Sie sind der Boß«, sagte sie, stand auf und wandte sich zur Tür. »Wie Ihre Entscheidung auch ausfallen mag, ich werde einen Weg finden müssen, um damit zu leben.«

KAPITEL 3

Stella bezahlte den Taxifahrer, dann rannte sie die Treppen zur Wohnung ihres Bruders hinauf. Sein Apartment befand sich in einem dichtbesiedelten Bezirk von Houston, in der Nähe des Astrodomes. Sie klingelte und wartete, bis er die Tür öffnete. »Stella!« rief Mario Cataloni, und ein breites Grinsen erschien auf seinem attraktiven Gesicht. »Was machst du in Houston? Hast du lange gewartet? Ich war in der Dunkelkammer und habe ein paar Fotos entwickelt.«

Stella trat auf ihn zu, umarmte ihn und lehnte ihren Kopf an seine Brust. Er war groß, hatte dunkles Haar wie sie, und auf seiner Oberlippe wuchs ein sorgsam gestutzter Schnurrbart. Mario trug lediglich eine enge Jeans, ohne ein Hemd darüber, und dazu wie üblich seine Cowboystiefel. Sein Oberkörper glänzte vor Schweiß. Um seinen Hals baumelte an einer Kette das goldene Kreuz, daß Stella ihm zu seinem sechzehnten Geburtstag geschenkt hatte. Soviel sie wußte, hatte er die Kette seitdem nie wieder abgelegt.

Sie trat zurück, boxte ihm freundschaftlich in den Magen und spürte den Widerstand seiner festen Bauchmuskeln. »Schön, dich zu sehen, du gutaussehender Teufel«, sagte sie. »Muß ich denn erst in ein Flugzeug steigen und hierher fliegen, um zu erfahren, was mein kleiner Bruder so treibt?«

Mario lachte und rieb seinen Bauch. »Hey, Stel, das hat weh getan. Du solltest allmählich damit aufhören, mich zu verprügeln. Ich bin kein kleiner Junge mehr, falls du das noch nicht bemerkt haben solltest.«

»Das muß ich mir ansehen«, sagte Stella und umkreiste ihn lächelnd. »Nein, ich glaube, du hast recht. Und was wirst du nächsten Monat sein? Der große Dreißigjährige? Schlimm, was?«

»Ja«, sagte er. »Altwerden ist schlimm, aber das müßtest du ja aus eigener Erfahrung wissen.«

Während Mario lachte, grinste Stella spöttisch und setzte die coole Miene auf, die sie ihm gegenüber immer an den Tag legte. »Du kleiner Mistkerl«, sagte sie und trat gegen seine Stiefelspitze. »Wollen wir hier den ganzen Tag in der Hitze stehen, oder wirst du mich endlich hineinbitten? Ich dachte, wir könnten zusammen zu Mittag essen.«

Stella trat ein und schüttelte entsetzt den Kopf. Als Mario noch bei ihr und ihrem Mann gewohnt hatte, hatte sie täglich seine Schlampigkeit erdulden müssen. Aber jetzt war er ein Mann, und sie hatte gehofft, daß er seine eigene Wohnung besser in Ordnung halten würde. Das Apartment war geräumig, es bestand aus zwei großzügigen Schlafzimmern und einem dritten Raum, der Mario als Dunkelkammer diente. Die Wohnung war geschmackvoll möbliert, und doch war der Eindruck wegen der herrschenden Unordnung katastrophal. Da Mario eine Vorliebe für moderne Inneneinrichtung besaß, hatte er sein Apartment mit schwarzen Marmortischen und weißen, flauschigen Sofas ausgestattet. Merkwürdige Lampen aus Edelstahl, die eher in ein Büro als in eine Wohnung gepaßt hätten, sorgten für die Beleuchtung. An den Wänden hingen Fotos im Posterformat, die er im Laufe der Jahre aufgenommen hatte. Die meisten Bilder zeigten Gesichter hübscher junger Frauen, die für ein Produkt warben, aber Stella bemerkte auch einige Landschafts- und Naturaufnahmen.

»Wie ich hörte, arbeitest du mittlerweile als ernsthafter Künstler«, sagte sie und ging zu einem Bild, um es sich genauer anzusehen. »Hattest du nicht vor kurzem erst eine Ausstellung? Das hier ist wirklich gut, Junge. Ich bin stolz auf dich.«

»Ich habe gerade eine Serie für einen Hundefutterhersteller abgeschlossen«, erwiderte Mario leicht resigniert. »Ich würde lieber seriösere Sachen machen, aber davon kann man nicht leben.«

Als professioneller Fotograf reiste Mario sehr viel umher, doch das war keine Entschuldigung dafür, daß er auf einer Müllhalde lebte. Auf dem Boden lagen überall Zeitungen verstreut, Hamburger- und Pizza-Schachteln und schmutzige Tassen bedeckten beinahe sämtliche Abstellflächen. Die Aschenbecher quollen vor Zigarettenkippen über, und die weißen Sofas waren fleckig und verstaubt. »Das ist ja abscheulich«, sagte Stella. »Hast du noch nicht von dieser neuen Erfindung gehört? Man nennt es ›Mülleimer‹. Du solltest es vielleicht einmal damit versuchen.«

»Hör auf, die Mutter zu spielen, Stel!« Mario zündete sich eine Zigarette an und blies ihr den Rauch ins Gesicht. »Ich mag mein Leben so, wie es ist. Frag mich nicht, warum, es ist einfach so.«

»Zieh ein Hemd an, und dann gehen wir«, sagte sie. »Du hast doch noch nicht zu Mittag gegessen, oder?«

»Um ehrlich zu sein«, antwortete er, »ich habe erst vor etwa einer halben Stunde gefrühstückt.«

»Großartig«, sagte Stella und verschränkte die Arme vor der Brust. »Gibt es hier denn irgend etwas Eßbares?«

»Im Kühlschrank ist noch kalter Braten. Bedien dich. Ich muß nach meinen Fotos sehen.«

Stella tat, was sie in solchen Fällen immer machte. Sie räumte das Wohnzimmer auf und ging anschließend in die

Küche, um sich das schmutzige Geschirr im überfüllten Spülbecken vorzunehmen. Dann öffnete sie die Kühlschranktür, spähte hinein und machte sie rasch wieder zu. Sie beschloß, das Mittagessen ausfallen zu lassen, nahm einen einsamen Apfel aus einer Schale und knabberte daran, während sie weiterarbeitete.

Als Mario aus der Dunkelkammer kam, stießen sie beinahe frontal zusammen, da Stella soeben mit einer Duftspraydose durch den Flur lief. Endlich, nachdem die gröbste Unordnung beseitigt war, setzten sie und Mario sich auf eines der weißen Sofas im Wohnzimmer, und Stella erzählte ihrem Bruder, was in der Polizeistation geschehen war.

»Dieser beschissene Bastard«, stieß Mario hervor und sprang auf. »Wie kann er nach allem, was er uns angetan hat, noch solche Schauergeschichten erzählen?«

Stella beobachtete ihn, während er im Zimmer im Kreis herumlief. Er spannte seine Muskeln an und schlug fortwährend mit der rechten Faust in seine linke Handfläche. »Beruhige dich«, beschwichtigte sie ihn und bedauerte jetzt, es ihm erzählt zu haben. »Wir können nichts dagegen tun. Außerdem nimmt Randalls Beschuldigungen sowieso niemand ernst. Du hättest ihn sehen sollen. Er ist eine Witzfigur, ein Hanswurst!«

»Mach dir doch nichts vor, Stella«, sagte ihr Bruder. »Es gibt Leute in dieser Stadt, die viel darum geben würden, dich mit dem Gesicht im Dreck landen zu sehen.«

Stella hob den Kopf und blickte ihn neugierig an. »Wer sollte das sein? Ich habe hier in Houston keine Feinde.«

»Denk doch mal nach«, erwiderte Mario. »Onkel Clem hat immer geglaubt, daß du die Schuld an Vaters Tod trägst, und dieser alte Bock ... wie war noch sein Name? Du weißt schon, Stella, der Polizist, der dich damals drankriegen wollte und dich festnahm?«

»Carl Winters«, sagte Stella.

»Der hatte dich von Anfang an im Verdacht. Winters

scheint dich für eine richtige Schwerverbrecherin zu halten, die er zur Strecke bringen muß wie in dieser blöden Fernsehsendung ›Aktenzeichen XY‹. Er wird bis ans Ende seiner Tage hinter dir her sein.«

Stella lachte und sagte sich, daß seine Beschreibung ziemlich genau auf Winters zutraf. Allerdings hatte sie nie verstanden, warum sie für den Polizisten eine so wertvolle Trophäe darstellte.

Mario dagegen fand das alles überhaupt nicht lustig. »Sieh mal, ich lebe in dieser Stadt, Stella«, sagte er. »Ich kenne alle Gerüchte, die hier kursieren. Während der ersten sechs Monate, nachdem ich wieder hierhergezogen war, hielt mich fast täglich die Polizei an. Und erzähl mir nicht, Onkel Clem hätte *nicht* dahintergesteckt. Ich weiß verdammt genau, daß es so war.«

Stella blickte auf ihre Hände. Es war traurig, wenn sich die eigene Familie gegen einen stellte. »Ist er immer noch Captain bei der Polizei?«

»Er ist vor etwa einem halben Jahr pensioniert worden«, stieß Mario hervor, »aber glaub mir, er hat immer noch großen Einfluß bei seiner alten Mannschaft. Wenn er von dieser neuen Entwicklung Wind bekommt, weiß ich wirklich nicht, wie er reagiert.« Er verschwand in der Küche und kam mit einer geöffneten Flasche Rotwein zurück. »Möchtest du welchen?« fragte er und schwenkte die Flasche in Stellas Richtung.

Stella winkte ab. »Warum sollte Onkel Clem denn hinter dir her sein?«

»Woher soll ich das wissen?« sagte Mario und zupfte an seinem Schnurrbart. »Vielleicht glaubt er, daß wir beide unter einer Decke stecken. Einer meiner Freunde war neulich in einer Bar und sah im Fernsehen dein Interview nach dem Pelham-Prozeß. Der Kerl neben ihm kannte unseren Namen, da er sich an das Feuer erinnerte. Zu meinem Freund sagte er, er habe gehört, daß wir miteinander geschlafen hätten. Und darum hätten wir unsere Eltern loswerden müssen.«

»O Gott«, stöhnte Stella, nahm ein Kissen und drückte es gegen ihre Brust. »Glaubst du wirklich, daß Onkel Clem so etwas Verrücktes behaupten würde?«

»Ich habe selbst ein paar Nachforschungen angestellt, Stel. Randalls Familie hat dieses Gerücht in die Welt gesetzt. Sie glaubten wahrscheinlich, daß die Leute denken würden, ich hätte dich geschwängert, wenn sie jedem erzählten, daß wir ein Liebespaar gewesen seien. Weil wir fortgezogen sind, wußten wir nicht, was so alles geredet wurde.«

»Na wunderbar«, sagte sie wütend. »Wahrscheinlich hat Randall diese Geschichte selbst erfunden, Mario. Es hört sich ganz nach ihm an. Er hat immer versucht, anderen die Schuld zuzuschieben.«

»Ich sollte zu ihm gehen und ihm seine verdammten Knochen brechen.« Mario nahm noch einen Schluck Wein und wischte sich mit dem Handrücken über den Mund. »Scheiße, ich will es diesem Kerl schon seit Jahren heimzahlen. Weißt du, wo er wohnt? Ich rufe ein paar meiner Freunde an, und dann erteilen wir ihm eine Lektion, die er nie wieder vergißt.«

»Nein«, sagte Stella bestimmt. »An so etwas darfst du nicht einmal *denken*. Das hätte uns jetzt gerade noch gefehlt.« Sie atmete heftig, als sei sie drauf und dran, die Fassung zu verlieren. »Ich wollte nicht so ausrasten und ihn schlagen. Ich wollte ihm nur Auge in Auge gegenüberstehen. Als ich ihn dann aber sah, überkamen mich all die Haßgefühle, die ich die ganzen Jahre mit mir herumgeschleppt habe. Ich bin einfach ausgeflippt. Ich konnte mich nicht zusammenreißen.«

Ihr Bruder stellte die Weinflasche auf den Tisch und setzte sich wieder neben Stella auf das Sofa. Eine Zeitlang saßen sie nur schweigend da und starrten gegen die Wand.

»Ich liebe dich, Stel«, sagte Mario. »Ich kann nicht zulassen, daß dir jemand weh tut. Du hast genügend Schmerzen erlitten. Wenn du nicht gewesen wärst, würde ich heute nicht mehr leben.« Er blickte zur Seite, seine Stimme klang leise und gepreßt. »Was glaubst du, wie ich mich fühle? Ich habe nicht eine Schramme abbekommen. Jedesmal, wenn ich an deine Narben denke, frage ich mich, warum es damals nicht mich getroffen hat.«

»Fang jetzt nicht so an, Mario«, sagte Stella und wischte sich über die Augen. »Bitte, du weißt doch, wie sehr es mich aufregt, wenn du so redest.«

Aber Mario war jetzt nicht zu bremsen. »Ein paar Narben im Gesicht sind für einen Mann keine Tragödie. Ich erinnere mich, wie Mutter immer sagte, daß du die künftige Miss Texas seist und sogar bis zu den Miss-Amerika-Wahlen vorstoßen könntest.«

Stella streichelte seine Hand. »Alle Mütter haben solche dummen Träume«, sagte sie. »Das heißt nicht, daß sie realistisch sind. Und außerdem wollte ich nie Schönheitskönigin werden. Das war Mamas Traum, nicht meiner.«

»Du warst so schön, Stella«, fuhr Mario fort. »Warum gerade du?«

Stella spürte, daß sie kurz davor war, in Tränen auszubrechen. Sie schaffte es gerade noch, ein Schluchzen zu unterdrücken. Sie mußte stark sein. Nur durch ihre Stärke hatten sie beide seit jener Katastrophe überlebt. Wäre Mario mit ihren Eltern in dem Feuer umgekommen, hätte Stella höchstwahrscheinlich Selbstmord begangen. Aber statt dessen hatte sie die Qualen der vielfachen Operationen und Hautverpflanzungen ertragen. Ihr war klar gewesen, daß sie möglichst normal aussehen mußte, damit sie sich unter Menschen wagen und ihren Job behalten konnte, den sie brauchte, um für den Unterhalt ihres damals vierzehnjährigen Bruders zu sorgen.

Brad Emerson war genau zum richtigen Zeitpunkt in ihr

Leben getreten. Er hatte mit ihrem Vater im Baugewerbe gearbeitet und war für Stella kein Unbekannter gewesen, da er schon früher mehrfach bei ihnen zu Hause gewesen war. Nach der Tragödie hatte sich Brad sehr aufmerksam und hilfsbereit verhalten. Er hatte angeboten, ihren Bruder aufzunehmen, damit ihn die Behörden nicht an Pflegeeltern vermittelten. Stella war damals erst achtzehn Jahre alt gewesen, und Brad war mehr als anderthalb Jahrzehnte älter als sie. Aber sie hatte sich keineswegs zwingen müssen, diesen großzügigen und freundlichen Mann zu lieben.

Wenn sie heute darüber nachdachte, verstand sie sehr gut, warum Brad jetzt verbittert war und sich von ihr scheiden lassen wollte. Ihre Liebe zu Mario war immer ein wunder Punkt zwischen ihnen gewesen, sogar schon vor ihrer Karriere als Staatsanwältin. Die Bindung zwischen Stella und ihrem Bruder war so eng, daß sie jeden anderen ausschloß. Das gemeinsam Erlebte war so intensiv, so tragisch, daß ein Mensch, der nicht dasselbe durchgemacht hatte, niemals verstehen konnte, was sie einander bedeuteten. Sie hatte Brad immer versprochen, ihm ihre gesamte Zeit und Energie zu schenken, sobald Mario im College untergebracht war. Er war der Typ Mann, der gerne gehätschelt und getätschelt wurde, der jeden Abend nach Hause kommen und eine von ihr selbst zubereitete Mahlzeit auf dem Tisch vorfinden wollte. Und er wollte eine Frau, die nichts anderes im Sinn hatte, als ihm zu gefallen. Aber Stella war unter Growmans sorgsamer Anleitung rasch die Karriereleiter emporgestiegen, und im Laufe der Jahre hatte sie sich zu einer selbstbewußten und erfolgreichen Frau entwickelt.

Anfangs war sie Brads kleines Mädchen gewesen, gezeichnet und verletzt. Sie hatte sich bereitwillig von ihm vorschreiben lassen, was sie anziehen, wohin sie gehen und was sie sagen sollte. Er hatte ihr gesellschaftliches Leben organisiert und ihre Freunde ausgewählt. Damals hatte seine Fürsorge ihr gutgetan. Brad war wie ein Schutzengel in ihr Leben getreten.

Sie nahm Marios Hand, zog sie in ihren Schoß und umschloß sie fest mit ihrer Hand. »Es gibt nichts, worüber du dir Gedanken machen müßtest«, sagte sie. »Ich fliege heute noch nach Dallas zurück und spreche mit Growman darüber. Mal sehen, was ihm dazu einfällt. Da Randall wieder hier in der Stadt lebt, müssen wir nichts überstürzen. Wir können in dem Fall herumstochern, solange wir wollen. Mit Hollys Hilfe werden wir vielleicht einen Beweis dafür finden, daß er das Feuer gelegt hat.«

»War Holly heute dabei?« fragte Mario mit einem seltsamen Gesichtsausdruck.

»Ja«, sagte Stella. »Warum fragst du?«

»Wird sie mit dem Fall betraut?«

»Ich weiß es nicht«, antwortete Stella. »Es ist noch zu früh, um das sagen zu können. Ich bin noch nicht einmal sicher, ob wir überhaupt einen Fall haben, Mario. Die Beweise sind dürftig, und Randall versucht, mir die Schuld in die Schuhe zu schieben. Wir können ihn nur dann strafrechtlich verfolgen, wenn wir neue Indizien finden. Ob uns das nach so langer Zeit gelingen wird, ist zweifelhaft. Das Haus ist fast bis auf die Grundmauern niedergebrannt, daher haben wir praktisch nichts, was wir untersuchen könnten. Das war bei diesem Fall schon immer das größte Problem.«

»Willst du damit sagen, daß sie Randall einfach laufenlassen werden?« fragte Mario mit wutverzerrtem Gesicht.

»Wahrscheinlich«, sagte Stella. »Er ist ja schon die ganzen Jahre damit durchgekommen.«

»Das ist ungerecht!« rief er aus.

»Ja, das stimmt.« Stella zuckte mit den Schultern. »Im Leben geht es nicht immer gerecht zu.«

Sie stand auf und bat Mario, sie zum Flughafen zu fahren.

»Bleib doch über Nacht, Stel. Wir gehen in ein nettes Restaurant und versuchen, auf andere Gedanken zu kommen.«

»Das geht nicht«, entgegnete Stella. »Ich treffe mich heute noch mit Brad und meinem Anwalt. Wir wollen versuchen, uns über die Eigentumsverhältnisse zu einigen.«

Marios Gesicht wurde sanfter, als er Brads Namen hörte. Stellas Ehemann hatte ihn immer einer eisernen Disziplin unterworfen, aber Mario hatte stets Respekt für ihn empfunden, und er war dankbar für all die Dinge, die Brad für ihn getan hatte. »Grüß ihn von mir«, sagte er. »Und wenn er einmal geschäftlich nach Houston kommt, soll er mich auf jeden Fall anrufen.«

»In Ordnung«, sagte Stella.

»Könnt ihr euch denn nicht wieder zusammenraufen?«

»Ich fürchte, nein. Er trifft sich mit einer anderen, Mario. Er hat sich schon mit ihr getroffen, bevor er die Scheidung eingereicht hat.« Stellas Schultern strafften sich, aber nur für einen Augenblick, dann sanken sie wieder herab. »Sie ist erst vierundzwanzig und wunderschön, ihr Körper ist makellos. Wozu braucht er da noch mich?«

Ehe sie die Wohnung verließen, rief Stella noch Sam an und fragte, ob er sie am Flughafen abholen könne. Nachdem er zugesagt hatte, fuhren sie los und sprachen auf dem Weg zum Flughafen nur noch über Marios Liebesleben und über seine letzten Fotoarbeiten. Bevor sie eincheckte, hob Stella ihre Hand und fuhr ihm durchs Haar. »Du triffst dich also mit einer Stewardeß«, sagte sie lächelnd. »Findest du nicht, daß es langsam an der Zeit ist, seßhaft zu werden?«

»Ach was, Stel«, antwortete er und lächelte schelmisch, »ich bin so gefragt, daß mir einfach nichts anderes übrigbleibt. Es gibt in dieser Stadt zu viele schöne Frauen. Ich habe vor, mich mit jeder einzelnen zu beschäftigen, bevor ich dieses Kapitel abschließe und mich von einer als Bräutigam vor den Altar schleppen lasse.«

Stella runzelte die Stirn. Wie war er nur zu einem derartigen Playboy geworden? Mario ging davon, drehte sich aber noch einmal um und winkte, während Stella die Gangway zum Flugzeug hinaufeilte.

Samuel Weinsteins Kanzlei befand sich in einem Komplex in der Nähe des Central Expressway und der Mockingbird Lane, unweit des Universitätscampus und des Stadtparks von Dallas. Wertvolle Kunstgemälde, wirkungsvoll und großzügig verteilt, hingen an den Wänden seiner Büroräume, in denen vier oder fünf ausgesprochen gepflegte Frauen an Computern arbeiteten und Telefonate entgegennahmen. Sam, Stella und Brad Emerson saßen im Besprechungsraum. Der Anwalt hatte für die beiden identische Mappen vorbereitet, die Aufstellungen der Guthaben und Verbindlichkeiten des Ehepaars enthielten.

Brads Kleidung ließ ihn jünger als seine gut fünfzig Jahre erscheinen. Unter seiner violetten Claude-Montana-Jacke trug er ein schwarzes Seidenhemd, dazu eine Hose mit enggeschnittenen Beinen und eine Goldkette um den Hals. Er wirkte nicht älter als Anfang Vierzig. Stella brach beinahe in Gelächter aus, als sie seine neueste Errungenschaft bemerkte – einen kleinen Diamanten im rechten Ohrläppchen. Aber auch unabhängig von seinem neuen Kleidungsstil gehörte Brad Emerson zu den Männern, die nicht zu altern schienen. Sein Haar war zwar mittlerweile eher silbergrau als blond, doch sein Gesicht war gebräunt und faltenlos, seine Gestalt sportlich und schlank. Wenn er lächelte, lächelten Frauen jeden Alters zurück. Er war nicht besonders groß, jedoch sehr kräftig, denn er hatte seinen Körper durch die vielen Jahre im Baugewerbe gestählt.

»Mario hat nach dir gefragt«, sagte Stella, als Sam den Raum verließ, um einen wichtigen Anruf zu erledigen. »Er sagte, du sollst ihn anrufen, wenn du einmal nach Houston kommst. Ich war heute bei ihm.«

»Ach, wirklich?« fragte Brad. »Was treibst du in Houston? Hast du nicht kürzlich erst einen großen Fall gewonnen?«

Stella erzählte ihm von Randalls Auftauchen. Brad schnaubte verächtlich und wich ihrem Blick aus. »Da er nun wieder in der Stadt ist, Brad«, sagte sie, »haben wir die Möglichkeit, den Fall wiederaufzunehmen. Das heißt, daß ich vielleicht doch noch herausfinden werde, was in jener Nacht passiert ist und ob Randall das Feuer gelegt hat.«

»Schlafende Hunde soll man nicht wecken«, murmelte Brad. »Laß doch diesen Randall in Ruhe! Deine Eltern werden dadurch auch nicht wieder lebendig. Dein größtes Problem ist es, Stella, daß du dich viel zu sehr mit der Vergangenheit beschäftigst. Du solltest dir über die Zukunft Gedanken machen. Was du auch tust, du kannst die Vergangenheit nicht mehr ändern.«

Stella wurde ärgerlich. Diese Predigt hatte sie schon Dutzende Male von ihm gehört. Brad hatte nie den Zwang und den Rachedurst verstanden, die sie dazu trieben, denjenigen zu suchen, der für den Tod ihrer Eltern verantwortlich war. Seiner Ansicht nach sollte sie einfach vergessen, daß sie für den Rest ihres Lebens gebrandmarkt war, daß sie unsägliche Schmerzen hatte erleiden müssen und ihre Eltern unter furchtbaren Qualen gestorben waren. »Ich wette, wenn dein Gesicht so zugerichtet worden wäre«, fauchte sie, »könntest du auch nicht so einfach vergeben und vergessen.«

»Was macht er in Houston?« fragte Brad. »Du weißt schon, dieser Randall.«

»Er hat einen Job als Football-Trainer bei St. Elizabeth.« Im Augenwinkel sah Stella, daß Sam in den Konferenzraum zurückkam. »Aber ich kann dir eines versprechen«, fuhr sie fort, »diesmal werde ich es bis zum Ende durchziehen, und weder du noch sonst irgendwer wird mich daran hindern. Ich habe mittlerweile gute Beziehungen, nicht nur in Dallas, sondern auch in Houston. Ich bin keine Achtzehnjährige mehr, die von niemandem ernst genommen wird.«

Herausfordernd blickte sie umher, als wolle sie nicht nur Brad, sondern auch sich selbst überzeugen. »Die kriminalistischen Techniken sind inzwischen weiter fortgeschritten, und in unserem Büro arbeitet eine Ermittlungsbeamtin, die Wunder vollbringt. Wir werden uns durch die Beweise ackern und dieses Puzzle zusammensetzen, und wenn es das letzte ist, was ich jemals tun werde.«

»Weidmannsheil«, sagte er grinsend. »Nachdem du unsere Ehe zerstört hast, kannst du dich meinetwegen in Zukunft als Sherlock Holmes betätigen.«

»Vielleicht sollten wir uns wieder unserer Sache zuwenden«, schlug Sam vor, der die zwischen Stella und Brad sprühenden Funken bemerkte. Er wollte verhindern, daß sich die Situation weiter hochschaukelte und zu wüsten wechselseitigen Beschimpfungen ausartete. Schließlich waren sie hier zusammengekommen, um Stellas Angelegenheiten zu regeln.

»Ich bin bereit«, sagte Brad und sah auf seine Armbanduhr. »Ich habe nicht die ganze Nacht Zeit, Weinstein. Ich habe noch eine Verabredung zum Abendessen.«

Der Anwalt nannte ihm einen Betrag, den er selbst für einen fairen Kompromißvorschlag hielt, lehnte sich in seinem Stuhl zurück und wartete auf Brads Antwort.

Brad stützte die Ellbogen auf den Tisch und funkelte Stella an. »Ich habe dieses verdammte Geld nicht!« bellte er. »Deshalb bin ich heute auch ohne Anwalt gekommen. Ich kann es mir nicht leisten, einen Kerl dafür zu bezahlen, daß er hier sitzt und mir die Hand hält. Ich habe schon zehnmal gesagt, ich bin im Moment knapp bei Kasse.« Er ließ sich gegen die Stuhllehne zurückfallen und versuchte sich zu beruhigen. »Die Geschäfte laufen schlecht«, sagte er in vernünftigerem Tonfall. »Ich mußte schon an unsere Ersparnisse gehen, um die Betriebsausgaben zu decken. Ich wollte das Geld zurücklegen, sobald ich einige meiner neuen Projekte beendet habe.«

»Ist es nicht vielmehr so«, fragte Sam in scharfem Tonfall, »daß Sie Vermögen beiseite geschafft und im übrigen das Geld von Ihren gemeinsamen Konten nicht für das Geschäft gebraucht haben, sondern zur Finanzierung Ihres extravaganten Lebensstils?«

»Sie sind ein verdammter Lügner«, zischte Brad mit hochrotem, wutverzerrtem Gesicht. »Welchen extravaganten Lebensstil führe ich denn? Ich bin Bauunternehmer. Ich gönne mir doch nur ein paar kleine Annehmlichkeiten, nachdem ich mein ganzes bisheriges Leben in verschwitzten Arbeitsklamotten rumgelaufen bin.« Er richtete seinen Blick auf Stella. »Gestehst du mir denn nicht einmal das zu? Was willst du mir denn noch alles wegnehmen, vielleicht auch mein verdammtes Geschäft?«

»Hier geht es ja wohl nicht nur um Kleinigkeiten«, sagte Sam, der annahm, daß Brad ihre gemeinsamen Ersparnisse für kostspielige Geschenke an seine junge Freundin oder vielleicht auch für gemeinsame Reisen ausgegeben hatte. »Sie haben doch nicht das ganze Geld ins Geschäft gesteckt, oder? Falls doch, scheint es darüber jedenfalls keine Aufzeichnungen zu geben.«

»Was mischen Sie sich hier überhaupt ein?« Brad richtete sein Augenmerk jetzt auf Weinstein. »Sie schlafen mit meiner Frau, ja? Sie blasierter kleiner Drecksack. Sie schlafen mit meiner verdammten Frau! Ich seh's Ihnen an!«

Die Atmosphäre knisterte vor Spannung. Stella sah auf ihre Hände, und Weinstein tippte mit seinem Kugelschreiber auf die Tischplatte.

»Ihr verfluchten Anwälte seid alle gleich!« brüllte Brad. »Ihr wollt uns nur das Geld aus der Tasche ziehen, uns melken bis auf den letzten Pfennig!« Er hielt inne und holte Luft, ehe er fauchte: »Woher kommt der Name Weinstein eigentlich? Sie sind Jude, nicht wahr? Jeder weiß, daß für euch Juden nur Geld zählt, sonst nichts.« Dann wandte er sich wieder an Stella. »Sobald du diesem Blutsauger kein

Geld mehr bezahlst, Baby, wird er dich wie eine heiße Kartoffel fallenlassen.«

Stella blickte ihn finster an. »Komm nicht vom Thema ab, Brad.«

»Vom Thema abkommen?« wiederholte er und sprang auf. »Dieser Mistkerl hat mir heute, während ich mit einem Freund zu Mittag gegessen habe, eine einstweilige Verfügung zukommen lassen, wie einem gewöhnlichen Kriminellen. Darin steht, daß ich mich nicht näher als hundert Meter an mein eigenes Haus und an meine Frau heranwagen darf. Das hat mich in eine beschissene, peinliche Situation gebracht. Für sie sah es so aus, als ob ich Frauen schlage!«

Sie? dachte Stella und wußte im gleichen Moment, daß Brad sich verraten hatte. Sie hatten ihn also vor seiner jungen Freundin bloßgestellt, die sich nun noch einmal überlegen würde, mit welchem Mann sie sich da einließ. Stella verspürte eine Art Genugtuung, doch dann sah sie den feindseligen Ausdruck in den Augen ihres Ehemannes. »*Ich* habe die einstweilige Verfügung veranlaßt«, sagte sie, um seine Wut von Sam abzulenken. »Bei Scheidungen ist das so üblich. Jeder macht das so, Brad. Und du hast mich damals zu Boden geschlagen, so daß mein ganzer Ellbogen blau angelaufen war. Wer garantiert mir, daß du nicht wieder den Kopf verlierst und mich erschießt oder so etwas?«

»Das ist so üblich, ja?« bellte er. Unter den Achseln seiner Designerjacke hatten sich Schweißflecken gebildet. »Okay, ich werde dir auch eine einstweilige Verfügung zukommen lassen, Miss Superschlau. Wie gefällt dir das?«

»Von mir aus«, erwiderte Stella. »Wenn du meinst, daß das einen Sinn hat, laß dich nicht aufhalten. Es ist nur ein Stück Papier.«

Sam versuchte, die Situation wieder in den Griff zu bekommen. Er wollte eine finanzielle Einigung erreichen, damit sie mit der Scheidung weiterkamen. »Warum entspannen Sie sich nicht beide und sehen sich die Papiere an, die ich für Sie vorbereitet habe? Es ist viel besser, wenn man sich gütlich über das Vermögen einigen kann, als die Gerichte damit zu beschäftigen.«

»Sie können mich mal«, stieß Brad wütend hervor und ging nun wieder auf Sam los. »Ich werde überhaupt nichts bezahlen. Wenn Sie einem Mann den letzten Pfennig aus der Tasche ziehen wollen, dann müssen Sie schon persönlich kommen und ihn sich holen.«

Sam versuchte sich zu sammeln. Als er aufstand, zuckten seine Gesichtsmuskeln. »Soll das eine Aufforderung sein, Emerson?«

»Jawohl«, sagte Brad, hob seine Fäuste und spannte den Bizeps an. »Kommen Sie doch, und holen Sie sich das Geld, Sie schmieriger Aasgeier!«

»Es wäre besser, wenn Sie jetzt gingen«, sagte Sam. »Wenn Sie das nicht tun, werde ich die Polizei verständigen und Sie rausschmeißen lassen.«

»Hör auf damit, Brad«, warf Stella ein. »Du benimmst dich wie ein Idiot. Sam ist nur der Anwalt. Das ist doch nicht persönlich gemeint. Wenn du jemanden schlagen willst, dann mich. Auf mich bist du wütend, nicht auf Sam.«

Ihr Ehemann ließ die Fäuste sinken und starrte zuerst Stella, dann Weinstein an. Sein Atem ging schwer. Schließlich deutete er mit dem Zeigefinger anklagend auf Sam. »Du vögelst meine Frau!« rief er aus, drehte sich um und stürzte aus dem Besprechungsraum.

Sam setzte sich wieder hin und sah auf die Mappe, die vor ihm auf dem Tisch lag. »Ich glaube, wir werden uns nicht außergerichtlich einigen können.« Seine Stimme klang enttäuscht.

Stella brach in Gelächter aus. »Offensichtlich«, sagte sie und unterdrückte ein nervöses Kichern. Aus irgendeinem Grund fand sie das Treffen beinahe komisch. Sie bemerkte

Sams ernsten Gesichtsausdruck und fragte sich, wie er jemals hatte annehmen können, zwei so launische und reizbare Menschen wie sie und ihr Ehemann würden sich gegenübersitzen und ruhig ihre Vermögensangelegenheiten regeln. Er mochte zwar ein guter Anwalt sein, dachte sie, ging zu ihm und legte ihm von hinten ihre Arme um den Hals, aber er mußte noch viel über die menschliche Natur lernen.

»Er hält uns für ein Liebespaar«, sagte sie, beugte sich vor und drückte ihre Lippen auf sein Haar. Der Anwalt hatte sich am Abend zuvor wunderbar verhalten, als sie die Neuigkeiten über Randall erfahren hatte. Wäre sie nicht so durcheinander und – ihres entstellten Äußeren wegen – befangen gewesen, so hätte sie Sam gebeten, die Nacht mit ihr gemeinsam zu verbringen. Sam seinerseits war reserviert geblieben. Sie hatte ihn impulsiv geküßt, aber er hatte nicht versucht, es zu mehr kommen zu lassen. Anstatt ins Haus zu gehen, hatten sie draußen in seinem Wagen gesessen und geredet.

Er streckte einen Arm hinter sich und berührte ihre Hand. »Meint Brad nicht eigentlich Growman, Stella?«

»Wovon redest du?« fragte Stella. Sie ging um ihn herum und setzte sich auf den Stuhl neben ihm.

»Du weißt schon«, antwortete Sam mit gepreßter Stimme. »Hast du nicht etwas mit Ben Growman?«

»Nein, absolut nicht«, sagte Stella, die in diesem Moment erkannte, warum er letzte Nacht so distanziert geblieben war. »Wie kommst du darauf?«

»Nun«, sagte er, »jeder weiß, daß die Frauen auf Growman fliegen. Ich habe ihn zwar schon sehr lange nicht mehr mit einer Frau gesehen, aber vor Jahren sah ich ihn öfter mit einer jungen Blondine. Ich kenne auch seine Frau, Stel, also wußte ich, daß es nichts Offizielles war.«

»Wahrscheinlich hast du ihn mit Holly Oppenheimer gesehen«, antwortete Stella. »Sie hatten etwas miteinander, aber das ist schon viele Jahre her. Growman und ich sind gute Freunde, Sam, aber ich schwöre dir, daß ich nicht mit ihm ins Bett gehe. Er ist für mich eher eine Vaterfigur als sonst etwas.«

»Warum hat Brad sich dann so aufgeregt?« fragte Sam und hob seinen Kopf. »Ich dachte, er wüßte, daß du eine Affäre hast, und sei sich nur nicht sicher, mit wem. Das würde erklären, warum er annimmt, daß ich es bin.«

»Nein«, sagte Stella kopfschüttelnd. »Ich hatte dir gesagt, daß wir ihm keine einstweilige Verfügung zukommen lassen sollten. Im Grunde ist Brad ein guter Mensch, Sam. Wenn du durch mich einen anderen Eindruck bekommen hast, so lag das nicht in meiner Absicht. Er hat mir mein Jurastudium ermöglicht. Er hat auch meinen Bruder unterstützt und versucht, ihm den Vater zu ersetzen. Die einstweilige Verfügung war eine Beleidigung für ihn. Brad ist kein gewalttätiger Mensch. In all unseren Ehejahren hat er niemals die Hand gegen mich erhoben.«

»Du hast mich doch angerufen und mir erzählt, daß er dich geschlagen hat und daß du dir Sorgen machst, er könne zurückkommen und dich wieder verletzen«, sagte der Anwalt. »Nur aufgrund dieser Informationen habe ich die einstweilige Verfügung erwirkt.«

»Was zwischen Brad und mir passiert ist«, fuhr Stella fort, »unsere Heirat und all das ... na ja, es ist nur die eine Seite der Geschichte. Ich habe mich zu sehr auf meine Karriere konzentriert, und der Pelham-Fall war eine starke Belastung. Ich habe meine Ehe vernachlässigt, Sam. Brad hatte einfach keine Lust mehr, noch länger darauf zu warten, daß ich ihm meine Aufmerksamkeit schenke, und so hat er sich eine andere gesucht.« Stella errötete vor Verlegenheit, weil sie sich aufgeführt hatte wie die klassische betrogene Frau und sich die Wahrheit zurechtgebogen hatte, um ihren Mann zu sich zurückzuzwingen. »Ich bin ausgeflippt, als ich von dem Mädchen erfuhr, mit dem er sich trifft«, erklärte sie. »Sie mag zwar eine ehemalige Stripperin sein, aber sie ist jung und schön. Ich war eifersüchtig, deshalb bin ich auf Brad losgegangen. Er hat mich nur fortgestoßen, und da bin ich gestolpert und hingefallen.« Stella räusperte sich. »Ich denke, ich war an dem Tag, als ich dich anrief, einfach nur wütend, und ich habe es wohl viel schlimmer dargestellt, als es in Wirklichkeit war. Ich schäme mich jetzt dafür. Brad haßt mich, und es ist alles meine Schuld. Er wird sich niemals auf eine außergerichtliche Einigung einlassen.«

»Hey«, sagte Sam. Er beugte sich vor und legte einen Finger unter ihr Kinn. »Ich habe Hunger. Was ist mit dir? Da uns ja nun eine heiße Affäre nachgesagt wird, sollte ich dich wenigstens hin und wieder zu einem ausgiebigen Essen einladen.«

Stella lachte – ein wunderbar befreiendes Lachen, mit dem die Anspannungen des Tages von ihr abfielen. Sie fühlte sich zu Tode erschöpft, aber sie hoffte, daß ein gutes Abendessen mit einem so netten und aufmerksamen Mann wie Sam sie wieder zum Leben erwecken würde. »Was ist mit Adam?« fragte sie. »Mußt du nicht nach Hause zu deinem Sohn?«

»Aus diesem Grund hat Gott die Haushälterinnen erschaffen, Stella«, sagte Sam und lächelte ihr zu. »Lois ist schon seit sieben Jahren bei uns.«

»Ich würde deinen Sohn gerne einmal kennenlernen«, sagte sie. »Ich wette, er ist ein großartiger kleiner Kerl.«

»Oh, du wirst ihn kennenlernen«, antwortete Sam und lächelte erneut. »Aber nun gehen wir zuerst einmal essen. Ich habe heute ohne Mittagspause durchgearbeitet und bin fast am Verhungern.«

»Das hört sich gut an«, sagte sie und stand auf. »Ich habe das Mittagessen auch ausfallen lassen. Bei dem vielen Geld, das ich dir bezahle«, witzelte sie, »glaube ich allerdings nicht, daß du mit einer Einladung zu McDonald's davonkommst.«

»McDonald's?« Sam verzog angewidert sein Gesicht. »Ich führe dich in das beste Restaurant der Stadt. Noch nicht einmal mit Adam gehe ich zu McDonald's. Das Zeugs dort bringt einen um.«

»Sollte nur ein Scherz sein.« Stella versetzte ihm einen freundschaftlichen Schubs, während sie zur Tür hinausgingen.

Im Restaurant des noblen Mansion-Hotels auf dem Turtle Creek Boulevard aßen Sam und Stella zuviel von den köstlichen Speisen und tranken ein wenig zuviel Wein. Anschließend fuhren sie in Sams schwarzem Mercedes zu Stellas Haus. Sie lehnte ihren Kopf an die Kopfstütze und atmete tief den Duft des neuen Leders ein. »Ich wollte nächstes Jahr eigentlich auch einen neuen Wagen kaufen«, sagte sie und seufzte, als sie an ihren zehn Jahre alten BMW dachte, der schon 120 000 Kilometer auf dem Buckel hatte. »Aber wie es jetzt aussieht, wird mein Geld dafür nicht reichen.« Sie bemerkte, daß Sam hellwach wurde, und erkannte, daß sie ihn soeben an der richtigen Stelle erwischt hatte. Sam war nicht nur Anwalt, sondern ebenso Geschäftsmann, ein Mann, für den finanzielle Sicherheit zu den schützenswertesten menschlichen Gütern zählte.

»Wenn du mir vertraust und mich für das kämpfen läßt, was dir von Rechts wegen zusteht«, sagte er, sie anblickend, »und wenn du dich von deinem Mann nicht zu einer unfairen Einigung drängen läßt, kannst du dir bald schon alles kaufen, was du dir wünschst.«

»Nein«, widersprach sie und schüttelte den Kopf, »der ganze Streit um das Geld macht mich völlig fertig und Brad zu meinem Feind. Das ist es einfach nicht wert, Sam. Außerdem habe ich ein beachtliches Einkommen. Ich komme allein zurecht, ohne Brad etwas abnehmen zu müssen. Das Haus ist zwar nicht viel wert, aber es ist fast abbezahlt, und wenn mein Wagen den Geist aufgibt, lasse ich ihn eben reparieren.«

»Ich meine nicht den Unterhalt«, sagte Sam, während er in die gepflasterte Einfahrt vor Stellas Haus fuhr und den Motor abstellte. »Bei deinem Einkommen steht dir kein Unterhalt zu, aber das Guthaben auf einigen dieser verschwundenen Sparkonten. Das ist Geld, das du verdient und gespart hast. Willst du ihm das etwa schenken und dich auf diese Weise von ihm betrügen lassen?«

»Ja«, erwiderte sie mit einem Lächeln, wurde aber gleich wieder ernst. »Er soll das Geld ruhig behalten. Wer weiß, vielleicht hat er das ja auch verdient. So wie er es darstellt, habe ich ihm in den letzten sechs oder sieben Jahren das Leben zur Hölle gemacht, und ...«

»Das ist doch lächerlich«, unterbrach Sam sie. »Und außerdem dumm. Wenn du nicht darum kämpfst, spricht dir das Gericht vielleicht noch nicht einmal das Haus zu, Stella. Und was ist, wenn du krank wirst? Was passiert, wenn du nicht mehr arbeiten kannst? Wie sieht es mit deiner Altersversorgung aus? Kannst du von einer Sozialrente anständig leben?«

»Hey«, sagte Stella und ergriff seine Hand, »ich finde es toll, wie du dich für mich einsetzt, aber Geld bedeutet mir nicht so viel. Wenn ich in einem Haus wohnen kann, schön. Wenn ich in einem Apartment leben muß, auch gut. Außerdem werde ich wahrscheinlich sowieso nicht alt genug, um irgendwann Rente zu bekommen. Warum sollte ich mich jetzt deswegen sorgen?«

Beide schwiegen. Die Nachtluft war feucht und schwül. Am nahegelegenen White Rock Lake zirpten die Grillen. Hinter den dicken Ästen der Ulmen war Stellas Haus gänzlich verborgen, was ihm eine Atmosphäre völliger Privatheit, aber auch der Einsamkeit verlieh. Es war ein älteres, baufälliges Gebäude. Stella und ihr Mann hatten sich nie die Zeit für eine Renovierung genommen. Das Haus war

Anfang des 19. Jahrhunderts erbaut und vor etwa dreißig Jahren modernisiert worden. Früher hatte das Gebäude als Pferdestall – mit zwölf Boxen – des riesigen Herrenhauses gedient, das vom Hügel auf sie hinabblickte. Drinnen befanden sich nun ein Wohnzimmer, zwei kleine Schlafzimmer, ein Arbeitszimmer und eine wirklich nett eingerichtete Küche, die Stella aus Zeitmangel noch nie richtig benutzt hatte.

Plötzlich bemerkte sie durch die Windschutzscheibe einen Lichtblitz und beugte sich auf dem Sitz nach vorn. »Sieh nur, es blitzt. Wahrscheinlich wird es bald regnen. Deshalb ist auch die Luft so stickig und feucht. Bei so einer Witterung muß ich immer an Houston denken.«

»Du solltest dir etwas Ruhe gönnen«, sagte Sam und drehte sich seitlich auf seinem Sitz, so daß er sie anschauen konnte. »Du gehst zu hart mit dir um. Streß kann alle möglichen Krankheiten verursachen. Glaube mir, ich weiß, wovon ich rede. Du bist eine junge Frau, aber das schützt dich nicht automatisch vor Herzkrankheiten, Krebs oder gar einem Schlaganfall.«

Stella lagen Dutzende unbeantworteter Fragen über seine Frau, ihre Heirat, ihren vorzeitigen Tod auf der Zunge, aber sie wagte nicht zu fragen, gehemmt auch durch ihre völlig unterschiedliche religiöse Erziehung. Sam war Jude, während sie selbst in einem katholischen Elternhaus aufgewachsen war.

Als sie einen weiteren Blitz über den Himmel zucken sah, fragte sich Stella, ob Sam ahnte, wie verwundbar sie in diesem Augenblick war. Ihre Karriereaussichten waren verheißungsvoller denn je, aber die laufende Scheidung flößte ihr ein Gefühl der Einsamkeit und Niedergeschlagenheit ein. Daß ihr Mann sie wegen einer anderen Frau verlassen hatte, nahm sie mehr mit, als sich irgend jemand vorstellen konnte. Während des atemberaubenden Pelham-Prozesses war sie zu sehr eingespannt gewesen, um viel darüber nachzudenken, aber jetzt war der Fall abgeschlossen, und sie wußte, daß sie sich mit ihrer gescheiterten Ehe auseinandersetzen mußte.

War das der Grund, weshalb so viele Frauen mit ihren Scheidungsanwälten schliefen? fragte sie sich. Wollten sie sich selbst davon überzeugen, daß sie in der Lage waren, allein mit der Außenwelt zurechtzukommen, einen anderen Mann zu finden und ein neues Leben zu beginnen?

»Gehen wir ins Haus«, sagte Stella. »Jeden Moment fängt es an zu schütten.«

»Oh«, erwiderte er, »es ist schon spät, und du bist sicher erschöpft. Vielleicht wäre es ein andermal besser.«

Stellas Gedanken überschlugen sich. Sam war ein netter, erfolgreicher Mann und konnte wahrscheinlich zwischen einer Reihe schöner Frauen wählen. Dallas war voll von ihnen, erinnerte sie sich. Aus irgendeinem Grund gab es in Dallas statistisch gesehen mehr schöne Frauen als in Hollywood. Die Frauen von Dallas wußten, wie sie sich zu kleiden hatten, wie sie ihr Haar und ihr Make-up richten mußten, und hatten ein Gespür für den Augenblick, in dem sie kichern oder jemanden anhimmeln sollten. Sie verstanden es, dem Mann, mit dem sie zusammen waren, das Gefühl zu geben, der wichtigste Mensch auf der Welt zu sein. Sie selbst aber war anders. Was die weibliche List betraf, war sie anderen Frauen eindeutig unterlegen.

Warum sollte Sam eine wie sie haben wollen? Sie konnte sich vorstellen, daß ihn ihre Narbe, die er im Fernsehen gesehen hatte, abstieß, und sie brachte ihn in eine unangenehme Situation, wenn sie sich ihm näherte. »In Ordnung«, sagte sie, eine Hand bereits am Türgriff. »Ich melde mich nächste Woche bei dir. Vielen Dank für das Abendessen. Ich habe es wirklich genossen, mich von dir ausführen zu lassen.«

»Warte, Stella!« Rasch beugte er sich über den Sitz und umarmte sie. Dann wich er ein wenig zurück und nahm ihr

Gesicht in seine Hände, sah ihr in die Augen und drückte seine Lippen auf ihren Mund.

Stella reagierte sofort. Sie erwiderte seinen Kuß und grub ihre Finger in sein Haar. Bevor sie wußte, wie ihr geschah, spürte sie Sams Hände überall auf ihrem Körper – sie fuhren über ihre Brüste, ihre Schenkel und drangen beharrlich zu der Stelle zwischen ihren Beinen vor. Stella wurde an die Beifahrertür gedrückt, in eine unbequeme Position. »Laß uns hineingehen«, flüsterte sie.

»Ich kann nicht warten«, sagte er und beugte sich vor, um ihren Hals zu küssen. »Ich will dich, Stella. O Gott, du kannst dir nicht vorstellen, wie sehr ich dich begehre. Ich dachte, du hättest etwas mit Growman ...«

Regen prasselte auf die Windschutzscheibe. Ein Blitz zuckte über den Himmel, auf der Stelle von einem lauten Donnerschlag gefolgt. Stella sah zum Wagendach empor, während Sam ihre Bluse aus dem Rockbund zog und mit dem Verschluß ihres BHs kämpfte. Er war so begierig, so aggressiv. Sie hatte einen schüchternen und unentschlossenen Liebhaber erwartet. Nach der Feuerkatastrophe hatte sie niemandem außer Brad mehr erlaubt, ihren Körper zu sehen, geschweige denn, sie zu lieben. Für Sam war es wahrscheinlich Routine, mit jemandem ins Bett zu steigen, dachte sie, aber für sie war es ein bedeutsamer Moment.

Sie spürte seine Hand unter ihrem Slip, und seine Finger streichelten sie auf höchst erotische und sinnliche Weise. Seine Berührungen waren wie Stromstöße, unter denen sie erschauderte. Die Bewegungen seiner Hände fühlten sich überraschend sanft und weich an, und trotz ihrer Bedenken spürte Stella, wie ihr Körper reagierte. Sie ließ sich in ihren Sitz sinken und stöhnte vor Lust, zugleich peinlich berührt, da sie die Feuchtigkeit zwischen ihren Beinen spürte.

»Warte«, sagte sie und schob Sam zurück. »Das geht so nicht. Ich breche mir den Hals.« Als ihr Blick auf die kleine Lagerhütte fiel, die sie ›Kutschenhaus‹ getauft hatte, da zu vielen der älteren Häuser rings um den See einst Kutschenhäuser gehört hatten, kam ihr eine Idee. »Komm mit. Ich kenne einen großartigen Platz, wohin wir gehen können. Viel besser als drinnen im Haus. Viel abenteuerlicher ...«

Ehe Sam protestieren konnte, hatte Stella schon die Beifahrertür geöffnet und stand neben dem Wagen. Sie bedeutete Sam, herauszukommen und ihr zu folgen. Im selben Moment, als er die Tür öffnete, wandte sie sich um und rannte durch den klatschenden Regen lachend auf die etwa hundert Meter entfernte Hütte zu.

Als sie den kleinen Schuppen erreicht hatten, waren sie beide völlig durchnäßt. Stella huschte in eine Ecke und begann sich auszuziehen. Sie hatte die Lagerhütte aus einem ganz bestimmten Grund ausgewählt – da es hier kein elektrisches Licht gab, mußte sie nicht befürchten, daß Sam die Narben auf den Innenseiten ihrer Oberschenkel oder die weißen Flecke auf ihrem Rücken sehen würde, wo ihr die Chirurgen die zur Verpflanzung bestimmten Hautlappen entfernt hatten.

»Wo bist du?« fragte Sam, im Dunkeln umherstolpernd.

»Hier drüben.« Stella versuchte, einen spielerischen Tonfall anzuschlagen. »Du mußt mich suchen, aber zieh zuerst diese nassen Klamotten aus. Ich kann es nicht verantworten, daß sich mein Anwalt eine Erkältung holt.«

Sam begann, sich sein Hemd vom Leib zu reißen. Stella hörte, wie sich die Knöpfe lösten und wie Kieselsteine auf den Betonboden fielen. Ein Blitz erhellte den Innenraum, und sie sah, daß er die restlichen Knöpfe einfach ignorierte und das Hemd über den Kopf zog. Sie hörte das Geräusch des Reißverschlusses, das Rascheln des Stoffes, als er aus seiner Hose stieg und sie mit dem Fuß beiseite schob. Sein Schatten fiel über sie, als er sich durch den Lichtstrahl bewegte, der durch eines der Fenster drang. Stella bemerkte, daß er noch immer seine Boxershorts trug. »Alles«, forderte sie kichernd. »Alles ausziehen, Sam. So lauten die Spielregeln.«

»Oh«, sagte er, zog seine Shorts bis auf die Fußgelenke hinunter und hüpfte den Rest des Weges zu ihr.

Endlich war er da, sein nackter Körper drückte sich an sie. Stella verspürte dasselbe Glücksgefühl wie zuvor im Wagen. Sie roch sein Rasierwasser und rieb ihre Nase an seiner Brust. »Ich weiß nicht, warum«, sagte sie, »aber wenn du mich berührst, reagiert mein Körper wie wild. Ist das die sogenannte Chemie?«

»*Du* wirst wild«, sagte er und drückte sein Becken gegen sie, so daß Stella seine Erektion spüren konnte und erkannte, daß auch er rasend erregt war. »Du machst mich wahnsinnig. Wenn ich dich jetzt nicht auf der Stelle lieben darf, Stella, muß ich nach Hause fahren und bis zum Morgengrauen unter der kalten Dusche stehen.« Doch plötzlich verstummte er und ließ seine Hände sinken. »Aber ich möchte dich nicht drängen. Wenn du nicht sicher bist, brauchst du nur ein Wort zu sagen, und wir hören sofort auf.«

»Ja«, flüsterte Stella atemlos an seiner Brust. »Ja, ja, ja.« Sie spürte die Hitze seines Körpers, seine angespannte Oberschenkelmuskulatur. Sie streichelte seinen Rücken und fühlte die starken Muskeln zwischen den Schulterblättern. Ihre Hände bewegten sich zu seinen Hinterbacken. »Toller Hintern«, murmelte sie, das feste Fleisch zwischen ihren Händen knetend. Nie zuvor hatte sie bemerkt, daß dieser Teil der männlichen Anatomie sexuell so anregend sein konnte. Sams Po war perfekt geformt, nicht so flach wie Brads, sondern fest und wohlgerundet wie bei einer Frau.

»Du raubst mir den Verstand«, sagte er, packte Stella mit beiden Händen unter ihrem Po und hob sie hoch. Während sie an seinem Hals hing und ihre Beine um seine Taille schlang, lief er im Dunkeln umher, auf der Suche nach einem Ort, wo sie sich lieben konnten. Da er auf dem nackten Betonboden lediglich einen Stapel Pappkartons fand, schob er Stella einfach an die Wand und hielt sie dort fest, indem er sich gegen sie drückte.

Leidenschaftlich küßte er sie, während seine Hände zärtlich über ihre Brüste streichelten. Stella stöhnte vor Lust. Sie fühlte sich so merkwürdig, weit entrückt von aller Realität. Der Wind rüttelte an den Dachsparren des dunklen Lagerschuppens, und der Regen klatschte gegen die Fensterscheiben. Sie fühlte sich, als lebe sie eine erotische Phantasie aus.

»Jetzt«, keuchte sie. »Bitte, Sam, ich will dich.«

Als Sam in sie eindrang, warf Stella den Kopf zurück, und ihr Körper bäumte sich auf. Das Gefühl war so außergewöhnlich beglückend, daß sie glaubte, sie würde jeden Moment ohnmächtig zu Boden sinken. Unendlich nachgiebig fühlte sie sich, wie formlos, irgendwie flüssig und schwerelos. Sie hatte keine genaue Vorstellung, wie lange sie sich geliebt hatten, doch sie fühlte die Raschheit und Intensität des Aktes, seine Natürlichkeit und Spontaneität. Als Stella spürte, wie sich die Muskeln in ihrem Körper zusammenzogen, schrie sie vor Wonne auf. Nur ein paar Augenblicke später versteifte sich Sam und stöhnte, dann bebte und zuckte er am ganzen Körper.

Als es vorbei war, küßte er sie zart auf die Lippen und hob sie in seine Arme. »Das war nur das Vorspiel«, kündigte er an, während er sie durch den Regen zum Haus trug. »Warte, bis ich dich in ein Bett gelegt habe.«

Stella kramte in ihrer Handtasche nach dem Schlüssel. Sie standen sich an Sams Auto gegenüber, beide waren nackt. Ihre Kleider hatten sie auf dem Boden der Lagerhütte zurückgelassen. »Vergiß es«, sagte Sam. Er hatte die Arme um seinen Oberkörper geschlungen. »Du kannst heute nacht bei mir bleiben. Morgen werden wir die Schlüssel schon finden. Steig in den Wagen, Stella. Ich fahre zur Hütte und hole unsere Sachen. Wir können hier nicht länger im Regen stehen.«

Sie öffnete die Beifahrertür, um im Licht besser nach dem Schlüssel in ihrer Handtasche suchen zu können. »Ich bin sicher, daß ich ihn hier reingeworfen habe, bevor ich heute zum Flughafen aufgebrochen bin«, sagte sie frustriert und kam sich idiotisch vor. Sie schüttete den gesamten Inhalt der Tasche auf den Beifahrersitz. Plötzlich erinnerte sie sich, wo sie den Schlüssel gelassen hatte. »Mit Schlüsseln stehe ich immer auf Kriegsfuß«, erklärte sie ihm. »Weil ich anscheinend nicht in der Lage bin, darauf aufzupassen, verstecke ich sie normalerweise irgendwo in der Nähe des Wagens.« Sie rannte wieder in den Regen hinaus, bückte sich und holte den Schlüssel am linken Vorderreifen ihres BMW unter dem Kotflügel hervor. Dann rannte sie zurück zur Veranda und schloß die Tür auf.

»Hast du heute Radio gehört?« fragte Sam und sah zum Himmel. »Hoffentlich braut sich kein Tornado zusammen. Ich habe gerade ein paar schwarze Wolken gesehen, die ziemlich bedrohlich wirken.«

Nachdem sie die Tür geöffnet hatte, trat Stella in die dunkle Eingangshalle. Sam drückte auf den Lichtschalter, und sie blieb wie angewurzelt stehen. »Schalt es wieder aus, Sam«, bat sie. »Bitte, ich mag das Licht nicht. Im Dunkeln ist es viel romantischer.«

»Hast du keine Angst, du könntest stolpern und hinfallen?«

Stella preßte ihre Beine zusammen, um die Narben an den Innenseiten ihrer Oberschenkel zu verstecken, und verschränkte ihre Arme vor der Brust. Sie wich zurück, bis sie die Wand hinter sich spürte, denn sie wollte nicht, daß er die weißen Flecke auf ihrem Rücken sah. »Würdest du bitte nach den Sicherungen sehen?« bat sie ihn und dachte, daß sie hinaufrennen und ihren Bademantel anziehen konnte, während er beschäftigt war. »Ich habe Angst, daß wegen des Sturms die Lichter ausgehen, nachdem du gegangen bist.«

»Sicher«, sagte Sam. Dann sah er sie mit einem sonderbaren Ausdruck an. »Wenn die Lichter jetzt brennen, Stella, hat es keinen Sinn, die Sicherungen zu überprüfen.« Er ging auf sie zu, aber Stella huschte um die Ecke ins Wohnzimmer. Sam dachte, daß sie wieder ihr Spielchen mit ihm treiben wollte, und lief ihr nach, wobei er auf alle Lichtschalter entlang der Wände drückte. Schließlich fand er Stella. Sie saß auf einem Stuhl in einer Ecke und hatte sich in eine Decke gehüllt. »Ich möchte dich im Hellen sehen«, sagte er. »Du bist so schön, Stella. Gönn mir diese Freude.«

Stella starrte ihn nur wortlos an. Sam sank auf die Knie und zupfte an der Decke. »Wenn du sie nicht fortnimmst«, sagte er und lächelte sie an, »stecke ich meinen Kopf drunter.«

Stella runzelte die Stirn. Sie zog seinen Kopf auf ihren Schoß und streichelte über sein Haar. »Der Abend war großartig, Sam. Das meine ich ernst, aber ...«

»Aber was?« fragte er und hob seinen Kopf. »Ich nehme solche Sachen nicht auf die leichte Schulter, Stella, wenn du das befürchten solltest. Denk daran, was ich erlebt habe, daß ich meine Frau verloren habe. Ich war schon mindestens seit einem Jahr nicht mehr mit einer Frau zusammen. Ich habe wirklich ein ehrliches Interesse an dir. Das war für mich keine schnelle Nummer im Heu.«

»Das weiß ich«, sagte sie, und Tränen liefen ihr über die Wangen. »Ich fühle mich einfach im Moment nicht danach.«

»Nicht weinen«, murmelte er und hob die Hand, um ihr die Tränen abzuwischen. »Warum weinst du? Habe ich etwas Falsches gesagt?«

»Nein«, sagte sie. »Es war ein schwerer Tag. Ich glaube, ich bin einfach nur übermüdet. Manchmal bin ich ziemlich empfindlich, wenn ich nicht genügend Schlaf bekomme.«

Sam stand auf und beugte sich über sie. Er küßte sie auf die Stirn. »Ich verstehe, Stella. Du bist mir keine Erklärung schuldig.«

Stella betrachtete seinen nackten Körper und wünschte sich sehnsüchtig, mit ihm in ihr Schlafzimmer zu gehen und ihn nochmals zu lieben. Statt dessen mußte sie sich Lügen ausdenken und sich beschämt unter dieser Decke zusammenkauern.

»Rufst du mich morgen an?« fragte er.

»Natürlich«, sagte Stella lächelnd. »Wenn du möchtest, rufe ich dich alle zehn Minuten an. Du bist ein phantastischer Liebhaber, Sam, besser, als ich es mir je hätte träumen lassen.«

Nach dieser Bemerkung erschien ein Lächeln auf seinem Gesicht. Er wandte sich um und ging aus dem Zimmer. Wenig später hörte sie, wie die Tür hinter ihm ins Schloß fiel.

KAPITEL 4

Früh am nächsten Morgen blieb Holly kurz am Schreibtisch ihrer Sekretärin stehen und bat sie, ihr eine Verbindung mit Ben Growman in Dallas herzustellen. Sie betrat ihr Büro, ließ sich auf ihren Stuhl fallen und atmete ein paarmal tief durch, während sie wartete, bis das Lämpchen an ihrem Telefon blinkte.

»Mr. Growman auf Leitung zwei«, sagte Janet Hernandez, die im Türrahmen stand. Sie arbeitete schon über ein Jahr für Holly. Die anderen Sekretärinnen der Staatsanwaltschaft schlossen bereits Wetten darauf ab, wie lange genau es noch dauern würde, bis sie ihre Kündigung einreichte. Die Staatsanwältin verbrauchte so viele Sekretärinnen wie andere Leute Papiertaschentücher. Und die Kündigungen verliefen immer tränenreich.

»Schließen Sie die Tür«, sagte Holly. Eine Weile starrte sie einfach nur auf das blinkende Lämpchen. Sie wollte Growman warten lassen, damit er verstand, daß sie eine sehr beschäftigte und wichtige Persönlichkeit war. Endlich nahm sie den Hörer ab und sagte: »Wir haben schon lange nichts mehr voneinander gehört, Ben. Wie geht es dir?«

»Es ging mir schon mal besser«, antwortete er, über ihren Tonfall verärgert. »Was kann ich für dich tun, Holly?«

»Wir haben ein Problem«, erklärte sie. »Sogar ein ausgesprochen großes Problem, Ben. Es könnte dich und die Staatsanwaltschaft in eine äußerst prekäre Situation bringen. Eine deiner MitarbeiterInnen hat ernsthafte Schwierigkeiten. Ich brauche dir das nicht zu erzählen, das weißt du. Ich tue es nur aus kollegialer Höflichkeit, und ich hoffe, du weißt das zu schätzen.«

»Spuck es schon aus, Holly«, sagte er seufzend. »Ich habe keine Zeit für Katz-und-Maus-Spiele. Wen meinst du, und was hat die betreffende Person angestellt? Sitzt einer meiner Leute wegen Trunkenheit am Steuer bei euch hinter Gittern?«

»Schön wär's«, entgegnete sie. »Was hältst du von Stella Cataloni, der Frau, die im Fernsehen so bejubelt wurde? Es ist nicht auszuschließen, daß sie wegen Mordes angeklagt wird.«

Stella saß in ihrem Büro und sprach mit Melinda Richardson. Die Staatsanwältin hatte soeben einen neuen Raubmordfall übertragen bekommen, und überall auf Stellas Schreibtisch lagen Autopsiefotos verstreut. Sie hielt eines davon unter ihre Leselampe, um es besser betrachten zu können. »Ist das die einzige Wunde?« fragte sie und zeigte auf ein kleines rundes Einschußloch, das, umgeben von versengter Haut, in der Stirn eines Mannes klaffte.

»Ja«, antwortete Richardson, eine blonde, dreißigjährige Frau mit grünen Augen und einem runden, freundlichen Gesicht. »Laut Autopsiebericht ist das die einzige Schußwunde. Das Opfer war auf der Stelle tot.«

»Ich denke, Sie haben es hier nicht mit einem gewöhnlichen Raubmord zu tun«, sagte Stella und legte das Foto auf den Schreibtisch zurück. »Das Opfer ist ein Asiate, oder? Das war eine Exekution, wahrscheinlich ging es um

Drogenhandel. Vielleicht wurde der Laden als Drogenumschlagplatz benutzt.«

»Unmöglich«, erwiderte die Frau. »Sie haben das ganze Geld aus der Kasse gestohlen, sogar etwas aus dem Laden mitgehen lassen, und der Besitzer war ein älterer Mann, Stella. Es muß ein Raubüberfall gewesen sein.«

»Erstens«, erklärte Stella, »handelt es sich um eine Kontaktwunde. Das kann man an den Verbrennungen um die Wunde herum erkennen. Und zweitens: Haben Sie schon mal einen Dieb in Aktion gesehen? In den nächsten Tagen sollten Sie sich etwas Zeit nehmen und sich die Filmaufnahmen von verschiedenen Banküberfällen ansehen, die das FBI archiviert hat. Diese Leute werden ausgesprochen nervös, wenn sie eine Knarre rausholen. Viele von ihnen sind natürlich drogenabhängig, was ihre Nervosität teilweise erklärt. Aber manche flippen einfach vor Aufregung aus bei dem Gedanken, daß sie geschnappt werden könnten.«

»Ich verstehe nicht, was Sie damit sagen wollen.« Richardsons Gesicht nahm einen ratlosen Ausdruck an.

»Wenn bei einem Raubüberfall etwas schiefläuft«, fuhr Stella fort, »entsteht ein komplettes Chaos. Unbeteiligte werden erschossen. Die Täter geraten in Panik, schießen so lange, bis ihre Magazine leer sind, und ergreifen anschließend die Flucht. Verletzungen wie diese, sorgfältig plazierte Schußwunden, kommen bei Raubüberfällen nicht vor. In diesem Fall hielt der Täter die Waffe direkt an die Stirn des Opfers und feuerte einen einzigen Schuß ab.« Sie hielt inne und versuchte die Situation zu rekonstruieren. »Haben Sie den Tatortbericht dabei?« fragte sie. »Sehen Sie einmal nach, ob noch andere verschossene Projektile auf dem Boden oder in den Wänden gefunden wurden.«

Die Frau zog die Akte zu sich heran und begann, die Seiten durchzublättern. »Es wurden keine weiteren Projektile gefunden«, stellte sie fest, schloß die Akte und sah wieder zu Stella.

»Okay«, sagte Stella, »er hat also nur einmal geschossen, weil er wußte, daß er nur einen Schuß abzugeben brauchte – den Todesschuß.« Sie sah der Frau in die Augen und fuhr fort: »Der Raubüberfall war nur vorgetäuscht. Das war ein professioneller Mord, Melinda. Wahrscheinlich hat es etwas mit dem ›China Weiß‹ zu tun, der neuen Heroinsorte aus Asien.«

In diesem Moment erschien Ben Growman im Türrahmen. »Ich muß dich unter vier Augen sprechen«, verlangte er barsch, und seine laute Stimme hallte in ihrem Büro.

»Wir sind gerade fertig geworden.« Stella machte Richardson ein Zeichen. Nachdem die Frau ihre Papiere eingesammelt hatte und gegangen war, kam Growman herein und blieb vor Stellas Schreibtisch stehen. »Was ist los?« fragte sie leicht verstimmt. »Du hast mich vor Richardson angebellt wie ein verdammter Köter.«

»Warum hast du mir nicht erzählt, daß du auf diesen Randall losgegangen bist?« brüllte er mit zornrotem Gesicht. »Du hast ihm sogar gedroht, ihn umzubringen. Mit deinen eigenen Händen!« Er warf seine Arme in die Luft und ließ die Hände dann auf seine Oberschenkel klatschen. »Ich habe dir gesagt, du sollst nicht nach Houston fliegen, sondern es den dortigen Behörden überlassen, sich mit diesem Randall zu beschäftigen. Aber nein, du mußtest in die Luft gehen wie eine Rakete und dem Kerl vor Dutzenden Zeugen drohen, ihn umzubringen.«

Stella errötete unter seinem zornigen Blick. »Ich habe ihm nur ein bißchen das Gesicht zerkratzt. Das würde ich nicht als Angriff in mörderischer Absicht bezeichnen, Ben, und es ist auch nicht in den heiligen Hallen des Gerichts passiert. Ein paar Leute waren dabei, aber von ›Dutzenden Zeugen‹ kann keine Rede sein.«

»Sie rollen den alten Fall wieder auf«, brach es aus ihm heraus. Er beugte sich vor und stützte sich mit den Handflächen auf den Schreibtisch.

»Großartig!« rief sie aus. Mit einer so erfreulichen Nachricht hatte sie nicht gerechnet. »Dann müssen sie neue Beweise gefunden haben, die Randall mit dem Verbrechen in Verbindung bringen. Das ist ja phantastisch. Wer hat es dir erzählt?«

»Sie wollen nicht Randall anklagen«, sagte er und sah ihr direkt in die Augen. »Sie wollen *dich* anklagen. Sie glauben, daß du das Feuer gelegt hast, in dem deine Eltern umgekommen sind.«

Stella war sprachlos. Ihr Atem ging plötzlich so schnell, daß Growman ins Sekretariat rannte, um ihr etwas Wasser zu holen. Während Stella trank und seine Worte zu verarbeiten versuchte, stand Growman hinter ihr und massierte ihre Schultern. »Wir werden jetzt folgendes tun«, sagte er, das Kommando übernehmend. »Wir fliegen noch heute nach Houston. Ich habe bereits einen Termin mit Jack Fitzgerald vereinbart und mich nach Flugtickets erkundigt.« Fitzgerald war die dortige Nummer eins, Growmans Gegenstück in Houston. »Wenn wir die Drei-Uhr-Maschine bekommen, können wir nachmittags um fünf bei ihm sein. Ruf deinen Bruder an und sag ihm, er soll sich mit uns in Fitzgeralds Büro treffen. Seine Aussage ist von äußerster Wichtigkeit.«

Während Stella ins Leere starrte, überschlugen sich ihre Gedanken. Wie konnten sie Randalls Aussage Glauben schenken? Es ergab einfach keinen Sinn. Sie schob ihren Stuhl vom Schreibtisch zurück und sah zu Growman auf. »Überleg mal, vielleicht ist es ein raffinierter Schachzug von Holly. Irgendein Vorgesetzter hat sie gedrängt, Klage gegen mich zu erheben, und zwar aufgrund der von mir aufgeführten Szene und Randalls lächerlicher Aussage. Und Holly denkt, daß sie nach der offiziellen Wiederaufnahme der Untersuchung eine ganze Ermittlergruppe mit der Suche nach Beweisen beauftragen kann, um diesen Randall festzunageln.«

»Das glaube ich nicht, Stella.« Growman vermied es, ihr nochmals in die Augen zu sehen.

»Aber warum?« schrie sie. »Warum sollten sie mir das antun? Das muß ein Mißverständnis sein! Mich anzuklagen wäre doch absurd!«

Growman kam um ihren Schreibtisch herum und fing an, auf und ab zu gehen. »Wenn Fitzgerald die Geschichte erst einmal aus deiner Sicht und der deines Bruders gehört hat, wird er diese lächerliche Angelegenheit mit Sicherheit beenden.« Er drehte sich um und sah sie an. »Aber du darfst das nicht auf die leichte Schulter nehmen, Stella«, mahnte er. »Holly Oppenheimer ist nicht zu unterschätzen.«

Stella hatte Growman nie nach den Beschuldigungen wegen sexueller Belästigung gefragt, die Holly damals gegen ihn erhoben hatte. Sie versuchte, Klatsch zu ignorieren, und hatte es sich zur Regel gemacht, ihre Nase nicht in anderer Leute Privatangelegenheiten zu stecken. Jetzt allerdings hatte sie das Gefühl, daß sie erfahren mußte, was damals passiert war. »Was ist wirklich zwischen dir und Holly vorgefallen?«

»Ich hatte mich in sie verliebt«, sagte er und ließ sich auf einen Stuhl fallen. »Ich habe sie nicht sexuell belästigt, wie sie behauptet hat. Wir hatten eine kurze Affäre, die sie ebenso wollte wie ich.«

Es war also genauso gewesen, wie Stella es gestern abend zu Sam gesagt hatte. Holly war an Growmans Seite gesehen worden. »Warum hat sie dich dann beschuldigt? Warum hat sie so einen Wirbel gemacht?«

»Aus Verbitterung«, erwiderte Growman mit verzerrtem Gesicht. »Sie war jung und naiv. Sie glaubte, unsere Affäre sei etwas Ernstes und ich würde mich irgendwann von meiner Frau scheiden lassen und sie heiraten.«

»Hast du ihr versprochen, sie zu heiraten?«

»Nein, absolut nicht.« Growman schüttelte den Kopf. »Sie kannte meinen Standpunkt von Anfang an und wußte, wieviel mir die Kinder bedeuten. Nachdem unsere Affäre zu Ende war, schrieb sie mir ständig Briefe an meine Privatadresse. Sie tauchte in Restaurants auf, wo ich mit meiner Frau und den Kindern zu Abend aß.« Er sah Stella an. Sein Blick wirkte jetzt müde und gequält. »Ich mußte sie entlassen, Stella. Sie war im Begriff, nicht nur meine Ehe zu zerstören, sondern auch meine Karriere zu ruinieren.«

»Ich dachte, *sie* hätte gekündigt.« Stella blickte ihn neugierig an.

»O ja. Offiziell tat sie das auch. Nachdem sie in dem Pelham-Fall verloren hatte, nahm ich das zum Vorwand, um sie von der Mordabteilung zurück in die Betrugsabteilung zu versetzen. Ich wußte, daß sie dann kündigen würde. Holly ist eine ehrgeizige Frau.«

Stella wich seinem Blick aus. Sie wußte nicht, was sie entgegnen sollte. Soeben hatte er viel von ihrer Sympathie verloren, aber das konnte sie ihm nicht sagen. Seine Geschichte kam Holly Oppenheimers Version gefährlich nahe. Frauen und Männer waren sich nicht immer einig darüber, wo ›sexuelle Belästigung‹ begann. Was diesen Punkt betraf, empfand Stella jedenfalls mehr Sympathie für Holly als für Ben. Holly war zwar manchmal etwas schwierig, aber sie war eine gute Staatsanwältin, und soweit sich Stella erinnern konnte, hatte sie immer untadelige Arbeit geleistet. Egal, wie es um ihre persönliche Beziehung stand, Growman hatte kein Recht gehabt, sie zu degradieren und so zur Kündigung zu drängen.

»Ich kann dir nur eines über Holly Oppenheimer erzählen«, sagte er und stand auf. »Diese Frau geht über Leichen, Stella. Sie benutzt alles und jeden, um ihre Ziele zu erreichen. Vielleicht war ich in sie verliebt, aber das beruhte nicht auf Gegenseitigkeit. Sie hat mich benutzt, um ihre Karriere voranzutreiben. Ich habe ihr die besten Fälle gegeben, das schönste Büro, ich habe ihr geholfen, sich Anerkennung und Respekt zu verschaffen.« Er schwieg einen Moment und fügte dann hinzu: »Du darfst ihr nicht über den Weg trauen.«

»Da bin ich anderer Meinung, Ben«, erwiderte Stella scharf. »Du hattest eine Affäre mit ihr, die unerfreulich endete, aber das heißt noch lange nicht, daß sie nicht meine Freundin ist. Warte ab, bis wir in Houston sind. Wie ich bereits sagte, kann es sich nur um ein Mißverständnis handeln. Entweder das – oder sie handelt auf Weisung eines Vorgesetzten.«

Außer sich schüttelte Ben seine Faust vor ihrem Gesicht. »Glaub um Himmels willen niemals, daß diese Frau deine Freundin ist! Hörst du, was ich sage?«

»Ich höre es«, sagte sie. »Aber ich bin in diesem Punkt anderer Meinung.«

»Was glaubst du denn, wer mich angerufen und mir gesagt hat, daß sie den Fall wiederaufnehmen?« schrie er. »Was glaubst du, wer mir genüßlich erzählt hat, daß meine beste Staatsanwältin kurz davor ist, verhaftet und wegen Mordes angeklagt zu werden?«

»Wer?« fragte Stella mit weit aufgerissenen Augen.

»Deine Freundin«, sagte er und ließ seine Worte wirken, ehe er zur Tür ging und im Korridor verschwand.

Die Büros der Bezirksstaatsanwaltschaft Houston waren im Fannin-Street-Komplex untergebracht. Jackson Boyd Fitzgeralds großes Eckbüro auf der zehnten Etage roch stark nach Moschus, ein Geruch, den Stella sofort als Zigarrenrauch identifizierte. Sobald sie zur Tür hereingekommen war, verstopften sich ihre Nasennebenhöhlen, und ihre Augen begannen zu tränen. Sie wechselte einen Blick mit Mario und wartete darauf, daß Growman das Wort ergriff.

Kaum hatten sie einander begrüßt, bedeutete ihnen Fitzgerald, auf den Stühlen vor seinem Schreibtisch Platz zu nehmen.

Die Einrichtung seines Büros bestand aus schweren

Eichenmöbeln und westamerikanischen Bronzestatuen. Stella bemerkte, daß hier offenbar schon sehr lange kein Staub mehr gewischt worden war. Fitzgerald war beinahe so alt und verstaubt wie seine Bronzefiguren. Mit neunundsechzig Jahren hatte er seine Glanzzeit längst hinter sich, aber er war eine derart feste Größe in Houstons Politik, daß er noch immer jeden Bewerber um seinen Posten ausstach. Sein Haar war gelblichgrau, sein Gesicht tief zerfurcht, und er hatte kleine, wäßrige Augen und einen buschigen Schnauzbart, der ihm zu weit über die Oberlippe hinabwuchs. Da er überdies zu seinem weißen Sommerjackett eine Fliege trug, kam er Stella wie eine Gestalt aus den alten Südstaatenfilmen vor. Es fehlte nur noch der weiße Strohhut.

Growman sprach einige einleitende Sätze, gab aber das Wort gleich an Stella weiter und ermutigte sie, dem Bezirksstaatsanwalt ihren Verdacht anzuvertrauen, daß Tom Randall das Feuer gelegt habe. »Er war dort«, sagte sie, »und er war der einzige, der ein Motiv hatte.«

»Wie soll ich das verstehen?« fragte Fitzgerald.

»Ich war schwanger, und mein Vater hätte einer Abtreibung niemals zugestimmt. Tom hatte gerade ein Football-Stipendium für Notre Dame bekommen. Wenn mein Vater ihn gezwungen hätte, mich zu heiraten, hätte er es nicht annehmen können.«

Stella fuhr mit der Schilderung ihrer Erinnerungen an die Nacht der Feuersbrunst fort. Als sie fertig war, erzählte Mario seinen Teil der Geschichte. »Der Mann ist ein verdammter Lügner«, sagte er. »Er hat gegenüber der Polizei sogar behauptet, er hätte mich in Sicherheit gebracht, obwohl meine Schwester mich gerettet hat. Er hat noch nicht einmal die Feuerwehr angerufen, um den Brand zu melden. Er ist einfach abgehauen und hat uns unserem Schicksal überlassen.«

Fitzgerald lehnte sich in seinem Stuhl zurück und biß

auf seine schwarze Zigarre. »Nun«, sagte er langsam, mit starkem texanischem Akzent, und während er sprach, bewegte sich seine Zigarre zwischen seinen Lippen. »Ich weiß nicht recht, meine Freunde, aber es scheint so, als hätte ich eine übereifrige Staatsanwältin unter meinen Leuten.«

»Gut.« Growman sah kurz zu Stella und dann wieder zum Bezirksstaatsanwalt. »Sie werden Ihre Bluthunde also zurückpfeifen und dieser armen Frau keine schlaflosen Nächte mehr bereiten?«

»Nun aber mal langsam, Growman.« Fitzgerald rückte sich in seinem Stuhl zurecht. »Das habe ich nicht gesagt, oder? Ich sagte, es scheint so, daß Miss Catalonis Geschichte wahr ist, aber ich bin nicht bereit, irgend etwas zu versprechen, bevor ich Rücksprache mit meinen Leuten gehalten habe.«

Growmans Ton wurde schärfer. »Wissen Sie eigentlich, wie schmerzlich das alles für diese Frau ist? Versetzen Sie sich doch einmal in ihre Lage, Jack. Würden Sie herumsitzen wollen und warten, während Ihre Zukunft auf dem Spiel steht? Verdammt, tun Sie uns einen Gefallen. Oder sagen Sie dieser Frau wenigstens, was Sie zu tun beabsichtigen. Sie trägt in meinem Büro eine große Verantwortung, und ich muß wissen, was sich gegen sie zusammenbraut.«

Der ältere Bezirksstaatsanwalt rieb sich mit einem knochigen Finger die Nase, und sein großer Goldring reflektierte das durchs Fenster hereinfallende Licht. »Darauf will ich ja hinaus«, sagte er und stieß eine Rauchwolke aus. »Geben Sie mir Ihre Telefonnummer. Ich werde mich mit meinen Leuten besprechen, darüber schlafen und morgen früh als erstes Ihre Fragen beantworten.«

Das war weitaus weniger, als sich Growman von ihrem Flug nach Houston erhofft hatte. »Sie machen einen schweren Fehler, wenn Sie diesen Fall weiterverfolgen«, warnte er, »denn falls Sie es tun, bringen Sie eine unschuldige Frau vor Gericht.« Um Fitzgerald unmißverständlich klarzumachen, wie ernst er es meinte, fügte er hinzu: »Und das eine sage ich Ihnen, meine Dienststelle wird hundertprozentig hinter Stella stehen. Das bedeutet: Ihr stehen unsere eigenen Untersuchungsbeamten und alles andere, was sie brauchen könnte, zur Verfügung.«

Fitzgeralds Blick bewies, daß er die Tragweite dieser Worte erkannt hatte. Wenn Growman sein Vertrauen in Stella mit der gesamten Macht seiner Bezirksstaatsanwaltschaft und seiner eigenen Position untermauerte, bedeutete dies, daß Stellas Ankläger vor einer ungeheuerlichen Aufgabe standen, zumal es um ein derart schwerwiegendes Verbrechen ging. »Das finde ich ausgesprochen nett von Ihnen«, sagte er ausweichend, damit Growman nicht merkte, wie eingeschüchtert er war. »Es ist immer schön zu hören, daß ein Mann zu seinen Mitarbeitern steht.« Er warf Stella einen Blick zu. »Sie haben hochkarätige Freunde, kleine Lady.«

Sie alle erhoben sich. Stella notierte die Telefonnummer ihres Bruders und legte den Zettel auf Fitzgeralds chaotischen Schreibtisch. Sie hatte beschlossen, die Nacht in Houston zu verbringen und abzuwarten, was am nächsten Tag passieren würde. Falls sie ihre Anschuldigungen nicht zurückzogen, mußte sie sich sofort einen Strafverteidiger in Houston suchen. In Dallas kannte sie zwar viele Anwälte, die ihren Fall hätten übernehmen können, aber es wäre viel zu teuer, sich durch einen Anwalt aus Dallas im Distrikt Houston vertreten zu lassen.

»Hört mal zu«, sagte Mario, als sie draußen in der Eingangshalle standen. »Ich lade euch beide zum Abendessen mit Lone Star Steaks ein. Das Lokal liegt an der NASA Road, also nicht gerade in der Nähe, aber sie haben dort das beste Rindfleisch der ganzen Stadt.«

»Heute abend feiert meine Tochter ihren Geburtstag«, sagte Growman, »aber ein anderes Mal würde ich gerne auf Ihre Einladung zurückkommen.«

Stella informierte Growman, daß sie in der Stadt bleiben

wollte, was auch er für eine kluge Entscheidung hielt. »Ich habe einen Wagen gemietet«, erklärte sie ihm. »Warum hast du ein Taxi bestellt, Ben? Ich hätte dich doch zum Flughafen gefahren, wenn du nur ein Wort gesagt hättest.«

Mario entschuldigte sich, da er zur Toilette gehen mußte. Er kam in dem Moment zurück, als Growmans Taxi vor dem Gebäude vorfuhr. Bevor der Bezirksstaatsanwalt einstieg, zog er Stella in seine Arme. »Es wird schon alles gutgehen«, sagte er. »Vertrau mir, Stella. Nächste Woche um diese Zeit hast du das alles hinter dir.«

Mario lehnte an einer der Säulen des Gebäudes und schob einen Zahnstocher von einem Mundwinkel in den anderen. »Warum machen Sie ihr falsche Hoffnungen?« fragte er und spuckte den Zahnstocher auf den Boden. »Dieser alte Bock wirkte nicht im geringsten überzeugt«, fuhr er kopfschüttelnd fort. »Wenn Sie mich fragen, dieser Kerl ist falsch wie eine Schlange. Er wartet nur darauf, daß man ihm den Rücken zudreht, damit er zuschlagen kann.«

Growman runzelte die Stirn. Er war nicht gerade glücklich darüber, daß Stella mit derart negativen Gedanken konfrontiert wurde. »Es ist besser, optimistisch zu bleiben, mein Sohn, finden Sie nicht?«

»Optimistisch?« fauchte Mario, und seine dunklen Augen blitzten. »Sie können leicht optimistisch sein, Growman, Sie werden ja nicht des Mordes bezichtigt, oder?« Er strich sich mit den Fingern durchs Haar. »Stella und ich denken anders, verstehen Sie?« fuhr er nervös und aufgeregt fort. »Wenn Sie das gleiche wie wir durchgemacht hätten, wüßten Sie, daß es besser ist, immer das Schlimmste zu erwarten. Dann ist man zumindest gewappnet.«

Ein paar Augenblicke lang standen sie sich einfach gegenüber und starrten einander an. Dann nahm Mario Stella beim Arm, und gemeinsam gingen sie davon, während Growman auf dem Bürgersteig neben dem Taxi zurückblieb.

Nach einem schnellen Abendessen in Marios Lieblings-Steakhaus sah Stella ein wenig mit ihm zusammen fern und ging etwa um neun Uhr in seinem Gästezimmer zu Bett. Doch sie warf sich nur ruhelos hin und her und konnte aus Sorge darüber, wie Fitzgeralds Entscheidung ausfallen würde, keinen Schlaf finden. Als sie eben kurz eingenickt war, wurde sie plötzlich vom schrillen Klingeln des Telefons geweckt. Sie war schon auf dem Weg ins andere Zimmer, um Mario zu fragen, wer anrief, erkannte aber noch rechtzeitig, wie dumm das war. Er lebte als Single und hatte Dutzende Freunde. Abgesehen davon war es noch früh, erst elf Uhr abends. Sie hörte seine gedämpfte Stimme, schloß die Augen und versuchte wieder einzuschlafen.

Nachdem sie bis drei Uhr morgens um Schlaf gerungen hatte, stand Stella schließlich auf und ging in die Küche, um sich etwas zu essen zu machen. Sie hatte schon oft gehört, daß Essen die Nerven beruhigte, so daß man anschließend leichter einschlafen konnte. Nachdem sie ein Schinken-Käse-Sandwich mit trockenem Weizentoast hinuntergewürgt hatte, ging sie durch den Flur zum Gästezimmer zurück. An Marios Tür blieb sie stehen und spähte hinein. Als er klein gewesen war, hatte Stella jede Nacht mehrmals nach ihm gesehen. Nach der Tragödie hatte sie unter chronischen Schlafstörungen gelitten und nur selten eine Nacht durchschlafen können. Andauernd war sie schweißdurchnäßt aufgewacht, jedesmal fest davon überzeugt, daß das Haus brannte. Dann war sie immer in Marios Zimmer gerannt, um sich zu vergewissern, daß er sicher in seinem Bett lag.

Das Zimmer war dunkel und die Decke zerwühlt, aber als Stella auf Zehenspitzen näher zu seinem Bett schlich, bemerkte sie, daß es leer war. Da sie vermutete, daß er auf dem Sofa eingeschlafen war, sah sie im Wohnzimmer nach, doch auch hier fand sie Mario nicht. In der plötzlichen Gewißheit, daß etwas Furchtbares passiert war, begann ihr Herz zu rasen; doch sie mahnte sich rasch zur Ruhe und zwang sich nachzudenken. Marios derzeitige Freundin war die Stewardeß mit dem verrückten Flugplan. Wahrscheinlich war die Frau von einem späten Flug zurückgekehrt, hatte Mario angerufen und ihn gebeten, in ihre Wohnung zu kommen. Stella schlurfte zurück ins Gästezimmer, fiel ins Bett und schlief endlich ein.

Als sie die Augen öffnete, hatte sie keine Ahnung, wie spät es war. Die Vorhänge waren zugezogen, das Zimmer stockdunkel. Sie sprang aus dem Bett, lief durch die Wohnung und stellte fest, daß ihr Bruder noch nicht zurück war. Dann bemerkte sie die blinkende Lampe des Anrufbeantworters, warf einen Blick auf die Wanduhr und sah, daß es schon nach neun war. Mit zitternden Fingern drückte sie auf die Wiedergabetaste und hielt den Atem an, bis das Band zurückgespult war und eine männliche Stimme zu sprechen begann. »Hier ist Jack Fitzgerald«, sagte die tiefe, rauchige Stimme. »Ich habe beschlossen, die Sache erst einmal auf sich beruhen zu lassen. Wenn Sie noch weitere Fragen haben, können Sie mich jederzeit anrufen.«

Stella stand in ihrem Bademantel da und preßte eine Hand auf ihre Brust. Langsam atmete sie aus und ließ sich auf einen Stuhl fallen. »Gott sei Dank«, sagte sie, und Tränen der Erleichterung stiegen ihr in die Augen.

Jetzt, da sie wußte, daß sie nichts zu befürchten hatte, drängte es sie zu sofortigem Aufbruch. Sie begann, ihre Kosmetiksachen und die paar Kleidungsstücke, die sie mitgenommen hatte, einzupacken, und hoffte, daß Mario rechtzeitig nach Hause kommen würde.

Auf Frank Minors Anweisung hin hatte Holly für diesen Morgen um neun Uhr eine Pressekonferenz anberaumt, um der Öffentlichkeit mitzuteilen, daß die Staatsanwaltschaft gegen Stella wegen des Todes ihrer Eltern ermittelte. Am Tag zuvor hatte sie sich ein neues Kleid gekauft, kniefrei nach der aktuellen Mode, und der dünne Stoff schmiegte sich an ihren Körper wie eine zweite Haut. Dazu trug Holly durchsichtige schwarze Nylonstrümpfe und Schuhe mit hohen Absätzen.

Als sie an diesem Morgen das Bürogebäude der Bezirksstaatsanwaltschaft erreichte, war sie überrascht, weil vor dem Eingang keine Übertragungswagen der TV-Sender standen. Sie hatte beschlossen, der Presse nicht in ihrem engen Büro, sondern auf den Eingangsstufen zum Gebäude Rede und Antwort zu stehen. Daher wartete sie auf der Treppe und blickte immer wieder die Straße hinauf und hinab, denn sie nahm an, daß die Wagen jeden Moment eintreffen müßten. Schon um diese frühe Stunde brannte jedoch die Augustsonne gnadenlos herab, so daß es Holly auf der Straße rasch zu heiß wurde.

»Mist«, fluchte sie. Wenn sie hier draußen noch länger wartete, würden sich ihr Make-up auflösen und auf ihrem Dreihundert-Dollar-Kleid Schweißflecke bilden. Daher zog sie sich ins Gebäude zurück, ging zu Frank Minors Büro und steckte den Kopf zur Tür hinein. »Wo sind die denn alle? Es ist schon fast neun Uhr, und niemand ist draußen. Außerdem ist es schon teuflisch heiß. Vielleicht sollte ich die Pressekonferenz lieber in Ihrem Büro abhalten?«

»Abgesagt«, murmelte er und wühlte, ohne aufzusehen, weiter in dem Papierstapel auf seinem Schreibtisch.

»Wie bitte?« fragte Holly, und ihre Augen weiteten sich.

»Ich sagte, die Pressekonferenz ist abgesagt.«

»Wer hat sie abgesagt? Es war doch alles arrangiert.«

»Jack Fitzgerald«, erwiderte Minor und blickte endlich auf. »Seiner Meinung nach gibt es keinen Fall Cataloni. Außerdem ist Growman persönlich bei ihm erschienen und hat gedroht, uns das Leben zur Hölle zu machen. Dallas gehört momentan zu den Machtzentren in den Vereinigten Staaten, und Growman hat einen sehr langen Arm. Ich vermute, daß Fitzgerald nicht den Mumm hat, es auf eine Auseinandersetzung ankommen zu lassen.«

Holly schüttelte verständnislos den Kopf, so daß ihr die blonden Locken ins Gesicht fielen. »Na schön«, sagte sie und schob mit einer schnellen Handbewegung ihr Haar aus der Stirn. Dann veränderte sich ihr Gesichtsausdruck. »Ich habe Ihnen doch gleich gesagt, das funktioniert nicht. Um ganz ehrlich zu sein: Ich bin erleichtert. Mir wäre es schrecklich unangenehm, Stella so etwas antun zu müssen. Ich glaube sowieso, daß Randall der Schuldige ist. Wir sollten ihn auf die Anklagebank bringen, statt hinter Stella herzuschnüffeln.«

Doch Minor war in seine Papiere vertieft und hörte nicht zu. Er schob eine Akte an den Rand seines Schreibtischs. Gegen eine in der Öffentlichkeit unbekannte Figur wie Tom Randall wegen eines vor sechzehn Jahren verübten Verbrechens ein Verfahren anzustrengen, war für ihn ohne jegliches Interesse. Soweit es Minor betraf, konnte der Cataloni-Fall jetzt zu den Akten gelegt und vergessen werden. »Ich gebe Ihnen die Wesley-Sache«, sagte er und rieb sich die Augen. »McCarthy kommt nicht in Frage. Er hat mit dem Bramford-Mord mehr als genug zu tun.«

»Was meinen Sie damit?« rief Holly. »*Ich* sollte doch den Bramford-Fall übernehmen. Schließlich habe ich die Sache in monatelanger Kleinarbeit vorbereitet.«

»Verstehen Sie doch«, sagte Minor und legte seine Papiere beiseite, »ich habe den Fall weitergegeben, weil ich dachte, daß Sie mit dieser Cataloni-Sache mehr als ausgelastet sein würden. Sie hätten unmöglich beide Fälle gleichzeitig bearbeiten können. Bei dem Cataloni-Fall handelt es sich schließlich um einen Doppelmord.«

»Aber jetzt bin ich frei«, konterte Holly, und ihre Stimme wurde noch lauter und schriller. »Sie haben mir diesen Fall versprochen, Frank. Ich will Wesley nicht. Der kommt nicht einmal zur Verhandlung. Sein Anwalt versucht schon, eine außergerichtliche Einigung zu erzielen.«

»Dann«, sagte Minor, »ist das so gut wie eine Verurteilung. Ihr Ansehen wird steigen.«

»Es ist nicht dasselbe, und das wissen Sie auch!« fauchte Holly. »Haben Sie mir nicht neulich selbst gesagt, ich müßte einen dicken Fisch an Land ziehen? Wesley ist alles andere als ein dicker Fisch. Nächste Woche liegt dieser Fall wahrscheinlich schon bei den Akten. Craig Bramford ist Polizist. Herrgott noch mal, ein Polizist, der Frau und Kind umgebracht hat – das ist der Fall, den ich jetzt brauche!«

Minor funkelte sie an und schob die Akte noch näher an den Rand seines Schreibtischs. Diese Geste sollte Holly verdeutlichen, daß seine Entscheidung endgültig war. Mochte sie schimpfen und zetern, soviel sie wollte – wenn er einmal eine Entscheidung getroffen hatte, ließ er sich durch nichts mehr umstimmen.

Wütend sah Holly auf die Akte und reckte trotzig ihr Kinn vor. »Das können Sie mit mir nicht machen«, beharrte sie. »Ich habe mehr Erfahrung als McCarthy. Ich gehe zu Jack Fitzgerald und reiche eine offizielle Beschwerde gegen Sie ein.«

Das Telefon an Minors Privatanschluß klingelte. Ein paar Augenblicke lang ignorierte er das Läuten. »Machen Sie, was Sie wollen«, sagte er schließlich und nahm den Hörer ab. Ihm war schon seit einiger Zeit bewußt, daß Oppenheimer ihn überrennen würde, wenn er sie nicht am kurzen Zügel hielt. Aber niemand würde Frank Minor ausstechen. »Wenn Sie mich jetzt bitte entschuldigen …«

Holly stürmte aus dem Büro und stieß im Korridor mit einem anderen Staatsanwalt zusammen. Sie hatte keine Lust zu antworten, als er sie ansprach. Schnellen Schrittes eilte sie den Korridor entlang, doch auf halbem Weg stolperte sie und taumelte seitlich gegen die Wand. Normalerweise trug sie keine Schuhe mit derart hohen Absätzen. Nachdem sie als Polizistin gearbeitet und sich an bequeme Schuhe gewöhnt hatte, zog sie solche Schuhe nur noch an, wenn sie Eindruck schinden wollte. »Verdammter Mist!« fluchte sie. Der Absatz ihres rechten Schuhs war abgebrochen. Sie streifte den Schuh ab und nahm ihn in die Hand. An der Tür ihres Büros vorbeihumpelnd, verließ sie schnurstracks das Gebäude, das Gesicht zu einer häßlichen, bitteren Grimasse verzogen.

Mario muß die Nacht mit seiner Stewardeß verbracht haben, dachte Stella. Sie brannte darauf, ihm die guten Neuigkeiten zu erzählen, bevor sie sich auf den Weg zum Flughafen machen würde. Aber im Moment konnte sie nichts anderes tun als warten.

Zur Untätigkeit verurteilt, saß sie in seinem Apartment. Einmal versuchte sie Growman zu erreichen, erfuhr jedoch von seiner Sekretärin, daß er sich den Morgen freigenommen habe, um sich seiner Tochter zu widmen, die mittags zum College zurückfahren mußte. Schließlich erreichte sie Sam, der ihr anbot, sie am Flughafen abzuholen. Stella sagte ihm, sie werde mit dem Nachmittagsflug eintreffen.

Nachdem Stella aufgelegt hatte, streifte sie im Apartment ihres Bruders umher, machte die Betten und räumte auf. Als sie die Tür zur Dunkelkammer öffnete, schlug ihr der stechende Geruch der Chemikalien entgegen. Eben wollte sie die Tür wieder schließen, als sie in dem schwachen Licht etwas auf seiner Arbeitsplatte bemerkte. Es sah aus, als hätte Mario ein Päckchen Zucker verschüttet. Wenn sie es nicht wegwischte, würden nur die Ameisen angezogen werden. Daher ging sie in die Küche und kehrte mit einem Lappen in die Dunkelkammer zurück. Ohne darüber nachzudenken, tauchte sie eine Fingerspitze in die weiße Substanz und führte sie vorsichtig zu ihren Lippen. Im nächsten Augenblick verkrampften sich ihre Muskeln. »Du verdammter kleiner Mistkerl«, entfuhr es ihr. Das weiße Pulver war kein Zucker, es war Kokain. Sogar hochwertiges Kokain, dachte sie, denn schon von der winzigen

Menge, die sie probiert hatte, wurde ihre Zunge taub. Mario hatte schon einmal Probleme mit Drogen gehabt, aber als Teenager vor vielen Jahren. Es machte Stella rasend, daß er das Zeug wieder nahm.

Kein Wunder, daß er letzte Nacht noch fortgegangen war, dachte sie wütend und enttäuscht. Wenn Mario häufig Koks nahm, konnte er wahrscheinlich nicht richtig schlafen. Sie verspürte eine Art Befriedigung, als sie die teure Substanz mit dem Lappen aufwischte. Dann öffnete sie systematisch alle Schränke, fest entschlossen, das Versteck ihres Bruders zu finden und alles die Toilette hinunterzuspülen. Da sie in der Dunkelkammer keine weiteren Drogen fand, durchsuchte sie die Wohnung, jedoch erfolglos. Mittlerweile war es schon fast ein Uhr, und ihr war klar, daß sie ihren Flug verpassen würde, wenn sie noch länger wartete.

Rasch schrieb sie für Mario noch eine Nachricht, er solle sie möglichst bald in Dallas anrufen, und legte den Zettel auf die Küchenzeile. Dann eilte sie mit ihrer Tasche und ihrem Kosmetikkoffer die Treppen hinunter zu ihrem Mietwagen, nahm den Schlüssel vom Reifen, wo sie ihn am Abend zuvor deponiert hatte, und fuhr los.

Stella checkte pünktlich für den Zwei-Uhr-Flug ein, aber nachdem sich die Passagiere in ihren Sitzen angeschnallt hatten, erklärte die Stewardeß über Lautsprecher, die Maschine werde mit Verspätung starten. Sie warteten über eine halbe Stunde auf dem Rollfeld, bis das Flugzeug endlich Starterlaubnis erhielt. Daher traf Stella viel später als geplant in Dallas ein, und die Frage war nun, ob Sam gewartet hatte oder wieder nach Hause gefahren war.

Diese verdammten Fluggesellschaften, dachte sie, während sie von Bord ging. In Gedanken war sie noch immer mit dem Stoff beschäftigt, den sie in Marios Dunkelkammer gefunden hatte. Wenn er anrief, würde sie ihm eine gehörige

Strafpredigt halten. Sie hatte ihm zuviel von ihrem eigenen Leben geopfert, um nun wortlos zuzusehen, wie er das seine einfach wegwarf. Außerdem wußte sie, daß Kokain eine der gefährlichsten und heimtückischsten Drogen war. Sogar Teenager starben nach Kokainkonsum häufig an Herzversagen. Sie hatte nicht die Absicht, auch noch ihren letzten überlebenden Familienangehörigen zu Grabe zu tragen.

Sie war mit einem kleineren Kurzstreckenflugzeug gekommen, das nicht an einer der für die großen Maschinen reservierten Gangways abgefertigt wurde. Mit einer Hand beschirmte Stella ihre Augen, als sie auf dem Love Field Airport in die helle Nachmittagssonne trat. Sie entdeckte Sam sofort, der hinter der Sicherheitsabsperrung wartete. Vor ihm stand ein halbwüchsiger Junge, einen Strauß weißer Lilien in der Hand. Sam hatte Adam, seinen zwölfjährigen Sohn, mitgebracht. Der Wind blies kräftig, und Stella hielt ihr Haar fest an ihre rechte Wange gedrückt, da sie nicht wollte, daß der Junge ihre Narbe sah und einen Schreck bekam. Aber ihre Nervosität schwand rasch, als sie Adam näher betrachtete. Jung und mit frischer Gesichtsfarbe stand er neben seinem Vater und erinnerte sie daran, wie Mario in diesem Alter gewesen war. Sie lächelte, winkte und ging vorsichtig die schmale Treppe hinab. Es war wichtig, daß sie bei dieser ersten Begegnung mit Sams Sohn ausgeglichen und vertrauenswürdig wirkte.

Kaum hatte Stella jedoch den Fuß der Treppe erreicht, da traten ihr zwei förmlich gekleidete Männer in den Weg. »Stella Cataloni?« fragte der eine. »Sind Sie Stella Cataloni?«

»Ja«, antwortete Stella, die sofort befürchtete, daß Mario etwas zugestoßen war, daß er einen Unfall gehabt oder eine Überdosis Kokain genommen hatte.

Der Mann zog eine Marke aus der Tasche und hielt sie ihr vors Gesicht. »Vollstreckungsbehörde der Vereinigten Staaten«, sagte er. »Sie sind festgenommen.«

Stella schwirrte der Kopf, und ihre Knie wurden weich. Dann fiel ihr ein, daß Fitzgerald vielleicht nicht die richtigen Leute über seinen Entschluß informiert hatte, die Anklage fallenzulassen. »Das muß ein Irrtum sein«, sagte sie mit einem raschen Blick zu Sam und seinem Sohn. »Die Anklage, die gegen mich erhoben werden sollte, wurde heute morgen zurückgezogen. Ich vermute, man hat Ihnen nicht Bescheid gesagt. Sind Sie aus Dallas, oder wurden Sie aus Houston geschickt?«

»Wir sind von der Vollstreckungsbehörde in Dallas«, antwortete der Beamte. »Es tut mir leid, aber es ist besser, wenn Sie freiwillig mitkommen. Wir möchten kein Aufsehen erregen, Miss. Wir tun nur unsere Arbeit.« Er griff in seine Hosentasche, zog eine Plastikkarte hervor und begann, Stella ihre Rechte vorzulesen. »Sie haben das Recht, die Aussage zu verweigern. Sie haben das Recht, nur in Gegenwart eines Anwalts vernommen zu werden. Wenn Sie sich keinen Anwalt leisten können, wird Ihnen ...«

Stella hörte nicht mehr zu. Der andere Beamte stand jetzt hinter ihr und zog ihr die Arme auf den Rücken, die stählernen Handschellen baumelten in seiner Hand. Sie wandte sich ab und versuchte, ihre panische Angst zu unterdrücken. Sie würde es nicht dulden, daß man ihr vor Sam und seinem Sohn Handschellen anlegte und sie abführte. »Haben Sie mir denn nicht zugehört?« rief sie mit schriller Stimme, und der Lärm der Flugzeuge ringsum dröhnte in ihren Ohren. »Die Anklage wurde zurückgezogen. Rufen Sie Jack Fitzgerald von der Bezirksstaatsanwaltschaft Houston an, er wird es Ihnen bestätigen.«

Sams Gesicht verzog sich, und Stella sah, daß er etwas zu seinem Sohn sagte und dann versuchte, durch ein Tor im Zaun zur Maschine vorzudringen. Ein Sicherheitsbeamter der Fluggesellschaft hielt ihn jedoch zurück, und Stella bemerkte das Schild, auf dem stand, daß dieser Bereich nur von Fluggästen betreten werden durfte. Sam ging zurück, stellte sich wieder neben Adam, und die Finger der beiden krallten sich in den Maschendrahtzaun.

Die beiden Vollstreckungsbeamten tauschten einen düsteren Blick aus und traten rechts und links neben Stella. In Sekundenschnelle hatten sie ihr die Handschellen angelegt und führten sie quer über das Rollfeld. »Bitte, tun Sie mir das nicht an!« schrie Stella. »Nehmen Sie mir die Handschellen ab! Ich komme ja mit. Ich mache keine Schwierigkeiten. Dort stehen meine Freunde. Ich bin keine Kriminelle. Ich bin Staatsanwältin. Das ist alles ein furchtbares Mißverständnis!«

»Es tut mir leid«, entgegnete der größere der beiden Männer. »Das sind die Vorschriften. Jeder Verhaftete muß in Handschellen abgeführt werden.«

Beschämt senkte Stella den Kopf. Als sie durch die Sicherheitsschleuse gingen, hörte sie Sams Stimme, aber sie brachte es nicht über sich, den Blick zu heben und ihn anzusehen. Ihre Absätze klapperten auf dem Linoleumboden, während die beiden Beamten sie durch die überfüllte Ankunftshalle führten. Stella hörte die Bemerkungen der Leute, als sie die Handschellen sahen. »Was hat sie verbrochen?« fragte eine fremde weibliche Stimme, deutlich hörbar in dem allgemeinen Gemurmel. »Glaubst du, das ist die Frau, die in Addison ihre Kinder umgebracht hat?«

»Weißt du was, Mabel?« sagte eine andere Stimme. »Ich glaube, das ist diese Staatsanwältin, die so oft im Fernsehen war.«

»Du hast recht«, antwortete die erste Stimme aufgeregt. »Großer Gott, sie sieht genauso aus wie die aus dem Fernsehen. Was um alles in der Welt hat sie angestellt?«

Jedes Wort war wie ein Messerstich in Stellas Körper. Ihr Herz hämmerte wie eine riesige Faust in ihrer Brust. Ihre Kleider waren schweißgetränkt, ihr Mund so trocken, daß sie kaum schlucken konnte.

Entschlossen, keinen Schritt weiterzugehen, stemmte

Stella ihre Füße gegen den Boden. »Ich will den Haftbefehl sehen«, sagte sie mit belegter Stimme. »Ich habe das Recht, den Haftbefehl zu sehen. Ich will wissen, was man mir vorwirft.«

Sie blieben auf der Matte vor der automatischen Tür stehen, die aus dem Flughafengebäude hinausführte. Einer der Männer zog ein Blatt Papier hervor. »Die Anklage lautet auf Mord«, sagte er und verstummte, um die Einzelheiten durchzulesen. »Nach diesem Haftbefehl haben Sie einen Mann namens Thomas Randall erschossen, einen der Hauptzeugen der Staatsanwaltschaft in einer Brandstiftungssache. Das Verbrechen wurde heute morgen verübt.« Er hielt abermals inne und wechselte einen Blick mit seinem Kollegen. »Das ging aber ziemlich schnell. Ich würde sagen, daß diese Dame ganz schön in Schwierigkeiten steckt, Harry. Oder wie siehst du das?«

Der andere Mann lachte. »Gut, daß wir ihr die Handschellen verpaßt haben, was?«

Stella hatte von alledem nur zweierlei mitbekommen: den Namen Randall und die Anklage wegen Mordes. Vor ihrem geistigen Auge sah sie blitzartig erst das Gesicht ihres Bruders, dann das weiße Pulver, das sie auf seiner Arbeitsplatte in der Dunkelkammer gefunden hatte. Hatte er Kokain genommen, um sich für den Mord an Randall Mut zu machen? Es war Stella, als ob ihre Welt in tausend Scherben zerbrochen wäre. Vor ihren Augen tanzten schwarze Punkte. Warum hatte Mario das getan? Fitzgerald hatte entschieden, die Anklage fallenzulassen. Wie konnte ihr Bruder sich zu einer derart kopflosen Tat hinreißen lassen? Während sich die automatischen Türen immer wieder öffneten und schlossen, fühlte sich Stella, als versinke sie in einem dunklen, bodenlosen Abgrund. Plötzlich wurde alles schwarz um sie herum, und bewußtlos sank sie in die Arme der Beamten.

»Verdammt!« fluchte Harry. »Dauernd fallen sie in Ohnmacht. Halt sie fest, wir müssen sie hier rausschaffen. Ich habe meiner Frau versprochen, zum Abendessen zu Hause zu sein.«

Sie packten Stella unter den Armen. Ihr Körper war schlaff, und ihr Kopf baumelte von einer Seite zur anderen, während die beiden Vollstreckungsbeamten sie durch die automatische Tür schleppten. Ihre Füße schleiften über die Gummimatte, dann über den Beton des Gehwegs.

Als Stella wieder zu sich kam, erblickte sie vor sich die Tür des Polizeiwagens und spürte auf ihrem Kopf die Hand eines Mannes, der sie in den Wagen drückte. Sie sah zum Flughafengebäude zurück und erkannte Sam und Adam, die hinter der Glasscheibe der automatischen Tür standen und fassungslos die Szene beobachteten. Die Beamten stiegen in den Polizeiwagen, der Motor sprang an, und sofort fuhr der Wagen los.

KAPITEL 5

Um sechs Uhr am selben Abend befand sich Stella im Lew Sterrett Correctional Center in der Innenstadt von Dallas, einem der schäbigsten Untersuchungsgefängnisse des Staates Texas.

Sobald ihr der übliche Telefonanruf gestattet wurde, rief sie Growman an und fragte ihn, was sie tun solle und was er über Randalls Tod gehört habe.

»Ich habe gar nichts davon gehört«, antwortete er, auch von ihrer Verhaftung vollkommen überrumpelt. »Ich kenne einen sehr guten Anwalt in Houston«, sagte er kurz darauf. »Sein Honorar ist zwar recht hoch, aber dafür ist er auch einer der besten Strafverteidiger der Stadt. Er heißt Paul Brannigan. Ich setze mich sofort mit ihm in Verbindung. Reg dich nicht auf, Stella. Das alles ist nur ein blödsinniges Mißverständnis, zumal Fitzgerald dich heute morgen angerufen und erklärt hat, daß sie die Anklage zurückziehen.«

»Hast du mir denn nicht zugehört?« schrie Stella in das Telefon des Eingangsbereichs, wo die neu eingelieferten Untersuchungshäftlinge registriert wurden. »Tom Randall ist erschossen worden, ermordet! Das muß irgendwann heute morgen passiert sein. Fitzgerald war offensichtlich noch nicht darüber informiert, als er mich anrief.«

»Wo warst du, als Randall ermordet wurde?« fragte Growman. »Wenn hier kein Irrtum vorliegt, ist dein Alibi von größter Bedeutung.«

»Wie soll ich das wissen?« fauchte Stella. »Solange der Gerichtsmediziner den Zeitpunkt des Todes noch nicht bestimmt hat, kann ich auch kein Alibi beibringen. Vielleicht saß ich ja schon im Flugzeug, Ben.«

»Du warst doch mit Mario zusammen, oder?« fragte Growman. »Du hast mir gesagt, du wolltest nicht im Hotel schlafen. Wenn Mario die ganze Zeit über mit dir zusammen war, dürfte es keine Probleme geben.«

Stella stockte der Atem. Rasch warf sie einen Blick über die Schulter zu dem Einlieferungsbeamten. Sollte sie Growman die Wahrheit sagen: daß Mario irgendwann in der Nacht fortgegangen und nicht zurückgekehrt war? Sollte sie ihm sagen, daß sie fürchterliche Angst hatte, ihr eigener Bruder könne auf Randall geschossen und ihn getötet haben? Mario war gestern abend aufgewühlt und wütend gewesen, weil man seiner Schwester eine Mordanklage an den Hals hängen wollte. Hatte er beschlossen, ihr zu helfen, indem er den einzigen Zeugen der Anklage eliminierte?

Aus der Sicht der Gerichtsbarkeit zählte der Mord an einem Zeugen zu den verachtungswürdigsten und abscheulichsten Verbrechen. Der Mord an einem Zeugen brachte das gesamte System auf Trab. Normalerweise mahlten die Mühlen der Justiz im Schneckentempo, aber wenn so etwas passierte, begann sich die Maschinerie mit Lichtgeschwindigkeit zu bewegen. Haftbefehle wurden innerhalb von Stunden ausgestellt, und im ganzen Bundesstaat wurden alle Polizeidienststellen in Alarmbereitschaft versetzt.

»Sie sagen, der Haftbefehl sei von den Behörden in Houston ausgestellt worden«, erklärte Stella. »O Gott, Ben, sie werden mich nach Houston bringen. Solange dort nicht formell die Anklage verlesen worden ist, kann ich noch nicht einmal Freilassung auf Kaution beantragen. Sie werden mich in eine Gefängniszelle sperren.«

»Beruhige dich, bitte.« Auch Growmans Stimme zitterte. »Wir werden sofort alles Notwendige veranlassen. Ich rufe Brenda Anderson an. Wenn es sein muß, schicke ich sie nach Houston. Sie wird alles vor Ort regeln.«

Der Einlieferungsbeamte deutete demonstrativ auf seine Uhr. »Ich muß jetzt Schluß machen«, sagte Stella. Nachdem sie aufgelegt hatte, bat sie: »Ich muß noch einen Anruf erledigen. Ich muß mit meinem Bruder sprechen. Bitte, es ist wichtig. Sperren Sie mich nicht ein, bevor ich mit ihm gesprochen habe.«

»Tut mir leid«, entgegnete er, »wir müssen Ihre Einlieferung zu Ende bearbeiten.«

Stella konnte nicht glauben, was mit ihr geschah. Dies alles schien ein furchtbarer Alptraum zu sein. Während der Beamte sie in einen hinteren Teil des Raums führte, um die Formulare auszufüllen, blieb Stella plötzlich mit schreckverzerrtem Gesicht stocksteif stehen.

In einer Ecke am anderen Ende des Raums lehnte Carl Winters an der Wand.

»So trifft man sich wieder«, sagte er. Seine Augen, zu schmalen Schlitzen verengt, blickten böse, als er dicht vor sie trat und ihr mit einem Finger auf die Brust tippte. »Diesmal werden Sie nicht ungeschoren davonkommen, Lady. Diesmal sind Sie zu weit gegangen.«

Stellas Kinn klappte nach unten, aber ihr Blick durchbohrte ihn. Der Zorn drohte sie zu überwältigen, und am liebsten hätte sie Winters mitten in sein fettes Gesicht geschlagen. »Wann bringen Sie mich nach Houston?« fragte sie statt dessen und beschwor sich, ruhig zu bleiben. Ihre Temperamentsausbrüche hatten ihr schon genügend Schwierigkeiten eingebracht. Wenn sie sich erneut gegen Carl Winters auflehnte, würde alles nur noch schlimmer werden.

»Nun, ich weiß nicht«, sagte Winters, der Stella winseln sehen wollte. »Vielleicht morgen. Vielleicht nächste Woche. Dallas ist doch ein nettes Städtchen, und vielleicht möchte ich mir erst noch ein paar Sehenswürdigkeiten anschauen.«

Stella preßte ihre Kiefer aufeinander, so fest, daß sie ein leises, knackendes Geräusch hörte. Dann stieß sie hervor: »Sie wissen, daß ich keine Freilassung auf Kaution beantragen kann, solange die formelle Anklageverlesung nicht stattgefunden hat, Winters. Das heißt, ich bleibe in diesem miserablen, stinkenden Loch eingesperrt, bis Sie mich nach Houston bringen.«

»Wem sagen Sie das?« Mit diesen Worten wandte er sich um und marschierte aus dem Raum. Auf der Türschwelle blickte er zu ihr zurück und winkte ihr grinsend zu.

»Warten Sie!« rief Stella. »Sagen Sie mir wenigstens, was mit Randall passiert ist. Um welche Uhrzeit wurde er ermordet? Gab es irgendwelche Zeugen? Warum hat Jack Fitzgerald mich angerufen und mir gesagt, alles sei in Ordnung, wenn er mir seine Bluthunde auf den Hals hetzen und mich einsperren lassen wollte?«

Winters sah sie noch einmal an und grinste selbstgefällig, dann verschwand er draußen im Flur.

»Stellen Sie sich hinter die blaue Linie«, forderte der Beamte sie auf. »Ich muß Ihr Gesicht fotografieren.«

Stella ging rückwärts, bis sie die Kälte der Mauer durch ihre Kleidung hindurch spürte. Jeder Muskel ihres Körpers war angespannt. Sie wußte, was nun folgen würde.

»Alle Haare aus dem Gesicht!«

Fast wie in Zeitlupe schob Stella ihr Haar auf beiden Seiten hinter die Ohren. Ihr Blick senkte sich, und sie konnte sich nicht dazu zwingen, wieder aufzusehen.

Der Mann ging hinter die Kamera, dann trat er wieder zur Seite. »Ist das eine alte Narbe, oder sind Sie erst kürzlich verletzt worden? Brauchen Sie medizinische Hilfe?«

»Es ... es ist eine alte Narbe«, stammelte Stella.

»Sehen Sie in die Kamera! Die Fotos müssen Ihre Augen zeigen.«

Sie versuchte, sich auf einen Punkt hoch oben an der Wand zu konzentrieren, während die Kamera unaufhörlich klickte. Das Geräusch der Blende machte ihr eine Gänsehaut, und die Härchen auf ihren Armen sträubten sich. Ihre Gedanken schweiften ab, und in der Erinnerung vernahm sie ein anderes klickendes Geräusch. Es stammte nicht von einer Kamerablende, war aber deutlich hörbar gewesen, ein Geräusch, das Stella bis heute nicht hatte identifizieren können. Sekunden, bevor das Feuer ausgebrochen war, hatte sie direkt neben ihrem Bett dieses metallisch klickende Geräusch gehört. Wenn es ihr gelang, dieses zu identifizieren, hatte sie sich immer gesagt, würde sie vielleicht endlich herausfinden, was in jener Nacht geschehen war, in der Randall das Feuer entfacht und das Leben ihrer Eltern ausgelöscht hatte. Aber das war ihr in all den Jahren nie gelungen, wie sehr sie sich auch bemüht hatte. Es gab andere Geräusche, die diesem Klicken sehr ähnlich waren, aber keines war exakt dasselbe gewesen. Dieses metallische Klicken, das sie gehört hatte, war unauslöschlich in ihrem Gedächtnis gespeichert. Es war eine der wenigen genauen Erinnerungen, die ihr aus jener Nacht des Feuers geblieben waren.

Klick, klick, klick.

In Stellas Kopf verschmolzen die Geräusche der Vergangenheit mit dem Klicken der Kamerablende. Sie wünschte sich verzweifelt, daß das Geräusch aufhörte, und legte ihre Hände über die Ohren. Doch der Beamte befahl ihr sofort, die Hände wieder herunterzunehmen, damit er seine Porträtaufnahmen beenden konnte.

Danach wurde sie zu einem großen Tisch geführt, wo der Beamte ihre kalten Finger auf ein Tintenkissen und sodann nacheinander auf eine Karte drückte. Da ihre Hände schweißnaß waren, mußte er diese Prozedur mehrere Male wiederholen.

Endlich waren die Formalitäten abgeschlossen. Der Beamte führte Stella in den Sicherheitstrakt der Haftanstalt. Vor einer massiven Metalltür mußten sie warten, bis der Wärter sie bemerkte und einließ. Drinnen wurde Stella an eine weibliche Vollzugsbeamtin überstellt, eine kleine, untersetzte Frau Mitte Zwanzig, die ihr blondes Haar zu einem langen Zopf geflochten trug.

Stellas Absätze klapperten auf den gekachelten Fluren, während sie von einem Bereich in den nächsten geführt wurde. »Ich bin Staatsanwältin!« platzte sie heraus. Warum sie das sagte, wußte sie selbst nicht. Vielleicht war es ein Versuch, ihre Selbstachtung zurückzugewinnen.

»Ach ja?« entgegnete die Frau lachend. »Nun, in Wirklichkeit bin ich die Bürgermeisterin, aber sagen Sie es niemandem weiter.«

Stella trottete hinter ihr her zu einer großen Gemeinschaftszelle, in der bereits mehrere andere Frauen saßen. »Kann ich nicht in eine Einzelzelle?« bat Stella inständig. »Ich bin Staatsanwältin, das schwöre ich. Sehen Sie in den Einlieferungspapieren nach. Vielleicht habe ich eine dieser Frauen hinter Gitter gebracht. Sie könnte mich erkennen und versuchen, mich umzubringen.«

»Hm ...« Die Beamtin musterte Stella argwöhnisch. »Ist das wirklich wahr?«

»Ich schwöre es«, sagte Stella flehend.

Die Frau ergriff sie beim Arm und führte sie durch ein weiteres Labyrinth von Fluren. Endlich blieb sie an einem kleinen Fenster stehen und steckte den Kopf hindurch. »Hey, Lucy, sieh doch mal in den Einlieferungspapieren dieser Frau nach. Sie behauptet, Staatsanwältin zu sein. Wenn das stimmt, sollte sie in Sicherheitsgewahrsam und nicht in den allgemeinen Trakt.«

Nachdem die Frau Stellas Angaben bestätigt hatte, fragte

die Vollzugsbeamtin, was ihr vorgeworfen werde. Dann drehte sie sich um und starrte Stella an. »Sie haben einen umgebracht? Wen, Ihren Ehemann?«

»Nein«, murmelte Stella, »einfach nur einen Mann.«

»Verdammt«, sagte die Frau. »Kommen Sie, ich bringe Sie in der Krankenabteilung unter. Alle Zellen im Sicherheitstrakt sind belegt. Wir haben im Moment eine Menge korrupter Polizisten hier.«

»Ich bin unschuldig«, beteuerte Stella, während sie erneut einen Flur entlanggingen.

»Dann sind Sie in guter Gesellschaft«, erwiderte die Wärterin. »Hier drin sind alle unschuldig.«

Stella gelang es, die Wärterin zu überreden, ihr einen weiteren Anruf zu gestatten, bevor sie in die Zelle gebracht wurde. Nachdem die Verbindung zu Brenda Anderson hergestellt war, nannte Stella ihren Namen und fragte die Ermittlungsbeamtin, ob sie mit Growman gesprochen habe. Brenda bejahte und sagte, sie sei bereits auf dem Sprung, nach Houston zu fliegen, um mit ihren Ermittlungen zu beginnen. Rasch nannte ihr Stella eine Reihe von Punkten, die Brenda klären sollte. »Wir müssen herausfinden, wo Randall die ganzen Jahre gesteckt hat und warum er plötzlich beschloß, nach Houston zurückzukehren. Bring in Erfahrung, ob er während dieser Zeit weitere Verbrechen begangen hat – in Texas oder wo auch immer in den Vereinigten Staaten.« Da ihr bewußt war, daß sie nicht viel Zeit hatte, redete sie so schnell, daß sich ihre Worte überstürzten und in ihren eigenen Ohren beinahe fremdländisch klangen: »Wenn du es geschickt anstellst, kommst du vielleicht an Randalls Frau heran und kannst die Namen seiner Freunde und Bekannten herausfinden.« Sie seufzte. »Ich habe ihn nicht umgebracht, Brenda, aber um mich von allen Vorwürfen zu entlasten, müssen wir herausfinden, wer es getan hat.«

Brenda Anderson empfand großes Mitgefühl. Sie bewunderte nicht nur Stellas fachliche Brillanz, sondern war auch privat mit ihr befreundet. Nachdem sich Anderson bei der Polizei in Dallas bis in den Rang einer Sergeantin hochgearbeitet hatte – eine beachtliche Leistung für eine Polizistin im Südwesten der USA und erst recht für eine Farbige –, hatte sie sich beurlauben lassen und an der Hochschule Kriminologie studiert. Nach dem Examen war sie als Ermittlerin in eine der Zweigstellen der Bezirksstaatsanwaltschaft gewechselt. Sie war hochgewachsen, hatte große braune Augen und sinnliche Lippen. Meist gab sie sich eher zurückhaltend, doch sie leistete gute Arbeit. Brenda bevorzugte konservative Kleidung, die ihr ein kultiviertes und professionelles Aussehen verlieh, ohne ihre üppige Figur zu verstecken. Jedoch verdankte Anderson ihren Erfolg nicht ihrem wohlproportionierten Körper, sondern der Tatsache, daß sie die neuesten Technologien meisterhaft beherrschte. Ohne ihren Laptop mit Fax- und Modemanschluß verließ sie niemals das Haus.

Zur Expertin auf ihrem Gebiet war sie allerdings nicht nur durch Begabung, sondern ebenso durch unermüdlichen Fleiß geworden. Schon als junges Mädchen hatte sie damit begonnen, ihre Fähigkeiten zu vervollkommnen. Ihr Vater, ein introvertierter Intellektueller, hatte fast fünfzehn Jahre lang als Computerprogrammierer gearbeitet, und das schon zu einer Zeit, als die meisten Afro-Amerikaner kaum jemals einen Computer aus der Nähe gesehen hatten. Ihre Mutter war Lehrerin und gleichfalls von unstillbarem Arbeitsdrang erfüllt. Sie sang im Kirchenchor und ging jeden Samstag ins Getto, wo sie Essen für die Obdachlosen verteilte. Brenda Anderson war bewußt, daß sie ihre technischen Fertigkeiten, von denen die Leute schwärmten, ihrem Vater zu verdanken hatte. Den nötigen Willen zum Erfolg aber hatte ihre Mutter ihr eingeflößt. »Du mußt immer an dir arbeiten, Kleines«, hatte sie gemahnt. »Sonst wachst du eines Tages auf und stellst fest, daß du es zu nichts gebracht hast.«

»Ich habe einen Freund in Houston«, sagte sie zu Stella, »einen Ermittlungsbeamten, mit dem ich einmal für kurze Zeit liiert war. Wir haben vor ein paar Jahren zusammen am Watterman-Fall gearbeitet. Du erinnerst dich, unsere Büros haben in dieser Sache sehr eng kooperiert.« Sie zögerte einen Moment und sprach dann entschlossen weiter: »Ich habe gerade mit ihm telefoniert. Es gibt einen Zeugen, Stella. Sein Name ist Victor Pilgrim.«

Stella war schockiert. »Was hat er gesehen?«

»Offenbar genug, um dich festnehmen zu lassen«, antwortete Anderson. »Mehr weiß ich auch noch nicht.«

»Hast du ihn schon überprüft?« fragte Stella in dem Bewußtsein, daß dies eine zweischneidige Frage war. Da sie unschuldig war, fiel es ihr schwer zu glauben, daß ein Zeuge ihr schaden könnte. Aber solange sie den Zeugen nicht überprüft hatten, wußten sie auch nicht, was genau gegen sie vorgebracht wurde.

»Ich bin gerade dabei«, antwortete Brenda. Im Hintergrund war das Klappern einer Computertastatur zu hören. »Sein Auszug aus dem Straßenverkehrsregister gibt nicht viel her, nur sein Alter, Personenbeschreibung und die Adresse. Er ist siebenundvierzig ... wohnt in Galveston. Scheint ein städtischer Angestellter zu sein. Einen Moment, ich habe auf die Online-Verbindung gewartet und bin gerade durchgekommen. Zufällig weiß ich, wie man in die Datei der bei der Stadt Houston beschäftigten Angestellten reinkommt.«

»Was heißt das?« fragte Stella. Sie fand Computer und Online-Systeme hochinteressant, hatte sich aber aus Zeitmangel nie damit beschäftigt.

»Man kann sich jede beliebige Datei ansehen«, sagte Anderson. »Man muß nur wissen, wie man es anstellt, dann kommt man sogar an die Akten des Verteidigungsministeriums heran.« Schweigend wartete sie einen Moment lang, bis auf dem Computerbildschirm die Antworten auf ihre Fragen erschienen. »Okay«, sagte sie, »hier ist es. Verdammt, ein Ex-Bulle! Er war früher bei der Polizei in Houston.«

»Großer Gott«, stöhnte Stella, der in diesem Augenblick einfiel, was ihr Mario über ihren Onkel erzählt hatte. »Sie versuchen, mir etwas anzuhängen, Brenda.«

»Wie kommst du darauf?«

Stella erklärte es ihr, so gut dies in der Zeit, die ihr noch blieb, möglich war. Ihre Wärterin plauderte mit einer anderen Vollzugsbeamtin, blickte jedoch in diesem Moment zu Stella hinüber und deutete an, daß es an der Zeit sei, das Telefongespräch zu beenden. »Sein richtiger Name ist Clementine Cataloni«, sagte Stella, »aber alle nennen ihn Clem. Sieh in den Akten nach und finde heraus, ob dieser Pilgrim jemals unter ihm gearbeitet hat. Mein Bruder sagte, mein Onkel sei vor etwa einem halben Jahr in Rente gegangen.«

»Das wird eine Weile dauern, Stella«, antwortete Anderson. »Ich weiß zwar, wie man in das Computersystem der städtischen Angestellten hineinkommt, aber die Polizeiakten sind wahrscheinlich noch nicht einmal elektronisch erfaßt. Bei internen Angelegenheiten dauert die Erfassung gewöhnlich eine halbe Ewigkeit.«

»Du mußt herausfinden, was er gesehen haben will«, sagte Stella. »Wenn er behauptet, er hätte gesehen, daß ich Randall erschossen habe, wissen wir mit Sicherheit, daß er lügt und jemand mir etwas anhängen will.«

»Ich nehme die nächste Maschine. Ich werde mein Bestes tun, Stella. Verlier nicht den Kopf. Wir werden dich da rausholen. Growman steht hundertprozentig hinter dir – und wir alle anderen hier genauso.«

Bevor Stella etwas erwidern konnte, kam die Wärterin, riß ihr den Telefonhörer aus der Hand und legte ihn auf die

Gabel. Kurz darauf fiel die Stahltür der Zelle hinter Stella ins Schloß.

Später am Abend öffnete dieselbe blonde Wärterin die Tür zu Stellas Zelle und teilte ihr mit, daß sie Besuch habe. Stundenlang war Stella in ihrer Zelle auf und ab gegangen und hatte gegen die Wände getrommelt. Die Enge dieser winzigen Zelle war unerträglich. Mit gesenktem Kopf schlich sie hinter der Wärterin her. Die anderen Insassinnen pfiffen und beschimpften sie, als sie an ihnen vorbeiging. »Hey, Staatsanwältin«, gellte eine weibliche Stimme. »Wie gefällt's dir denn so im Knast? Nicht gerade lustig, was? Verdammte Hure!«

Die Wärterin sah Stella an und zuckte mit den Schultern. »Neuigkeiten verbreiten sich blitzschnell im Gefängnis. Sie sollten aufpassen, was hinter Ihrem Rücken vorgeht, Cataloni. Wenn ich es richtig sehe, haben Sie hier drin nicht besonders viele Fans.«

Die Frau wies sie an, in einer der durch Glasscheiben zweigeteilten Kabinen Platz zu nehmen. Stella versteifte sich, als sie Sam erblickte, der sie durch die Scheibe hindurch unverwandt ansah.

Sam ergriff den Hörer der Sprechanlage. »Es ist furchtbar, Stella. Ich habe herauszufinden versucht, was los ist, aber das Gefängnis erteilt keinerlei Auskünfte.«

»Du bist nicht mein Strafverteidiger«, sagte Stella. »Das nächste Mal mußt du ihnen sagen, daß du meine Interessen vertrittst, dann können wir uns im Besprechungsraum treffen.«

»Was um Himmels willen ist denn passiert?« fragte er. »Du sagtest doch, die Randall-Sache hätte sich erledigt? Das hast du mir doch erzählt, als du mich gebeten hast, dich vom Flughafen abzuholen. Warum bist du festgenommen worden? Was ist los, Stella?« Er verstummte und vergrub sein Gesicht in den Händen. »Ich habe mich heute am Flughafen so hilflos gefühlt. Ich wollte etwas tun, irgendwie dazwischengehen, aber ich war machtlos. Ich mußte einfach dastehen und mitansehen, wie ...«

Stella drehte den Lautstärkeregler zurück, so daß Sams Stimme erstarb. Ihr Gesicht brannte vor Scham, als sie daran dachte, daß Sams Sohn zugesehen hatte, wie sie in Handschellen abgeführt worden war. Das war das Ende, dachte sie traurig. Jetzt war Sam zwar hier, aber er würde ihr nicht mehr lange zur Seite stehen. Von seinen eigenen Kindern hielt man jemanden, der unter Mordverdacht stand, am besten fern.

Als sie sich beide wieder gefaßt hatten, erzählte Stella, was sich ereignet und was sie bis jetzt herausgefunden hatte. »Mord?« rief Sam erbleichend. »Du wirst Geld brauchen, um einen Verteidiger zu bezahlen. Wenn ich wieder zu Hause bin, rufe ich sofort Brad an und frage ihn, wieviel Geld er auftreiben kann.«

»Danke«, sagte Stella, und ihre Augen wurden trübe. »Es tut mir so leid, daß dein Sohn heute dort war, Sam. Ich hatte gehofft, er würde mich mögen, weißt du. Wie kann er mich jetzt jemals respektieren?«

»Mach dir darüber keine Sorgen«, sagte Sam sanft und brachte ein schwaches Lächeln zustande. »Du mußt jetzt nur an dich denken, Stella. Kann ich irgend etwas für dich tun? Brauchst du etwas?«

»Ja, du kannst mir helfen«, sagte Stella. Hinter ihr kündigte eine Tonbandstimme über Lautsprecher an, daß die Besuchszeit in fünf Minuten vorbei sei. »Ich habe Mario zu erreichen versucht, aber ich konnte ihn nirgends ausfindig machen. Ich möchte nicht, daß er durch das Fernsehen von meiner Verhaftung erfährt. Kannst du versuchen, ihn anzurufen, und ihm erzählen, was passiert ist? Vielleicht kann er mich ja hier im Gefängnis anrufen?«

»Natürlich, Stella«, antwortete Sam.

Stella kritzelte die Nummer ihres Bruders auf ein Stück

Papier und legte es in den Metallkasten. »Und Kleider«, sagte sie. »Wenn ich nach Houston komme, brauche ich für die Anhörung bei Gericht frische Anziehsachen. Und könntest du auch meine ...«

In diesem Augenblick erschien hinter ihr eine Wärterin in der Tür und rief mit lauter, rauher Stimme: »Los jetzt, Cataloni! Haben Sie die Durchsage nicht gehört? Die Besuchszeit ist zu Ende.«

Sam sprang auf und preßte seine Handflächen an die Glasscheibe. »Können Sie uns nicht noch eine verdammte Minute geben?« schrie er. »Lassen Sie die Frau wenigstens ihren Satz beenden.«

»Ich habe dich noch nie zuvor fluchen gehört«, sagte Stella, überrascht von der Glut, die sie in seinen Augen bemerkte. Die Wärterin ging auf sie zu und legte eine Hand auf Stellas Schulter.

»Tatsächlich?« fragte Sam und warf der Aufseherin einen vernichtenden Blick zu. »Es gibt viele Dinge an mir, die du noch nicht kennst. Was wolltest du sagen, Stella? Laß dich von diesen Wachhunden nicht herumschubsen! Du hast auch als Gefangene Rechte, das weißt du doch.«

Auf Drängen der Wärterin stand Stella langsam auf und legte den Hörer auf die Halterung. Sam mochte ein guter Anwalt sein, dachte sie, doch über das Leben im Gefängnis mußte er noch eine Menge lernen.

Als Carl Winters am nächsten Morgen erschien, um seine Gefangene nach Houston zu überführen, hatte er einen dicken Stoß Zeitungen unter dem Arm und ein schmieriges Grinsen im Gesicht. Stella trat einen Schritt vor und streckte ihm ihre Hände entgegen, da sie annahm, daß Winters ihr wieder Handschellen anlegen würde. Statt dessen hielt er ihr die Titelseite der Dallas Morning News unter die Nase. »Ich habe uns für den Flug etwas zu lesen mitgebracht. Irgendwer auf dem Bild, den Sie wiedererkennen?«

Stella starrte auf die Schlagzeile »STAATSANWÄLTIN AUS DEM PELHAM-PROZESS UNTER MORDVERDACHT FESTGENOMMEN. Unter der Schlagzeile befand sich ein Foto von Stella, das am letzten Tag der Pelham-Verhandlung aufgenommen worden war. Ihr Haar war zu einem Pferdeschwanz nach hinten gebunden, und ihre Narbe war deutlich zu erkennen. Als sie den restlichen Text zu lesen versuchte, entriß Winters ihr die Zeitung und ließ die Handschellen zuschnappen.

Stella wurde in das Zentralgefängnis auf der Franklin Street eingeliefert. In dieser Einrichtung, einer von vier Haftanstalten in Houston, wurden nur weibliche Häftlinge untergebracht. Sie traf bereits am Nachmittag ein, erfuhr jedoch, daß die Anhörung erst am nächsten Morgen stattfinden werde. Sie bat, telefonieren zu dürfen, und erreichte endlich Mario in seinem Apartment. »Ich bin festgenommen worden«, sagte sie knapp. »Tom Randall wurde erschossen.«

»Ich weiß«, antwortete Mario, dann wurde es in der Leitung für eine Weile still. »Ich habe versucht, dich in Dallas anzurufen, als ich davon erfuhr«, sagte er schließlich. »Aber dort erklärte man mir, du seist schon fort. Ich war außer mir, Stella.«

»Ich möchte darüber am Telefon nicht reden. Besuchszeit ist heute abend um acht Uhr. Dann solltest du verdammt noch mal hier sein.«

»Was soll das heißen?« fragte Mario. »Warum schlägst du einen solchen Ton an? Was habe ich denn getan?«

»Das weißt du genau«, zischte Stella so leise, daß niemand mithören konnte.

»Nein«, sagte Mario, »ich weiß es nicht. Wenn etwas los ist, das ich wissen sollte, Stella, warum sagst du es mir nicht einfach? Warum willst du mich bis heute abend warten lassen?«

»Sei einfach um acht Uhr da! Winters setzt mich unter

Druck, damit ich aussage. Ich muß aber erst mit dir reden.« Stella hielt einen Moment inne und fügte dann hinzu: »Du bist vorletzte Nacht nicht nach Hause gekommen, Mario. Ich muß wissen, wo du warst und was du zu der Zeit gemacht hast, als Randall erschossen wurde. Glaub aber nicht, daß du mich anlügen kannst. Egal, was du getan hast, ich muß die Wahrheit wissen. Ich habe das Kokain in der Dunkelkammer gefunden.« Ohne seine Antwort abzuwarten, legte Stella den Hörer auf und bedeutete der Wärterin, sie in ihre Zelle zu bringen.

Paul Brannigan, der von Growman empfohlene Anwalt, erschien am folgenden Morgen im Zentralgefängnis und erklärte, er habe ein Recht darauf, mit seiner potentiellen Klientin von Angesicht zu Angesicht – ohne trennende Glasscheibe – zu sprechen. Der Mann war Mitte Fünfzig und trat für Stellas Geschmack ein wenig zu grell und exzentrisch auf. Aber Growman, dem sie bedingungslos vertraute, hatte ihn in den höchsten Tönen gelobt.

Lässig kam der Anwalt zur Tür herein. Er trug einen nach Westernart geschnittenen Anzug, Cowboystiefel und eine Schleifenkrawatte. In der Hand hielt er einen abgenutzten Lederaktenkoffer, mindestens zwanzig Jahre alt, wenn nicht älter. Sein Haar schien künstlich geschwärzt zu sein – es glänzte, als hätte er seinen Schopf mit schwarzer Schuhcreme gefärbt. Über seiner Oberlippe prangte ein Schnauzbart, lächerlich gezwirbelt nach jener Mode, die Stella nur aus alten Filmen kannte. »Was soll das heißen, Sie können meinen Fall nicht übernehmen?« fragte sie. »Hat Growman Ihnen denn nicht gesagt, wie wichtig dieser Fall ist und wer ich bin?«

»Momentan stecke ich mitten in einem anderen Fall«, antwortete er und zwirbelte die Enden seines Schnauzbarts. »Ich habe nur gesagt, daß ich Ihren Fall nicht sofort übernehmen kann. Also verziehen Sie Ihr hübsches kleines Gesicht nicht so. In Kürze habe ich Zeit, verstehen Sie?« Er dachte einen Moment nach. »Nun, an Ihrer Stelle würde ich die Sache selbst in die Hand nehmen. Diese Phase der Vorverhandlungen ist sowieso reine Routine, und Sie sind eine angesehene Juristin. Sie plädieren einfach auf nicht schuldig und fertig.« Er lachte. »Wozu brauchen Sie da einen so teuren Halsabschneider wie mich? Sie sind schließlich die Frau, die bis vor kurzem auf allen Fernsehkanälen zu sehen war.«

Stella mußte ihm recht geben, denn auch sie wußte, daß die formelle Anklageverlesung ein reiner Routinevorgang war. Dann kamen sie auf sein Honorar zu sprechen, für den Fall, daß sie seine Dienste für die weiteren Verhandlungen in Anspruch nehmen würde. Als Brannigan jedoch eine Summe nannte, war Stella sprachlos. »Fünfzigtausend?« fragte sie ungläubig. »Sie wollen fünfzig Riesen, um meinen Fall zu übernehmen? Soviel verdiene ich kaum in einem Jahr.«

»Nun ja«, sagte er, »es handelt sich hier um eine Mordanklage. Ich muß Ermittler anheuern, meine anderen Klienten hintanstellen, eine Menge Zeit für Vorbereitungen und Nachforschungen aufwenden, mich den Medien für Interviews zur Verfügung stellen und so weiter. Und wenn dieser Fall vor Gericht geht, meine Liebe, sind fünfzigtausend erst der Anfang.«

Stella verabschiedete Brannigan. Die Wärterin erschien, um sie in ihre Zelle zu bringen, erlaubte ihr jedoch, vom Flurtelefon in der Nähe ihrer Zelle Sam anzurufen. In Houston wurden hochrangige Häftlinge wie Stella nicht in Krankenzellen – wie in Dallas –, sondern in sogenannten Sondereinzelzellen untergebracht. Als Stella ihre neue Zelle sah, stellte sie jedoch fest, daß die sogenannten Sondereinzelzellen keine Fenster und keine Gitter hatten, damit andere Insassen nicht hineinsehen konnten. Sie hatte eigentlich auf eine Verbesserung gehofft, aber die Zelle war kaum größer als ein Hühnerkäfig.

Wie sollte sie jemals genügend Geld zusammenbekommen, um einen Verteidiger zu bezahlen? fragte sie sich. Das Geld, das sie über die Jahre gespart hatte, war von ihren Bankkonten verschwunden, und Brad behauptete, daß er alles in sein Geschäft gesteckt habe. So blieb Stella lediglich ihr monatliches Einkommen. Nach Abzug der Hypothekenzahlungen, Versicherungsprämien und des Anwaltshonorars für Sam war am Ende eines Monats nur noch sehr wenig davon übrig. Bei der formellen Anklageverlesung könnte sie sich zwar noch selbst vertreten, dachte sie, aber nur ein Idiot würde darauf verzichten, einen geeigneten Anwalt zu engagieren, falls der Fall zur Verhandlung kommen sollte.

»Was soll ich nur tun?« fragte sie Sam, völlig mit den Nerven am Ende. »Hast du mit Brad gesprochen und ihm erklärt, was los ist? Versucht er, Geld aufzutreiben? Ich brauche nicht nur etwas für Brannigans Vorschuß, sondern möglicherweise auch die Summe, die als Kaution festgelegt wird.«

In der Leitung blieb es lange Zeit still. Sam überlegte, ob er Stella daran erinnern sollte, wie sehr er sie beschworen hatte, um das Vermögen zu kämpfen, das ihr von Rechts wegen zustand. Er hatte sie gewarnt, daß sie eines Tages das Geld brauchen werde, das ihr Ehemann beiseite geschafft hatte. Aber Rechthaberei war nicht Sams Stil. Schließlich sagte er gepreßt und mit schwacher Stimme: »Er ist nicht gerade kooperativ.« Als Stella ihn aufforderte, sich klarer auszudrücken, wurde er deutlicher. »Es tut mir leid«, sagte er sanft. »Brad behauptet, er habe kein Geld, und von ihm aus könntest du im Gefängnis verschimmeln.«

Stella fühlte sich, als hätte sich die ganze Welt gegen sie verschworen und sie direkt in die Hölle katapultiert. Nachdem Sam aufgelegt hatte, preßte sie ihre Stirn gegen die schmutzige Wand. Eine Mischung verschiedener Gerüche stieg ihr in die Nase – Desinfektionsmittel, Körpergeruch, menschliche Exkremente. Die Gerüche schienen sich in den Wänden festgesetzt zu haben und in Wolken vom Boden aufzusteigen. Als hinter ihr eine der schweren Stahltüren, welche die Abteilungen voneinander trennten, mit einem Donnerschlag zufiel, fuhr Stella erschrocken zusammen.

Einer der üblen Gerüche, die sie peinigten und ihr den Magen umdrehten, war durchdringender als alle anderen. Stella wußte, daß dieser Geruch nicht von den alten Urinflecken auf dem Boden ausging oder von der Gefängnisküche, wo das Zeug zubereitet wurde, das sie als Essen verteilten. Der Geruch strömte aus ihren eigenen Poren, wurde von ihrem eigenen Körper produziert. Es war der unverwechselbare und penetrante Geruch der Angst.

KAPITEL 6

»Der Staat Texas gegen Stella Cataloni Emerson«, sagte die Richterin Lucille Maddox in ein kleines schwarzes Mikrofon. Pünktlich um dreizehn Uhr war die Verhandlung eröffnet.

Stella sah zu der Richterin empor und verspürte ein Gefühl der Erleichterung, weil eine Frau die Verhandlung führte. Maddox hatte den Ruf, fair und unparteiisch zu sein, und Stella hatte nur Gutes von ihr gehört. Zwar würde ein anderer Richter den Vorsitz bei der Hauptverhandlung übernehmen, doch die Chancen standen nicht schlecht, daß sie die gesamten Voruntersuchungen leitete.

Lucille Maddox war Ende Vierzig, hatte aschblondes Haar und eine makellose Haut. Stella hatte gehört, daß sie häufig Nachsicht walten ließ; auch das konnte zu ihren Gunsten ausschlagen. Nirgendwo gab es mehr sogenannte ›Kopf-ab‹-Richter als in Texas – strafwütige und starrköpfige Juristen, die jedem Angeklagten die gesetzliche Höchststrafe aufbrummten. Wer ein Verbrechen begehen wollte, tat gut daran, Texas zu meiden. Seit den sechziger Jahren verbüßten unzählige Verurteilte lange und ungerechte Haftstrafen in den grauenhaft überfüllten Gefängnissen dieses Bundesstaates. Beispielsweise die Hippies und Blumenkinder, die wegen ein paar Marihuana-Joints seit damals lebenslängliche Strafen absitzen mußten, während das gleiche Vergehen in anderen Bundesstaaten, etwa in Kalifornien, meist nur mit einer Verwarnung geahndet wurde.

Ein weiterer schrecklicher Gedanke schoß ihr durch den Kopf. Falls man sie des vorsätzlichen Mordes anklagen würde – eine Straftat, auf die in Texas die Todesstrafe stand –, konnte sie sogar hingerichtet werden. Gefangene im Todestrakt siechten noch für eine unbestimmte Zeit dahin, doch ihr Leben war verwirkt. Heutzutage wurden in Huntsville regelmäßig Todesurteile vollstreckt. Erst vor ein paar Wochen hatte die Dallas Morning News in einem Artikel berichtet, daß seit der Wiedereinführung der Todesstrafe in Texas über achtzig Insassen hingerichtet worden seien. Sie fragte sich, ob auch eine Frau darunter gewesen war.

Vom Gerichtsdiener nahm Stella die Anklageschrift entgegen und überflog sie mit pochendem Herzen. Die Anklage lautete nicht auf vorsätzlichen Mord. Als sie jedoch weiterlas, war ihre Erleichterung im Nu wieder verflogen. Sie wußte, daß sie des Mordes an Randall beschuldigt wurde, aber nicht einmal in ihren finstersten Alpträumen hatte sie damit gerechnet, auch wegen des Todes ihrer Eltern strafrechtlich verfolgt zu werden. Doch hier stand es schwarz auf weiß: ein Anklagepunkt wegen Brandstiftung sowie zwei weitere Mordanklagen. Das Blut gefror ihr in den Adern, und sie starrte zu Holly hinüber, die am Tisch der Staatsanwaltschaft saß. Es reichte ihnen also nicht, sie wegen Randalls Tod anzuklagen, dachte sie bitter, auch die alten Anklagepunkte kramten sie wieder hervor. Kein Zweifel, sie wollten ihr einen tödlichen Stoß versetzen. Mario glaubte vielleicht immer noch, daß Holly auf ihrer Seite war, aber Stella wußte jetzt, daß ihre Freundschaft unwiderruflich zerbrochen war.

Aber konnte die Staatsanwaltschaft sie überhaupt anklagen, ohne Randalls Aussage einzubeziehen? Als sie über diese Frage nachdachte, erkannte sie, daß die Anklagevertretung gar keine andere Wahl hatte. Denn nur wenn sie Stella durch Randalls Aussage der Brandstiftung und des doppelten Mordes überführten, konnten sie behaupten, daß die Angeklagte ein Motiv hatte, diesen Zeugen zu beseitigen. Außerdem erkannte Stella, daß diese Konstruktion auch taktisch bedingt war – eine Methode, die sie selbst als Anklagevertreterin schon häufig verwendet hatte. Indem die Staatsanwaltschaft einen Angeklagten aller in Frage kommenden Vergehen beschuldigte – auch solcher, die sich möglicherweise nicht beweisen ließen –, manövrierte sie sich schon im Vorfeld in eine möglichst starke Position, um die Unwägbarkeiten eines Schwurgerichtsverfahrens möglichst zu vermeiden. Im Laufe der Verhandlungen würden sie Stella mit Sicherheit einen Handel vorschlagen und sich bereit erklären, die alten Anklagepunkte fallenzulassen, wenn Stella im Gegenzug gestand, Randall ermordet zu haben.

Ob die Fälle zusammengelegt würden? fragte sich Stella. Vor ihren Augen tanzten Dollarzeichen. Falls nicht, bedeutete dies zwei voneinander getrennte Prozesse, und dann würde Brannigan wahrscheinlich nicht nur fünfzig-, sondern hunderttausend Dollar Vorschuß verlangen.

Als die Stimme der Richterin abermals über Lautsprecher ertönte und zwei Prozeßnummern vorgelesen wurden, wußte Stella, daß die Fälle nicht zusammengelegt worden waren. Wahrscheinlich würden sie mit den alten Anklagepunkten beginnen und versuchen, zunächst eine Hauptverhandlung zu erreichen. Anschließend würden sie sich dem Mord an Randall zuwenden. Auf diese Art blieb ihnen mehr Zeit, um im Randall-Fall Beweise zu sammeln und ihre Prozeßstrategie vorzubereiten. Außerdem konnten sie so darauf setzen, daß Stella, mit fortschreitender Prozeßdauer mehr und mehr zermürbt, eine Verurteilung in allen Anklagepunkten befürchten und schließlich den von der Staatsanwaltschaft vorgeschlagenen Handel akzeptieren würde.

Holly wirkte gelassen und konzentriert. Vorhin hatte sie den Gerichtssaal betreten, sich neben Frank Minor gesetzt und seitdem nur einmal einen raschen Blick in Stellas Richtung geworfen. Ihre blonden Locken, durch Haargel gebändigt, waren fest im Nacken zusammengebunden, so daß ihr Gesicht schmal und falkenartig wirkte. Heute trug sie nicht ihr neues Designerkleid, das sie für ihr Interview mit der Presse gekauft hatte. In ihrem strengen, halblangen schwarzen Strickkleid und den schlichten schwarzen Schnürschuhen mit niedrigen Absätzen ähnelte sie einer konservativen Lehrerin.

Auch wenn Stella nur in einem der Anklagepunkte schuldig gesprochen würde, bedeutete dies, daß sie möglicherweise den Rest ihres Lebens im Gefängnis verbringen müßte. Sie vermutete, daß Holly über diese Aussichten traurig war und dieses Gefühl sich im Verzicht auf ihren sonst immer modischen Kleidungsstil ausdrückte. Sie kannte Holly Oppenheimer nun schon seit vielen Jahren, hatte sie aber noch nie so förmlich und düster gekleidet gesehen.

»Wir setzen jetzt die Anklageverlesung fort«, sagte Richterin Maddox. Sie blickte Stella direkt und offen in die Augen, als sei sie eine Angeklagte wie jede andere. »Miss Cataloni, soweit ich feststellen kann, haben Sie heute keinen Rechtsvertreter an Ihrer Seite. Ist das richtig?«

Stellas Kehle war trocken. Vergeblich suchte sie auf dem Tisch vor sich nach einem Glas Wasser. Sie schluckte, bevor sie antwortete: »Das ist richtig.«

»Werden Sie sich demnach selbst verteidigen?«

»Ja, Euer Ehren.«

»Gut«, sagte die Richterin. »Dann beginnen wir.« Sie setzte ihre Brille auf und begann die Anklageschrift zu verlesen: »Stella Cataloni, Sie werden vom Staat Texas des Verbrechens beschuldigt, Thomas Randall ermordet zu haben. Dies ist ein Vergehen laut Abschnitt 19.03 (a) (2) des Strafgesetzbuchs, ein Kapitalverbrechen, aufgeführt als Fall H345672. Wie plädieren Sie?«

»Nicht schuldig, Euer Ehren.«

»Sie werden des weiteren des Verbrechens der Brandstiftung in Fall H378941 beschuldigt, ein Vergehen laut Abschnitt 28.02 (a) des Strafgesetzbuchs, ein weiteres Kapitalverbrechen. Wie plädieren Sie?«

»Nicht schuldig.«

»Miss Cataloni, Sie werden zudem in Verbindung mit dem zuvor erwähnten Fall der Brandstiftung in zwei Fällen des Mordes beschuldigt, Vergehen gegen Abschnitt 19.03 (a) (2) des Strafgesetzbuchs, beides Kapitalverbrechen. Wie plädieren Sie?«

»Nicht schuldig, Euer Ehren.«

»Schließlich werden Sie in zwei Fällen der fahrlässigen Tötung beschuldigt, Vergehen gegen Abschnitt 19.03 (a) (1) des Strafgesetzbuchs, Fall H378941. Wie plädieren Sie?«

»Nicht schuldig«, sagte Stella. Wie sie erkannte, hatte sich die Staatsanwaltschaft hier in einem weiteren Punkt abgesichert. Falls die Anklagevertretung nicht zweifelsfrei beweisen konnte, daß Stella die Brandstiftung und die Ermordung ihrer Eltern vorausgeplant hatte, blieb den Geschworenen immer noch die Möglichkeit, wegen fahrlässiger Tötung auf schuldig zu erkennen.

»Werden Sie für die weitere Verhandlung einen Rechtsbeistand hinzuziehen, Miss Cataloni?«

»Ja, Euer Ehren«, erwiderte Stella. »Das heißt, ich beabsichtige es zumindest.«

»Ich kann es Ihnen nur dringend empfehlen«, sagte Richterin Maddox, indem sie für einen Moment das Protokoll außer acht ließ und sich persönlich an Stella wandte. Jeder verantwortungsvolle Jurist mußte einem Angeklagten davon abraten, sich selbst zu verteidigen. »Ich weiß, daß Sie

Juristin sind, sogar eine ausgesprochen gute Staatsanwältin«, sagte die Richterin, »aber bei so schwerwiegenden Vorwürfen sollten Sie sich von einem kompetenten und unabhängigen Rechtsbeistand vertreten lassen. Darüber sind Sie sich doch im klaren?«

»Ja, Euer Ehren«, antwortete Stella zerknirscht.

»Wenn Ihre finanzielle Situation dies nicht erlaubt«, fuhr die Richterin fort, »bestimme ich einen Pflichtbeistand zu Ihrer Verteidigung.«

»Im Augenblick ist das nicht notwendig«, sagte Stella und hoffte, daß es ihr tatsächlich gelingen würde, die notwendigen Mittel aufzubringen. Sie würde eine Hypothek auf das Haus aufnehmen, beschloß sie. Das war ihre einzige Chance, den erforderlichen Betrag aufzutreiben.

Holly schlug einen ersten Termin für die erste Anhörung vor, und Richterin Maddox fragte Stella, ob ihr der 20. August recht sei.

»Ja, Euer Ehren, das ist in Ordnung.« Bis dahin waren es nur noch acht Tage. Je eher, desto besser, dachte Stella. Dann fügte sie hinzu: »Ich möchte einen Antrag auf Kaution stellen. Ihnen müßte das Ergebnis einer Kautionsprüfung durch die Strafaussetzungsbehörde vorliegen. Ich habe gestern abend im Gefängnis mit der zuständigen Bewährungshelferin gesprochen.«

Die Richterin wandte sich an die Gerichtsschreiberin, und die Frau reichte ihr einen Bericht. »Haben Sie dieses Schriftstück gesehen, Frau Verteidigerin?« fragte sie Stella.

»Nein«, erwiderte Stella. »Ich habe keine Kopie erhalten. Ich vermute, niemand hat damit gerechnet, daß ich meine Verteidigung selbst übernehme.«

Der Gerichtsdiener reichte Stella eine Kopie des Berichts. Als Stella die empfohlene Kaution sah, rang sie um Atem. Eine Million Dollar! Diese Summe würde sie niemals aufbringen können. Sie holte tief Luft und versuchte sich zu beruhigen. Zumindest war ihr Kautionsantrag nicht in Bausch und Bogen verworfen worden. Angesichts der Schwere der Beschuldigungen stellte das schon ein kleines Wunder dar.

»Miss Oppenheimer«, fragte die Richterin, »wie denkt die Staatsanwaltschaft über eine Kaution?«

Holly stand auf, blickte zunächst kurz zu Stella und dann zur Richterin zurück. »Wir sind anderer Meinung, Euer Ehren. Wir beantragen, eine Freilassung der Angeklagten gegen Kaution abzulehnen. Miss Cataloni wird nicht nur eines Verbrechens beschuldigt, das mit dem Tod eines Zeugen der Anklage zusammenhängt, sondern auch zweier früherer Morde.« Holly hielt inne und sah auf ihre Unterlagen, die sie die ganze Nacht über vorbereitet hatte. »Sechzehn Jahre lang ist es Miss Cataloni gelungen, sich der Anklage wegen dieser abscheulichen Verbrechen – der brutalen und sinnlosen Ermordung ihrer Eltern – zu entziehen. Warum sollten wir ihr die Gelegenheit geben, zu fliehen und möglicherweise auch die Konsequenzen dieses neuen Mordfalls zu umgehen?« Sie sah die Richterin an. »Es steht außer Frage, daß diese Frau in Untersuchungshaft bleiben sollte.« Sie schrie jetzt fast. Ihre Stimme hallte so laut durch den Saal, daß Holly das Mikrofon zur Seite schob. »Es wäre unverantwortlich gegenüber den Sicherheitsinteressen der Bevölkerung von Houston sowie des ganzen Landes, dieser Frau auch nur für einen Tag zu erlauben, das Gefängnis zu verlassen. Bedenken Sie zudem die Gefahr, der jeder neue Zeuge der Anklage ausgesetzt wäre.«

Als Holly wieder Platz genommen hatte, stand Stella schwerfällig auf, noch unter dem Eindruck der Anschuldigungen, die ihre einstige Freundin erhoben hatte. Growman hatte recht, dachte sie. Holly war eine starke Gegnerin, und Stella wußte jetzt, daß sie sie fürchten mußte. Als sie zu sprechen begann, klang ihre Stimme schwach und zittrig. »Euer Ehren, es handelt sich hier lediglich um die Kaution. Wir sind heute nicht hier, um meine Schuld oder Unschuld zu beweisen. Aber ich bin unschuldig und möchte diese Gelegenheit wahrnehmen, das Gericht auf diese Tatsache hinzuweisen.« Sie hielt inne. Sie wollte nicht betteln, sondern lediglich Zeit gewinnen.

»Ich kann die Ansicht der Staatsanwaltschaft verstehen«, fuhr sie fort. »Wenn ich in einem Fall dieser Tragweite an ihrer Stelle wäre, würde ich auch fordern, einen Kautionsantrag abzulehnen, wie Miss Oppenheimer es soeben getan hat. Aber ich bitte das Gericht, die besonderen Umstände zu berücksichtigen, und möchte mit allem Respekt hervorheben, daß jeder Fall für sich betrachtet werden muß.« Stella legte eine Pause ein und sah Richterin Maddox in die Augen. Dann atmete sie tief ein und ließ die Luft langsam wieder entweichen. Sie wollte stark und zuversichtlich wirken. »Die Vorschriften verlangen, daß ich im Gefängnis in einer Einzelzelle untergebracht werde«, sagte sie. »Unglücklicherweise muß ich mich wahrscheinlich selbst vor Gericht vertreten, bis meine Scheidung abgewickelt ist. Denn erst dann werde ich über die notwendigen Geldmittel verfügen, um einen Anwalt zu engagieren. Das bedeutet, daß ich Zugang zu einer Rechtsbibliothek und zu weiteren Quellen haben muß, um meine Verteidigung vorzubereiten.« Stella hielt inne und räusperte sich. »Da ich neben den anderen Verbrechen auch der Brandstiftung angeklagt bin, eines technisch äußerst komplizierten Verbrechens, muß ich mich um so genauer und intensiver vorbereiten. Wenn ich jedoch nicht im allgemeinen Gefängnistrakt untergebracht werde, steht mir auch die Rechtsbibliothek nicht zur Verfügung, folglich habe ich keine Möglichkeit, meine Verteidigung vorzubereiten.« Sie hob ihre Stimme. »Ich betrachte meine Inhaftierung unter diesen Umständen als Verletzung eines mir durch die Verfassung im achten Zusatz garantierten Grundrechts, wonach eine unangemessene und ungerechtfertigte Bestrafung verboten ist. Ich wurde bisher wegen keines Verbrechens verurteilt, und dennoch werde ich unter härteren und einengenderen Bedingungen inhaftiert als die Mehrheit der Insassen, die eine Gefängnisstrafe verbüßen, ganz zu schweigen von Untersuchungshäftlingen.«

Stella schwieg. Lächelnd warf sie einen Blick über ihre Schulter. Hinter ihr, in der ersten Reihe, saß Sam, der sie durch seine spontanen Einwürfe zu dieser Argumentation inspiriert hatte. Doch sie war ihm nicht nur für seine hilfreichen Hinweise dankbar, sondern ebenso dafür, daß er sein Interesse an ihrem Schicksal bekundete, indem er extra wegen dieser Verhandlung zu ihr nach Houston geflogen war. Growman hatte sich von seinen Verpflichtungen nicht befreien können, und auch Mario hatte sie nicht im Gefängnis besucht. Stella vermutete, daß er die Stadt verlassen hatte, wodurch ihr Verdacht, daß er Randall erschossen hatte, weitere Nahrung erhielt. Sie hatte ihn fünf- oder sechsmal anzurufen versucht, aber es war nie jemand ans Telefon gegangen. Auch ihrem Ehemann war es mittlerweile gleichgültig, was aus ihr wurde. In der dritten Reihe erspähte sie Brenda Andersons ernstes Gesicht, aber es waren keine Familienangehörigen oder Freunde gekommen, um sie zu unterstützen, dachte sie deprimiert. Für einen Moment vergaß sie, wo sie sich befand, sackte auf ihren Stuhl und verbarg ihr Gesicht hinter ihren Händen.

»Sind Sie fertig, Miss Cataloni?« fragte Richterin Maddox.

»Nein, Euer Ehren«, antwortete Stella und stand schnell wieder auf. »Ich werde ohne eigenes Verschulden in einer Einzelzelle inhaftiert. Außerdem weise ich das Gericht darauf hin, daß ich keinerlei Vorstrafen habe, die eine Ablehnung meines Kautionsantrags rechtfertigen könnten. Bis zum heutigen Tag war ich ein angesehenes Mitglied der Gesellschaft und habe mich für dasselbe System engagiert, vor dem ich mich nun verantworten muß.«

»Einspruch, Euer Ehren«, unterbrach Holly und zeigte

mit dem Finger auf Stella. »Miss Cataloni befindet sich zu ihrem eigenen Schutz in Einzelhaft. Wenn es ihr dort nicht gefällt, kann sie sich ja im allgemeinen Trakt unterbringen lassen.«

»Ihr Einspruch wurde vermerkt.« Richterin Maddox senkte ihr Kinn auf die Brust und dachte über ihre nächsten Worte nach. »Miss Catalonis Argumente erachte ich als gerechtfertigt«, sagte sie schließlich. »Gerade diese Gefangene wäre größten Gefahren ausgesetzt, wenn sie im allgemeinen Gefängnistrakt untergebracht würde. Es liegt eindeutig in der Verantwortlichkeit sowohl der Richter als auch des Staates, den Gefangenen in unserem Rechtsstaat während des Freiheitsentzugs Schutz zu gewähren. Das Gericht ist nicht gewillt, Miss Cataloni einer Gefahr auszusetzen.«

Holly verzog das Gesicht und beugte sich vor, um sich mit Frank Minor zu besprechen. Währenddessen fuhr Richterin Maddox fort: »Ist das alles, Miss Cataloni?«

»Nein, Euer Ehren.« Stellas Knie fühlten sich so schwach und weich an, daß sie ein paar Schritte gehen mußte. Sie blieb hinter ihrem Stuhl stehen und stützte sich auf die Rückenlehne. »Ich bitte das Gericht, mich gegen ein Kautionsversprechen für den Fall meines Nichterscheinens freizulassen. Ich bin der Meinung, daß das Gericht keine andere Wahl hat, als meinem Antrag stattzugeben.«

Im Gerichtssaal herrschte Stille, während die Richterin zu einer Entscheidung zu kommen suchte. Sie las ein paar Seiten des Haftberichts, wog die Einzelheiten der Verbrechen und die Beweise der Staatsanwaltschaft ab, dann blickte sie auf. »Der Antrag der Verteidigung auf Freilassung gegen ein Kautionsversprechen wird abgelehnt. Die Kaution wird auf je fünfzigtausend Dollar für die Fälle H378942 und H345672 festgesetzt.« Dann sah sie auf Stella hinunter. »Es wird für Sie keinerlei Privilegien geben, Miss Cataloni, nur damit wir uns richtig verstehen. Ich lege die Kaution aufgrund Ihres makellosen Vorstrafenregisters und

Ihrer gesellschaftlichen Position auf eine angemessene Summe fest. Aber Sie müssen den gesamten Betrag hinterlegen, bevor Sie zur Tür hinausgehen.«

Holly sprang auf. »Einspruch, Euer Ehren! Wenn Sie schon glauben, eine Kaution bewilligen zu müssen, dann setzen Sie zumindest eine Summe an, die der Schwere der Verbrechen entspricht. Eine Kaution von hunderttausend Dollar ist verantwortungslos.«

Frank Minor zerrte an ihrem Ärmel, und Holly bemerkte den düsteren Gesichtsausdruck der Richterin. Es war ein ernster Verstoß gegen das Protokoll, einer Richterin in einer öffentlichen Sitzung Verantwortungslosigkeit vorzuwerfen. Als Holly erneut das Wort ergriff, hatte sie ihre Verärgerung über die richterliche Entscheidung unter Kontrolle gebracht und fuhr in förmlicherem Ton fort: »Euer Ehren, erlauben Sie mir bei allem Respekt, nochmals hervorzuheben, daß es sich hier um Mordanklagen handelt. Nicht nur *ein* unschuldiges Leben wurde ausgelöscht, sondern deren drei. Was Mr. Randall betrifft, er war erst vor wenigen Tagen in meinem Büro. Ich war anwesend, als die Beschuldigte ihm drohte, ihn umzubringen. Wenn ich mich eben respektlos geäußert haben sollte, so bitte ich das Gericht um Verzeihung. Aber ich bin mit einer Freilassung dieser Frau absolut nicht einverstanden, und ich hege die schlimmsten Befürchtungen hinsichtlich des Risikos, dem andere Zeugen möglicherweise ausgesetzt werden.«

»Mir ist sehr wohl bewußt, daß es sich hier um Mordanklagen handelt, Miss Oppenheimer«, entgegnete die Richterin und funkelte sie an. »Die Höhe der Kaution bleibt unverändert.«

Obwohl Stella keine Ahnung hatte, wie sie das Geld beschaffen sollte, hob sich ihre Stimmung, als sie bemerkte, daß Holly und der zweite Anklagevertreter miteinander flüsterten. Sie hatte einen wichtigen Sieg errungen. Und sie betete, daß noch viele folgen würden.

Die Richterin kritzelte einige Notizen in die Akte und reichte sie der Gerichtsschreiberin. »Die erste Vorverhandlung zu den Anklagepunkten Brandstiftung und Mord findet am 20. August um neun Uhr in diesem Gerichtssaal statt. Zu diesem Termin werden wir dann ein Datum für den Beginn der Vorverhandlung im Fall Randall festsetzen. Sind beide Parteien einverstanden?« Nachdem Holly und Stella zugestimmt hatten, schaute Richterin Maddox durch den Saal und klopfte mit ihrem Hammer auf den Richtertisch. »Die Sitzung ist beendet.«

Bis zur Kautionszahlung mußte Stella wieder ins Gefängnis zurück. Als sie aus dem Gerichtssaal geführt wurde, warf sie Sam über die Schulter einen verzweifelten Blick zu. »Mach dir keine Sorgen, Stella!« rief er. »Ich werde Brad noch einmal anrufen. Wir finden eine Lösung!«

Zurück in ihrer Zelle, zog Stella einen gelben Notizblock hervor, den sie an dem Verkaufswagen erstanden hatte, der jeden Tag an ihrer Zelle vorbeikam. Sie wollte alle Einzelheiten aufschreiben, die Brenda Anderson für sie erledigen sollte. Ihr blieb keine andere Wahl, als sich zunächst auf das alte Verbrechen zu konzentrieren, da dies der erste Anklagepunkt war, gegen den sie sich verteidigen mußte. Sie saß auf ihrem Feldbett, lehnte den Kopf an den abbröckelnden Putz und schrieb. Als sie hörte, wie sich der Schlüssel im Schloß drehte, blickte sie auf. In dem kleinen Glasfenster, das in die Tür eingelassen war, erschien das Gesicht einer Frau.

»Kommen Sie mit!« Die Stimme dieser Wärterin war so rauh und ihr Gesicht derart häßlich, daß sie durch ihr schieres Auftreten den Straßenverkehr zum Erliegen bringen konnte. Sie öffnete die Tür und schob ihren Kopf durch den Spalt.

»Wohin?« fragte Stella, ohne aufzublicken. Ihrer Liste fügte sie die Buchstaben ›KAL‹ hinzu. Brenda sollte Marios

Stewardeß überprüfen und herausfinden, ob sie in der Stadt gewesen war, als Randall ermordet wurde. Um zumindest ein bißchen Seelenfrieden zu finden, mußte sie wissen, ob diese Frau glaubhaft bezeugen konnte, wo Mario in der fraglichen Nacht gewesen war. Sie war sich ziemlich sicher, daß Mario ihr erzählt hatte, die Frau arbeite für die koreanische Fluggesellschaft. Bevor sie sich auf die Reise in die Vergangenheit begab – zurück zu jener Nacht, in der ihre Eltern ums Leben gekommen waren –, mußte sie soweit wie möglich ausschließen, daß Mario in den Mord an Randall verwickelt war. Im Moment hatte dies für sie die höchste Priorität. Sie wußte aber auch, daß sie schnellstmöglich einen Antrag auf Offenlegung prozeßwichtiger Unterlagen einreichen mußte, um herauszufinden, welche Beweise die Staatsanwaltschaft besaß. Sie setzte auch diesen Punkt noch rasch auf ihre Liste, dann warf sie den Notizblock zu Boden. »Was wollen Sie? Habe ich Besuch?«

»Ja«, sagte die Wärterin tonlos. »Kommen Sie schon, ich habe nicht den ganzen Tag Zeit.«

Stella folgte ihr zu einer der durch Glasscheiben zweigeteilten Kabinen. Ihr Kinn fiel nach unten, als sie Brad erblickte. »Was machst du denn hier?« fragte sie und hielt den Hörer fest an ihr Ohr gepreßt. »Warst du im Gerichtssaal?«

»Ich habe dich davor gewarnt, in der Vergangenheit herumzustochern«, sagte er mit finsterer Miene. »Jetzt siehst du, was dabei herauskommt, Stella. Du hast in ein Wespennest gestochen. Aber du konntest ja keine Ruhe geben!«

Stella war versucht, den Hörer gegen die Glasscheibe zu schmettern, sagte jedoch: »Bist du deswegen hierher geflogen? Nur um deine Schadenfreude loszuwerden?«

»Nein, nein«, antwortete er, jetzt in sanftem und versöhnlichem Ton. »Auch wenn du mir nicht glaubst, Stel, ich mache mir Sorgen um dich. Egal, was zwischen uns passiert ist, ich werde immer für dich dasein.«

»Oh, tatsächlich?« stieß Stella hervor. »Laut Sam hast

du erklärt, ich könne deinetwegen im Gefängnis verschimmeln.«

»Ich muß zugeben«, sagte Brad und wurde rot, »daß ich nicht gerade freundlich war, als er anrief. Der Kerl packt mich irgendwie immer falsch an, verstehst du, mit seinen blödsinnigen Unterstellungen, als wäre ich in seinen Augen ein Betrüger.«

Stella schwieg.

»Nun«, fuhr Brad fort und lächelte sie an, »heute morgen hatte ich eine nette und ausführliche Unterhaltung mit meinem Anwalt. Ich denke, ich kann das Geld für dich lockermachen. Aber er sagte, ich solle es nicht tun, bevor wir unsere Vermögensangelegenheiten geklärt haben.«

»Was willst du damit sagen?« fragte Stella und blickte ihn aufmerksam an. Sie hatte den Duft der Freiheit geschnuppert und war bereit, alles zu tun, um aus dem Gefängnis zu kommen.

Brad zog einen zusammengerollten Stapel Papier aus seiner Jacke und legte ihn in den Metallkasten. »Ich hoffe, du verstehst mich nicht falsch«, sagte er, bevor Stella die Papiere herausnahm. »Das ist nicht auf meinem Mist gewachsen, also spring mir nicht gleich an die Kehle. Wenn ich das Geld auf eine andere Art beschaffen könnte, würde ich es tun, um dich hier herauszuholen. Mein Anwalt sagt, daß es nur auf diese Weise geht. Weinstein hat unser gesamtes Barvermögen einfrieren lassen, verstehst du, und bevor diese Unterlagen nicht unterschrieben sind, komme ich an keinen Pfennig heran.« Er hielt inne und grinste hämisch. »Hundert Riesen sind kein Pappenstiel.«

Während Stella die Papiere überflog, versuchte sie, ihre Wut im Zaum zu halten. Brad verlangte von ihr, ihm das gesamte gemeinsame Vermögen zu überschreiben: alle Rechte an seiner Firma, das Haus, die Möbel, alles Geld auf den Sparkonten sowie sämtliche Produktionsmittel, die er besaß. Sie selbst durfte ihren BMW und ihre private Habe behalten, sonst nichts. »Das ist Erpressung!« rief sie aus und knallte die Papiere wieder in den Kasten.

»Du verstehst nicht«, sagte Brad. »Die hundert Riesen, die ich für deine Kaution auftreiben muß, sind auch mit eingerechnet. Mein Anwalt sagt, das stelle eine mehr als faire Einigung dar und ich sei sogar viel zu großzügig.« Brad legte eine Pause ein, bevor er hinzufügte: »Du weißt doch, ich besaß mein Geschäft bereits, als wir uns noch nicht einmal kannten, also gehört es ja wohl eindeutig mir.«

»Aber das Haus hattest du damals noch nicht«, argumentierte Stella. »Außerdem habe ich einen gesetzlichen Anspruch auf einen bestimmten Prozentsatz des gesamten Gewinns, der während unserer Ehejahre in deinem Geschäft erwirtschaftet wurde. Und du willst mir nach all den Jahren weismachen, daß du nicht mehr als lächerliche hundert Riesen verdient hast? Ich bin nicht dumm, Brad. Ich weiß, daß das nicht stimmt.«

»Hey«, sagte er, »ich bin aus reiner Güte zu dir gekommen, aus dem Gefühl der Liebe, die wir einst füreinander empfanden. Wenn du willst, daß ich gehe ... bitte! Ich konnte nur den Gedanken nicht ertragen, daß du hier im Gefängnis sitzt. Aber wenn du so darüber denkst ...« Er legte den Hörer zurück und stand auf, aber Stella bedeutete ihm schnell, sich wieder hinzusetzen.

»Es tut mir leid«, sagte sie und schluckte ihren Stolz hinunter. »Vielleicht war ich zu eigensinnig. Ja, vielleicht bin ich einfach nur verbittert. Ich meine, du hast mich schließlich wegen einer anderen Frau verlassen.« Sie straffte kurz ihre Schultern, sank aber sogleich wieder in sich zusammen. »Ich finde es nett von dir, daß du gekommen bist, Brad. Weißt du, es ist schön zu wissen, daß du dir noch immer Sorgen um mich machst.«

»Aber natürlich tue ich das. Du warst ja noch ein Kind, als ich dich geheiratet habe. Du hast mich doch oft gefragt, warum ich keine Kinder haben wollte, stimmt's? Was habe ich dann immer geantwortet?«

»Daß ich dein kleines Mädchen bin«, sagte sie. Sie blickte ihm in die Augen, sah aber schnell wieder fort.

»Ich habe versucht, dir ein gutes Leben zu bieten«, fuhr er fort. »Ich habe sogar versucht, Mario seinen Vater zu ersetzen. Ich will dich nicht übers Ohr hauen. Ich bin hier, um dir zu helfen. Auch wenn wir jetzt getrennte Wege gehen, möchte ich doch, daß wir Freunde bleiben.«

»Du hast viel für mich getan, Brad«, gab Stella schweren Herzens zu, denn sie mußte an ihre Hochzeit und an all die gemeinsamen Jahre denken. »Ich wollte nicht, daß mein Job einen Keil zwischen uns trieb. Ich wollte mir nur einen eigenen Namen machen, etwas haben, worauf ich stolz sein konnte. Du hattest dein Geschäft, verstehst du? War ich wirklich so schlimm?«

»Ach was«, sagte er und schüttelte den Kopf. »Ich denke, ich bin ein wenig ausgeflippt, als ich fünfzig wurde. Ich wollte mir die Hörner abstoßen, bevor ich unter der Erde lande. Ein bißchen lachen, ein bißchen Spaß haben. Der ganze Karrierekram, die Welt umkrempeln – für dich bedeutet das vielleicht Leben, Stella, aber nicht für mich. Das gehört der Vergangenheit an.«

Stella spürte, wie neuerlich Wut in ihr aufstieg. Warum sagte er immer die falschen Dinge? Sich die Hörner abstoßen? Hatte er wirklich aus einem derart kindischen und egoistischen Grund ihre Ehe zerstört? Damit er Mädchen hinterherjagen und sich beweisen konnte, daß er noch ein begehrenswerter Mann war? Und er hatte die Nerven, sie zu bitten, ihm ihr gesamtes Vermögen zu überschreiben, damit er genügend Geld hatte, um seine Pläne zu verwirklichen? Wollte er sie auf die Straße setzen und sein blondes Flittchen in ihr Haus schleppen? »Gib mir einen Stift«, sagte sie. Sie wollte es hinter sich bringen, bevor sie es sich anders überlegen konnte. »Aber versprich mir, daß du sofort die Kautionssumme stellst! Kannst du das Geld bis morgen früh herbringen? Wenn ich diese Papiere unterschrieben habe, Brad, dann solltest du dafür sorgen, daß ich so schnell wie möglich hier herauskomme. Sonst hetze ich dir einen Killer auf den Hals.« Sie sah ihm direkt in die Augen. »Ich bin jetzt eine Kriminelle. Ich habe gewisse Kontakte.«

»Sobald du unterschrieben hast«, antwortete Brad und zog einen Stift aus seiner Tasche, »gehe ich zur Bank und lasse den Betrag ans Gefängnis überweisen. Dann werde ich versuchen, noch etwas Geld aufzutreiben, damit du dir einen erstklassigen Anwalt leisten kannst, jemanden mit genügend Grips, um dich aus diesem Schlamassel herauszuholen.«

Stella nahm den Stift und war im Begriff, die Papiere zu unterschreiben, als die Wärterin hinter sie trat. »Ich bin in etwa fünf Minuten fertig«, sagte sie und blätterte schnell die Unterlagen durch. Sie stellte fest, daß sie an mehreren Stellen unterschreiben mußte.

»Nun«, erwiderte die Frau, »wenn Sie mit mir kommen, können Sie Ihre Unterhaltung draußen fortsetzen. Ihre Kaution ist soeben eingetroffen.«

Stella blickte zu Brad und anschließend zur Wärterin. »Sie müssen sich irren. Wir sind gerade dabei, alles für meine Kaution zu arrangieren.«

»Hier ist das Entlassungsformular«, sagte die Frau und schwenkte ein Blatt Papier vor Stellas Gesicht. »Aber wenn Sie noch dableiben wollen ... seien Sie mein Gast.«

»Sind Sie sicher?« fragte Stella. »Ich kann gehen? Das Geld wurde bereits bezahlt? Wenn ich jetzt mit Ihnen gehe, werde ich freigelassen und kann zur Tür hinausspazieren? Wer hat die Kaution gestellt?«

»Das steht hier nicht«, sagte die Frau mit gelangweiltem Gesichtsausdruck.

Stella legte die nicht unterschriebenen Papiere in den Kasten zurück und schob ihn Brad zu. »Warte!« forderte er sie auf. »Was machst du denn? Du hast noch nicht unterschrieben. Du hast gesagt, du würdest unterschreiben. Wer hat die Kaution gestellt? Vergiß nicht, Stella, du brauchst auch Geld für einen Anwalt.«

»Wie es aussieht, brauche ich diese Kapitulationsurkunde trotzdem nicht zu unterschreiben«, sagte Stella, und ein Lächeln spielte um ihre Mundwinkel.

Brad sprang vom Stuhl auf, knallte den Hörer auf die Gabel und brüllte gegen die Glasscheibe, die unter seinem heißen Atem beschlug. »Du machst einen großen Fehler!« schrie er. »Ich werde nicht noch einmal hierherkommen. Ich rühre keinen Finger mehr für dich, du undankbare kleine Hexe!«

»Verpiß dich!« raunzte Stella. Brad konnte sie zwar durch die Scheibe wahrscheinlich nicht hören, dennoch genoß sie diesen Augenblick ungemein. Ohne ein weiteres Wort stand sie auf und ließ sich von der Wärterin nach draußen führen.

Eine Viertelstunde darauf waren die Formalitäten erledigt, und Stella war wieder auf freiem Fuß. Sie trat aus dem Gefängnis in die helle Nachmittagssonne und genoß die Wärme auf ihrer Haut. Während sie die Treppe hinunterlief, überlegte sie, daß sie ein Taxi brauchte, um zum Flughafen zu gelangen. Doch dann erblickte sie Sam, der ihr aus einem am Bordstein geparkten Wagen zuwinkte. Sie flog förmlich die letzten Stufen hinab, warf sich auf den Beifahrersitz und schlang ihre Arme so fest um Sams Hals, daß sie ihn beinahe erwürgte. »Du hast die Kaution gestellt!« rief Stella. »Wie kann ich dir jemals danken? Das ist das Tollste, was je ein Mensch für mich getan hat.«

Sam lächelte. »Ich bin sicher, dir wird etwas einfallen, Stella. Ich konnte dich unmöglich an diesem schrecklichen Ort eingesperrt lassen.« Er sah für einen Moment zur Seite. Der Anwalt war alles andere als arm, aber er neigte dazu, sein Geld zusammenzuhalten. Nie zuvor hatte er jemandem, den er erst so kurze Zeit kannte, mit einer derart großen Summe ausgeholfen. Er wollte seinem Sohn eine gesicherte Zukunft bieten, und seit er seine Frau verloren hatte, war er immer darauf bedacht, genügend Geld beiseite zu legen für den Fall, daß ihm etwas zustieß. Letzte Nacht hatte er keinen Schlaf gefunden und vergeblich versucht, nicht andauernd an Stella und ihre Probleme zu denken. Kaum war jedoch die Sonne aufgegangen, hatte er das erste Flugzeug nach Houston genommen. Seit die Richterin die Kaution festgesetzt hatte und er geradewegs ins Gefängnis gegangen war, um die Summe zu bezahlen, war ihm bewußt, daß es für ihn nun kein Zurück mehr gab.

Während Sam seinen Gedanken nachhing, lehnte sich Stella in ihrem Sitz zurück und atmete die frische Luft ein, die durch das Fenster hineinströmte. Die Luft war heiß und schwül, aber das war ihr gleichgültig. Sie glaubte, nie im Leben etwas Lieblicheres gerochen zu haben. Während sie ihre Lungen mit Sauerstoff füllte und langsam wieder ausatmete, spürte sie, wie ein Adrenalinstoß sie durchfuhr. Freude erfüllte ihre Gedanken, und das Gefühl der Befreiung überwältigte sie. In diesem Moment war es ihr gleichgültig, daß ihre Freiheit vielleicht nur von kurzer Dauer sein würde. Je nachdem, wie die Voruntersuchungen ausgingen, konnte ihre Freilassung auf Kaution widerrufen und sie bis zum Abschluß des Prozesses wieder inhaftiert werden. Aber jetzt war sie frei, und der Geschmack der Freiheit war berauschend. Stella fühlte sich wie betrunken von teurem Wein. Ihr Magen kribbelte, ihre Haut prickelte, und Sams After-shave stieg ihr frisch und köstlich in die Nase.

»Wir fahren in ein Hotel«, bestimmte sie. »Wir ziehen uns nackt aus und feiern meine Entlassung.«

»Aber ich bitte dich, Stella«, sagte Sam grinsend. »Ich erwarte für die gestellte Kaution keine sexuelle Gegenleistung von dir. Aus diesem Grund habe ich es bestimmt nicht gemacht. Ich hätte dasselbe auch für jeden anderen Freund getan.«

»Das weiß ich«, entgegnete Stella und boxte ihn lächelnd in die Rippen. »Ich tue es auch nicht für dich, sondern für mich.«

»Oh, tatsächlich?« fragte er und lächelte zurück. »Wieso das?«

»Unser letzter Abend«, sagte sie und befeuchtete mit der Zunge ihre Oberlippe. »Du hast auf meinem Körper wie auf einer Geige gespielt. Ich hätte mir niemals träumen lassen, daß du so talentiert bist.«

»Hmm«, brummte er, offensichtlich geschmeichelt. Er zog Stella näher an sich heran und gab ihr einen schnellen Kuß. »Ich freue mich immer, wenn ich jemandem einen Gefallen tun kann«, sagte er spielerisch und drehte eine ihrer Haarsträhnen um seinen Finger. »Ich will damit sagen, daß ein Kerl hart arbeiten muß, um diese Art Fähigkeit zu vervollkommnen. Als du mir so plötzlich sagtest, ich solle gehen, dachte ich, ich sei vielleicht etwas zu grob gewesen.«

»Ganz und gar nicht«, erwiderte sie und sah ihm in die Augen. »Du warst wunderbar. Ich hatte so viel Zeit nachzudenken, und ich erinnere mich an jede Sekunde dieser Nacht. Das hat mich in diesem furchtbaren, stinkenden Loch am Leben gehalten.«

»Wenn du darauf bestehst«, sagte er, startete den Motor und lächelte sie an. »Ich glaube, gleich am Ende des Blocks ist ein Motel. Es ist allerdings nicht besonders hübsch. Bist du sicher, daß du nicht lieber in ein First-class-Hotel in der Innenstadt möchtest, vielleicht ins Omni oder ins Ritz Carlton?«

»Ich komme gerade aus dem Gefängnis, Sam«, rief sie. »Ein Motel wird mir jetzt wie ein Palast vorkommen.«

Sam nahm seine Hände vom Lenkrad und sah sie erneut

an. »Vielleicht sollten wir lieber nur irgendwo ein nettes Abendessen zu uns nehmen?«

Stella beugte sich ganz nah zu ihm. Ihre Hand berührte seinen Schritt, und ihre Brüste preßten sich gegen seine Brust, als sie ihm sexy und atemlos ins Ohr flüsterte: »Spiel's noch einmal, Sam.«

Sekunden später rasten sie die Straße hinunter, auf der Suche nach dem nächsten Bett.

KAPITEL 7

Das Zimmer war klein und schäbig möbliert. Schwer lastete der Geruch von Insektenspray im Raum. Die Tagesdecke war zerrissen, die Bettlaken waren ungestärkt und verwaschen. Dennoch gefiel Stella das Hotelzimmer besser als die Gefängniszelle.

Nur in ein Handtuch gehüllt, trat sie aus dem Bad ins Zimmer, wo Sam sie auf dem Bett erwartete. Er griff sogleich nach ihrem Handtuch und zog es fort.

»Nicht, Sam«, sagte Stella schnell, packte mit gerunzelter Stirn das Handtuch und bedeckte ihren Körper. »Du hast doch gesagt, die Zimmer hätten dunkle Vorhänge. Warum ist es dann hier so hell?«

»Da sind auch dunkle Vorhänge«, sagte Sam. »Sie lassen sich nur nicht ganz schließen. Mit der Vorhangschnur scheint etwas nicht in Ordnung zu sein. Und außerdem möchte ich dich ansehen.«

Stella schob ihr Kinn vor, und ihre Schultern strafften sich. »Du denkst nur, daß du mich ansehen willst«, sagte sie. »Aber glaube mir, Sam, in Wirklichkeit willst du das nicht.«

Durch die Lücke zwischen den Vorhängen fiel ein Lichtstrahl herein, genau auf Stella. Es war beinahe, als würde ihr Körper mit einem Scheinwerfer beleuchtet. Sie trat ein paar Schritte zurück in den Schatten, wo sie regungslos stehenblieb.

»Sei nicht so befangen«, sagte Sam. »Ich habe doch die Narbe auf deiner Wange schon gesehen, erinnerst du dich? Sie ist nicht so schlimm, Stella, und außerdem bemerkt man sie sowieso nicht, weil dein Haar immer darüberfällt.«

»Du glaubst, daß das die einzige Narbe ist«, erwiderte sie leise. »Das stimmt aber nicht.«

»So?« fragte er und sah ihr unverwandt in die Augen. »Was es auch sein mag, ich komme damit klar. In meinen Augen siehst du gut aus. Du bist wunderschön, Stella, das sagt jeder. Ich verstehe nicht, warum nur du selbst das nicht erkennst.«

Als sie zu sprechen begann, klang ihre Stimme leise und monoton. »Entstellte Menschen sind sehr einfallsreich, Sam. Mädchen mit verkrüppelten Händen tragen lange, mit Rüschen besetzte Ärmel, um ihre Verunstaltung zu verstecken. Junge Männer ohne Ohren tragen Kappen mit Ohrenschützern. Und Menschen ohne Beine oder mit so häßlichen und verkümmerten Beinen, daß sie kaum noch als menschliche Extremitäten zu erkennen sind, bedecken sich mit Kissen und Decken.« Sie hielt inne und räusperte sich. Tränen glitzerten in ihren Augen. »Ich habe viele Monate in Kliniken zugebracht, und ich habe dort Menschen mit so furchtbaren und entstellenden Verletzungen gesehen, daß ich nicht verstehen konnte, warum die Ärzte sie am Leben erhielten.« Sie seufzte. »Ich vermute, der Lebenswille ist so stark, die Angst vor dem Tod so überwältigend, daß Tausende dieser armen Leute tagtäglich in die Welt hinausgehen und lieber die Blicke, die unbedachten Bemerkungen der anderen ertragen. Aber ich bin anders. Ich kann leben – aber nur mit der Illusion, normal zu sein. Ich könnte nicht leben, wenn ich wüßte, daß der Mensch, mit dem ich zusammen bin, mich für einen Krüppel hält.«

»Komm zu mir«, bat Sam, und sein zärtlicher Blick ließ sein Gesicht weicher erscheinen. »Ich wollte nicht, daß du dich unwohl fühlst. Ich werde nie wieder sagen, daß ich deinen Körper sehen möchte. Ich verspreche es.« Er breitete seine Arme aus und winkte sie zu sich heran.

Stella schlüpfte ins Bett, zog das Laken über ihren Körper und legte ihren Kopf auf Sams Brust. »Es tut mir leid«, sagte sie. »Jetzt habe ich wohl unsere Feier verdorben.«

»Hör mir zu«, flüsterte er. »Sag jetzt nichts und hör mir einfach nur zu. Wenn ein Mensch an Krebs stirbt, dann ist das kein plötzlicher Tod. Sie schneiden dir nach und nach etwas fort. Liz mußte zwei Brustamputationen über sich ergehen lassen, bevor sich herausstellte, daß der Krebs nicht zu heilen war. Glaubst du, daß ich sie danach nicht mehr attraktiv fand? Glaubst du auch nur für einen Moment, daß ich ihre Narben abstoßend oder fürchterlich fand?« Er streichelte sanft über Stellas Haar, wie ein Vater ein überreiztes Kind tröstet. »Als sie starb«, sagte er mit bewegter Stimme, »war sie für mich so schön wie an dem Tag, an dem wir heirateten. Ich habe *sie* geliebt – und nicht nur einzelne Körperteile, ihre Haut, ihre Brüste oder ihr Haar. Schönheit ist nichts Äußerliches, Stella. Schönheit kommt von innen, es ist etwas, das ein Mensch ausstrahlt, wie ein Tier einen bestimmten Duft verströmt.« Er hielt inne und holte tief Atem. »Die wahre Schönheit kommt vom Herzen. Wenn man jemanden anschaut, sieht man nur ein Spiegelbild des Inneren dieses Menschen.«

Stella fühlte, wie sich seine Brust hob und senkte. Seine Worte waren sehr beruhigend, aber sie spürte noch etwas anderes, das jenseits aller Worte war.

Er verstand.

In diesem Moment glaubte Stella, daß er sie wirklich akzeptieren, ihr die Liebe schenken konnte, die sie schon immer ersehnt und bei Brad nie gefunden hatte. Aber kannte er sie tatsächlich? Konnte er den Haß und die Verbitterung verstehen, die ihr Herz erfüllten und häßlicher und abstoßender waren, als eine Narbe es je sein konnte? »Ich war bei einer Psychiaterin«, sagte sie. »Es ist schon viele Jahre her, kurz nach dem Feuer. Ich wollte mich erinnern, verstehst du? Aber es ging einfach nicht. Also ließ ich mich von ihr hypnotisieren. Ich dachte, daß ich mich auf diese Weise endlich daran erinnern könnte, was in jener Nacht geschah.«

»Hat es funktioniert?« fragte er. »Konntest du dich erinnern?«

»Manche Dinge fielen mir wieder ein«, sagte sie. »Aber es waren Momentaufnahmen, wie eingefrorene Bilder, die ich aus dem Chaos jener Nacht herausfischte. Entweder das, oder die Therapeutin hat mir diese Erinnerungen aufgedrängt und sie entsprachen nicht der Wahrheit, waren also falsch.«

»Wie kommst du darauf?«

»Ich sah das Gesicht meines Vaters«, sagte Stella mit zitternder Stimme. »Er hatte diesen angstvollen, gequälten Gesichtsausdruck, und dann sah ich etwas in seinen Händen aufblitzen.«

»Erzähl weiter!« forderte er sie auf.

»Ich weiß nicht, was ich sah.« Sie murmelte die Worte gegen seine Brust. »Zuerst dachte ich, es wäre ein Messer, aber dafür war es zu groß. Und es war nicht verchromt oder blitzend wie eine Klinge. Es wirkte dunkel und rostig, wie ein Gartengerät oder ein anderes Werkzeug. Ich sah allerdings eine sägeartige Schneide, und ich sah, wie mein Vater das Ding in die Luft hielt, als wollte er es mir auf den Kopf schlagen.«

»Glaubst du, daß dein Vater das Feuer gelegt hat, Stella?« fragte Sam, über seinen eigenen Gedanken schockiert.

»Nein«, antwortete Stella und hob den Kopf. »Mein Vater hätte so etwas niemals getan. Er liebte mich. Wir verstanden uns sehr gut. Wie alle Catalonis besaß auch er viel Temperament, und gelegentlich ging es mit ihm durch, aber bis zu dieser Feuernacht hatte er mich nicht ein einziges Mal geschlagen. Er war ein einfacher Mann, ein Arbeiter, verstehst du? Ein Mann, der an die Familie und an den Wert des Lebens glaubte.«

»Du meinst, er hätte einer Abtreibung niemals zugestimmt?«

»Ja.« Stellas Gesichtszüge verhärteten sich. »Ich weiß, daß es Randall gewesen sein muß. Er wollte mich und das Baby loswerden. Er war unreif und egoistisch, der große Football-Star. Als mein Vater darauf bestand, daß er mich heiraten solle, geriet er in Panik und dachte, sein Leben wäre ruiniert. Vielleicht hat er im Affekt das Feuer gelegt, einfach, damit alles zu Ende war.«

»Woran kannst du dich sonst noch erinnern?«

»An nichts weiter.« Stella seufzte und fiel in das Kissen zurück. »Die Psychiaterin versuchte mir weiszumachen, daß ich mich nicht erinnern könne, weil mein Vater das Feuer gelegt, weil er mich sexuell mißbraucht habe und möglicherweise sogar der Vater meines ungeborenen Babys gewesen sei. Sie sagte, mein Bewußtsein könne diese Tatsachen nicht akzeptieren und schalte sich deshalb einfach aus, sobald ich mich an die Nacht des Feuers zu erinnern versuchte und das Gesicht meines Vaters sähe. Die Erinnerung an das, was er mir angetan habe, sei zu schmerzlich.«

»Denkst du, sie hat recht?«

»Absolut nicht«, sagte Stella und starrte auf die Risse in der Zimmerdecke. »Ich kann mich an fast alles erinnern, was vor dem Feuer passierte, verstehst du? Diese Erinnerungen sind alle ganz deutlich. Wie könnte ich dann so etwas Fürchterliches vergessen wie einen sexuellen Mißbrauch durch meinen Vater? Wäre er wirklich der Vater meines Kindes gewesen, dann hätte die Sache schon seit einiger Zeit laufen müssen, da ich wahrscheinlich nicht schon nach einem einzigen Vorfall schwanger geworden wäre. Und das stimmt einfach nicht, Sam. Ich habe für meinen Vater immer nur Liebe und Bewunderung empfunden. Auch das Bild aus jener Nacht – wie er etwas in der Luft schwingt – ist zwar furchterregend, aber ich bin sicher, daß er mir nichts antun wollte.« Sie verfiel in Schweigen. Einige Zeit später sagte sie: »Niemand wird mich jemals davon überzeugen, daß mein Vater das Feuer gelegt hat.«

»Rede einfach nicht mehr darüber«, sagte Sam und streichelte unter der Bettdecke sanft über Stellas Brüste. »Manchmal ist es besser, wenn man die Vergangenheit ruhen läßt.«

»Das geht nicht, verstehst du das denn nicht?« fragte sie verzweifelt und versuchte, die Tränen zurückzuhalten. »Sie wollen mich wegen des Mordes an meinen Eltern vor Gericht stellen. Ich *muß* rekonstruieren, was in jener Nacht geschah. Ich muß ihnen sagen, was wirklich passiert ist und wer der Täter ist. Das ist die einzige Möglichkeit, die Anschuldigungen zu entkräften.«

»Randall hat das Feuer gelegt«, sagte Sam, nun ein wenig verwirrt. »Das hast du doch immer gesagt, oder?«

»Ja«, erwiderte Stella. »Aber ich bin nicht sicher, jedenfalls nicht hundertprozentig. Und Randall ist tot, Sam. Wenn ich ihn zum Sündenbock erkläre, ist für die Geschworenen schon alles klar, zumal sie wissen, daß ich außerdem beschuldigt werde, auch diesen Bastard umgebracht zu haben.«

Als Anwalt begann Sam, Stellas mißliche Lage zu verstehen. »Wenn du ihn anschwärzt, lieferst du ihnen höchstpersönlich dein Motiv für den Mord an Randall.«

»Genau das meine ich«, sagte sie. »Was auch immer ich im Gerichtssaal aussagen werde – oder selbst wenn ich ihnen beweise, daß Randall der Schuldige ist –, das Spiel wird gegen mich laufen. Die Reporter werden schreiben, was sie wollen, was irgendwer behauptet und was sie selbst über die Geschehnisse in jener Nacht denken oder vermuten. Sie werden mich als grausamstes Geschöpf auf diesem Planeten hinstellen, denn das ist die Story, die die Leute hören wollen und die für die erwünschte Auflage sorgt. Die potentiellen Geschworenen im Randall-Prozeß werden dieses Zeug lesen und bereits voreingenommen sein, bevor sie zu Geschworenen ernannt worden sind.«

»Aber das passiert bei allen Strafprozessen«, wandte Sam ein. »Sobald eine bekannte Persönlichkeit im Spiel ist, wird die Unvoreingenommenheit der Geschworenen immer zum Problem. Das heißt aber nicht, daß man dieses Problem nicht lösen kann.«

»Aber je mehr Indizien in einem Fall eine Rolle spielen«, entgegnete sie, »desto wichtiger wird die öffentliche Meinung.« Stella hörte, wie im Zimmer nebenan ein Schlüssel in die Tür gesteckt wurde, und lauschte aufmerksam dem metallischen Geräusch. »Meine deutlichste Erinnerung, Sam, ist kein Bild, sondern ein Geräusch«, fuhr sie eindringlich fort. »Es war ein klickendes Geräusch, das von einem anderen Geräusch unterbrochen wurde, einem kurzen, metallischen Klang. Dann folgte wieder ein Geräusch, das mit dem ersten identisch war. Nachdem ich es gehört hatte, bemerkte ich, daß mein Bett brannte. Ich roch diesen fürchterlichen, stechenden Geruch, der von meiner verbrannten Haut stammen mußte.« Stella setzte sich hastig im Bett auf und schlug ihre Hände vors Gesicht, ohne sich bewußt zu sein, daß sie genau die Bewegungen wiederholte, die sie in der Nacht der Feuersbrunst gemacht hatte. »Wenn ich dieses Geräusch nur zuordnen könnte, Sam. Ich weiß, es ist der Schlüssel zu allem.«

»Der Brandstifter mußte ja das Feuer irgendwie entfachen«, sagte er nachdenklich. »Das klickende Geräusch, das du gehört hast, stammte wahrscheinlich von einem Feuerzeug.«

»Daran habe ich auch schon gedacht«, antwortete Stella. »Ich habe an alles mögliche gedacht. Ich habe mir aber Dutzende Feuerzeuge angehört, und das Geräusch, das ich in der Nacht hörte, war anders, eindeutiger, metallischer.«

Sam streichelte sie weiter unter dem Bettlaken, seine Hände bewegten sich über ihre Brüste, hinunter auf den Bauch und berührten sanft ihre Oberschenkel. Da stieß Stella seine Hände fort und riß das Bettlaken beiseite. Sie stand auf und stellte sich neben das Bett. Wortlos spreizte sie ihre Beine und beobachtete, wie Sams Blicke auf die Narben an den Innenseiten ihrer Oberschenkel fielen.

Diese Narben waren die verheerendsten aller Verletzungen, die sie erlitten hatte. Die Flammen hatten so viel von ihrem Gewebe verbrannt, daß mehrere Hauttransplantationen erforderlich gewesen waren. Doch auch jetzt sah es noch so aus, als wäre jemand mit einem Eiskratzer über ihr Bein gefahren. Sie warf einen Blick auf ihren Schatten an der gegenüberliegenden Wand des Zimmers, sah, wie ungleichmäßig die Konturen ihrer Beine waren, und schauderte in dem Bewußtsein, daß Sam dasselbe sah.

Im Sommer vor ein paar Jahren hatte sich Stella vorgenommen, wie alle Welt schwimmen zu gehen. Sie hatte sich einen Badeanzug gekauft und sich stundenlang im Spiegel betrachtet, überzeugt davon, daß niemand ihre Narben auf den Innenseiten ihrer Oberschenkel sehen würde, wenn sie es sich angewöhnte, ihre Beine auf eine bestimmte Art und Weise zu bewegen. Sie hatte es mit fünf oder sechs Badeanzügen probiert, dann aber aufgegeben, sich auf ihr Bett geworfen und sich tagelang geweigert, das Zimmer zu verlassen.

Sam blinzelte weder mit den Augen, noch zuckte er zusammen. Seine einzige Reaktion war ein Seufzer; mit einem leisen, pfeifenden Geräusch strömte die Luft aus seiner Lunge. Stella wandte sich um und ging ins Bad. So konnte er auch die weißen Flecken auf ihren Pobacken und

Schulterblättern sehen, wo die Haut für die Transplantationen entfernt worden war. Mit der Zeit, so hatten ihr die Chirurgen versichert, würden die weißlichen Flecke blasser werden, aber bis dahin fühlte sie sich wie ein Flickenteppich. Spürte Sam die Unebenheiten, wenn er sie in seinen Armen hielt? Konnte er jemals wieder mit ihr schlafen, nachdem er sie so gesehen hatte?

Während sie sich die Nase putzte, starrte Stella in den Badezimmerspiegel, dann kehrte sie zurück ins Bett. Sam sagte kein Wort, aber er drückte Stella fest an sich. So lagen sie schweigend eine ganze Weile da, ehe sie behutsam begannen, sich zu lieben. Dieses Erlebnis war so zärtlich und gefühlvoll, ihre Gefühle füreinander waren so aufrichtig und überwältigend, daß Sam in dem Moment, als Stella vor Wonne aufschrie, weinend neben ihr zusammenbrach. »O Sam«, sagte Stella, »sieh nur, was ich dir antue!«

»Seit Liz gestorben ist, war ich innerlich so leer«, sagte er und betupfte mit dem Bettlaken seine Augen. »Ich war mit anderen Frauen zusammen, aber ich habe nie etwas gefühlt. Es war, als wäre ich innerlich tot. Mechanische Bewegungen, sonst nichts, nur Bewegungen, Gesten und ein kurzes Gefühl der Lust. Ich hatte nie das Gefühl, mit diesen Frauen Liebe zu machen. Es war schlicht und ergreifend Sex. Du hast mich davon überzeugt, daß ich noch lebe, daß ich wieder fähig bin, etwas zu fühlen.«

Er bettete seinen Kopf in ihren Schoß, und Stella schlang ihre Arme um ihn und schaukelte ihn vor und zurück. So vergingen Stunden, längst war es dunkel im Zimmer, und keiner von beiden sprach ein Wort. Schließlich kuschelte Sam sich neben sie, und im Nu waren beide eingeschlafen.

Am nächsten Morgen um neun Uhr fuhr Stella Sam zum Flughafen, wo er in eine Maschine nach Dallas stieg. Sie hatte beschlossen, in Houston zu bleiben, um Brenda Anderson, die im Holiday Inn wohnte, so schnell wie möglich bei ihren Nachforschungen zu helfen. Sam hatte darauf bestanden, daß sie seinen Mietwagen behielt, anstatt auf ihren Namen einen anderen Wagen zu mieten. Sie parkte am Bordstein, stieg aus und umarmte ihn. Hinter ihr begannen Autos zu hupen, aber sie kümmerte sich nicht darum und drückte ihren Kopf fest an Sams Brust. »Alles wird gutgehen«, versicherte er ihr. »Du schaffst es, Stella. Da bin ich ganz sicher.«

»Deswegen habe ich keine Angst, Sam«, sagte sie. »Es ist wegen letzter Nacht. Sie war so schnell vorüber.«

»Wir werden noch viele Nächte für uns haben, Stella.«

»Das wäre schön«, sagte sie, gab ihm schnell einen Kuß und lief um das Auto herum zur Fahrertür. Während sie davonfuhr, schaute sie in den Rückspiegel. Er sah so gut aus in seinem Nadelstreifenanzug, wie er dastand mit seiner Aktentasche und dem Reisekoffer. Am liebsten hätte sie den Rückwärtsgang eingelegt, um zu ihm zurückzufahren und ihn zu bitten, bei ihr zu bleiben. Statt dessen gab sie Gas und brauste davon. Sam hatte seinen Sohn und die Anwaltskanzlei. Die Maske der Zuversicht, die er für sie aufgesetzt hatte, war nun verschwunden, und sie konnte die Sorgenfalten in seinem Gesicht sehen. Wenn es ihr nicht gelang, die Anschuldigungen zu entkräften, würde sie ihn verlieren. Das durfte sie nicht zulassen.

Als Stella verhaftet worden war, hatte sie sich den Kopf darüber zerbrochen, was die Leute reden würden, wie diese schreckliche Situation ihre Karriere und ihre Stellung in der Gesellschaft beeinflussen würde, und sie hatte sich gesagt, daß nun jede Chance verspielt war, je wieder ein öffentliches Amt zu bekleiden. Brad hatte ihr immer vorgeworfen, sie verstehe nichts vom Leben und begreife nicht, worauf es wirklich ankomme. Jetzt wußte Stella, daß ihr Ehemann recht gehabt hatte. Eine echte Liebesbeziehung war sehr viel wichtiger, als einen Fall zu gewinnen oder ein paar Stufen auf der Karriereleiter weiter nach oben zu gelangen.

Auch wenn sie alle Fälle der Welt gewinnen würde, es wäre bedeutungslos, verglichen mit den Gefühlen, die Sam in ihr erweckte. Ihr war bewußt, daß sie sich Brads Liebe in vielfacher Hinsicht zu sicher gewesen war, daß sie ihre Ehe zerstört und ihn in die Arme einer anderen Frau getrieben hatte. Sie konnte die Zeit nicht zurückdrehen und die Vergangenheit ändern, aber sie konnte für ihre Zukunft kämpfen. Während sie in die helle Morgensonne blinzelte, schwor sie sich, mit all ihrer Kraft diesen Kampf aufzunehmen. Sie würde Holly Oppenheimer unter einem Berg von Papieren begraben und alle erdenklichen Anträge stellen. Abermals sah sie in den Rückspiegel, schob ihr Haar zurück und starrte auf die Narbe in ihrem Gesicht. Sie hatte schon genug gelitten. Sie würde nicht für ein Verbrechen ins Gefängnis gehen, das sie nicht begangen hatte.

Die Sache mit Mario machte ihr angst. Daher fuhr sie nicht ins Holiday Inn, wo sie sich mit Anderson hätte besprechen können, sondern schlug den direkten Weg zu Marios Apartment ein. Sie erblickte seinen Wagen auf dem Parkplatz, rannte die Treppe hinauf und klopfte heftig an seine Tür. Als sie in der Wohnung sich nähernde Schritte hörte, trat sie zur Seite, damit Mario sie nicht durch den Türspion sehen konnte.

»Wer ist da?« rief er durch die Tür.

Stella schwieg. Sie streckte ihren Arm aus und klopfte erneut.

»Ich kann Sie nicht sehen«, rief Mario. Schließlich siegte seine Neugier, und er riß die Tür auf.

Stella trat aus dem Schatten. Rasch wich Mario einen Schritt in die Wohnung zurück und versuchte, ihr die Tür vor der Nase zuzuschlagen. »Wage es ja nicht!« schrie Stella und drängte sich trotz seiner Versuche, sie fortzustoßen, an ihm vorbei. Mario blieb einfach in der offenen Tür stehen und ließ den Kopf hängen.

»Was soll das?« fragte Stella. »Warum gehst du mir aus

dem Weg? Du bist noch nicht einmal ins Gefängnis gekommen.«

»Ich wußte doch genau, daß du mir alles anhängen wolltest«, sagte er, ohne sie anzusehen. »Du hast mir schon immer die Schuld an allem gegeben.«

»Das stimmt nicht!« stieß Stella hervor, und ihre Stimme hallte in dem Zimmer wider.

»Und ob das stimmt!« schrie Mario zurück. »Ich war schon immer an deinen Narben schuld. Zigmal hast du gesagt, du hättest keine Verbrennungen erlitten, wenn du nicht zurück in den Flur gerannt wärst, um mich zu retten. Manchmal wünsche ich mir, du hättest mich einfach dort zurückgelassen.«

»Das ist nicht wahr«, sagte Stella, die in kleinen Kreisen durch das Zimmer lief. »Du erzählst mir diesen Blödsinn jetzt nur, um vom eigentlichen Thema abzulenken. Wo warst du, als Randall erschossen wurde? Sag's mir, Mario! Ich muß es wissen, und zwar auf der Stelle.«

»Ich habe die Nacht bei meiner Freundin verbracht, Stella. War mir nicht bewußt, daß das ein Verbrechen ist.«

»Bei welcher Freundin?« fragte sie. »Bei der Stewardeß?«

»Glaubst du wirklich, ich bin für Randalls Tod verantwortlich?« fragte er kopfschüttelnd.

»Und?« Sie trat näher an ihn heran. »Bist du es? Wenn ja, warum gibst du es nicht zu? Dann weiß ich wenigstens, was ich tun kann.«

Mario wandte sich zur Tür um; er schien entschlossen, einfach fortzugehen. Aber Stella versperrte ihm den Weg und packte ihn an den Schultern. »Ich werde Randalls Tod genau unter die Lupe nehmen«, sagte sie und schüttelte ihn wie früher, als er noch ein Kind gewesen war. »Ich werde so lange herumstochern, bis ich die Wahrheit herausgefunden habe. Willst du das, Mario? Soll ich es auf diese Weise herausfinden? Willst du, daß ich Dinge aufdecke, die dich ins Gefängnis bringen können? Willst du, daß ich eine Ermittlung gegen meinen eigenen verfluchten Bruder einleiten muß?«

Mario befreite sich aus ihrem Griff. »Ich habe es nicht getan«, beharrte er mit kindlicher Schmollmiene.

»Was ist mit dem Kokain?« fragte sie unnachgiebig. »Wie lange nimmst du das Zeug schon?« Plötzlich bemerkte sie, wie klein seine Pupillen waren, und erkannte gleichzeitig, was sie bis jetzt nicht bemerkt hatte – die verräterische Röte und die Hautreizung an seiner Nase. Ihr Blick schweifte im Zimmer umher; sie vermutete, daß er sich schon seit Tagen in dem kleinen Apartment eingesperrt hatte. Die Aschenbecher waren voller Zigarettenstummel, Bierdosen lagen verstreut auf dem Teppich herum, und auf dem Couchtisch entdeckte sie mehrere gerollte Dollarscheine und eine Rasierklinge. »Du bist doch high, oder etwa nicht?« zischte sie, holte aus und schlug ihm mitten ins Gesicht. »Wie konntest du nur?« rief sie aus. »Nach allem, was ich deinetwegen durchgemacht habe! Wie kannst du da deinen Körper mit Drogen vergiften?«

Plötzlich gab Mario seine defensive Haltung auf. Mit einer Wut, die durch Kokain und jahrelange Schuldgefühle genährt war, versetzte er Stella einen heftigen Schlag und sah zu, wie sie mit dem Rücken gegen die Wand prallte und dann auf dem Boden zusammensackte. Er schnappte seine Schlüssel vom Couchtisch, funkelte sie böse an und stürmte zur Tür hinaus.

KAPITEL 8

Stella stand unter der Dusche und ließ sich eiskaltes Wasser über das Gesicht laufen. Sie hatte sich für den Nachmittag mit Brenda Anderson im Holiday Inn verabredet, dann aber die Ermittlerin angerufen und sie gebeten, doch lieber zu Marios Wohnung zu kommen. Die feuchte Luft in Houston war so drückend, daß ihr nach dem Aufräumen des Apartments die Kleider am Leib klebten und sie sich ausgelaugt und elend fühlte.

Sie hoffte, daß Mario zurückkommen würde. Dann wollte sie versuchen, sich mit ihm und seinen Problemen auf vernünftige Art auseinanderzusetzen. Während sie ihre Stirn an die kalten Fliesen preßte, wurde ihr klar, daß sie ihm professionelle Hilfe besorgen mußte. Sie hatte ihn ermutigt, wieder nach Houston zu ziehen, nicht zuletzt deshalb, weil das Leben in dieser Stadt etwas langsamer und ruhiger verlief. Dallas war für schillernde Nachtclubs und flotten Lebenswandel berüchtigt. Ein gutaussehender Junggeselle wie Mario konnte dort leicht in falsche Gesellschaft geraten. Hatte er schon Drogen genommen, bevor er Dallas verließ? War sie so sehr in ihre Arbeit vertieft gewesen, daß sie es nicht bemerkt hatte?

Hatte ihr Bruder unter Drogeneinfluß auf Tom Randall geschossen und ihn getötet?

Stella spürte, daß sie zitterte. Sie stellte das Wasser ab und stieg aus der Dusche. Dann zog sie sich rasch an und legte ihre Unterlagen auf dem Küchentisch zurecht. Wenige Augenblicke später klingelte es an der Tür, und Brenda Anderson trat ein.

Sie trug ausgebeulte Jeans und ein überdimensionales Sweatshirt. Ihr Haar hing offen herab, und sie hatte kein Make-up aufgelegt. Sie wirkte jung und hübsch, eher wie eine College-Schülerin als wie die düster blickende, konservativ gekleidete Ermittlerin, deren Anblick Stella vertraut war. »Ich habe dich noch nie mit offenen Haaren gesehen«, sagte sie. »Du solltest sie immer so tragen.«

»Wirklich?« fragte Anderson, während sie lächelnd ihr Haar ausschüttelte. »Macht mich aber ziemlich jung, oder?«

»Was hast du denn dagegen, jung auszusehen?«

Nachdem die Höflichkeiten ausgetauscht waren, machten sich die beiden Frauen an die Arbeit. Anderson stellte ihren Laptop auf den Küchentisch, Stella zog ihren gelben Notizblock hervor, und sie gingen alle Punkte durch, mit deren Klärung sie die Ermittlerin beauftragt hatte. Stella verfaßte handschriftlich den Antrag auf Offenlegung prozeßrelevanter Unterlagen, wartete, bis Anderson ihn in den Computer eingetippt hatte, und stellte dann ihren tragbaren Drucker auf.

»In Ordnung«, sagte Stella, während sie die Papiere in einen Umschlag steckte. »Wenn du dich beeilst, kann das heute noch bei Gericht eingehen. Ich hoffe, Richterin Maddox wird gleich morgen früh darüber entscheiden. Ich muß mir die Beweise aus der Feuernacht so bald wie möglich ansehen. Bis zum Beginn der Voruntersuchungen haben wir nicht mehr viel Zeit.«

»Stella«, unterbrach Anderson sie, »ich muß dir noch etwas sagen. Gestern abend habe ich ein paar Informationen bekommen.«

»Und?« fragte Stella. »War etwas Brauchbares für uns dabei?«

»Ich war mit dem Ermittler, von dem ich dir erzählt habe, zum Abendessen verabredet. Nach ein paar Drinks und ein paar falschen Versprechungen hatte ich ihn schließlich soweit, daß sich seine Zunge lockerte. Ihr Zeuge hat anscheinend gesehen, wie eine Frau in einem weißen Mietwagen, mit einem Hertz-Abzeichen auf dem Kofferraumdeckel, nur wenige Augenblicke nach dem Mord vom Tatort davonraste.«

Stellas Kinn klappte nach unten. »Sag das noch mal.«

»Victor Pilgrim, der Zeuge, von dem ich dir erzählt hab'«, fuhr Anderson fort, »behauptet, er habe eine Frau in einem Mietwagen gesehen, einem Mietwagen von Hertz, um genau zu sein. Ich weiß nicht, ob uns das schaden kann. Denn laut der Aussage meines Bekannten hat der Mann das Gesicht der Frau nicht gesehen. Er ist allerdings sicher, daß es eine Frau war, aber was macht das schon? Denk an den starken Verkehr auf dieser Straße. Es war hellichter Tag. Und einfach nur eine Frau im Auto zu sehen, das beweist nicht viel.«

Stellas Herz pochte heftig. »Irrtum«, sagte sie. »Als ich nach Dallas kam, hatte ich bei Hertz einen weißen Chevrolet gemietet. Ich habe ihn am Tag des Mordes zurückgegeben.«

»O Mann«, sagte Anderson und sank in ihren Stuhl zurück. »Um welche Uhrzeit hast du den Wagen abgegeben?«

»Ich bin nicht sicher«, sagte Stella. »Aber es muß zwischen eins und halb zwei gewesen sein. Unmittelbar bevor ich ins Flugzeug stieg.«

»Der Gerichtsmediziner hat etwa elf Uhr als Todeszeitpunkt errechnet«, sagte Anderson. »Hast du ein Alibi für die Zeit, sagen wir, zwischen neun und elf Uhr an diesem Morgen?«

Stella schüttelte den Kopf. »Ich war hier in diesem Apartment, aber das kann niemand bestätigen.«

»Wo war Mario?«

»Er war ausgegangen«, sagte Stella vorsichtig. »Wo er war, spielt doch keine Rolle, oder?«

»Mist!« fluchte Anderson. »Was zum Teufel ist hier eigentlich los? Stand der Mietwagen die ganze Zeit über unten auf dem Parkplatz?«

»Soviel ich weiß, ja«, sagte Stella schulterzuckend.

»Das ist mehr als bloßer Zufall«, meinte die Ermittlungsbeamtin und stand auf, um sich noch etwas Kaffee nachzugießen. »Jemand muß gewußt haben, daß du einen weißen Mietwagen fährst. Der Mörder könnte einen ähnlichen Wagen bei Hertz gemietet haben. Entweder das, oder Pilgrim lügt das Blaue vom Himmel herunter.«

»Sie wollen mir etwas anhängen«, sagte Stella. »Habe ich dir nicht neulich schon gesagt, daß mich jemand reinlegen will?«

»Aber wer?« rief Anderson. »Randall ist tot. Wenn dir jemand etwas Böses wollte, dann doch er, oder nicht?«

»Nein, die Polizei«, stieß Stella zwischen zusammengepreßten Zähnen hervor.

»Unsinn.« Anderson verzog das Gesicht. »Ich sehe da überhaupt keinen Zusammenhang. Warum sollte die Polizei dir etwas anhängen wollen?« Sie hob fragend die Hand. »Ich kann dir nicht folgen, Stella, das ergibt doch keinen Sinn. Und außerdem habe ich allmählich genug von dem Geschrei über die Korruption bei der Polizei. Heutzutage glaubt jeder, daß wir eine einzige Bande von Betrügern sind. Ich habe noch nie einen korrupten Polizisten getroffen, und ich bin schon lange dabei.«

Stella erzählte von ihrem Onkel und den Bemerkungen ihres Bruders über ihn. Als sie fertig war, stand Brenda Anderson auf und steckte den Umschlag mit dem Antrag in ihre Aktentasche. »Du glaubst vielleicht, das sei unheimlich und beängstigend, was hier vor sich geht«, sagte sie. »Aber meine Mutter sagt immer, alles hat seinen Grund. Wir werden dich nicht nur da rausholen, sondern diese Sache auch ein für allemal aufklären.«

»Das hoffe ich«, entgegnete Stella und lächelte schwach.

»Ach, übrigens«, fügte Brenda hinzu. »Du hast doch nach Pilgrims Personalakte gefragt. Ich habe alles ausgedruckt, was ich in den Dateien finden konnte. Vielleicht ist ja etwas Interessantes dabei.« Sie reichte Stella die Ausdrucke. Wenn sie sich nicht sofort zum Gericht aufmachte, so befürchtete sie, hätte das Büro des Gerichtsschreibers geschlossen, bevor sie dort ankam.

Nachdem Brenda gegangen war, ging Stella die Unterlagen durch, ohne etwas Nennenswertes zu entdecken. Gerade wollte sie die Papiere zur Seite legen, als sie ein Blatt fand, auf dem Pilgrims derzeitiger Status als Gehaltsempfänger der Stadt verzeichnet war. In einer Spalte las sie die Buchstaben ›AU‹, was bedeutete, daß Victor Pilgrim nach einer Verletzung vorzeitig wegen Arbeitsunfähigkeit aus dem Dienst entlassen worden sein mußte. Die Ausdrucke ließen jedoch nicht erkennen, ob er jemals als Untergebener ihres Onkels gearbeitet hatte. Wie Brenda ihr bereits gesagt hatte, mußten sie wegen dieser Information an die Polizeiakten herankommen, und bis jetzt hatte Anderson dazu noch keine Gelegenheit gehabt.

Stella sah noch einmal alles durch, beginnend bei Pilgrims erster Bewerbung für den Polizeidienst. Seine Karriere hatte nicht bei der Polizei in Houston begonnen, wie sie zunächst angenommen hatte. Er war vielmehr erst ein Jahr vor seiner Verletzung von der Polizeidienststelle in San Antonio versetzt worden. Er war verheiratet und hatte zwei Kinder im Teenageralter.

Stella las alle Namen der Personen durch, die er als Referenz angegeben hatte, fand aber nichts Auffälliges. In dem Abschnitt über Mitgliedschaften bei Organisationen und besondere Auszeichnungen oder Abschlüsse wurde sie endlich fündig. Ein Zittern durchlief ihren Körper. Victor Pilgrim hatte einmal ein Amt bei den Knights of Columbus bekleidet, einer Bruderschaft wie den Masons oder Shriners.

»Volltreffer!« entfuhr es Stella, und ihre Stimme hallte in dem leeren Raum wider. Clementine Cataloni war lange Jahre bei den Knights of Columbus aktives Mitglied gewesen. Wenn sie sich richtig erinnerte, war er sogar einmal der Oberboß für die Region Südwest gewesen. Stella griff nach ihrer Tasche, knirschte mit den Zähnen und ging zur Tür. Sie hatte soeben beschlossen, daß es an der Zeit war, dem Großen Hexenmeister, oder wie immer sie ihn nennen mochten, einen kleinen Besuch abzustatten.

Stella lenkte den roten Ford Escort, den Sam gemietet hatte, durch das Tor und fuhr die asphaltierte Privatstraße entlang, die zum riesigen Besitz ihres Onkels in der Nähe der Rice University führte. Als sie das zweigeschossige weiße Haus im Kolonialstil und den terrassenförmig angelegten Garten sah, erwachten Kindheitserinnerungen in ihr. Sie sah wieder vor sich, wie sie damals auf der Rückbank in dem alten Kombi ihrer Familie diesen Weg hinaufgefahren war. Jedesmal, wenn sie auf dem Weg zu ihrer Tante und ihrem Onkel waren, hatte ihr Vater einen Vortrag über den Amerikanischen Traum gehalten und erklärt, warum sein Vater aus Sizilien in die Vereinigten Staaten ausgewandert war, als er und sein Bruder noch klein gewesen waren. Sie erinnerte sich daran, daß ihr Vater ihren Onkel und ihre Tante immer die reichen Verwandten genannt und damit geprahlt hatte, wie sein Bruder mit seinem bescheidenen Einkommen als Polizist es zu einem kleinen Vermögen gebracht hatte. Stellas Onkel war gleichzeitig Besitzer einer Pizzeria, einer Reinigung sowie zahlreicher Grundstücke.

Ihr Vater war allerdings nie an den Erfolg ihres Onkels

herangekommen, so hart er auch gearbeitet und jeden Pfennig umgedreht und gespart hatte. Nach einem mißlungenen Versuch, seine eigene Baufirma zu gründen, hatte er den einzigen Job angenommen, den er finden konnte und der ihm ein regelmäßiges Einkommen sicherte. Er war staatlicher Gebäudeprüfer geworden.

Irgendwann zu jener Zeit hatten sich die beiden Brüder zerstritten. Stella hatte immer vermutet, ihr Vater sei verbittert und neidisch auf seinen Bruder geworden, weil sein Versuch, dessen Erfolg zu kopieren, fehlschlug. Als Stella ins Teenageralter gekommen war, fuhren sie sonntags nicht mehr zu ihrem Onkel zum Abendessen, und in Gegenwart ihres Vater durften sie nicht einmal mehr seinen Namen erwähnen.

Was genau zwischen den beiden Männern vorgefallen war, hatte Stella nie erfahren. Sie erinnerte sich jedoch an Äußerungen ihres Vaters, sein Bruder habe die alten Pfade und Werte vergessen. Sie hatte mehrmals gehört, wie ihr Vater seinen Bruder als einen schlechten und korrupten Gauner bezeichnet hatte und sogar so weit gegangen war, ihn eine Schande für den Namen Cataloni zu nennen. Wegen der gespannten Stimmung zwischen ihrem Vater und seinem Bruder hatte Stella die Bestürzung überrascht, mit der ihr Onkel auf den Tod ihres Vaters reagiert hatte. Sie war zudem regelrecht schockiert gewesen, als er so bereitwillig Carl Winters' Schlußfolgerung übernommen hatte, daß seine Nichte an allem schuld gewesen sei. Aber sie kannte das – daß der Tod wie ein Erlöser zwischen Menschen fuhr, die einander zu Lebzeiten gehaßt hatten.

Bevor sie aus dem Auto stieg, warf sie einen kurzen Blick in den Rückspiegel, um sicherzugehen, daß ihr Haar auch ordentlich ihre Narbe verdeckte. Dann wurde sie nervös und ging schnellen Schrittes den betonierten Weg, der an beiden Seiten von blühenden Sträuchern gesäumt war, zur Veranda empor. Sie atmete tief den betörenden Duft der Rosen und Gardenien ein, drückte auf die Türklingel und wartete.

»Was willst du?« fragte Clementine Cataloni schroff. Er hatte die Tür aufgerissen und Stella auf der Veranda erblickt. »Ich dachte, du sitzt im Gefängnis?«

Stella hatte vergessen, wie sehr er ihrem Vater ähnelte. Für einen kurzen Moment war sie verblüfft. Sie fühlte sich, als blicke sie in das Gesicht ihres Vaters. Wie ihr Vater, war auch ihr Onkel kein großer Mann, eher drahtig und gedrungen, aber selbst mit siebenundfünfzig Jahren war er immer noch eine beeindruckende Erscheinung. Willensstärke zeigte sich in seinen dunklen, durchdringenden Augen, und die nach unten gezogenen Mundwinkel und der breite Kiefer betonten seine Halsstarrigkeit. Obwohl er inzwischen ein paar graue Strähnen besaß, war doch der größte Teil seines Haares dunkel und dicht. Es war zurückgekämmt und wurde durch ein Gel gebändigt, das seinem Haar in der Nachmittagssonne einen funkelnden Glanz verlieh.

»Ich bin gegen Kaution freigelassen worden«, erklärte Stella. »Ich dachte, du würdest mich vielleicht gerne sehen, wenn ich schon einmal in der Stadt bin. Du bist doch schließlich mein Onkel, und nach all den Jahren hätte ich nichts dagegen, Tante Sarah einmal wiederzusehen.«

»Oh, tatsächlich?« erwiderte er, wobei sein Mundwinkel zuckte. »Nun, da hast du dich geirrt. So eine wie dich wollen wir hier nicht.« Er trat zurück und wollte die Tür schließen, doch Stella packte den Türgriff.

»Ob du es glaubst oder nicht«, sagte sie, »ich habe das Feuer nicht gelegt, und ich habe ganz sicher auch Tom Randall nicht umgebracht. Du bist schließlich mit mir verwandt«, fuhr sie mit lauterer Stimme fort. »Du solltest eigentlich auf meiner Seite stehen. Wenn es auch sonst keinen Grund gibt, so schuldest du es zumindest meinem Vater.«

»Erzähl das dem Richter«, gab er zurück. »Ich habe keine

Zeit, mir deine Lügen anzuhören. Wie hast du es eigentlich zur Staatsanwältin gebracht? Wird denn bei solchen Leuten die Vergangenheit nicht überprüft? Wußten die nicht, daß sie eine Mörderin einstellten?«

»Du hast mir noch nie richtig zugehört«, schrie Stella ihn an. »Wenn du dir einmal die Zeit genommen hättest, dir meine Version der Geschichte anzuhören, dann hättest du erkannt, daß ich es nicht war. Du hast mich noch nicht einmal im Krankenhaus besucht. Du hättest mir wenigstens für Mario deine Hilfe anbieten können.« Sie hielt inne, um Atem zu holen. »Aber weit gefehlt, nicht einmal das hast du getan. Wenn ich nicht Brad Emerson geheiratet hätte, wäre mein Bruder bei fremden Menschen aufgewachsen.«

»Verschwinde von meinem Grundstück!« schrie Clem Cataloni zurück, dem der Schweiß von der Stirn tropfte. »Sonst rufe ich die Polizei und lasse dich wegen Hausfriedensbruchs einsperren!«

»Was ist eigentlich zwischen dir und Dad vorgefallen?« fragte Stella jetzt in ruhigerem Tonfall. »Soweit ich weiß, standet ihr euch früher sehr nahe. Er sah immer zu dir auf, bewunderte dich. Was ist passiert?«

Ihr Onkel blickte an ihr vorbei in die Ferne. »Dein Vater war ein guter Mann.« Für einen Augenblick hatte er seine Wut vergessen. »Er war aber auch ein einfacher Mann. Er hat nie begriffen, wie man es in diesem Land zu etwas bringen kann. Aber eines weiß ich«, sagte er, und seine Augen wirkten erneut böse und schmal. »Mein Bruder hat sein Schicksal nicht verdient. Er hat nicht verdient, was du ihm angetan hast. Noch nicht einmal ein verdammter Hund hat es verdient, bei lebendigem Leibe verbrannt zu werden.«

»Hat Victor Pilgrim je für dich gearbeitet?« fragte Stella und trat näher. Sie war jetzt weit genug eingetreten, um das Wohnzimmer und den Flur, der zur Küche und zum Speisezimmer führte, einsehen zu können. An der Wand bemerkte sie das Plakat der Knights of Columbus, gleich neben dem Glasschrank, in dem er seine Waffensammlung aufbewahrte. »Habt ihr euch bei den Knights of Columbus kennengelernt? Du und Victor Pilgrim?«

»Du miese Schlampe!« brüllte er. »Sieh zu, du verlogenes, mörderisches Aas, daß du von meiner Veranda verschwindest, bevor ich dich abknalle! Du wagst es, einfach so hierherzukommen und zu fragen …«

Bevor sie noch etwas sagen konnte, hatte ihr Onkel sie zurückgestoßen und ihr die Tür vor der Nase zugeknallt. Anstatt über diese Behandlung wütend zu werden, spürte sie eine aufgeregte Befriedigung. Er hatte es zwar vielleicht nicht mit Worten zugegeben und ihr mit Sicherheit auch keinen Beweis für vertuschte oder illegale Machenschaften geliefert, aber sie war nun überzeugt, daß ihr Onkel und Victor Pilgrim sich kannten. Sie mußte nur noch herausbekommen, wie gut die beiden sich kannten. So wie sich die Dinge entwickelten, mußte sie schnell handeln. Die Erkenntnis, daß der Hauptzeuge der Staatsanwaltschaft mit ihrem Onkel in irgendeiner Weise in Verbindung stand, beunruhigte Stella zutiefst.

Auf dem Weg zu ihrem Wagen brach sie eine Gardenie ab und roch daran. Sie hatte soeben begriffen, daß sie in Houston niemandem trauen konnte, auch dann nicht, wenn die Person eine Polizeimarke trug oder irgendwelche Versprechungen machte. Soweit sie es im Augenblick absehen konnte, würde sie das gesamte Polizeirevier in Houston gegen sich haben, sogar das Büro des Sheriffs. Sie mußte davon ausgehen, daß prinzipiell jeder, der in der Stadt eine Uniform trug, gegen sie eingenommen war. Polizist zu sein bedeutete hier, daß man einer Art Geheimbund angehörte. Ihr Onkel hatte als Vorgesetzter vieler Männer eine beträchtliche Machtstellung inne. Seine Pensionierung hatte daran nichts geändert.

Einmal Bulle, immer Bulle. Loyalitäten waren so stark

und unverbrüchlich wie die Blutbande großer krimineller Familien. Hier wurde einem ein Gefallen getan, dort schuldete man etwas, und das Leben nahm ungehindert seinen Lauf. Doch Stella wußte: Wie bei der Mafia würde auch hier die Zeit kommen, wo alles zurückgezahlt werden mußte.

An ihrem Wagen angelangt, warf sie einen Blick zum Haus zurück. Durch einen Spalt zwischen den Vorhängen sah sie das Gesicht ihrer Tante. Diese Frau sollte ihr Trumpf sein, entschied sie. Wenn sie aus anderen Quellen nicht in Erfahrung bringen konnte, was ihr Onkel vorhatte, konnte sie diese Informationen vielleicht aus seiner Frau herausholen. Einen Augenblick später sah sie ihren Onkel hinter der Scheibe. Mit wutverzerrtem Gesicht packte er ihre Tante bei den Schultern und stieß sie unsanft fort. Dann folgte ein lauter, zorniger Wortwechsel. Stella hatte keinen Zweifel, daß ihr Onkel unmißverständliche Anordnungen gab. Das also sollte ihr Trumpf sein! Sie zerquetschte die Gardenie in ihrer Faust, warf sie zu Boden, sprang in den Mietwagen und brauste die Einfahrt hinunter.

Hollys Beine lagen bequem auf dem Schreibtisch. Sie biß in ein Pizzastück, warf es dann jedoch gleich wieder in die Schachtel zurück. »Schmeckt ja grauenhaft«, sagte sie zu Carl Winters. »Wie konnten Sie mich überreden, dieses Zeug zu probieren?«

Der Detective saß lässig auf einem Stuhl neben Hollys Schreibtisch. Verglichen mit Frank Minors Büro, war Hollys Arbeitszimmer alles andere als vornehm. Sie hatte von ihrem eigenen Geld ein Bücherregal aus Eiche gekauft, in dem sie ihre juristischen Bücher und Zeitschriften untergebracht hatte. Vater Staat hatte ihr drei Vinyl-Chromstühle zugestanden. Ihr wenig ruhmvolles Abschlußdiplom hing nicht an der Wand, dafür befanden sich dort gerahmte Kunstdrucke von Salvador Dali. Die Fotos auf ihrem Schreibtisch zeigten verschiedene Studioaufnahmen ihrer zehnjährigen Tochter in immer anderen ausgesuchten Kleidern. Winters betrachtete eines und kam zu dem Schluß, daß das Kind dem Vater ähnlich sehen mußte. Es hatte ein rundes Gesicht und dunkles Haar. Außerdem hatte das Mädchen einen Schmollmund, nicht so schmale Lippen wie ihre Mutter. »Reizendes Kind«, sagte er, nahm ein Foto kurz in die Hand und stellte es dann wieder auf den Schreibtisch zurück.

»Verwöhnt und verzogen«, erwiderte Holly. Sie warf einen kurzen Blick auf die Fotos, dann blickte sie den Detective an. »Ich gebe mehr Geld für ihre Kleider aus als für meine.«

»Was Sie nicht sagen!« antwortete er. Unter dem Minirock blitzten die Beine der Staatsanwältin wie leuchtende Neonbuchstaben hervor, und Winters konnte seinen Blick nicht abwenden. »Warum haben Sie neulich im Gericht dieses lange Kleid getragen?« fragte er. »Verdammt, es ist eine Sünde, solche Beine zu verstecken.«

»Wirklich?« fragte Holly. Sie strich mit der Hand an ihrem Oberschenkel auf und ab, wodurch der Rock noch ein paar Zentimeter weiter nach oben rutschte. Dann saß sie regungslos da, und Winters konnte sich an diesem Anblick nach Herzenslust erfreuen. Schließlich schwang sie die Beine vom Schreibtisch und sah ihn an. »Frank Minor denkt, er kann mir jetzt vorschreiben, was ich anzuziehen habe«, sagte sie und verzog das Gesicht. »Er will, daß ich mein Haar streng nach hinten binde und Omakleider anziehe. Er hat sogar darauf bestanden, daß ich zu einem Altkleiderhändler gehe und mir ein Paar Schnürschuhe kaufe, wie die verdammten Nonnen sie tragen.«

»Warum?« fragte Winters und amüsierte sich über Hollys Zorn. Auch wenn er den Anblick ihrer Beine genoß, glaubte er nicht, daß diese einen ganzen Gerichtssaal aus der Bahn werfen konnten.

»Minor ist ein Schwachkopf!« fauchte Holly.

Winters lachte noch lauter. »Abgesehen davon …«

»Er denkt, daß ich so einen besseren Eindruck bei den Geschworenen hinterlasse«, fuhr sie fort und blickte über seinen Kopf hinweg. »Er möchte, daß ich konservativer auftrete. Weil Stella ebenfalls eine Frau ist und wir früher Freundinnen waren, möchte er vermeiden, daß die Geschworenen denken, das Motiv für ihre strafrechtliche Verfolgung beruhe auf weiblichen Neidgefühlen oder beruflicher Rivalität. Nachdem sich Stella im Pelham-Prozeß einen Namen gemacht hat, wird jedem Staatsanwalt in unserem Land unterstellt, er werde bei ihrem Anblick grün vor Neid.«

»Ich verstehe«, sagte Winters langsam. Holly trug unter ihrem marineblauen Blazer eine Art Top mit spitzem Ausschnitt. Da der Blazer nicht zugeknöpft war und sie sich nach vorn über den Tisch beugte, gelang ihm ein Blick auf die Wölbung ihrer Brüste. Weiche Haut, lüsterne Hügel. Bevor er sein Verlangen unter Kontrolle bringen konnte, stand Holly auf, stellte sich hinter ihn und begann, seinen Nakken und die Schultern zu massieren.

»Tut das gut?« fragte sie und drückte dabei ihre Brust in seinen Rücken.

»Das müssen Sie jetzt noch mindestens anderthalb Stunden weitermachen«, sagte Winters. Er gab sich den Anschein, unbekümmert zu wirken, während sein Herz in seiner Brust einen Steptanz vollführte. Seit über sieben Jahren hatte er keinen Sex mehr gehabt. Bis heute hatte er angenommen, diese Gefühle seien eingeschlafen. Von wegen eingeschlafen, dachte er, während er die Beine zusammenpreßte, damit Holly seine Erektion nicht bemerkte.

Plötzlich zog sie ihre Hände fort und kehrte zu ihrem Schreibtisch zurück. Winters' Glied erschlaffte, und er fragte sich, was er eigentlich erwartet hatte. Er war ein alter Bock und sie eine hübsche junge Frau. Er war nicht so dumm, nicht zu erkennen, wann er um den Finger gewickelt wurde, nun aber war der Ausdruck in Hollys Augen rein geschäftlich. Was auch immer zwischen ihnen passiert war, jetzt war es vorbei. »Ist der Bericht über die Waffe schon da?« fragte er und lockerte seinen Hemdkragen.

»Noch nicht«, sagte sie. »In letzter Zeit wurde das Labor regelrecht mit Arbeit überschuttet, deshalb müssen wir wohl noch warten.«

»Sie werden sowieso nichts finden. Ehrlich gesagt, ist es schon merkwürdig, daß sie die Waffe überhaupt am Tatort zurückgelassen hat. Stella Cataloni ist zu klug, um ihre Fingerabdrücke auf der Mordwaffe zu hinterlassen, also erwarten Sie nicht zuviel von dem Bericht.«

»Vielleicht«, erwiderte Holly und warf die Pizzaschachtel in den Abfalleimer. »Vielleicht aber auch nicht. Sie hat diesen Kerl am hellichten Tag umgelegt. Das ist alles andere als klug, Carl. Zumal sie ihm noch am Vortag vor Zeugen gedroht hat. Wir reden hier von einer verzweifelten, irrational denkenden Frau.«

»Hat sie denn geglaubt, sie kommt damit durch?« fragte Winters.

»Natürlich«, antwortete Holly. »Niemand legt einen um und denkt, er wird geschnappt. Stella war immer anders. Sie war immer hitzig und temperamentvoll, aber gleichzeitig auch irgendwie zurückhaltend, wahrscheinlich wegen der Narben. Seit dem Pelham-Prozeß hat sie allerdings ein riesiges Selbstbewußtsein entwickelt. Ich käme mir wahrscheinlich auch wichtig vor, wenn mich ein so einflußreicher Mann wie Growman im amerikanischen Fernsehen als seine Nachfolgerin präsentieren würde.« Sie lächelte. »Allerdings glaube ich, daß Stella sich diese Aussicht abschminken kann. Ich garantiere Ihnen, daß sie in diesem Land niemals eine Wahl gewinnen wird.«

»Sie könnte rehabilitiert werden.«

»Nicht zu ihren Lebzeiten«, sagte Holly und sah ihm entschlossen in die Augen. »Außerdem spielt das keine

Rolle. Wer einmal so viel Schmutz auf sich geladen hat, kann sich nie wieder reinwaschen.«

»Warum sollte sie jemanden töten, wenn sie einer so rosigen Zukunft entgegensah?« fragte Winters.

Holly warf ihre Hände in die Luft. »Wie zum Teufel soll ich das wissen? Vermutlich dachte sie, daß Growman und seine Leute sie schon heraushauen und uns davon abhalten würden, sie strafrechtlich zu verfolgen.«

»Dann erzählen Sie mir doch jetzt mal, was Sie heute herausgefunden haben.« Er wollte nun dringend ihr Treffen beenden, nach Hause fahren und sich ausruhen. Es war schon nach zehn Uhr abends, und Winters hatte einen anstrengenden Arbeitstag hinter sich.

»In Ordnung«, sagte Holly und erwachte zu neuem Leben. »Ich rief bei Hertz an und fand heraus, daß Stella einen Wagen mietete, auf den Victor Pilgrims Beschreibung paßt. Sie mietete ihn am Tag vor dem Mord und gab ihn wenige Stunden, nachdem sie Randall ausgeknipst hatte, zurück. Ich möchte, daß Sie hinfahren, die Originalrechnung holen und eine Kopie des Abbuchungsauftrags mit ihrer Unterschrift. Dann bringen Sie den Wagen ins Labor und lassen ihn dort auseinandernehmen. Selbst wenn Hertz den Wagen inzwischen an einen anderen Kunden vermietet hat, könnten noch Blutspuren oder etwas anderes Brauchbares zu finden sein. Für die Voruntersuchungen benötigen wir alles, was wir kriegen können.«

»Kein Problem«, antwortete Winters. »Machen wir auch eine Gegenüberstellung, um herauszufinden, ob Pilgrim sie identifizieren kann?«

»Jetzt noch nicht«, sagte Holly. »Er besteht darauf, daß er das Gesicht der Frau nicht gesehen hat. Also wozu dann eine Gegenüberstellung? Wenn er Stella nicht identifiziert, nehmen sie das als Beweis ihrer Unschuld. Wir können uns keinen Fehler leisten.«

»Wenn er weiß, daß es eine Frau war«, dachte Winters

laut, »dann muß er doch auch ihr Gesicht gesehen haben.«

»Nun«, sagte Holly und schnippte eine Heftklammer durch den Raum, »er behauptet aber, er habe das Gesicht nicht gesehen. Was soll ich Ihrer Meinung nach tun, Carl? Soll ich dem Mann auf den Kopf zusagen, er sei ein Lügner? Er ist momentan unser einziger Zeuge. Und außerdem ein Ex-Bulle. Wenn er ›schwarz‹ sagt, dann ist es schwarz.« Sie nahm ein paar Unterlagen zur Hand und las darin. »Er sagte, es sei eine Frau gewesen, weil sie langes Haar hatte. Mehr weiß er nicht. Kennen Sie übrigens diesen Kerl?«

»Ja, aber ich habe ihn schon seit Jahren nicht mehr gesehen. Möchten Sie, daß ich mit ihm spreche und ihn zu einer Gegenüberstellung überrede?«

»Lassen wir das im Moment erst einmal ruhen. Wenn wir ihn jetzt drängen, könnte er kalte Füße bekommen und uns auf dem trockenen sitzen lassen.«

»Ich verstehe nur eines nicht«, sagte der Detective. »Warum haben Sie sich entschlossen, den alten Fall wiederaufzunehmen? Nach Randalls Tod haben Sie keinerlei Beweise.«

»Wer weiß«, erwiderte Holly. »Vielleicht können wir ja noch einen weiteren Zeugen finden. Nicht für die Voruntersuchungen, aber für die Hauptverhandlung.«

»Wen?« fragte Winters. »Alle, die im Haus waren, sind doch tot.«

»Nicht alle«, sagte sie und lächelte verschlagen.

Winters schüttelte den Kopf. »Da komme ich nicht mehr mit.«

»Stellas Bruder ist nicht tot«, erklärte Holly. Sie gab ihm einen Klaps auf den Oberschenkel. »Verdammt, Carl, ich dachte, Sie kennen diesen Fall wie Ihre Westentasche. Unser Mann heißt Mario Cataloni.«

»Niemals«, sagte er. »Das glauben Sie doch nicht einmal im Traum. Er wird niemals seine eigene Schwester belasten. Die beiden stehen sich sehr nahe. Da können Sie jeden fragen.«

»Nun«, entgegnete Holly. »Wir müssen einfach abwarten. Besorgen Sie mir zuerst einmal die Mietwagenrechnung, und weisen Sie Ihre Leute an, das Beweismaterial des alten Falls hervorzukramen. Stella hat heute einen Antrag auf Offenlegung gestellt, und Richterin Maddox hat ihn bereits unterschrieben. Rufen Sie Stella an, und sagen Sie ihr, wir treffen uns morgen um zehn im Polizeirevier, damit sie die Beweismittel selbst in Augenschein nehmen kann.«

»Sind Sie die Beweise schon durchgegangen?« fragte er. »Ich meine, sehen Sie überhaupt eine Chance in der Sache?«

»Natürlich habe ich die Beweise überprüft«, antwortete sie. »Es ist nicht gerade der leichteste Fall, den ich je in Angriff genommen habe, aber auch nicht der schwierigste. Wir wollen, daß Randalls Tonbandaussage als Beweismittel zugelassen wird, das müßte uns schon einige Pluspunkte einbringen.«

»Ist das denn möglich?«

»Ich bin ziemlich sicher, daß Maddox sie als Beweismittel gelten läßt. Wir hätten nur dann ein Problem, wenn der Kerl noch am Leben wäre und wir ihn nicht finden könnten, denn dann würde alles, was wir vorbringen, als Hörensagen eingestuft. Aber da Stella ihn nun weggepustet hat, steht seine Aussage in direktem Zusammenhang mit dem Verbrechen und liefert somit das Motiv.«

»Hört sich gut an«, sagte Winters und stand auf.

»Vergessen Sie nicht, Stella anzurufen«, mahnte Holly.

»Wo hält sie sich denn auf?« fragte er. »Ich kann sie nicht anrufen, wenn ich nicht weiß, wo sie steckt. Soviel ich weiß, ist sie nach Dallas zurückgekehrt. Und ich glaube nicht, daß das Gericht ihr irgendwelche Auflagen gemacht hat.«

»Wo hält sie sich wohl auf? Sie ist natürlich bei Mario.

Hier«, sagte sie, kritzelte eine Nummer auf einen Zettel und reichte ihn Winters.

Winters fragte sich, welchen Trumpf die Staatsanwältin wohl noch im Ärmel hatte. Ein Blick in ihr Gesicht machte ihm jedoch deutlich, daß es keinen Sinn hatte zu fragen. Wenn sie bereit gewesen wäre, es ihm zu verraten, hätte sie es getan. »Es ist schon komisch«, sagte er und rieb sein Kinn, »ich dachte, Sie und Stella wären dicke Freundinnen. Ich hätte mir niemals träumen lassen, daß Sie bereit wären, sie vor Gericht zu bringen. So hatten Sie sich doch ausgedrückt, als ich Sie zum erstenmal bat, den Fall wiederaufzunehmen? Sie sagten, diese Frau könne unmöglich schuldig sein, weil sie Ihre Freundin sei.«

Holly hatte ihre Beine wieder auf den Schreibtisch gelegt. Sie drehte ihren Hals, um ihn ansehen zu können. »Ich habe nur die Freunde, die ich haben muß«, sagte sie. »Ich dachte, Sie wüßten das, Carl?«

Nach einem Bad in den kalten blauen Augen von Holly Oppenheimer würde Carl Winters zu Hause keine kalte Dusche mehr brauchen. Er kam zu dem Schluß, daß die Frauen von heute einfach nicht mehr so waren wie früher, tippte an seinen Stetson und verließ das Büro.

KAPITEL 9

Als Stella am nächsten Morgen aufstand, hoffte sie, daß Mario zurückgekommen war. Da sie ein paar Zigarettenstummel im Aschenbecher bemerkte, der am Abend zuvor noch sauber gewesen war, vermutete sie, daß er irgendwann in der Nacht nach Hause gekommen und vor ihrem Aufwachen wieder fortgegangen war. Stella war tief besorgt. Wie alle Geschwister hatten auch sie im Verlauf der Jahre so manche Auseinandersetzung gehabt, aber sie waren sich nie lange böse gewesen. Hatte sie einen Fehler gemacht? Hatte sie ihn fälschlicherweise beschuldigt? Da sie begann, ihren Onkel in einem anderen Licht zu sehen, fühlte sie sich wegen ihres Verhaltens gegenüber Mario zunehmend schuldig. Seinen Drogenkonsum konnte sie jedoch nicht auf sich beruhen lassen, und darum hatte sie beschlossen, in seinem Apartment zu bleiben. Wenn er zurückkehrte, wollte sie versuchen, ihn zu einer Therapie zu überreden.

Während sie in der Küche Kaffee kochte, rief Brenda Anderson an. »Ich gehe mit dir zur Polizei«, sagte sie.

»Gut«, erwiderte Stella. Sie hatte den Telefonhörer zwischen Ohr und Schulter eingeklemmt, während sie Wasser in die Glaskanne füllte. »Aber warum? Ich meine, du könntest deine Zeit eigentlich besser nutzen. Hast du dir schon Gedanken gemacht, wie du an Randalls Frau herankommen kannst?«

»Noch nicht«, sagte Anderson. »Hör zu, Stella, ich habe letzte Nacht kaum geschlafen. Ich habe viel nachgedacht, und ich glaube, ich habe eine gute Idee.«

»Welche denn?« fragte Stella und stellte die gläserne Kanne ab.

»Du wolltest doch die Feuernacht rekonstruieren, stimmt's?«

»Ja«, sagte Stella.

»Hast du schon einmal von CAD gehört, einer computergestützten Aufklärungstechnologie? Damals gab es dieses Verfahren noch nicht, aber heute können wir damit arbeiten und es vielleicht zu unserem Vorteil nutzen. Es wurde vor Gericht bereits zur Rekonstruktion von Verbrechen genutzt. Manche Leute nennen es auch Gerichtsanimation.«

»Ich glaube schon«, sagte Stella. »Vor kurzem wurde dieses Verfahren bei einem Fall in San Francisco angewendet.«

»Stimmt«, antwortete Anderson. »Aber es wurde auch schon in anderen Fällen genutzt. Die Anwendung ist nicht einfach und sehr zeitaufwendig, Stella. Ich muß eine Computerfirma damit beauftragen, aber ich denke, ich kann Growman überreden, die Rechnung zunächst einmal aus dem Staatsfonds zu begleichen. Du müßtest das Geld dann später zurückzahlen.«

»Erklär mir bitte, wie es funktioniert«, forderte Stella sie auf und zog sich einen Stuhl an den Tisch.

»Zunächst einmal«, begann Anderson, »müssen wir euer altes Haus maßstabsgetreu rekonstruieren, die Dimensionen müssen unbedingt stimmen. Das heißt, ich muß irgendwie an die Baupläne kommen. Mit etwas Glück mußten vor dem Bau des Hauses die Entwürfe des Architekten eingereicht werden, oder zumindest ein genauer

Grundrißplan. Ist so etwas nicht erforderlich, wenn man eine Baugenehmigung von der Stadt bekommen will?«

»Mein Vater war Gebäudeprüfer«, sagte Stella. »Er hat das Haus selbst gebaut. Ich bin sicher, daß die Pläne bei der Stadtverwaltung vorliegen. In solchen Dingen war er peinlichst genau.«

»Gut«, sagte Anderson. »Wenn wir die Plandaten in den Computer eingegeben haben, nehmen wir alle Beweise und beauftragen ein unabhängiges Labor mit deren Überprüfung. Das Labor macht sozusagen eine Bestandsaufnahme und teilt uns die Grundvoraussetzungen mit, von denen wir ausgehen können. Diese Informationen werden dann ebenfalls in den Computer eingegeben. Wir zeigen also dem Gericht das Haus, die Menschen, die sich darin befanden, als das Feuer ausbrach, und rekonstruieren schließlich das Verbrechen selbst. Dann stellt sich heraus, ob Randalls Aussage der Wahrheit entspricht. Wenn nämlich das Verbrechen nicht so abgelaufen sein kann, wie Randall es beschrieben hat, bist du rehabilitiert.« Sie hielt inne, um Luft zu holen. »Und das gilt nicht nur für diesen Fall, Stella, sondern auch für den Randall-Mord. Wenn wir beweisen können, daß er gelogen hat, daß Randall selbst der Schuldige ist, dann entfällt auch das dir von der Staatsanwaltschaft unterstellte Mordmotiv.«

»Einen Moment mal«, sagte Stella. Ihre Gedanken überschlugen sich. »Wie kann das Feuer rekonstruiert werden? Es handelt sich doch um ein Computerprogramm, nicht wahr?«

»Ja«, erwiderte Anderson. »Aber du mußt dir das einmal anschauen, Stella. Es ist sehr realistisch. Wir rekonstruieren nicht nur die Menschen, die sich in der Nacht im Haus befanden, sondern auch den größten Teil der Möbel. Dafür brauchen wir alte Fotos, wenn wir welche finden können, und natürlich Informationen von dir und deinem Bruder Mario.«

»All unsere Fotos sind in jener Nacht verbrannt«, sagte Stella. »Der einzige, der noch Fotos von meinen Eltern und dem Haus haben könnte, ist mein Onkel. Aber der wird nicht mit uns zusammenarbeiten wollen.«

»Dann bekommt er eben eine Vorladung unter Strafandrohung«, schlug die Ermittlerin vor.

»Das könnte funktionieren«, meinte Stella.

»Wir brauchen die exakte Körpergröße und das Gewicht aller beteiligten Personen«, fuhr Anderson fort. »Wenn wir den Schauplatz und die Akteure im Computer haben, starten wir die Animation und rekonstruieren das Feuer. Wir beginnen mit dem computeranimierten Feuer an der Stelle, den die Brandstiftungsexperten als Ursprung des Brandes festgelegt haben. Dann geben wir alle nur erdenklichen Feuerarten in den Computer ein sowie die Materialien, die sich im Inneren des Hauses befanden. Auf diese Weise können wir vorhersagen, wie sich das Feuer ausbreitete und welcher Teil des Hauses jeweils als nächstes in Flammen aufging. Wir sollten in der Lage sein zu bestimmen, wo die Menschen zu Boden gestürzt sind, wer von deinen Eltern zuerst starb und wo du und Mario euch befandet. Dann können wir auch erklären, woher deine Verbrennungen stammen. Verstehst du?« fragte sie. »Es wird so echt sein, als würdest du diese Nacht noch einmal durchleben. Und am Ende kennen wir endlich die Wahrheit.«

»Bist du sicher, daß das klappt?« fragte Stella und drehte ein Küchentuch in ihrer Hand hin und her. So viele Jahre lang hatte sie die Wahrheit herbeigesehnt. War es tatsächlich möglich, den genauen Ablauf der Ereignisse zu rekonstruieren?

»Es gibt keinen Grund für die Annahme, daß es nicht klappt«, entgegnete Anderson. »Deshalb möchte ich auch mit dir zur Polizei gehen, mir die Beweise ansehen und Fotos machen. Wenn wir diese Methode anwenden wollen,

Stella, dann müssen wir sofort damit beginnen, sonst werden wir niemals rechtzeitig fertig.«

»Wir treffen uns pünktlich um zehn auf dem Polizeirevier«, sagte Stella. Sie warf einen Blick auf die Uhr und sah, daß es schon nach neun war. »Ich springe sofort unter die Dusche.«

Brenda Anderson erschien mit streng nach hinten gebundenem Haar im Police Department Houston. Sie trug einen konservativen, maßgeschneiderten beigen Hosenanzug. Stella tauchte kurze Zeit später auf und traf vor dem Asservatenlager auch auf Holly und Detective Winters, die mit Anderson zusammen warteten.

»Sie haben Glück«, sagte der Polizist zu Stella, als sie an seinen Schalter trat und die gerichtliche Anordnung vorzeigte. »Winters da drüben hat beinahe jeden Mist, der damals in dem Haus noch aufzufinden war, herangeschleppt. Seit Jahren versuche ich schon, das Zeug loszuwerden. Wenn ich auch nur eine Kiste an eine andere Stelle bewege, bekommt er schon einen Anfall. Wissen Sie eigentlich, wieviel Platz das Zeug einnimmt?«

»Können Sie es uns in einen anderen Raum bringen«, bat Anderson. Sie wollte die Beweismittel lieber mit Stella allein sichten, ohne daß Holly und Winters ihnen dauernd über die Schultern lugten.

»Es würde mindestens eine Woche dauern, das Zeug in einen anderen Raum zu bringen«, protestierte der Beamte. »Keine Chance! Sie müssen Ihre Arbeit schon hier erledigen. Ich habe keine Lust, mir das Kreuz zu brechen. Wenn Sie es woanders haben wollen, müssen Sie sich jemanden suchen, der Ihnen hilft.«

Anderson lächelte ihn an. »Ach, kommen Sie schon«, sagte sie, »seien Sie kein Spielverderber. So viel kann das doch gar nicht sein.«

»Sie verstehen wohl nicht richtig, Lady«, entgegnete er

und runzelte die Stirn. »Dieses Revier hat mehr arbeitsunfähige Leute zu bezahlen als jedes andere in Texas. Verdammt noch mal, der Stadtdirektor hat uns neulich mitgeteilt, der Rentenfonds sei fast leer. Man ruiniert sich hier drin seinen Rücken und steht danach auf dem Schlauch. Verstehen Sie, was ich meine?«

»Gut, dann muß es eben so gehen«, erwiderte Anderson. Als sie Stella ansah, bemerkte sie deren erregten Gesichtsausdruck. »Was ist los?« flüsterte Anderson. »Habe ich etwas übersehen?« Stella schüttelte den Kopf. Irgend etwas spukte ihr im Kopf herum, aber im Moment war ihr noch nicht klar, ob es sie auf eine Spur führen würde.

Der Beamte führte sie in den hinteren Teil des großen Lagers, das bis zur Decke mit Kartons und Säcken voller Beweismaterial zugestopft war. Alles war genau katalogisiert und numeriert. Winters und Holly folgten ihnen und sahen zu, wie Anderson und Stella die Kartons öffneten und die einzelnen Teile betrachteten.

Zunächst sah es so aus, als befände sich dort nichts als altes, verbranntes Gerümpel, aber Stella wurde sehr bald bewußt, daß sie hier die Einzelteile ihres Familienlebens in Händen hielt. Sie zog eine Plastiktüte hervor, die einen Tonka-Lastwagen aus Metall enthielt. Er hatte Mario gehört. Sie mußte gegen Tränen ankämpfen, während sie das kleine Spielzeug in der Hand drehte und durch die Plastikfolie hindurch anstarrte. Dann entdeckte sie etwas, das wie ein über einem Lagerfeuer geröstetes Honigkuchenstück aussah. Sie erkannte, daß es sich um die Gummispitze von einem ihrer Marschierstäbe handelte. Sie erinnerte sich, wie sie immer in ihrer kurzen Uniform im Takt der Kapelle über das Football-Feld marschiert war, die Stäbe in die Luft geworfen und gebetet hatte, daß sie sie auch wieder auffangen würde. Ihre Hand ballte sich zur Faust, und ihre Fingernägel bohrten sich in ihre Handfläche. Die Zeiten, als sie noch ihre Beine hatte herzeigen können, waren vorbei. Sie blickte auf Hollys kurzen Rock und hörte, wie sie über einen Witz von Winters lachte.

Unvermittelt bekam Stella einen Wutanfall. »Wie konntest du mir das nur antun?« schrie sie. »Ich dachte, wir wären Freundinnen. Wenn du so deine Freunde behandelst, dann bin ich allerdings froh, nicht deine Feindin zu sein.«

»Du wirkst aber nicht gerade leidend«, entgegnete Holly und verschränkte die Arme vor der Brust. »Du hast die Kaution gestellt. Du sitzt nicht im Gefängnis. Wie kommt das? Hat Growman das Geld für dich lockergemacht?« Sie ging auf Stella zu. »Bist du jetzt sein kleines Spielzeug, Stella? Ich habe euch im Fernsehen gesehen, wie ihr euch angesehen habt, wie du seine Hand gedrückt hast. Erzähl mir nicht, daß du nicht mit ihm ins Bett gehst. Ich weiß doch Bescheid. Hast du ihn so dazu gebracht, dich zu seiner Nachfolgerin zu küren?«

Stella ließ den Plastikbeutel fallen, in dem sich das verkohlte Stück Gummi von ihrem Stab befand. »Ist das der Grund, weshalb du mir das antust? Weil du denkst, ich hätte eine Affäre mit Growman?« Sam hatte sich ähnlich ausgedrückt, und Stella fand das erstaunlich. »Ich gehe nicht mit ihm ins Bett«, sagte sie. »Du bist nur immer noch verbittert, weil Growman dich zurückversetzt und gezwungen hat zu kündigen. Glaubst du nicht, es ist allmählich an der Zeit, die Sache zu vergessen?«

»Du hast verdammt recht, ich bin verbittert«, brach es aus Holly hervor. »Wäre es mit rechten Dingen zugegangen, dann wäre ich jetzt an deiner Stelle.«

Stella lachte. »Ich hätte nichts dagegen, mit dir zu tauschen.«

»Ich meine nicht jetzt im Moment«, schnaubte Holly, die erkannte, wie dumm sich ihre Bemerkung angehört hatte. »Ach, vergiß es einfach. Wühl dich durch deine blöden Beweise. Ich muß ins Büro zurück.«

Nachdem Holly an ihr vorbeimarschiert war, begann

Stella, die Teile mit der Inventarliste zu vergleichen. Sie wollte sichergehen, daß alles ordentlich vermerkt war. Ein paar Augenblicke später erschien Anderson neben ihr. »Sieh dir das an«, forderte sie Stella auf. »Ich habe keine Ahnung, was das sein könnte, und auf dem Beutel steht nicht, woher es stammt.«

Stella blickte auf etwas in Andersons Hand, das wie geschmolzene Metallspäne aussah. Sie wandte sich an Winters. »Wissen Sie etwas darüber?«

»Ich weiß, wo das Zeug gefunden wurde«, sagte er. »Aber das Labor hat es nie identifiziert. Es könnte alles sein, verstehen Sie. Wenn etwas so sehr zusammengeschmolzen ist, kann man nicht mehr bestimmen, was es war.«

»Wo hat man es gefunden?« fragte Anderson.

»Im Erdgeschoß«, sagte Winters. »Oder zumindest nehmen wir das an. Da der erste Stock zusammenstürzte, ist das schwer auszumachen.«

Anderson beschloß, die Liste später noch einmal mit größerer Sorgfalt durchzugehen. Sie verteilte alle Beweisstücke auf dem Boden und machte Aufnahmen von ihnen. Als sie fertig war, half sie dem Beamten, die Beweise wieder in die richtigen Säcke und Kartons zu verteilen.

Sie machte Stella ein Zeichen, gemeinsam verließen sie die Asservatenkammer und gingen wortlos hinter dem Detective her. »Warum warst du so sehr an diesen kleinen Metallteilen interessiert?« fragte Stella, als sie auf den Eingangsstufen vor dem Gebäude standen. Die Sommersonne brannte auf sie herab, und es war schon wieder heiß wie in einem Backofen. »Sie waren so winzig, was könnte an ihnen wichtig sein?«

Anderson nahm die Filmkassette aus der Kamera und steckte sie in ihre Tasche. Sie wollte den Film sofort entwickeln lassen. »Manchmal sind es eben die kleinen Dinge«, sagte sie lächelnd. »Du hast doch in jener Nacht ein metallisches Geräusch gehört, nicht wahr?«

»Richtig«, bestätigte Stella. »Und was wir da gerade gesehen haben, ist aus Metall.«

»Ja, ursprünglich war es das zumindest einmal«, sagte Anderson. »Wir müssen das Puzzle jetzt nur noch zusammensetzen.«

Sie trennten sich und gingen in verschiedene Richtungen davon, nachdem sie sich im T.G.I.F.'s-Restaurant unweit von Marios Apartment zum Abendessen verabredet hatten. Das Restaurant war einer von Marios Lieblingsschlupfwinkeln, und Stella hoffte, ihn dort anzutreffen.

Um sieben Uhr abends war Stella gerade dabei aufzubrechen, um sich mit Anderson zu treffen. Doch an der Tür zögerte sie, plötzlich rasend vor Sorge um Mario. Sie ging zum Telefon, rief im Hotel an und bat Anderson, im Computer nachzusehen, ob ihr Bruder verhaftet worden sei. »Kein Problem«, sagte die Ermittlerin und fragte Stella nach seinem Geburtsdatum, während sie eine Online-Verbindung zum Computersystem in Houston herstellte. »Oje«, tönte es wenige Augenblicke später durch die Leitung.

»Verdammt!« Stella verzog das Gesicht. »Ich wußte es! Er sitzt im Gefängnis, stimmt's?«

»Nein«, sagte Anderson. »Warte einen Moment, ich muß noch eine andere Datei öffnen. Momentan ist er nicht im Gefängnis, aber vor sechs Wochen wurde er wegen unerlaubten Drogenbesitzes verhaftet. Kokain. Hier ist lediglich seine Festnahme vermerkt, aber keine richterliche Verfügung aufgeführt.«

»Heißt das, es handelt sich um ein noch schwebendes Verfahren?« fragte Stella und hielt eine Hand gegen ihre Brust gedrückt. »Wenn er verurteilt wird, muß er ins Gefängnis.« Vor ihrem geistigen Auge vervielfachten sich ihre Probleme. Sie hatte kein Geld, um sich selbst einen Anwalt zu besorgen, geschweige denn für ihren Bruder.

»Entweder das«, sagte Anderson, »oder die Staatsanwaltschaft hat den Fall nicht weiter verfolgt. Vielleicht haben sie das Verfahren eingestellt, weil die Überprüfung des Stoffs, den er bei sich hatte, ergab, daß es sich nicht um Kokain handelte. Das kommt schon mal vor.«

»Wir müssen herausfinden, welcher Staatsanwalt dafür zuständig war«, sagte Stella. Sie wollte Brenda nicht erzählen, was sie in Marios Dunkelkammer gefunden hatte. »Kannst du dich mit deinem Freund in Verbindung setzen? Du weißt schon, mit deinem hiesigen Kontaktmann?«

»Wenn ich mich beeile«, war die Antwort, »könnte ich ihn noch im Büro erwischen.«

»Ja, bitte«, bat Stella. »Ich muß wissen, was mit meinem Bruder los ist. Du denkst vielleicht, das hat nichts mit Randalls Tod zu tun, Brenda, aber möglicherweise gibt es trotzdem eine Verbindung.«

»Dann warte im Restaurant auf mich. Ich rufe ihn sofort an.«

Das beliebte Restaurant war überfüllt, und zudem herrschte ohrenbetäubender Lärm. Alle schienen gleichzeitig zu reden, Teller klapperten, Gläser klirrten, und die Musik dröhnte. Stella sah sich um und verzog beim Anblick der überfüllten Bar das Gesicht. Die Bar befand sich auf einem höher gelegenen Podest, von wo aus man den Eßbereich überblicken konnte. Sie haßte solche Lokale, ihr Bruder besuchte sie jedoch regelmäßig. Er hatte ihr mehr als einmal erzählt, gerade dieses Restaurant sei ein idealer Ort, um Frauen kennenzulernen.

Stella schob und drängelte sich bis zur Bar durch und bestellte bei der Bedienung, einer großen Brünetten mit kräftiger Figur und sehnigen, muskulösen Armen, einen Gin Tonic. In dem Restaurant ging es zu wie im Karneval: Die Angestellten trugen Hemden wie Ringrichter, Hosenträger mit unzähligen Stickern, Shorts und Kniestrümpfe.

»Hey, Sie sind doch diese Staatsanwältin«, sagte die Barkeeperin laut. »Ich habe heute morgen Ihr Foto in der Zeitung gesehen. Haben Sie nicht gerade eine Menge Schwierigkeiten?«

»Ja«, antwortete Stella und wünschte sich, im Boden versinken zu können. Sie blickte über ihre Schulter und bemerkte einen Mann, der sie anstarrte, als erkenne auch er sie wieder.

Nachdem die Frau ihr den Drink gebracht hatte, zog Stella ein paar Geldscheine aus ihrem Portemonnaie, legte sie auf die Theke und verschwand rasch in der Menge. Diese Lektion hatte sie gelernt. Ab morgen würde es fürs erste keine Abendessen in Restaurants mehr geben. Mario war nicht hier, und sobald Anderson auftauchte, würde Stella vorschlagen, daß sie sich etwas zu essen kauften und ins Apartment mitnähmen oder den Zimmerservice in Andersons Hotel bemühten.

Sie hielt nach einem freien Tisch Ausschau. In der Nähe der Bar gab es keine Sitzgelegenheiten, nur ein paar Stehtische, auf denen die Gäste ihre Drinks abstellen konnten. Stella hatte eine Kellnerin gebeten, ihr einen Tisch im Eßbereich zu beschaffen, aber das Mädchen hatte sich geweigert. Offensichtlich gab es eine Regel, daß man erst dann einen Tisch bekam, wenn alle zu einer Gruppe gehörigen Gäste eingetroffen waren. So blieb Stella nichts anderes übrig, als in der Nähe der Bar zu warten.

Da es auch keinen freien Stehtisch gab, drängte sie sich schließlich zum äußersten Ende der Bar durch und stellte sich an das Geländer am Podestrand, von wo aus sie den Eingang im Auge behalten konnte. Eine halbe Stunde verging, doch Anderson war immer noch nicht aufgetaucht. Stella hatte ihren Drink geleert, aber nicht die Absicht, noch einen zweiten zu bestellen. In ihrem langen, mit Blumen gemusterten Rock und dem dünnen Stricktop stand sie eingekeilt zwischen zwei Männern in Geschäftsanzügen. Sie ging sonst nie allein in Bars und kam sich unsicher und töricht vor. Was zog die Menschen nur an einen Ort wie diesen, wo man wie die Ölsardinen Seite an Seite zusammengedrängt war?

»Wie geht's euch denn so, Jungs?« trällerte Holly und schlüpfte zwischen Stella und die beiden Männer. Schwungvoll stellte sie ihre Bierflasche auf den Tisch. »Habt ihr schon meine Freundin hier kennengelernt?« fragte sie und deutete mit dem Kopf auf Stella.

Stella war wie vom Donner gerührt. »Was tust du denn hier?«

»Das ist schließlich meine Stadt«, sagte Holly mit gesenkter Stimme. »Diese Frage müßte ich eigentlich dir stellen.«

Stella versuchte, sich einen Weg durch die Leute zu bahnen, aber Holly packte ihren Arm und zog sie an den Tisch zurück. »Nun komm schon, Stella«, sagte sie. »Lauf doch nicht weg. Bleib noch etwas hier. Wir reden ein bißchen, ja? Ich könnte dir vielleicht aus deinen Schwierigkeiten helfen, mich an Minor wenden und etwas in die Wege leiten. Warum willst du dir eine Verhandlung zumuten?«

»Laß mich los!« forderte Stella entschieden. »Ich habe nichts mit dir zu besprechen.«

»Ich glaube, das ist nicht ganz richtig«, erwiderte Holly und trank einen Schluck Bier. »Hast du nicht ein paar brennende Fragen zu den illegalen Aktivitäten deines Bruders? Ich dachte, du wärst an Marios Gesetzeskonflikt interessiert.«

»Was willst du damit sagen?«

»Was willst du denn wissen?« erwiderte Holly.

Stella blickte über Hollys Kopf und sah, wie sich Brenda Anderson durch die Menschenmenge auf sie zu bewegte. Ohne den Blick von den Männern abzuwenden, beugte sich Holly zu Stella vor und flüsterte: »Der Kleinere sieht gar nicht so übel aus. Was meinst du? Soll ich mich an ihn ranmachen?«

Stella zog hastig ihren Kopf zurück, da erschien Anderson auch schon am Tisch. »Sie war die zuständige Staatsanwältin im Fall deines Bruders«, sagte die Ermittlerin und zeigte mit dem Finger auf Holly. »Weißt du, was sie vorhaben, Stella? Sie halten deinem Bruder die Anklage unter die Nase und versuchen, ihn dazu zu bringen, im Mordfall deiner Eltern für die Staatsanwaltschaft, das heißt also gegen dich, auszusagen. Die Polizei hat ihn wegen einfachen Drogenbesitzes festgenommen, aber er hatte soviel Koks bei sich, daß man ihn auch als Dealer drankriegen kann. Dann droht deinem Bruder eine Zuchthausstrafe, nicht einfach nur Gefängnis.«

»Nicht, wenn er mit uns zusammenarbeitet«, sagte Holly und fuhr sich mit der Zunge über ihre Unterlippe. »Was glaubst du, wofür er sich entscheidet, Stella? Für seinen Hals oder für deinen?« Sie ließ die Frage im Raum stehen, verließ den Tisch und verschwand in der Menge.

Reglos versuchte Stella, das Gehörte zu verdauen. Anderson winkte einer Kellnerin und bestellte zwei Drinks für sie. »Tut mir leid, daß es so gekommen ist«, sagte sie. »Es ist meine Schuld. Mein Bekannter ist ein Schwein. Wahrscheinlich habe ich das schon immer geahnt und mich deshalb geweigert, mit ihm zu schlafen.«

»Hast du ihm gesagt, daß du mich hier treffen würdest?«

»Ja«, antwortete Anderson und sah fort. »Ich habe nicht damit gerechnet, daß er gleich zu Oppenheimer rennen würde. Offensichtlich bin ich keine so gute Menschenkennerin.« Sie sah Stella an. »Ich fühle mich schrecklich. Auf dem Weg hierher bin ich auch noch falsch abgebogen, sonst wäre ich früher hier gewesen.«

»Was soll ich jetzt nur tun?« fragte Stella mit verwirrtem Gesichtsausdruck. »Holly wußte es schon die ganze Zeit, nicht wahr? Mario war der Trumpf, den sie im Ärmel hatte.«

»Sieht ganz so aus«, stimmte Anderson zu. »Wenn dein

Bruder auf diesen Handel eingeht ...« Sie brach ab und sah sich nach der Kellnerin um. »Ist das vielleicht ein Irrenhaus hier. Warte, ich hole unsere Drinks an der Bar.«

»Ich möchte nicht mehr hierbleiben«, wandte Stella ein.

»Wir gehen ja gleich«, beruhigte Anderson sie. »Aber laß uns erst noch ein Glas trinken. Ich glaube, das können wir beide gebrauchen.«

Stella trat an das Geländer zurück. Anderson schien bereits eine Ewigkeit fort, und sie war nahe daran, sie zu suchen und ihr zu sagen, sie solle die Drinks vergessen. Plötzlich spürte sie einen stechenden Schmerz an ihren Waden, und im nächsten Augenblick stieg ihr der unverwechselbare Geruch von Rauch in die Nase. »Hilfe!« kreischte sie und schlug wild mit den Händen nach ihren Schenkeln. »Mein Rock brennt!«

Stellas Augen waren vor Entsetzen weit aufgerissen. Sie war zwischen Tisch und Geländer gefangen. Mit aller Kraft stieß sie gegen den Tisch, so daß er nach vorn gegen die Rücken der beiden Männer kippte. »Ich brenne!« schrie Stella erneut. »O Gott, Hilfe! Ich brenne!«

»Mist!« rief Anderson. Sie sah den Tumult und Stella, die versuchte, über den umgefallenen Tisch zu steigen. Rings um ihre Freundin stieg Rauch auf, und der Saum ihres Rocks stand in hellen Flammen. Brenda hatte keine Zeit nachzudenken. Sie rannte auf Stella zu und goß ihr den Drink über den Rock. »Was, zum Teu...« Dann erkannte sie, daß der Stoff immer noch brannte. Da alle anderen Gläser zu Boden gestürzt waren, als Stella den Tisch umgeworfen hatte, mußte sie etwas anderes finden, womit sie das Feuer löschen konnte.

Mit weit aufgerissenen Augen und völlig panisch rannte Stella in der Menschenmenge umher, stolperte über ein Paar Füße und fiel kopfüber vor der Bar auf den Boden. »Löscht die Flammen!« kreischte sie wie von Sinnen. »O Gott, bitte, löscht doch endlich die Flammen!« Sie rollte weinend über den Boden und schlug mit den Handflächen auf den brennenden Stoff in dem verzweifelten Versuch, die Flammen zu löschen. Die Leute starrten sie an, aber niemand tat etwas.

Anderson rammte mit den Schultern Leute zur Seite. Dann sprang sie auf die Theke, ergriff den Sodaschlauch, mit dem die Barkeeper die Drinks zubereiteten, und spritzte so lange Sodawasser über Stella, bis die Flammen gelöscht waren. »Wie ist das passiert?« fragte sie und fiel neben Stella auf die Knie.

»Ich weiß es nicht«, sagte Stella schluchzend. Sie bedeckte ihr Gesicht mit den Händen. »Ich habe einfach nur dort gestanden, und dann brannte mein Rock.«

»Laß mich einmal nachsehen, wie schlimm es ist.« Anderson griff nach dem versengten Saum von Stellas Rock.

Stella packte ihre Hand und stieß sie fort. »Nicht anfassen! Bitte, Brenda, du reißt mir mit dem Stoff die Haut ab!«

Die Leute standen nun im Kreis um sie herum, und Anderson fühlte sich zwischen all den Beinen in ihrer Bewegung zu sehr eingeschränkt. Sie zog ihre Marke aus der Tasche und ließ sie aufblitzen. »Zurücktreten!« schrie sie. »Das ist eine polizeiliche Anordnung!« Als die Leute ein paar Schritte zurückgewichen waren, beugte sie sich wieder über Stella und sagte: »Ich muß wissen, ob wir einen Krankenwagen rufen müssen. Bitte, Stella, laß mich deine Beine ansehen.«

»Nein!« flehte Stella mit vor Angst geweiteten Augen. »Ich habe schwere Verbrennungen erlitten. Ich weiß es. Ich spüre es. Was ist, wenn meine Beine amputiert werden müssen? O Gott, ich habe so fürchterliche Angst!« Sie zerquetschte fast die Hand der Ermittlerin.

»Dein Rock ist irgendwie durch das Geländer geraten«, erklärte Anderson mit sanfter und beruhigender Stimme. »Am Tisch unter dir hat jemand eine Zigarette geraucht und damit versehentlich deinen Rock angezündet. Wegen dieser Stoffsorte hat es in letzter Zeit mehrere Prozesse gegeben. Das Material ist zu leicht entflammbar.« Sie wartete, bis Stellas Atem ein wenig langsamer ging. Dann hob sie, ohne zuvor zu fragen, sanft den Saum ihres Rocks und spähte darunter. »Siehst du, Stella«, sagte sie erleichtert. »Es ist kaum schlimmer als ein böser Sonnenbrand. Du wirst morgen vielleicht ein paar Blasen haben, aber mehr nicht.«

»Bist du sicher?« fragte Stella mit zitternder Stimme. »Lüg mich nicht an, Brenda, bitte, wenn es schlimm ist ...«

»Mein Ehrenwort«, sagte Anderson und zog Stella an der Hand. »Komm, laß uns hier verschwinden.« Als Stella auf den Beinen war, legte die Ermittlerin ihr den Arm um die Taille und führte sie die Stufen zur Restaurantebene hinunter. Ihr Blick fiel auf den leeren Tisch, direkt an der Stelle, wo Stella eine Etage darüber am Geländer gelehnt hatte. Sie hielt eine Kellnerin an und fragte: »Können Sie sich erinnern, wer vor ein paar Minuten an diesem Tisch gesessen hat?«

»Niemand«, sagte das Mädchen. »Er ist nicht gedeckt. Auf dem Tisch bewahren wir immer die Rechnungen für die anderen Tische auf.«

»Sie haben nicht zufällig eine blonde Frau dort bemerkt?« fragte Anderson und musterte die Gesichter der Leute, die an den umstehenden Tischen auf der unteren Ebene saßen. »Sie war an der Bar, und wir dachten, sie sei gegangen. Ist es möglich, daß sie statt dessen an einem Tisch hier unten gesessen hat?«

»Könnte sein«, antwortete das Mädchen. »Ich habe sie aber nicht gesehen.«

Brenda Anderson ging mit Stella im Arm weiter, bis sie draußen vor dem Restaurant standen. »Houston ist ganz sicher nicht meine Lieblingsstadt«, sagte sie, während sie ein wenig in sich zusammensackte.

»Du glaubst, Holly steckt dahinter, nicht wahr?«

»Ich weiß es wirklich nicht«, antwortete Brenda schulterzuckend. »Sie ist eine verdammte Hexe, aber daß sie soweit gehen würde, deinen Rock in Flammen zu setzen, kann ich mir nicht vorstellen. Nicht einmal ihr würde ich so etwas Niederträchtiges zutrauen. Wie gesagt, es war wahrscheinlich ein Unfall.«

»Sollen wir Anzeige erstatten?« fragte Stella.

»Das könnten wir tun«, sagte Anderson. »Ich glaube allerdings, es wäre reine Zeitverschwendung. Das bringt nichts, Stella. Man könnte nach Fingerabdrücken auf dem Tisch suchen, aber wahrscheinlich haben heute schon Dutzende Leute an diesem Tisch gesessen. Wie sollen wir da einen Satz Fingerabdrücke vom anderen unterscheiden?«

»Vielleicht war es Mario«, dachte Stella laut. »Er kam herein, sah mich und wurde wütend, weil ich ihm in seinem Lieblingsrestaurant nachspioniere.«

Anderson neigte ihren Kopf zur Seite. »Glaubst du wirklich, er könnte so etwas tun? Nur weil du ihn suchst? Überleg doch mal, was du da sagst, Stella!«

»Menschen, die Drogen genommen haben, handeln irrational. Hast du übrigens etwas über die Stewardeß herausgefunden?«

»Ich vermute, du hast mir den falschen Namen gegeben«, erwiderte Anderson. »Die koreanische Fluggesellschaft beschäftigt niemanden mit diesem Namen, Stella.«

»Komm, wir gehen zu Mario und sehen nach, ob ihr Name und ihre Telefonnummer in seinem Adreßbuch stehen. Ich glaube, ich habe das kleine Buch heute morgen in seinem Schlafzimmer gesehen.«

»Du machst dir wegen Randalls Tod Sorgen, nicht wahr? Du glaubst, dein Bruder könnte ihn erschossen haben, um dich zu schützen.«

»Alles ist möglich«, stellte Stella fest und zuckte die Achseln. »Denk nur an das, was eben geschehen ist. Glaubst du wirklich, das war ein Unfall?«

Anderson schüttelte den Kopf. »Das war kein Unfall, sondern Absicht.« Sie sah Stella in die Augen. »Wovor hast du am meisten Angst? Was verabscheust du am meisten?«

»Feuer«, antwortete Stella, ohne auch nur eine Sekunde zu zögern. »Du glaubst, daß mir jemand Angst einjagen, mir so zusetzen wollte, daß ich aufgebe? Aber warum? Weil wir in dem Beweismaterial des alten Feuerfalls herumgestöbert haben?«

»Genau deswegen«, entgegnete Anderson. »Ich habe dir schon einmal gesagt, daß alles, was im Leben passiert, einen Grund hat. Jetzt sind wir wenigstens schlauer als vorher.«

»Wie meinst du das?« fragte Stella und umschlang ihren Oberkörper mit den Armen. »Spielst du auf das an, was wir über Mario herausgefunden haben?«

»Nein«, sagte Anderson und beobachtete systematisch die Autos auf dem Parkplatz. »Wir müssen schon nahe dran sein, Stella. Wenn jemand so kopflos handelt, dann ist das ein Zeichen dafür, daß man auf der richtigen Fährte ist.«

»Auf der richtigen Fährte?« fragte Stella. »Und was sollen wir jetzt tun?«

»Noch schneller arbeiten«, sagte Anderson.

KAPITEL 10

Sobald sie in Marios Apartment ankamen, ging Stella ins Schlafzimmer ihres Bruders und nahm dort sein Adreßbuch vom Nachttisch. »Welchen Namen hatte ich dir genannt?« rief sie Anderson zu, die im Wohnzimmer im Schneidersitz auf dem Boden saß.

»Kelly Murietta«, war die Antwort.

»Okay.« Stella setzte sich aufs Sofa und nahm den Telefonhörer in die Hand. »Ich habe hier eine Kelly Muriel, das muß sie sein. Ich rufe sie sofort an.«

»Hallo?« meldete sich eine weibliche Stimme.

Stella stellte sich vor und fragte die Frau, wann sie Mario das letzte Mal gesehen habe. »Ich habe Mario schon seit Monaten nicht mehr gesehen«, sagte die Frau. »Wir haben uns gestritten. Ich treffe mich nicht mehr mit ihm.«

»Sind Sie sicher?« Stellas Hände zitterten. »Es geht um die Nacht Mittwoch letzter Woche. Er hat mir gesagt, er sei bei Ihnen gewesen, hätte die Nacht mit Ihnen verbracht.«

»Dann hat er gelogen«, sagte die Frau. »Glauben Sie mir, Mario lügt öfter, als er die Wahrheit sagt. Ist er wirklich Ihr Bruder?«

»Ja«, antwortete Stella.

»Dann sollten Sie ihm lieber professionelle Hilfe besorgen«, sagte sie. »Er steckt bis über beide Ohren in Problemen. Er schnupft Kokain. Deswegen will ich ihn auch nicht mehr sehen. Mit diesem Zeug möchte ich nichts zu tun haben.«

Bevor Stella noch etwas erwidern konnte, hatte die Frau aufgelegt. »Schlimme Geschichte«, sagte Stella zu Anderson, während ihr Blick im Zimmer umherirrte. »Wenn Mario nicht bei dieser Frau war, wo dann?«

»Da müssen wir wohl warten, bis er es uns selbst erzählt«, antwortete Anderson und stand langsam auf. Da sie bemerkte, daß Stellas Schultern bebten, ging sie zu ihr und legte die Arme um sie. »Es wird alles gut werden. Ich bin sicher, dein Bruder hat es nicht getan. Er ist in Drogengeschichten verwickelt. Das kommt in den besten Familien vor.«

»Hast du eigentlich Geschwister?« fragte Stella, die sich die Augen mit einem Kleenextuch trocknete.

»Nein«, erwiderte Anderson und setzte sich neben Stella auf das Sofa. »Meine Eltern wollten, daß aus mir was wird, und weil sie glaubten, sie könnten es sich nicht leisten, mehr als ein Kind aufs College zu schicken, blieb ich das einzige Kind. Ich habe allerdings viele Nichten und Neffen mit Drogenproblemen, Stel. Wir leben in einer schrecklichen Zeit. Alle suchen das schnelle Glück. Niemand möchte sich mehr mit der Wirklichkeit auseinandersetzen.«

Stella saß lange Zeit vollkommen verzweifelt und reglos da. Nach dem, was im Restaurant vorgefallen war, bestand Anderson darauf, die Nacht in Marios Apartment zu verbringen. Stella ging ein paar Decken holen. Sie bot an, die Laken auf Marios Bett zu wechseln, damit die Ermittlerin dort schlafen könne. Brenda war jedoch der Meinung, sie könne auf dem Sofa genausogut schlafen und so zudem noch die Eingangstür im Auge behalten. »Wenn Mario Randall erschossen hat«, sagte Stella und reichte ihr die Dekken, »dann nur, um mir zu helfen.«

Anderson nahm ihr Schulterhalfter ab, zog den Revolver heraus und legte beides auf den Couchtisch. »Es geht nicht darum, weshalb er es getan hat«, sagte sie, während sie ihre Marke herauszog und zu den restlichen Sachen auf den Tisch warf. »Niemand will ihm die Schuld zuweisen, Stella. Ich möchte dich auch nicht noch mehr beunruhigen, als du sowieso schon bist, aber Mord ist Mord.«

»Ja«, antwortete Stella und schlurfte durch den Flur zum Gästezimmer. Einen Augenblick später kam sie zurück. »Erschieß meinen Bruder nicht!« ermahnte sie Anderson. »Vielleicht schleicht er sich in der Nacht herein. Ich bin fast sicher, daß er letzte Nacht hier war. Ich habe Zigarettenstummel im Aschenbecher gefunden.«

Anderson nahm erneut ihre Waffe zur Hand und überprüfte, ob sie geladen war. Dann legte sie sie auf den Tisch zurück. »Hast du die Kippen aufbewahrt?«

»Nein«, sagte sie. »Warum sollte ich?«

Die Augen der Ermittlerin weiteten sich. »Vielleicht war derjenige, der letzte Nacht hier herumgeschlichen ist, gar nicht dein Bruder.«

Stella starrte sie an, wirbelte herum und stürzte aus dem Zimmer. Im Bad zog sie ihre Kleider aus und behandelte die Verbrennungen an ihren Waden mit antiseptischer Salbe. Anschließend schob sie ihr Haar aus dem Gesicht und starrte auf das glatte Narbengewebe neben ihrem Ohr. »Was wollt ihr mir denn noch antun?« murmelte sie, nahm den Zahnputzbecher aus Plastik und schleuderte ihn gegen den Spiegel. Die Verbrennungen an ihren Waden schmerzten. Stella war bewußt, daß sie noch einmal einen Brandanschlag auf sie verüben konnten. Der Gedanke erfüllte sie mit panischer Angst. Heute hatten sie es versucht, es war ihnen jedoch nicht gelungen. Anderson war sicher, daß es kein Unfall gewesen war. Wann würden sie wiederkommen? Morgen? Nächste Woche? Nächsten Monat? »Knallt mich doch einfach ab!« sagte sie zu ihrem Spiegelbild. »Ich wollte, ich wäre tot.«

Nach dem Besuch bei ihrem Onkel hatte Stella ein Mitgliederverzeichnis der Ortsgruppe Houston der Knights of Columbus angefordert. Gegenüber der Frau am Telefon hatte sie behauptet, das Bürgermeisterbüro plane eine Wohltätigkeitsveranstaltung, und sie brauche die Namen und Adressen der Mitglieder für die Gästeliste. Als sie an diesem Morgen die Zeitung von der Türschwelle hereinholte, sah sie, daß ein Kurier die angeforderten Informationen vor Marios Tür gelegt hatte.

Um sechs Uhr hatte Brenda Anderson geduscht, war zum Bäcker gelaufen und hatte frische Brötchen gekauft. In der Küche hatte sie bereits ihren Computer und ihr Modem an Marios Telefonleitung angeschlossen. Wie schon am Tag zuvor benutzte sie Marios Küchentisch als Arbeitsplatz. »Während ich mich anziehe«, sagte Stella, die noch im Bademantel war, »sieh du dir das Mitgliederverzeichnis an und prüfe nach, wie viele der Männer entweder aktive Polizisten sind oder irgendwann einmal bei irgendeiner Polizeibehörde beschäftigt waren.«

»Warum?« fragte Anderson und neigte den Kopf. Überall auf dem Tisch lagen Fotos und Unterlagen. Die Ermittlerin verglich die Beweisstücke, die sie in der Asservatenkammer gesichtet hatten, mit der Inventarliste. Sie wollte sich vergewissern, daß in den vergangenen sechzehn Jahren nichts verlorengegangen war. Besonders interessierten sie natürlich die Stücke, die möglicherweise Stellas Unschuld beweisen konnten. »Das ist wichtiger als die Knights of Columbus«, wandte sie ein. »Wenn dir jemand etwas anhängen will, wurde vielleicht an den Beweisen herummanipuliert. Das sollten wir bis zur ersten Voruntersuchung in der nächsten Woche auf jeden Fall klären.«

»Natürlich«, sagte Stella. »Trotzdem, Brenda, tu mir bitte den Gefallen. Vielleicht bin ich ja auf dem Holzweg, aber ich habe eine böse Vorahnung und will Gewißheit haben. Die Überprüfung der Mitgliederliste könnte von größerer Bedeutung sein, als du denkst.«

Während Stella duschte und sich anzog, ließ Anderson die Liste der Männer durch den Computer laufen, und der Ausdruck lag schon auf dem Tisch, als Stella zurückkam. »Also«, sagte Brenda, »von der Ortsgruppe der Knights of Columbus sind fünfundzwanzig Männer Ex-Polizisten. Das ist ein ziemlich hoher Prozentsatz, da sie insgesamt etwa zweihundert Mitglieder haben, von denen wiederum die Hälfte keine aktiven Mitglieder sind.« Sie reichte Stella die Liste. »Ich hab' zwar gehört, daß sie ganz gut schlucken können, aber ich habe die Knights of Columbus noch nie als zwielichtige Organisation betrachtet. Also, was soll das, Stella?«

»Du sagtest Ex-Polizisten«, rief Stella aus, deren Magen sich vor Aufregung zusammenzog. »Du meinst, keiner ist mehr im Dienst? Sie sind alle pensioniert? Welchen Pensionsstatus haben sie?«

»Der Computer ermittelt das gerade«, entgegnete Anderson und sah auf den Bildschirm. »Verflixt«, sagte sie, als die Antwort schließlich erschien. »Das wird schwieriger, als ich dachte. Diese Männer kamen von überall aus Texas. Es sieht so aus, als hätten sie alle kurze Zeit bei der Polizei in Houston gearbeitet, aber kaum einer von ihnen war länger als sechs bis zwölf Monate im aktiven Dienst. Sie wurden alle von verschiedenen anderen Dienststellen hierher versetzt.«

»Du meinst, sie alle beziehen Rente?«

»Ich weiß es noch nicht«, sagte Anderson, und ihre Finger flogen über die Computertastatur. »Einen Moment noch. Ich prüfe das eben.«

»Von welchen Zeiträumen sprechen wir?«

»Manche sind schon zwanzig Jahre außer Dienst«, sagte sie, tippte auf die Eingabe-Taste und wartete auf die Antwort des Computers. Eine Sekunde später starrte sie den Bildschirm an und pfiff durch die Zähne. »Großer Gott, Stella, du bist auf etwas gestoßen. Wie bist du nur darauf gekommen?«

»Worauf denn?« fragte Stella und stellte sich hinter Andersons Stuhl, damit sie sehen konnte, was Brenda meinte.

»Sieh dir das an!« Anderson zeigte auf den Bildschirm. »Siebzehn der fünfundzwanzig Männer sind als Vollinvaliden auf Staatskosten aufgeführt. Das heißt, sie erhalten die gesamte Pensionsleistung. Sie müssen alle im Dienst verletzt worden sein.«

»Bist du sicher?« fragte Stella. Sie versuchte, ihre Aufregung unter Kontrolle zu halten und keine voreiligen Schlüsse zu ziehen. »Sie hätten doch auch einen Anspruch auf Invalidenrente, wenn sie einen Herzinfarkt oder einen Schlaganfall erlitten hätten, nicht wahr? Die einzige Voraussetzung ist, daß sie zum Zeitpunkt der Erkrankung bei der Polizei in Houston beschäftigt waren.«

»Richtig«, sagte Anderson und rieb sich das Kinn. »Wenn du mir ein paar Stunden Zeit gibst, kann ich wahrscheinlich die Gründe ihrer Arbeitsunfähigkeit herausfinden, das heißt, ob sie im Dienst verletzt wurden oder ob es sich um eine Krankheit handelt. In einer Hinsicht hast du allerdings recht: Viele dieser Männer sind längst keine Jünglinge mehr, deshalb könnten sie tatsächlich aufgrund einer Krankheit als Invaliden eingestuft worden sein.« Sie lehnte sich in ihrem Stuhl zurück. »Warum erzählst du mir nicht einfach, was du vermutest, Stella? Dann weiß ich wenigstens, wonach ich suche.«

Stella ignorierte ihre Frage und studierte mit gesenktem Kopf die Ausdrucke. »Sieh mal einer an«, sagte sie ein paar Augenblicke später. »Alle kamen zwar ursprünglich aus verschiedenen Städten nach Houston, aber sie waren allesamt Mitglied bei den Knights of Columbus. Wie dieser Kerl hier«, ergänzte sie und deutete auf einen Namen in der Liste. »Er war in der Ortsgruppe Dallas der Knights of Columbus und Stellvertreter im Büro des Sheriffs. Dann wechselte er zur Polizei nach Houston, und nach sechs Monaten wurde er wegen hundertprozentiger Arbeitsunfähigkeit pensioniert. Nimm ihn als Musterfall«, sagte Stella. »Prüf die Polizeidateien und finde heraus, ob dieser Mann irgendwann einmal im Dienst verletzt wurde und eine volle Invalidenrente beantragte, auch wenn diese später abgelehnt wurde. Sollte das der Fall sein, überprüfen wir alle auf dieselbe Weise.«

»Du denkst an Pensionsbetrug, nicht wahr?« fragte Anderson und hob eine Augenbraue. »Ich glaube, ich verstehe jetzt, was du meinst. Sie beantragen bei ihren jeweiligen Dienststellen Invalidenrente, ihre Anträge werden abgewiesen, sie lernen durch die Knights of Columbus deinen Onkel kennen, vielleicht anläßlich einer regionalen Veranstaltung oder so, sie reden über ihre Probleme, beschweren sich, weil ihre Invaliditätsanträge abgewiesen wurden, und Onkel Clementine erzählt ihnen, sie sollen nach Houston kommen. Wenn sie dann erst auf der Gehaltsliste stehen, drückt er ihre Invaliditätsanträge durch. Wahrscheinlich hilft ihm ein Arzt mit dem medizinischen Papierkram.«

»Onkel Clem tut dies allerdings nicht aus reiner Nächstenliebe«, sagte Stella. »Wahrscheinlich müssen sie für seine Dienste ein wenig Bargeld springen lassen.«

»Einen Haufen Bargeld, würde ich mal annehmen«, sagte Anderson. »Du kannst dir doch vorstellen, wieviel Geld da zusammenkommt. Die meisten dieser sogenannten Invaliden beziehen fast ihr volles Polizistengehalt. Wenn man im Dienst verwundet wird und eine Vollinvalidenrente bekommt, erhält man fast soviel Geld wie im aktiven Dienst. Das heißt, die Kerle werden fürs Nichtstun komplett bezahlt. Und nicht nur das, sie kriegen ihre monatlichen Schecks bis zu ihrem Tod.«

»Jawohl!« Stellas Augen glänzten vor Aufregung. »Bis an ihr Lebensende. Je nachdem, in welchem Alter sie pensioniert werden, sprechen wir im Einzelfall über Hunderttausende von Dollars. Außerdem ...«, fügte sie mit erhobenem Zeigefinger hinzu, »... sind diese Männer offensichtlich nicht wirklich arbeitsunfähig, denn sonst bräuchten sie meinem Onkel ja kein Geld für die Bewilligung einer Invalidenrente zu zahlen. Das heißt, sie können nebenbei noch etwas hinzuverdienen und ihr Einkommen unter Umständen verdoppeln. Auf diese Art bekommen sie mehr Geld als im Polizeidienst, ohne das Risiko einzugehen, erschossen zu werden. Sie dürfen lediglich keine auffälligen Nebenjobs annehmen und müssen sich schwarz bezahlen lassen.«

»Das ist noch nicht einmal unbedingt notwendig«, sagte Anderson und beugte sich über den Tisch. »Nehmen wir mal an, ein Ellbogen ist verletzt worden, so daß der Betreffende nicht mehr in der Lage ist, seine Waffe zu ziehen. Dann kann er seinen Dienst nicht mehr ausüben, ist somit berufsunfähig. Er kann sich aber durchaus noch als Buchhalter oder als Verkäufer betätigen. Es gibt eine Reihe von Beschäftigungen, denen er nachgehen kann, und trotzdem bekommt er zusätzlich noch seine Invalidenrente, und das bis an sein Lebensende. Wenn er ein offizielles Einkommen hat, wird seine Rente etwas gekürzt, aber nur um ein paar Prozent.«

Stella lächelte und tippte mit dem Fingernagel auf die Tischplatte. »Ich habe mich schon immer gefragt, wie mein Onkel es so weit gebracht hat. Mein Vater glaubte, er würde alles mit der Pizzeria und den Wäschereien verdienen. Diese Geschäfte dienten aber wahrscheinlich nur als Geldwaschanlage für die Summen, die ihm die Polizisten für seine Hilfe zahlten.«

Andersons Gesichtszüge verdüsterten sich. »Das ist

schon ein dicker Hund, Stella«, sagte sie. »Aber was hat das mit dem Feuer zu tun? Ich bin nicht hier, um eine Korruptionsaffäre bei der Polizei in Houston aufzudecken. Growman hat mich angewiesen, mich ausschließlich mit deinem Fall zu beschäftigen.«

»Mit dem Feuer hat es vielleicht nichts zu tun«, sagte Stella. »Aber es könnte mit Randalls Tod zusammenhängen. Wenn Victor Pilgrim Mitglied bei den Knights of Columbus ist und eine Invalidenrente bezieht, dann ist er wahrscheinlich auch ein Nutznießer des kleinen betrügerischen Pensionstricks meines Onkels. Deshalb könnte mein Onkel ihn zwingen, als Zeuge gegen mich aufzutreten, zum Beispiel mit der Behauptung, eine Frau in einem weißen Mietwagen von Hertz gesehen zu haben, die den Tatort verließ.«

»Ich verstehe.« Anderson blickte versonnen aus dem Fenster. »Nach dem, was wir herausbekommen haben, könnte Pilgrim deinem Onkel Geld schulden. Vielleicht konnte er seinerzeit nicht die gesamte geforderte Summe aufbringen. Wenn dein Onkel ihm damals trotzdem geholfen hat, brauchte er jetzt nur die alte Schuld einzufordern.«

Stella schwieg. »Mein Gott, Brenda«, sagte sie kurz darauf. »Der Mörder könnte genau denselben Wagen benutzt haben, den ich gemietet hatte. Vielleicht lügt Pilgrim noch nicht einmal, wenn er behauptet, einen Hertz-Mietwagen gesehen zu haben, der den Tatort verließ. Mir fällt gerade ein, daß ich die Wagenschlüssel auf dem Reifen deponiert hatte, und der Parkplatz ist für jedermann zugänglich. Ich war den ganzen Vormittag über hier in Marios Apartment. Woher soll ich wissen, ob nicht jemand meinen Wagen genommen, Randall erschossen und den Wagen anschließend wieder auf denselben Platz gestellt hat?«

»Wer könnte denn gewußt haben, daß die Schlüssel auf dem Reifen lagen?« fragte Anderson. »Es ist zwar gut vorstellbar, daß dir jemand gefolgt ist und den Wagen gesehen hat, aber wo du üblicherweise die Autoschlüssel versteckst, kann nur jemand wissen, der deine Gewohnheiten kennt. Der Wagen wurde doch nicht aufgebrochen, oder?«

»Mario weiß es«, antwortete Stella, und ihr Magen krampfte sich zusammen. »Von ihm habe ich den Tip überhaupt bekommen, die Schlüssel auf dem Reifen zu verstecken.« Sie stand noch immer und strich sich mit den Fingern durch das Haar. »Er hat mir einmal eine kleine Schachtel mit einem Magneten gekauft. Es war ein Kästchen für die Wagenschlüssel, das unter dem Wagen befestigt werden konnte. Ich habe immer meine Ersatzschlüssel darin aufbewahrt, bis ich irgendwann die Schlüssel zusammen mit dem dummen Kästchen verloren habe. Ich weiß nicht, was daraus geworden ist.«

Stella war völlig verwirrt und orientierungslos. »Beruhige dich«, sagte Anderson. »Wir sollten zuerst gründlich nachdenken, bevor du dich da hineinsteigerst. Du sagtest doch, wenn dein Bruder Randall getötet hätte, dann nur, um dich zu beschützen. Erkennst du nicht den Widerspruch, Stella? Wenn deine Vermutung richtig ist und Mario deinen Mietwagen benutzt hat, um einen Mord zu begehen, muß er es aus dem entgegengesetzten Grund getan haben.«

»Um mich mit Randalls Tod in Verbindung zu bringen«, sagte sie und preßte eine Hand an ihre Brust.

»Das würde ich auch so sehen«, erwiderte Brenda. »Welchen anderen Grund sollte es geben?«

»Vergiß es!« bemerkte Stella rasch. »So war es nicht.«

»Okay, dann kommen wir auf deinen Onkel und den Pensionsbetrug zurück. Dein Onkel mag zwar ein Betrüger sein, aber das heißt noch lange nicht, daß er etwas mit diesen Morden zu tun hat.«

Stella ließ sich auf einen Stuhl fallen. »Mein Vater war immer offen und ehrlich, Brenda. Und plötzlich war mein Onkel für ihn ein Betrüger. Das war kurz vor dem Feuer.

Vielleicht hatte er irgendwie von den Betrügereien erfahren und gedroht, ihn anzuzeigen.«

»Seinen eigenen Bruder?« fragte Anderson und hob den Kopf. »Glaubst du wirklich, er hätte das getan?«

»Vielleicht«, erwiderte Stella. »Er war schrecklich eifersüchtig auf meinen Onkel, der alles zu besitzen schien, während mein Vater nur sehr wenig erreicht hatte.« Ihre Stimme wurde sanfter. »Unser Haus ... er versuchte, ein Heim daraus zu machen, aber es war eigentlich nicht viel mehr als eine Bruchbude. Er baute es mit Bauholz, das auf den verschiedenen Baustellen zurückgeblieben war. An allen Ecken muß er schrecklich geknausert haben. Die Wände waren dünn wie Papier, und ich glaube auch nicht, daß das Haus Brandmauern hatte, denn das wäre viel zu teuer gewesen. Die Wände waren, soweit ich weiß, aus verstärktem Sperrholz, und das Haus besaß nicht die geringste Isolierung. Im Winter froren wir uns das Herz aus dem Leib, und in den Sommermonaten war die Hitze unerträglich.«

»Hatte dein Vater denn als Gebäudeprüfer nicht ein recht ansehnliches Einkommen?« fragte Anderson. »Deiner Beschreibung nach wart ihr ja bettelarm.«

»Er war völlig pleite. Er versuchte, mit meinem Onkel gleichzuziehen, indem er seine eigene Baufirma eröffnete, aber damit machte er nur riesige Schulden. Er hat es nicht geschafft, die Firma aufzubauen. Er war wahrscheinlich kein guter Geschäftsmann. Bis zu seinem Tod zahlte er die Schulden ab und weigerte sich, Konkurs anzumelden. Er war zu stolz.«

»Wenn euer Haus derart schlecht gebaut war, ist es kein Wunder, daß es so schnell in Flammen aufging.« Anderson hielt inne und dachte darüber nach. »Wenn dein Vater beispielsweise deinem Onkel gedroht hatte, ihn anzuzeigen, und dein Onkel ihn davon abzuhalten versuchte, glaubst du, er würde eine ganze Familie umbringen, nur um sich selbst zu schützen? Jemand müßte schon absolut gewissenlos sein, um so etwas zu tun, insbesondere, wenn es sich um die eigenen Verwandten handelt. Hätte dein Onkel denn nicht darüber nachgedacht, daß sein Neffe, seine Nichte und seine Schwägerin im Haus sein könnten? Jemanden, von dem man bedroht wird, umzubringen, ist eine Sache, aber man muß schon ein ziemlicher Schweinehund sein, um das Leben einer unschuldigen Frau und zweier Kinder aufs Spiel zu setzen.«

»Er könnte jemanden für diesen Job angeheuert haben«, sagte Stella. Sie stand auf und goß sich noch eine Tasse Kaffee ein, dann füllte sie auch Brendas Tasse auf. »Vielleicht hat mein Onkel einen seiner Polizeikumpel damit beauftragt. Möglicherweise wollte er niemanden töten, sondern nur meinen Vater von einer Anzeige abschrecken. Und dann ist etwas schiefgelaufen, und das Feuer geriet außer Kontrolle.«

»So wie jemand gestern abend bei dir versucht hat, dich abzuschrecken?« fragte Anderson mit ernstem Gesicht. Sie stand auf und verschwand im anderen Zimmer. Kurze Zeit später kam sie zurück. Sie hielt etwas in der Hand, setzte sich jedoch hin und versteckte den Gegenstand in ihrem Schoß.

»Was ist los?« fragte Stella neugierig.

»Hast du jemals eine Waffe in der Hand gehabt?«

»Nein, noch nie. Ich hasse Waffen. Und außerdem, Brenda, wäre ich niemals in der Lage, auf einen Menschen zu schießen.«

»Wenn wir das Gericht dazu bringen, uns eine Kopie von Randalls Tonbandaussage auszuhändigen«, sagte die Ermittlerin, »muß ich nach Dallas zurückfliegen. Ich habe dort ein Labor ausfindig gemacht, das bereit ist, ein entsprechendes CAD-Programm zu erstellen. Aber ich muß bei der Entwicklung mithelfen. Wenn du hier in Houston bleibst, brauchst du Schutz.« Sie legte eine Neun-Millimeter-Ruger auf den Tisch. Das harte Geräusch hallte in der Küche wider. »Das ist keine Polizeiwaffe. Sie gehört mir. Ich möchte, daß du sie behältst.« Sie nahm die Waffe und entfernte das Magazin. »Sie ist sehr einfach zu benutzen«, sagte sie, ließ das Magazin wieder einrasten und legte die Waffe vor Stella auf den Tisch. »Du brauchst nur zu zielen und abzudrücken. Ich gebe dir noch ein Reservemagazin, falls du es brauchst. In jedem Magazin befinden sich fünfzehn Schuß.«

Stellas Blick wanderte zu der Waffe, dann schüttelte sie energisch den Kopf. »Ich will sie nicht«, sagte sie. »Ich könnte damit niemals auf jemanden zielen und abdrücken. Allein der Gedanke daran macht mich schon ganz krank.«

Anderson schlug auf den Tisch, und ihre Stimme war laut und schneidend. »Wenn jemand erneut einen Brandanschlag auf dich verübt, glaubst du, daß du dann abdrücken kannst? Du weißt doch, wie es ist, wenn man brennt. Kannst du diese Todesangst noch einmal ertragen? Vielleicht sind sie das nächste Mal gründlicher und sorgen dafür, daß du nicht überlebst.«

Stella blickte an der Ermittlerin vorbei. »Ich würde lieber sterben, als diese Höllenqualen noch einmal durchzumachen.«

»Dann nimm die Waffe, Stella«, bat Anderson. »Wenn dein Verdacht richtig ist und dein Onkel Pensionsbetrug betreibt, werden die Leute, gegen die du dich wehren mußt, auf jeden Fall bewaffnet sein. Es sind schließlich ehemalige Polizisten. Denk darüber nach!« Sie nahm ein Brötchen aus der Tüte, die auf dem Tisch lag, und biß hinein. Dann legte sie es auf ihre Serviette. »Dein Vater und dein Onkel kamen aus Sizilien, richtig? Dieses kleine Spiel deines Onkels riecht nach Mafia. Vielleicht war dein Onkel mit einer der Mafia-Familien auf Sizilien verbunden, und dein Vater wußte das nicht.«

»Das ist doch lächerlich«, sagte Stella. »Sie waren beide noch Kinder, als sie hierherkamen.«

»Was ist mit deinem Großvater? Wenn er etwas mit dem

organisierten Verbrechen auf Sizilien zu tun hatte, könnte dein Onkel als junger Mann damit in Kontakt gekommen sein. Mach dir doch nichts vor, Stella! Diese Leute fangen schon früh an. Wer war der ältere der beiden Brüder?«

»Mein Vater«, sagte Stella. »Ich glaube, das war der Grund, warum er auf den Erfolg meines Onkels so neidisch war.«

»Hast du jemals daran gedacht, daß dein Vater und dein Onkel diesen Betrug möglicherweise zusammen organisiert haben, daß beide mit dem organisierten Verbrechen in Verbindung standen? Du weißt doch, wie häufig Gebäudeprüfer bestochen werden!« Sie hielt inne und seufzte. »Ein Gebäudeprüfer und ein Polizei-Captain. Verdammt, Stella, siehst du denn nicht, wie wertvoll solche Berufe für die Mafia sein können?«

»Mein Vater war kein Mafioso«, ereiferte sich Stella, die den bloßen Gedanken absurd fand. »Weiter als er kann kein Mensch von einem Mafioso entfernt sein. Er war ein einfacher Mann, ein Arbeiter, der nur seine Familie ernähren und ihr ein anständiges Leben bieten wollte. Wenn er ein Verbrecher gewesen wäre, hätten wir doch in einem vernünftigen Haus gewohnt und nicht in einer solchen Baracke!« Sie lachte. »Du hast zu viele alte Filme gesehen, Brenda. Das organisierte Verbrechen ist nicht mehr den Italienern vorbehalten. Die Gefängnisbanden ziehen mittlerweile die Fäden. Jeder echte Mafioso da draußen ist so alt und schwach, daß ihm nur noch das Altenheim in Florida bleibt.«

»Es ist dein Kopf«, entgegnete Anderson schulterzuckend. »Aber wenn du hier in Houston bleibst, solltest du über deine Sicherheit nachdenken. Ich bin davon überzeugt, daß dein Leben in Gefahr ist. Der gestrige Abend war eine Warnung, ein kleiner Wink. Jemand möchte dir einen Vorgeschmack darauf geben, was du zu erwarten hast, wenn du weiterhin in dem Feuerfall herumstocherst.«

»Ich will diese Waffe nicht«, sagte Stella und schob sie über den Tisch zurück zu Brenda. »Wenn ich aus dieser Sache jemals heil herauskomme, möchte ich genau auf diesem Thema meine politische Karriere aufbauen. Da kann ich schlecht mit einer Waffe herumrennen und gleichzeitig behaupten, ich sei eine Vertreterin schärferer Waffengesetze.«

»Du wirst mit einer Anti-Waffen-Kampagne in Texas sowieso keine Wahl gewinnen«, erwiderte die Ermittlerin.

»Wahrscheinlich werde ich sowieso nie gewählt werden«, antwortete Stella, und auf ihrem Gesicht spiegelten sich Traurigkeit und Enttäuschung. Sie war zwar kein Mensch, der schnell aufgab und sich zurückzog, aber in dieser Hinsicht wußte sie, daß ihre Träume der Vergangenheit angehörten. Es war höchst unwahrscheinlich, daß sie diese jemals würde verwirklichen können. Selbst wenn sie vollständig rehabilitiert würde, wäre sie immer »diese Stella Cataloni« – die Staatsanwältin, die wegen Mordes angeklagt worden war.

»Wenn du die Waffe nicht nehmen willst«, fuhr Anderson fort, »verschwindest du besser aus Houston. Solange du dich in dieser Stadt aufhältst, bist du im Fadenkreuz.«

»Dann fliege ich eben zurück nach Dallas«, entschied Stella, stand auf und verließ eilig die Küche. Die Waffe blieb auf dem Tisch liegen.

Um ein Uhr an diesem Mittag erschien Stella zu einer Anhörung bezüglich der Beweismittel in Richterin Maddox' Gerichtssaal. Brenda Anderson hatte darauf bestanden, daß sie die Aushändigung sowohl einer Kopie von Randalls Tonbandaufnahme als auch der geschmolzenen Metallteile, die sie im Beweismittellager gefunden hatten, vor Gericht erwirken solle.

»Euer Ehren, gegen die Aushändigung von Randalls Tonbandaussage habe ich keine Einwände«, sagte Holly Oppenheimer, nachdem Stella ihre Bitte vorgebracht hatte. »Aber warum benötigen sie ein paar Metallteile? Diese Teile werden von uns im Moment auf jede nur erdenkliche Art und Weise untersucht. Was erwarten Sie denn von mir? Soll ich etwa unsere Untersuchungen abbrechen und die Beweismittel der Verteidigung aushändigen?«

»Die Staatsanwaltschaft hatte diese Beweise sechzehn Jahre lang in ihrem Besitz«, argumentierte Stella. »Und in diesen sechzehn Jahren war die Staatsanwaltschaft nicht in der Lage, die Teile zu identifizieren. Laut Gesetz hat der Angeklagte das Recht, unabhängige Untersuchungen durchführen zu lassen. Wenn uns diese Teile nicht sofort überstellt werden, können wir unsere Überprüfung unmöglich bis zum Vorverhandlungstermin kommende Woche abschließen.«

Die nächste halbe Stunde lang argumentierten sie hin und her, dann gab Richterin Maddox ihre Entscheidung bekannt. »Ich bin der Meinung, daß Miss Cataloni die besseren Argumente hat«, sagte sie. »Die Beweismittel befanden sich die ganze Zeit über bei der Staatsanwaltschaft. Somit hätte sie genügend Möglichkeiten gehabt, eine beliebige Anzahl von Untersuchungen durchzuführen, wenn sie es denn gewünscht hätte. Das hier zur Debatte stehende Beweisstück wird daher am Donnerstag dieser Woche in das von Miss Cataloni bestimmte Labor überstellt und am kommenden Dienstag zurückgegeben. Was die Tonbandaufnahme von Randall anbelangt«, fuhr sie fort, »so nehme ich an, daß eine Kopie noch heute zur Verfügung gestellt werden kann. Ist das richtig, Miss Oppenheimer?«

»Ja, Euer Ehren«, sagte Holly und sank in ihren Stuhl zurück.

Brenda Anderson schlüpfte zur hinteren Tür des Gerichtssaals hinein und strebte leise dem Tisch der Verteidigung zu. Sie setzte sich neben Stella, beugte sich zu ihr hinüber und flüsterte ihr etwas zu.

Stella sprang gerade noch rechtzeitig auf, bevor der Richterhammer fiel. »Euer Ehren«, rief sie. »Ich wurde soeben auf eine ernste Unstimmigkeit hingewiesen. Eines der Metallteilchen ist verschwunden. Es ist auf der Inventarliste verzeichnet, tatsächlich aber nicht mehr in der Asservatenkammer vorhanden.« Sie zeigte mit dem Finger auf Holly. »Miss Oppenheimer versucht vorsätzlich, die von uns beabsichtigten Überprüfungen zu sabotieren. Wenn das fehlende Beweisstück nicht bis morgen herbeigeschafft ist, werde ich das Gericht bitten müssen, die Vorverhandlung auf einen späteren Termin zu verlegen. Wir müssen Gelegenheit haben, die Beweismittel zu prüfen, um eine angemessene Verteidigung aufzubauen.«

»War Ihnen das bekannt?« wandte sich Richterin Maddox mit finsterer Miene an Holly.

»Dieser Fall ist sechzehn Jahre alt, Euer Ehren«, antwortete Holly. »Die Verteidigung weiß sehr genau, wie schwierig es ist, über einen so langen Zeitraum eine große Anzahl von Beweisstücken zu beaufsichtigen. Das ist nur ein Trick, um mehr Zeit zu gewinnen und die Strafverfolgung hinauszuzögern.« Sie blickte zu Stella und ereiferte sich: »Wir verbitten uns die Unterstellung, ein Mitglied der Staatsanwaltschaft manipuliere vorsätzlich das Beweismaterial. Miss Cataloni darf solche Anschuldigungen nicht ohne Belege aussprechen.«

»Beruhigen Sie sich, Miss Oppenheimer«, erwiderte Richterin Maddox, ohne sich um Hollys Tonfall zu kümmern. »Warum gehen wir nicht einfach folgendermaßen vor?« Sie kritzelte ein paar Bemerkungen in die Akte und gab ihre Entscheidung bekannt: »Hiermit ordne ich eine vollständige und gründliche Durchsuchung der Asservatenkammer an, um das fehlende Beweisstück zu finden. Diese Durchsuchung erfolgt auf der Stelle, und das Ergebnis wird dem Gericht morgen früh um neun Uhr bekanntgegeben. Falls das Beweisstück nicht gefunden wird, gebe ich zu diesem Zeitpunkt meine Entscheidung über den Antrag der Verteidigung auf Verschiebung der Vorverhandlung bekannt.«

»Dieser Anordnung können wir keinesfalls Folge leisten«, rief Holly. »Es kann Wochen dauern, bis wir uns durch all die im Lager befindlichen Beweisstücke gewühlt haben. Das Teil, um das es hier geht, ist kaum größer als ein Daumennagel.« Sie senkte ihre Stimme und fuhr fort: »Es gibt keine Möglichkeit, diesen Gegenstand eindeutig zu identifizieren, Euer Ehren, wie viele Tests auch immer durchgeführt werden sollen. Die Metallteilchen wurden damals bereits untersucht und als Aluminiumlegierung identifiziert. Durch die große Hitze im Haus ist das Metall vollständig zerschmolzen. Die ursprüngliche Form oder Funktion ist nicht mehr zu ermitteln. Es besteht keine Möglichkeit herauszufinden, von welchem Gegenstand dieses Metall stammt, aus diesem Grund ist der Antrag der Verteidigung ungerechtfertigt.«

»Aber Ihr Büro läßt das Material derzeit überprüfen«, sagte Richterin Maddox. »Das sagten Sie doch eben, Miss Oppenheimer?«

»Nun ja, Euer Ehren«, gab Holly zögernd zu, denn sie erkannte, daß sie sich soeben selbst ausmanövriert hatte. »Aber es handelt sich nur um die üblichen Routineüberprüfungen. Wir erwarten davon keine neuen Erkenntnisse. Das Teil ist wahrscheinlich völlig unwichtig, ein Stück eines Kochwerkzeugs oder eines Aluminiumkessels, also nicht gerade die Art Beweis, die Miss Cataloni benötigt, um ihre Unschuld zu belegen.«

»Meine Entscheidung steht fest«, sagte Richterin Maddox knapp. »Das Gericht vertagt sich auf morgen früh neun Uhr.«

Nachdem Stella und Brenda Anderson den Gerichtssaal verlassen hatten, holten sie im Büro der Staatsanwaltschaft die Kopie des Tonbands mit Randalls Aussage und machten sich unverzüglich auf den Weg zu Marios Apartment, um es sich dort anzuhören. Als das Band abgespielt war, starrte Stella schockiert vor sich hin. »Wenn Randall diese Geschichte sechzehn Jahre früher erzählt hätte«, sagte sie, »könnte er heute noch am Leben sein.«

»Wie meinst du das?« fragte Anderson.

»Als Carl Winters nach dem Feuer damals zum erstenmal mit ihm gesprochen hat, erwähnte Randall nichts davon, daß er meinen Vater mit einem unbekannten Mann im Vorgarten gehört hatte. Verstehst du denn nicht, Brenda? Diese Person muß mein Onkel gewesen sein. Randall hat sogar gehört, daß er die Person einen Gauner nannte, und mein Vater hatte erst kurz vor dem Feuer damit begonnen, meinen Onkel so zu nennen. Das bestätigt alles, worüber wir heute morgen gesprochen haben.«

»Möglicherweise«, sagte Anderson mit besorgter Miene. »Es bestätigt aber auch, was ich bereits versucht habe, dir zu erklären: Du bist in Gefahr, Stella. Ich habe den ganzen Morgen über Anfragen bezüglich der Machenschaften deines Onkels losgeschickt, habe sämtliche Polizeireviere des Staates Texas angerufen oder angefaxt und Informationen erbeten, warum diese Männer alle nach Houston wollten und ob sie jemals einen Antrag auf Arbeitsunfähigkeit gestellt haben. Was glaubst du, wie lange es dauert, bis jemand zwei und zwei zusammenzählt und deinen Onkel warnt? Polizisten halten immer zusammen. Wenn er es nicht jetzt schon weiß, dann garantiert morgen oder spätestens übermorgen.«

»Er hat Randall umgebracht«, sagte Stella. »Er muß durch seine Verbindungen zur Polizei an dessen Aussage gekommen sein. Dann bekam mein Onkel Angst, ich könnte ihm auf die Schliche kommen, wenn ich erführe, daß Randall meinen Vater an jenem Abend draußen mit jemandem streiten sah. Also erschoß er Randall und glaubte, so der

Sache ein Ende zu machen. Der Staat hätte keinen Zeugen und somit auch keinen Grund mehr, den Fall wiederaufzunehmen, und seine bösen, kleinen Geheimnisse würden für immer tief vergraben bleiben.«

»Warum hat er dann Victor Pilgrim ins Rennen geschickt?« setzte Anderson dem entgegen. »Indem er dem Staat einen neuen Zeugen lieferte, machte er alles wieder zunichte, was er mit der Ermordung Randalls erreicht hatte.«

»Wie soll ich das wissen?« erwiderte Stella gereizt und irritiert. »Vielleicht wollte er nur sichergehen, daß ich für Randalls Tod verantwortlich gemacht würde. Er tat immer so, als sei er davon überzeugt, daß ich meinen Vater umgebracht hätte. Randall war für ihn auch keine große Hilfe. Laut Mario erzählte Randall seiner Familie und seinen Freunden alle möglichen verrückten Sachen. Er behauptete sogar, Mario und ich hätten eine Inzestbeziehung.«

»Warum sollte Randall so etwas behaupten?« fragte Anderson und neigte den Kopf.

»Weil keiner wissen sollte, daß er der Vater meines Kindes war«, sagte Stella. »Randall war eine Ratte, Brenda. Er wollte nie die Verantwortung für seine Handlungen übernehmen.«

»Ich beginne langsam zu glauben, daß irgendwer uns einen Gefallen getan hat, als er diesen Kerl abknallte«, spöttelte sie. »Dennoch macht es keinen Sinn, daß dein Onkel dir den Mord an Randall anhängen will. Das ist nicht nur bösartig, sondern auch ausgesprochen dumm. Jetzt kann er doch sicher sein, daß du Randalls Aussage hören wirst. Was hat er denn damit gewonnen?«

»Immerhin bin ich wegen Mordes an Randall angeklagt«, erklärte Stella. »Nachdem sich erst mal ein solcher Schatten auf meine Glaubwürdigkeit gelegt hat, wird mir niemand mehr irgendein Wort glauben.«

»Das ist wahr«, sagte Anderson. »Ich denke allerdings,

es steckt noch mehr dahinter. Wenn du dich nur an die damalige Nacht erinnern könntest! Ich bin sicher, daß du etwas Wichtiges gehört oder gesehen und es einfach vergessen hast. Vielleicht hast du sogar den Mörder gesehen und sein Bild verdrängt.«

In Stellas Kopf begann sich alles zu drehen. War das möglich? Jedesmal, wenn sie versuchte, in Gedanken jene Nacht durchzugehen, schob sich eine Art Wand vor ihre Erinnerung, und sie hatte keine Chance, sie zu überwinden. »Es hat keinen Sinn, darüber zu diskutieren«, sagte sie. »Ich kann mich nicht erinnern. Ich habe es jahrelang versucht, es geht einfach nicht.«

Anderson stand auf und schritt vor dem Tisch auf und ab. »Ich habe eine Idee«, sagte sie ein paar Augenblicke später. »Sie ist ein wenig brutal, könnte aber funktionieren. Wir müssen dein Gedächtnis irgendwie überlisten und die Nacht der Feuerkatastrophe rekonstruieren, indem wir dein Unterbewußtsein direkt anzapfen. In deinem Kopf ist alles vorhanden, Stella. Wir müssen nur einen Weg dorthin finden.«

»Ich bin schon von einer Psychiaterin hypnotisiert worden, aber das hat auch nichts gebracht. Ich kann mich nur noch an dieses klickende Geräusch erinnern, von dem ich dir erzählt habe, und an das Gesicht meines Vaters.«

»Du brauchst etwas, wodurch dein Gedächtnis stimuliert wird«, fuhr die Ermittlerin fort. »Wenn ich dich wieder in dieses Haus zurückbringen und das Feuer noch einmal genau so entfachen könnte, dann würde vielleicht alles zurückkommen.«

»Aber das geht doch nicht«, sagte Stella und wich ihrem Blick aus.

»Doch, das geht«, beharrte Anderson. »Ich habe heute die Pläne des Hauses abgeholt und bereits ins Oracle-Labor nach Dallas weitergefaxt. Den Bericht des Leichenbeschauers, die Ergebnisse der Brandstiftungsexperten, sämtliche

Polizeiberichte, Fotos der Beweismaterialien – ich habe alles beisammen, außer dem fehlenden Metallstück. Ich weiß, wo die Leichen gefunden wurden. Von dir, Stella, brauche ich jetzt nur noch eine Beschreibung der Möbel und ihres Standorts im Haus und ein paar Schnappschüsse deiner Eltern.«

»Ich weiß nicht, wovon du redest.« Stella schüttelte verwirrt den Kopf.

»Hör zu«, sagte Anderson und setzte sich wieder auf ihren Stuhl. »Wir planen die Rekonstruktion des Verbrechens mit Hilfe einer Computeranimation. Das heißt, die Geschworenen sehen eine Teildarstellung dessen, was in der Nacht passierte, allerdings ohne das Gefühl zu bekommen, tatsächlich vor Ort dabeizusein. Sie sehen lediglich ein computererstelltes Programm, ähnlich einem Videofilm. Mit etwas mehr Aufwand und der richtigen Ausrüstung können wir diese Darstellung auf eine andere Ebene heben, was aber vor Gericht nicht möglich ist.« Sie stand wieder auf, zu aufgeregt, um sitzen zu bleiben. »*Virtuelle Realität*, Stella! Ich kann dich im Labor in eine künstlich erzeugte Umgebung versetzen, und das wäre beinahe so, als würdest du diese Nacht noch einmal durchleben. Es könnte schrecklich traumatisch für dich werden, Stella. Glaubst du, du schaffst das?«

»Es passiert alles über einen Computer, richtig?« fragte Stella. Sie verstand nicht, warum Anderson so viel Wirbel darum machte. »Du wirst mich ja nicht tatsächlich anzünden, ich wüßte also nicht, warum es so traumatisch werden soll.«

»Gut. Dann laß uns anfangen.« Anderson zog einen gelben Block aus ihrer Aktentasche und legte ihn auf den Tisch. »Erzähl mir alles von jener Nacht, woran du dich erinnern kannst. Ach ja, und ich brauche Fotos.«

»Ich habe doch keine«, erwiderte Stella. »Ich hab' dir doch gesagt, sie sind alle verbrannt.«

»Na gut. Ich werde sehen, was sich machen läßt«, sagte Anderson. »Ich kümmere mich noch heute darum. Sobald die Anhörung morgen früh vorbei ist, fliegen wir nach Dallas zurück und bereiten alles vor.«

Das Haus lag im Bezirk Bellaire von Houston. Es war aus rotem Backstein, und sein Garten lag im Schatten mächtiger Ulmen und Zedern. An diesem Abend war die Front des Hauses um neun Uhr bereits dunkel, und es sah so aus, als ob niemand zu Hause sei. Nur im Schlafzimmer auf der Rückseite des Hauses brannte Licht.

Holly trat aus dem Badezimmer. Sie hatte ein Handtuch um ihr nasses Haar gewickelt und trug ein durchsichtiges Spitzennegligé. Wütend fuhr sie den Mann in ihrem Bett an: »Ich habe doch gesagt, du sollst verschwinden. Mein Ex-Mann kommt jeden Moment und bringt Tiffany nach Hause. Ich will nicht, daß er deinen Wagen in der Einfahrt sieht. Er findet es nicht gerade toll, wenn ich Männer bei mir habe, während meine Tochter im Haus ist.«

Der Mann blieb auf dem Bauch liegen, seine Haut glänzte vor Schweiß. Sein Rücken und seine Arme waren sehr muskulös.

»Bist du taub?« schrie Holly. »Du hast versprochen, weg zu sein, wenn ich aus der Dusche komme. Warum bist du noch immer hier?«

Der Mann grunzte, rollte sich auf den Rücken und starrte an die Decke. »Wir müssen reden«, sagte er nachdenklich. »Ich kann nicht tun, was du von mir verlangst, Holly. Ich kann einfach nicht gegen meine Schwester aussagen.«

Ihre Gesichtszüge verhärteten sich. »Du tust genau das, was ich dir sage«, fauchte sie. »Wenn nicht, bleibt dir in Zukunft nur noch dein Zellenkumpan in Huntsville zum Vögeln.« Sie warf ihren Kopf in den Nacken und lachte. Es war ein böses, unheimliches Lachen, das Mario zusammenzucken ließ. »Ich muß mich korrigieren. Sie werden dich vögeln, Süßer.«

»Großer Gott«, sagte er, rollte sich wieder auf den Bauch und vergrub sein Gesicht im Kissen. »Wie bin ich nur an eine Hexe wie dich geraten?«

Holly schlenderte zum Bett und versetzte ihm einen Klaps auf den Hintern. »Eine Hexe, wie?« fragte sie spitz. »Ich werde dir nicht mehr wie eine so üble Hexe vorkommen, wenn diese haarigen Monster erst einmal einen Blick auf deinen festen, kleinen Hintern geworfen haben. Du wirst der Liebling aller Knastbrüder sein, Mario.«

Er packte ihren Arm und stieß sie fort. »Du bist erbärmlich«, sagte er, sprang auf die Füße und riß seine Hose vom Stuhl. Rasch zog er sie an und zerrte am Reißverschluß. »Ich hielt dich für eine Freundin meiner Schwester, dachte, du würdest dir Sorgen um sie machen. Aber dich kümmert nur deine beschissene Karriere. Du willst dir nur auf Stellas Kosten einen Namen machen.«

Holly stellte sich dicht vor ihn. »Und du, Mario?« fragte sie, wobei sie in sein Brusthaar griff und so kräftig daran zog, daß er vor Schmerz zusammenzuckte. »Was kümmert's dich? Ein bißchen Koks, und du bist im siebenten Himmel. Wie willst du dorthin kommen, wenn du im Gefängnis sitzt?«

Mario stieß ihre Hand fort. »Ich lass' es beim Richter darauf ankommen«, stieß er schwer atmend hervor. Dann ließ er seinen Blick durch den Raum schweifen und sprach seine Gedanken laut aus: »Ich habe kein langes Vorstrafenregister. Das wird meine erste Verurteilung als Erwachsener sein. Ich war zwar einmal im Gefängnis, aber da war ich noch minderjährig. Sie werden mir wahrscheinlich nur eine Bewährungsstrafe aufbrummen.«

»Okay«, sagte sie. »Wenn du pokern willst, bitte schön. Allerdings sind Drogenhändler in Texas nicht besonders beliebt«, fügte sie hinzu. »Ich kann dir fast garantieren, daß du ins Gefängnis gehst. Außerdem werde ich auf Zuchthaus plädieren. Ich bekomme immer, was ich will, wenn ich mir etwas fest in den Kopf setze. Ich habe ja schließlich auch dich bekommen, oder?«

Mario griff nach seinem Hemd und zog es sich mit zornrotem Gesicht über. Als er fertig war, stürmte er aus dem Zimmer, rannte durch das Haus, sprang in seine Corvette und raste davon.

KAPITEL 11

Sarah Cataloni kam an die Haustür, öffnete sie jedoch nur einen Spaltbreit. »Was wünschen Sie?« fragte sie.

Brenda Anderson zog kurz ihre Marke. »Staatsanwaltschaft.« Sie hoffte, die Frau würde das Stadtwappen von Dallas nicht bemerken und irrtümlicherweise annehmen, sie sei vom Büro in Houston. »Wir brauchen Ihre Hilfe. Darf ich hereinkommen?«

»Mein Mann ist im Moment nicht da.« Die Frau versteckte sich hinter der Tür. Sie war klein, hatte kurzes braunes Haar und viele Falten im Gesicht. Argwöhnisch musterte sie ihr Gegenüber auf der Veranda.

»Vielleicht können Sie uns helfen?« Anderson lächelte gewinnend und hoffte, so das Mißtrauen der Frau zu zerstreuen. »Wir brauchen für die Gerichtsverhandlung ein paar Fotos von Stella Catalonis Eltern.«

»Wozu brauchen Sie Fotos?« fragte die Frau. »Die armen Leute sind doch tot.«

Anderson betrachtete sie genauer. Stellas Tante hatte dunkle Ringe unter den Augen, aber ein Auge war viel dunkler als das andere. Als die Ermittlerin sich unauffällig zu ihr hinüberbeugte, sah sie, daß es blutunterlaufen und geschwollen war. Clementine Cataloni war also nicht nur ein korrupter Polizist, er schlug auch noch seine Frau. »Ach«, sagte sie in dem Bemühen, sich nicht anmerken zu lassen, daß sie das blaue Auge bemerkt hatte, »wir möchten den Geschworenen nur zeigen, wie sie aussahen, verstehen Sie? Auf diese Weise erscheinen ihnen die Opfer realistischer. Das ist besonders wichtig, wenn der Fall schon so lange zurückliegt.«

»Ich habe keine Fotos.« Stellas Tante versuchte die Tür zu schließen. Anderson hinderte sie jedoch daran, indem sie einen Fuß in den Türrahmen stellte. »Clem hat sie alle weggeworfen. Sie haben ihn immer zu sehr aufgeregt.«

Schuldgefühle, dachte Anderson. Der Mann fühlte sich so schuldig, daß er es nicht ertragen konnte, ein Foto seines Bruders sehen zu müssen. »Wissen Sie, ob irgendwelche anderen Verwandten Fotos haben?«

»Maria hat welche«, sagte sie. »Sie wohnt in San Francisco. Sie ist eine Cousine meines Mannes. Soll ich Ihnen die Adresse geben?«

»Ja, bitte. Und vielleicht auch die Telefonnummer.«

Sarah Cataloni verschwand im Inneren des Hauses und kam kurz darauf zurück. In dem Augenblick, als sie Anderson einen Zettel mit Adresse und Telefonnummer reichen wollte, erschien hinter ihr ein Mann mit drohendem Gesichtsausdruck und riß ihr das Papier aus der Hand. Anderson warf rasch einen Blick auf den Zettel und prägte sich die Telefonnummer ein.

»Wer sind Sie?« fragte Clem Cataloni. »Was wollen Sie in meinem Haus? Was fällt Ihnen ein, meine Frau zu belästigen?«

»Bin schon so gut wie fort.« Anderson drehte sich um und ging die Stufen hinunter.

»Kommen Sie zurück!« schrie er. »Ich will Ihre Marke sehen. Sie sind gar nicht von der Staatsanwaltschaft Houston. Stella hat Sie geschickt, stimmt's?«

Anderson blickte über die Schulter zurück, blieb jedoch nicht stehen. Cataloni stand jetzt auf der Veranda, und sie sah eine Ausbuchtung unter seinem Strickhemd. Er trug also eine Waffe. Sie startete den Motor ihres Mietwagens, gab Gas und hinterließ einen Gummistreifen auf dem Asphalt der Einfahrt. Clementine Cataloni mochte vielleicht kein Mafioso sein – worauf Stella ja auch immer bestand –, aber Anderson hatte jetzt keine Schwierigkeiten mehr, einen Mörder in ihm zu sehen.

Nachdem Brenda und Stella in einem Fast-food-Restaurant ein schnelles Abendessen zu sich genommen hatten, ging die Ermittlungsbeamtin in ihr Hotelzimmer. Sie trug alle Einzelheiten von Stellas Geschichte zusammen und versuchte, wegen der Fotos mit Stellas Verwandten in San Francisco Verbindung aufzunehmen. Die Fotos waren für die Programmerstellung zwar nicht unbedingt notwendig, aber sie wollte, daß es so realistisch wie möglich wurde. Dazu konnten die Bilder sehr viel beitragen.

Stella kehrte währenddessen in Marios Apartment zurück, von wo aus sie unverzüglich bei Sam anrief. »Das ist ja furchtbar«, war seine Reaktion, nachdem ihm Stella die neuesten Entwicklungen mitgeteilt hatte. »Du meinst, dein Onkel beging diese Betrügereien, während er gleichzeitig als Captain bei der Polizei arbeitete?«

»Es ist nicht nur der Pensionsbetrug«, erläuterte Stella. »Wir verdächtigen ihn auch, das Feuer gelegt zu haben, um meinen Vater von einer Anzeige abzuhalten. Dann erschoß er Randall, um zu verhindern, daß der Fall erneut aufgerollt wurde.«

»Wann kommst du zurück?«

»Morgen nachmittag.«

»Ich vermisse dich, Stella«, sagte er sanft.

»Ich dich auch.«

Stella legte auf und begann, im Gästezimmer ihre Kleider auszuziehen. Plötzlich hielt sie inne und blieb reglos stehen. Jemand war in der Wohnung. Sie hörte Schritte, die vom Wohnzimmer herüberkamen. In Panik rannte sie in die Abstellkammer neben der Küche, schloß die Tür und verriegelte sie. Als ihr jedoch einfiel, wie ihr Rock in Flammen aufgegangen war, befürchtete sie, die Person könne in der Wohnung Feuer legen. Getrieben von der Angst, in dem kleinen Raum in der Falle zu stecken, entriegelte sie die Tür und spähte hinaus.

Mario schlenderte den Flur entlang. »Du hast mich zu Tode erschreckt«, warf sie ihm mit sich überschlagender Stimme vor. »Warum sagst du kein Wort, wenn du hereinkommst? Du sollst dich nicht immer so anschleichen.«

»Das ist schließlich mein Apartment, hast du das vergessen?« entgegnete er und lehnte sich an die Wand. »Wovor hast du überhaupt Angst? Du fürchtest dich doch wohl nicht vor mir?«

»Nein«, sagte Stella, deren Herz immer noch raste. Sie ging ins Bad und spritzte sich kaltes Wasser ins Gesicht. Dann kehrte sie zu Mario zurück. »Es tut mir leid, was ich neulich zu dir gesagt habe. Du weißt schon ... als ich dich beschuldigte, Randall erschossen zu haben. Ich glaube, ich weiß jetzt, wer dahintersteckt, Mario. Nicht nur hinter Randalls Tod, sondern auch hinter dem Feuer.«

»Wer?« fragte er.

»Onkel Clem. Ich habe den ganzen Tag mit Brenda Anderson daran gearbeitet. Sie ist die Ermittlerin aus Dallas, die von Growman geschickt wurde. Willst du wissen, was wir herausgefunden haben?«

Mario verzog das Gesicht. »Kann ich vielleicht erst mal duschen?«

»Wie du willst«, erwiderte Stella spitz. Verärgert, weil er einfach so hereinspaziert kam, als wäre nichts geschehen, und offensichtlich mehr an einer Dusche als an ihrer Geschichte interessiert war, ließ sie ihn im Flur stehen, ging ins Wohnzimmer und setzte sich auf eines der weißen Sofas. Doch Mario folgte ihr. Mitten im Zimmer blieb er stehen und starrte sie wortlos an. »Heißt das, deine Dusche kann warten?« fragte sie. »Ich möchte mich dir keinesfalls aufdrängen.«

»Schieß schon los! Ich bin ganz Ohr.«

Mario ließ sich auf dem Sofa ihr gegenüber nieder und streckte seine Beine aus. Nachdem Stella ihren Bericht über den bisherigen Ermittlungsstand beendet hatte, sagte sie: »Brenda hat bei sämtlichen Polizeirevieren nachgefragt, und es hat sich herausgestellt, daß alle Betroffenen Invalidenrente beantragt hatten, bevor sie nach Houston kamen. Alle Anträge wurden abgelehnt. Sie kamen nach Houston, arbeiteten sechs bis acht Monate und – Bingo! – gingen mit voller Rente in Pension.«

»Kannst du das beweisen?« fragte Mario und richtete sich ein wenig auf.

»Natürlich kann ich das«, antwortete Stella. Sie sah nervös auf ihre Hände. »Nun, vielleicht bin ich zu optimistisch. Wir können beweisen, daß die Männer Anträge auf Arbeitsunfähigkeit stellten und abgewiesen wurden und daß sie alle Mitglied bei den Knights of Columbus sind. Wir wissen, daß jetzt keiner von ihnen mehr im aktiven Dienst ist. Der Beweis, daß Onkel Clem alles arrangiert hat, ist allerdings nicht so einfach zu erbringen. Brenda Anderson versucht im Moment herauszufinden, ob die medizinischen Untersuchungen alle von demselben Arzt vorgenommen wurden.« Sie seufzte und sank noch tiefer ins Sofa. »Und selbst wenn es derselbe Arzt war, müssen wir es immer noch schaffen, ihn irgendwie mit Onkel Clem in Verbindung zu bringen.«

»Also hast du rein gar nichts«, sagte er verärgert und machte eine dramatische Geste. »Was soll das? Willst du jetzt Onkel Clem beschuldigen? So wie vorher mich?«

»Ich sagte doch, daß es mir leid tut«, wiederholte Stella

niedergeschlagen. »Kannst du denn meine Entschuldigung nicht annehmen? Ich stand unter schrecklichem Druck.«

Mario warf ihr einen vernichtenden Blick zu.

Stella sah ihm in die Augen, ihre Stimme klang jetzt viel sanfter. »Ich liebe dich doch. Wir waren immer ein Team. Ich hatte Angst, als du nicht zu mir ins Gefängnis gekommen bist. Ich war sicher, daß du versuchtest, deine Verwicklung in Randalls Tod zu vertuschen.«

»Ich habe die Nacht mit meiner Freundin verbracht«, sagte er, zog eine Zigarette aus der Tasche und zündete sie an. »Das habe ich dir doch schon gesagt.«

»Mit der Stewardeß?« fragte sie.

»Ja«, erwiderte Mario, ohne ihr in die Augen zu sehen.

»Wie heißt sie?«

»Kelly«, sagte er und schnippte die Asche auf den Boden.

Stella wurde zornig. Sollte sie ihm auf den Kopf zu sagen, daß er log? Wahrscheinlich würde er dann wieder verschwinden, und das wollte sie nicht. Daher beschloß sie, das Spiel mitzuspielen, wobei sie hoffte, daß die Lügen ihres Bruders auf seine Drogengeschichten zurückzuführen waren. Sie versuchte auf andere Art, die Wahrheit aus ihm herauszubekommen: »Ist die Stewardeß momentan in der Stadt? Wir müssen mit ihr reden und sicherstellen, daß sie sich an die Tage und Uhrzeiten erinnert, zu denen du bei ihr warst. Manchmal bringen die Leute einiges durcheinander.«

»Man bezichtigt mich doch nicht des Mordes an Randall«, sagte Mario leicht verwirrt. »Warum brauche ich ein Alibi?«

»Ich weiß nicht.« Stella zuckte die Schultern. »Ich meine nur, man sollte lieber auf Nummer Sicher gehen, als hinterher dumm dazustehen. Was passiert zum Beispiel, wenn sie mich entlasten und beschließen, dir alles anzuhängen? Da Onkel Clem mit drinhängt, haben wir keine Ahnung, was alles geschehen kann. Wenn sein Plan nicht aufgeht und ich freigesprochen werde, versucht er vielleicht, dich in den Mordfall zu verwickeln.«

»Das spielt dann auch keine Rolle mehr«, sagte er und drückte seine Zigarette im Aschenbecher aus. »Es ist mir gleichgültig. Du kannst ihnen ruhig erzählen, ich hätte den Bastard umgebracht. Ich gehe sowieso ins Gefängnis.«

Mario wollte wieder aufbrechen, aber Stella rief ihn zurück. »Es tut mir leid«, sagte sie, »aber wenn du dich mit Drogen einläßt, mußt du mit solchen Folgen rechnen. Brenda sagt, du hattest nicht gerade wenig Koks bei dir. Sie nimmt an, die Anklage wird auf Handel mit Drogen lauten. Das heißt, sie müssen schon eine ganze Menge von dem Zeug bei dir gefunden haben. Sei ehrlich, Mario, dealst du mit dem Stoff?«

»Nein!« brüllte er. »Du fängst ja schon wieder damit an! Jedesmal, wenn ich dich sehe, beschuldigst du mich wegen irgend etwas anderem, Stel. Ich habe heute von einem Mord im Hermann Park gehört. Willst du mir den vielleicht auch anhängen?«

»Warum hattest du denn so viel Kokain bei dir?« fragte sie zwischen zusammengepreßten Zähnen.

»Du weißt doch, wie das läuft«, versuchte er zu erklären. »Ein paar Freunde wollen eben manchmal ein bißchen koksen, also habe ich für alle zusammen eingekauft. Wenn wir zusammenlegen, bekommen wir mehr für unser Geld.«

»Schön zu wissen, daß du so auf Sparsamkeit bedacht bist«, bemerkte Stella sarkastisch.

»Ich bin nicht abhängig«, versicherte er mit Nachdruck. »Ich kann jederzeit aufhören.«

»Sicher«, sagte sie kopfschüttelnd. »Und ich habe keine Mordanklage am Hals.«

»Nein, wirklich, Stella«, bekräftigte Mario. »Ich bin nicht abhängig. Ich schwöre es. Ich bin nur manchmal deprimiert, und dann hilft das Zeug. Ich schnupfe nicht jeden Tag. Manchmal nehme ich es wochenlang nicht.«

»Was ist mit Holly?«

»Was soll mit ihr sein?«

»Brenda Anderson denkt, daß sie dir einen Handel anbieten will, wenn du gegen mich aussagst. Ist das wahr?«

»Was könnte ich ihnen schon erzählen?« fragte er mit gequälter Miene. »Ich habe nichts gesehen. Ich weiß nichts. Als das Feuer ausbrach, habe ich geschlafen. Das ist doch keine belastende Aussage. Selbst wenn ich auf einen Handel einginge, sehe ich nicht, wie dich das belasten könnte.«

»Du bist ein Dummkopf, Mario«, brach es aus Stella heraus, denn sie erkannte, daß er möglicherweise genau das tun würde, was Holly von ihm verlangte. Sie hätte es nicht für möglich gehalten, daß Mario sich gegen sie stellen könnte. Immer hatte sie ihn beschützt, sich um ihn gekümmert, all seine Probleme gelöst. Sie hatte alles aus Liebe zu ihm getan, aber jetzt erkannte sie, daß sie ihrem Bruder damit keinen guten Dienst erwiesen hatte. In Watte gepackte Kinder erwarteten, daß die Welt immer so mit ihnen umgehen würde. Mario suchte die schnelle Lösung, den rettenden Strohhalm. Alles war ihm recht, wenn es ihn nur vor dem Gefängnis bewahren würde. Wenn er für seine Rettung seine eigene Schwester an den Teufel verkaufen müßte, würde er auch das tun. »Glaub nicht eine Sekunde lang, daß sie dich nicht dazu bringen wollen, mich zu belasten«, sagte sie. »Sie werden dir jedes Wort, das du sagen sollst, vorschreiben. Entweder das, oder sie setzen dich in den Zeugenstand und bringen dich völlig durcheinander, führen dich so lange im Kreis herum, bis du Dinge sagst, die du niemals sagen wolltest.«

»Soll ich etwa tatenlos zusehen, wie sie mich ins Gefängnis stecken?« schrie er plötzlich, während seine Schultern sich strafften und sein Gesicht sich vor Wut verzerrte.

»Das habe ich nicht gesagt«, gab Stella genauso aufgebracht zurück. »Du bist kein Anwalt, Mario. Du verstehst das nicht. Allein durch die Tatsache, daß du mit der Staatsanwaltschaft zusammenarbeitest, sehe ich in den Augen der Geschworenen schlecht aus. Verdammt noch mal, du bist schließlich mein Bruder!«

Mario errötete. »Wenn *du* in Schwierigkeiten bist«, sagte er, »wird ein riesiger Zirkus veranstaltet. Aber für mich soll es schon in Ordnung sein, ins Gefängnis gesteckt zu werden, nur damit ich dich nicht in ein schlechtes Licht rücke. Warum? Nur weil ich kein hochkarätiger Anwalt bin? Zählt meine Zukunft deshalb weniger?«

»Ich stehe wegen Mordes vor Gericht, Mario. Das ist etwas anderes als eine Anklage wegen Drogenbesitzes.«

Beide schwiegen. Die Spannung im Zimmer war deutlich zu spüren. Stella verstand nicht, wie ihrer beider Leben eine so dramatische Wende hatte nehmen können. Mario war ein erfolgreicher Fotograf, und sie war auf dem Höhepunkt ihrer Karriere gewesen. Wie war es möglich, daß sie sich jetzt darüber stritten, wer von ihnen in größeren Schwierigkeiten steckte?

Mario ging ein paar Schritte auf sie zu, blieb dann jedoch stehen. Stella bemerkte die dunklen Ringe unter seinen Augen und die ungesunde Blässe seiner Haut. Wie schrecklich mager er war. »Ich möchte nicht, daß wir uns streiten«, sagte sie, und ihre Augen füllten sich mit Tränen. »Ich fühle mich so allein. Es ist, als hätte mich die ganze Welt im Stich gelassen. Du, Brad, Holly ...«

»Vielleicht hast du ja mich im Stich gelassen, Stella«, gab er zurück. »Weißt du eigentlich, wie selten du in diesem Apartment gewesen bist, wie selten du mich besucht hast, seit ich nach Houston zurückgezogen bin? Wie oft wohl? Einmal, zweimal. Du bist so mit deiner Karriere beschäftigt gewesen, als gäbe es mich gar nicht. Wann immer ich versucht habe, dich anzurufen, habe ich nur deine hochnäsige Sekretärin erreicht.«

»Ich hätte dich zurückgerufen«, sagte sie schluchzend.

»Du hättest nur eine Nachricht zu hinterlassen brauchen. Ich kann nicht jeden Anruf persönlich entgegennehmen.«

Mario stand jetzt vor ihr und bot ihr seine Hand. Stella griff danach und ließ sich auf die Füße ziehen. Bevor sie sich versah, lag sie in seinen Armen. »Es tut mir leid«, sagte sie. »Ich fürchte, ich habe dich genauso vernachlässigt wie Brad. Ich war einfach zu beschäftigt.«

»Ist schon gut.« Mario zog ihren Kopf an seine Schulter. »Jetzt sind wir zusammen. Nichts wird sich jemals zwischen uns stellen.«

»Versprich es«, flüsterte Stella.

»Ich verspreche es«, sagte Mario.

Stella betrat pünktlich um neun Uhr den Gerichtssaal. Sie blickte zum Tisch der Staatsanwaltschaft hinüber und hatte eigentlich erwartet, Holly dort zu sehen. Aber die Staatsanwältin war noch nicht da. Da an diesem Morgen keine weiteren Anhörungen auf dem Terminplan standen, konnte die Richterin keinen anderen Fall vorziehen. So verstrich die Zeit. Stella gefiel es überhaupt nicht, wenn das gesamte Gerichtspersonal untätig herumsaß. Mit jeder Sekunde wurde ein weiterer Dollar Steuergeld aus dem Fenster geworfen.

Richterin Maddox beugte sich vor und bat die Gerichtsschreiberin, in Oppenheimers Büro anzurufen. »Sagen Sie ihr, Sie soll Ihren Hintern ins Gericht bewegen, bevor ich sie wegen Mißachtung belange.«

»Sie ist nicht da«, sagte die Frau und legte den Telefonhörer wieder auf die Gabel. »Mir wurde mitgeteilt, sie sei unterwegs.«

»Nun, dann vertagen wir uns eben«, entschied die Richterin, stand auf und wollte die Richterbank verlassen. In diesem Moment flog die Tür auf, und Holly marschierte durch den Mittelgang in den Saal.

»Schön, daß Sie sich doch noch entschlossen haben, unserem Treffen beizuwohnen, Frau Staatsanwältin«, sagte Richterin Maddox, nahm die Akte aus der Hand der Gerichtsschreiberin und ließ sich wieder auf den Richterstuhl fallen. »Noch weitere fünf Minuten, und Sie wären möglicherweise selbst in den Genuß gekommen, eine Gefängniszelle von innen zu betrachten. Mit Ihren notorischen Verspätungen muß endlich Schluß sein. Ich hoffe, ich habe mich klar ausgedrückt.«

»Verzeihen Sie, Euer Ehren«, sagte Holly. Sie fühlte sich beleidigt, weil die Richterin ihr vorgeworfen hatte, stets zu spät zu kommen, obwohl sie sich sehr bemühte, immer pünktlich zu sein. »Ich bin schon seit Monaten nicht mehr zu spät gekommen.«

Richterin Maddox rief den Fall zur Verhandlung auf und begann: »Sie wurden angewiesen, das fehlende Beweisstück beizubringen, Miss Oppenheimer. Aus diesem Grunde haben wir den heutigen Termin anberaumt; für den Fall, daß Sie das vergessen haben sollten.«

»Wir können es nicht finden«, sagte Holly und schaute kurz zu Stella hinüber. »Wir haben das ganze Lager auf den Kopf gestellt, aber ohne Erfolg. Erlauben Sie mir, das Gericht darauf hinzuweisen, daß es sich um ein sehr kleines Beweisstück handelt und inzwischen sechzehn Jahre vergangen sind ...«

»Wir kommen ohne diesen Beweis nicht weiter, Euer Ehren«, unterbrach Stella sie mit lauter, schneidender Stimme. »Ich möchte an dieser Stelle einen Antrag auf Verlängerung der Beweisaufnahmefrist stellen. Miss Oppenheimer hält dieses Beweisstück absichtlich zurück.«

»Ich stimme Ihrem Antrag zu«, sagte Richterin Maddox, »aber ich möchte Sie beide im Richterzimmer sprechen.« Sie einigten sich auf einen neuen Termin für den Beginn der Vorverhandlung, und die Richterin erhob sich von ihrem Platz.

Holly und Stella folgten ihr widerwillig und verschwanden durch die Tür hinter der Richterbank, die ins Richterzimmer führte. Das Büro war geschmackvoll eingerichtet und geräumig. Ein großer Mahagonischreibtisch mit Marmorplatte beherrschte den Raum. In einer der hinteren Ecken stand ein runder Beratungstisch. Nachdem die beiden Frauen Platz genommen hatten, setzte sich die Richterin hinter ihren Schreibtisch. »Ich werde keinen Hennenstreit in meinem Gericht dulden«, sagte sie.

»Sehen Sie nicht mich dabei an!« Holly bewegte ihre Beine vor und zurück. »Sie ist diejenige, die mit Beschuldigungen nur so um sich wirft.«

»Ich möchte versuchen, es Ihnen zu erklären«, begann Stella mit weicher Stimme. »Diese Frau haßt mich, Euer Ehren. Sie führt eine Art persönlichen Rachefeldzug gegen mich, was auf Eifersucht und berufliche Rivalität zurückzuführen zu sein scheint. Ich bitte das Gericht nur um eines, nämlich um einen fairen Prozeß, worauf jeder Beklagte ein Recht hat.«

»Quatsch«, rief Holly erregt und mit zornrotem Gesicht. »Das stimmt überhaupt nicht. Mein einziges Ziel ist es, eine Mörderin zu überführen. Wenn sie dies einen Rachefeldzug nennt, meinetwegen. Ich tue nur meine Arbeit.«

»Vielleicht sollte ein anderer Ankläger diesen Fall übernehmen.« Richterin Maddox wurde der Sache allmählich überdrüssig. »Dies ist eine einzigartige Situation. Ich persönlich hatte noch nie eine Staatsanwältin als Angeklagte vor meinem Strafgericht, und Sie beide haben früher zusammengearbeitet. Das könnte im weitesten Sinne als Interessenkonflikt gewertet werden.«

»Sie können mich nicht von dem Fall abziehen.« Holly stand auf und beugte sich über den Schreibtisch. »Interessenkonflikt, Blödsinn. Mir wäre es auch gleichgültig, wenn es sich um Mutter Teresa handelte. Wo soll das denn hinführen? Sollen alle Kriminellen selbst entscheiden, wer die Anklage vertritt? Sie will mich nicht dabeihaben, weil sie weiß, daß ich eine Verurteilung erreichen werde.« Sie zeigte mit dem Finger auf Stella. »Sie ist ein listiges und verschlagenes Weib, Euer Ehren. Sie kennt unser System wie ihre Westentasche. Sie versucht, dieses Wissen zu ihrem Vorteil zu nutzen.«

»Das genügt«, unterbrach Richterin Maddox sie und hielt eine Hand in die Höhe. »Sie haben Ihre Meinung zum Ausdruck gebracht, Miss Oppenheimer.« Ihre Telefonanlage summte, sie nahm den Hörer ab und bedeutete ihnen zu gehen.

KAPITEL 12

Als Stella und Brenda Anderson mit der Vier-Uhr-Maschine auf dem Love Field Airport landeten, wartete Sam bereits bei der Gepäckausgabe. Nachdem sie Brenda an ihrer Eigentumswohnung in Richardson abgesetzt hatten, beugte sich Sam über den Sitz und küßte Stella auf den Mund. »Ich habe mir solche Sorgen gemacht«, sagte er. »Kannst du denn jetzt in Dallas bleiben? Nach dem Vorfall mit deinem Rock würde ich viel besser schlafen, wenn du hier wärst.«

»Die Voruntersuchungen wurden verschoben«, antwortete sie. »Wir müssen aber zurück, sobald das fehlende Beweisstück auftaucht. Brenda glaubt, es könnte entscheidend sein, und darum möchten wir unsere eigenen Tests durchführen lassen, sobald es gefunden wird.«

Sam reihte sich in den Verkehr ein, und sie fuhren Richtung Autobahn. »Es handelt sich doch nur um ein Stück Metall?«

»Aber es geht nicht um das Material, Sam«, sagte sie, und ihre Stimme wurde vor Aufregung lauter, »sondern um seine Bedeutung. Dieses Stück könnte alles aufklären. Die ursprüngliche Inventarliste besagt, daß eine Art Inschrift oder Gravur auf den Teilen gefunden wurde. Brenda konnte ein paar Buchstaben entziffern, aber ohne das fehlende Stück können wir nicht herausfinden, was die gesamte Inschrift bedeutet.«

Sie waren mittlerweile auf der Autobahn angelangt, aber da es gerade Hauptverkehrszeit war, kamen sie kaum von der Stelle. »Selbst wenn ein Teil fehlt«, sagte Sam, »hat man denn nicht sonst irgendwo in den Berichten festgehalten, wie die Inschrift lautete?«

»Nein«, antwortete sie. »Und das allein ist schon verdächtig. Das komplette Metallteil existiert nur auf der Inventarliste. In den anderen uns ausgehändigten Berichten wird es mit keinem Wort erwähnt. Entweder hat die Staatsanwaltschaft versäumt nachzuhaken, als der Fall zum erstenmal untersucht wurde, oder jemand pfuscht seit meiner Verhaftung mit Absicht an den Beweisen herum.« Sie griff nach seinem Arm. »Verstehst du denn nicht, Sam? Es könnte etwas sein, das der Mörder zurückgelassen hat.«

»Du meinst jemand anderes als Randall?«

»Richtig«, bestätigte sie. »Randall hörte, wie mein Vater sich mit einem Mann draußen vor dem Haus stritt. Die Polizei denkt, ich hätte Randall umgebracht, um ihn an einer Aussage zu hindern. Aber Randalls Mörder könnte auch die Person sein, die sich damals mit meinem Vater gestritten hat. Falls dieser Jemand das Feuer gelegt hat, bekam er möglicherweise irgendwie Wind von Randalls Aussage und geriet in Panik, weil er dachte, die Polizei könne ihn suchen. Also brachte er den einzigen Zeugen der Anklage um und hoffte, so die Wiederaufnahme des Falles zu verhindern. Nehmen wir einmal an, er wußte von der Existenz eines belastenden Beweisstücks, dann war dies unwichtig, solange der Fall ruhte. Aber nachdem Randall wieder aufgetaucht war, mußte er damit rechnen, daß ich darauf drängen würde, den Fall erneut aufzurollen.«

»Und diese zerfallenen Metallteile sind der belastende Beweis, richtig?«

»Ja«, antwortete Stella und beobachtete die sich in den Verkehr einfädelnden Autos. »Überleg doch mal«, sagte sie ein paar Augenblicke später. »Was ist, wenn der Mörder in jener Nacht etwas im Haus zurückgelassen hat? Er könnte eine Kette oder eine Uhr verloren haben. Während all der Jahre hat er immer gebetet, daß niemand darauf stoßen würde.«

»Aber hätte er denn nicht annehmen müssen, daß sie sich mit dir beschäftigen, Stella?« fragte Sam. »Wenn er Randalls Aussage kannte, wußte er auch, daß Randall den Verdacht auf dich lenkte. Indem er ihn tötete, erhöhte er sogar noch das Risiko, daß der Fall erneut aufgenommen und das belastende Beweisstück entdeckt werden würde.«

»Er hat niemals damit gerechnet, daß man mich verdächtigen würde«, hielt Stella dagegen. »Ich bin Staatsanwältin, Sam. Wer würde jemals in Betracht ziehen, eine Staatsanwältin vor Gericht zu stellen? Auch ich konnte zuerst nicht glauben, daß sie gegen mich ermittelten. Und außerdem wußte der Mörder vielleicht nicht, daß ich Randall am Tag vor seiner Ermordung vor Zeugen bedroht habe.«

»Erkennst du eigentlich nicht, was du gerade tust, Stella?« fragte Sam mit finsterer Miene. »Du tust genau das, was diese Person nicht will. Du machst einen riesengroßen Wirbel um dieses unvollständige Beweisstück. Du versuchst, dem geheimnisvollen Unbekannten auf die Schliche zu kommen. Wenn er Randall umgebracht hat, damit genau dies nicht geschehen sollte, dann hat er es jetzt wahrscheinlich auch auf dich abgesehen.«

»Möglicherweise«, sagte Stella mit leicht zitternder Stimme. »Aber ich werde nicht aufgeben, Sam. Versteh mich doch! Das kann ich nicht! Nur wenn ich den wahren Mörder finde, kann ich mich gegen die Anschuldigungen zur Wehr setzen.«

Während sie im Schrittempo dahinrollten, ließ Sam immer wieder das Lenkrad los. »Ich möchte, daß du bei mir wohnst, Stella«, sagte er. »Ich will nicht, daß du allein in deinem Haus bist.«

»Jetzt übertreibst du aber«, sagte sie und brachte ein Lächeln zustande. »Es ist alles in Ordnung, Sam. Wenn ich überhaupt irgendwo in Gefahr bin, dann in Houston und nicht in Dallas. Ich bitte dich nur um eine Sache. Ich muß das Geld für Brannigan auftreiben.« Sie sah auf ihre Hände. »Ich rufe morgen bei der Bank an und versuche, ein Darlehen auf das Haus zu bekommen.«

»Das wird nicht möglich sein«, sagte Sam und schüttelte den Kopf. »Brad ist noch immer Miteigentümer. Wenn er den Darlehensantrag nicht unterschreibt, hast du keine Chance. Außerdem, wenn die Bank von deinen Schwierigkeiten weiß ...«

»Ich möchte, daß du folgendes für mich tust«, unterbrach sie ihn. »Bereite eine Vermögenseinigung zur Unterschrift vor. Brad kann alles behalten, außer dem Haus. Ich übertrage ihm bedingungslos alle Rechte an seinem Geschäft. Er kann auch meinen BMW haben, wenn er will.« Sie sah ihm direkt in die Augen. »Ich bin verzweifelt, Sam. Ich kann mich in einem solchen Prozeß nicht selbst verteidigen. Ich bin emotional viel zu sehr darin verwickelt, und ich würde Fehler machen.«

Sie waren in der vergangenen halben Stunde nur ein paar Meilen vorwärts gekommen. An einer Ausfahrt fuhr Sam ab und parkte an einer Zufahrtsstraße, da er warten wollte, bis sich der Verkehr beruhigt hatte. »Ich kann dir das Geld besorgen«, sagte er und wandte sich ihr in seinem Sitz zu. »Du mußt Brad nicht alles in den Rachen werfen.«

»Nein, Sam«, erwiderte sie. »Ich kann von dir kein Geld mehr annehmen. Du hast schon meine Kaution bezahlt. Wenn ich vor Gericht erscheine und das Land nicht verlasse, bekommst du das Geld zurück. Das Geld für einen Anwalt aber ist für immer verloren.«

»Es ist doch nur Geld«, sagte er und nahm ihre Hand. »Ich will dir helfen, Stella.«

»Das kann ich nicht annehmen, Sam. Es wäre nicht richtig. Wenn du tust, worum ich dich gerade gebeten habe, dann kommt alles in Ordnung. Brad muß kein Bargeld herausrücken. Er muß mir nur das Haus überschreiben, damit ich eine Hypothek darauf aufnehmen kann.«

»Da war wohl ein Unfall«, sagte Sam, dem auffiel, daß die Autos auf dem Freeway wieder schneller fuhren. Er startete den Motor und fuhr zur Auffahrt zurück. »Wenn du sicher bist, daß du es so willst ... Wahrscheinlich kann ich schon bis morgen alles vorbereitet haben.«

»Gut.« Stella lehnte sich in ihrem Sitz zurück.

Sam schwieg eine Weile und dachte nach. »Du brauchst auf jeden Fall einen Anwalt. In diesem Punkt stimme ich dir hundertprozentig zu. Soll ich mit Brad sprechen, oder möchtest du das lieber selbst erledigen? Du weißt sicher besser, wie er anzupacken ist, Stella.«

»Nein«, sagte sie und mußte daran denken, wie sie reagiert hatte, als er sie in Houston im Gefängnis besucht hatte. »Wenn ich mit ihm rede, streiten wir am Ende nur wieder. Vielleicht stimmt er einer Eigentumsübertragung für das Haus nicht zu, Sam. Sollte er sich weigern, versuche wenigstens, ihn dazu zu bringen, daß er mit mir zusammen wegen des Darlehens unterschreibt.«

»Falls du verurteilt wirst«, stellte Sam fest, »hätte Brad die Rückzahlung allein am Hals. Wenn er mein Klient wäre, würde ich ihm von einer solchen Einigung dringend abraten.«

»Tu, was du kannst«, sagte sie und zuckte die Schultern. »Ich weiß nicht, was ich dir sagen soll. Erfinde irgend etwas. Du mußt Brad davon überzeugen, daß ich in der Lage bin, das Darlehen zurückzuzahlen. Sag ihm, du bist sicher, daß ich freigesprochen werde, daß ich gute Chancen habe.«

Sam schlug vor, etwas zu essen. Da Stella müde war und

gern nach Hause wollte, hielten sie an einer Raststätte und aßen auf die Schnelle ein Sandwich. Während sie in Sams Mercedes wieder in Richtung des Hauses von Stella fuhren, betrachtete sie durch das Seitenfenster die Skyline von Dallas und die glitzernde Kuppel neben dem Reunion-Stadion. Aus der Ferne wirkten die Lichter wie eine gigantische Weihnachtsdekoration, und sie fragte sich, wo sie das kommende Weihnachtsfest verbringen würde. Mit geschlossenen Augen, den Kopf zurückgelehnt, schwieg sie, bis die Reifen von Sams Wagen über die Pflastersteine ihrer Einfahrt rumpelten.

»Ich würde dich gerne hereinbitten«, sagte sie. »Aber ich bin völlig erschöpft. Ich möchte morgen schon sehr früh im Büro sein. Daher sollte ich lieber gleich ins Bett gehen und versuchen, etwas Schlaf zu finden.«

»Ich verstehe, Stella.« Er blickte sie zärtlich an. »Wenn du Lust hast, würde ich dich für morgen abend gerne zu mir nach Hause zum Abendessen einladen. Ich möchte, daß du Adam kennenlernst.«

»Adam?« fragte Stella, und ihr Magen flatterte. »Nachdem er ansehen mußte, wie ich abgeführt wurde? Glaubst du, das ist richtig? Was mag er von mir denken?«

»Ich möchte, daß er die Wahrheit erfährt«, sagte Sam. »Menschen werden manchmal auch zu Unrecht eines Verbrechens beschuldigt. Wenn die Polizei jemanden verhaftet, heißt das noch lange nicht, daß er oder sie schuldig ist.«

»Was soll das?« Sie hob den Kopf. »Lebensweisheit Nummer einhunderteins?«

Sam zog sie sanft in seine Arme und strich ihr ein paar Haare aus dem Gesicht. »Gib uns eine Chance, Stella«, flüsterte er. »Wir lassen dich nicht im Stich.«

So blieb sie einige Zeit in Sams Armen, ihre Wange an sein Jackett gepreßt. Es tat so gut, seine Umarmung zu spüren, zu wissen, daß jemand sich Sorgen um sie machte. Schließlich löste sie sich von ihm und küßte ihn flüchtig auf die Stirn. Dann stieg sie aus dem Wagen, ging zur Eingangstür und verschwand in der Dunkelheit ihres Hauses.

Am folgenden Morgen um neun Uhr stürmte Holly in Frank Minors Büro. »Was soll das heißen, ich kann keinen Ermittler zur Unterstützung haben?« schrie sie ihn an. »Das ist der größte Fall, den ich je hatte, und Sie erzählen mir, ich muß die ganze Arbeit allein machen?«

»Zur Zeit ist niemand frei«, entgegnete Minor schlicht. »Wenn ich jemanden hätte, würden Sie ihn auch bekommen.«

»Dann muß ich eben einen unabhängigen Ermittler beauftragen«, sagte sie und ließ sich auf einen Stuhl vor seinem Schreibtisch fallen. »Es gibt mehrere gute Agenturen in der Stadt, Frank. Ich würde zwar lieber mit unseren eigenen Leuten arbeiten, aber wenn es sein muß, geht es auch mit einem Unabhängigen.«

»Unser Budget für dieses Jahr ist jetzt schon überschritten.« Er klopfte mit seinem Bleistift auf die Schreibtischplatte. »Vielleicht hat Harper seinen Fall abgeschlossen, wenn die Voruntersuchungen beginnen. Wie ich hörte, sind sie ohnehin verschoben worden.«

»Aber nur um eine Woche«, stieß Holly hervor. »Wenn ich mit unserem jetzigen Wissensstand da hineinmarschiere, wird in dem Fall möglicherweise nicht einmal der Prozeß eröffnet. Außerdem hat Stella auch eine Ermittlerin. Growman stellt ihr alles zur Verfügung, was sie braucht.«

»Wenn das stimmt«, sagte er kichernd, »schlage ich vor, Sie machen sich an die Arbeit.«

»Verdammt!« fluchte Holly. »Ich will einen Ermittler, Frank.«

Minor drehte seinen Stuhl um und sah aus dem Fenster. »Ich habe über Randalls Aussage und über den Mann nachgedacht, den er mit Stellas Vater gesehen haben will«, sagte er. »Ihr Vater war Gebäudeprüfer. Wer weiß, vielleicht hat der Todesfall damit zu tun.« Er drehte seinen Stuhl wieder zurück und fügte hinzu: »Prüfen Sie alle Zeitungsberichte aus jener Zeit, und sehen Sie, ob Sie dabei auf etwas stoßen. Setzen Sie sich außerdem mit der Bauaufsichtsbehörde in Verbindung, und fragen Sie, woran Cataloni gearbeitet hat, bevor er starb. Korruption ist in der Bauindustrie sehr weit verbreitet. Vielleicht ist Stellas Vater über eine Unregelmäßigkeit gestolpert, und jemand wollte ihn aus dem Weg räumen.«

Hollys Kiefer klappte nach unten. »Was sagen Sie da?« schrie sie. »Sie glauben, Stella ist unschuldig? Verdammt, Frank, wenn Sie glauben, daß diese Frau unschuldig ist, warum gehen wir dann gegen sie vor?«

»Ich habe nicht gesagt, daß sie unschuldig sei«, widersprach er. »Ich denke nur, daß wir alle Möglichkeiten in Betracht ziehen müssen. Wollen Sie denn nicht die Wahrheit herausfinden? Für den Fall, daß Sie es vergessen haben, wir sind nicht dazu da, unschuldige Leute ins Gefängnis zu bringen.«

»Für den Fall, daß ich es vergessen habe?« wiederholte sie ungläubig. »Das Ganze war doch Ihre Idee, nicht meine.« Sie funkelte ihn an. »Was soll das? Suchen Sie sich bereits eine Hintertür? Wollen Sie sich jetzt schon absichern für den Fall, daß Stella entlastet wird, damit ich mir an diesem Fiasko den Hals breche? Nun«, fuhr sie fort und schlang sich die Arme um den Oberkörper, »mein Kopf wird nicht rollen, Frank! Alle Leute versuchen permanent, mich ins Abseits zu drängen. Ich habe die Nase voll davon. Sie werden mich nicht als die Dumme hinstellen!«

Er lachte sie aus. Wenn Holly die Fassung verlor, erinnerte sie ihn an einen aufziehbaren Spielzeugpudel. Manchmal hatte er das dringende Bedürfnis zu sehen, wie weit er sie treiben konnte. »Und was gedenken Sie dagegen zu tun? Wollen Sie eine Horde blutrünstiger Kampfhunde auf mich hetzen? Oder vielleicht jemanden anheuern, der mir den Hals umdreht?«

Holly stand auf. »Stella ist schuldig, und ich werde es beweisen«, sagte sie mit entschlossener Miene. »Das ist die Chance für mich, mir einen Namen zu machen. Und niemand wird mir diese Chance nehmen.«

»Genau danach habe ich gesucht«, antwortete Minor und zeigte mit einem Finger auf sie. »Nach dem Killerinstinkt, Oppenheimer. Ich dachte schon, Sie besäßen keinen.«

»Dann werde ich Sie eines Besseren belehren«, erklärte Holly. Ein paar Augenblicke lang blitzte sie ihn aus wütenden Augen an. Dann machte sie auf dem Absatz kehrt, marschierte aus dem Büro und knallte absichtlich die Tür hinter sich ins Schloß.

Das Chaos in Stellas Büro war schlimmer, als sie erwartet hatte. Der Korb mit dem Posteingang quoll vor Prozeßakten über, und als sie zur Tür hereinkam, reichte ihre Sekretärin ihr mindestens zwanzig Mitteilungen. »Hat Brenda Anderson schon angerufen?«

»Ja. Sie möchte sich um drei Uhr im Oracle-Labor an der Inwood Street mit Ihnen treffen. Wenn Sie den Termin nicht wahrnehmen können, möchte sie sofort darüber informiert werden. Das Labor steht ihr nur von drei bis fünf Uhr zur Verfügung.«

»Drei Uhr paßt gut«, sagte Stella. »Wissen Sie, wo Growman ist?«

»Vermutlich in seinem Büro«, antwortete die Frau. »Soll ich einmal nachfragen?«

»Ja, bitte.« Stella betrat ihr Büro und ließ sich auf ihren Stuhl fallen. Wie sollte sie all diese Fälle jemals aufarbeiten? Nacheinander nahm sie mehrere Akten in die Hand und überflog sie. Ihr war bewußt, daß Growman in Betracht ziehen mußte, einen Ersatz für sie zu finden, wenn die Anklage nach den Voruntersuchungen nicht fallengelassen wurde. Dann würde ihm keine andere Wahl bleiben. Hätte sie innerhalb der Bezirksstaatsanwaltschaft keine leitende Position innegehabt, hätte er ihre Fälle einfach einem anderen Staatsanwalt zuweisen können, bis sie zurückkehrte, doch jetzt türmte sich ihre Arbeit zu einem ständig wachsenden Berg. Wenn sie nicht aufpaßten, würden sie verbindliche Antragsfristen versäumen und gefährliche Verbrecher würden auf freien Fuß gesetzt.

Als sie ein Geräusch hörte, sah sie auf. Growman stand vor ihrem Schreibtisch.

»Es tut mir leid wegen des Durcheinanders, Stella«, sagte er und strich mit den Fingern durch sein Haar. »Den Großteil deiner Arbeit habe ich selbst erledigt, aber es ist ein aussichtsloser Kampf.« Er hielt inne und starrte auf die Aktenberge in ihrem Korb. »Wie schlimm steht es?«

Sie klopfte mit der Hand auf die Akten. »Schlimm, Ben. Wir bleiben nur für ein paar Tage hier. Wenn ich Brannigan für mich gewinne, kann ich mich vielleicht bis zur Vorverhandlung auf meine Arbeit konzentrieren, aber wenn ich das Geld nicht loseisen kann ...«

»Wieviel verlangt er?« fragte Growman.

»Ursprünglich wollte er fünfzigtausend. Aber da es nun zwei Fälle sind, verlangt er wahrscheinlich hunderttausend als Vorschuß.« Stella kicherte. »Die paar Piepen, kein Problem!«

»Wie kommt Brenda voran?«

»Sie ist fabelhaft«, schwärmte Stella. »Ich wüßte nicht, was ich ohne sie anfangen sollte, Ben. Wenn die Aufsichtsbehörde allerdings dahinterkommt, daß sie für mich arbeitet, gerätst du dann nicht in eine peinliche Situation? Wie willst du das rechtfertigen?«

»Außer Kominsky weiß niemand davon«, sagte Growman. »Wenn jemand dumme Fragen stellt, schick ihn einfach zu mir. Wir sollten es nicht an die große Glocke hängen. Ich würde das sonst für niemanden tun, Stella. Ich möchte, daß du das weißt.«

»Das weiß ich. Und, Ben ...«

Er war bereits auf dem Weg zur Tür, blieb stehen und sah sie an.

»Ich kann dir gar nicht genug für alles danken.« Sie räusperte sich und fuhr fort: »Übrigens, du hattest recht mit Holly. Sie hat mir eine Affäre mit dir unterstellt. Ich glaube, sie ist eifersüchtig. Das muß der Grund sein, weshalb sie sich mir gegenüber so feindselig verhält. Als sie im Fernsehen sah, wie du mir den Rücken gestärkt hast, muß sie außer sich geraten sein.«

»Holly ist auf jeden eifersüchtig, Stella«, antwortete Growman. »Wenn jemand einen Krümel mehr auf dem Teller hat – du oder ein anderer –, dann will sie ihn haben. Und sie würde über Leichen gehen, um ihn zu bekommen.«

»Es ist schon komisch«, sagte Stella, deren Blick sich in der Ferne verlor. »Ich hätte nie gedacht, daß Holly ein solcher Mensch ist. Man glaubt, jemanden zu kennen, aber dann stellt man fest, daß man sich geirrt hat. Sie ist die Falschheit in Person, Ben. Sie versucht sogar, Mario gegen mich aufzuhetzen.«

»Ich habe davon gehört«, bestätigte Growman. »Anderson hat es mir erzählt. Glaubst du, daß Mario mit ihr zusammenarbeiten wird?«

»Nein«, entgegnete Stella und schüttelte den Kopf. »Unsere Beziehung wurde in letzter Zeit stark belastet, aber ich glaube, jetzt ist alles wieder in Ordnung. Mario hat einfach nur Angst, Ben. Ich werde ihm einen Anwalt besorgen und mich dafür einsetzen, daß seine Drogengeschichte nicht vor Gericht kommt. Dann hat Holly nichts mehr, womit sie ihn unter Druck setzen kann.«

»Ich hoffe, du behältst recht«, sagte Growman und ging hinaus.

Um Viertel nach drei am Nachmittag bog Stella in den Parkplatz des Oracle-Labors ein. Sie hatte die Mittagspause durchgearbeitet und es geschafft, den Großteil der Fälle, die sich auf ihrem Schreibtisch gestapelt hatten, weiterzuleiten. Wenigstens konnten nun fällige Anklagen erhoben werden, dachte sie, als sie die Wagentür öffnete und in die sengende Hitze trat. Plötzlich erschien ihr die in Houston herrschende Schwüle gar nicht mehr so schlimm. Wenn man in Houston während der Sommermonate hinausging, fühlte es sich an, als würde einem eine nasse Decke über den Kopf geworfen. Die Hitze in Dallas hingegen war derart trocken und sengend, daß Stellas Haut brannte, als hätte jemand ihr ein glühendes Bügeleisen darauf gedrückt. Viele Verbrennungsopfer reagierten sehr empfindlich auf Hitze. Manche trugen sogar ständig kleine Taschenventilatoren bei sich. Sie konnte das sehr gut verstehen, dachte Stella, während sie quer über den Parkplatz zum Gebäude ging. Wer einmal Flammen auf seiner Haut gespürt hat, kann Hitze nur noch schwer ertragen. Stella hatte sogar daran gedacht, wieder nach Osten zu übersiedeln, um den heißen Sommern in Texas aus dem Weg zu gehen.

Mit einem Blick auf das eintönige graue Gebäude, in dem das Oracle-Labor untergebracht war, fragte sie sich, warum es keine Fenster hatte. Durch seine kahle, unattraktive Architektur wirkte es wie eine Art Festung.

»Ich bin mit Brenda Anderson verabredet«, erklärte sie der Rezeptionistin. Die Frau saß hinter einer geschwungenen Marmorkonsole, auf der sich eine Reihe von Computerterminals und Überwachungsmonitoren befand. »Sie erwartet mich. Mein Name ist Stella Cataloni.«

Die Frau bat Stella, auf einem der verchromten Stühle zu warten. Wenige Augenblicke später erschien Anderson. »Wir haben alles vorbereitet«, sagte sie. Ihr Gesicht wirkte müde und hager. »Wir haben die ganze Nacht gearbeitet, und ich glaube, das Programm ist ganz gut geworden. Wenn uns mehr Zeit zur Verfügung gestanden hätte, hätten wir natürlich mehr Einzelheiten einfügen und es der Realität noch besser angleichen können.« Sie hielt inne und blickte zu Stella. »Aber da die Zeit drängt, ist es wohl besser, mit dem vorliebzunehmen, was wir haben. Was meinst du?«

»Ganz meine Meinung«, erwiderte Stella und folgte Anderson, die sie durch ein Labyrinth langer Korridore führte. Sie spähte durch die Glaswände und sah Reihen surrender Computer und neueste elektronische Ausrüstungsgegenstände. Obwohl sie froh war, der draußen herrschenden Hitze entflohen zu sein, spürte sie, wie sie in dem kalten Gebäude zitterte. »Was wird hier eigentlich gemacht? Es ist so kalt wie in einem Kühlschrank. Ich glaube, selbst das Leichenschauhaus ist dagegen noch warm.«

»Einfach alles«, antwortete Anderson. »Sie halten es wegen der Computerausrüstungen so kühl. Hier hinein«, sagte sie, öffnete eine schwere Stahltür und hielt sie für Stella auf.

Der Raum war riesengroß. Er war in einzelne Arbeitsbereiche unterteilt und reichte zwei Stockwerke hoch. Stella nahm alle möglichen Arten von Kabeln und elektronischer Ausrüstung wahr, die in der kühlen Luft zu schweben schienen. Nicht zuletzt wegen der zahlreichen Scheinwerfer und Kameras auf Stativen glich die Halle eher einem Fernsehstudio als einem Computerlabor.

»Das ist das Labor für virtuelle Realität«, erklärte Anderson. »Und jetzt passiert folgendes: Du wirst auf diesem Podest stehen.« Sie wandte sich um und schaute in den Bereich hinter sich. »Du setzt einen Datenhelm auf, Stella. Vor deinen Augen befinden sich Bildprozessoren; was du siehst, gleicht also einem dreidimensionalen Fernsehbild. Anstelle echter Bilder siehst du allerdings von einem Computer erzeugte Bilder. Das Programm haben wir speziell für diesen Zweck erarbeitet. Außerdem hast du einen Kopfhörer im Datenhelm. Ich werde dort oben im Kontrollraum sitzen und kann mit dir reden und dich mehr oder weniger führen.« Sie zeigte auf einen durch Glasscheiben abgetrennten Raum auf der zweiten Ebene, der über eine Treppe zu erreichen war.

»Mich führen?« fragte Stella. »Ich bleibe doch hier in diesem Raum, oder?«

»Ja, natürlich«, sagte Anderson. »Aber sieh dir das Podest an. Es ist wie eine Art Laufband, nur flexibler. Wenn wir alles angeschlossen haben, macht es deine Bewegungen mit und gibt dir das Gefühl, daß du dich fortbewegst. Es handelt sich zwar um eine Simulation, aber je realistischer sie erscheint, desto besser müßtest du dich an die Ereignisse der damaligen Nacht erinnern können.« Ein junger Mann stieß zu ihnen, und Anderson stellte ihn vor. »Das ist Pete Frazer. Er hat mir bei der Programmentwicklung geholfen, Stella. Wir müssen zwar die Laborbenutzung bezahlen, aber Pete hat seine Dienste unentgeltlich angeboten.«

»Vielen Dank«, sagte Stella und lächelte schwach. »Ich weiß Ihre Hilfe wirklich sehr zu schätzen.« Frazer schien Anfang oder Mitte Zwanzig zu sein, aber er kam Stella nicht wie ein typischer Computerexperte vor. Er hatte langes Haar und intelligente blaue Augen, sah gut aus und schien eher extrovertiert zu sein. Zudem war er gut gekleidet und wirkte vertrauenswürdig.

»Ich habe schon viel von Ihnen gehört«, sagte er und reichte Stella die Hand. »Während des Pelham-Prozesses habe ich Sie im Fernsehen gesehen. Sie waren großartig. Meine Verlobte ist auf einer Juristenschule, und sie ist ein begeisterter Fan von Ihnen.«

Stella antwortete nicht. Ihr Blick wanderte in dem Raum umher, und sie spürte ein flaues Gefühl im Magen. »Als Brenda mir von dem Experiment hier erzählt hat, war mir nicht bewußt, daß es so eine große Sache werden würde«, sagte sie. »Wie es aussieht, gibt es hier mehr technische Geräte als bei der NASA. Ich komme doch wohl nicht auf den elektrischen Stuhl, oder?«

»Nein«, entgegnete Frazer lachend. »Lassen Sie sich von all dem Zeug hier nicht einschüchtern. Entspannen Sie sich einfach, und lassen Sie sich gehen. Betrachten Sie es als Spiel, dann fühlen Sie sich schon besser. Ich kenne Typen, die würden ihren rechten Arm dafür hergeben, hier einmal herumspielen zu dürfen. Das ist Spitzentechnologie. Das meiste davon ist für die Allgemeinheit noch nicht verfügbar.«

Frazer führte Stella zum Podest und reichte ihr den Helm. Währenddessen lief Anderson die Treppe hinauf zum Kontrollraum. Als Stella den Helm über den Kopf gezogen hatte, bat Frazer sie, ruhig stehenzubleiben, damit er alles richtig anschließen konnte. »Sie müßten jetzt ein Farbraster sehen«, sagte er. »Haben Sie es vor Augen?«

»Ja«, sagte Stella.

»Stella, ich bin's – Brenda«, sagte ihr eine Stimme ins Ohr. »Kannst du mich gut verstehen?«

»Ja.«

»Zunächst werden wir uns durch das Haus bewegen«, erklärte Anderson. »Wenn etwas unrealistisch erscheint, sag es uns. Dann können wir entsprechende Änderungen vornehmen. Was die Möbel anbelangt, so haben wir alle Grundformen und Stilrichtungen in einer Computerdatei. Und wenn etwas nicht in Ordnung ist, verändern wir es so lange, bis wir etwas Passendes finden. Dasselbe können wir auch mit den Oberflächenstrukturen machen. Ich kann Wände bewegen, Türen, Decken – alles, bis es wie euer Haus aussieht.« Sie atmete tief durch und fragte dann: »Bist du bereit?«

»So bereit wie überhaupt möglich«, sagte Stella. Ihre Hände schwitzten auf dem Metallgeländer des Podests. Das Farbraster verschwand, und plötzlich sah sie das Innere eines Hauses. »Ich sehe etwas. Es sieht aus wie unsere Küche. Das ist ja phantastisch, fast, als wäre ich tatsächlich dort.«

»Sieh dir alles genau an«, wies Anderson sie an. »Ist das Fenster an der richtigen Stelle? Die Küchengeräte?«

»Ja«, sagte Stella. »Das Fenster war über dem Spülbecken. Alles ist perfekt, bis auf den Tisch. Er war größer und stand weiter rechts.«

»Warte.« Rasch tippte Anderson die notwendigen Informationen über die Tastatur der Hauptkonsole ein. »Wie ist es jetzt?«

Stella war beeindruckt. Vor ihren Augen veränderte sich der Tisch. Er hatte dieselbe Form wie zuvor, nur wirkte er jetzt größer, und Anderson hatte ihn etwas nach rechts verschoben. »Am Küchenfenster hingen Gardinen«, sagte sie. »Ich glaube, ich hatte vergessen, sie zu erwähnen.«

»Welche Art Gardinen?« fragte Anderson.

»Spitze ... weiße Spitzengardinen.«

»Waren sie in jener Nacht auf oder zugezogen?«

»Das weiß ich nicht mehr ...«

»Okay«, sagte Anderson. »Geh jetzt in der Küche umher. Versuch, zum Kühlschrank zu gehen.«

Stella tat wie befohlen. Sie bewegte ihre Füße, als ginge sie tatsächlich über den Küchenfußboden. Es war ein unheimliches Gefühl, echt und dennoch unwirklich, so daß sie sich in eine andere Dimension versetzt fühlte. Sie griff nach der Kühlschranktür und keuchte, als diese sich öffnen ließ. Rasch stieß sie die Tür wieder zu und ging zur Spüle. »Zugezogen. Die Gardinen waren in dieser Nacht zugezogen. Ich stand an der Spüle neben meiner Mutter. Sie wusch gerade Salatblätter.« Stella stieß einen verwirrten Schrei aus, als sich das Bild veränderte und sie in das Gesicht ihrer Mutter blickte. Der Körper wirkte roboterhaft, völlig unnatürlich, aber das Gesicht war lebendig. »Wie hast du das gemacht? Das ist das Verblüffendste, was ich je gesehen habe.«

»Ich habe die Fotos von einer Verwandten von dir in San Francisco bekommen. Sieht echt aus, nicht wahr? Wenn das deine Erinnerungen nicht auf Trab bringt, Stella, dann ist es hoffnungslos.«

Stella blickte starr in das gütige Gesicht ihrer Mutter, wollte ihre Arme ausstrecken und sie umarmen. Sie fühlte sich wie ins Jenseits versetzt, als blicke sie auf den Geist ihrer Mutter. Da all ihre Fotos den Flammen zum Opfer gefallen waren, hatte sie das Gesicht ihrer Mutter seit jener Nacht nie wieder gesehen. Der Eindruck war überwältigend.

»Wo ist Randall, Stella?« fragte Anderson. »Versuch, von jetzt an im Präsens zu denken. Wenn du meine Stimme hörst, verbinde weder meinen Namen noch mein Gesicht damit. Stell dir einfach vor, daß es die Stimme deiner Erinnerung ist.«

»Ich weiß nicht«, sagte Stella. »Warte ... ich glaube, Tom war im Wohnzimmer. Er nahm an, den Wagen meines Vaters in der Einfahrt gehört zu haben, und ging zur Tür, um ihn dort zu begrüßen.«

Anderson fügte die Küchengardinen hinzu. Stella sollte sich völlig in die Umgebung hineindenken, bevor sie weitermachten. Da sie jedoch das bereits erstellte Bild nicht finden konnte, dachte sie sich schnell ein Muster aus und brachte es in Position. Dann wandte sie sich an den Toningenieur: »Aufnahme eins, Bill.«

Stella erstarrte, als durch den Kopfhörer Geräusche an ihre Trommelfelle drangen. Es hörte sich an, als ob in der Ferne zwei Männer stritten, aber sie konnte deren Worte nicht verstehen. Sie konzentrierte sich auf das Fenster und sah plötzlich zwei Menschen draußen im Vorgarten stehen. »Ich sehe sie«, sagte sie. »O Gott, Brenda, ich kann sie sehen. Ich hatte völlig vergessen, daß das Küchenfenster zum Vorgarten hinausging. Und das Fenster hatte Spitzengardinen. Man konnte hindurchsehen, auch wenn sie zugezogen waren. Wie bist du bloß darauf gekommen?«

»Ich habe die Bauzeichnungen«, erwiderte Anderson.

»Stell mir jetzt keine Fragen mehr, Stella. Es klappt nur, wenn du dir vorstellst, daß alles, was du siehst, wirklich ist und kein künstliches Bild.«

»Aber ... *was* sehe ich denn?« fragte Stella und bemerkte fasziniert, daß sich die Menschen auf dem Rasen bewegten. »*Du* hast es doch geschaffen, oder?«

»Ja.« Anderson seufzte und warf dem Toningenieur einen Blick zu. »Ich hoffe, es funktioniert«, flüsterte sie. »Wenn nicht, haben wir eine ganze Menge Zeit und Energie vergeudet.« Der Ingenieur zuckte nur die Schultern, und sie richtete ihre Aufmerksamkeit wieder auf Stella. »Hör zu«, sagte sie. »Wir haben die künstlichen Männer auf den Rasen gestellt, und du hörst eine Tonbandaufzeichnung, keine echten Stimmen. Aber wenn du deinen Gedanken freien Lauf läßt, siehst du vielleicht mehr, etwas aus deiner Erinnerung, das wir nicht erzeugt haben. Habe ich mich verständlich ausgedrückt? Wir entscheiden zwar, welche Bilder du siehst, aber du mußt sie mit deinen Erinnerungen kombinieren.«

Stella zwinkerte ein paarmal. Dann starrte sie durch das Fenster und versuchte verzweifelt, sich daran zu erinnern, was sie in jener Nacht gesehen hatte. »Es funktioniert nicht. Ich kann mich an nichts mehr erinnern. Ich habe dir doch gesagt, daß es nicht klappt.« Sie hob ihre Hände, um sich den Helm abzuziehen, als Anderson erneut zu sprechen begann.

»Laß dir Zeit«, sagte sie. »Hol ein paarmal tief Luft und entspanne dich. Laß deine Gedanken treiben. Es muß von ganz allein kommen, Stella. Du kannst es nicht erzwingen.«

Fünf Minuten vergingen, dann nochmals fünf. Endlich, nach einer Viertelstunde, glaubte Stella, die Stimme ihrer Mutter zu hören. »Die ganzen Pläne, die ich für dich hatte«, sagte sie. »Du kannst unmöglich bei den Miss-Texas-Wahlen kandidieren, nachdem du ein Kind zur Welt gebracht hast. Wenn du doch bloß gewartet hättest, Stella! Warum mußtest du auch mit diesem Jungen schlafen?«

Im Hintergrund vernahm Stella wieder die Stimmen der Männer. »Das kannst du nicht machen«, sagte ein Mann, seine Stimme klang laut und gereizt. Dann konnte sie nur noch Satzteile und unzusammenhängende Worte verstehen. »Morgen ... mehr Geld ... ich verspreche es ... du wirst es nicht bereuen ... bitte.« Ihr Vater hatte einen starken italienischen Akzent, und obwohl ihr die Stimme bekannt vorkam, wußte Stella, daß nicht ihr Vater sprach.

»Stella«, sagte Anderson sanft. »Was geht da vor?«

»Der Mann redet. Er fleht meinen Vater an. Ich weiß nicht, warum. ›Mehr Geld‹, sagt er immer wieder. ›Wenn du nur warten kannst. Ich bekomme noch mehr Geld.‹« Stella schloß die Augen und hörte zu. Sie versuchte, die Stimme abermals in ihrem Gedächtnis heraufzubeschwören. »Mein Vater sagt nein, er soll verschwinden, wirft ihm Schimpfworte an den Kopf.«

»Wer ist der Mann, Stella? Kannst du sein Gesicht erkennen?«

»Nein.« Stella hielt die Augen immer noch geschlossen. »Aber ich kenne seine Stimme. Ich kann sie nur nicht zuordnen.«

»Aufnahme zwei!« wies Anderson den Ingenieur an. »Schnell!«

Stella hörte eine weitere Stimme. »Hallo«, sagte der Mann. »Wer ist da? So sprechen Sie doch.« Dieselben Worte wurden mehrere Male wiederholt, bevor Anderson erneut sprach. »Ist das die Stimme, Stella?«

»Ich weiß es nicht. Sie ist ähnlich, aber es sind nicht dieselben Worte. Ich muß dieselben Worte hören, um sicher zu sein.«

Anderson nahm den Kopfhörer ab und warf ihn auf die Konsole. »Mehr konnte ich nicht tun«, sagte sie zu dem Toningenieur. »Ich bezweifle, daß ich Clementine Cataloni dazu bringen kann, von mir vorgeschriebene Worte zu wiederholen. Ich konnte ihn nur anrufen und seine ersten Worte aufzeichnen.«

»Wir könnten einen Stimmenvergleich durchführen«, bot der Mann an.

»Wie denn?« zischte Anderson. Sie war frustriert, weil sie kein eindeutiges Ergebnis erzielt hatten. »Die Stimme ist in ihrem Kopf, Bill. Wie soll das funktionieren?«

»Na, na«, sagte er. »Ich versuche ja nur zu helfen. Ich habe schließlich keine Ahnung, was wir hier überhaupt machen.«

Anderson setzte den Kopfhörer wieder auf und sagte zu Stella, sie würden nun weitermachen. Bei Bedarf konnten sie jederzeit wieder in die Küche zurückgehen und es später noch einmal probieren. »Ich führe dich jetzt ins Wohnzimmer«, sagte sie. »Wie sieht es aus?«

»Gut«, sagte Stella. »Wir hatten zwar einen anderen Sessel, aber das ist wohl unwichtig. Jedenfalls steht er an der richtigen Stelle.«

»Hier haben sich Randall und dein Vater geprügelt, richtig?«

»Richtig.«

»Was passierte nach dem Kampf?«

»Tom ging zur Haustür hinaus, und ich ging durch den Flur in mein Zimmer.«

Anderson hämmerte auf die Tastatur ihrer Computerkonsole ein, und plötzlich befand sich Stella in einem Flur. Sie sah eine offene Tür und betrat den Raum. Vor ihren Augen erschien eine genaue Nachbildung ihres Zimmers. Der Bettbezug hatte dasselbe rosa-weiße Muster. Ihre Kommode stand an der richtigen Stelle, die Schale mit den Streichhölzern darauf, genau wie Randall es gesagt hatte.

In einer Ecke des Zimmers sah sie mehrere Stäbe und eine Cheerleader-Uniform auf einem Kleiderbügel. Sie lachte, denn Anderson hatte sie offensichtlich falsch eingeschätzt. Damals war ihr Zimmer immer genauso unaufgeräumt gewesen wie heute Marios Wohnung. Wenn sie nach einem Football-Spiel ihre Uniform ausgezogen hatte, hatte sie die im allgemeinen auf den Boden geworfen. Stellas Mutter hatte sich immer darüber lustig gemacht und behauptet, ihre Tochter habe ›eine Schwäche für Stapelwirtschaft‹. In ihrem Zimmer hatten sich stets drei oder vier Kleiderstapel getürmt, und andere persönliche Dinge waren überall auf dem Boden verstreut gewesen. Sie hatte nur eine Kommode besessen, und ihr Kleiderschrank war zu klein gewesen. Stella hatte nie genügend Platz gehabt, um all ihre Kleider aufzuhängen.

Stella schloß die Augen und zwang ihre Sinne weit in die Vergangenheit zurück. Sie sah sich nach einem Football-Spiel mit den anderen Cheerleaderinnen lachen und Witze reißen. Ihre beste Freundin, Kathy, stieß sie fortwährend an, während sie nebeneinander liefen. Eines der Mädchen kam von hinten an sie heran und umarmte sie. Stella hatte den Eindruck, als beobachte sie alles von oben, als habe sie ihren Körper verlassen und sehe sich von außen. Plötzlich sah ein glückliches, erwartungsvolles Gesicht zu ihr auf, und sie wußte, daß sie in ihr eigenes Mädchengesicht schaute. Ihre Augen füllten sich mit Tränen. Sie hatte den Eindruck, als hätte sich eine Boa constrictor um ihr Herz geschlungen. Sie wußte genau, an welche Nacht sie sich jetzt erinnerte ... die Nacht, in der Tom Randall sie zu dem See gebracht und sie sich zum erstenmal geliebt hatten. Tu es nicht, beschwor sie ihr Abbild. Du weißt nicht, was dich erwartet. Für die Freuden dieser Nacht mußt du mit Jahren voller Qualen und Schmerzen büßen. Du wirst dich nie wieder sicher fühlen. Du wirst deine Eltern nie wiedersehen, deine Sachen, dein Zuhause.

»Sieh dir das an«, sagte ihr Mädchengesicht zu ihr und warf einen Stab hoch in die Luft. Sie beobachtete, wie das Mädchen herumwirbelte und den Stab zwischen den Beinen wieder auffing. Die Beine waren gebräunt und perfekt geformt, die Haut weich und makellos. »Ich frage Mrs. Fisher, ob ich das beim Spiel nächste Woche vorführen darf.«

Da alle Familienfotos dem Feuer zum Opfer gefallen waren, hatte Stella vergessen, wie sie ohne die Narben ausgesehen hatte. Das Gesicht, das sie nun sah, war so perfekt, so makellos, daß es ihr beinahe den Atem verschlug. Hatte sie wirklich so ausgesehen? fragte sie sich. Gab es irgendwo in ihrem Innern noch immer dieses hübsche junge Mädchen voller Erwartungen und Hoffnungen?

Stella öffnete die Augen. Die Computerbilder schienen lebendig zu werden und sich in Form und Farbe zu verändern, bis sie die echten Gegenstände und Möbel sah und nicht mehr die, die Anderson erschaffen hatte. Plötzlich fühlte sie sich in die Vergangenheit zurückversetzt, und in ihrem Gedächtnis blitzten lebhafte Erinnerungen auf. Ihre Handflächen schwitzten nun noch mehr, und sie hatte Angst. Sie preßte ihre Hände gegen den Unterleib und verzog das Gesicht vor Schmerzen.

»Was ist los, Stella? Kannst du es mir erzählen?«

»Tom ist gerade hereingekommen und verriegelt die Tür«, sagte sie. »Mein Vater hat mich geschlagen. Ich habe Angst, daß er zurückkommt und mich wieder schlägt. Mein Bauch tut so weh. Ich habe furchtbare Krämpfe. Ich schäme mich so. Ich habe meine Eltern enttäuscht. Ich habe alle enttäuscht.«

»Wie ist Tom ins Haus gekommen?« fragte Anderson und nahm ein paar Programmänderungen vor. »Hatte er das Haus nicht verlassen?«

»Er sagt, er sei durch das Kellerfenster eingestiegen«, antwortete Stella mit leiser werdender Stimme. »Ich muß mich hinlegen. Ich fühle mich nicht gut. Mir ist schwindlig.«

»Sie ist jetzt mittendrin«, sagte Anderson zu dem Ingenieur, wobei sie das Mikrofon vor ihrem Mund zur Seite schob. »Gott sei Dank, jetzt haben wir es doch noch geschafft, sie in die Vergangenheit zurückzuversetzen. Jetzt gelingt uns vielleicht ein Durchbruch.« Sie zog das Mikrofon wieder zurück und sprach erneut mit kontrolliert monotoner Stimme zu Stella. »Liegst du jetzt im Bett?«

»Ja«, antwortete Stella, ihre Stimme klang jünger und zögernder als zuvor. »Tom redet mit mir. Er liegt neben mir im Bett. Ich bin wütend auf meinen Vater, weil er mich geschlagen hat. Tom sagt, Daddy sei ein Arschloch, und wir sollten im Zimmer bleiben, bis er sich beruhigt habe. Er sagt, ich müsse das Baby abtreiben lassen, gleichgültig, was mein Vater dazu sage. Tom sagt, seine Eltern würden uns helfen.«

»Hörst du deinen Vater?«

»Nein, ich höre gar nichts. Tom ist eingeschlafen. Sobald wir sicher sind, daß mein Vater eingeschlafen ist, wollen wir uns aus dem Fenster schleichen und verschwinden. Ich bin aber auch müde. Mir ist kalt, ziemlich kalt sogar. So kalt, daß ich zittere. Mein Kopf brummt, und ich habe Angst, ohnmächtig zu werden. Da ist etwas Feuchtes und Klebriges zwischen meinen Beinen, aber ich bin zu müde, um ins Bad zu gehen.«

Anderson hielt eine Hand über das Mikrofon und flüsterte: »Wir lassen sie jetzt eine Weile in Ruhe, damit sie sich noch tiefer hineindenken kann. Sie hatte in jener Nacht eine Fehlgeburt. Das meinte sie eben wohl.« Sie sah durch die Scheibe auf Stella und empfand Trauer bei dem Gedanken, daß jenes junge Mädchen eine so furchtbare Tortur hatte erleiden müssen. »Leg jetzt die anderen Aufnahmen ein, Bill«, sagte sie ein paar Augenblicke später. »Wenn ich dir ein Zeichen gebe, spielst du sofort Band drei ein.«

Beide beobachteten vom Kontrollraum aus Stella. Sie stand kerzengerade auf dem Podest, kein Muskel ihres Körpers bewegte sich. Anderson goß sich Kaffee aus einer Kanne, die hinter ihr stand, in eine Tasse, dann nahm sie ihren Platz an der Konsole wieder ein. Sie nippte ein paarmal an ihrem Kaffee, gab dem Toningenieur ein Zeichen, und die zuvor aufgezeichneten Geräusche erklangen. Zunächst hörte man gut eine Minute lang eine Reihe metallischer Klickgeräusche. »Hörst du das klickende Geräusch, Stella?«

»Ja«, flüsterte Stella angespannt.

»Kannst du mir sagen, was es ist?«

»Nein.«

»Woher kommt das Geräusch?«

»Von irgendwo unter meinem Bett.«

»Bist du noch im Bett?«

»Ja«, antwortete Stella. »Ich habe Angst. Ich muß hier raus. Mein Herz rast, ich kann kaum atmen. Irgend etwas stimmt nicht, ganz und gar nicht.«

»Jetzt Aufnahme vier«, forderte Anderson den Toningenieur auf. »Jetzt kommen wir zum interessantesten Teil.«

Knisternde und knackende Geräusche, von einem echten Feuer aufgenommen, erfüllten den Raum. Anderson hatte diesen Geräuschen das Laufgeräusch eines Menschen hinzugefügt, denn sie nahm an, daß vor Stellas Erwachen ihre Eltern das Feuer entweder gehört oder gerochen und dann versucht hatten, aus dem Haus zu fliehen.

Stella begann augenblicklich zu kreischen. Ihre Schreie klangen so hoch und schrill, daß sich Anderson um ein Haar den Kopfhörer vom Kopf riß, um sie nicht länger ertragen zu müssen. »Mein Bett brennt!« schrie Stella. »Jemand versucht, zur Tür hereinzukommen. O nein. O nein. Hilfe! Jemand muß mir helfen. Ich habe solche Angst!«

»Wer ist an der Tür, Stella?«

»Ich weiß es nicht. Ich muß hier raus. Ich brenne. Ich brenne! Mein Gesicht. Hilfe! So helft mir doch.« Stella rannte nun auf dem Podest. Schweiß tropfte ihr vom Gesicht, die Bluse war bereits völlig durchgeschwitzt und klebte an ihrem Körper.

»Wo ist Randall?«

»Ich weiß es nicht«, schrie Stella. »Hol mich hier raus! Bitte, hilf mir doch! O Gott, nein, ich brenne!« Sie begann zu husten und zu würgen. »Der Rauch. Der Rauch ist so dicht. Ich kann nicht atmen. Meine Brust brennt, und meine Augen tränen.«

»Wo bist du jetzt, Stella?«

»Ich kann nicht raus. Die Tür läßt sich nicht öffnen. Jemand hämmert dagegen, aber sie klemmt.«

Anderson schüttelte entsetzt den Kopf. Sie wußte nicht, ob sie aufhören oder weitermachen sollte. Stella trat heftig um sich, und Brenda hatte Angst, sie könne stolpern und sich verletzen. Die Ermittlerin beschloß, noch ein paar Sekunden länger fortzufahren, in der Hoffnung, etwas Entscheidendes zu entdecken. Dann hätten sich Stellas Qualen wenigstens gelohnt.

»Es ist mein Vater«, schrie Stella. »Er will mir den Kopf einschlagen. Er hält eine Axt in den Händen, und er hat einen furchterregenden Gesichtsausdruck.«

Anderson tippte auf ein paar Tasten auf ihrer Konsole und fügte Stellas Vater in die Szene ein.

»Wo ist er, Stella?«

»Er hat die Tür eingeschlagen. Er greift nach mir, er schreit mich an. Er ruft dauernd meinen Namen und schreit: ›Nein, nein, meine schöne Tochter.‹ Alles ist voller Rauch, und ich kann kaum atmen. Mein Vater hustet ebenfalls. Er sagt, wir müssen raus aus dem Haus.«

»Hörst du sonst noch etwas?«

»Mario schreit. Ich muß Mario holen, aber mein Vater will mich nicht gehen lassen.« Stella fuchtelte in der klaren Luft des Labors mit den Händen heftig vor ihrem Gesicht herum. »Mein Vater ... er ist gestürzt. Er steht nicht mehr auf. Ich zerre an ihm, aber er steht nicht auf. Ich weiß nicht, was ich tun soll. O Gott, hilf mir. Er ist zu schwer. Ich kann ihn nicht hinausschleppen. Wo ist Tommy? Tommy, hilf mir doch!«

Anderson wartete, bis Stella verstummte. Dann fragte sie weiter: »Was tust du jetzt, Stella?«

»Ich bin im Flur.« Stella lief keuchend auf dem Podest herum. »Ich hole Mario. Mein Vater hat gesagt, ich soll Mario holen. Er will nach oben gehen, um Mutter zu holen.«

»Ist dein Vater noch bei Bewußtsein?«

»Ja«, sagte Stella. »Er hustet und würgt in den dicken Rauchschwaden, aber er steht wieder. Es geht ihm wieder gut. Er holt meine Mutter.«

»Wo ist er? Siehst du ihn?«

Stella blickte über ihre Schulter zurück, so als suche sie hinter sich nach ihrem Vater. »Ich sehe nur Flammen. Ich kann ihn nicht sehen. Zuviel Rauch. Ich weiß nicht, was ich tun soll. Mario schreit. Mein Vater schreit, aber ich kann nicht zu ihm.«

»Wo sind die Flammen?«

»Direkt hinter mir«, keuchte Stella. »Ich kann nicht zurück. Ein riesiger Feuerball schießt aus der Kellertür. Ich kann meinen Vater nicht mehr hören. Ich weiß nicht, ob er die Treppe hinaufgegangen ist oder ob das Feuer ... ich darf jetzt nicht darüber nachdenken. Ich muß Mario holen.«

»Ruft Mario nach dir?«

»Er ruft nach meiner Mutter.«

Stella bückte sich, dann stand sie wieder auf und hielt ihre Arme vor ihren Körper, als trage sie etwas Schweres. Mehrere Male gaben ihre Knie nach, und sie stürzte auf das Podest. Doch sie raffte sich, mit offenem Mund und nach Luft schnappend, jedesmal wieder auf.

Anderson schob das Mikrofon beiseite und wandte sich an den Ingenieur: »Haben Sie eine Vorstellung von dem, was Sie da sehen?«

»So in etwa«, antwortete er.

»Diese Frau erlitt schwerste Verbrennungen«, erläuterte Anderson. »Aber sie brachte genügend Kraft auf, um ihren Bruder aus dem Haus zu tragen. Sie sehen hier ein Beispiel großen Mutes und außerordentlicher Entschlossenheit, Bill. Schauen Sie nur genau hin, denn heutzutage bekommt man so etwas nur noch selten zu sehen.« Sie zog das Mikrofon an ihren Mund zurück, im Bewußtsein, daß sie jeden Moment abbrechen mußte. »Wo bist du jetzt, Stella?«

»An der Küchentür. Es tut so weh, aber ich darf nicht aufgeben. Der Türgriff ist so heiß, ich verbrenne mir die Hände daran.« Selbst vom Kontrollraum aus konnte man deutlich erkennen, daß Stella heftig zitterte. »Da ist dieses schreckliche Geräusch, wie das Gejaule von Wölfen oder eines Hurrikans. Mario weint und klammert sich an mir fest. Er hat Angst, er hört nicht auf zu schreien. Das ganze Haus scheint zu wackeln, sich zu bewegen. Wir werden sterben!« Stella drückte ihre Handflächen wie zum Gebet zusammen, aber ihre Worte waren zu leise, um vom Mikrofon übertragen zu werden.

Stella streckte ihre Hand aus, ihr Gesicht verzerrte sich, und sie taumelte nach vorne. Dann brach sie auf dem Podest zusammen.

»Ist alles in Ordnung?« fragte Anderson. »Bist du gestürzt?« Als Stella regungslos liegenblieb, wußte sie, daß ganz und gar nichts in Ordnung war. »Verdammt!« rief sie und drückte auf den Schalter, mit dem man das System ausschaltete. »Pete, schnell! Sie muß in Ohnmacht gefallen sein.« Sie riß sich den Kopfhörer herunter, rannte aus dem Kontrollraum und eilte die Treppe zur unteren Ebene hinab. Sie befürchtete, Stella könne durch das Trauma, das sie wiedererlebt hatte, einen Herzinfarkt erlitten haben.

Bevor Anderson unten angekommen war, hob Frazer Stella bereits auf und trug sie in seinen Armen zu einem Sofa in einer Ecke des Raums. »Holen Sie ein paar kalte Handtücher«, wies er einen der Techniker an und beugte sich hinab, um sein Ohr an ihre Brust zu legen.

»Atmet sie?« fragte Anderson und hockte sich mit angstvollem Gesichtsausdruck neben Frazer und Stella. »Das war zuviel für sie. Ich hätte ihr das niemals vorschlagen dürfen.«

»Sie atmet«, erwiderte er. »Ihr Herz rast zwar, aber ich denke, sie ist in Ordnung. Das war eine grauenvolle Szene. Sie hat etwas Unerträgliches durchlebt und das Bewußtsein verloren.«

Anderson nahm von dem Techniker die Handtücher entgegen und wischte Stellas Gesicht ab. Ein paar Augenblicke später öffnete Stella die Augen und sah verwirrt in die Runde. »Was ist passiert?«

»Du bist in Ohnmacht gefallen«, sagte Anderson. »Wie fühlst du dich?«

»Schrecklich.« Stella versuchte sich aufzusetzen. Sie blinzelte Frazer an. »Das war alles andere als ein Spiel. Wenn Ihre Freunde meinen, das mache Spaß, sollten sie sich einmal ihren Kopf untersuchen lassen.«

»Bleib noch liegen«, riet ihr die Ermittlerin. »Ruh dich noch ein paar Minuten aus. Erinnerst du dich daran, was du gesehen hast, bevor du in Ohnmacht gefallen bist?«

Stella starrte zur Decke, ihre Brust hob und senkte sich, ihre Arme und Beine hatte sie weit von sich gestreckt. Lange Zeit antwortete sie nicht. »Ja«, sagte sie schließlich. »Ich habe die Hölle gesehen, Brenda. Du hast mich direkt in die Hölle katapultiert. Und jetzt bin ich einfach nur froh, daß ich den Weg zurückgefunden habe.«

KAPITEL 13

Stella führte ihre Ohnmacht darauf zurück, daß sie kein Mittagessen zu sich genommen hatte. Nachdem sie sich einigermaßen erholt hatte, brachte Anderson sie nach unten in die Snackbar des Gebäudes und besorgte ihr ein Sandwich und ein Mineralwasser. »Es wäre besser gewesen, wenn wir einen Arzt oder einen Psychologen dabeigehabt hätten«, sagte die Ermittlerin. Sie setzten sich an einen freien Tisch im hinteren Bereich der Snackbar. »Es tut mir so schrecklich leid, Stella. Ich hatte dich gewarnt, daß es traumatisch werden könnte, aber daß es so grauenhaft sein würde, damit habe ich nicht gerechnet.«

»Ist schon gut.« Stella biß in ihr Sandwich und spülte den Bissen mit einem Schluck Wasser hinunter.

»Außerdem ißt du viel zuwenig«, tadelte Brenda. »Du kannst dich nicht ausschließlich von deiner Entschlossenheit ernähren. Du mußt hin und wieder etwas essen, um deine Energiereserven aufzufüllen, weißt du?«

»Nun hör schon auf, Brenda«, sagte Stella. »Ich habe mich an mehr erinnert als je zuvor. Es war zwar beängstigend, aber ich habe Antworten auf viele Fragen erhalten.« Sie lachte. »Vermutlich kann ich jetzt so darüber sprechen, weil es vorbei ist. Du wirst mich nie wieder dazu bringen, einen solchen Helm aufzusetzen. Das garantier' ich dir.«

»Erzähl mir, was du erfahren hast«, bat Anderson und beugte sich interessiert über den Tisch. »Ich fühle mich furchtbar, weil ich dir das angetan habe. Meine einzige Hoffnung ist, daß wir einen neuen Anhaltspunkt gefunden haben.«

Stella schob ihren Teller zurück. »Ich erinnerte mich doch an das furchterregende Gesicht meines Vaters, nicht wahr? Ich dachte, er wäre böse auf mich. Aber jetzt weiß ich, wie es wirklich war.« Sie starrte quer durch das Lokal. »Als das Feuer ausbrach, muß er gekommen sein, um mich zu holen, aber Tom hatte von innen die Tür verriegelt. Mein Vater hielt die Axt in der Hand, um damit die Tür aufzubrechen, verstehst du, und dann sah er mich.« Sie blinzelte und fuhr fort: »Er sah die Verbrennungen und hatte deshalb einen so entsetzten Ausdruck im Gesicht.«

»Ich verstehe«, sagte Anderson, die eigentlich gehofft hatte, Stella hätte wichtigere Dinge bemerkt.

»Allein für diese Erkenntnis hat sich die Sache schon gelohnt«, fuhr Stella fort, und ihre Stimme verriet ihre starke innere Bewegung. »All die Jahre habe ich gedacht, daß mein Vater mich umbringen, mir den Schädel einschlagen wollte. Manchmal war ich sogar davon überzeugt, er selbst habe das Feuer gelegt. Vielleicht war das der Grund, weshalb ich alle Erinnerungen verdrängt hatte.«

»Der wichtigste Punkt ist der Mann auf dem Rasen«, sagte Anderson. Sie freute sich zwar für Stella, daß sie endlich Frieden gefunden hatte hinsichtlich der Rolle ihres Vaters bei der Tragödie, aber ihr Hauptziel war immer noch die Aufklärung des Verbrechens. »Du sagtest, du hättest die Stimme wiedererkannt. War es dein Onkel? Die Stimme, die ich dir vorgespielt habe, war die Stimme deines Onkels.«

Stellas Augen leuchteten auf. »Er muß es gewesen sein!

Wenn ich die Stimme erkannt habe, muß es seine gewesen sein. Wessen sonst?«

»Randall sagte, es hätte ein Nachbar sein können«, gab Anderson zu bedenken. »Würdest du die Stimme eures Nachbarn wiedererkennen?«

»Es war nicht der Nachbar«, sagte Stella kopfschüttelnd. »Da bin ich ziemlich sicher, Brenda. Der Kerl, der sich ständig über unseren Hund beschwerte, hatte eine tiefe, rauhe Stimme. Er war relativ alt und rauchte sehr viel. Wenn ich mich nicht irre, stammte er aus Arkansas und hatte einen entsprechenden Akzent. Wie ein Bauer, verstehst du?«

Anderson senkte ihren Blick. »Das muß nicht von Bedeutung sein, Stella. Sicher hast du schon mal von Scheinerinnerungen gehört. Dadurch, daß wir die Männer auf den Rasen und all die anderen Dinge projizierten, können wir dich dazu veranlaßt haben, ein falsches Szenario zu erstellen, um alles besser verarbeiten zu können. Aber das heißt nicht, daß es tatsächlich so war, wie du es dir nun vorstellst oder gesehen zu haben glaubst. Dein Geist hat vielleicht nur auf die Anhaltspunkte reagiert, die wir ihm vorgaben, und deine Phantasie hat den Rest hinzugedichtet.«

»Nein«, sagte Stella entschieden. »Es waren echte Erinnerungen, Brenda. Ich habe alles wieder vor mir gesehen. Nur über das klickende Geräusch bin ich mir noch nicht im klaren. Ich glaube, ich habe es halb im Schlaf gehört.«

»Was ist mit Randall?«

»Was soll mit ihm sein?«

»Du konntest mir nicht sagen, wo er blieb, nachdem das Feuer ausgebrochen war.«

»Wahrscheinlich sprang er aus dem Fenster«, sagte Stella stirnrunzelnd. »Mit Sicherheit war er nicht mehr da, um mir oder meiner Familie zu helfen. Ihm ging es nur darum, sich selbst zu retten.«

»Eines verstehe ich nicht«, überlegte Anderson. »Warum hat er der Polizei nichts von dem Mann auf dem Rasen erzählt, als er nach dem Feuer zum erstenmal verhört wurde?«

»Möglicherweise kam mein Onkel der Polizei zuvor«, sagte Stella und verzog angewidert das Gesicht. »Vielleicht gab er Randall Geld, damit der die Stadt verließ und seinen Mund hielt. Als er dann nach Houston zurückkam und mit der Wahrheit herausrückte, wurde mein Onkel wütend und erschoß ihn. Verstehst du, eher aus Wut als aus Angst, Randall könne etwas verraten. Mein Onkel ist ein unangenehmer Geselle, Brenda. Falls er Randall Schweigegeld gezahlt hat, war er sicher nicht erfreut zu hören, daß er ihre Abmachung nicht einhielt.«

»Das hört sich nach Mafia-Methoden an, Stella.«

»Mein Onkel hat nichts mit der Mafia zu tun.« Sie lachte, wurde aber sofort wieder ernst. »Er mag allerdings ähnliche Methoden angewandt haben, um seine Leute bei der Stange zu halten. Wenn er tatsächlich den Rentenbetrug organisiert hat, dann hat er dafür sicher auch gewisse Spielregeln aufgestellt.« Ein Gedanke schoß ihr durch den Kopf, und ihre Augen funkelten. »Erinnerst du dich an den Tag, als wir bei der Polizei in Houston waren, um uns das Beweismaterial anzusehen?«

»Natürlich«, sagte Anderson.

»Hat der Beamte nicht gesagt, die Rentenkasse sei fast leer und bei der Polizei in Houston seien jede Menge Leute wegen Invalidität vom Dienst suspendiert?«

»Daran erinnere ich mich nicht mehr.«

»Aber ich«, fuhr Stella fort. »Und ich würde wetten, daß Victor Pilgrim auch mit drinhängt. Ich kaufe ihm keine Sekunde lang ab, daß er eine Frau in einem weißen Mietwagen gesehen hat. Ich glaube, seine ganze Aussage bei der Polizei war eine einzige, riesengroße Lüge.«

»Vielleicht hast du recht«, meinte die Ermittlerin. »Sobald wir wieder in Houston sind, werde ich versuchen, mit

Pilgrim zu reden. Ich habe wegen des Rentenbetrugs alle möglichen Nachforschungen angestellt. Vielleicht bekommt er jetzt kalte Füße, und ich kann ihn knacken.«

»Viel Glück dabei«, sagte Stella. »Wenn Randall von meinem Onkel zum Schweigen gebracht wurde, dann hätte Pilgrim schon ein Dummkopf sein müssen, wenn er sich gegen ihn gestellt hätte. Hast du den Arzt schon ausfindig gemacht?«

»Ich arbeite noch daran«, antwortete Anderson. »Bis jetzt habe ich nur herausgefunden, daß in mindestens fünf Fällen derselbe Arzt mitgewirkt hat. Aber mir ist nicht bekannt, ob das ungewöhnlich ist. Wahrscheinlich hat er einen Vertrag mit den städtischen Behörden.«

»Lebt er noch in der Stadt?« fragte Stella. »Kannst du dich mit ihm in Verbindung setzen?«

»Dazu ist es noch zu früh«, sagte Anderson. »Wenn ich alle Rentenanträge durchgearbeitet habe, entscheiden wir, wie wir weiter vorgehen.«

Stella warf einen Blick auf ihre Armbanduhr. Es war kurz vor sechs Uhr. Um sieben sollte sie zum Abendessen bei Sam sein. »Ich muß gehen«, sagte sie und stand auf. »Ich bin so gegen neun, spätestens um zehn wieder zu Hause. Wenn dir noch was einfällt, ruf mich bitte zu Hause an.«

»Warte«, bat Anderson, die sich das Beste bis zum Schluß aufbewahrt hatte. »Klangen die Klickgeräusche wie die in jener Nacht?«

»Ja«, sagte Stella. »Sie hörten sich ganz genauso an.« Sie blickte Brenda fragend an. »Wie hast du das übrigens zustande gebracht? Ich habe jahrelang versucht, die Geräusche nachzumachen.«

Anderson griff in die Tasche ihrer schwarzen Hose und zog ein silbernes Schnappfeuerzeug hervor. Mehrere Male klappte sie die Kappe des Feuerzeugs auf und zu, so daß beim Aufschlag des Verschlusses auf den unteren Teil ein metallisches Geräusch entstand.

»Das ist es«, sagte Stella und setzte sich wieder auf ihren Stuhl. »Ich dachte mir, daß es sich um die Geräusche eines Feuerzeugs handeln mußte, aber auf speziell dieses bin ich nicht gekommen. Ich habe das Geräusch immer mit den Zündgeräuschen dieser Einwegfeuerzeuge verglichen, die heutzutage jeder benutzt, aber es klang anders.«

»Nun, dann haben wir wohl eines der Rätsel gelöst.« Anderson lächelte. »Kannst du dir jetzt vorstellen, was die Metallstückchen ursprünglich einmal waren und warum sie so wichtig sind?«

»Ich werd' verrückt«, sagte Stella und drückte eine Hand gegen die Brust. »Du bist ein Genie, Brenda. Es war ein Schnappfeuerzeug, nicht wahr? Damit hat der Brandstifter das Feuer gelegt.«

»Ich nehme an, es war folgendermaßen: Der Mörder drang in den Keller ein – Randall sagte ja, das Kellerfenster habe offengestanden und er sei auf diesem Weg ins Haus zurückgekommen, nicht wahr? –, und als Randall auftauchte, versteckte er sich und verhielt sich einfach still. Vermutlich leuchtete er mit dem Feuerzeug herum, um etwas sehen zu können, denn das Kellerlicht wollte er nicht einschalten, um unentdeckt zu bleiben. Deshalb hast du auch das klickende Geräusch mehrere Male gehört. Er lief im Keller herum, zündete ab und zu sein Feuerzeug an und suchte vermutlich nach etwas Brennbarem.«

»Da mußte er nicht lange suchen.« Stella überlegte, und ihre Augen weiteten sich. »Wir hatten einen Gasbrenner mit offener Flamme. Wenn er das Feuerzeug irgendwo in der Nähe des Brenners angezündet hat, gab es eine turmhohe Stichflamme.«

»Siehst du«, sagte Anderson. »Man hat angenommen, das Feuer sei in deinem Zimmer ausgebrochen, weil sich der Brenner wahrscheinlich direkt unter deinem Bett befand. Als die Decken einstürzten, nachdem du mit deinem Bruder aus dem Haus geflüchtet warst, gab es keine Möglichkeit mehr herauszufinden, ob das Feuer in deinem Zimmer oder im Keller ausbrach.«

»Glaubst du, daß die Initialen oder der Name des Mörders auf dem Feuerzeug eingraviert waren?« fragte Stella. »Ich meine die Inschrift.«

»Jawohl«, antwortete Anderson und steckte das Schnappfeuerzeug in ihre Hosentasche zurück. »Aber ich glaube nicht, daß die Inschrift ›Clementine Cataloni‹ lautete. Auf einem Metallteilchen kann man ein ›C‹ erkennen. Aber ich habe auf den anderen auch ein ›U‹ und mehrere ›N‹ gefunden.«

»Bist du sicher?«

»Ziemlich sicher«, sagte sie. »Wir müssen uns allerdings das fehlende Stück ansehen, um die Gravur exakt zu identifizieren.«

»Vielleicht hast du die Buchstaben doch nicht richtig gedeutet. Sie waren zerschmolzen, und ...«

»Das Labor arbeitet derzeit daran.« Anderson stand auf, um Stella zum Ausgang des Gebäudes zu bringen. »Drück uns die Daumen, daß das fehlende Stück in Houston gefunden wird und dein Onkel niemanden beauftragt hat, es aus dem Asservatenlager verschwinden zu lassen. Ohne dieses Stück finden wir vielleicht niemals heraus, was auf dem verdammten Ding stand.« Sie blieb stehen und sah Stella an. »Hat dein Onkel eigentlich geraucht?«

»O ja«, antwortete sie. »Das weiß ich genau, weil meine Mutter ihm verboten hat, im Haus zu rauchen. Sie hat ihn immer auf die Veranda gejagt. Moment mal«, sagte sie, als ihr ein anderer Gedanke kam. »Vielleicht war das Feuerzeug ein Souvenir der Knights of Columbus. Darin kommt auch der Buchstabe ›U‹ vor.«

»Daran habe ich auch schon gedacht.« Anderson zog Stella in ein leeres Büro. »Wollen wir ihm einen Schrecken einjagen?« fragte sie und nahm den Hörer von einem der Telefone.

Stella sah sie verdutzt an. »Wem? Meinem Onkel?«

»Warum nicht?« antwortete sie mit einem schelmischen Lächeln. »Ich habe schon so häufig seine Nummer gewählt, um diese Aufnahme von seiner Stimme zu machen, daß ich sie mittlerweile auswendig weiß. Auf dem Anrufbeantworter ist die Stimme seiner Frau, also mußte ich es häufiger versuchen, bis er endlich einmal an den Apparat ging.«

»Meinst du das im Ernst? Warum sollten wir ihn wissen lassen, daß wir ihm auf der Spur sind?«

»Ich will ihm ja nicht verraten, daß wir ihm wegen des Rentenbetrugs auf die Schliche gekommen sind«, erläuterte Anderson. »Denn dann könnte er sofort beginnen, alle verräterischen Aufzeichnungen zu vernichten und seine Spuren zu verwischen. Ich will ihn einfach nur ein wenig ins Schwitzen bringen. Wenn die Leute nervös werden, begehen sie leichter Fehler. Und wenn sie Fehler machen, können wir sie manchmal schnappen.« Sie wählte die Nummer, lauschte und legte ihren Zeigefinger vor die Lippen, um Stella anzudeuten, sie solle still sein. »Captain Cataloni«, sagte sie, als am anderen Ende eine männliche Stimme erklang.

»Ja«, antwortete er. »Wer ist da?«

»Eine Stimme aus der Vergangenheit«, sagte Anderson. »Vermissen Sie nicht zufällig ein silbernes Schnappfeuerzeug? Sie wissen schon, seit etwa sechzehn Jahren?«

»Wer zum Teufel ist da?« wollte Cataloni wissen. »Sind Sie die Person, die dauernd hier anruft und wieder auflegt? Wenn ich Sie erwische, werden Sie sich wünschen, nie ein Telefon zu Gesicht bekommen zu haben.«

»Betrachten Sie mich einfach als die Stimme Ihres Gewissens«, sagte Anderson und legte rasch den Hörer auf die Gabel.

Stella klatschte in die Hände. »Bravo!« rief sie. »Wie hat er reagiert?«

»Wie ein Mann mit schlechtem Gewissen«, sagte Anderson. »Daran lassen wir ihn jetzt erst mal eine Weile knabbern, nicht wahr? Warum solltest du die einzige sein, die nachts nicht schlafen kann? Zur Abwechslung kann *er* sich ja mal ein paar Nächte um die Ohren schlagen!«

Ein Gefühl der Wärme durchflutete Stella. Sie lächelte zufrieden. Irgendwie hatte Anderson in sie hineingeschaut und bemerkt, was die meisten Leute nicht verstehen konnten – Stellas Bedürfnis zurückzuschlagen. Die Verhöhnung ihres Onkels war albern und rücksichtslos, keine Handlungsweise, die man von einer erfahrenen Ermittlerin wie Brenda Anderson erwartet hätte. Anderson wußte jedoch, daß jeder Fall zwei Seiten hatte. Sie konnte Fakten, Zeugenaussagen, Beweise und alle notwendigen Puzzleteile sammeln, um eine gerechte Verurteilung zu erreichen. Aber kein Gericht oder Gesetzesvertreter dieses Landes konnte dafür sorgen, daß sich ein Opfer wieder als Mensch fühlte.

»Manchmal zählen eben nicht nur die Erfolge«, sagte sie zu Stella, als sie aus dem Aufzug stiegen, »sondern es geht auch darum, wie viele Schläge du nach rechts und links austeilen kannst.«

»Rache«, sagte Stella. »Ich spüre sie fast körperlich, Brenda, und es ist ein tolles Gefühl.« Sie gab der anderen Frau einen freundschaftlichen Schubs mit der Schulter, als sie versuchten, gleichzeitig durch eine Tür zu gehen. Beide brachen in Gelächter aus. In diesem Moment fühlte Stella sich wieder als das Mädchen, das sie einst gewesen war. Lachend ging sie neben ihrer Freundin her. Als sie draußen in der untergehenden Sonne des späten Nachmittags standen, berührte sie die Narben in ihrem Gesicht. Zum erstenmal hatte sie nicht dieses starke Haßgefühl. Stella schob das Haar von ihrer rechten Wange hinter ihr Ohr, legte den Kopf in den Nacken, schloß die Augen und ließ die warmen Sonnenstrahlen auf ihr ganzes unverhülltes Gesicht scheinen.

Stella rief rasch bei Sam an, um ihm mitzuteilen, daß sie sich verspäten würde. Dann sprang sie unter die Dusche und zog eine Freizeithose und eine kurzärmelige Bluse an. Sam hatte gesagt, daß er draußen im Garten grillen wollte. Abends fielen die Temperaturen zwar ein wenig ab, aber dennoch lagen sie immer noch zwischen fünfundzwanzig und dreißig Grad, und sie wollte entsprechend gekleidet sein.

Als sie schließlich vor Sams Haus im Norden von Dallas stand, klingelte sie an der Tür und wartete. Das Haus war aus roten Ziegelsteinen gemauert und über der vorderen Veranda im Kolonialstil überdacht. Es war ein Bungalow, der von außen riesengroß wirkte, aber Stella wußte, daß der Schein oft trog. Magnolienbäume zierten den Vorgarten, und Sam hatte den Rand des gewundenen Gehwegs liebevoll mit Geranien und Stiefmütterchen bepflanzt. Sogar eine kleine Ente war auf dem Briefkasten befestigt, was man als Verzierung eines nur von männlichen Personen bewohnten Hauses nicht unbedingt erwartet hätte.

Der Junge kam in einer Badehose an die Tür. Er war ein hübscher Bursche und hatte dunkle Locken wie sein Vater. Stella kam er für sein Alter großgewachsen vor, er war nur ein paar Zentimeter kleiner als sie. »Du mußt Adam sein«, sagte sie und lächelte ihn an.

»Ja.« Er grinste, wobei er seine metallene Zahnklammer entblößte. »Dad ist hinten im Garten. Ich bin gerade erst aus dem Pool gekommen. Ich muß mich schnell umziehen, sonst macht er wieder einen Riesenaufstand. Ich bin klitschnaß.« Er hielt inne und wischte mit dem Handrücken über seine triefende Nase. Dann verschwand er blitzschnell ins Innere des Hauses und ließ Stella im Türrahmen stehen.

Einen Augenblick lang stand sie unschlüssig da und wußte nicht, ob sie hineingehen oder warten sollte, bis der Junge zurückkam. Schließlich trat sie über die Schwelle und erblickte Sam durch die Schiebeglastüren des Wohnzimmers im Garten. Über seiner Jeans trug er ein kurzärmeliges Hemd und eine Schürze. Er war gerade dabei, den Grill mit einer Drahtbürste zu bearbeiten. Sie betrachtete die Einrichtung, die überraschend warm und einladend war. Die Sofabezüge hatten Blumenmuster, Videospiele lagen überall auf dem Boden verstreut, und eine ganze Wand war mit gerahmten Schnappschüssen bedeckt. Das Haus war geräumig, aber nicht zu groß, und die Zimmer waren angenehm geschnitten.

Stella ging zu der Wand mit den Fotos. Die meisten Aufnahmen zeigten Sam und Adam, aber sie bemerkte eine, die eine Frau zeigte und älter als die anderen Fotos war. Das mußte Sams Frau sein, dachte sie. Die Frau wirkte sympathisch. Ihr Haar hatte glänzende blonde Strähnen, ihre Augen waren hellblau. Auf dem Arm trug sie ein winziges Baby. Sie wirkte zerbrechlich und zierlich. Stella fragte sich, ob sie bereits krank gewesen war, als dieses Foto aufgenommen wurde. Sie wirkte schrecklich dünn, und obwohl sie lächelte, drückte ihr Blick Sorgen und Traurigkeit aus.

»Stella«, sagte Sam, der gerade mit einem leeren Teller und einer Fleischgabel in den Händen durch die Glasschiebetür trat. »Wie lange bist du schon hier? Wo ist Adam? Ich habe gerade die Steaks auf den Grill gelegt. Ich hoffe, du magst sie gut durchgebraten. Etwas anderes scheint bei diesem Grill nicht möglich zu sein.«

»Er zieht sich an«, antwortete Stella. »Ich habe mir gerade die Fotos angesehen. Ist das deine Frau?«

»Ja.« Er stellte den Teller auf dem Tisch ab, trat hinter sie und legte seine Arme um ihre Taille. Dann beugte er sich nach vorn und küßte sie aufs Haar.

Stella befreite sich aus seinen Armen. »Ich denke, wir sollten das nicht vor Adam tun, zumal wenn er denkt, daß ich eine Verbrecherin bin.«

Sam umarmte sie wie zuvor, hielt sie diesmal aber noch

fester umschlungen. »Das sehe ich anders«, sagte er. »Ich verstecke nichts vor dem Jungen. Er weiß sowieso, daß du mir wichtig bist. Er sieht ständig Tote im Fernsehen. Ich glaube nicht, daß er einen traumatischen Schock bekommen wird, wenn er sieht, wie sich zwei Erwachsene umarmen.«

»Oh.« Darauf fiel ihr keine Erwiderung ein. Sie zuckte zusammen, als sie die Stimme des Jungen hinter sich hörte, und fragte sich, wie lange er dort schon gestanden hatte.

»Wollen Sie mein Zimmer sehen?« fragte Adam. Er hatte seine Badehose gegen neon-orangefarbene Shorts und ein Baseball-Shirt getauscht.

»Natürlich«, sagte Stella und befreite sich aus Sams Armen. Sie folgte Adam den Flur entlang und warf einen Blick in jedes Zimmer, an dem sie vorbeigingen. »Ist das das Zimmer des Hausmädchens?«

»Sie ist kein richtiges Hausmädchen«, erwiderte Adam. »Dad will nicht, daß sie uns alles hinterherräumt. Sie ist schon sehr lange bei uns. Früher war sie eine Art Babysitter, aber mittlerweile ist sie eher so etwas wie eine Freundin.« Er streckte sich leicht. »Ich bin schon zu alt für einen Babysitter.«

»Wo ist sie denn?« fragte Stella.

»Heute ist ihr freier Tag. Sie kommt morgen zurück.« Er blieb vor einem Zimmer stehen und bedeutete Stella einzutreten. Auf einem Eichenschreibtisch an der Wand standen ein Computer und etwas, das wie ein Laserdrucker aussah.

»So, du bist also ein Computerfreak?« fragte sie und setzte sich auf den Rand seines breiten Bettes. »Ich wünschte, du könntest mir beibringen, wie man mit einem Computer umgeht. Meine Kenntnisse sind so jämmerlich, daß ich mir immer noch die Haare dabei raufe.«

»Es ist ganz leicht«, sagte er. »Wenn Sie wollen, können Sie mal vorbeikommen, dann zeige ich Ihnen ein paar

Sachen. Ich habe schon einen Computer, seit ich denken kann.«

Sie lächelte. »Du gehörst eben einer anderen Generation an, Adam. Zu meiner Zeit gab es nur Papier und Bleistift.«

Sie wandte sich um und blickte schockiert auf seine Pinnwand. Alle möglichen Zeitungsartikel über den Pelham-Prozeß waren dort aufgespickt. Auf einem war sogar ein Foto von ihr zu sehen. »Ich ... ich kann es kaum glauben, daß du sie alle gesammelt hast«, stammelte sie. »Hat dein Vater sie dort angebracht?«

»Nein«, sagte Adam. »Ich habe sie angeheftet. Ich möchte Anwalt werden, verstehen Sie, aber ich will mich nicht mit so dämlichem Scheidungskram beschäftigen wie mein Dad. Wer will das schon? Immer nur Leute, die sich den ganzen Tag anschreien und anbrüllen. Nein, ich möchte mich mit richtigen Verbrechen beschäftigen, so wie Sie. Vielleicht werde ich sogar Staatsanwalt. Ich will, daß man üblen Kerlen wie diesem Pelham den Prozeß macht.«

Stella war baff. »Du hast den Pelham-Prozeß verfolgt?«

»Ich verfolge alle großen Prozesse«, sagte er. »Ich habe sogar eine vollständige Rechtsbibliothek auf CD-ROM. Wollen Sie sie einmal ansehen? Dad hat sie mir letztes Jahr gekauft, gleich nachdem sie auf den Markt kam. Er hat die gleiche im Büro. Auf diese Weise muß er nicht soviel Platz für all die Bücher verschwenden.«

»Hört sich stark an.« Stella beobachtete, wie er sich vor den Computer setzte und ihn einschaltete.

»Die Steaks sind fertig«, sagte Sam, der im Türrahmen erschienen war.

»Das ist faszinierend«, sagte Stella. »Ich hatte keine Ahnung, daß man das alles im Computer haben kann. Dein Sohn ist wirklich ein schlaues Kerlchen, Sam.«

»Das brauchst du mir nicht zu erzählen«, entgegnete er und strahlte vor Stolz. »Adam ist zehnmal intelligenter als ich. Ich garantiere dir, daß er seine Anwaltszulassung beim ersten Versuch erhält. Ich weiß nicht, wie es bei dir war, aber ich habe drei Anläufe benötigt.«

Als sie mit dem Abendessen fertig waren, hatte Stella das Gefühl, als kenne sie Sams Sohn schon jahrelang. Er war wißbegierig, klug und sehr gesprächig. Ohne daß sie es vorgehabt hätte, erzählte sie ihnen von ihren Erlebnissen im Labor für virtuelle Realität.

»Das ist ja cool!« Adam war begeistert. »Ich hätte nie gedacht, daß man es einsetzen kann, um jemandes Erinnerung auf die Sprünge zu helfen. Ich dachte, es sei in erster Linie für Spiele und solche Dinge. Sie werden den wahren Mörder jetzt finden, nicht wahr?«

»Das hoffe ich sehr, Adam«, antwortete Stella und lächelte ihn über den Tisch hinweg an. Sie warf einen verstohlenen Blick auf Sam und verspürte einen Anflug von Neid. Er hatte zwar seine Frau verloren, aber dafür besaß er einen wundervollen Sohn, und er hatte es geschafft, ihnen beiden ein angenehmes Leben aufzubauen. Sie fühlte, wie ihr Tränen in die Augen stiegen, entschuldigte sich und lief rasch ins Bad.

Sams Stimme drang durch die Tür. »Was ist los, Stella? Dir ist doch hoffentlich nicht schlecht? Ich weiß zwar, daß es mit meinen Kochkünsten nicht weit her ist, aber so schlimm war es doch nicht, oder?«

»Es geht mir gut«, sagte Stella und öffnete die Tür.

»Nein, es geht dir nicht gut«, entgegnete er. Er trat ins Bad und schloß hinter sich die Tür, so daß Adam sie nicht hören konnte. »Was ist los? Was hat dich so aufgeregt?« Er betrachtete aufmerksam ihr Gesicht und erkannte, daß sie den Tränen nahe war.

»Wenn ich keine Fehlgeburt gehabt hätte, könnte ich vielleicht auch einen Sohn wie Adam haben«, sagte sie und lehnte sich an das Waschbecken. »Diese Vorstellung ist nicht einfach für mich. Mein ganzes Leben wäre anders verlaufen.«

»Du bist eine junge Frau, Stella«, versuchte er sie zu trösten. »Du kannst noch Kinder bekommen, wenn du welche möchtest. Warum hattest du mit Brad zusammen kein Kind? Ihr wart schließlich lange genug verheiratet.«

»Er wollte keine Kinder«, antwortete Stella mißmutig. »Außerdem lebte ja mein Bruder bei uns. Mario war wie unser Sohn. Ich kann es nicht allein ihm vorwerfen, Sam. All die Operationen haben ein Vermögen gekostet, und wir hatten keine Versicherung, die die Kosten übernommen hätte. Das Geld war immer ziemlich knapp bei uns. Vielleicht dachte er, wir könnten uns kein eigenes Kind leisten.«

Sam sah sie an und lächelte. »Ich hätte nichts dagegen, eines Tages noch ein paar Kinder mehr zu haben.« Er nahm ihre Hand und führte sie in den Garten zurück. Adam wurde für den Abwasch in die Küche beordert.

Stella und Sam setzten sich auf eine Decke ins Gras. Sie lehnte sich gegen ihn und kuschelte ihren Kopf an seinen Hals. »Adam wirkt so erwachsen für sein Alter. Mir kam es vor, als würde ich zu einem Erwachsenen sprechen, nicht zu einem Kind. Weißt du eigentlich, daß er Zeitungsausschnitte von meinen Fällen in seinem Zimmer hat?«

»Ja«, sagte Sam. »Er ist schon lange ein großer Fan von dir. Schon bevor ich ihm erzählte, daß ich deine Scheidung regle, bat er mich, ihn einmal ins Gericht mitzunehmen, damit er dich persönlich sehen konnte.«

»Bei welchem Fall war das?« fragte Stella.

»Rodriguez.«

»Da ging es um Vergewaltigung, Sam. Du hast ihn in seinem Alter tatsächlich diese Verhandlung verfolgen lassen?«

»Warum nicht?« fragte Sam. »Wie gesagt, im Fernsehen sieht er viel schlimmere Dinge.«

Adam gesellte sich wieder zu ihnen und ließ sich neben ihnen ins Gras fallen. Er zupfte einen Grashalm aus dem Rasen und kaute darauf herum. Die Sonne war bereits untergegangen, und die Nacht war klar. Tausende Sterne leuchteten am Himmel. Die Temperatur war immer noch hoch, aber nun war die Wärme erträglich. »Seht nur!« rief Adam. »Da ist der Große Wagen.«

»Du solltest jetzt ins Bett gehen, mein Sohn«, sagte Sam. »Wir Erwachsene wollen auch einmal etwas allein miteinander sein.«

»Damit ihr schmusen könnt, stimmt's«, entgegnete er und boxte seinen Vater lachend auf den Arm. »Kommen Sie morgen wieder?« fragte er Stella. »Wenn Sie Ihren Badeanzug mitbringen, können wir nachts schwimmen. Das ist ein echter Spaß, wenn alle Lichter aus sind.«

»So, das reicht jetzt«, entschied Sam und scheuchte seinen Sohn fort. »Was versuchst du hier eigentlich? Willst du mir meine Freundin ausspannen? Such dir selbst ein Mädchen! Die hier gehört mir!«

Nachdem Adam widerwillig in seinem Zimmer verschwunden war, zog Sam Stella in seine Arme und küßte sie leidenschaftlich auf den Mund. »Morgen ist das Hausmädchen wieder da. Dann treffen wir uns bei dir.«

»Gute Idee«, erwiderte Stella und küßte ihn auf die Stirn, die Wangen und das Kinn. »Ich hatte schon die Befürchtung, daß du sagen würdest, Adam könnte uns ruhig zuschauen.«

»Ich bin zwar modern«, sagte Sam lachend. »Aber so modern nun auch wieder nicht.«

Stella stand auf und zog ihre Kleidung zurecht. Sie mußte allmählich nach Hause zurück. »Es war ein wunderschöner Abend«, bedankte sie sich an der Tür. »Ich habe mich beinahe normal gefühlt, als wäre alles andere nichts weiter als ein böser Traum. Danke, Sam. Ich danke dir wirklich. Nicht nur für den heutigen Abend, sondern für alles.«

Er zog Stellas Kopf zu sich und flüsterte ihr ins Ohr: »Heb dir deine Dankbarkeit für morgen auf, okay?«

Stella lachte, winkte ihm zum Abschied über die Schulter zu und ging den Gehweg entlang zu ihrem Auto.

Als Stella am nächsten Morgen ins Büro kam, teilte ihre Sekretärin ihr mit, daß Holly Oppenheimer gerade in der Leitung sei. »Wir haben das fehlende Metallteilchen gefunden«, sagte sie. »Jemand hatte es offenbar im Beweismittellager falsch abgelegt.«

»Gut«, antwortete Stella. »Können wir es sofort untersuchen?«

»Selbstverständlich. Aber dafür mußt du schon nach Houston kommen. Ich erteile niemandem die Genehmigung, das Beweisstück aus der Stadt zu bringen. Nenn mir ein Labor, und ich schicke Winters mit dem Teil dorthin. Er kann dort warten, bis die Untersuchungen abgeschlossen sind. Es gibt da so etwas, das man lückenlose Beweisaufbewahrung nennt, Stella, falls du das vergessen haben solltest.«

»Dann rufe ich dich später zurück«, sagte Stella. »Wir müssen zuerst ein geeignetes Labor in Houston ausfindig machen. Hier kenne ich eines, aber in Houston nicht.«

»Entweder holst du es jetzt sofort und läßt es prüfen, oder ich schicke es heute nachmittag in unser Labor«, erwiderte Holly. »Erwarte nicht, daß ich darauf herumsitze, bis du dir über deine Vorgehensweise schlüssig geworden bist. Wir stehen unter ziemlichem Zeitdruck, und ich finde, ich bin mehr als entgegenkommend zu dir.«

»Erzähl mir etwas von Marios Fall«, forderte Stella sie unvermittelt auf. »Willst du ihn immer noch wegen eines Kapitalverbrechens anklagen? Er wird nicht mit dir kooperieren, Holly. Mir ist schleierhaft, wie du jemals annehmen konntest, daß er das tun würde. Er ist mein Bruder, und außerdem weiß er nichts, was mich belasten könnte. Du verschwendest nur deine Zeit.«

»Bist du verrückt geworden?« fauchte Holly. »Wenn du

etwas über den Fall deines Bruders wissen willst, dann frag ihn doch selbst. Du weißt ganz genau, daß ich keine internen Informationen weitergeben darf.«

»Du könntest es sehr wohl, wenn du wolltest«, schoß Stella zurück. »Erzähl mir nicht, du hättest es noch nie getan, Holly. Ich weiß nämlich, daß es nicht die Wahrheit wäre.«

»Das ist dein Problem«, erwiderte Holly. »Solche Vorwürfe kannst du gegen Growman und all deine anderen Kollegen erheben, aber nicht gegen mich.« Damit knallte sie den Hörer auf die Gabel.

KAPITEL 14

Stella und Brenda Anderson kamen mit dem Vier-Uhr-Flugzeug in Houston an. Die Ermittlerin wollte auf keinen Fall, daß Carl Winters das Beweisstück zu einem Labor in Houston brachte, ohne daß sie dabei war. Sie befürchtete, daß er versuchen könne, das Metallteilchen gegen ein anderes zu vertauschen und so den Fall zu sabotieren. Außerdem konnte sie es kaum erwarten, sich das Teilchen selbst anzusehen, vielleicht konnte man die Inschrift ja mit bloßem Auge erkennen.

»Schade, daß wir keinen Mengenrabatt auf die Flüge bekommen«, sagte Stella auf dem Weg durch den Hobby Airport. »Die vielen Flugtickets belasten meine Finanzen ganz schön.«

»Die Finanzen sollten jetzt dein geringstes Problem sein«, erwiderte Anderson. »Ich habe über Carl Winters nachgedacht. Wie können wir sicher sein, daß er nicht mit deinem Onkel zusammenarbeitet?«

»Wie kommst du darauf?«

»Ich weiß nicht«, sagte Anderson und fummelte am Schulterriemen ihrer Tasche herum. »Winters arbeitet bei der Polizei in Houston, und dein Onkel war schließlich auch dort beschäftigt, bevor er in Rente ging. Winters ist schon mindestens seit zwanzig Jahren dabei, wenn nicht länger. Der Mann ist ein Dinosaurier.« Sie sah Stella an. »Da kann mir niemand erzählen, daß sich die beiden nicht kennen!«

»Großer Gott«, antwortete Stella. »Daran habe ich noch gar nicht gedacht. Du könntest recht haben, Brenda. Das erklärt dann vielleicht auch, warum Winters all die Jahre hinter mir her war. Onkel Clem hat ihn angestachelt.«

»Verstehst du jetzt, warum ich nicht wollte, daß er die Beweise allein ins Labor bringt?« fragte Anderson, als sie vor den Mietwagenschalter traten.

Sie mieteten einen Wagen und fuhren im dichten Feierabendverkehr zum Polizeirevier. Als sie dort ankamen, war es schon nach sechs Uhr, und Winters hatte sich für diesen Tag bereits abgemeldet.

»Können Sie ihn nicht zu Hause anrufen und ihn bitten, noch einmal zurückzukommen?« fragte Anderson den Beamten in der Asservatenkammer. »Es ist wirklich sehr wichtig. Wir sind extra wegen des Beweisstückes von Dallas hierhergeflogen und würden die Sache gerne noch heute abend erledigen.«

Der Mann suchte Winters' Privatnummer heraus und rief an. Ein paar Augenblicke später steckte er den Kopf durch das Fenster und teilte ihnen mit, daß der Detective nicht zu Hause sei. »Ich kann Ihnen die Beweise nicht aushändigen«, sagte er. »Sie müssen bis morgen warten.«

»Na toll«, bemerkte Anderson frustriert. »Wir hätten nicht so spät abfliegen dürfen, Stella. Ich hatte schon befürchtet, daß wir zu spät kämen.«

»Tut mir leid«, sagte Stella. Die beiden verließen nebeneinander das Gebäude. »Ich mußte mich wenigstens ein bißchen um meine Arbeit kümmern, Brenda. Ich kann nicht ständig nach Houston fliegen, sonst stehe ich am Ende noch ohne Job da.«

»Ich finde, daß der Beweis deiner Unschuld im Moment wichtiger ist als dein Job«, sagte Anderson vorwurfsvoll. »Wir nehmen übrigens ein gemeinsames Hotelzimmer. Solange wir in Houston sind, möchte ich dich nicht aus den Augen verlieren. Ich habe bereits ein Doppelzimmer für uns im Holiday Inn reserviert.«

»Aber ich muß mit Mario sprechen«, protestierte Stella. »Ich muß ihn zu einer Entziehungstherapie überreden. Wenn ich das schaffe, kann ich das Gericht vielleicht dazu bringen, daß sie ihm nur eine Bewährungsstrafe aufbrummen.«

»Du kannst ihn ja anrufen«, sagte Anderson und setzte sich hinter das Lenkrad ihres gemieteten Ford. »Seit ich deinen Onkel mit diesem Anruf ins Schwitzen gebracht habe, Stella, müssen wir vorsichtig sein. Die Angelegenheit wird jetzt immer gefährlicher. Diese kleinen Streiche machen zwar vielleicht Spaß, aber sie könnten auch lebensverkürzende Nebenwirkungen haben.«

Stella ging gerade um das Auto herum zur Beifahrerseite, als sie in nur wenigen Metern Entfernung Clementine Cataloni bemerkte, der ebenfalls zu seinem Wagen ging. Sie blieb wie angewurzelt stehen. »Sieh nur, Brenda«, sagte sie und tippte mit einem Finger auf die Windschutzscheibe, um Andersons Aufmerksamkeit zu erregen.

»Steig ins Auto«, schrie Anderson aus dem Wageninneren. Als Stella eingestiegen war, fragte sie: »Hat er uns gesehen?«

»Mit Sicherheit«, antwortete Stella und starrte durch die Windschutzscheibe. »Er hat mich direkt angeschaut. Da, jetzt sieht er wieder in unsere Richtung.«

»Mist«, fluchte Anderson. Sie startete den Motor, hieb den Rückwärtsgang hinein und stieß mit quietschenden Reifen aus der Parklücke. »Jetzt, wo er weiß, daß wir wieder in der Stadt sind, wird es schwieriger für uns, an Pilgrim heranzukommen. Ich wollte ihn überlisten und so tun, als wäre ich von der Polizei hier in Houston, nicht aus Dallas. So hätte ich vielleicht mehr aus ihm herausholen können.«

»Vielleicht sollten wir ihn dann sofort aufsuchen«, schlug Stella vor. »Ich meine, bevor mein Onkel ihn warnen kann. Hast du seine Adresse?«

»Sieh mal in dem Ordner nach.« Anderson warf einen prüfenden Blick in den Rückspiegel. »Ich glaube, er folgt uns nicht. Falls doch, wird er schon seine Gründe haben. Ich kann nichts Verdächtiges erkennen.«

Stella gab ihr die Adresse, und Brenda lenkte den Wagen an den Bordstein. Sie stellte den Motor ab, um die Straße, in der Pilgrim wohnte, auf dem Stadtplan zu suchen. »Ich hab's«, sagte sie dann, startete wieder und fädelte den Ford Fairlane erneut in den Verkehr ein. »Ich bin gespannt, was Mr. Pilgrim uns zu erzählen hat. Kennst du dich in Galveston aus?«

»Natürlich«, sagte Stella. »Wohnt er da?«

»Ja, in Galveston Bay«, erwiderte Anderson.

»Das liegt in der Nähe von Clear Lake, beim Space Center. Es ist allerdings ein ganz schön weiter Weg bis dorthin. Vielleicht sollten wir uns zuerst telefonisch erkundigen, ob er auch zu Hause ist.«

Anderson blickte sie überrascht an. Stella schlug tatsächlich vor, sich anzukündigen? »Das ist doch nicht dein Ernst, oder?«

»Nein«, sagte Stella und errötete. »Nein, natürlich nicht.«

Sie gerieten in einen endlosen Verkehrsstau. Galveston war ein Mekka für Touristen, insbesondere während der Sommermonate, daher kamen sie auf dem Highway 145 nach Galveston Bay nur im Schrittempo voran. Teenager und junge Erwachsene hingen aus den Wagenfenstern, und aus verschiedenen Autoradios dröhnte Rockmusik. »Du solltest einmal in den Osterferien hierherkommen«, sagte Stella. »Dann kommt man sich vor wie im Affenhaus.«

Endlich löste sich der Verkehrsstau auf, und sie fuhren durch ein hübsches Naherholungsgebiet mit Schiffsanlegeplätzen, Restaurants, Antiquitätengeschäften und Souvenirläden. Die Sonne ging unter, und der Himmel leuchtete in vielen Farben. Dutzende Segelboote liefen in den Hafen ein, und ihre Segel blähten sich in der leichten Meeresbrise. »Das hat Dallas nicht zu bieten«, sagte Stella und genoß die Aussicht aus dem Seitenfenster. »Wasser. Manchmal vermisse ich es richtig. Mein Vater hat sich immer ein Boot gewünscht. Sein Vater war in Italien Fischer gewesen. Früher fuhr er nach der Messe immer mit uns hierher, um zu beobachten, wie die Boote in den Hafen einliefen.«

»Wir müssen den Shoreline Drive finden«, unterbrach Anderson sie. »In meinem Stadtplan sind die kleineren Straßen nicht aufgeführt, nur die Hauptdurchfahrtsstraßen.«

»Bieg hier rechts ab«, sagte Stella. Sie beugte sich vor und spähte angestrengt durch die Windschutzscheibe. »Ich bin ziemlich sicher, daß der Shoreline Drive rechts liegt. Von dort aus müßte man den Hafen überblicken können.«

Etwa zwanzig Minuten später hielten sie vor einem bescheidenen Häuschen und zwängten den Fairlane in die einzige noch freie Parklücke der Straße. Obwohl das Haus eher einer Strandhütte glich, war ihnen klar, daß Victor Pilgrim ein kleines Vermögen dafür hingelegt haben mußte. Jedes Grundstück am Meer war teuer, und Pilgrim hatte den Golf von Mexiko sozusagen direkt hinter seinem Garten. Jugendliche auf Skateboards schossen vorbei oder balancierten Surfbretter auf ihren Köpfen. Manche Leute trugen Tüten voller Lebensmittel und sonstige Dinge zu ihren Booten im nahen Hafen. Mehrere Autos, in denen Teenager saßen, die ganz offensichtlich Drogen genommen hatten, rasten unter eindeutiger Mißachtung der Geschwindigkeitsbegrenzung vorbei. »Sieht echt spaßig aus«, quittierte Anderson die Szene. »Wie viele Menschen kommen hier wohl jährlich ums Leben? Ein Dutzend? Zwei Dutzend? Die meisten von diesen Jugendlichen sind noch nicht einmal alt genug, um Bier zu trinken.«

»Man kann hier einen schönen Tag am Strand verbringen«, sagte Stella. »Aber den Rest kannst du vergessen.«

»Nun, ich bin bereits braun genug«, antwortete Anderson. »Du mußt übrigens im Wagen bleiben. Pilgrim würde dich mit Sicherheit erkennen.«

Anderson ging zur Haustür und klingelte. Nachdem sie eine Weile gewartet hatte, wurde die Tür von einer schlicht aussehenden Frau mit angegrautem Haar geöffnet. Sie trug ein blaues, in der Taille gerafftes Kleid. »Ist Victor Pilgrim zu Hause?« fragte Anderson, zückte kurz ihre Marke und steckte sie rasch wieder in ihre Tasche zurück. »Ich bin von der Staatsanwaltschaft und möchte ihm nur ein paar Fragen stellen.«

»Warten Sie bitte einen Moment«, sagte die Frau und verschwand im Haus. Als sie zurückkam, wirkte sie leicht verwirrt. »Er war vor einer Minute noch hier, aber jetzt kann ich ihn nicht finden. Vielleicht ist er zu einem Spaziergang an den Strand gegangen. Möchten Sie hereinkommen und warten? Sicher kommt er gleich zurück. Er geht nie sehr lange spazieren, wegen seines Beines.«

Anderson starrte die Frau an. Etwas an deren Augen kam ihr merkwürdig vor. Anstatt der Ermittlerin richtig ins Gesicht zu sehen, schien sie den Himmel über ihrem Kopf zu fixieren. Impulsiv schwenkte Brenda ihre Hand vor dem Gesicht der Frau, aber die blinzelte nicht einmal. Dann bemerkte Brenda den weißen Stock in ihrer Hand. »Wenn es Ihnen nichts ausmacht, komme ich lieber später noch einmal wieder. Was ist denn mit dem Bein Ihres Mannes?«

»Oh«, sagte die Frau. »Er wurde von einem Auto angefahren, als er noch bei der Polizei war. Er stellte auf dem

Freeway einen Strafzettel aus, als ein betrunkener Autofahrer in den Wagen hinter ihm raste.«

»Auf welchem Polizeirevier arbeitete Ihr Mann damals?«

»Entschuldigung«, sagte die Frau. »Wie war doch gleich Ihr Name?«

»Brenda Anderson.« Die Ermittlerin hielt der Frau ihre Hand hin. Dann bemerkte sie jedoch, wie dumm diese Geste war. Die Frau stand einfach nur da, die Hände seitlich neben ihrem Körper.

»Ich habe zu tun«, sagte die Frau und schloß Anderson die Tür vor der Nase.

Als Brenda zum Wagen zurückkam, sprudelte sie sofort los. »Victor Pilgrims Ehefrau ist blind.«

»Blind?« fragte Stella.

»Ja«, bestätigte Anderson. »Da bin ich mir ziemlich sicher.«

»Wo war Pilgrim?«

»Ich habe es wohl vermasselt«, fuhr Anderson fort. »Ich glaube, ich habe etwas Falsches gesagt.«

»Was denn?«

»Ich habe sie gefragt, bei welchem Polizeirevier er gearbeitet hat, als er verwundet wurde.«

»Was ist daran so schlimm?«

»Denk doch einmal nach«, sagte Anderson. »Er bekommt seine Rente aus Houston. Dann ist es doch klar, daß er sich seine Beinverletzung auch in Houston zugezogen haben muß und nicht in San Antonio, oder?«

»Ich verstehe nicht richtig«, sagte Stella. »Wenn es sich um einen Betrug handelt, dann müßte er in Wahrheit doch völlig gesund sein.«

»Nicht unbedingt«, sagte Anderson. »Für einen Polizisten ist es nicht einfach, aufgrund von Invalidität vorzeitig in Rente zu gehen. Solange man noch aufrecht stehen kann, wollen die meisten Reviere die Leute behalten. Für den Papierkram ist auch ein Invalider immer noch gut genug. Das ist jedenfalls besser, als ihm jeden Monat die Rente ohne eine Gegenleistung in den Rachen zu werfen.«

»Sind die wirklich so abgebrüht?« Stella war über Andersons Worte ziemlich bestürzt.

»Darauf kannst du wetten«, sagte Anderson. »Aber die Polizisten haben sich das auch zum größten Teil selbst zuzuschreiben, Stella. Sie fallen auf die Nase und behaupten, ihre Verletzungen seien schwerer, als sie in Wirklichkeit sind. Manchmal verlieren sie die Nerven, wenn sie irgendein schlimmes Erlebnis verfolgt, wenn sie haarscharf einer Kugel entkommen sind oder etwas besonders Häßliches gesehen haben. Zudem hängt ihnen dauernd die Aufsichtsbehörde im Nacken. Wohin kann man schon gehen, wenn man zehn Jahre lang als Polizist gearbeitet hat? Zur Straßenreinigung? Also wollen sie raus, und die Zauberformel heißt Vollinvalidität. Dann sind sie frei und werden obendrein noch bezahlt.«

»Aber Pilgrim scheint völlig zu Recht als Invalide eingestuft worden zu sein«, sagte Stella. »Warum brauchte er dann die Hilfe meines Onkels?«

»Na ja«, fuhr Anderson fort. »Nehmen wir einmal an, daß manche Männer tatsächlich eine Verletzung im Dienst davongetragen haben, aber ihre jeweiligen Reviere nicht davon überzeugen konnten, sie als berufsunfähig einzustufen. Die Ärzte müssen sich, wie gesagt, mit so vielen vorgetäuschten Krankheiten herumschlagen, daß man die Kriterien verschärft hat, wodurch wahrscheinlich auch berechtigte Fälle abgewiesen worden sind. Wenn die betroffenen Männer zum Beispiel deinem Onkel begegneten und er alle notwendigen Maßnahmen ergriff, damit sie ihr Recht bekamen, muß er für sie ein Heiliger sein.«

»Ich verstehe allmählich, was du meinst«, sagte Stella.

»Das ist noch nicht alles«, erläuterte Anderson weiter. »Wenn Pilgrims Frau blind ist, hatte er sogar noch sehr viel mehr Grund, eine Invalidenrente zu beantragen. Jemand muß sich schließlich um sie kümmern.«

Lange Zeit saßen sie schweigend im Auto und hingen ihren Gedanken nach. Schließlich fragte Stella: »Sollen wir einfach hier herumsitzen? Er könnte noch Stunden fortbleiben!«

»Nein«, sagte Anderson und startete den Motor. »Wir gehen etwas essen. Dann kommen wir zurück und hören uns an, was Mr. Pilgrim uns zu erzählen hat.«

Während des Abendessens unterhielten sich die beiden Frauen bewußt nur über angenehme Themen. Der Tag war sehr anstrengend gewesen, und beide wollten den Fall für eine Weile vergessen. »Hast du jemals daran gedacht zu heiraten?« fragte Stella.

»Ich war fast drei Jahre lang verheiratet«, sagte Anderson und betupfte mit der Serviette ihre Mundwinkel. »Das waren die schlimmsten drei Jahre meines Lebens.«

»Was ist passiert?«

Anderson schob sich zwei Pommes frites in den Mund und antwortete: »Na ja, es gibt nicht viele farbige Männer, die gerne mit einer Polizistin verheiratet sind. Um ehrlich zu sein, es ist schwierig, jemanden zu finden, der nicht das eine oder andere Mal schon im Knast gesessen hat.«

»Ich glaube, du übertreibst«, sagte Stella. »Es gibt auch genügend Schwarze in gehobenen Stellungen, Ärzte, Ingenieure und Rechtsanwälte. Wie kannst du nur so über deine eigenen Leute reden?«

»Weil es der Wahrheit entspricht. Weißt du eigentlich, wie viele Schwarze im Gefängnis sitzen? Du brauchst dir nur die Statistiken anzusehen. Und die mit gehobener Bildung – nun, viele von ihnen heiraten weiße Frauen.«

»Wirklich?« fragte Stella. »Das habe ich nicht gewußt.«

»Im allgemeinen mögen Männer keine Frauen mit hohem Sozialprestige«, erklärte Anderson. »Schwarze Männer sind am schlimmsten, weil das für sie eine Frage des Selbstbewußtseins ist. Wenn jemand eine Waffe trägt, dann wollen sie es sein.«

»War dein Mann auch bei der Polizei?«

»O ja. Nie wieder gehe ich mit einem Polizisten aus«, sagte sie verbittert. »Er war auch Polizist, aber ich wurde befördert, während er weiterhin Dienst als Streifenpolizist schieben mußte. Das paßte ihm offensichtlich nicht. Eine Woche später zog er aus, aber vorher versuchte er noch, mir gegenüber etwas richtigzustellen: Er brach mir vier Rippen. Ich verpaßte ihm dafür ein blaues Auge, und er hatte hinterher eine gerissene Milz. In einer solchen Situation ist eine Polizeiausbildung hilfreich. Wenn dir ein Kerl alle Knochen im Leib brechen will, hast du zumindest die Chance, dich zur Wehr zu setzen.«

»Klingt ähnlich wie bei mir«, sagte Stella, deren Blick sich im Unbestimmten verlor. »Brad hat mich zwar nicht direkt geschlagen, aber er hat sich meiner Karriere in den Weg gestellt. Übrigens soll ich heute noch etwas von Sam hören. Er versucht, eine finanzielle Einigung auszuhandeln, damit ich ein Darlehen auf mein Haus aufnehmen und einen Anwalt engagieren kann.«

»Ich dachte, sie hätten sich neulich schon getroffen, das hast du doch erzählt, oder nicht?« fragte Anderson und schob den Teller mit den Pommes frites zur Seite.

»Sam hatte einen Termin mit ihm vereinbart, aber als er in Brads Büro ankam, war der werte Herr nicht anwesend. Dieser Mistkerl! Ich bin überzeugt, daß er ihn absichtlich versetzt hat. Er ist ziemlich sauer, weil ich mich geweigert habe, ihm alles zu überschreiben, als er mich im Gefängnis besuchte.«

Anderson bestand darauf, die Rechnung zu begleichen, obwohl Stella protestierte. »Ich werde es mir von der Stadt zurückholen«, bemerkte die Ermittlerin augenzwinkernd. »Du mußt jetzt schön dein Geld zusammenhalten, Stella.«

»Vielen Dank«, entgegnete Stella. »Wenn die Stadt das jemals herausfindet, werde ich für den Rest meines Lebens verschuldet sein.«

»Immer noch besser verschuldet als im Gefängnis«, entgegnete Anderson.

Nachdem sie das Restaurant verlassen hatten, fuhren sie zu Victor Pilgrims Haus zurück. Anderson ging erneut zur Haustür. Sie klingelte mehrmals und klopfte an die Tür. Schließlich gab sie es auf und kam zum Wagen zurück. »Sie sind zu Hause. Ich kann sogar den Fernseher hören, aber sie machen nicht auf. Ich vermute, Pilgrim hat keine Lust, Fragen über seine Invalidenrente zu beantworten.«

»Willst du es später noch einmal versuchen?« fragte Stella. »Ich meine, nicht heute, sondern ein andermal?«

»Wahrscheinlich nicht«, sagte Anderson. »Es war von vornherein ziemlich aussichtslos, aber ich wollte es wenigstens versucht haben.«

»Verdammt noch mal!« fluchte Stella. Die Anstrengungen des Tages machten sich plötzlich mit voller Wucht bemerkbar, und sie lehnte ihren Kopf zurück. Während der gesamten Rückfahrt zum Hotel schwiegen sie.

Es war kurz vor zehn Uhr abends, als sie im Holiday Inn eintrafen. Die Klimaanlage des Fairlane war gleich hinter Galveston ausgefallen, und Stella fühlte sich matt und verschwitzt. »Ich dusche zuerst«, sagte sie, stieg aus und nahm ihren Koffer von der Rückbank.

»Kein Problem«, antwortete Anderson. Sie wartete, bis Stella zur Seite getreten war, dann griff sie nach ihrer Computertasche, die sich ebenfalls auf dem Rücksitz befand. Als einziges Gepäckstück hatte sie ihren kleinen Kosmetikkoffer mitgenommen, da sie davon ausgegangen war, daß ihr Aufenthalt hier nur einen Tag dauern würde. Jetzt hätte sie viel darum gegeben, Kleider zum Wechseln dabeizuhaben, denn die Sachen, die sie am Körper trug, waren schweißnaß. Auch für den nächsten Tag hatte sie nichts Frisches zum Anziehen. Der Swimmingpool des Hotels schien sie anzulachen, und am liebsten hätte sie sich, so wie sie war, in das kühle Naß gestürzt. »Hätte ich doch einen Badeanzug mitgenommen, dann könnte ich nachher noch in den Pool springen. Glaubst du, man kann hier auch nackt baden?«

»Also«, sagte Stella, »was mich betrifft, kannst du machen, was du willst. Ich werde es keiner Menschenseele erzählen.«

»Ich mach' doch nur Spaß, Stella.« Anderson lachte. »Du bist ein sehr klarsichtiger Mensch, aber aus irgendeinem Grund weißt du nie, wann ich dich auf den Arm nehme.«

»Das kommt daher, daß du sonst immer so ernst bist«, sagte Stella und versetzte ihr einen freundschaftlichen Stoß mit der Schulter. Sie gingen quer über den Vorhof zum Haupteingang des Hotels. »Ich glaube, ich habe dich noch nie lachen hören, bevor wir anfingen, zusammen an diesem Fall zu arbeiten. Warum bist du im Büro immer so still?«

»Das ist schwer zu sagen«, antwortete Brenda. »Ich möchte, daß die Leute mich als professionell einschätzen. Sie sollen wissen, daß ich meine Arbeit ernst nehme.«

Plötzlich blieb Anderson stehen und starrte über den Vorhof. Stella folgte neugierig ihrem Blick. »Runter!« schrie sie und riß Stellas Kopf unvermittelt nach unten.

»Warum?« Stella wehrte sich gegen den Druck von Brendas Hand und wollte selbst nachsehen, warum sie plötzlich so aufgeregt war. »Was ist los?«

Die Ermittlerin sprang genau in dem Augenblick vor Stella, als eine Gewehrsalve losging. Die Schüsse knallten in Sekundenabständen. Im Nu erfüllte ein intensiver Korditgeruch die Luft. Stella hörte Anderson schreien und spürte, wie der Körper ihrer Freundin gegen sie prallte. Sie stürzten beide zu Boden. »Hilfe!« schrie Stella. »Jemand schießt auf uns! Bist du in Ordnung, Brenda?«

»Lauf, Stella«, sagte Brenda, während sie verzweifelt versuchte, ihre Waffe aus dem Schulterhalfter zu zerren. Als sie die Pistole endlich in der Hand hielt, rollte sie sich auf den Bauch. »Ich gebe dir Deckung«, preßte sie mit schwindender Kraft hervor. »Versuch zur Rezeption zu kommen und Hilfe zu holen. Sag ihnen, es ist ein Scharfschütze. Er schießt aus einem Zimmer auf der Südseite auf uns, wahrscheinlich vom fünften Zimmer von links.«

»O Gott, nein«, kreischte Stella, als sie die große Blutlache unter dem Körper der Ermittlerin erblickte. »Er hat dich erwischt, Brenda! Ich kann dich nicht hier liegenlassen. Du blutest. Ich muß dich ins Krankenhaus bringen.«

»Du stehst in meiner Schußlinie«, schrie Anderson sie an, während sie ihren Dienstrevolver hochriß und mit beiden Händen umklammerte.

Stella war wie gelähmt. Andersons Hände waren blutverschmiert, und die Blutlache neben ihr vergrößerte sich zusehends. »Du verblutest!« schrie sie. »Bitte, Brenda, ich muß dich ins Krankenhaus bringen! Wir gehen zum Wagen. Du blutest viel zu stark, um auf einen Krankenwagen zu warten.«

»Beweg dich gefälligst, bevor er uns beide umbringt«, herrschte Anderson sie an. Sie wischte sich mit dem Handrücken über den Mund und hinterließ dort blutige Streifen. »Sofort, Stella. Tu, was ich sage! Hau ab! Wahrscheinlich lädt er gerade nach.«

Stella rannte, so schnell sie konnte, in Richtung der Rezeption davon. Sie rechnete jeden Augenblick damit, daß sich eine Kugel in ihren Körper bohren würde. Aber als sie in die Richtung schaute, aus der die Schüsse gekommen waren, sah sie lediglich ein offenes Fenster und im schwachen Wind hin und her schwingende Gardinen.

»Rufen Sie einen Krankenwagen und die Polizei!« rief sie und schlug dabei kräftig auf die Theke, um die Aufmerksamkeit des Mannes hinter der Rezeption zu erregen. »Beeilen Sie sich, eine Polizistin ist angeschossen worden. Alle Gäste müssen im Haus bleiben. Lassen Sie niemanden hinaus, sonst werden die Leute möglicherweise erschossen. Er schießt quer über den Vorhof ... aus einem der Zimmer.«

Als der Mann den Telefonhörer in die Hand genommen hatte, rannte Stella wieder aus der Empfangshalle hinaus. Ohne an ihre eigene Sicherheit zu denken, eilte sie über den Vorhof und ließ sich neben Brenda Anderson auf die Knie fallen. Die Frau hatte sich inzwischen auf den Rücken gedreht, und Stella bemerkte ein klaffendes blutiges Loch in ihrem Bauch. Brenda hatte die Augen geschlossen, ihre Haut war aschfahl, und ein Rinnsal aus Blut sickerte ihr aus dem Mundwinkel.

Stella nahm sie an den Schultern und schüttelte sie sanft. »Brenda, kannst du mich hören? O Gott, so rede doch mit mir! Bitte, du darfst nicht sterben!« flehte sie mit tränenerstickter Stimme.

Mit zitternden Fingern suchte Stella nach dem Puls an der Halsschlagader. Erleichtert spürte sie unter ihren Fingerkuppen das schwache Klopfen von Andersons Herz. Dann beugte sie sich nach unten und hielt ihre Wange an den Mund der Verletzten. Sie spürte, wie der Atem der Frau an ihrer Wange entlangstrich.

Als sie einen kurzen Blick zum Hoteleingang warf, sah sie, daß jetzt viele Schaulustige hinter der Glasscheibe standen. Ohne zu zögern riß sie sich ihre Bluse vom Körper, rollte sie zu einem festen Knäuel zusammen und preßte sie auf die offene Wunde, um die Blutung zu stoppen. »Du wirst wieder gesund werden, Brenda«, sagte sie und beugte sich dabei nahe an das Ohr ihrer Freundin. »Es ist gar nicht so schlimm«, log sie. Die Bluse war bereits völlig vom Blut durchtränkt, und sie fürchtete, daß ihre Freundin vielleicht nur noch wenige Sekunden zu leben hatte. »Du wirst dich schon bald besser fühlen. Nur noch ein bißchen Geduld. Du mußt kämpfen, Brenda. Du bist doch stark. Du schaffst es.«

In der Ferne hörte Stella Sirenengeheul. »Bitte, lieber Gott, laß sie nicht sterben«, flüsterte sie tonlos.

Minuten später hielt neben ihnen mit quietschenden Reifen und laut heulender Sirene ein schwarzweißer Polizeiwagen. Gleich dahinter kam ein Krankenwagen zum Stehen. Als die ersten beiden Polizisten aus dem Wagen gesprungen waren, bogen auch schon vier weitere Polizeiwagen in die Hoteleinfahrt ein. Die Wagen stellten sich schützend im Kreis um Anderson und Stella auf. Falls der Heckenschütze nochmals feuerte, würden die Kugeln die Polizeiwagen treffen.

»Was ist passiert?« fragte ein Polizist, der sich neben Stella hockte. Hinter ihnen zog die Besatzung der Ambulanz medizinische Geräte und eine Trage aus dem Krankenwagen heraus. Polizisten schwärmten im Vorhof aus, mehrere hielten Maschinenpistolen in den Händen.

»Wir sind auf den Hoteleingang zugegangen«, sagte Stella, »als plötzlich jemand das Feuer auf uns eröffnete. Es kam von dort oben, von der anderen Seite, aus einem der Zimmer. Er muß von einem der Fenster aus geschossen haben.«

»Ist sie Polizistin?« fragte der Beamte, während die Sanitäter und Ärzte sich über Anderson beugten. »Die Einsatzzentrale sagte, es handle sich um eine Kollegin.«

Die Sanitäter forderten den Polizisten und Stella auf, sich zu entfernen. Sie brauchten Platz für ihre Arbeit. Eine Gruppe von Männern mit Waffen im Anschlag rannte in Richtung des geöffneten Fensters, während ein anderes Team durch die Hotelhalle stürmte, um sich den Zimmern von innen zu nähern. »Nur für den Fall, daß er noch da ist«, erläuterte der Polizist. »Warum gehen wir nicht in die Hotelhalle und reden dort weiter?«

Drinnen wies der Polizist die versammelte Menschenmenge an, zurück in ihre Zimmer zu gehen. Stella wollte lieber in der Nähe der Glastüren bleiben, um sehen zu können, was mit Anderson geschah. Da sie jetzt nur noch einen

BH über ihrer Freizeithose trug, holte ihr der Polizist eine Decke und warf sie ihr über die Schultern. »Der Schütze muß geflohen sein«, sagte sie. »Wenn er noch dort gewesen wäre, hätte er mich erschossen, als ich wieder nach draußen rannte.«

»Haben Sie ihn gesehen?«

Stella schüttelte den Kopf und zog die Decke fester um ihren Oberkörper. Dadurch zwang sie sich, endlich damit aufzuhören, die blutverschmierten Hände an ihrer Hose abzuwischen. »Er war zu weit entfernt. Ich weiß allerdings nicht, ob Brenda ihn gesehen hat. Sie schien ihn bemerkt zu haben. Gott sei Dank, daß Sie so schnell hier waren. Wenn sie ein paar Sekunden länger dort gelegen hätte, wäre sie sicherlich verblutet.«

»Wenn es einen Kollegen erwischt hat«, sagte der Mann, »rasen wir los wie die Teufel.« Sein Blick glitt über die Hoteleinfahrt. »Beinahe jeder Einsatzwagen im Umkreis von fünfzig Meilen hat sich gemeldet. Sogar das Sheriff-Büro hat ein paar Leute geschickt. Ist diese Frau Polizistin?«

»Sie ist Ermittlerin der Staatsanwaltschaft«, erklärte Stella. »Wenn ich jemals wieder in Schwierigkeiten geraten sollte, weiß ich wenigstens, was ich sagen muß.«

»Haben Sie eine Vermutung, wer das getan haben könnte?«

»O ja, die habe ich.« Stella war plötzlich sehr wortkarg. Anderson wurde soeben in den Krankenwagen geschoben, und Stella öffnete die Tür, um zu ihr zu eilen. »Ich fahre mit.«

»Ich glaube, das ist keine gute Idee«, sagte der Polizist und hielt sie an einem Zipfel der Decke zurück. »Wir müssen Ihre Aussage aufnehmen und herausfinden, was dort draußen passiert ist. Wenn Sie den Heckenschützen kennen, dann erzählen Sie es uns lieber gleich.«

»Nein«, fauchte Stella und befreite sich aus seinem Griff. »Wenn Sie wissen wollen, wer das getan hat, rufen

Sie Jack Fitzgerald von der Staatsanwaltschaft an, und richten Sie ihm aus, daß er mich im Krankenhaus finden kann. Ich werde nur mit ihm reden, mit sonst niemandem.«

Der Polizist blieb verblüfft in der Tür stehen, während Stella zum Krankenwagen eilte und mit der Besatzung hinten hineinkletterte. »Wie geht es ihr?«

»Es steht auf der Kippe«, antwortete eine Sanitäterin, die damit beschäftigt war, einen Tropf über Andersons Kopf anzubringen. Dann sah sie Stella an. »Wer sind Sie? Sie können nicht einfach hier hereinkommen.«

»Ich bin Staatsanwältin«, erwiderte Stella und schlug einen autoritären Ton an. »Diese Frau arbeitet für mich, und ich werde sie nicht allein lassen. Ich bin für sie verantwortlich.«

»Sie hat eine Menge Blut verloren«, sagte die Sanitäterin. »Im Moment steht sie unter Schock, und ihr Puls ist extrem schwach.«

Stellas Stimme zitterte. »Wird sie durchkommen?«

»Das weiß ich genausowenig wie Sie«, antwortete die Frau schulterzuckend. »Es kommt darauf an, wo die Kugel eingedrungen ist, nachdem sie die Bauchdecke durchschlagen hat. Wenn die Lunge, das Herz oder die Nieren getroffen wurden, ist die Verletzung möglicherweise zu schwer. Wir werden es erst genauer sagen können, wenn wir im Krankenhaus sind und Röntgenaufnahmen gemacht haben.«

Während der Krankenwagen den Highway entlangraste, rutschte Stella neben Anderson und nahm ihre Hand. »Du wirst es schaffen«, schrie sie über das Kreischen der Sirene hinweg. »Ich werde dich nicht im Stich lassen, Brenda«, versicherte sie der bewußtlosen Frau. »Hörst du? Es wird alles wieder gut.«

KAPITEL 15

Die Uhr im Warteraum des Methodist Hospital zeigte drei Uhr an. Stella war erschöpft und krank vor Sorge. Eine Schwester hatte ihr ein grünes Chirurgenhemd zum Überziehen gegeben, aber sie trug immer noch ihre blutverschmierte Freizeithose. Sie saß auf einem kleinen Vinylsofa und nippte an einem Becher mit lauwarmem Kaffee. Andersons Eltern saßen auf zwei Stühlen ihr gegenüber. Gleich nachdem man sie informiert hatte, waren sie mit dem nächsten Flug nach Houston gekommen. Als sie eintrafen, war Anderson jedoch bereits im Operationssaal gewesen.

Die Röntgenaufnahmen hatten ergeben, daß die Kugel gefährlich nahe neben ihrer Hauptschlagader steckte, und niemand konnte mit Sicherheit sagen, ob sie die Operation überleben würde. Man konnte nur warten und beten.

Bevor Andersons Eltern gekommen waren, hatte Stella fast eine Stunde lang telefoniert. Sie hatte sowohl mit Growman als auch mit Sam gesprochen und anschließend noch Mario angerufen, denn sie wollte, daß auch ihm bewußt wurde, daß sie sich alle in größter Gefahr befanden. Sam wollte sofort nach Houston fliegen, aber Stella machte ihm klar, daß er hier ohnehin nichts ausrichten könne. Bei

Growman sah die Sache anders aus, und Stella mußte eingestehen, daß es gut wäre, wenn er so schnell wie möglich käme. Anderson war eine Angestellte der Stadt Dallas, und man würde wissen wollen, was sie nach Houston geführt hatte.

Milton Anderson war ein großer, vornehm aussehender Mann. Sein sorgsam gekämmtes Haar hatte graue Strähnen. Stella stellte fest, daß Brenda die Größe und den geraden Hals ihres Vaters geerbt hatte, aber Augen und Mund glichen eher den Gesichtszügen ihrer Mutter. Diese trug einen langen Rock und eine buntbedruckte Bluse. Sie benahm sich reserviert und würdevoll. Sie weinte nicht, noch rang sie die Hände, sondern saß, einen leichten Baumwollschal über den Schultern, ruhig und wortlos da. In ihrer Hand hielt sie eine kleine Bibel.

»Sie müßte jetzt eigentlich aus dem Operationssaal heraus sein«, sagte Brendas Vater, der sich erhob und auf und ab schritt. »Sie haben doch von drei Uhr gesprochen, oder? Und jetzt ist es schon nach drei.«

»Soll ich nachfragen?« fragte Stella.

»Nein, nein«, beschwichtigte er mit seiner tiefen, vollen Stimme. »Die Ärzte werden schon kommen, wenn sie etwas wissen. Wir sollten sie ihre Arbeit tun lassen. Es hat keinen Sinn, sie zu belästigen.«

»Brenda ist ein wunderbarer Mensch«, sagte Stella und sah auf ihre Hände. »Sie läge jetzt nicht dort drinnen, wenn sie nicht versucht hätte, mich zu beschützen. Ich bin sicher, daß die Kugel für mich bestimmt war. Als sie mich zur Seite stieß, traf die Kugel statt dessen sie. Ich habe noch nie einen so mutigen Menschen kennengelernt.«

»Sie hat nur ihre Arbeit getan«, sagte ihr Vater. Er ging zu Stella und klopfte ihr sanft auf den Rücken. »Sie würde nicht wollen, daß Sie sich Vorwürfe machen. So ist unsere Brenda nun mal.«

Als Stella laute Stimmen auf dem Korridor hörte, sprang

sie auf. Andersons Vater folgte ihr auf den Fersen, und sie eilten beide hinaus, um zu sehen, was los war. Jack Fitzgerald stand im Korridor, offenbar wütend, und eine dicke schwarze Zigarre steckte zwischen seinen Zähnen. »Sie brennt ja gar nicht, verstanden?« brüllte er. »Können Sie mich denn nicht einmal zufrieden lassen, Lois? Sie mekkern jetzt schon seit zwanzig Jahren an mir herum.«

»Gut«, sagte eine ältere Schwester und setzte eine angewiderte Miene auf. »Dann kann ich das Ding ja auch hier für Sie deponieren.« Ihre Hand schoß vor und riß ihm die Zigarre einfach aus dem Mund.

»Verdammt sollen Sie sein, Weib«, fluchte er. »Geben Sie mir sofort die Zigarre zurück. Sie hat mich über drei Dollar gekostet.«

»Sechsmal habe ich Sie schon in meinem Krankenhaus beim Rauchen dieser stinkigen Dinger erwischt«, entgegnete die Schwester und schwenkte die Zigarre vor seinem Gesicht. »Das war das letzte Mal, haben Sie mich verstanden? Und wenn Sie der Präsident dieses Landes wären, wäre mir das auch egal, Jack. In diesem Krankenhaus wird nicht geraucht!«

Stella hatte die ganze Zeit über neben Andersons Vater gestanden. Jetzt bemerkte Fitzgerald sie und kam auf sie zu. »Das ist Milt Anderson«, stellte sie ihn vor. »Brenda Andersons Vater. Sie wurde heute abend angeschossen.«

»Jack Fitzgerald.« Er schüttelte Milt Anderson die Hand. »Ich freue mich, Sie kennenzulernen. Die Sache mit Ihrer Tochter tut mir leid. Es ist einfach schrecklich.«

Milt Anderson erwiderte wortlos seinen Blick, dann kehrte er zu seiner Frau in den Warteraum zurück.

Als sie allein waren, fragte Fitzgerald: »Was ist hier los, Cataloni? Die Streifenpolizisten sagten, Sie würden nur mit mir reden, mit sonst niemandem. Also, hier bin ich, fangen wir an! Ich hoffe, Sie haben mich nicht umsonst aus dem Bett geholt.«

»Hier im Flur möchte ich nicht reden«, sagte Stella. »Kommen Sie mit. Am anderen Ende des Flurs gibt es noch einen weiteren Warteraum.«

Inzwischen war eine Stunde vergangen. Während ihres Gesprächs mit Fitzgerald hatte Stella sich einmal kurz entschuldigt und nachgesehen, ob Anderson bereits aus dem Operationssaal gebracht worden war. Auf dem Flur war sie dem Chirurgen begegnet, der soeben mit Brendas Eltern gesprochen hatte. Die Operation sei gut verlaufen, lautete seine Mitteilung, aber Brenda habe schwere Verletzungen erlitten, und ihr Zustand werde innerhalb der nächsten vierundzwanzig Stunden noch sehr kritisch sein. Wenn er sich danach stabilisiere, stünden die Chancen nicht schlecht, daß sie sich erholen werde, ohne Folgeschäden davonzutragen. Stella fiel ein Stein vom Herzen, und sie kehrte zu Jack Fitzgerald zurück, um ihre Unterhaltung fortzusetzen.

»Das ist eine heikle Geschichte«, sagte Fitzgerald. Er lehnte sich auf seinem Stuhl zurück und streckte seine Beine vor sich aus. »Das Komische an der Sache ist nur, daß schon einmal jemand wegen dieser Rentensache Verdacht geschöpft hat. Das ist allerdings schon ein paar Jahre her, und ich kann mich nicht mehr an die Einzelheiten erinnern. Wenn ich mich nicht irre, hat die Aufsichtsbehörde damals den Stein ins Rollen gebracht.«

»Verstehen Sie denn nicht?« fragte Stella. »Mein Onkel sah uns vor dem Polizeirevier, als wir das Beweisstück abholen und ins Labor bringen wollten. Er wußte also, daß ich wieder in der Stadt war. Außerdem hat Anderson ihn auch noch angerufen und das Feuerzeug erwähnt. Das allein könnte schon ausgereicht haben, ihn zum Äußersten zu treiben.«

»Und anschließend suchten Sie diesen Pilgrim auf«, sagte er und rieb sich eine Wange. »Pilgrim muß der Tropfen gewesen sein, der das Faß zum Überlaufen brachte.«

»Genau«, bestätigte Stella. »Als ich vorhin hier im Krankenhaus mit einigen Polizisten sprach, erfuhr ich, daß der Scharfschütze ein automatisches Sturmgewehr mit Zielfernrohr benutzt hat. Ich weiß, daß mein Onkel eine solche Waffe besitzt, weil ich sie neulich in seinem Waffenschrank gesehen habe. Ich bin nicht sicher, ob es sich wirklich um ein Sturmgewehr gehandelt hat, aber ich weiß, daß die Waffe, die ich sah, ein Zielfernrohr und einen langen Lauf hatte.«

»Das reicht allerdings noch nicht für einen Haftbefehl«, betonte Fitzgerald.

»Warum nicht?« brach es aus Stella hervor. »Sie haben mich ja auch praktisch ohne jeden Beweis festnehmen lassen. Ich verstehe nicht, warum Sie meinen Onkel nach den heutigen Vorkommnissen nicht verhaften können. Brenda hat wegen dieses Rentenbetrugs alle möglichen Nachforschungen angestellt. Ich verlange ja nicht von Ihnen, mit leeren Händen loszuschlagen. Wenn ich erst einmal alle ihre Notizen geordnet habe, dann haben wir den Ansatzpunkt für einen netten, soliden Fall.«

Fitzgerald stemmte sich in die Höhe und griff in seine Tasche, um eine Zigarre herauszuholen. Er wollte sie gerade in den Mund stecken, als er es sich doch noch anders überlegte und sie statt dessen in den Fingern herumrollte. »Ich werde meine Leute darauf ansetzen. Wir wollen abwarten, was das Labor herausfindet. Vielleicht wurde ja in dem Hotelzimmer ein brauchbarer Beweis gefunden.«

»Das bezweifle ich«, sagte Stella und runzelte die Stirn. »Mein Onkel war Polizei-Captain. Wenn er geschossen hat, dann werden Sie nichts finden.« Sie bemerkte, daß Fitzgerald im Begriff war aufzubrechen, und sagte: »Warten Sie! Sie müssen mir noch einen Gefallen tun. Ich brauche diese Metallteile. Ich möchte, daß Sie sie mir aushändigen.«

»Das geht nicht«, erwiderte Fitzgerald und steckte die Zigarre samt Plastikfolie in den Mund. »Sie wissen, daß ich bei einem Mordfall keine Beweise herausgeben kann.«

»Aber Sie müssen«, flehte Stella. »Ich weiß doch nicht, wer in die Sache verwickelt ist, wem ich trauen kann und wem nicht. Diese Metallteile sind die wertvollsten Beweise, die wir im Augenblick besitzen. Wenn sie Carl Winters oder einem anderen Polizisten ausgehändigt werden, verschwinden sie vielleicht auf Nimmerwiedersehen. Woher sollen wir wissen, wie viele Leute in die Sache verstrickt sind? Soviel ich weiß, gehört Holly Oppenheimer auch dazu.«

»Das ist lächerlich«, gab der ältere Staatsanwalt zurück. »In diesen Rentenbetrug, wenn es denn einen solchen gibt, sind nur Polizisten verstrickt. Wie kommen Sie darauf, daß auch meine Leute etwas damit zu tun haben könnten?«

»Winters gehört nicht zu Ihren Leuten«, sagte Stella. »Er ist Polizist, Jack. Und er will mir schon seit Jahren etwas anhängen. Wenn Winters eingeweiht ist, dann kann man Oppenheimer auch nicht trauen. Sie und Winters stecken unter einer Decke. Holly ist eifersüchtig und nachtragend. Sie würde alles tun, um mich hinter Gitter zu bringen.«

»Hmmm«, brummte er, während er über ihre Bitte nachdachte. »Sie bitten mich, etwas zu tun, das unseren Fall erheblich beeinträchtigen könnte. Und nicht nur das, es ist außerdem eindeutig gegen die Vorschriften.«

Stella sprang auf die Füße. »Welchen Fall?« schrie sie. »Meinen Fall? Es gibt keinen Fall! Erkennen Sie das denn immer noch nicht? Wenn ich die Sache auf dem Kerbholz hätte, warum sollte dann jemand versuchen, mich umzubringen?« Angriffslustig schob sie ihr Kinn vor. »Eine ausgezeichnete Beamtin ist heute abend angeschossen worden, Fitzgerald. Zählen Sie doch einmal die Toten zusammen. Meine Eltern, Randall ... und jetzt hätte beinahe auch noch Brenda Anderson ihr Leben verloren. Wie lange soll das noch weitergehen? Wann wachen Sie endlich auf?«

»Reden Sie nicht in diesem Ton mit mir!« warnte er sie und kniff die Augen zusammen. »Sie sind noch immer wegen Mordes angeklagt, meine junge Dame, gleichgültig, was heute abend passiert ist. Die heutige Schießerei muß nicht unbedingt etwas mit den Verbrechen zu tun haben, die Ihnen zur Last gelegt werden. Nur weil ein Mann eventuell einen Rentenbetrug organisiert hat, ist er noch lange kein Mörder. Ich habe den Eindruck, daß Sie schlicht und einfach versuchen, uns schnell etwas zu entlocken, um einen Vorteil aus der üblen Situation zu ziehen.«

Stellas Gesicht wurde feuerrot. »Das verbitte ich mir«, fauchte sie. »Ich versuche, Ihren verdammten Fall geradezubiegen, Fitzgerald. Sie haben mich nicht nur für etwas vors Gericht geschleppt, das ich nicht getan habe, nein, Ihre idiotischen Staatsanwälte haben einen regelrechten Alptraum daraus gemacht. Wenn Sie mich in Ruhe gelassen hätten, wäre Randall heute noch am Leben und Anderson wäre heute abend nicht lebensgefährlich verletzt worden. Muß ich zuerst mit einer Kugel im Kopf daliegen, bis ...?«

Fitzgerald hob eine Hand. »Beruhigen Sie sich, ja? Nehmen wir einmal an, ich würde Ihnen erlauben, diese Beweisstücke zu prüfen. Wohin genau sollte ich sie dann schicken?«

Stella wußte nicht, welche Adresse sie ihm geben sollte. Rasch erfand sie einen Labornamen und kritzelte Marios Adresse darunter.

»Anderson ist sicher, daß diese Metallteilchen von einem Schnappfeuerzeug stammen. Wenn wir die Gravur entziffern können, dürfte das wohl Beweis genug für Sie sein, um Anklage gegen meinen Onkel zu erheben.«

»Was ist mit den Informationen über den Rentenbetrug?« fragte er und rieb sich erneut die Wange. »Wo sind sie?«

»Anderson hat sie wahrscheinlich in ihrem Computer gespeichert«, sagte Stella. »Wollen wir ein Tauschgeschäft vereinbaren? Ich gebe Ihnen unsere Informationen über Clem Cataloni, und im Gegenzug lassen Sie mich die

Metallteile untersuchen. Sobald ich die Ergebnisse habe, schicke ich eine Kopie des Berichts zusammen mit den Beweisstücken in Ihr Büro.«

»Ich sage noch nicht, daß ich darauf eingehe«, antwortete er. »Ich muß mich zuerst selbst damit befassen und gründlich darüber nachdenken. Wissen Sie, ich habe meine eigenen Leute, denen ich trauen kann. Warum sollte ich Sie meine Beweisstücke prüfen lassen?«

»Weil Sie es mir schuldig sind, Fitzgerald«, entgegnete sie und fixierte ihn mit eisigem Blick. »Wissen Sie eigentlich, was ich durchgemacht habe? Ich hätte heute abend da draußen umgebracht werden können! Geben Sie mir wenigstens eine Chance, mich selbst zu schützen, indem ich herausfinde, wer hinter all dem steckt.« Stella ging ein paar Augenblicke auf und ab, dann blieb sie stehen. »Ich könnte Sie wegen widerrechtlicher Festnahme im Zusammenhang mit Freiheitsberaubung, sogar wegen Verleumdung und auf Schadenersatz für entgangene Einkünfte verklagen. Meine Karriere hat erheblichen Schaden genommen. Ich war fast ganz oben, als das alles passierte. Ich habe noch nie von einer so haltlosen Beweisführung gehört, Jack.« Sie hielt inne und sah ihn an. »Herrje, ich bin Staatsanwältin! Lassen Sie mich doch versuchen, das Puzzle zusammenzusetzen, bevor Sie und Ihre Leute wie eine Horde Idioten dastehen.«

»Ich werde Ihnen meine Entscheidung mitteilen«, sagte er knapp und schlurfte zur Tür.

»Wozu Sie sich auch entschließen, tun Sie es schnell«, warnte Stella. »Wenn nicht, wird es noch mehr Tote geben.«

Stella sah noch kurz bei Andersons Eltern vorbei und machte sich anschließend auf den Weg ins Hotel. Ihre Augen brannten in der frühen Morgensonne. Sie war erleichtert, ihren Wagen noch auf dem Hotelparkplatz vorzufinden. Die

Polizei hatte ihn also nicht als Beweismittel abschleppen lassen. Da sich der Zwischenfall ausschließlich außerhalb des Wagens ereignet hatte, nahm sie an, daß man von einer Untersuchung des Wagens abgesehen hatte. Sie mußte auf jeden Fall Andersons Computer finden, aber nachdem sie ihn im Wagen nicht finden konnte, fiel ihr wieder ein, daß Brenda ihn in der Hand gehabt hatte, als die Schüsse gefallen waren. Die Polizisten hatten den Computer also höchstwahrscheinlich zusammen mit dem restlichen Beweismaterial mitgenommen und würden mit allen möglichen Tricks zu verhindern versuchen, daß er Stella wieder ausgehändigt würde.

An der Rezeption nahm sie ihren Schlüssel entgegen und ging auf ihr Zimmer. Morgen würde sie das Hotel wechseln, überlegte sie, während sie ihre Zimmertür aufschloß. Andererseits war nicht damit zu rechnen, daß der Schütze ausgerechnet hierher zurückkam. Er würde nicht so dumm sein, sie in demselben Hotel noch einmal in einen Hinterhalt zu locken.

Sie zog ihre Kleider aus und trat unter die Dusche. Dann hörte sie plötzlich, daß im Schlafzimmer das Telefon klingelte. Rasch griff sie nach einem Handtuch und eilte zum Apparat.

»Ist dort Stella Cataloni?« fragte eine männliche Stimme.

»Ja«, antwortete sie. »Wer spricht da?«

»Victor Pilgrim. Ich muß mit Ihnen reden.«

Stella hatte keine Minute geschlafen. Als sie um neun Uhr morgens in Fitzgeralds Büro ankam, waren ihre Augen gerötet, und ihre Haut wirkte krankhaft blaß. Growman wartete im Vorzimmer auf sie. Er war soeben aus Dallas eingetroffen. »Was ist los?« fragte er mit einem Blick auf den Mann neben Stella.

»Darf ich die Herren miteinander bekannt machen«,

sagte Stella und stellte mit einer Handbewegung vor: »Das ist Victor Pilgrim, der Hauptzeuge der Staatsanwaltschaft.«

»Ich verstehe nicht«, sagte Growman. »Wollen Sie mich nicht aufklären?«

»Es ist nicht sehr sinnvoll, die Geschichte zweimal zu erzählen«, vertröstete sie ihn. »Erwartet Fitzgerald uns bereits?«

»Ja«, sagte Growman. »Ich habe vom Flughafen aus angerufen. Er erwartet mich, aber ich bezweifle, daß er mit dir rechnet, geschweige denn mit einem Überraschungsgast.«

Nachdem Fitzgeralds Sekretärin sie angemeldet hatte, traten sie in das verqualmte Büro und nahmen auf den schweren Eichenstühlen vor Fitzgeralds Schreibtisch Platz. »Mr. Pilgrim hat Ihnen etwas zu sagen«, begann Stella. »Also los, Vic. Erzählen Sie Ihre Geschichte!«

Victor Pilgrim war ein unscheinbarer Mann mit hellbraunem Haar und einem dünnen Schnurrbart. Er trug ein rosafarbenes Polohemd und eine Baumwollhose. Früher war er sicher einmal kräftig und durchtrainiert gewesen, aber im Moment saß er mit herabhängenden Schultern da, und sämtliche Muskeln, die er einst besessen haben mochte, schienen geschwunden zu sein. »Wo soll ich anfangen?« fragte er mit jämmerlicher Miene.

»Beginnen Sie am Anfang«, ermunterte ihn Stella. »Erzählen Sie alles, was Sie mir gesagt haben.«

»Also, ich wurde im Dienst verletzt«, begann er langsam. »Damals war ich bei der Polizei von San Antonio, das ist schon viele Jahre her. Am Anfang konnte ich mich nicht beklagen. Ich erhielt eine angemessene medizinische Versorgung, und alle Kollegen waren sehr hilfsbereit. Aber dann wurde ich als eingeschränkt arbeitsfähig gesund geschrieben und aufgefordert, eine angemessene Arbeit zu übernehmen. Man schlug mir vor, daß ich zunächst einen Schreibtischjob erledigen sollte, bis ich wieder auf Streife gehen könne.« Er räusperte sich. »Ich wußte, daß ich keinen Streifendienst mehr übernehmen konnte. Es war ja nicht nur mein Bein, verstehen Sie, es ging auch um meine Frau.«

»Sie ist blind«, warf Stella erläuternd ein. »Sie wurde vergewaltigt. Während des Angriffs schlug ihr der Vergewaltiger mit einem Baseballschläger auf den Kopf. Durch die Wucht der Schläge haben sich beide Netzhäute abgelöst.«

»Das alles geschah kurz hintereinander«, fuhr Pilgrim fort. »Zuerst mein Unfall, und dann wurde meine Frau vergewaltigt. Ich wollte sie nicht in einem Heim unterbringen. Ich liebe meine Frau. Ich hätte sie aber auch nicht den ganzen Tag über allein zu Hause lassen können.«

»Bitte fahren Sie fort«, forderte Fitzgerald ihn auf, zündete sich eine Zigarre an und blies gewaltige Rauchwolken in die Luft. »Wenn Ihre Berufsunfähigkeit nicht vorgetäuscht war, warum haben Sie dann in San Antonio keine Rente bekommen?«

»Denken Sie etwa, ich hätte nicht darum gekämpft?« antwortete Pilgrim. »Ich habe mir sogar einen Anwalt genommen, aber wir haben trotzdem verloren. Diese Leute, ich weiß auch nicht ...« Seine Stimme wurde leiser. »... es scheint, als würden sie ihre ganze Kraft aufwenden, um es armen Teufeln wie mir schwer zu machen. Man warf mir vor zu simulieren. Der Amtsarzt schwor, daß mein Hinken nicht auf einen physischen Grund zurückzuführen sei. Vielleicht hatte er sogar recht, und es lag tatsächlich nur daran, daß ich meine Frau nicht allein lassen wollte. Das Unterbewußtsein eines Menschen ist manchmal sonderbar.«

»Wie lernten Sie Cataloni kennen?« fragte Growman.

»Als ich nach dem Unfall krank geschrieben war«, sagte Pilgrim, »kam ich mit den Knights of Columbus in Verbindung. Es war für mich einfach eine Freizeitbeschäftigung, eine Möglichkeit, die Zeit totzuschlagen. Wir hatten eine

Großveranstaltung in Houston, und dort traf ich Clem.« Er hielt inne und starrte vor sich hin. »Ich weiß nicht mehr genau, wie es dazu kam. Ich weiß nur, daß ich irgend etwas von meinen Problemen erwähnte. Daraufhin bot er mir seine Hilfe an. Ich sollte lediglich nach Houston kommen. Er sicherte mir zu, daß er mich ohne ärztliche Untersuchung einstellen würde. Ich müsse nur irgendwie mein Hinken verbergen.« Pilgrim grinste höhnisch. »Er schlug mir sogar vor, eine bestimmte Gangart zu trainieren, damit es aussähe, als hätte ich bloß eine außergewöhnliche Art, mich zu bewegen. ›Geh einfach wie ein Muskelprotz‹, sagte er. ›Dann merkt keiner den Unterschied.‹ Das waren seine Worte.« Er hielt erneut inne und sah Fitzgerald an.

»Erzählen Sie, was passierte, nachdem Sie nach Houston gekommen waren«, warf Stella ein.

»Nun, zunächst passierte nicht viel«, fuhr Pilgrim fort. »Ich ging zum Streifendienst. Es war schwer, aber ich schluckte Schmerzpillen und gab mir die größte Mühe, nicht zu hinken oder in eine Verfolgungsjagd verwickelt zu werden. Meine Frau blieb bei ihrer Schwester in San Antonio. Nach etwa sechs Monaten gab mir Cataloni Papiere, die bestätigten, daß ich berufsunfähig sei. Sie waren von einem Amtsarzt unterschrieben, aber ich kenne diesen Kerl überhaupt nicht.«

»Was wurde als Ursache Ihrer Verletzung angegeben?« fragte Growman.

»Eines Nachts täuschte er einen Unfall vor, so daß es den Anschein hatte, als hätte ich mir mein Bein im Dienst ruiniert. Er brachte es fertig, es so darzustellen, als sei ich angefahren worden und der Fahrer anschließend geflüchtet. Ich war nicht einmal im Krankenhaus, hatte aber entsprechende Rechnungen. Vermutlich handelte es sich um Fälschungen, die er in irgendeiner Druckerei anfertigen ließ. Ist ja auch gleichgültig, jedenfalls wurden sie von der Stadt akzeptiert, und ich bekam endlich meine Rente.«

»Haben Sie nicht etwas vergessen?« fragte Stella und beugte sich vor. Als Pilgrim sie verständnislos anschaute, half sie nach: »Was war mit dem Geld, Vic?«

»O ja«, sagte er. »Cataloni hat für die Papiere zwanzig Riesen von mir verlangt. Ich hatte nicht so viele Ersparnisse, und daher kamen wir überein, daß ich ihm das Geld in Raten zahlen würde. Ich glaube, ich schulde ihm immer noch etwa fünf Riesen.« Er errötete. »Aus diesem Grund habe ich auch eingewilligt, verstehen Sie. Er sagte, alle meine Schulden wären beglichen, wenn ich es machte, und bei den Problemen, die meine Frau hat, kommen wir sonst eben nicht so leicht an Geld.«

»Wenn Sie was machten?« fragte Growman. »Sprechen Sie es aus, Pilgrim.«

»Ich sollte aussagen, daß ich eine Frau in einem weißen Mietwagen gesehen hätte, die nach dem Mord an Randall den Tatort verließ.«

»Ihre Aussage war eine Lüge?« fragte Fitzgerald und biß heftig auf seine Zigarre. »Ich möchte nur ganz sichergehen, daß nichts von dem, was ich da gehört zu haben glaube, reine Einbildung ist. Alles, was Sie der Polizei erzählt haben, war frei erfunden, war Ihnen von Clem Cataloni eingetrichtert worden?«

»Ja«, bestätigte Pilgrim und kratzte an einem blutroten Hautausschlag an seinem Unterarm. »Aber ich wußte nicht, daß er den Kerl selbst erschossen hatte. Ich hätte mich auf so etwas niemals eingelassen ... einen Mord decken, um Gottes willen. Er erklärte mir, seine Nichte habe seinen Bruder und seine Schwägerin umgebracht und sei ohne Strafe davongekommen. Er behauptete außerdem, sie habe auch diesen Randall erschossen, aber das könne niemals bewiesen werden, wenn ich ihm nicht helfen würde. Ich dachte, ich würde damit im Interesse der Allgemeinheit handeln, verstehen Sie. Ich glaubte, ich würde dazu beitragen, daß irgendeine gefährliche Kriminelle hinter Gitter käme.«

»Davon waren Sie wirklich überzeugt?« fragte Growman.

»Ja«, behauptete Pilgrim mit völlig ruhiger Miene. »Das schwöre ich. Wenn ich angenommen hätte, daß die Frau vielleicht unschuldig sein könnte, hätte ich niemals zugestimmt. Ich war schließlich Polizist, sogar ein verdammt guter. Ich gehöre jetzt nicht mehr dazu, aber ich habe immer noch meine Wertvorstellungen.« Er begann erneut, an seinem Arm zu kratzen. »Ich bin kein Schwein, wirklich nicht«, sagte er. Er sah auf seine Hautentzündung und stellte fest, daß er den Arm blutig gekratzt hatte. »Ich wollte niemals jemandem unrecht tun.« Er verzog sein Gesicht. »Jetzt bin ich dran, stimmt's?«

»Warum sind Sie heute hierhergekommen?« fragte Fitzgerald.

»Weil er diese Frau angeschossen hat!« schrie er plötzlich. Es war das erste Mal, daß er seine Stimme erhob. »Sie war eine von uns, sie trat für Recht und Ordnung ein, verstehen Sie? Wie konnte ich mich da still verhalten und ihn einfach so davonkommen lassen?«

»Sind Sie der Meinung, daß Cataloni die Frau angeschossen hat?« fragte Growman. »Das sind schwere Anschuldigungen, die sie da vorbringen.«

»Natürlich meine ich Cataloni«, sagte Pilgrim und funkelte Growman an. »Von wem sollte ich sonst sprechen?«

»Warum sind Sie so sicher, daß er der Schütze war? Sie müssen schon etwas präziser werden.«

»Ganz einfach«, antwortete Pilgrim. »Weil er versucht hat, mich für diesen Job anzuheuern, aber ich habe abgelehnt.«

Nun wurde es still im Raum. Fitzgerald sah zunächst Stella, dann Growman an, schockiert von den soeben gehörten Worten. Pilgrim kratzte wieder an seinem Arm. Stella hustete mehrere Male und versuchte, sich den Zigarrenrauch aus dem Gesicht zu fächeln. Sie zog ein Papiertaschentuch aus ihrer Handtasche und reichte es Pilgrim, damit er sich das Blut vom Arm wischen konnte. Das Büro war inzwischen so voller Rauch, daß sie sich wie in dichtem Nebel vorkam. »Würden Sie bitte die Zigarre ausmachen?« bat sie Fitzgerald. »Sonst müssen Sie mir bald eine Sauerstoffmaske besorgen.«

Nachdem der Staatsanwalt die Zigarre ausgedrückt hatte, wandte er sich an Victor Pilgrim. »Wenn Sie wußten, daß Cataloni einen Mord plante, warum haben Sie das nicht gemeldet oder zumindest einen Versuch unternommen, die Frau zu warnen?«

»Ich habe versucht, sie telefonisch in ihrem Hotel zu erreichen. Aber sie war noch nicht angekommen.«

»Einen Augenblick mal«, fragte Fitzgerald dazwischen. »Ich bin jetzt etwas verwirrt. Wen sollten Sie laut Catalonis Anweisungen erschießen? Brenda Anderson?«

»Nein«, entgegnete Pilgrim und sah zu Stella. »*Sie* wollte er tot sehen. Haben Sie mir denn nicht zugehört? Er dachte, sie hätte seinen Bruder umgebracht.«

»Was ist mit Randall? Hat Cataloni auch Randall umgebracht?«

»Das weiß ich nicht«, sagte Pilgrim. »Vielleicht. Er versuchte mir aber einzureden, daß seine Nichte die Mörderin sei.«

Growman schüttelte den Kopf. »Sie hätten zur Polizei gehen müssen. Sie haben vielleicht nicht den Abzug betätigt, aber Sie haben auch nichts unternommen, um das Verbrechen zu verhindern.«

»Zur Polizei von Houston?« fragte er und lachte bitter. »Das kann doch nicht Ihr Ernst sein! Cataloni kontrolliert die gesamte Polizei. Er ist zwar inzwischen pensioniert, aber wenn Sie wissen wollen, wer diese Stadt regiert, dann sind Sie bei Clem Cataloni an der richtigen Stelle.«

Um vierzehn Uhr hielt Fitzgerald einen Haftbefehl gegen Stellas Onkel in den Händen. Das Dokument enthielt mehrere Anklagepunkte hinsichtlich der Betrügereien und einen Anklagepunkt wegen versuchten Mordes an Brenda Anderson.

»Ich kann es noch gar nicht fassen«, sagte Stella zu Growman. Sie war überrascht, daß die Staatsanwaltschaft so schnell und kompromißlos zuschlagen wollte. »Hat man denn genügend Beweise, um die Anklagepunkte hieb- und stichfest zu belegen? Ich habe die Staatsanwaltschaft zwar unter Druck gesetzt, aber ich wollte nicht, daß man dort irgend etwas Unüberlegtes und Voreiliges tut.«

»Sie haben Pilgrim als Zeugen«, sagte Growman. »Im Moment reicht das aus. Wenn man deinen Onkel verhaftet hat, wird man sein Haus durchsuchen. Dann untersuchen die Ballistiker die Waffen in seinem Waffenschrank, und falls die Waffen gefunden werden, mit denen auf Randall und Brenda geschossen wurde, hat dein Onkel keine Chance mehr.«

Fitzgerald und seine Mitarbeiter hatten beschlossen, von einer Anklage wegen Mordes an Randall vorläufig abzusehen, um genügend Zeit für die Beweissammlung und die Vorbereitung des Prozesses zu haben.

Nach dem Gespräch mit Growman verließ Stella die Staatsanwaltschaft und eilte zu Brenda Anderson ins Krankenhaus, wo sie erfuhr, daß die Ermittlerin noch nicht wieder zu Bewußtsein gekommen war. Eine niederschmetternde und deprimierende Nachricht.

»Was hat der Arzt gesagt?« fragte sie Andersons Eltern, die noch immer im Warteraum vor der Intensivstation saßen.

»Sie liegt im Koma«, erklärte Milt Anderson. »Je länger das Koma andauert, desto größer ist die Gefahr, daß sie nie wieder aufwacht.«

Stella biß sich auf die Lippen. Sie wollte nicht weinen.

Als sie durch die Glasscheibe in Brendas Zimmer spähte, erblickte sie ein Gewirr von Schläuchen und Geräten. Nachdem sie sich etwas gefangen hatte, fragte sie die Schwester, ob sie zu der Patienten ins Zimmer dürfe.

»Gehören Sie zur Familie?« fragte die Pflegerin.

»Ja«, erwiderte Stella, wobei ihr gar nicht in den Sinn kam, daß sie eine andere Hautfarbe hatte.

»Dann können Sie zu ihr«, entschied die Schwester und vertiefte sich wieder in den Patientenbericht.

Stella betrat den Raum. Sie erschrak, als sie Brendas Gesicht erblickte. Ihre Freundin sah so verändert aus, hilflos und schwach. Stella beugte sich ganz nah an ihr Ohr und flüsterte: »Du mußt aufwachen, Brenda. Alle sind hier, dein Vater, deine Mutter und ich. Wir lieben dich alle, und wir möchten, daß du bald wieder gesund wirst.«

Lange Zeit stand Stella einfach nur da. Sie wußte nicht, was sie sagen oder tun sollte. Die Situation war zu traurig. Ihr Herz krampfte sich zusammen, als sie Brendas schlaffe Hand drückte. Sie, Stella, hätte an all diesen Schläuchen und Flaschen hängen sollen. Anderson war noch so jung. Es war einfach unfair. »Wir werden ihn schnappen, Brenda. Ich wünschte nur, du könntest dabeisein«, sagte sie. »Mein Onkel wird heute nachmittag um fünf Uhr festgenommen. Pilgrim hat alles gestanden. Durch dein Opfer werde ich jetzt entlastet.«

Stella spürte, wie ein sehr schwaches Zittern durch die Hand der bewußtlosen Frau lief. Andersons Augen waren noch immer geschlossen, aber Stella war jetzt sicher, daß die Ermittlerin sie hörte. »Du bist eine Heldin«, fuhr sie fort. »Willst du die Lorbeeren für deine Tat denn nicht haben? Ich wette, du wirst eine Auszeichnung erhalten. Dafür werde ich schon sorgen.«

Brendas Hand bewegte sich erneut. Stella zog die Hand der Frau an ihre Brust, hielt sie für einen Augenblick dort fest und legte sie dann wieder unter die Decke. Dann eilte sie hinaus, um Brendas Eltern die gute Nachricht zu überbringen.

Alle Einheiten waren am Fuß des Hügels versammelt, der zu Clem Catalonis Haus hinaufführte. »Sieht aus wie im Krieg«, stellte Stella an Growman gewandt fest und beobachtete die schwerbewaffneten Polizeibeamten.

»Lieber zu viele Männer als zu wenige, meinst du nicht auch?«

»Ja, sicher«, bestätigte Stella. »Solange sie sich nicht gegenseitig erschießen. Im Moment reagiere ich auf Waffen ein wenig empfindlich. Und nach der Sache mit meinem Onkel habe ich auch mein Vertrauen in die Polizei verloren.« Ein relativ kleiner Polizist mit einem sehr jungen Gesicht schritt an ihnen vorbei. »Manche sehen aus, als kämen sie gerade frisch von der Schule.«

»Das ist ein sicheres Zeichen dafür, daß du alt wirst«, erwiderte Growman lachend. »Wenn plötzlich alle wie Kinder aussehen, dann weiß man, daß es bergab geht.«

»Danke für das Kompliment, Ben.« Stella lächelte.

»Wir sind bereit, Sir«, meldete ein Beamter. »Geht sie auch mit hinein?«

»Darauf können Sie wetten«, sagte Stella. »Es ist alles mit Fitzgerald abgesprochen. Hat er Ihnen nichts gesagt?«

Der Polizist zuckte nur mit den Schultern und entfernte sich.

Growman und Stella saßen auf den Rücksitzen des ersten Polizeiwagens, der den Hügel zum Haus hinauffuhr. Im Funkgerät ertönte die Stimme des Einsatzleiters. Er wies Stella und Growman an, im Wagen zu bleiben, bis die Truppe sich Zutritt zum Haus verschafft hatte und sicher sein konnte, daß Cataloni nicht das Feuer eröffnete.

Die beiden Polizisten verließen den Wagen, nachdem der Fahrer auf der gewundenen Zufahrt in angemessener Entfernung vom Haus geparkt hatte, und gingen den Rest des

Weges zu Fuß. Die anderen Beamten stießen an der Eingangstür zu ihnen. Einer der Männer trat vor, drückte auf die Klingel und sprang rasch zur Seite. Stella und Growman beobachteten das Geschehen vom Wagen aus und warteten. Nach drei oder vier Minuten erschien Sarah Cataloni, und Sekunden später stürmten die Männer durch die Tür. »Gehen wir«, sagte Stella und griff an den Türhebel.

»Warte, bis sie uns ein Zeichen gegeben haben.« Growman hielt sie zurück. »Er kann immer noch irgendwo mit einer Waffe lauern. Ich habe absolut keine Lust, in eine Schießerei verwickelt zu werden.« Er blickte sie finster an. »Anderson liegt mit einer Schußwunde im Krankenhaus, und du warst wochenlang nicht da. Ich habe langsam genug davon, in Houston Räuber und Gendarm zu spielen, während meine Staatsanwaltschaft auf dem Kopf steht.«

Doch Stella achtete nicht auf seine Worte, stieg aus dem Wagen und lief über den Gehweg zum Haus. Da die Haustür noch offenstand, ging sie einfach hinein. Im Wohnzimmer war niemand, aber Stella hörte Männerstimmen im hinteren Teil des Hauses. Sie ging durch einen Flur und kam zur Bürotür ihres Onkels. Cataloni saß mit trüber Miene hinter seinem Schreibtisch und hörte sich die Anklagepunkte des Haftbefehls an, die einer der Beamten ihm vorlas.

Stella schob mehrere Männer zur Seite und betrat den Raum.

Als ihr Onkel sie erblickte, verzog sich seine betrübte Miene zu einer wütenden Grimasse. »Du!« stieß er hervor und zeigte mit einem Finger auf sie. »Du kannst es einfach nicht lassen, nicht wahr? Du hast meinen Bruder umgebracht, und jetzt versuchst du, mich zu vernichten.«

»Du hast dich selbst vernichtet«, erwiderte Stella, und ihre Mundwinkel bebten vor Zorn. »Ich hoffe, du magst kleine Räume, denn du wirst wahrscheinlich nie wieder aus dem Gefängnis herauskommen.« Sie atmete tief ein. »Mein Vater hatte es herausgefunden, stimmt's?« Sie schrie jetzt.

»Er wußte alles über deinen kleinen Rentenbetrug! Und darum mußtest du ihn loswerden.« Sie schleuderte ihre Haare aus dem Gesicht und sagte: »Und darum sehe ich heute so aus. Wegen dir muß ich bis an mein Lebensende so herumlaufen. Aber ich habe wenigstens überlebt. Mutter und Vater hatten nicht soviel Glück.«

»Du bist eine unverschämte Lügnerin.« Catalonis Stimme schnarrte. »Du ekelst mich an.«

»Pilgrim hat alles gestanden«, schleuderte Stella ihm entgegen. »Das Spiel ist aus. Du kannst mich beschimpfen, soviel du willst, aber ich werde nicht zulassen, daß du wieder ungeschoren davonkommst.«

»Das reicht jetzt«, beschloß der Einsatzleiter und trat vor Stella. »Tut mir leid, Captain, aber wir müssen Sie jetzt mitnehmen. Es hat keinen Sinn, die Situation noch zu verschlimmern.«

Das kleine Büro war voller Polizisten, und Stella sah sich von blauen Uniformen umringt, so daß sie ihren Onkel nicht mehr sehen konnte. Plötzlich schrie jemand: »Vorsicht! Er hat eine Waffe!«

Ein einziger Schuß knallte, und die Kugel pfiff durch den Raum. Panik brach aus. Plötzlich lag Stella unter mehreren Polizisten auf dem Boden, um sich herum hörte sie Fußgetrappel. Alle schrien durcheinander, Befehle wurden gebrüllt. Jemand trat auf Stellas Hand, sie hob den Kopf und biß in das Bein des Mannes, der sie getreten hatte. »Verdammt!« fluchte sie und rieb sich die schmerzende Hand, nachdem der Mann fortgesprungen war. Sie stemmte sich hoch und krabbelte auf allen vieren durch das Büro. Ihre Hände faßten in etwas Klebriges und Feuchtes auf dem Boden.

»Er ist tot«, ertönte eine tiefe Stimme. »Alle Mann raus hier. Wir brauchen mehr Platz. Peters, rufen Sie einen Arzt und einen Leichenwagen.«

Nachdem die meisten Polizisten den Raum verlassen

hatten, stand Stella auf. An ihren Händen klebten Blut und eine graue, weiche Substanz, die wie Haferschleim aussah. Als sie den Kopf ihres Onkels erblickte, erkannte sie, daß die graue Masse an ihren Händen nicht aus Haferschleim, sondern aus Teilen seines Gehirns bestand. Er saß noch immer hinter seinem Schreibtisch, aber seine Schädeldecke fehlte vollständig. Lose Hautfetzen verdeckten sein Gesicht. Eine blutbefleckte Hand lag auf dem Schreibtisch. Die andere Hand hing seitlich neben der Armlehne herunter, auf dem Boden lag die Waffe.

»Er hat sich die Waffe in den Mund gesteckt«, sagte der Einsatzleiter. Er sah zu Stella und dann wieder auf die sterblichen Überreste ihres Onkels. »Ich vermute, die Aussicht, ins Gefängnis zu müssen, war zuviel für ihn.«

Stellas Magen drehte sich um. Sie rieb ihre Hände an ihrer Hose, der Inhalt ihres Magens stieg ihr in die Kehle, und sie mußte sich zusammenreißen, um sich nicht zu übergeben. »Er hätte sich nicht gleich das Leben nehmen müssen«, sagte sie mühsam.

Sergeant Fred Masters war fast zwei Meter groß, und sein Körper bestand fast ausschließlich aus Muskeln. Er wirbelte herum und packte Stella bei den Schultern. »Wissen Sie eigentlich, wie lange ich diesen Mann gekannt habe?« schrie er ihr ins Gesicht. »Er war mein Ausbilder, mein Freund! Er wollte doch nur seinen Kollegen durch die Tretmühle der Bürokratie helfen, damit sie zu ihrem Recht kamen. Jetzt ist er tot, und Sie sind schuld daran.«

»Lassen Sie mich los!« befahl ihm Stella und bemerkte den haßerfüllten Blick des Mannes. »Ich habe ihn nicht getötet. Er hat sich selbst umgebracht. Außerdem würde ich einen Mord nicht gerade als Hilfe unter Kollegen bezeichnen.«

Der Mann funkelte sie an. Mehrere andere Polizisten lehnten an der hinteren Wand des Büros. Sie hatten den Wortwechsel mitbekommen und beobachteten sie. In den

Augen eines Mannes glitzerten Tränen, und er zog ein Taschentuch hervor und schneuzte sich. Stella ging ein paar Schritte rückwärts zur Tür. Dies waren die Männer ihres Onkels, erkannte sie plötzlich. Es war offensichtlich, daß sie sie für den Tod ihres ehemaligen Vorgesetzten verantwortlich machten. Würden sie sich an ihr rächen wollen? Ein Polizist, der ebenfalls an der Wand gelehnt hatte, schien ihre Gedanken zu erraten. Er zog seine Waffe und hielt sie seitlich an seinem Körper. Stella verstand die Drohung. Sie rannte aus dem Büro und befürchtete, der Beamte könne ihr eine Kugel hinterherjagen.

»Meine Tante!« rief sie, als sie im Flur gegen Growman stieß. »Wo ist meine Tante?«

Er deutete mit dem Kopf auf die andere Seite des Flurs. »Sie ist im Schlafzimmer«, sagte er. »Sie hat alles vom Türrahmen aus mitbekommen.«

»Ich werde mit ihr reden.«

Sarah Cataloni hatte ihr den Rücken zugewandt, lag mit bebenden Schultern auf dem Bett und weinte hemmungslos. Stella trat an das Bett, setzte sich neben sie und berührte leicht ihren Hals. »Es tut mir leid, Tante Sarah«, sagte sie. »Kann ich irgend etwas für dich tun? Jemanden anrufen? Du solltest jetzt nicht allein bleiben.«

»Verschwinde aus meinem Haus«, brachte die Frau schluchzend hervor und hob ihren Kopf vom Kissen. »Du hast meinen Mann umgebracht, wie du auch deinen Vater getötet hast. Warum bist du eine so bösartige, widerwärtige Person? Deine Eltern waren gute Menschen. Sie haben versucht, dir ein gutes Zuhause zu bieten.«

»Ich habe meine Eltern geliebt«, sagte Stella und stand auf. »Und ob du es glaubst oder nicht, ich hatte mit ihrem Tod nicht das geringste zu tun. Onkel Clem hat sie umgebracht. Er hat sie getötet, um seine illegalen Aktivitäten ungestört fortsetzen zu können.«

»Das ist eine Lüge!« schrie ihre Tante. »Clem war ein

guter Mann. Alle verehrten ihn. Er hat nie im Leben gegen ein Gesetz verstoßen.«

»Du kannst glauben, was du glauben mußt«, sagte Stella. Sie erkannte, daß der Versuch, mit ihrer Tante vernünftig zu reden, zum Scheitern verurteilt war. »Wenn du allerdings jemals die Wahrheit erfahren willst, brauchst du mich nur anzurufen.« Sie legte eine Visitenkarte neben ihre Tante auf das Bett.

KAPITEL 16

Vom Haus ihres Onkels aus begab sich Stella direkt ins Hotel. Sie hatte das dringende Bedürfnis, sich zu duschen und umzuziehen. Anschließend fuhr sie zum Methodist Hospital, um sich nach Brenda zu erkundigen. Der Zustand ihrer Freundin hatte sich leicht gebessert, worüber Stella sehr froh war. Brenda befand sich zwar immer noch in einem komaähnlichen Zustand, aber sie konnte mit anderen Kontakt aufnehmen, indem sie deren Hände drückte. Ihre Eltern hatten sich ein System ausgedacht, demzufolge sie ihrem Gesprächspartner mit der rechten Hand ›Ja‹ und mit der linken Hand ›Nein‹ signalisierte.

»Sie sieht heute besser aus«, stellte Stella fest. »Ihre Gesichtsfarbe wirkt wieder gesünder. Sie ist nicht mehr so blaß.«

»Gehen Sie nur weiter«, drängte Andersons Mutter und gab Stella einen kleinen Schubs, damit sie näher ans Bett trat. »Versuchen Sie, mit ihr zu reden. Sie kann Sie verstehen, aber noch nicht sprechen. Aber auch das wird sie bald schaffen«, fügte sie hinzu. »Sie braucht nur noch ein wenig Zeit.« Sie beugte sich nahe an das Gesicht ihrer Tochter. »Du hast Besuch, Kleines. Willst du mit ihr reden? Komm, wach auf. Tu's für deine Mama, sei so lieb, Brenda. Ich weiß, daß du es kannst, wenn du es nur versuchst.«

»Brenda«, sagte Stella. »Mein Onkel hat Selbstmord begangen. Es ist vorbei. Sobald es dir bessergeht, feiern wir eine große Party.« Sie nahm Brendas Hände und fuhr fort: »Hast du mich verstanden? Es ist endlich vorbei. Ich kann wieder leben, und das verdanke ich dir.«

Andersons Lippen bewegten sich, aber sie brachte keinen Ton hervor. Ein paar Sekunden später öffnete sie die Augen.

»Gott sei gelobt!« rief Andersons Mutter und eilte an das Bett ihrer Tochter zurück. Ihr Mann war dicht hinter ihr. »Danke, lieber Gott«, betete sie weiter und schloß die Augen. »Meine Kleine ist wieder bei uns.«

Anderson sah in Stellas Gesicht. »Was habe ich getan?« fragte sie schwach. »Ich habe dich sprechen hören.«

»Nicht viel«, sagte Stella, und ihr Herz machte einen Sprung. »Du hast mir nur das Leben gerettet.« Sie beugte sich über Brenda und küßte sie auf die Wange. »Du wurdest von meinem Onkel angeschossen, Brenda«, sagte sie. »Die Kugel sollte eigentlich mich treffen, aber du hast dich vor mich geworfen. Er ist jetzt tot. Er hat sich erschossen.«

»Wie geht es dir?« fragte Brendas Mutter und streichelte ihrer Tochter über die Stirn. »Ich wußte, daß du zu uns zurückkommst. Ich wußte, daß Gott es nicht zulassen würde, daß ein so wunderbarer Mensch wie du sterben muß.«

»Wie fühlst du dich, meine Kleine?« fragte ihr Vater mit sanfter Stimme. Er streichelte ihren Arm. »Kann ich dir etwas holen? Etwas zu essen oder vielleicht ein Glas Wasser?«

Anderson verzog das Gesicht und legte eine Hand auf ihren Bauch. »Ich hole die Schwester«, sagte Stella. »Sie hat Schmerzen.«

»Bleib hier!« flüsterte Anderson. »Was hast du über das Schnappfeuerzeug herausgefunden?«

Stella mußte lachen. »Die unerschütterliche Ermittlerin, wie?«

»Da hast du verdammt recht«, sagte sie und brachte ein kleines Lächeln zustande.

»Ich glaube, das spielt jetzt keine Rolle mehr.«

»Okay«, sagte Anderson. »Dann gebt mir jetzt den Gnadenschuß. Es tut höllisch weh.« Sie berührte den Verband über ihrer Verwundung, aber dieses Mal verzog sie ihr Gesicht nicht vor Schmerzen. »Ich werde nie wieder einen Bikini tragen können. Und mein hartes Bauchmuskeltraining war für die Katz.«

»Ich hole jetzt sofort die Schwester«, sagte Stella und eilte aus dem Krankenzimmer.

Nachdem Stella sich verabschiedet hatte, lief sie im Korridor des Krankenhauses Carl Winters über den Weg. »Wie geht es Anderson?« fragte er. »Ich wollte gerade mal nach ihr sehen.«

»Sie ist soeben aus dem Koma erwacht«, berichtete Stella. »Ihre Eltern sind bei ihr, und der Arzt ist unterwegs.« Sie drehte sich um und wollte weitergehen, als Winters sie zurückrief.

»Ich glaube, ich habe mich in Ihnen geirrt«, gestand er mit verlegenem Gesichtsausdruck. »Es ist allerdings schwer zu glauben, daß Cataloni es getan haben soll. Er war ein feiner Kerl. Ich habe ihn über zwanzig Jahre lang gekannt.«

»Haben Sie von dem Rentenbetrug gewußt?«

»Nein«, sagte er kopfschüttelnd. »Ich vermute, ich bin allmählich so alt, daß ich nichts mehr mitbekomme. Das halbe Revier wußte Bescheid, aber mir hat nie einer was davon erzählt.«

»Das kann passieren«, sagte Stella. Sie war sich nicht sicher, ob sie ihm glauben sollte.

»Die ganze Sache tut mir sehr leid«, erklärte er. »Ich

habe nur meine Arbeit getan, verstehen Sie? Holly läßt Sie übrigens grüßen.«

»Gut, einen Tritt in den Hintern an sie zurück.«

»Ach was«, sagte Winters und setzte seinen Stetson auf. »Sie ist eine gute Frau. Sie wollte Ihnen nichts Übles. Frank Minor hat sie gezwungen, den Fall zu übernehmen, sonst hätte sie das niemals getan.«

»Ich muß jetzt gehen.« Stella drehte sich erneut um und ging weiter.

»Seien Sie doch nicht so stur«, redete Winters weiter auf Stella ein, während er ihr aus dem Krankenhaus hinaus folgte. »Holly fühlt sich wirklich schlecht. Sie verstehen sie nicht. Sie möchte doch nur Karriere machen, das ist für sie wahrscheinlich das Wichtigste im Leben. Vielleicht war es auch mein Fehler, denn ich habe sie davon zu überzeugen versucht, daß Sie schuldig seien.«

Stella blieb stehen und sah ihm in die Augen. »Wenn sie sich bei mir entschuldigen will, dann soll sie gefälligst persönlich kommen. An Ihrer Stelle würde ich endlich einmal damit aufhören, für sie den Laufburschen zu spielen. Sind Sie nicht schon ein wenig zu alt, um den Dreck hinter einer Frau wie Holly wegzuwischen?«

Winters starrte sie finster an, drehte sich um und ging wie ein gescholtenes Kind in die entgegengesetzte Richtung davon.

Da Stella in der Nacht nicht allein sein wollte, erschien sie vor Marios Tür. »Was machst du denn hier?« fragte er überrascht und trat zurück, um sie hineinzulassen.

»Kann ich bei dir bleiben? Onkel Clem hat sich heute nachmittag umgebracht. Ich war dabei.«

Mario brachte keinen Ton heraus.

»Ich hatte immer den Verdacht, daß Dad das Feuer gelegt haben könnte«, erzählte sie ihm, nachdem sie es sich im Wohnzimmer bequem gemacht hatten und Stella ihm alle

Neuigkeiten berichtet hatte. Mario bestand darauf, daß Stella zur Entspannung ein Glas Wein trank, an dem sie während ihrer Unterhaltung immer wieder nippte.

»Das hast du mir aber nie gesagt.« Mario bemerkte Stellas leeres Weinglas, nahm die Flasche und schenkte ihr nach.

»Sein Gesichtsausdruck in jener Nacht und die Art, wie er die Axt über meinen Kopf hielt ...«, erklärte sie. »Ich war sicher, daß er mich umbringen wollte. Du kannst dir gar nicht vorstellen, wie erleichtert ich jetzt bin, daß meine Befürchtungen falsch waren.«

»Heute kam ein Päckchen«, sagte Mario kurz darauf. »Ich weiß nicht, was drin ist, aber der Absender ist die Staatsanwaltschaft Houston. Es war an irgendein Labor adressiert, also nahm ich an, daß es für dich sei. Es kann nichts Besonderes sein, das Päckchen ist gerade mal so groß wie ein Schmuckkästchen für einen Ring. Soll ich es holen?«

»Nein.« Stellas Stimme klang müde und abgespannt. »Ich weiß, was es ist, aber ich bin heute nicht mehr in der Stimmung, mich darum zu kümmern. Bewahre es einfach für mich auf. Ich hole es ab, bevor ich wieder nach Dallas fliege.«

»Außerdem hat ein gewisser Sam angerufen«, fuhr Mario fort. »Er möchte, daß du dich sofort bei ihm meldest.«

Stella ging zum Telefonieren in die Küche. Sie informierte Sam über die neuesten Entwicklungen und erzählte von Brendas Fortschritten. »Ich bin jetzt sicher, daß sie sich wieder vollständig erholen wird. Gott sei Dank. Es war schrecklich, Sam. Ich hatte noch nie solche Angst.«

»Wann kommst du nach Hause?«

»Ich weiß es noch nicht«, erwiderte Stella. »Morgen muß ich wahrscheinlich den ganzen Tag bei der Polizei verbringen und meine Aussage machen. Sie wollen sämtliche Informationen von mir haben, und ich muß herausfinden, wo Brenda die Daten über den Rentenbetrug gespeichert hat.«

»Wie wär's, wenn ich am Freitag zu dir komme?« schlug Sam vor. »Dann hast du morgen und übermorgen genug Zeit, alle Angelegenheiten mit der Polizei und dem Gericht zu klären. Ich bringe Adam mit, wenn du einverstanden bist. Wir nehmen uns ein Hotel und machen einen Kurzurlaub daraus.«

Stella rieb sich die Augen. »Ich bin im Moment so müde«, sagte sie. »Ich könnte mehr als einen Kurzurlaub gebrauchen, Sam.« Nach seiner Bemerkung über ihre Angelegenheiten bei Gericht fiel ihr plötzlich siedendheiß etwas ein. »Dein Geld ...«, sagte sie. »Sobald die Anklage offiziell fallengelassen wird, müssen sie die Kautionssumme freigeben.«

»Mach dir deswegen keine Gedanken, Stella«, sagte Sam. »Ich komme nicht, um mir mein Geld abzuholen. Ich möchte dich sehen, das Wochenende mit dir und Adam verbringen. Ich dachte, wir könnten uns vielleicht ein Spiel im Astrodome anschauen. Adam bettelt schon seit Jahren, daß ich ihn einmal zu einem Astro-Spiel mitnehme.«

»Na klar«, sagte Stella. »Hast du übrigens mit Brad gesprochen?«

»Nicht persönlich«, sagte er. »Habe ich dir nicht erzählt, daß er mich versetzt hat?«

»Doch«, bestätigte Stella. »Aber hattet ihr nicht für gestern einen neuen Termin ausgemacht?«

»Laut seiner Sekretärin war er in dringenden Geschäften verreist«, berichtete er. »Vermutlich ist er mit seiner Freundin nach Las Vegas oder sonstwohin gefahren. Aber hör zu, Stella, ich habe ihm einen hübschen kleinen Schrecken eingejagt, indem ich ihm mitteilte, daß du keinen Prozeß zu befürchten hättest, weil Beweise für deine Unschuld aufgetaucht seien.« Sam hielt inne. »Wird die Anklage wegen Brandstiftung jetzt tatsächlich fallengelassen?«

»Ich bin mir fast sicher«, antwortete sie. »Dann brauche ich zwar kein Geld mehr für einen Anwalt, Sam, aber die Scheidung will ich trotzdem so schnell wie möglich über die Bühne bringen. Wie hat er auf die vorgeschlagenen Bedingungen reagiert?«

»Ich habe ihm hart zugesetzt«, lautete Sams Antwort. »Ich glaube, er wird langsam weich. Vielleicht können wir schon nächste Woche einen Handel mit ihm vereinbaren.« Er hielt erneut inne und senkte seine Stimme. »Ich möchte auch, daß du frei bist, Stella.«

»Ich vermisse dich so sehr«, flüsterte sie zurück. »Es war kein netter Anblick, wie mein Onkel sich das Gehirn weggepustet hat. Ich werde heute wohl kein Auge zumachen können, und letzte Nacht habe ich auch nicht geschlafen.«

»Das ist alles nicht so schlimm wie meine Sehnsucht nach dir, Stella«, sagte er. »Ich kann vor lauter Sorgen um dich auch nicht mehr schlafen.«

»Bis Freitag dann«, sagte sie. »Ich will versuchen, mich inzwischen etwas auszuruhen.«

Er lachte. »Du wirst ausgeruht sein müssen!«

Holly rauschte wortlos an ihrer Sekretärin vorbei, schlug die Tür hinter sich zu und bekam in ihrem Büro einen Wutanfall. Sie nahm alle Akten und Unterlagen von ihrem Schreibtisch und warf sie quer durch den Raum. »Verdammter Mist!« schrie sie, schleuderte die letzte Akte gegen die Tür und beobachtete, wie die Blätter zu Boden flatterten.

Die fünfunddreißigjährige Janet Hernandez arbeitete schon seit über zehn Jahren für die Staatsanwaltschaft. Sie war von zierlicher Gestalt und eher dunkelhäutig. Die Farbe ihrer Augen war von intensivem Grün, und ihr rötliches Haar trug sie zu einer Pagenfrisur geschnitten. Sie hatte vor, ihren Job bald zu kündigen, um anschließend eine Juristenschule zu besuchen. Mittlerweile war sie verheiratet, und ihr Mann hatte einen sicheren Job als Reporter für den Houston Chronicle. Somit war ihre finanzielle Situation endlich stabil genug, daß sie sich ihren lange gehegten Wunsch erfüllen konnte. Eines Tages würde sie selbst Staatsanwältin sein. Sie hörte den Lärm in Hollys Büro, öffnete die Tür einen Spaltbreit und spähte hinein. »Alles in Ordnung?« fragte sie vorsichtig. »Es hat sich wieder so angehört, als würden Sie mit Gegenständen um sich schmeißen.«

»Nein!« brüllte Holly und warf eine weitere Akte gegen die Wand. »Nichts ist in Ordnung! All meine mühsam zusammengetragene Arbeit war umsonst. Ich stehe da wie eine Idiotin, und Stella Cataloni ist die Königin der Stadt!« Sie nahm die Morgenzeitung und schleuderte sie der Frau entgegen. »Ihr Foto ist auf der Titelseite des verdammten Chronicle. Sie hat nicht nur den Randall-Mord aufgeklärt, nein – die tun hier gerade so, als hätte sie die Stadt vor dem Bankrott bewahrt und das Polizeirevier von aller Korruption befreit. Verdammter Mist!« Sie lachte bitter. »Stella könnte sich um das Bürgermeisteramt bewerben, sie würde die Wahlen wahrscheinlich haushoch gewinnen.«

»Ich habe es schon gesehen«, sagte Hernandez sanft. »Ray arbeitet doch für den Chronicle, erinnern Sie sich?« Sie wollte sich zurückziehen, fügte aber noch hinzu: »Es tut mir leid, daß Sie das so aufregt, Holly. Kann ich irgend etwas für Sie tun?«

»Allerdings. Wenn Sie Frank Minor sehen, versetzen Sie ihm einen Tritt!«

Die Frau schloß die Tür, klopfte ein paar Augenblicke später jedoch wieder an und trat erneut ein. Sie legte einige Papiere auf Hollys Schreibtisch. »Das sind die Unterlagen, um die Sie mich neulich gebeten haben«, sagte sie leise.

»Was ist das?« blaffte Holly sie an. »Noch mehr Cataloni-Krempel? Der Fall ist geplatzt, Janet. Werfen Sie einfach alles in den Müll!«

»Wollen Sie es sich nicht wenigstens einmal ansehen?« fragte Hernandez mit betretener Miene. »Ich habe für die Recherchen viele Stunden meiner Freizeit geopfert. Sie haben zu mir gesagt, Sie bräuchten es sofort. Ich habe sogar die Geburtstagsparty meiner Mutter versäumt, nur damit ich alles rechtzeitig zusammenbekam.«

»Warum denn das?« fragte Holly, die ihr Gesicht in den Händen barg.

»Weil Sie mich darum gebeten haben«, antwortete Hernandez. »Erinnern Sie sich noch nicht einmal daran?«

»Nein.« Hollys Kopf schnellte wieder hoch. »Ich kann mich an nichts mehr erinnern, verstanden? Ich bin eine Irre, eine Karikatur. Ich kümmere mich nur noch um die strafrechtliche Verfolgung Unschuldiger.«

Janet schüttelte den Kopf. Es war noch nie leicht gewesen, für Holly zu arbeiten, aber in letzter Zeit benahm sie sich wirklich unmöglich. Sie war launisch, brachte ständig neue Forderungen vor und bat Janet häufig um Dinge, die von ihrer Arbeitsplatzbeschreibung meilenweit entfernt waren. Als Staatsanwältin arbeitete Holly hart und steckte ihre gesamte Energie in ihre Fälle, aber ihre menschliche Seite ließ viel zu wünschen übrig.

»Sie baten mich, die Zeitungsartikel aus der Zeit durchzugehen, als die Sache mit dem Feuer passiert ist«, sagte Janet. »Dabei stieß ich auf eine interessante Meldung. Zwei Tage vor dem Feuer brach das Fundament des Happy-Day-Kindergartens ein. Dabei wurden dreiundzwanzig Kinder schwer verletzt. Ein kleines Mädchen wurde sogar getötet. Offensichtlich wurde die Schule auf einer ehemaligen Mülldeponie errichtet. Der Boden sackte an dieser Stelle ab, und das Fundament brach schließlich ein.«

»Was ist daran so interessant?« wollte Holly wissen. »Was könnte ein Kindergarten mit einem Mordfall zu tun haben?«

»Sie baten mich auch, mich mit der Bauaufsichtsbehörde in Verbindung zu setzen«, erklärte Janet. »Sie wollten wissen, woran Stellas Vater arbeitete, als er starb.«

»Und?« fragte Holly und ließ nervös ihre Fingernägel gegeneinander schnippen. »Woran hat er gearbeitet?«

»Mr. Cataloni hatte den Bau damals nach der Fertigstellung abgenommen«, sagte die Frau. »Und er war später der mit der Untersuchung des Einsturzes beauftragte Gebäudeprüfer.«

»Der Einbruch eines Stockwerks ist in meinen Augen nicht so dramatisch, daß er jemanden zu einem Mord verleiten könnte«, sagte Holly. »Es war nur ein Unfall, stimmt's? Es steckte keine Absicht dahinter. Die Baufirma wußte wahrscheinlich nicht einmal, daß es sich bei dem Grundstück um eine ehemalige Mülldeponie handelte.«

Janet nahm die Papiere von Hollys Schreibtisch und setzte sich auf den Stuhl ihr gegenüber. »Die Baufirma, die den Kindergarten errichtete, wurde von diesem verklagt. Laut Gerichtsbeschluß mußte sie für alle Gebäudeschäden aufkommen. Anschließend gingen auch die Eltern der verletzten Kinder vor Gericht. Wir reden hier über Millionen Dollar, Holly. Reicht das nicht aus, um jemanden in Verzweiflung zu stürzen?«

Holly biß sich auf die Oberlippe. »Weiter«, sagte sie. »Ich höre.«

»Jetzt kommt der interessanteste Teil«, kündigte Hernandez an und blätterte in den Unterlagen auf ihrem Schoß. »Ray ist es gelungen, sich die Happy-Day-Akte der Bauaufsichtsbehörde zu beschaffen. Mr. Cataloni hatte seinen Bericht und seine Beweissammlung noch nicht fertig, als er starb. Aber er hinterließ eine handschriftliche Notiz in der Akte, in der er die Vermutung äußerte, daß die Fundamentmischung zu wenig Zementanteile enthalten habe. Er war zu dem Kindergarten gefahren und hatte ein Stück des Fundaments als Probe mitgenommen, um es am folgenden Tag untersuchen zu lassen. Aber da er starb, erfolgte keine Untersuchung.«

»Hat man keinen neuen Gebäudeprüfer auf die Sache angesetzt?«

»Nein«, antwortete Janet. »Die Untersuchungen wurden anschließend von den Prüfern der verschiedenen beteiligten Versicherungen übernommen. Aber entweder haben sie Catalonis Notiz niemals zu Gesicht bekommen, oder jemand hat sie bestochen, damit sie beide Augen zudrückten.«

»Was zum Teufel heißt denn zu wenig Zementanteile?« fragte Holly.

»Abgesehen von einigen ganz seltenen Ausnahmefällen ist ein bestimmtes Mischungsverhältnis für die Fundamentmasse gesetzlich vorgeschrieben. Das Problem ist nur, daß man später schwer nachweisen kann, ob genügend Zement beigemischt wurde oder nicht. Wenn das Fundament erst einmal gegossen ist, sieht es schlicht und einfach wie Beton aus, und es gibt keine Möglichkeit herauszufinden, ob die Mischung solide genug war.«

»Das Fundament ist doch wegen der Bodenabsenkung zusammengebrochen«, hielt Holly dem entgegen. »Das sagten Sie doch eben, oder nicht?«

»Ja«, räumte Janet ein. »Aber es sieht so aus, als hätte die Absenkung des Bodens kein Problem dargestellt, wenn das Fundament ordnungsgemäß gegossen worden wäre. Solche Altdeponien gibt es in unserem Staat sehr häufig, Holly. Sie können sogar davon ausgehen, daß das Gebäude, in dem wir uns gerade befinden, auf einer ehemaligen Mülldeponie steht. Solange das Fundament stabil ist, gibt es in der Regel keine Probleme.« Sie hielt inne und holte tief Luft. »Ich will damit sagen, daß eine Bodenabsenkung kleinere Strukturschäden verursachen kann, aber niemals eine Tragödie wie die von damals.« Sie nahm ein paar Fotos aus der Akte und reichte sie Holly. »Sehen Sie sich das an, dann verstehen Sie vielleicht, was ich meine.«

Holly starrte auf das erste Foto. Die Worte ›Happy Day‹ waren mit einem Leuchtstift quer über das Bild geschrieben worden. Ein riesiges, höhlenartiges Loch klaffte in der Mitte des Bodens eines Raumes. Stühle waren auf das Loch zugerutscht, der Beton war in große, gezackte Platten zerbrochen. Am meisten berührten Holly jedoch die Fotos der Kinder, so daß ihr beinahe Tränen in die Augen traten. Winzige Körper lagen auf Tragen, die Gesichter mit den angstgeweiteten Augen waren mit Blut und Schmutz verklebt. Die Zeichnungen der Kinder an den Wänden, die verstreuten Spielsachen, die bunt angestrichenen Möbel – all das wirkte makaber neben der grausigen Zerstörung. Es erinnerte Holly an die Fernsehbilder von Kriegsschauplätzen, wo Kinder neben verwesenden Leichen spielten.

»Schrecklich«, sagte sie und legte die Fotos auf ihren Schreibtisch. »Können Sie sich vorstellen, wie fürchterlich es für ein Kind sein muß, plötzlich in ein solches Loch gerissen zu werden? Dieses Trauma wird die Kinder wahrscheinlich ihr Leben lang verfolgen. Kein Wunder, daß prozessiert wurde. Man sollte den Verantwortlichen erschießen!«

»Als ich noch klein war«, antwortete Janet, »hatte ich immer Alpträume vom Teufel, der mich tief in die Erde hineinzog, und diese Kinder haben nun wirklich so etwas erlebt.«

»Ja«, bestätigte Holly und starrte versunken vor sich hin. Dann aber fragte sie: »Was geht mich das an? Meine Karriere ist ruiniert. Jeder denkt, ich sei verrückt. Vielleicht sollte ich kündigen und mich um einen Job bei einem Rechtsberatungsverein bewerben. Bei der nächstbesten Gelegenheit fliege ich hier sowieso raus.«

»Das ist nicht wahr, Holly«, entgegnete Janet. »Minor wird irgendwann einen anderen Posten erhalten, und Sie werden ihn ersetzen. Sie müssen nur ruhig abwarten.«

Stille folgte. Schließlich sammelte sich Holly und begann: »Kommen wir noch mal auf den Einsturz zu sprechen. Ihr Vortrag war sehr interessant, Janet, aber ich glaube nicht, daß etwas für uns dabei ist. Stella ist sicher, daß ihr Onkel das Feuer gelegt hat, damit ihr Vater den Rentenbetrug nicht verraten konnte. Der Mann hat sich umgebracht, und daher muß man davon ausgehen, daß sie recht hatte.« Sie knüllte ein Blatt Papier zu einer Kugel zusammen und warf sie in die Luft. Ihr Blick folgte der Papierkugel, die auf ihrem Schreibtisch landete. »Das Problem mit Stella Cataloni ist, daß sie immer recht hat. Die Frau ist mir ein Rätsel. Gleichgültig, was man ihr antut: Sie geht immer wieder als Siegerin hervor.«

»Nicht unbedingt«, sagte Janet. »Vielleicht hatte der Rentenbetrug von Stellas Onkel gar nichts mit dem Feuer zu tun, in dem ihre Eltern umkamen. Randall sagte aus, ihr Vater habe sich im Vorgarten mit jemandem gestritten. Bei dem Streit könnte es auch um den Einsturz des Happy-Day-Kindergartens gegangen sein.«

»Alle sind davon überzeugt, daß Clem Cataloni Randall erschossen hat«, sagte Holly. »Warum sollte er Randall töten, wenn er nicht der Brandstifter war?«

»Vielleicht war er ja auch gar nicht Randalls Mörder«, erwiderte Janet.

»Wer denn sonst?«

»Derjenige beziehungsweise diejenigen, die das Fundament des Happy Day gegossen haben.«

Holly lehnte sich auf ihrem Stuhl zurück und starrte zur Decke. »Mal sehen, ob ich Sie richtig verstanden habe«, überlegte sie laut. »Wenn die Fundamentmischung zu wenig Zement enthielt, dann lag die Verantwortung für das Unglück bei den Leuten, die das Fundament gegossen, und nicht bei denen, die das Bauland verkauft hatten, stimmt's?«

»Richtig«, pflichtete Janet bei. »Sie wollten wahrscheinlich am Material sparen und haben zuviel Kies oder Sand beigemengt. Im Baugewerbe kommt so etwas ständig vor. Es wird eine hohe Summe veranschlagt und dann geknausert, indem man minderwertiges Material verwendet oder ein paar Arbeitsgänge ausläßt, in der Annahme, daß niemand diese Schlamperei bemerkt. Auf diese Weise steckt sich so mancher Bauunternehmer eine Menge zusätzliches Geld in die Tasche, und in den meisten Fällen kann ihm keiner etwas nachweisen.«

»Nun gut«, sagte Holly und legte ihre Handflächen auf die Schreibtischplatte. »Wer hat das Fundament gegossen?«

Janet räusperte sich, bevor sie weitersprach. »Das weiß ich noch nicht. Der Name der Firma ist in der Akte nicht aufgeführt. Der Grundstücksverkauf lief über die Sterling Corporation. Den Bauauftrag für den Kindergarten erhielt eine Firma namens Littlefield Construction. Littlefield gab aber viele Arbeiten an Subunternehmer weiter, und hier bin ich nicht mehr weitergekommen. Kurz nach dem Feuer stellte Littlefield den Betrieb ein, Holly. Die Sache ist sechzehn Jahre her, und ich weiß nicht, ob wir jetzt noch die Adressen der Geschäftsführer ausfindig machen können oder ob es noch entsprechende Aufzeichnungen über die einzelnen Bauabschnitte gibt.«

»Aber natürlich gibt es die«, sagte Holly. »Besorgen Sie die damalige Prozeßakte. Darin müßten alle Subunternehmen aufgeführt sein.«

»Sie haben recht. Ich werde mich sofort darum kümmern. Selbst wenn die Akte nicht mehr im Gerichtsarchiv vorhanden sein sollte, müßte sie zumindest im externen Archiv zu finden sein, nicht wahr?«

»Irgendwo ist sie sicher abgelegt«, gab Holly zurück. »Vielleicht werde ich dadurch sogar in die Lage versetzt, das ganze Ding umzudrehen, verstehen Sie? Dann wird man Stella mit faulen Eiern bewerfen und nicht mich.« Sie nahm den Telefonhörer ab und entließ die Frau mit einer Handbewegung. »Sie können sich nicht vorstellen, was ich soeben herausgefunden habe, Frank«, sagte sie zu Minor. »Ich habe Tage und Nächte daran gearbeitet, und ich sage Ihnen, wenn ich recht behalte, wird uns die Welt zu Füßen liegen.« Sie lehnte sich in ihrem Stuhl zurück und blickte lächelnd durch Janet Hernandez hindurch, als wäre die Sekretärin überhaupt nicht da. »Manchmal überrasche ich mich selbst. Das könnte die brillanteste Arbeit sein, die ich jemals geliefert habe.«

Eine Weile stand Janet noch mit offenem Mund in der Tür. Obwohl sie es gewesen war, die alles zusammengetragen hatte, war Holly dabei, die Lorbeeren für sich allein einzuheimsen. Verärgert und verzweifelt verließ sie schließlich das Büro. Sie wäre schon mit ein paar anerkennenden Worten zufrieden gewesen, aber sie wußte, daß Holly so etwas nie über die Lippen bringen würde. Holly war die geborene Konsumentin – nicht von Waren und Dienstleistungen, sie verbrauchte Menschen. Sie saugte alle möglichen Kenntnisse und Fähigkeiten aus anderen Menschen heraus und verkaufte sie als ihre eigenen.

Holly Oppenheimer zum Star zu machen, lag Janet Hernandez in dieser Situation sehr fern. Sie rief ihren Mann beim Chronicle an. »Ich ertrage es nicht mehr«, sagte sie. »Im Moment bin ich so wütend, daß ich zittere. Sie hat sich nicht einmal für all die Mühen bedankt, die du auf dich genommen hast, um die Akten der Bauaufsichtsbehörde zu beschaffen, geschweige denn für meine Arbeit.«

»Tu, was du für richtig hältst«, sagte er. »Wenn du im September mit der Juristenschule beginnen willst, bin ich völlig einverstanden.«

Janet setzte sich an ihren Computer, tippte ihre Kündigung, setzte ihre Unterschrift darunter und lehnte das bedruckte Papier an den Computer. Dann blockierte sie alle vier Telefonleitungen, packte die Unterlagen, für deren Ausarbeitung sie soviel Zeit aufgewendet hatte, und warf sie in den Papierkorb. Sie nahm ihre Tasche vom Schreibtisch und verließ das Büro, ohne auch nur einen Blick zurückzuwerfen.

Der Tag wurde so lang und hektisch, wie Stella es vorausgesehen hatte. Beinahe den gesamten Vormittag verbrachte sie allein in einem Vernehmungszimmer der Polizei in Houston, um ihr Aussageprotokoll zu überprüfen. Nach dem Mittagessen erklärte man sich bei der Polizei bereit, Andersons Computer freizugeben, und Stella fuhr damit zu Marios Apartment. Sie mußte unbedingt die in dem Computer gespeicherten Informationen über den Rentenbetrug finden.

»Verdammt!« fluchte sie. »Ich komme mit den Dingern einfach nicht zurecht. Kennst du dich mit Computern aus, Mario?«

»Ein wenig«, sagte er und zog sich einen Stuhl an den Küchentisch. »Wo liegt das Problem?«

»Ich weiß nicht, wo ich anfangen soll«, klagte Stella seufzend und starrte auf den leeren Bildschirm. »Wir müssen Pilgrims Aussage mit Fakten untermauern. Brenda hat alle Namen der beteiligten Polizisten in diesem blöden Kasten und auch die Informationen, die sie von den anderen Polizeirevieren eingeholt hat. Ich habe Fitzgerald versprochen, unsere ganzen Erkenntnisse sofort an ihn weiterzuleiten. Tante Sarah hat bereits einen Anwalt eingeschaltet.«

»Zuerst einmal mußt du das Menü aufrufen«, sagte Mario. Er beugte sich über Stella und tippte auf ein paar Tasten. Nachdem das Menü auf dem Bildschirm erschienen war, drückte er auf ›Verzeichnis‹, woraufhin eine lange Liste erschien. »Jetzt mußt du nur noch herausfinden, in welchem Verzeichnis deine Informationen stecken«, sagte er. »Klingelt's bei dir bei einem dieser Verzeichnisnamen?«

»Nein«, antwortete Stella und starrte auf die Worte und Symbole, während Mario die Bildschirmseiten durchblätterte.

»Dann mußt du wohl oder übel in jedes Verzeichnis schauen.«

»Das kann Tage dauern«, ereiferte sich Stella. »Sobald ich Fitzgerald die Informationen aushändige, lassen sie die Anklage gegen mich fallen. Ich muß die Dateien heute noch finden, Mario. Sam kommt morgen nach Houston, und ich möchte ihm gern sein Geld zurückgeben. Hundert Riesen bringen eine Menge Zinsen. Es ist schon genug, daß er meinetwegen seine Ersparnisse aufs Spiel gesetzt hat.«

»Rutsch rüber!« befahl Mario und stand auf, um Stellas Platz einzunehmen. »Ich will's versuchen.«

»Bist du sicher?« fragte Stella. »Es macht dir wirklich nichts aus?«

»Nein, überhaupt nichts«, erwiderte er lächelnd. Dann gefror sein Lächeln, und er sagte: »Ich bin jetzt clean, verstehst du? Ich habe schon seit einer Woche nichts mehr genommen.«

»Eine Woche ist noch keine lange Zeit«, antwortete sie sanft. »Du mußt dich einer Therapie unterziehen. Du weißt, daß du es allein nicht schaffen kannst, und wenn du während des Prozesses an einer Entwöhnungstherapie teilnimmst, hast du außerdem gute Chancen auf eine Bewährungsstrafe.«

»Ich habe mich schon nach ein paar Therapien erkundigt«, sagte er. »Ich brauche keinen stationären Krankenhausaufenthalt, sondern nur eine ambulante Therapiegruppe. Die Anonymen Drogenabhängigen haben ein gutes Angebot. Du wirst es nicht glauben, aber vor ein paar Tagen war ich bei einem ihrer Treffen und fand es ganz okay.«

»Also wenn es dir dort gefällt«, antwortete Stella, »ist das schon viel wert. Ich habe nur Gutes von diesem Verein gehört. Gibt es etwas Neues in deinem Verfahren?«

»Für kommende Woche ist ein Termin angesetzt«, sagte er. »Soll ich mir einen Anwalt nehmen?«

»Selbstverständlich. Hast du genügend Geld?«

Mario runzelte die Stirn. »Ich bin im Moment etwas knapp bei Kasse.«

»Nenn mir Zahlen!« sagte sie ernst. »Hast du etwa deinen gesamten Verdienst gegen Kokain eingetauscht?«

»Mehr oder weniger«, gab er zu und senkte beschämt den Blick. »Da wir gerade über mein abstoßendes Benehmen reden, kann ich dir auch gleich noch etwas erzählen. Ich habe mich mit Holly eingelassen, Stella. Ich wollte nicht in ihre Angelegenheiten verwickelt werden, aber es ist einfach passiert.«

»Was sagst du da?« Stella verspürte ein Flattern in der Magengrube. »Du meinst, du hast dich auf einen Handel mit ihr eingelassen?«

»Nein«, sagte er. »Ich habe mit ihr geschlafen.«

»*Was?*« Stella konnte es einfach nicht glauben.

»Du hast schon richtig verstanden«, sagte er. »Wir hatten eine Affäre. Das ist jetzt vorbei. Ich finde es schrecklich, daß ich es dir nicht erzählt habe. Um ehrlich zu sein, Stella, ich war in der Nacht, in der Randall ermordet wurde, mit Holly zusammen. Deswegen war ich so nervös, als du mich ausgequetscht hast. Ich wußte, daß du an die Decke gehen würdest.«

»Wie ist es dazu gekommen?«

»Eines Tages traf ich sie zufällig im Fitneßstudio, wir gingen von dort noch zusammen auf ein Bier in eine Bar, und dann kam eins zum anderen. Als ich später mit dem Koks erwischt wurde, bat ich sie um Hilfe, und sie sagte sie mir zu.«

»Sie wußte, daß du das Zeug nimmst?«

Mario schüttelte den Kopf. »Erst nachdem ich ihr von meiner Verhaftung erzählt hatte.«

»Großartig«, sagte Stella und verdrehte die Augen. »Gibt es noch irgendwelche anderen Geheimnisse, die du mir verraten möchtest? Ich meine, vielleicht hast du ja irgendwann einmal ein paar Banken ausgeraubt?«

»Das ist alles.« Mario erhob sich und trat auf sie zu. »Es tut mir leid, Stella. Ich hätte mir nie träumen lassen, daß sie dich so widerlich behandeln würde. Sie hat versucht, mich zu einer Aussage gegen dich zu überreden, aber ich hab' ihr gesagt, ich ginge lieber ins Gefängnis.« Er wollte seine Schwester umarmen, aber sie wandte sich ab. »Tu mir das nicht an, Stel«, bat er. »Laß mich jetzt nicht so im Regen stehen. Ich bin auch nur ein Mensch. Es war schon hart genug für mich, all die Jahre die Schuld an deinem Aussehen mit mir herumzutragen. Du weißt schon – weil du so schwere Verbrennungen erlitten hast und ich ohne einen Kratzer davonkam.«

»Deshalb mußtest du Kokain nehmen?« fragte sie. »Gibt es keinen anderen Grund? Ist alles meine Schuld?«

»Nein, natürlich nicht«, gab er zu. »Du hast recht. Das sind alles nur Ausflüchte.«

Sie standen einige Zeit still da, bis Stella schließlich nachgab und ihn in ihre Arme zog. »Ich liebe dich«, sagte sie. »Versprich mir, daß du dieses Zeug nie wieder in deinen Körper pumpst.«

»Versprochen.« Er drückte sie fest an sich. Ein paar Augenblicke später trat er zurück und lächelte. »Wenn du willst, daß ich die gesuchten Informationen finde, dann sollte ich mich jetzt besser an die Arbeit machen.«

Es war bereits nach sechs Uhr abends, und Mario hatte die Informationen, die Stella so dringend benötigte, immer noch nicht gefunden. »Warum fragst du nicht einfach Anderson selbst?« schlug er vor. »Sie ist doch jetzt wieder bei Bewußtsein, oder?«

»Ja«, bestätigte Stella. »Aber man darf nicht zu ihr. Sie soll sich unbehelligt erholen können. Sie hat fürchterliche Schmerzen, Mario. Ein Bauchschuß ist eine qualvolle Verletzung. Die Kugel hat alle Muskeln durchschlagen. Hast du eine Ahnung, wie dick deine Bauchmuskulatur ist?«

Sie stand auf und stellte die Gläser ins Spülbecken. »Ich habe eine Idee«, sagte sie, nahm den Telefonhörer zur Hand und wählte Sams Privatnummer. »Adam, bist du es?« fragte sie in die Sprechmuschel, nachdem sich eine junge Stimme gemeldet hatte.

»Ja«, antwortete der Junge. »Wer ist da?«

»Stella Cataloni. Wie geht es dir?«

»Gut, danke«, sagte er. »Daddy ist noch nicht zu Hause. Soll er Sie zurückrufen, wenn er heimkommt? Wir wollen Sie morgen abend besuchen, wußten Sie das schon? Ich war noch nie bei einem Spiel im Astro.«

»Ich wollte nicht mit deinem Vater sprechen, sondern mit dir«, sagte Stella. »Ich dachte, du könntest mir vielleicht helfen, Adam. Ich habe Schwierigkeiten, etwas in dem Computer einer Freundin zu finden.«

»Tatsächlich?« fragte er. »Was für ein Computer ist es denn? Ein IBM? Mit IBM kenne ich mich ziemlich gut aus.«

»Warte, am besten sprichst du mit meinem Bruder«, sagte Stella und reichte Mario den Hörer.

Sie redeten eine Weile, aber trotz der verschiedenen Vorschläge, die Adam machte, konnten sie die Informationen nicht finden. Schließlich erkundigte sich Adam, ob der Computer ein Modem habe. Als Mario die Frage bejahte, erklärte Adam, wie man das Modem an die Telefonleitung anschließen konnte. »Ich wette, daß die Sachen in ihrer E-Mail stecken«, sagte er. »Wenn sie ihre Nachforschungen auf diesem Weg angestellt hat, dann haben ihr die Leute wahrscheinlich auf dem gleichen Weg geantwortet.«

Adam ging mit Mario die notwendigen Schritte durch, um in Andersons elektronischen Briefkasten zu gelangen, und als Mario ihn geöffnet hatte, war er verblüfft über die Vielzahl der Mitteilungen. »Hier sind dreiundfünfzig Posteingänge verzeichnet«, sagte er. »Ich glaube, wir haben ins Schwarze getroffen.«

»Sieh dir zunächst die Eingangsdaten an«, riet ihm der

Junge. »Manche können schon alt sein. Manchmal vergessen die Leute, ihre Mitteilungen nach dem Lesen zu löschen.«

»Die meisten sind von gestern oder vorgestern«, sagte Mario. »Und was mache ich jetzt?«

»Du mußt sie vermutlich alle lesen«, entgegnete Adam. »Also, ihr müßt jetzt allein weitermachen. Ich muß meine Hausaufgaben fertig haben, wenn Dad nach Hause kommt. In welcher Klasse bist du eigentlich?«

Mario lachte. »Ich gehe schon lange nicht mehr zur Schule, Sportsfreund.«

»Echt?« rief Adam aus. »Rausgeflogen? Das wäre nicht passiert, wenn du gelernt hättest, mit einem Computer umzugehen. Es ist aber noch nicht zu spät für dich«, fügte er hinzu. »Du kannst es noch lernen. Und außerdem«, sagte er im Flüsterton, »gibt es dort jede Menge Kommunikationsforen. Da kann man leicht tolle Mädchen treffen. Du kannst mit ihnen flirten und so – was du willst, und sie wissen noch nicht einmal, wie alt du bist.«

»Oh, vielen Dank für den Tip.« Mario verabschiedete sich und legte auf. »Das ist ein pfiffiges Kerlchen.« Mario sah Stella grinsend an. »Ein richtiger Klugscheißer.«

»Klugscheißer ist nicht das passende Wort, wenn jemand wirklich ein helles Köpfchen ist«, gab Stella zurück und setzte sich neben ihren Bruder. Sie begannen, die Mitteilungen zu lesen. »Können wir das ganze Zeug nicht einfach ausdrucken und dann durchgehen?«

»Gute Idee«, sagte Mario. »Ich brauche nur ein paar Minuten, bis ich den Drucker angeschlossen habe. Ich schätze, das kann ich auch ohne deinen kleinen Wunderknaben.«

Nachdem sie alle Mitteilungen ausgedruckt hatten, gab Mario eine Hälfte an Stella weiter, die andere Hälfte nahm er sich selbst vor. Nach zwei Stunden konzentrierter Arbeit hatten sie eine Liste mit den Namen von über hundert Männern erstellt, die durch Onkel Clems Betrügereien eine

Invalidenrente erhalten hatten. Sie waren von allen möglichen Dienststellen des Bundesstaates zu ihm gekommen.

»Warum war er nur in Texas aktiv?« fragte Mario. »Der Mann war so habgierig, warum hat er seine Leute nicht im ganzen verdammten Amerika rekrutiert?«

»Ganz einfach«, erklärte Stella. »Die Ausbildung und die datenmäßige Erfassung der Polizisten erfolgt immer in dem Bundesstaat, in dem sie arbeiten. Da viele dieser Polizisten wahrscheinlich in der Tat berufsunfähig waren, hätten sie eine weitere Polizeischule niemals mit Erfolg absolvieren können.«

»Ich verstehe«, sagte er. »Weißt du eigentlich, über wieviel Geld wir hier reden?«

»Über eine ganze Menge«, erwiderte Stella. »Und vergiß nicht, es könnte noch mehr dahinterstecken. Das hier ist vielleicht nur die Spitze des Eisbergs. Anderson hat nur die Unterlagen von den Polizeibeamten überprüft, die von anderen Dienststellen hierhergewechselt sind. Wir haben noch keine Ahnung, wie viele von vornherein in Houston angestellt waren und dann an Onkel Clems kleinem Spielchen Geld-fürs-Nichtstun teilgenommen haben.«

»Gehen wir mal davon aus, daß die durchschnittliche Monatsrente einen Tausender beträgt, das macht zwölftausend Dollar im Jahr pro Nase.« Mario kritzelte ein paar Zahlen auf ein Blatt Papier. »Dann müßte die Stadt insgesamt mehr als hundert Riesen pro Jahr aufbringen. Wenn man dann noch ausrechnet, seit wie vielen Jahren die Jungs ihre Rente schon erhalten ... Einer ist schon vor über achtzehn Jahren in Rente gegangen.«

»Vergiß nicht, all die medizinischen Vergünstigungen einzurechnen«, gab Stella zu bedenken. »Wer nach einer Verletzung im Dienst ausgemustert wird, bleibt weiterhin im vollen Umfang versichert und genießt dieselben Vorteile wie ein diensttuender Beamter.«

»Kein Wunder, daß die Stadt in Finanznöten steckt.«

Mario stieß einen Pfiff aus. »Sie müßten dir die Füße küssen, Stella.«

»Ich bin schon zufrieden, wenn sie mir das Geld zurückgeben, das ich Sam schulde«, sagte sie. »Außerdem ist das alles nicht in meinem Kopf entstanden. Brenda Anderson hat in dem Fall die Ermittlungen geleitet.«

»Aber nur, weil du im Gefängnis gesessen hast«, betonte Mario. »Gönn dir doch auch einmal ein kleines Lob, Schwesterherz.«

»Vielen Dank für die Hilfe«, sagte sie und tätschelte seine Hand. »Morgen werden wir uns um einen Anwalt für dich kümmern.«

KAPITEL 17

Als Holly am Abend aus ihrem Büro trat, bemerkte sie die Nachricht, die Janet Hernandez hinterlassen hatte. Sie nahm das Blatt vom Schreibtisch, überflog den Inhalt und zerknüllte es in ihrer Faust. »Miststück!« fluchte sie. Dann machte sie sich auf den Weg zu Frank Minors Büro, um ihm die Kündigung ihrer Sekretärin zu melden. Kein Wunder, daß ich bei meiner Arbeit nicht gestört worden bin, dachte sie, die Telefonleitungen waren alle blockiert.

Als sie die halbe Strecke zu Frank Minors Büro zurückgelegt hatte, fielen ihr die von der Frau gesammelten Informationen ein, daher ging sie zu ihrem Büro zurück, um sie zu holen. Da Hernandez nun fort war, mußte sie jemand anderen finden, der die Nachforschungen weiterführte. Sie riß zuerst alle Schubfächer von Janets Schreibtisch auf und wühlte anschließend den Aktenschrank durch, aber sie konnte die Unterlagen nicht finden.

Sie ging in ihr eigenes Büro zurück, suchte dort Janets Privatnummer und rief sie an. »Ich weine Ihnen keine Träne nach«, teilte sie ihr mit. »Aber Sie hätten mir zumindest den verdammten Papierkram über den Cataloni-Fall hierlassen können. Wo sind die Unterlagen?«

»Sie haben gesagt, sie spielten keine Rolle mehr«, sagte Janet kühl.

»Das habe ich nicht gesagt«, fauchte Holly.

»Ist mir jetzt auch gleichgültig«, stellte Janet fest und knallte den Hörer auf die Gabel.

Holly drückte auf die Wahlwiederholungstaste und wartete, bis sich die Frau wieder meldete. »Wagen Sie es nicht noch einmal, einfach aufzulegen, haben Sie mich verstanden?«

»Ich höre sehr gut«, sagte Janet.

»Wenn Sie mir nicht sofort sagen, was Sie mit den Unterlagen gemacht haben, werde ich dafür sorgen, daß Sie in dieser Stadt nie wieder einen Job bekommen.«

»Sehen Sie im Papierkorb nach.«

»Na, großartig.« Holly legte auf. Sie eilte ins Vorzimmer und sah in den Papierkorb. Aber er war leer, nicht ein Schnipsel Papier war darin zu finden. Sie rannte zum Büro nebenan und schrie die Sekretärin an: »Wann wurde der Abfall abgeholt?«

»Das ist schon eine Weile her«, antwortete die Frau. »Der Abfall wird immer während der Mittagspause weggebracht.«

»Wohin?«

»Zur Verbrennungsanlage vermutlich.« Die Angestellte zuckte mit den Schultern. »Aber ich weiß es nicht genau.«

Holly überdachte ihre Möglichkeiten. Sie konnte versuchen, nochmals bei Janet anzurufen, und sich die Informationen mündlich geben lassen. Wenn die Frau allerdings stur war und sich weigerte, würde sie am Ende mit leeren Händen dastehen. Sie konnte sich noch nicht einmal mehr an den Namen der Baufirma erinnern. »Wo sind die Hausmeister?« fragte sie.

»Irgendwo im Erdgeschoß«, antwortete die Frau.

Holly hatte vor Minor bereits geprahlt, daß sie einen dicken Fisch an der Angel hätte. Sie mußte die Unterlagen zurückbekommen, bevor alles in Flammen aufging. Rasch schlüpfte sie aus ihren Schuhen, stieß sie in eine Ecke und rannte auf Strümpfen den Korridor hinunter.

Am Freitag morgen stand Stella sehr früh auf und ging unter die Dusche. Sie versuchte, möglichst leise zu sein, um Mario nicht aufzuwecken. Als sie jedoch angezogen war, überlegte sie es sich anders und trat in sein Schlafzimmer.

»Großer Gott, Stella«, murmelte er. »Wie spät ist es denn?«

»Sechs Uhr«, antwortete sie. »Ich fahre zum Grab unserer Eltern. Ich dachte, du würdest vielleicht mitkommen wollen. Um neun Uhr muß ich im Gericht sein.«

Mario ließ seinen Kopf wieder auf das Kissen sinken und murmelte gähnend: »Können wir nicht ein anderes Mal hinfahren?«

»Nein. Ich fliege am Wochenende nach Dallas zurück. Wenn du nicht willst, dann laß es eben. Ich wollte dich nur fragen.« Stella drehte sich um, aber Mario rief sie zurück.

»Ich komme mit«, entschied er. »Ich brauche nur ein paar Minuten, um mich anzuziehen.«

Als sie auf dem Weg zum Friedhof waren, belebte sie eine frische und klare Morgenluft, und der Himmel erstrahlte in berauschendem Blau. Eine angenehme Brise vom Golf von Mexiko strömte zum offenen Seitenfenster ihres Wagens hinein. »Ich liebe diese Morgenstunden«, sagte Stella, die am Steuer saß. »Egal zu welcher Jahreszeit, der Morgen ist für mich die schönste Tageszeit.«

»Ich würde mich eher zu den Morgenmuffeln zählen«, erwiderte Mario gähnend.

»Das habe ich schon bemerkt.« Stella warf ihm einen kurzen Seitenblick zu.

Der Friedhof lag auf einem Hügel, von dem aus man den Kanal von Houston überblicken konnte. Meeresgeruch lag in der Luft. Stella griff hinter sich auf die Rückbank und zog ein Blumengebinde hervor, das sie am Vortag in einem Laden gekauft hatte.

»Bist du eigentlich jemals hier draußen gewesen?« fragte sie.

»Nein«, antwortete Mario. »Ich habe nie einen Sinn darin gesehen, hier herauszufahren. Wenn man tot ist, ist man tot. Es nützt doch niemandem, hier herumzustehen und auf ein Grab zu starren. Wozu soll das gut sein?«

Stella stieg aus dem Wagen, und Mario folgte ihr widerwillig. Sie gingen über den Rasen und suchten die Grabsteininschriften nach den Namen ihrer Eltern ab. »Es ist eine Art der Ehrerbietung.« Als sie die Gräber gefunden hatten, kniete Stella nieder und legte die Blumen zwischen die beiden Grabsteine.

Eine Windbö kam auf und wehte Stellas Haar aus ihrem Gesicht. Mario starrte auf die Narbe. »Ich habe sie nicht einmal richtig gekannt«, sagte er und wandte seinen Blick von ihr ab.

»Du hast es nur vergessen«, flüsterte Stella.

Während Stella still und wortlos dastand, stieg in Mario ein merkwürdiges Gefühl auf. Bilder, Worte und Gerüche, an die er seit Jahren nicht mehr gedacht hatte, wurden in ihm lebendig. »Dad hat mich immer Sportsfreund genannt, nicht wahr?«

»Ja«, sagte Stella.

»Er ging jeden Sonntag mit mir zum Fangenspielen in den Park an der Ecke«, fuhr er fort. »Ich weiß allerdings nicht, warum er mich Sportsfreund nannte. Ich war überhaupt nicht sportlich. Mama stopfte mich immer mit Kohlehydraten voll. Ich war so fett, daß ich keine zehn Meter rennen konnte.« Er drehte sich um und sah hinunter auf den Kanal. »Hat er uns nicht immer mitgenommen, um Boote anzuschauen?«

»Nach Galveston Bay«, antwortete Stella. »Wir fuhren oft sonntags nach der Kirche dorthin.«

»Er baute einmal ein Boot in der Garage.« Bei der Erinnerung daran grinste Mario in sich hinein. »Ich weiß es noch, weil wir es zur Jungfernfahrt zum See brachten und es innerhalb von zehn Minuten sank.«

»Deshalb habe ich damals darauf bestanden, daß sie auf diesem Friedhof bestattet wurden«, sagte Stella. »Ich wollte, daß Dad nahe am Wasser liegt. Er hat es immer geliebt.«

Zehn Minuten standen sie beide ganz still da, jeder in seine eigenen Gedanken versunken. Mario trat näher und drückte Stellas Hand. Sie lehnte sich an ihn und seufzte. »Ich bin froh, daß du mitgekommen bist.«

»Mir scheint, ich kannte sie besser, als ich dachte«, sagte Mario seufzend. »Ich hätte schon vor langer Zeit einmal den Weg hierher finden sollen, Stella. Aus irgendeinem Grund bringt dieser Ort viele Erinnerungen zurück.«

»So soll es auch sein«, sagte Stella. Sie hakte sich bei ihrem Bruder unter, und sie gingen zum Wagen zurück. »Du wirst jetzt öfter hier sein.«

Stella trug ein hellblaues Kostüm mit rosa Bündchen, und ihre Absätze klapperten auf dem Linoleumboden, als sie über den Korridor zum Gerichtssaal ging. Sie erschrak, denn sie hatte nicht damit gerechnet, Brad vor der Tür zum Saal anzutreffen. »Was machst du denn hier?«

»Ich habe mir Sorgen um dich gemacht«, sagte er. »In der Zeitung habe ich gelesen, was passiert ist. Wie geht es der Frau, die angeschossen wurde?«

»Es geht ihr besser«, gab Stella zurück. Ein Blick auf die Uhr zeigte ihr, daß es kurz vor neun war. »Bleibst du noch zur Anhörung?« fragte sie.

»Warum nicht?« antwortete Brad. »Ich wollte dich eigentlich zum Mittagessen einladen, wenn du hier fertig bist. Was hältst du davon?«

»Um unsere Vermögensangelegenheiten zu besprechen?«

»Nicht unbedingt«, sagte er. »Ich dachte, wir könnten einfach ein wenig miteinander reden, verstehst du. Etwas Zeit miteinander verbringen.«

Stella wußte nicht, was sie davon halten sollte. Sein Gesicht war eingefallen und blaß, und er wirkte älter als seine fünfzig Jahre. War er krank? Hatte er Probleme mit seiner Freundin? Oder würde er mit einer neuen Überraschung aufwarten? Vielleicht wollte er sie nur besänftigen, um es bei den anstehenden Vermögensverhandlungen leichter zu haben. »Ich muß zuerst sehen, was bei der Anhörung herauskommt.« Sie öffnete die Tür und betrat den Gerichtssaal. Brad folgte ihr. »Wenn die Anklage heute nicht fallengelassen wird, werde ich sicher keine angenehme Tischbegleitung sein. Dann solltest du besser jemand anderen zum Mittagessen einladen.«

Stella trennte sich von ihrem Mann und nahm am Tisch der Verteidigung Platz. Richterin Maddox rief den Fall auf. Dann sah sie zu Holly hinüber. »Nach meinen letzten Informationen ist die Staatsanwaltschaft bereit, die Anklage fallenzulassen. Ist das richtig?«

»Nein, Euer Ehren«, entgegnete Holly. Sie blickte kurz zu Stella hinüber und bemerkte deren überraschten Gesichtsausdruck. »Wir sind soeben zu neuen Erkenntnissen im Zusammenhang mit diesem Verbrechen gelangt. Die Staatsanwaltschaft ist zwar bereit einzugestehen, daß Miss Cataloni den Tod ihrer Eltern möglicherweise nicht zu verantworten hat, aber wir sind nicht gewillt, die Vorverhandlungen abzuschließen, solange die Beweise, die sich derzeit bei der Verteidigung befinden, nicht zurückgegeben wurden.«

»Von welchen Beweisen sprechen Sie?« fragte Richterin Maddox.

»Ich meine die Metallteile, die im Haus gefunden wurden«, antwortete Holly. »Diese Beweisstücke hätten niemals direkt an Miss Cataloni übergeben werden dürfen,

Euer Ehren. Wir hatten uns mit Untersuchungen seitens der Verteidigung einverstanden erklärt, aber das Beweismaterial sollte die ganze Zeit unter unserer Aufsicht verbleiben. Ich weiß nicht einmal, wo sich die Stücke derzeit befinden.«

»Miss Cataloni?« Damit erteilte die Richterin Stella das Wort.

»Euer Ehren«, begann Stella. »Die angesprochenen Beweisstücke befinden sich momentan im Apartment meines Bruders. Aufgrund der neuerlichen Ereignisse konnte ich sie noch nicht an ein Labor weiterleiten. Ich könnte allerdings, wenn Sie darauf bestehen, innerhalb von etwa einer Stunde zum Apartment meines Bruders fahren und die Stücke dort holen.«

»Wenn das so ist«, sagte Richterin Maddox, »und falls die Staatsanwaltschaft nichts dagegen hat, sollten wir zunächst die anderen heutigen Sitzungen abhalten und uns auf einen späteren Zeitpunkt vertagen.«

»Es tut mir leid, Euer Ehren«, meinte Holly bedauernd, und ein flüchtiges Lächeln erschien auf ihren Lippen, »aber für heute nachmittag steht eine Urteilsverkündung auf meinem Terminplan, und ich vermute, sie wird bis in den Abend hinein dauern. Wir werden uns auf Montag morgen oder einen späteren Termin in der kommenden Woche vertagen müssen.«

Stella straffte sich. Sie wollte nicht nur den Druck der Mordanklage von sich abstreifen, sondern auch Sam das Geld für die Kaution zurückzahlen. »Es ist noch nicht einmal zehn Uhr«, sagte sie. »Wenn das Gericht es erlaubt, rufe ich meinen Bruder an und bitte ihn, die Metallteilchen sofort herzubringen. Dann haben wir diese Angelegenheit noch vor der Mittagspause vom Tisch.«

»Das ist leider nicht möglich«, erwiderte Richterin Maddox und studierte ihren Terminkalender. »Ich habe um zehn Uhr eine andere Verhandlung, die voraussichtlich bis zum Mittag dauern wird. Miss Oppenheimer, würden Sie einem Abschluß des Falles zustimmen, wenn Sie Miss Catalonis Wort bekommen, daß sie die Beweisstücke zurückgeben wird?«

»Nein, Euer Ehren.« Holly blieb unerbittlich. »Wir müssen diese Beweise in Händen halten.« Sie schlug mit der Faust auf den Tisch. »Wie ich bereits sagte, hat der Fall eine neue Wendung erfahren, und wir werden möglicherweise in naher Zukunft eine andere Person dieser Verbrechen anklagen. Ich kann unmöglich das Risiko eingehen, daß Miss Cataloni die Stücke vielleicht nicht zurückgibt. Wir weigern uns, den Fall abzuschließen, ehe die Beweise wieder in unserem Besitz sind.« Sie hielt inne und dachte nach. »Außerdem müssen wir prüfen, ob sich die Beweisstücke noch im selben Zustand befinden, in dem wir sie abgegeben haben. Ich schlage vor, daß Miss Cataloni uns noch heute die Beweise aushändigt. Dann kann die Angelegenheit in der kommenden Woche abgeschlossen werden.«

»Also dann am Montag«, bestimmte Richterin Maddox und notierte Datum und Uhrzeit in der Akte. »Die Sitzung wird auf Montag zehn Uhr vertagt.«

Stella war wütend. Wie konnte es neue Informationen geben, wenn ihr Onkel das Feuer gelegt hatte? Holly hatte diese Geschichte nur erfunden, um sie noch länger in dieser unwürdigen Situation zu belassen und ihre eigene Blamage ein wenig hinauszuzögern. Sie nahm ihre Aktentasche, warf Holly einen vernichtenden Blick zu und eilte durch den Mittelgang.

»Stella, warte«, rief Holly und holte sie ein. »Ich muß mit dir reden.«

»Ich habe dir nichts zu sagen.«

Gleichzeitig erreichten sie die schwere Doppeltür des Gerichtssaals. »Du machst einen Fehler«, warnte Holly. »Hast du nicht gehört, was ich eben sagte? Wir haben eine neue Spur, Stella. Dein Onkel war vielleicht gar nicht der Brandstifter.«

»Blödsinn«, entgegnete Stella. »Vertraust du mir nicht einmal genug, um zu glauben, daß ich dir diese dummen Metallteilchen nicht zurückgebe?« Sie sah Holly an und bemerkte, daß Brad direkt hinter ihr stand und die Ohren spitzte. »Ich kann nicht mit dir zu Mittag essen«, sagte sie zu ihm. »Ich habe heute zuviel zu tun. Ich rufe dich an, wenn ich nächste Woche wieder in Dallas bin. Dann können wir uns treffen.«

»Dumme Metallteilchen!« rief Holly aus. »Diese dummen Metallteilchen könnten die Lösung des Rätsels beinhalten. Wenn du an meiner Stelle wärst, hättest du genauso reagiert.«

»Aber natürlich«, entgegnete Stella scharf. »Und ich wäre auch mit deinem Bruder ins Bett gegangen.«

Holly wurde blaß. Einen Augenblick später hatte sie sich wieder unter Kontrolle und setzte ihre gewohnt selbstbewußte Miene wieder auf. »Was ist denn daran so schlimm, Stella? Wir sind beide ungebunden. Außerdem habe ich nicht ihn verführt, sondern er mich. Wegen dieser Sache kannst du mich nicht aus der Staatsanwaltschaft ausschließen lassen. Bis auf sein Kokainproblem ist er ein netter Kerl, und um ehrlich zu sein, ich mag ihn sogar irgendwie.«

»Du hast versucht, ihn zu beeinflussen«, schleuderte Stella ihr entgegen. »Es war schon schlimm genug von dir, mich anzuklagen, aber dich an meinen Bruder heranzumachen, war widerlich und zeugt von deinem verdorbenen Charakter.« Stella stieß die Tür auf und marschierte den Korridor hinunter.

Als sie vor Marios Apartment eintraf, um die Metallteile abzuholen, war die Tür verschlossen und Mario nicht zu Hause. Vergeblich suchte sie in ihrer Handtasche nach dem Schlüssel, den er ihr gegeben hatte. Sie hämmerte verzweifelt mit den Fäusten gegen die Tür. »Mist, verdammter«, fluchte sie. Wo steckte Mario bloß? Wenn sie die Beweisstücke heute nicht zurückbrachte, konnten sie wahrscheinlich bis Montag nicht mehr begutachtet werden, und dann würde sich der Fall bis Mitte oder Ende der kommenden Woche hinziehen. Aber sie mußte nach Dallas zurück. Sie hatte Growman versprochen, daß sie spätestens am Montag wieder an ihrem Schreibtisch sitzen würde.

Sie ging zu ihrem Wagen zurück, durchwühlte das Handschuhfach und suchte dann den Boden ab, für den Fall, daß der Schlüssel aus ihrer Handtasche gerutscht war. Sie erwog sogar, durch eines der Fenster in die Wohnung einzusteigen, aber Mario besaß eine Alarmanlage, und sie war nicht in der Stimmung, sich mit der Polizei auseinanderzusetzen. Schließlich gab sie resigniert auf und hinterließ eine Notiz an Marios Tür, daß sie zu Brenda Anderson ins Krankenhaus fahre und er sie sofort nach seiner Rückkehr dort anrufen solle.

Anderson schlief, als Stella das Krankenzimmer betrat. Sie war inzwischen von der Intensivstation in die chirurgische Abteilung des Krankenhauses verlegt worden. »Wie geht es ihr?« fragte sie die Mutter.

»Sie hatte fürchterliche Schmerzen«, antwortete die Frau. »Aber laut ärztlichen Angaben erholt sie sich den Umständen entsprechend gut.«

Anderson stöhnte und öffnete ihre Augen. »Stella«, sagte sie schwach. »Wie läuft der Fall?«

»Sie werden die Anklage fallenlassen«, berichtete Stella. »Holly treibt allerdings noch immer ihre gemeinen Spielchen.«

»Was heckt sie denn jetzt schon wieder aus?« fragte Anderson.

Stella zog einen Stuhl ans Bett und berichtete von den Ereignissen, die sich seit der Schießerei zugetragen hatten. »Fest steht jetzt, daß mein Onkel auf dich geschossen hat.

Die Ballistiker haben gestern ihre Untersuchungen abgeschlossen. Fitzgerald sagte mir, die Kugel, die aus deinem Bauch entfernt wurde, sei aus dem Sturmgewehr AR-15 meines Onkels abgefeuert worden. Das ist dieselbe Waffe, die ich neulich in seinem Waffenschrank gesehen habe.«

»Eines bereitet mir Kopfzerbrechen«, sagte Brenda. »Wenn dein Onkel wegen dieser Metallteilchen besorgt war, warum hat er sich dann nicht einfach in das Asservatenlager geschlichen und sie mitgehen lassen?« Sie versuchte, ihren Kopf zu heben, sank aber sofort wieder auf das Kissen zurück. »Überleg doch mal, Stella«, sagte sie. »Der Mann hatte sechzehn Jahre lang Zeit, die Dinger verschwinden zu lassen.«

Stella dachte ein paar Minuten darüber nach, bevor sie sagte: »Vielleicht hat er sie ja gesucht. Vergiß nicht, daß eines der Metallteilchen abhanden gekommen war, und ohne das fehlende Stück ergab die Gravur keinen Sinn.«

»Ich verstehe, was du meinst. Holly sagte, es sei falsch beschriftet oder eingeordnet worden, nicht wahr?«

»Richtig. Sie mußten jeden Beweismittelbeutel im Lager öffnen, Brenda. Ich vermute, sie haben Tage damit zugebracht. Mein Onkel konnte sich sehr leicht Zutritt zu dem Raum verschaffen, aber er konnte sich nicht stundenlang darin aufhalten, ohne daß jemand Verdacht geschöpft hätte.«

Anderson starrte an die Decke. »Ein Mann wie er ...«, sagte sie nachdenklich. »Ich weiß nicht, Stella. Warum hat er nicht einfach den zuständigen Beamten bestochen? Er hätte ihn problemlos mit der Suche beauftragen können. Dein Onkel war ein so cleverer Kerl, ich kann nicht glauben, daß er vor so etwas zurückgeschreckt wäre. Die ganzen Jahre über lagen diese Metallteilchen in seiner Reichweite. Wenn sie für ihn so verfänglich gewesen wären, glaube mir, er hätte einen Weg gefunden, sie verschwinden zu lassen.«

Stella spürte ein Zucken in ihrem Gesicht. »Du machst mich noch ganz verrückt, Brenda«, sagte sie. »Was willst du denn damit sagen? Daß mein Onkel nicht der Brandstifter war? Wir wissen, daß er es war. Die Spuren an der Kugel, die aus deinem Bauch entfernt wurde, sind identisch mit denen an den Kugeln der Testschüsse aus der Waffe meines Onkels.«

»Was ist mit dem Mord an Randall? Haben die ballistischen Untersuchungen da ebenfalls ergeben, daß die tödliche Kugel in Randalls Kopf mit der Waffe deines Onkels abgefeuert wurde?«

Stella schüttelte den Kopf. »Das will aber nichts heißen, Brenda. Er besitzt jede Menge Waffen.«

»Wurde die Mordwaffe gefunden, Stella? Mehr will ich ja gar nicht wissen.«

Stella senkte ihren Blick. »Aus keiner der Waffen im Haus meines Onkels wurde die Kugel abgefeuert, die Randall tötete.« Sie sah auf und zuckte mit den Schultern. »Er hat die Waffe wahrscheinlich unmittelbar nach dem Mord weggeworfen. Warum sollte er eine derart belastende Waffe behalten?«

»Er hat ja auch das Sturmgewehr behalten, mit dem er auf mich geschossen hat«, sagte Anderson. »Die meisten Kriminellen folgen einem bestimmten Verhaltensmuster, Stella. Dein Onkel hatte ein riesengroßes Selbstbewußtsein. Er dachte, seine Kontakte zur Polizei würden ihn schützen. Außerdem war er ein Waffennarr.«

Sie hielt inne und ließ sich von ihrer Mutter einen Schluck Wasser geben. Ihre Stimme war vom Sprechen heiser geworden. »Was hat es mit dieser neuen Spur auf sich, die Holly erwähnte?«

»Ich bin sicher, sie hat sich das nur ausgedacht, um mich zu ärgern«, sagte Stella. »Sie wußte, wie sehr mir daran gelegen war, mich von der Anklage zu befreien. Sie hat übrigens die Anklage noch nicht fallengelassen, obwohl Fitzgerald ihr aufgetragen hat, den Fall abzuschließen. Wahrscheinlich wollte sie mir einfach das Wochenende verderben.«

»Vielleicht wurde Randall von Holly umgebracht?«

»Wovon, zum Teufel, redest du jetzt schon wieder?« Stellas Magen zog sich zusammen. »Warum sollte sie das tun? Willst du behaupten, daß zwar mein Onkel dich angeschossen hat, Randall aber von Holly umgebracht wurde? Haben sie zusammengearbeitet? Ist das wieder eine deiner Mafia-Geschichten?«

Anderson stöhnte vor Schmerzen. Ihre Mutter eilte zu ihr und legte ihr ein weiteres Kissen unter den Kopf, damit sie es etwas bequemer hatte. »Ich behaupte ja nicht, genau zu wissen, wie sich alles abgespielt hat«, sagte sie. »Wir stellen lediglich Spekulationen an. Ich habe im Moment sehr viel Zeit nachzudenken, verstehst du, also sei nicht so streng mit mir. Wenn ich Unsinn rede, dann sag mir einfach, daß ich den Mund halten soll. Diese ganzen Medikamente ...«

»Red weiter!« forderte Stella sie auf. »Ich höre zu.«

»Holly ist krankhaft eifersüchtig auf dich, Stella. Ihr war klar, daß ein gewonnener Prozeß gegen dich ihr einen großartigen Ruf einbringen würde, vergleichbar mit der Berühmtheit, die du durch den Pelham-Prozeß erreicht hast. Nachdem Randall dich mit seiner Aussage belastet hatte und du an diesem Tag in ihrem Büro ausgerastet warst, dachte sie vielleicht, daß der Mord an Randall all ihre Probleme lösen würde.«

»Das ist lächerlich«, sagte Stella stirnrunzelnd.

»Hör mir zu«, fuhr Anderson fort und drehte sich auf die Seite. »Erstens hast du mir selbst erzählt, daß Holly etwas mit Growman hatte, daß sie vor ein paar Jahren eine flüchtige Affäre miteinander hatten. Ich war dabei, als sie dir unterstellte, mit ihm ins Bett zu gehen. Demnach ist sie eifersüchtig und verbittert. Zweitens ist sie ausgesprochen ehrgeizig, Stella. Kombiniere diese beiden Tatsachen, und du bekommst eine tödliche Mischung. Sie erschoß Randall, denn sie wußte, daß der Verdacht auf dich fallen würde. Damit glaubte sie dich, ihre Rivalin, vernichten zu können. Gleichzeitig wollte sie die Gelegenheit nutzen, um ihre Stellung als Juristin zu verbessern, indem sie aus einem sensationellen Fall siegreich hervorginge. Sie hatte also nicht nur ein Motiv, sondern gleich mehrere.«

»Das kann ich nicht glauben«, war Stellas Kommentar.

»Nun«, fuhr Anderson fort. »Es kam mir auch ziemlich weit hergeholt vor, aber ich wollte sichergehen. Also habe ich nachgeprüft, wo Holly sich an dem Vormittag aufhielt, an dem Randall ermordet wurde. Ich habe wohl vergessen, es dir zu erzählen.«

Stella riß die Augen auf, sagte jedoch nichts.

»Holly verschwand um fünf nach neun aus dem Gericht«, erläuterte Anderson, »und kam erst nach der Mittagspause zurück. Sie könnte deinen Mietwagen vom Parkplatz genommen, Randall erschossen und den Wagen wieder zurückgestellt haben, bevor sie mit ihrem eigenen Auto zum Gericht zurückfuhr. Es war für sie nicht schwierig, mit Randall in Kontakt zu treten. Sie mußte ihn nur anrufen und bitten, sich irgendwo mit ihr zu treffen, um den Fall zu besprechen.«

Das Telefon klingelte, und alle schwiegen. Andersons Mutter nahm den Hörer ab. »Es ist Ihr Bruder«, sagte sie und reichte den Hörer an Stella weiter.

»In mein Apartment wurde eingebrochen«, sagte Mario. »Die Polizei ist schon hier.«

»Nein!« entfuhr es Stella. »Ich war doch eben noch da.«

»Du solltest es dir ansehen«, sagte er seufzend. »Der Einbrecher hat alles auf den Kopf gestellt. Das Merkwürdige ist, daß nichts Wertvolles fehlt. Meine Stereoanlage ist noch da, mein Fernseher, meine Kameras. Die Polizei vermutet, daß der Einbrecher etwas Spezielles gesucht hat.

Und weil ich wegen Drogenbesitzes verhaftet wurde, geht man davon aus, daß er es auf Drogen abgesehen hatte.«

»Verdammt, die Metallteilchen.« Stellas Augen waren weit aufgerissen. »O Gott, Mario, ist das Päckchen noch da?«

»Welches Päckchen?«

»Das Päckchen, das Anfang der Woche für mich ankam.«

»Warte«, sagte er. »Ich schaue eben nach.«

»Ich glaube, du hast recht«, sagte Stella zu Brenda, während sie darauf wartete, daß ihr Bruder wieder ans Telefon kam. »Jemand anderes muß hinter den Metallteilchen her sein. Bei Mario wurde eingebrochen, sein Apartment wurde durchsucht. Mein Onkel kann es ja wohl kaum gewesen sein. Er liegt schließlich in der Leichenhalle.«

Die Stimme ihres Bruders erklang wieder in der Leitung. Er keuchte und war außer Atem. »Das Päckchen ist noch da«, sagte er. »Ich habe es gefunden. Ich hatte es auf den Kühlschrank gelegt, und es muß dahinter gerutscht sein. Ich mußte den verdammten Kühlschrank nach vorn ziehen, um dranzukommen.«

»Bleib, wo du bist!« befahl ihm Stella. »Ich bin schon auf dem Weg. Laß dieses Päckchen nicht aus den Augen, Mario! Irgend etwas stimmt da nicht. Gib acht, was du der Polizei erzählst. Ein paar Kollegen von Onkel Clem könnten dahinterstecken. Was auch immer du tust, du mußt auf jeden Fall verhindern, daß sie diese Metallteile in die Finger kriegen.«

Marios Apartment war völlig auf den Kopf gestellt worden. Die Möbel waren umgestürzt, die Sofapolster mit einem scharfen Gegenstand aufgeschlitzt worden, und die Füllung lag auf dem Fußboden. In seinem Schlafzimmer waren alle Schubladen herausgerissen, und seine Kleider lagen auf dem Boden verstreut. »Wie sind sie hereingekommen?« fragte Stella, als sie in das Durcheinander trat.

»Das vordere Fenster wurde eingeschlagen«, sagte Mario. »Hast du das nicht bemerkt, als du hier warst?«

»Wo ist das Päckchen?« fragte sie. Im Moment interessierte sie nichts anderes. Mario ging in die Küche und kam mit einem kleinen, in braunes Papier gewickelten Päckchen zurück. Er reichte es ihr. »Glaubst du wirklich, daß sie deswegen eingebrochen sind?« fragte er.

»Keine Ahnung.« Stella war verwirrt. Sie steckte das Päckchen in ihre Handtasche. »Ich will es sofort an Holly übergeben, bevor noch mehr passiert. Wie spät ist es?«

»Kurz vor drei«, sagte Mario.

»Sam kommt mit der Vier-Uhr-Maschine. Wenn er anruft, sag ihm bitte, daß er mich im Holiday Inn erreichen kann. Spätestens um sechs Uhr müßte ich dort sein.«

»Ich begleite dich«, sagte Mario. »Ich habe Angst um dich, Stella. Ich dachte, alles sei vorüber. Was ist nur los?«

»Bleib besser hier und räum deine Wohnung auf.« Sie schob mit einem Fuß einen Stapel Wäsche aus dem Weg. »Du solltest noch heute eine neue Fensterscheibe einsetzen lassen, sonst könnte der Einbrecher später in der Nacht, wenn du schläfst, zurückkommen. Oder«, sagte sie und warf ihm einen vernichtenden Blick zu, »du verbringst die Nacht bei Holly. Sie wird dich schon beschützen.«

»Das war äußerst billig«, erwiderte Mario, der sie aus bösen Augen anfunkelte.

Stella blieb an der Tür stehen. »Ich hatte einen verdammt miesen Tag«, meinte sie. »Was kann ich dir sonst noch Nettes sagen, Bruderherz? Der Sex mit Holly muß soviel Spaß gemacht haben wie mit einer Leiche. Du hast einen guten Geschmack, Mario. Erinnere mich daran, dich niemals Kleider für mich aussuchen zu lassen.«

Holly war gerade mit der Bearbeitung des Wesley-Falles beschäftigt, dessen Eröffnung für die kommende Woche anberaumt war, als ein Mann in brauner Uniform seinen Kopf zur Tür ihres Büros hereinsteckte. »Sind Sie Holly Oppenheimer?«

»Sie können hier nicht einfach so hereinplatzen«, sagte sie, ohne aufzusehen. »Verschwinden Sie. Sehen Sie denn nicht, daß ich beschäftigt bin?«

»Hey, Lady«, erwiderte der Mann. »In Ihrem Vorzimmer ist niemand, und ich habe eine Lieferung für Sie. Entweder nehmen Sie sie entgegen, oder Sie lassen es bleiben. Mir ist das egal.« Das Gesicht des Mannes wirkte hager und verlebt, obwohl er nicht älter als Ende Zwanzig sein konnte.

»Legen Sie es auf den Boden«, sagte Holly und griff hinter sich, um ein Buch aus dem Regal zu ziehen. Überall im Büro lagen Papiere und Akten herum. Sie hatte keine Zeit gehabt, das Durcheinander vom Vortag aufzuräumen.

Der Mann zog sich zurück und kehrte nach ein paar Minuten mit einem Handwagen voller Kartons zurück. »Was machen Sie denn da?« fragte Holly ungehalten. »Sie wollen doch wohl nicht den ganzen Krempel hier abladen! Sie müssen sich im Büro geirrt haben.«

»Sind Sie Oppenheimer oder nicht?« fragte er. »Wenn Sie mir nur diese eine Frage beantworten würden, Lady, dann kommen wir vielleicht heute noch weiter.«

»Ja«, bestätigte sie mit einem Blick auf sein Hemd, das das Emblem der Stadt Houston zeigte. »Was bringen Sie denn überhaupt?«

Der Mann zog ein Blatt Papier aus seiner Tasche. »Ich bringe Ihnen hier die Prozeßakten zum Fall der Sterling Corporation. Sie haben diese Akten aus dem Archiv angefordert. Da sind sie also. Wo soll ich sie abladen?«

Hollys Kiefer klappte nach unten. »Das alles stammt von diesem einen Prozeß?«

»Das ist noch nicht mal die Hälfte«, sagte er und ließ sein Kaugummi vor dem Mund zerplatzen. »Draußen im Flur stehen noch fünfzehn solcher Kartons. Aber zuerst muß ich die hier abladen.«

Holly vergrub ihr Gesicht in den Händen. »Momentchen, bitte. Ich muß nachdenken. Geben Sie mir eine Minute Zeit.« Unmöglich konnte sie alle diese Kartons in ihrem engen Büro unterbringen. Janet war fort, und ihr Platz war noch nicht wieder neu besetzt. In Hollys Kopf schwirrte es. Schriftstücke mußten getippt werden, der Posteingang stapelte sich im Vorzimmer, und sie hatte Dutzende von Telefonanrufen zu erwidern. Sie hatte angenommen, daß der Wesley-Fall außergerichtlich abgehandelt werden würde, und ihn deshalb zur Seite gelegt. Heute morgen hatte sie jedoch erfahren, daß der Fall nun doch zur Hauptverhandlung kam, und sie befand sich momentan im Wettlauf mit der Zeit. Die erste Vorverhandlung war für den kommenden Dienstag angesetzt. »Haben Sie einen Wagen?« fragte sie und sah den Mann an. »Ich meine, einen richtigen Wagen, keinen Handwagen«, fügte sie hinzu.

»Natürlich habe ich die ganzen Kartons nicht auf meinem Rücken hierhergeschleppt«, sagte er grinsend.

Holly nahm ihre Handtasche und erhob sich. »Folgen Sie mir«, wies sie den Mann an. »Wir bringen die Kartons zu mir nach Hause. Ich muß mich am Wochenende sowieso damit beschäftigen.«

Sie war im Begriff, zur Tür hinauszugehen, als Brad Emerson erschien. »Wir haben uns ja eine Ewigkeit nicht mehr gesehen«, sagte er und schüttelte ihr die Hand. »Wie geht's denn so? Sie sehen phantastisch aus.«

»Oh«, sagte Holly. »Ich bin im Moment etwas unter Zeitdruck. Was kann ich für Sie tun, Brad?«

Er spähte durch die Tür in Hollys Büro und blickte suchend umher. »Haben Sie zufällig meine Frau gesehen? Ich glaube, ich habe sie verpaßt.«

»Sie haben sie doch bei Gericht gesehen«, entgegnete Holly mit verdutztem Gesichtsausdruck. »Erinnern Sie sich nicht mehr?«

»Doch, natürlich«, erwiderte Brad lachend. »Ich mag

vielleicht älter geworden sein, aber senil bin ich noch lange nicht. Haben Sie sie gesehen, seit wir den Gerichtssaal verließen? Ich bin extra ihretwegen hergeflogen, aber jetzt ist sie einfach verschwunden, ich kann sie nirgends finden.«

Der Bote lehnte an der Wand und paffte eine Zigarette. »Ich hab' nicht den ganzen Tag Zeit, Lady«, sagte er und schnippte die Asche auf den Fußboden.

»Halten Sie den Mund«, fuhr Holly ihn an. »Sehen Sie denn nicht, daß ich mich unterhalte? Und machen Sie die Zigarette aus. Sie wissen doch, daß in diesem Gebäude nicht geraucht werden darf.« Sie wandte sich wieder an Brad und lächelte. »Sie wohnt bei Mario.« Ihre Stimme klang jetzt tief und heiser. »Versuchen Sie es doch mal bei ihm.«

»Hab' ich schon. Aber da war niemand zu Hause.«

»Ich weiß nicht, was ich Ihnen raten soll.« Holly zuckte mit den Achseln. Dann kam ihr ein anderer Gedanke. »Haben Sie Lust, heute abend mit mir essen zu gehen? Bleiben Sie über Nacht in Houston?«

»Ich könnte auch erst morgen zurückfliegen ...« Brad schien zu überlegen. »Eigentlich hatte ich nicht vor, über Nacht zu bleiben ...« Aufmerksam betrachtete er Holly, offenbar überrascht, daß sie ihm ein solches Angebot machte. Er hatte sie früher ein paarmal gesehen, als sie noch Stellas Kollegin in Dallas gewesen war, aber eigentlich kannte er sie kaum. »Nun ja.« Sein Blick streifte ihren kurzen Rock und ihre wohlgeformten Beine. »Hört sich gut an.«

Holly ging an ihren Schreibtisch zurück und schrieb ihre Adresse und Telefonnummer auf. »Rufen Sie mich gegen sieben an.« Sie ging um den Schreibtisch herum, trat nahe an ihn heran und legte ihre Hände auf seine Brust. »Ich muß mich noch um einen Babysitter für meine Tochter kümmern«, sagte sie. »Deswegen kann ich Ihnen noch keine genaue Uhrzeit nennen. Hier ist meine Nummer.« Ihre Hand glitt in seine Tasche. Sie schob den Zettel hinein und zog die Hand rasch wieder zurück.

Auf Brads Gesicht erschien das berühmte Lächeln, das er nur attraktiven und willigen Frauen schenkte. »Ich glaube, wir werden heute abend viel Vergnügen miteinander haben«, sagte er. »Sehr viel Vergnügen, um genau zu sein.«

»Davon bin ich überzeugt«, erwiderte Holly, strich über seine Brust und ging zur Tür.

»Warten Sie«, rief Brad und eilte ihr nach. »Hatten Sie nicht gesagt, daß Sie eine neue Spur verfolgen? Was meinten Sie damit? Die Anklagen gegen Stella werden doch fallengelassen, oder nicht?«

»Sehen Sie sich die Kartons an«, sagte Holly, als sie auf den Korridor traten. »Nun, das ist meine neue Spur, obwohl ich sie im Moment noch nicht als Spur bezeichnen würde, sondern als einen gigantischen Berg Arbeit.«

Brad starrte auf den Boten, dann sah er Holly an. »Falls Stella einen Anwalt braucht«, sagte er, »muß ich das Geld dafür lockermachen. Können Sie mir wenigstens sagen, ob die Anklagen fallengelassen werden oder nicht? Dann weiß ich zumindest, ob ich morgen beruhigt nach Hause fliegen kann.«

Holly winkte dem Paketzusteller, worauf der die Bremse löste und seinen Handwagen den Korridor entlangzog. »Wir unterhalten uns heute abend darüber«, war alles, was Brad aus ihr herausbekam, bevor sie hinter dem Boten herlief. »Rufen Sie mich um sieben Uhr an.«

KAPITEL 18

Anstatt die Metallteilchen Holly zu bringen, nahm Stella sie mit ins Holiday Inn.

Kaum war sie im Hotelzimmer angekommen, riß sie das Päckchen auf und verteilte die Metallstücke auf dem Bett. Da sie nun vollständig und numeriert vor ihr lagen, hoffte sie, vielleicht die Inschrift entziffern zu können. Sie nahm jedes einzelne Teilchen und hielt es unter die Lampe, wo sie zwar ein paar Buchstaben erkennen, aber nicht ausmachen konnte, welchen Sinn sie ergaben. Dennoch nahm sie Papier und Bleistift zur Hand und schrieb die eindeutig identifizierbaren Buchstaben auf. Anschließend trug sie die Metallteilchen zu dem kleinen Schreibtisch an der gegenüberliegenden Wand. Nachdem sie eine halbe Stunde lang auf die Stücke gestarrt hatte, gab sie es auf. Manche Buchstaben waren so undeutlich zu erkennen oder derart verzogen, daß keine eindeutige Entzifferung möglich war. Sie brauchte ein Vergrößerungsglas. Morgen, beschloß sie, würde sie eines kaufen.

Erst jetzt bemerkte Stella die blinkende Lampe an ihrem Telefon, die signalisierte, daß eine Mitteilung für sie hinterlassen worden war. Sie nahm den Hörer ab und fragte bei der Rezeption nach. Sam ließ ihr bestellen, sie solle aus dem Hotel ausziehen und sein Zimmer im Ritz Carlton mit ihm teilen. Ein Blick auf ihre Armbanduhr machte ihr bewußt, daß sie spät dran war. Rasch sprang sie unter die Dusche. Sie hatte sich gewünscht, daß zu diesem Zeitpunkt alles geklärt, daß all ihre Probleme gelöst sein würden, daher schlug sie nun frustriert mit der flachen Hand gegen die Fliesen. Wie könnte es eine Siegesfeier geben, wenn sie sich verwirrter und verängstigter fühlte als je zuvor? Polizisten mit Gewehren jagten sie. Jemand hatte das Apartment ihres Bruders durchwühlt, und die Anklage gegen sie war immer noch nicht niedergeschlagen worden. »Ich lasse mir dadurch nicht das Wochenende verderben«, sagte sie mehrere Male halblaut vor sich hin. Schließlich drehte sie das Wasser ab und hüllte sich in ein großes Badetuch.

Bevor Stella ihr Zimmer verließ, warf sie noch einen prüfenden Blick in den Spiegel, richtete ihr Haar und tupfte einen Klecks Lippenstift von einem ihrer Schneidezähne. Der weiße Hosenanzug, den sie trug, gefiel ihr wegen des starken Kontrastes zu ihrem dunklen Haar. Das Dekolleté des Oberteils klappte allerdings manchmal leicht nach vorn, und da sie befürchtete, daß ihr Büstenhalter zu sehen sein könnte, lief sie noch schnell zu der Boutique in der Hotelhalle und kaufte einen Spitzenbody. Rasch zog sie sich in der Damentoilette um.

Um acht Uhr klopfte Stella an Sams Zimmertür. Er hatte ihr kaum geöffnet, als er sie auch schon in seine Arme zog. »O Gott, wie sehr ich dich vermißt habe«, sagte er. »Die letzten Tage kamen mir wie eine Ewigkeit vor.«

Sie sah an ihm vorbei in das Hotelzimmer. »Wo ist Adam?«

»Er besucht seine Tante«, erklärte Sam. »Madeline wohnt hier in Houston. Sie bringt ihn um Mitternacht zurück.«

Sam hatte nicht einfach irgendein Hotelzimmer gebucht. Als Stella eintrat und sich umsah, war sie überwältigt. In der Kristallvase im Eingangsbereich standen frische Schnittblumen, die die Luft mit ihrem Duft erfüllten. Der Wohnraum war mit eleganten Möbeln ausgestattet. Zwei blaue Seidensofas säumten ein Kaffeetischchen aus Mahagoni. Es gab eine Bar und einen antiken Winkelschreibtisch, der in einer Ecke des Zimmers stand. An den Wänden hingen hübsch gerahmte Kunstdrucke, und die Decke war mit aufwendigen Stuckverzierungen geschmückt. »Ist das die Flitterwochensuite?« fragte sie.

Sam lachte. »Nein, aber wenn du willst, tun wir einfach so.«

Dann bemerkte Stella das feine Porzellan und die Kristallgläser auf dem Tisch. »Das ist der schönste Raum, den ich je gesehen habe«, schwärmte sie. »Wird unser Abendessen auf dem Zimmer serviert?«

»Sobald du es wünschst«, antwortete Sam mit einer tiefen Verbeugung. In seiner Freizeithose und dem kurzärmeligen Hemd sah er ausgesprochen attraktiv und sexy aus.

Stellas Blick fiel auf Sams dunkle Brustbehaarung, die im Ausschnitt seines Hemdes sichtbar wurde. Am liebsten hätte sie ihm auf der Stelle die Kleider vom Leib gerissen und ihn sofort ins Schlafzimmer gezogen. Statt dessen ließ sie sich auf eines der blauen Seidensofas fallen und streifte sich die Schuhe von den Füßen. »Das ist ein wunderbares Hotel, Sam. Im Holiday Inn habe ich mich allmählich wie im Gefängnis gefühlt.«

»Nun, dann komm einmal mit«, forderte Sam sie auf, wobei er ihr eine Hand entgegenstreckte und sie auf die Füße zog. »Ich habe noch eine Überraschung für dich.« Er führte sie ins Bad und deutete auf einen mit Wasser gefüllten Whirlpool. »Ihr Bad wartet bereits auf Sie, meine Gnädigste.«

»Oh!« Stella war überrascht. »Aber ich habe schon geduscht, Sam.«

»Ein Whirlpool dient nicht der Körperreinigung«, erläuterte er, während er ihre Jacke aufknöpfte. »Wußtest du das denn nicht?«

»Ich fürchte nein«, erwiderte Stella lachend.

Sam schob ihr die Jacke über die Schultern und seufzte. »Ich lasse dich nun für einen Moment allein«, sagte er. »Ich rufe den Zimmerservice, damit sie uns das Abendessen bringen.«

Stellas Miene trübte sich. »Ich habe nicht soviel Geld wie du, Sam«, sagte sie. »Es ist zwar ziemlich sicher, daß die Anklagepunkte gegen mich fallengelassen werden, aber Holly hat sich geweigert, vor Montag irgend etwas zu unternehmen.«

»Das spielt doch keine Rolle, Stella«, gab er zurück und lehnte sich gegen den Türrahmen. »Das Thema Geld sollten wir für heute vergessen, einverstanden? Laß uns einfach das Leben genießen.«

»Heute morgen habe ich Brad getroffen«, sprudelte es aus ihr heraus. »Er war bei der Anhörung. Möglicherweise hat er sich von seiner Freundin getrennt. Er hat sich so merkwürdig benommen, daß ich beinahe vermute, er will sich wieder mit mir vertragen.«

»Willst du das denn, Stella?« fragte Sam. »Wenn das so ist ...«

»Nein, natürlich nicht«, unterbrach sie ihn schnell. Verwegenheit stieg in ihr auf, und sie ließ die Jacke an ihren Armen hinuntergleiten, so daß Sam ihren Spitzenbody sehen konnte. »Was meinst du? Ganz schön sexy, nicht wahr?«

»Zauberhaft«, sagte er und starrte durch den Spitzenstoff auf ihre Brustwarzen. »Wenn du dich nicht ein wenig beeilst, wird allerdings dein Badewasser kalt.«

Sam verließ das Bad, und Stella zog ihre restlichen Kleidungsstücke aus. Sie faltete die Sachen sorgfältig zusammen und legte sie auf die Kommode. Nachdem sie langsam in das warme Wasser geglitten war, seufzte sie wohlig.

Sam hatte die Tür des Badezimmers nur angelehnt, und Stella rief nach ihm, sobald sie hörte, daß er den Hörer aufgelegt hatte. »Wieviel kostet ein Hotelzimmer wie dieses eigentlich?«

Sam steckte seinen Kopf zur Tür herein. »Warum bringst du mich bloß immer wieder in Verlegenheit?«

»Wie meinst du das?«

»Ich bin Jude«, erläuterte er. »Laß das Geld ruhig meine Sorge sein, bitte! Ich habe ein Arrangement mit einem Freund getroffen, der ein Reisebüro besitzt.«

»Das war sehr klug«, sagte sie. »Leistest du mir Gesellschaft?«

»Ich dachte, du würdest vielleicht lieber allein sein wollen«, antwortete er.

»Was du so alles denkst«, sagte sie lachend. »Nun komm schon zu mir in die Wanne, Sam!«

»Warte.« Sam konnte die Erregung in seinem Blick kaum verbergen. »Ich hole eisgekühlten Champagner.«

Er eilte ins Wohnzimmer und war im Nu wieder zurück mit einer Flasche Champagner, die er auf den Poolrand stellte. Stella beobachtete, wie er sein Hemd aufknöpfte. Ihr Blick fiel auf seine kräftige Brust und folgte der Behaarung den Bauch entlang bis zum Hosenbund. Ihr Atem ging schneller, und sie ließ sich tiefer in die Wanne sinken, bis ihr das Wasser unter die Nasenlöcher reichte.

Die Situation war prickelnd und erregend. Nackt und verwundbar lag sie in dem warmen, duftenden Badewasser, und Sam, ausgesprochen männlich und gutaussehend, stand wenige Meter von ihr entfernt. Die Spiegel waren von den Dampfschwaden, die dem heißen Wasser entstiegen, beschlagen, und die intime, surreale Atmosphäre steigerte ihre Erregung noch mehr.

Sie wandte ihren Blick ab, doch aus dem Augenwinkel sah sie Sams Hose über die Hüften nach unten gleiten. Sie nahm für einen Moment seine grün und blau gestreiften Boxershorts wahr, atmete tief ein und hielt die Luft an. Plötzlich waren auch Sams Shorts verschwunden, und keuchend stieß sie ihren Atem aus.

Er stieg in die Wanne, und sie betrachtete seine Beine. Sie genoß den faszinierenden Anblick, wie sich das Wasser in sanften Wellen um seine Oberschenkel kräuselte. Jedes Geräusch und jeder Lichtstrahl erschienen ihr besonders intensiv, als habe sie eine bewußtseinserweiternde Droge eingenommen. Sam ließ sich in die Wanne sinken, und sie spähte auf seine Genitalien. Da wurde ihr klar, daß Sam selbst diese Droge war. Trotz der durch das Wasser gebrochenen, ungewohnten Perspektive konnte Stella nichts als Perfektion und männliche Schönheit an ihm feststellen.

Als Sam ihr endlich in der Wanne gegenübersaß, lehnte er sich zurück und streckte seine langen Beine aus, bis sie unter Wasser Stellas Hüften berührten. Er griff nach der Champagnerflasche, setzte sie an seine Lippen und reichte sie anschließend Stella.

Sie sahen sich tief in die Augen, und auch Stella führte die Flasche an ihre Lippen. Ihre Gedanken waren jedoch so sehr mit anderen Dingen beschäftigt, daß sie nicht einmal den Mund schloß. Die eiskalte Flüssigkeit rann ihr übers Kinn, tropfte auf ihren Hals und ihre Brust und ließ sie erschauern.

In diesem Moment hörten sie ein Klopfen an der Zimmertür. »Das muß unser Abendessen sein«, sagte Sam. »Hast du Hunger?«

Stella schüttelte den Kopf.

»Sie werden schon wieder verschwinden«, sagte er und drückte auf den Massageknopf. Augenblicklich begann das Wasser zu sprudeln. »Das tut gut, nicht wahr?«

Stella trank noch einen Schluck Champagner und reichte ihm die Flasche zurück. Als er danach griff, berührten sich ihre Fingerspitzen, und seine Beine bewegten sich erneut an den Seiten ihres Körpers. Stella streckte ihre Beine neben seinen aus und lehnte ihren Kopf zurück. Ein Massagestrahl traf sie direkt unter ihrem Steißbein. Sie schloß die Augen und verscheuchte alle bedrückenden Gedanken aus ihrem Kopf, bis lediglich dieses wunderbare, pulsierende Gefühl übrigblieb.

Plötzlich preßte Sam seine Beine gegen Stellas Körper und hielt sie so gefangen. Sie setzte sich auf und entkam dem Druck seiner Beine, indem sie sich vor ihn kniete. Bevor sie es sich versah, hatte Sam sie auf sich gezogen und ertastete mit seiner Zunge ihren Mund. Seine Finger gruben sich in ihr feuchtes Haar.

»Ich will dich«, flüsterte er. »Es war eine gute Idee, dich nicht ins Gefängnis zurückzuschicken. Aber selbst wenn es dazu gekommen wäre, hätte ich einen Weg gefunden, dich zu befreien.«

Stellas Augen blieben geschlossen, während Sam ein Stück Seife nahm und damit über ihre Brüste, ihren Bauch und den Po glitt. Dann hörte sie, wie die Seife ins Wasser fiel, und spürte Sams Finger zwischen ihren Beinen. Sie bog ihren Oberkörper zurück und stöhnte lustvoll auf, als seine Zunge über ihre Brustwarzen huschte. Die massierenden Wasserstrahlen vermittelten ihr das Gefühl, nicht nur mit einem Mann, sondern mit Dutzenden Liebhabern zusammenzusein, deren unzählige Hände gleichzeitig ihre Haut streichelten und ihr Fleisch massierten.

In diesem Augenblick begehrte Stella Sam mehr, als sie je irgend etwas in ihrem Leben gewollt hatte. Sie tastete mit einer Hand unter Wasser nach ihm und fand seine Erektion. Ihre Finger schlossen sich um sein hartes Glied und führten es mühelos in ihren Körper ein. Sie öffnete ihre Augen, da sie sein Gesicht sehen wollte. Seine Augen waren geschlossen, und seine Nasenflügel vibrierten vor Leidenschaft. Er war so schön, dachte sie. Ihr Blick fiel auf die Strähnen dichten, nassen Haars in seiner Stirn, glitt über sein feuchtes Gesicht, seine sanft geschwungene Nase und sein starkes Kinn. Nie zuvor hatte sie seine langen Augenwimpern bemerkt, aber nun sah sie, daß sie bis an seine Wangenknochen reichten. Sie streichelte mit den Fingerspitzen über seine Augenlider und zeichnete seine Lippen nach wie jemand, der eine unbezahlbare Skulptur ertastet.

Sam ergriff sie und zog sie tiefer auf sich hinab. »Ich liebe dich«, sagte er. »Ich hätte nie gedacht, daß ich noch einmal so empfinden könnte.« Er schlang seine Arme um sie, hielt sie fest und wollte sie auch dann nicht loslassen, als sie versuchte, ihr Liebesspiel fortzusetzen.

Stella barg ihren Kopf an seinem Hals. Ihre Gefühle füreinander gingen über rein sexuelles Verlangen weit hinaus und hoben diesen Augenblick auf eine höhere Ebene der Intensität und Bedeutung. Lange Zeit schwiegen sie und hielten sich in dem mittlerweile lauwarm gewordenen Wasser eng umschlungen.

Zum erstenmal nahm Stella die Echtheit ihrer Gefühle wahr. Im Gegensatz zu ihrer teenagertypischen Verliebtheit in Tom Randall war dies keine mädchenhafte Begeisterung oder jugendliche Neugierde. Anders als in ihrer Ehe mit Brad entsprangen ihre jetzigen Gefühle nicht der Dankbarkeit oder dem Respekt für einen Mann, der ihr nach einer niederdrückenden Tragödie geholfen hatte.

»Ich liebe dich«, sagte sie.

Sam lächelte und zwickte sie in die Nase. »Keine Sorge«, sagte er. »Das habe ich bereits herausgefunden.«

Um neun Uhr verlegten Stella und Sam ihr Liebesspiel ins Schlafzimmer und setzten fort, was sie im Whirlpool begonnen hatten. Stella war noch nie zuvor so frei und gelöst gewesen, hatte noch nie zuvor eine so überwältigende Freude verspürt. Sie rollte Sam auf den Rücken und begann, seine Füße zu streicheln. Sie arbeitete sich Zentimeter für Zentimeter an seinem Körper empor, bis sie sich schließlich mit gespreizten Beinen auf ihn setzte. Sie bewegte sich keuchend mit zurückgeworfenem Kopf und geöffnetem Mund. Ihr Haar streichelte sanft ihren Hals und ihre Schultern. Sie fühlte sich eins mit ihrem Körper, und ihre unansehnlichen Narben kamen ihr überhaupt nicht in den Sinn.

Frauen waren eigentümliche Wesen, dachte sie. Ein Mann mochte der größte Liebhaber der Welt sein und es doch nicht fertigbringen, seine Partnerin zu befriedigen. Um sich vollständig gehenlassen zu können, mußte eine Frau dem Partner vertrauen und ihn völlig annehmen – so als würde sie von einer Klippe springen in dem Wissen, daß sie von ihm aufgefangen würde. In jenem Augenblick der völligen und freimütigen Hingabe ging eine Frau ganz aus sich heraus. Stella wußte, daß sie Dutzende Männer lieben könnte, aber gehören würde sie nur demjenigen, dem sie erlaubte, sie zu befriedigen.

»O Gott!« schrie Stella. Ihre Muskeln zogen sich zusammen, als sie einen heftigen Höhepunkt erreichte. So intensiv war das Gefühl, daß sie geschwächt und ausgelaugt auf Sams verschwitzter Brust zusammenbrach. Sie fühlte sich, als hätte sie in ihren Körper gegriffen und all die Schmerzen, die Sorgen und die Bitterkeit aus sich herausgerissen. Sie fühlte sich leer und gleichzeitig ausgefüllt.

Ihre Empfindungen waren, wie sie sich bewußtmachte, ganz normal. Zum erstenmal seit dem Feuer fühlte sich Stella nicht entstellt oder abstoßend, sondern ganz, schön und vollkommen.

Sie rollte sich auf den Rücken, und Sam bewegte sich über sie, spreizte ihre Beine und legte diese über seine Schultern. Als er in sie eindrang, spürte sie die geballte

Kraft seines Verlangens. Kurze Zeit später verzerrte sich sein Gesicht, als er einen explosiven Höhepunkt erlebte.

Schließlich war es vorüber. Wortlos lagen sie sich in den Armen, in dem Zimmer, das dunkel und still war und in dem nur noch Schatten sie umgaben.

KAPITEL 19

Stella erwachte beim Klang von Sams Stimme. »Nein, wir können nicht vorher zu WaterWorld fahren«, sagte er zu Adam und meinte damit den Erlebnispark in der Nähe des Astrodomes. »Das Spiel beginnt um ein Uhr. Sieh ein wenig fern, wenn dir nichts Besseres einfällt. Wir holen dich um Viertel nach zwölf ab.«

Nur mit einem Handtuch bekleidet, das er um seine Hüften geschlungen hatte, schlenderte er zur Schlafzimmertür herein und bemerkte, daß Stella nicht mehr schlief. »Du bist aufgewacht«, stellte er fest, ließ das Handtuch zu Boden gleiten und stieg wieder zu ihr ins Bett. »Weißt du eigentlich, wie spät es ist, meine schlafende Schönheit?«

»Nein«, sagte sie lächelnd. »Aber ich weiß, daß ich dich liebe. Die vergangene Nacht war die schönste Nacht meines Lebens.«

Sam beugte sich über sie und küßte sie. »Es ist schon nach zehn. Du hast geschlafen wie ein Murmeltier.«

»So lange habe ich wahrscheinlich noch nie im Leben geschlafen«, sagte sie und räkelte sich. »Was hast du nur mit mir gemacht? Hast du mir ein Betäubungsmittel verpaßt?«

»Ja, es heißt Sex«, gab er kichernd zurück. »Es ist bombensicher. Sex ist das Allheilmittel gegen Schlaflosigkeit.«

»Oje«, sagte sie. »Und ich dachte immer, Sex diene der Fortpflanzung, ich Dummkopf.«

Während Stella unter der Dusche stand, bestellte Sam beim Zimmerservice ein ausgiebiges Frühstück, und als sie aus dem Bad kam, war der Tisch bereits gedeckt. Der Duft von gebratenem Schinken und Spiegeleiern stieg ihr in die Nase. »Ist das ein Leben!« sagte sie und setzte sich Sam gegenüber an den Tisch.

»Es könnte immer so sein«, antwortete er und wurde ernst.

»Wie meinst du das?« Stella nahm eine Scheibe Toast. »Du meinst, wir könnten ewig in diesem Zimmer wohnen bleiben? Wäre das nicht ein wenig extravagant?«

»Nein«, sagte er. »Ich meine, wir könnten heiraten.«

Stella glitt der Toast aus den Fingern. Lange blickte sie ihn schweigend an. »Es ist zu früh, um über unsere Heirat zu reden«, sagte sie schließlich. »Findest du nicht auch, Sam? Ich bin noch nicht einmal geschieden.«

»Ich meine ja auch nicht heute«, sagte er. »Später natürlich. Wenn wir in dieser Woche noch den Papierkram hinter uns bringen, müßtest du in sechs Monaten geschieden sein.«

Stella glaubte nicht, jetzt noch etwas essen zu können. Ihre Magennerven flatterten, und ihr Herz raste. »Was ist mit Adam?« fragte sie. Obwohl Sams Antrag sie in eine freudige Erregung versetzte, wurde ihr bang bei dem Gedanken, das Kind einer anderen Frau großzuziehen. Wie könnte sie eine neue Ehe eingehen, nachdem sie in der ersten so kläglich versagt hatte? »Hat Adam nicht auch noch ein Wörtchen mitzureden?«

»Nein«, erwiderte Sam kopfschüttelnd. »Das ist mein Leben, Stella. Und außerdem schwärmt Adam in den höchsten Tönen von dir.«

Stella runzelte die Stirn. »Das könnte sich aber schnell ändern, wenn er erfährt, daß ich seinen Vater heirate. All die Jahre hatte er dich für sich allein. Ich kenne mich nicht gut mit Kindern aus, aber ich kenne doch die menschliche Natur. Er wird mich als Eindringling betrachten.« Sie erhob mahnend ihren Zeigefinger. »Da muß man vorsichtig sein, Sam!«

»Er wird keine Probleme damit haben.« Sam neigte den Kopf zur Seite. »Habe ich da so etwas wie Zustimmung vernommen?«

»Nein«, sagte sie. »Das ist eine ernste Angelegenheit, Sam. Eine Heirat sollte man nicht auf die leichte Schulter nehmen. Ich liebe dich, und ich würde alles dafür geben, mit dir zusammenleben zu können, aber wir müssen uns Zeit lassen und alles genau überdenken.«

»Als wüßte ich das nicht selbst«, erwiderte Sam lachend. Er nahm die Toastscheibe und warf sie ihr zu. »Hast du vergessen, daß ich Scheidungsanwalt bin? Entspann dich wieder, ja? Du kannst mir deine Antwort mitteilen, wenn du dazu bereit bist. Ich wollte nur schon mal meine Absichten kundtun.«

Stella sprang auf. »Du mußt meinen Bruder kennenlernen«, sagte sie. »Hast du etwas dagegen, wenn er mit uns zu dem Spiel kommt? Wenn ich ihn sofort anrufe, erwische ich ihn vielleicht noch.«

»Natürlich habe ich nichts dagegen. Je mehr Leute wir sind, desto lustiger wird es. Ich weiß allerdings nicht, ob ich noch eine Karte bekomme.«

»Er kann sich seine Eintrittskarte selbst besorgen«, sagte sie. »Wo sitzen wir denn?«

»In einer der ersten Reihen«, antwortete er. »Warte, ich hole die Karten, dann kannst du ihm unsere Sitznummern durchgeben.«

Holly sammelte die Papiere vom Boden ihres Wohnzimmers auf und stopfte sie in die Kartons zurück, die der Bote ihr am Vortag gebracht hatte. Sie trug lediglich Shorts und ein einfarbiges T-Shirt. Ihr Haar war ungekämmt, und in ihren Augen lag ein wilder Ausdruck. »Hier kriegt man ja nicht einmal mehr einen Fuß auf den Boden!« schimpfte sie und trat gegen die Lieblingspuppe ihrer Tochter, die quer durch das Zimmer flog. »Tiffany!« rief sie. »Komm sofort her und räum deine Spielsachen auf! Ich habe dir schon hundertmal gesagt, daß du dein Zeug nicht überall im Wohnzimmer verstreut herumliegen lassen sollst.«

Sie warf einen Blick auf die Wanduhr und bemerkte, daß es schon fast Mittag war. Dann nahm sie das schnurlose Telefon zur Hand und rief ihren Ex-Ehemann an. »Du mußt Tiffany abholen«, forderte sie ihn auf, bevor er seinen Namen ganz ausgesprochen hatte. »Ich versuche dich schon den ganzen Vormittag über zu erreichen.«

»Ich kann nicht«, sagte er. »Ich habe etwas anderes vor. Sie ist dieses Wochenende bei dir, hast du das vergessen? Ich hatte Tiffany letztes Wochenende.«

»Es muß aber unbedingt sein«, beharrte sie. »Wenn du sie nicht abholst, dann setze ich sie vor deiner Tür ab. Ich habe schon vergeblich versucht, einen Babysitter zu bekommen, niemand hat Zeit.« Sie warf den Hörer auf die Gabel zurück und eilte ins Schlafzimmer. Als sie gerade an dem Zahlenschloß ihres Wandtresors drehte, kam ihre zehnjährige Tochter durch die Tür geschlendert. »Ich möchte jetzt in den Park fahren«, sagte das Kind ungeduldig. »Du hast es mir versprochen!«

»Geh auf dein Zimmer, Tiffany!« befahl Holly. »Daddy kommt dich gleich abholen. Er fährt mit dir in den Park.«

»Aber ich will nicht mit Daddy fahren«, sagte sie trotzig und stampfte mit einem Fuß auf den Boden. »Ich will mit dir fahren, und zwar jetzt sofort.«

»Ich sagte, du sollst auf dein Zimmer gehen.« Hollys

Stimme klang drohend. »Du tust jetzt sofort, was ich dir sage!«

»Nein«, schrie das kleine Mädchen. »Ich gehe nicht, und du kannst mich nicht zwingen.«

»Und ob ich das kann«, fauchte Holly und schlug ihrer Tochter kräftig auf den Po. »Los jetzt, geh sofort in dein Zimmer, sonst bekommst du den Hintern richtig versohlt.«

Nachdem das Kind laut heulend aus dem Zimmer gerannt war, trat Holly wieder an den Safe. Sie drehte am Kombinationsschloß, öffnete den Tresor und holte eine bläulich schimmernde Pistole heraus. Ein paar Augenblicke lang starrte sie die Waffe an und wog sie in ihrer Hand. Dann legte sie die Pistole auf die Anrichte und durchsuchte den Safe, bis sie das Magazin gefunden hatte. Sie nahm die Waffe wieder in die Hand und schob das Magazin hinein.

Seit ihrer Kindheit war Stella nicht mehr bei einem Baseballspiel gewesen. Das Astrodome war alles andere als ein gewöhnliches Baseballstadion. Adam redete wie ein lebendes Wörterbuch. »Wußtest du, daß Evil Knievel hier 1971 über dreizehn Autos sprang?« fragte er. Sie standen vor einem Imbißstand in der Schlange. »Man nennt das Astrodome auch das Achte Weltwunder.«

»Heute nennt niemand es mehr so, Mister Neunmalklug«, belehrte ihn Sam und fuhr ihm durchs Haar. »Früher nannte man es so, weil es das einzige geschlossene Stadion der Welt war. Inzwischen gibt es viele dieser Art.«

Adam stieß die Hand seines Vaters zur Seite. »Laß meine Haare in Ruhe!« forderte er. »Ich sehe immer wie ein Baby aus, wenn du mir so über den Kopf fährst. Als das Stadion gebaut wurde«, fuhr er mit seiner Belehrung fort, »hat man zuerst richtigen Rasen gesät. Der wuchs aber nicht, weil er zu wenig Sonne bekam. Rate mal, was sie dann gemacht haben?«

»Dann haben sie den künstlichen Rasen erfunden«, antwortete Stella.

»Nein«, war Adams Antwort. »Das kam erst viel später. Zunächst wurde das vertrocknete Gras mit grüner Farbe besprüht. Ist das nicht komisch? Sie hätten sich doch denken können, daß Gras hier drinnen nicht wachsen kann. Lauter Vollidioten, was?«

Stella lachte und lehnte sich gegen Sam. »Ein Baseballspiel ist immer etwas Besonderes, findest du nicht? Sieh dir mal die Leute an. Alle scheinen guter Laune zu sein. Warum können die Menschen nicht immer so sein?«

»Vielleicht liegt es an den Hot dogs«, sagte Sam, trat vor und bestellte ihr Essen.

Stella blickte über ihre Schulter nach hinten und hoffte, daß Mario bald auftauchen würde. Er hatte zwar zugesagt, aber sie kannte seine Unzuverlässigkeit. Es war bereits halb eins, und um eins sollte das Spiel beginnen. »Was ist, wenn er keinen Sitzplatz mehr bekommen hat, Sam, lassen sie ihn dann trotzdem zu uns durch?« fragte sie. »Ich würde ihn wirklich gern treffen.«

»Es gibt noch genügend freie Plätze, Stel«, erwiderte Sam. »Vielleicht nicht direkt neben uns. Aber wenn er eine Karte hat, kommt er auch bis zu uns durch.« Nachdem er bezahlt hatte, verteilte Sam die Hot dogs und die Getränke. Er griff nach den Servietten und stopfte ein paar in seine Tasche. Dann nahm er noch eine Handvoll Plastiktütchen mit Senf und Ketchup. »Alles mir nach!« forderte er sie auf und führte sie zum Eingang des Stadions.

Stella hatte sich die Handtasche über die Schulter gehängt und trug vorsichtig ihren Hot dog und das Mineralwasser in beiden Händen, als sie plötzlich angerempelt wurde und ihr das Wasser über die Kleidung spritzte. »Mist!« fluchte sie. »Ich wußte, daß so etwas heute passieren würde.« Beinahe im selben Augenblick bemerkte sie, daß ihre Tasche verschwunden war. Sie ließ Hot dog und

Wasser auf den Boden fallen, rannte los und erblickte einen Mann, der durch die dichtgedrängte Menschenmenge hetzte. »Meine Handtasche!« rief sie Sam zu. »Ruf die Ordner! Ich muß sie zurückbekommen.«

Stella stieß Leute zur Seite und rannte so schnell sie konnte, entschlossen, den Dieb zu fassen und sich ihre Handtasche zurückzuholen. Die Metallteilchen waren noch darin, und ohne sie würde Holly niemals die Anklage gegen sie fallenlassen. Alle paar Meter sprang sie in die Luft und versuchte, über die Köpfe der Leute hinweg einen Blick auf den Flüchtenden zu ergattern. Der Taschendieb trug eine blaue Kappe und ein dunkles T-Shirt. Sie versuchte, ihn in der Menge auszumachen. Sam rief ihren Namen, aber sie lief weiter. Wenn sie stehenbliebe, würde der Mann in der Menschenmenge verschwinden und sie würde ihn nie wiederfinden.

Stella mußte kurz innehalten und Atem holen, als sich vor ihr zufällig eine Gruppe von Personen teilte und sie einen Blick auf eine durch die Luft schwingende Tasche erhaschte. Der Mann war nicht zu erkennen, aber sie war sich sicher, daß es sich um ihre Tasche handelte. Fast hatte sie den Dieb erreicht, als Adam sie plötzlich überholte und die Beine des Mannes umklammerte. Während beide zu Boden stolperten, versuchte Adam, dem Mann die Tasche zu entreißen.

Obwohl Stella noch einige Meter von ihnen entfernt war, sah sie, wie der Inhalt ihrer Tasche sich über den Boden ergoß. Der Mann lag jetzt auf dem Rücken, Adam saß rittlings auf ihm und hieb ihm mit den Fäusten ins Gesicht. Gleich neben den Füßen des Mannes lag das kleine Päckchen mit den Metallteilchen. Als der Mann um sich trat, schlitterte das Päckchen über den Boden und verschwand zwischen den Füßen einer Gruppe von Schaulustigen, die, auf einer Seite des Ganges aneinandergedrängt, die Szene tatenlos beobachteten.

»Laß ihn los, Adam«, schrie Stella. »Laß ihm die Tasche. Wenn er weiter nichts will, ist es mir egal. Er kann sie behalten.«

Plötzlich bemerkte Stella einen dunklen Gegenstand, der auf dem Boden direkt neben ihrer Haarbürste lag. Ein paar Sekunden lang wußte sie nicht, was es war. Aber als es ihr klar wurde, blieb sie wie angewurzelt stehen.

Der Revolver, den Brenda ihr gegeben hatte, lag wenige Zentimeter von der einen Hand des Mannes entfernt. Stella hatte völlig vergessen, daß er noch in der Tasche gewesen war. »Die Waffe!« schrie sie, lief ein paar Schritte vor und warf sich auf den Bauch. Mit ausgestreckten Händen versuchte sie, den Revolver zu packen. Der Mann grunzte und stieß Adam von seiner Brust. Stellas Finger berührten die Waffe, aber Adam landete auf ihr, und der Revolver entglitt ihr. »Schnell, Adam«, keuchte sie. »Tritt gegen den Revolver. Versuch nicht, ihn aufzuheben.« Stella wußte, daß die Waffe geladen war, und sie befürchtete, daß sie versehentlich losgehen würde, wenn Adam sie aufhob.

Stella kam auf die Füße. Als sie sich umdrehte, war die Waffe jedoch verschwunden. Sie hörte, wie Adam aufschrie, und sah, daß der Mann einen Arm um die Kehle des Jungen gelegt hatte. Er hielt Adam wie einen Schutzschild vor sich und floh rückwärts den Gang entlang. Wieder vernahm Stella Sams Stimme und rief ihm zu: »Die Waffe, Sam! Wo ist die Waffe?« Immer mehr Schaulustige hatten sich in dem Gang zusammengedrängt und bildeten jetzt eine nahezu undurchdringliche Mauer zwischen ihr und Sam. Sam versuchte sich durch die Menschenmenge zu kämpfen. Stella drehte sich wieder zu Adam um und erstarrte. Der Mann hatte die Waffe an Adams Schläfe gelegt. In diesem Moment lief Sam an Stella vorbei, um seinen Sohn zu befreien. »Zurück!« gellte eine laute Stimme. »Zurück oder ich erschieße ihn!«

Die Schaulustigen schraken zurück und stießen sich gegenseitig um, während eine allgemeine Panik ausbrach. Getränke, Hot dogs und Servietten flogen umher. Leute rutschten aus, stürzten und rappelten sich wieder auf. Stella konnte das Gesicht des Mannes nicht erkennen, da er die Kappe weit in die Stirn gezogen hatte und sein Gesicht hinter Adam versteckt hielt. »Großer Gott, nein!« kreischte Stella. »Nicht schießen! Lassen Sie ihn gehen! Nehmen Sie die verdammte Tasche. Aber lassen Sie ihn um Gottes willen frei!«

Voller Entsetzen über die Szene, die sich vor seinen Augen abspielte, kam Sam schlitternd zum Stehen. »Lassen Sie den Jungen gehen«, flehte er mit zitternder Stimme. »Bitte, er ist doch noch ein Kind.«

Zwei uniformierte Ordner mit Funkgeräten eilten zum Schauplatz. Als sie sahen, was los war, sagte einer von ihnen: »Die Polizei ist schon unterwegs.« Dann drehte er sich zu seinem Kollegen um. »Gib durch, daß es sich um eine Geiselnahme handelt. Sie sollen sich beeilen und die Spezialeinheit informieren. Wer weiß, womit wir es noch zu tun bekommen.« Der Ordner sah zu den Türen, die ins Innere des Stadions führten. Die Leute liefen zwischen ihren Plätzen, den Imbißständen und den Toiletten hin und her. »Ein paar Männer sollen die Türen sichern«, rief er seinem Kollegen zu. »Veranlasse eine Durchsage im Stadion. Die Leute können hier nicht so herumlaufen. Wenn die Situation eskaliert, könnten jede Menge Unbeteiligte verletzt werden.«

Während Stella wie versteinert dastand, redete Sam immer noch auf den Mann ein, daß er Adam gehenlassen solle. »Nehmen Sie mich als Geisel«, bot er an und näherte sich langsam, Schritt für Schritt. Er griff in seine Brieftasche und zog ein Bündel Geldscheine heraus. »Hier sind ein paar hundert Dollar. Lassen Sie den Jungen gehen, das Geld gehört Ihnen. Der Junge nützt Ihnen doch nichts.«

Adams Gesicht war kreidebleich. Sein Blick zeigte panische Angst. Er versuchte ein paarmal, sich aus dem Griff des Mannes zu befreien, aber Sam rief ihm zu: »Beweg dich nicht, Adam! Bleib ganz ruhig, er wird dir nichts tun. Er wird nicht ins Gefängnis wollen.« Inzwischen waren alle Schaulustigen verschwunden, und Sams Stimme hallte in dem leeren Gang. »Ich bin Anwalt«, versuchte er weiter, an die Vernunft des Mannes zu appellieren. »Wenn Sie ihn jetzt loslassen, werden Sie lediglich wegen versuchten Diebstahls belangt. Wenn ihm allerdings etwas geschieht, kommen Sie ins Zuchthaus. Das wollen Sie doch nicht. Seien Sie vernünftig, und lassen Sie ihn frei.«

Der Mann hielt Adam immer noch im Würgegriff, die Waffe bohrte sich in die Schläfe des Jungen. Adams Gesicht war schweißüberströmt. Stella wußte, daß er Todesangst ausstand. Sie fühlte sich vollkommen hilflos. Irgend etwas mußte geschehen! »Die Waffe«, sagte sie zu Sam. »Sie war in meiner Tasche.«

»Was sagst du da?«

»Brenda Anderson hat mir den Revolver gegeben«, sagte sie. »Seit sie angeschossen worden war, hatte ich sie immer dabei.«

»Mist!« fluchte Sam. Er zitterte am ganzen Körper. »Warum trägst du eine verdammte Waffe mit dir herum? Ist sie geladen?«

Stella nickte und schlang sich die Arme um ihren Oberkörper.

Im Stadion ertönte eine Lautsprecherdurchsage. Die Besucher wurden aufgefordert, auf ihren Sitzen zu bleiben und das Stadion nicht zu verlassen, bis die Polizei die Gänge gesichert hätte. Der Ansager versuchte, die Leute zu beruhigen, und versicherte, es bestehe keine Gefahr, da es sich nur um eine Polizeiaktion aus geringfügigem Anlaß handle, aber noch bevor die Lautsprecherdurchsage beendet war, sprangen die Menschen von ihren Sitzen auf und eilten die Treppen zu den Ausgängen empor. Die Spieler standen unschlüssig auf dem Spielfeld herum. Mehrere Trainer und andere Sportfunktionäre steckten die Köpfe zusammen und versuchten, zu einer Entscheidung über das weitere Vorgehen zu gelangen. Einer der Trainer, die über Kopfhörer und Mikrofon mit der Spielaufsicht in Verbindung standen, erkundigte sich dort: »Spielen wir heute noch oder nicht? Was ist da draußen los?«

»In einem Gang ist ein Mann mit einer Waffe«, berichtete ihm die Aufsicht. »Die Polizei ist schon unterwegs. Die Ordner sagen, daß ein Junge gekidnappt wurde.«

»Wenn Sie nicht wollen, daß sich die Leute zu Tode trampeln«, sagte der Trainer, »würde ich vorschlagen, daß wir spielen. Wenn wir das Spiel unterbrechen, befürchten die Besucher das Schlimmste und geraten in Panik.«

Das Spiel ging weiter.

Die Menschen waren jedoch bereits zu Hunderten zu den Ausgängen geeilt und trommelten mit den Fäusten gegen die Türen. Die Ordner hatten die Türen von außen verriegelt und waren vor allen Ausgängen postiert. Die Türen ächzten jedoch unter dem mit zunehmender Hysterie steigenden Druck und drohten nachzugeben.

Stella und Sam hatten sich nicht von der Stelle bewegt. Mehrere Sicherheitsleute standen neben ihnen. Der Kidnapper begann erneut, rückwärts zu gehen, und zog Adam mit sich. Sam, Stella und die Sicherheitskräfte folgten ihm zunächst, blieben dann aber stehen, weil sie befürchteten, daß der Mann in Panik geraten und abdrücken könne. Adam wäre auf der Stelle tot.

»Wenn er sich weiter zurückzieht«, flüsterte einer der Ordner, »kommt er ins Treppenhaus. Wir verschwinden jetzt hier und tauchen hinter ihm wieder auf. Er darf keinesfalls über die Treppe auf die andere Seite gelangen.«

»Nein«, schrie Sam. »Unternehmen Sie nichts! Er wird meinen Sohn töten. Warten Sie auf die Polizei. Die ist für solche Situationen ausgebildet. Wenn Sie jetzt versuchen, ins Stadion zu gehen, stürmen die Leute die Türen und rennen in Panik alles nieder. Dann flippt der Kerl mit Sicherheit aus.«

Der Ordner zuckte mit den Schultern. »Der Ausgang zum Parkplatz ist direkt unten an der Treppe. Wenn der Kerl es schafft, mit dem Jungen nach draußen zu kommen …«

Sam sah zu Stella, dann wieder zu dem Ordner. Er drehte sich einmal fast im Kreis herum, strich sich mit den Fingern durchs Haar und zerbrach sich den Kopf, was er am sinnvollsten unternehmen konnte. Als er wieder auf den Mann blickte, der Adam gefangenhielt, war dieser inzwischen um einen weiteren Meter zur Treppe zurückgewichen. »Tun Sie es«, sagte er leise. »Versperren Sie aber nur den Ausgang. Sie dürfen ihn nicht stellen. Unternehmen Sie nichts, es sei denn, er versucht, meinen Sohn aus dem Stadion zu bringen.«

Die Ordner rannten davon und ließen Stella und Sam bis zum Eintreffen der Polizei allein zurück. »Die Polizei ist unterwegs!« schrie Sam. »Wenn Sie nicht festgenommen werden wollen, lassen Sie den Jungen jetzt gehen. Noch haben Sie die Möglichkeit zu fliehen. Die Treppe ist direkt hinter Ihnen, und am Fuß der Treppe befindet sich ein Ausgang. Wir werden Sie nicht verfolgen. Darauf haben Sie mein Wort!«

Adams Beine hingen schlaff herab. Sein Gesicht war inzwischen dunkelrot. Als Stella an ihm hinuntersah, erblickte sie vorne auf seiner Hose einen dunklen Fleck. Der Junge konnte seine Blase nicht mehr unter Kontrolle halten. Tränen strömten über Stellas Gesicht. Adam hatte solche Angst, und sie konnten nichts tun, um ihm zu helfen. »O Gott«, sagte sie und zupfte an Sams Hemd. »Wir müssen etwas unternehmen. Wir können nicht einfach hier herumstehen. Er hat solche Angst, Sam. Sieh ihn dir an!«

»Wenn Adam überleben soll, haben wir keine andere

Wahl, Stella«, erwiderte Sam gequält. »Wenn wir näher herangehen, bringt er ihn um.«

Hinter sich hörten sie die Schreie der Menge, als die Sicherheitskräfte die Türen öffneten und versuchten, sich einen Weg durch die Menschen zu bahnen, um zu ihnen zu gelangen. Die Ordner hatten keine Chance gegen die Menschenflut, die aus dem Stadion quoll. Stella hörte hinter sich das Stampfen von Füßen und griff nach Sam. »Sieh nur!« kreischte sie. »Sie geraten in Panik, genau wie du gesagt hast.«

Stella schrie aus vollem Halse: »Zurück!« Sie gestikulierte heftig mit den Armen, um die Leute zu warnen. »Zurück! Er hat eine Waffe. Sie werden erschossen, wenn Sie nicht zurückgehen!«

In dem Lärm der Menschenmenge gingen Stellas Worte unter. Auch Sams Stimme erhob sich dröhnend, und mit einem Mal drehte die Menge ab und bewegte sich in die entgegengesetzte Richtung davon. Mehrere Personen stolperten und stürzten, und Stella und Sam eilten zu ihnen, um zu sehen, ob alles in Ordnung war. Da niemand verletzt zu sein schien, zeigten sie den Leuten rasch den Weg zum Ausgang auf der gegenüberliegenden Seite des Stadions.

Stella und Sam gingen wieder zurück und warteten in der Nähe von Adam und dem Taschendieb, wobei sie einander festhielten, wie um sich gegenseitig zu stützen. Obwohl nur wenige Minuten vergingen, kam es ihnen vor, als dauere es Stunden, bis fünf oder sechs uniformierte Polizeibeamte auf sie zugelaufen kamen. Mehrere Beamte in Zivil folgten den Uniformierten. Stella war erstaunt, unter den Männern Carl Winters zu entdecken.

Winters zog Stella beiseite, während die anderen Polizisten mit Sam sprachen und versuchten, sich einen Überblick über die Situation zu verschaffen.

»Was ist passiert?« fragte Winters. Er keuchte und war

vom Laufen völlig außer Atem. Sein grauer Stetson saß grotesk verrutscht auf seinem Kopf.

»Er hat meine Handtasche gestohlen«, sagte Stella. »Als Adam ihn dann angriff, muß er irgendwie an die Waffe gekommen sein. Was tun Sie eigentlich hier? Ich dachte, Sie beschäftigen sich nur mit Mordfällen.«

»Ich werde auch als Vermittler bei Geiselnahmen eingesetzt«, erläuterte er. »Haben Sie die Person vorher schon einmal gesehen?«

»Natürlich nicht«, sagte Stella. »Wir konnten allerdings bisher sein Gesicht nicht erkennen. Er versteckt sich hinter dem Jungen. Die wenigen Male, die wir einen Blick auf ihn werfen konnten, war sein Gesicht fast vollständig von dieser verdammten Kappe verdeckt.«

Winters bat einen der Männer um ein Megaphon. Stella begriff nicht, wozu er das Gerät brauchte, denn sie befanden sich nahe genug bei Adam und seinem Kidnapper, und Stimmen übertrugen sich in dem leeren Gang ausgezeichnet. Die Polizei von Houston hatte mittlerweile die Ausgänge abgesichert, und bis auf die Betroffenen und die Polizisten war der Gang menschenleer.

»Hören Sie«, sprach Winters in das Megaphon. »Hier spricht Detective Winters von der Polizei. Werfen Sie die Waffe vor sich auf den Boden, und lassen Sie den Jungen gehen. Sie haben keine Chance, aus dem Stadion zu entkommen. Alle Ausgänge sind von unseren Leuten besetzt. Sie können nirgends hin.«

Stella stand neben Winters. Sowohl der Einsatzleiter, ein Captain, als auch ein Lieutenant waren inzwischen eingetroffen. »Hat er irgendwelche Forderungen gestellt?« fragte der Einsatzleiter an Winters gewandt. »Will er Geld, einen Fluchtwagen?«

»Nicht, daß ich wüßte«, erwiderte Winters.

Der Captain sah Stella an, und sie schüttelte verneinend den Kopf.

»Das ist ein bißchen merkwürdig, finden Sie nicht auch?« fuhr der Einsatzleiter fort. Sein Name war Paul McKeown, und er war ein dunkelhaariger, stämmiger Mann Mitte oder Ende Vierzig. »Normalerweise wird bei Geiselnahmen immer verhandelt. Die Kidnapper versuchen, ihre Forderungen durchzusetzen, und lassen im Gegenzug die Geiseln frei.«

»Haben Sie irgendeine Idee?« fragte Winters den Captain. »Der Kerl hat noch kein Wort mit mir gewechselt. Ich glaube, wir haben es mit einem Psychopathen zu tun.«

McKeown benutzte Winters' Funkgerät. »Schicken Sie Sanders und seine Leute her«, befahl er. »Möglicherweise müssen wir den Kerl erledigen.«

Stella verkrampfte sich. Sie wußte, daß der Einsatzleiter soeben eine Spezialeinheit der Polizei angefordert hatte. »Sie können keine Scharfschützen einsetzen«, sagte sie. »Er hält den Jungen als Schutzschild vor sich. Wenn Sie ihn erschießen wollen, treffen Sie möglicherweise das Kind.«

Die Augen des Einsatzleiters wurden schmal, als er die Situation überdachte. Dann wandte er sich an Stella. »Wissen Sie eigentlich, wie gut diese Jungs sind? Die holen auf zweihundert Meter eine Fliege von der Wand. Die Situation hier könnte bald außer Kontrolle geraten. Der Kerl kann jeden Moment Panik kriegen und den Jungen umbringen.« Er nahm Winters das Megaphon aus der Hand. »Hier spricht Captain McKeown. Wie heißen Sie, und was wollen Sie? Sagen Sie uns, was wir tun können, um dieser Sache ein friedliches Ende zu bereiten.«

Schweigen.

Sechs schwarzgekleidete Männer erschienen plötzlich neben dem Einsatzleiter. Jeder der Männer war mit einem Schnellfeuergewehr mit Zielfernrohr bewaffnet. »Wir stecken in einer Sackgasse«, erläuterte McKeown. »Wir müssen ein Ablenkungsmanöver inszenieren, damit der Geiselnehmer gezwungen wird, sich zu bewegen. Dann können Sie einen sauberen Schuß plazieren. Wenn wir eine Leuchtkugel drüben in den Gang feuern, dreht er wahrscheinlich den Kopf, und dann schnappen Sie ihn sich.«

Plötzlich rutschte Adam auf dem Hosenboden quer über den Gang, da der Mann ihm offensichtlich einen starken Stoß versetzt hatte.

Als nächstes sah Stella, wie das Hinterteil des Mannes wie beim Start eines Wettlaufs in die Höhe schoß. Dann wurde sie von Polizisten zur Seite gestoßen, die hinter dem Mann herrannten. Der war bereits im Treppenabgang verschwunden, als ein Schuß krachte und die Polizisten stehenblieben. Ein zweiter Schuß knallte und gleich darauf ein dritter.

»Er ist im Treppenhaus«, brüllte Winters in sein Funkgerät. »Alle Mann aufpassen. Der Kerl schießt wie ein Verrückter. Nicht zurückschießen, der Junge ist noch immer in der Schußlinie.«

Die Schüsse mußten draußen gehört worden sein, denn plötzlich flogen die Türen auf, und die Polizisten wurden von einer buchstäblich rasenden Menge niedergetrampelt. Stella war noch nie zuvor Zeugin einer solchen Massenhysterie geworden. Menschen schrien und rannten in alle Richtungen. Der Einsatzleiter bellte Befehle in sein Funkgerät, und die Polizisten bildeten eine Kette, um die Menschen vor dem Bereich der Imbißbude zu stoppen. Die Beamten zückten ihre Schlagstöcke und zögerten nicht, diese einzusetzen, um die Menge auf Abstand zu halten.

Sam erschien mit Adam auf dem Arm und brachte sie beide in Sicherheit. Stella folgte ihnen. »Alles in Ordnung?« fragte er und setzte Adam hinter der Imbißbude auf den Boden. Stella ließ sich neben dem Jungen auf die Knie fallen und streichelte sanft sein Gesicht.

»Ich glaube, ich bin in Ordnung«, antwortete Adam und blinzelte zu ihnen empor. »Ich habe allerdings in die Hose gemacht. Riecht man das nicht?«

»Das passiert auch Erwachsenen manchmal«, sagte Stella und nahm sein Gesicht in ihre Hände. »Du warst so tapfer, Adam. Ich habe noch nie einen so tapferen Jungen gesehen. Du hast noch nicht einmal geweint.«

Sam ging zum Tresen der Imbißbude, um Adam etwas zu trinken zu holen. »Hier, mein Sohn«, sagte er. »Trink das. Es wird deinen Magen beruhigen.«

»Mensch, war das aufregend«, sagte Adam mit immer noch weit aufgerissenen Augen. »Wartet nur, bis ich das in der Schule erzählt habe! Ich war eine Geisel, stimmt's? Ich wette, keiner meiner Freunde hat je eine Geiselnahme live miterlebt.«

Stella lächelte voll Verwunderung über die kindliche Unverwüstlichkeit. »Dein Name wird bestimmt in allen Zeitungen stehen, Adam. Dann kannst du die Artikel über dich an deine Pinnwand heften.«

»Meinen Sie wirklich?« fragte er.

Stella stand auf. »Ich sehe mal nach, was inzwischen passiert ist«, sagte sie zu den beiden. »Ich bin in ein paar Minuten zurück.«

»Bitte, bleib hier«, bat Sam mit ängstlichem Gesichtsausdruck. »Warum willst du da hinuntergehen? Der Mann hat immerhin geschossen, Stella. Verdammt noch mal!«

»Hier oben ist kein Mensch mehr«, sagte sie und spähte hinter der Imbißbude hervor. Nachdem der Mann die Treppe hinunter verschwunden war, waren hier oben nur die Beamten zurückgeblieben, die die Menschenmenge unter Kontrolle halten sollten. »Es wird mir nichts passieren, Sam. Ich muß unbedingt etwas suchen.«

»Was denn?« fragte er.

»Ein Päckchen«, erwiderte sie. »Es ist aus meiner Tasche gefallen.« Bevor er noch weitere Fragen stellen konnte, war Stella bereits um den Imbißwagen herumgegangen und aus seinem Blickfeld verschwunden. Sie fand ihre Bürste, Puderdose und Lippenstift zwischen verschütteten Getränken, Papierschachteln, Hot dogs und anderem Abfall auf dem Boden; das Päckchen fand sie jedoch nicht. Da sie vermutete, daß es von den Polizisten oder von hysterischen Zuschauern im Laufen zur Seite gestoßen worden war, ging sie zur ersten Treppenstufe und sah hinab. Von unten waren Männerstimmen zu vernehmen, aber weder sah sie jemanden, noch verstand sie, was gesagt wurde. Das Päckchen war wahrscheinlich die Treppe hinuntergefallen und lag auf irgendeinem Treppenabsatz. Langsam stieg sie die Treppe hinunter, bevor ihr bewußt wurde, daß sie damit ein viel zu hohes Risiko einging. Soweit sie wußte, hatte die Polizei den Mann im Treppenhaus umstellt. Also ging sie an den Bankreihen entlang auf die gegenüberliegende Seite des Stadions zu. Als sie auf eine andere Treppe stieß, stieg sie diese vorsichtig hinunter.

Drei Treppenstufen vom Absatz entfernt blieb sie entsetzt stehen. Die Szene vor ihren Augen kam ihr unfaßbar vor. Ein stämmiger Polizist hielt Holly Oppenheimers Hände auf deren Rücken zusammen und preßte ihren Körper fest gegen die Wand. Sie schrie ihm lauter Unverschämtheiten ins Gesicht. »Was hat sie getan?« fragte Stella. »Sie ist nicht die Taschendiebin.«

»Ich habe ihr eine Pistole abgenommen«, antwortete der Polizist und griff nach den Handschellen an seinem Gürtel.

Stella schüttelte den Kopf, als müsse sie ihre Gedanken neu ordnen. Warum lief Holly Oppenheimer mit einer Waffe im Astrodome herum? Das ergab keinen Sinn. Warum war sie überhaupt hier?

»Sag ihm, daß ich Staatsanwältin bin«, keifte Holly und wandte ihr den Kopf zu. »Dieser dämliche Trottel glaubt mir nicht, Stella. Ich habe meine Handtasche in ein Schließfach gesperrt, daher kann ich mich nicht ausweisen.«

»Wo ist Winters?« wollte Stella wissen, deren Gedanken sich überschlugen.

»Da drüben«, sagte der Polizist und deutete hinter sich in die Richtung, wo sich eine große Gruppe Polizisten im Kreis aufgestellt hatte. »Bei dem Geiselnehmer«, fügte er hinzu. »Offensichtlich haben die beiden gemeinsame Sache gemacht. Winters und die anderen haben den Hauptverdächtigen in Gewahrsam genommen, einen Weißen, und die Komplizin hier habe ich geschnappt.«

Stella entfernte sich bereits, als der Polizist ihr hinterherrief: »Ihre Tasche haben wir übrigens gefunden!« Er ließ die Handschellen um Hollys Handgelenke schnappen.

Als Holly sich umdrehen konnte, trat sie dem Polizisten als erstes gegen das Knie. Er schleuderte sie zurück, so daß ihr Kopf hart gegen die Wand prallte. »Sie werden in dieser Stadt nie wieder einen Job bekommen«, fuhr sie ihn an und betastete ihren Hinterkopf. »Ich glaube, Sie haben mir den Schädel zertrümmert.«

»Wenn Sie nicht lernen, Ihren Mund zu halten und sich zu benehmen, werden Sie nie wieder frei herumlaufen, Lady«, warnte sie der Polizist. Er griff nach unten an sein Knie und massierte die Stelle, an der Holly ihn getroffen hatte. »Das tut ja höllisch weh. Haben Sie etwa Schuhe mit Stahlkappen an?«

Stella versuchte, zwischen den Polizisten hindurch in den Kreis zu gelangen, als einer der Männer sie am Arm zurückhielt. »Ich suche Carl Winters«, erklärte sie.

»Warten Sie da drüben«, sagte er, ohne sie wiederzuerkennen.

»Ich bin Stella Cataloni. Der Mann, den Sie gestellt haben, hat meine Tasche gestohlen. Es fehlen einige Gegenstände daraus. Ich muß sie zurückbekommen.«

Der Polizist bedachte sie mit einem merkwürdigen Blick, trat zur Seite und ließ sie vorbei. Dann sah sie den Dieb mit der Kappe und wollte ihren Augen nicht trauen. Das mußte ein Phantasiegespinst sein. Anders war nicht zu erklären, was sie da erblickte. Plötzlich stellte sich für Stella die Welt auf den Kopf, und sie stürzte ins Bodenlose. Sie mußte sich an einem der Polizisten festhalten. Ihre Knie waren butterweich, und ihr Herz hämmerte wie eine rasende Maschine.

Brad Emerson blickte in die Augen seiner Frau und sah sogleich wieder fort. Die Kappe war ihm vom Kopf gerutscht, und sein Haar glänzte silbrig unter der künstlichen Deckenbeleuchtung. Schweiß tropfte ihm vom Gesicht, sein Hemd war vollkommen durchnäßt. Seine Hände waren hinter seinem Rücken mit Handschellen gesichert. »Ich hätte dem Jungen nichts angetan«, murmelte er, ohne seinen Blick vom Boden zu lösen.

»Du hast das getan?« rief Stella aus. »Warum?«

Winters trat neben sie. »Da können wir beide nur Vermutungen anstellen«, sagte er schulterzuckend. »War in Ihrer Handtasche etwas von Interesse für ihn?«

Stella schlug die Hände vor den Mund. »Die Metallteilchen«, sagte sie. »Das ist die einzige Möglichkeit, aber wieso hätte er hinter ihnen her sein sollen?«

Winters griff in seine Tasche und zog das braune Päckchen hervor. »Meinen Sie das hier? Einer der Männer hat es auf der Treppe gefunden.«

Im Hintergrund ertönte die schrille Stimme einer Frau. Stella drehte sich um und sah, wie der Polizist, der Holly festgenommen hatte, sie zum nächsten Ausgang führte. Winters bemerkte die Szene ebenfalls, worauf seine Gesichtsfarbe einen merkwürdigen Grauton annahm. »Was zum Teufel ist hier eigentlich los?« rief er. »Das ist das Verrückteste, was ich je gesehen habe. Stecken wir mitten in einem billigen Film?«

Stella folgte Winters. »Sofort stehenbleiben«, blaffte er den Polizisten an, der Holly vor sich herschob. »Wissen Sie nicht, wer diese Frau ist? Sie haben soeben einen großen Fehler begangen, mein Freund, einen riesengroßen Fehler sogar.«

»Das ist die Komplizin«, sagte der Polizist mit selbstgefälliger Miene. »Ich habe ihr eine Waffe abgenommen.« Er zog eine bläuliche Stahlpistole aus seinem Hosenbund. »Hier! Sie wollen mir doch nicht erzählen, daß sie das Ding zu einem kleinen Picknick eingepackt hat. Sie ist eine gerissene kleine Hexe, Winters. Sie hätte mir beinahe die Kniescheibe zertrümmert.«

»Würden Sie mir jetzt bitte die Handschellen abnehmen lassen?« forderte Holly und sah Carl Winters an.

»Beruhigen Sie sich«, bat der Detective. Er nahm seinen Stetson ab und fächelte sich etwas Luft zu. »Ich werde gar nichts tun, solange ich nicht weiß, was hier gespielt wird. Was wollten Sie mit der Waffe? Wenn Sie mir diese Frage als erstes beantworten würden, Miss Oppenheimer.«

»Ich war früher schließlich selbst Polizistin, Carl«, entgegnete sie. Sie holte ein paarmal tief Luft und wandte sich dann an Stella. »Brad hat das Feuer gelegt, Stella. Ich bin hergekommen, weil ich befürchtete, daß er dir etwas antun würde. Er mußte die Metallteilchen in seinen Besitz bringen. Du weißt schon, das Feuerzeug.«

»Ich verstehe überhaupt nichts mehr«, erwiderte Stella zögernd. Sie wußte nicht mehr, was sie glauben sollte. »Das ist doch absurd, Holly. Außerdem steht noch nicht einmal fest, daß die Teile tatsächlich von einem Feuerzeug stammen.«

»Ich habe heute morgen mit Brenda Anderson gesprochen«, erklärte Holly. »Sie ist sich fast sicher, daß es sich um ein Schnappfeuerzeug gehandelt hat. Wenn Sie mir die Handschellen abnehmen lassen, *Carl*«, bat sie erneut und sprach seinen Namen dabei wie ein Schimpfwort aus, »erzähle ich Ihnen beiden die ganze Geschichte.«

»Nehmen Sie ihr die Handschellen ab«, wies Winters den Polizisten an.

Nachdem der Beamte Holly befreit hatte, trat sie vor Winters und schlug ihm mit der Faust in die Magengrube.

Es war zwar kein harter Schlag, aber er war ernst gemeint. »Ich kann es kaum fassen, daß Sie mich so lange haben warten lassen«, zischte sie. »Wofür halten Sie mich eigentlich? Für irgendeine dahergelaufene Verbrecherin?«

Winters wich einen Schritt zurück, verteidigte sich jedoch nicht. Er stand mit verwirrtem Gesichtsausdruck da und rieb sich den Magen. Schließlich trottete er zu den anderen Polizisten hinüber.

»Hör zu, Stella«, sagte Holly. »Meine Sekretärin ist schon vor ein paar Tagen darauf gestoßen, aber ich konnte das Puzzle erst heute morgen zusammensetzen. Zum Zeitpunkt des Todes deiner Eltern untersuchte dein Vater den Einsturz des Fundaments von einem Kindergarten, bei dem Kinder verletzt wurden. Die Firma Emerson Construction war mit dem Guß des Fundaments beauftragt worden, und Brad hatte beschlossen, ein wenig zu pfuschen, um mehr Geld in die eigene Tasche wirtschaften zu können. Er nahm zu wenig Zementanteile für die Mischung.« Hollys Haar war naß vor Schweiß. »Mist!« fluchte sie. »Gibt es denn hier keine Klimaanlage? Es ist so heiß wie in einem verdammten Backofen.«

Stella starrte sie wortlos an.

»So weit, so gut«, fuhr Holly fort. »Der Boden sackte ab, weil der Kindergarten auf einer ehemaligen Mülldeponie gebaut worden war, aber das Fundament hätte wahrscheinlich gehalten, wenn Brad für eine ordentliche Mischung gesorgt hätte.«

»Was hat das mit dem Feuer zu tun?« fragte Stella.

»Dazu komme ich gleich«, sagte Holly unwirsch. »Manches ist sicherlich Spekulation, aber vermutlich lief es folgendermaßen ab: Brad kannte deinen Vater ziemlich gut. Sie hatten doch versucht, gemeinsam ein Geschäft aufzubauen, und es hatte nicht geklappt, oder?«

»Ja«, bestätigte Stella. »Mein Vater hatte am Ende einen Schuldenberg von etwa dreißigtausend Dollar. Brad erzählte mir immer, das Unternehmen sei in Konkurs gegangen, weil mein Vater keine Ahnung vom Geschäft gehabt hätte.«

»Brad dürfte Gelder veruntreut haben«, vermutete Holly. »Wie dem auch sei, jedenfalls wußte Brad, daß er nach dem Einsturz des Kindergartens auf jeden Dollar, den er besaß, verklagt werden würde, und er versuchte, deinen Vater zu überreden, die ganze Sache zu vertuschen. Wäre es ihm gelungen, seine Spuren zu verwischen, wäre die Landerschließungsfirma – und nicht er – zur Verantwortung gezogen worden, denn man hatte den Kindergarten nie darüber informiert, daß es sich bei dem Grundstück um eine ehemalige Mülldeponie handelte. Dein Vater war am Tag des Unglücks bei dem eingestürzten Gebäude gewesen und hatte ein Stück vom Fundament mitgenommen. Wahrscheinlich wollte er es auf seine Zusammensetzung überprüfen lassen, um die Behörden darüber zu unterrichten. Brad fing ihn vor eurem Haus ab und stritt sich mit ihm im Vorgarten. Vielleicht versuchte er, deinem Vater Schweigegeld oder etwas anderes anzubieten.« Sie zuckte mit den Schultern. »Die anschließenden Ereignisse lassen darauf schließen, daß dein Vater sich weigerte, gemeinsame Sache mit ihm zu machen.«

»Ja.« Stella sah die beiden sich streitenden Männer im Geiste wieder vor sich. »Die Stimme«, sagte sie leise. »Ich habe die Stimme wiedererkannt, aber nicht gewußt, wem ich sie zuordnen sollte.«

»Das ist kein Wunder«, sagte Holly. »Ich bezweifle, daß du jemals daran dachtest, daß es sich um die Stimme deines Ehemannes handeln könnte. Ich glaube, nicht einmal ich wäre darauf gekommen.« Sie hielt für ein paar Sekunden inne und wischte sich mit einem Zipfel ihres T-Shirts über ihr verschwitztes Gesicht. »Brad muß durch den Keller ins Haus gekommen sein. Vielleicht hatte er gar nicht die Absicht, Feuer zu legen. Wahrscheinlich wollte er nur das Stück Beton stehlen, um mehr Zeit zu gewinnen.«

»Warte«, sagte Stella. »Ich glaube, du hast recht. Ich hörte, wie der Mann zu meinem Vater sagte, er würde am nächsten Tag mit mehr Geld zurückkommen.«

»Der Schriftzug auf den Metallteilchen muß ›Emerson Construction‹ gelautet haben«, sagte Holly. »Darum wollte er sie unbedingt haben. Ich bin sicher, er hat Tom Randall aus demselben Grund getötet. Dein Onkel hat auf dich geschossen – aber nur wegen des Rentenbetrugs; er wußte, daß du und Anderson die Wahrheit herausfinden würdet. Dein Tod wäre seine einzige Chance gewesen, sich der Verurteilung zu entziehen.«

»Aber das Feuer ...«, sagte Stella verwirrt. »Warum hat Brad das Feuer gelegt?«

»Wie schon gesagt«, fuhr Holly fort, »wahrscheinlich hatte er gar nicht die Absicht, das Haus niederzubrennen. Vermutlich benutzte er sein Feuerzeug, um herumzuleuchten. Er wollte im Keller kein Licht machen, weil er nicht das Risiko eingehen wollte, daß der Lichtstrahl unter der Tür entdeckt würde. Vermutlich hat er versehentlich Papier oder sonst irgend etwas Brennbares entzündet. Ob er wußte, daß er damit ein Höllenfeuer entfachen würde – das kann Brad uns nur selbst erzählen.«

»Wir hatten einen Brenner mit offener Flamme«, sagte Stella. »Er ist vielleicht zu nahe an ihn herangekommen, ohne zu erkennen, was er damit anrichten würde.«

»So sehe ich das nicht«, sagte Holly. »Aber du kannst natürlich glauben, was du willst.«

»Nein«, sagte Stella und trat näher an Holly heran. »Sag mir, was du denkst!«

»Meiner Meinung nach hatte Brad das Stück Beton im Keller gefunden, bevor er das Haus verließ, ohne zu merken, daß er ein Feuer entfacht hatte«, sagte sie. »Zu Beginn war der Brandherd wahrscheinlich sehr klein. Randall kam ja auch durch den Keller ins Haus, du erinnerst dich? Laut seiner Aussage hatte das Kellerfenster offengestanden. Das heißt, daß Brad bereits dort gewesen war und das Haus wieder verlassen hatte.«

»Aber Randall hätte es bemerkt, wenn es dort schon gebrannt hätte«, wandte Stella ein.

»Es hatte gerade erst angefangen zu brennen, verstehst du?« fuhr Holly fort. »Am Anfang waren es wahrscheinlich nur ein paar Funken, und die haben sich dann ausgebreitet. Wäre er direkt an den Brenner gekommen, Stella, wäre das ganze Haus sofort in die Luft geflogen. So war es aber nicht. Das Feuer züngelte eine Weile vor sich hin und hat sich vielleicht erst später zum Brenner hin ausgeweitet. Aber zu diesem Zeitpunkt war Brad längst wieder fort.«

»Und warum hat er Randall umgebracht?«

»Das mußte er tun«, lautete die Antwort. »Nachdem er von Randalls Aussage erfahren hatte, wußte er, daß der Fall erneut aufgenommen werden würde. Er konnte unmöglich das Risiko eingehen, daß jemand die Wahrheit aufdecken würde. Wenn Brad der Mann war, der sich mit deinem Vater im Vorgarten stritt«, fügte sie hinzu, »war die Gefahr für ihn zu groß, daß Randall ihn gesehen hatte und möglicherweise identifizieren konnte. Folglich tötete Brad den einzigen Augenzeugen, die einzige Person, von der er annahm, daß sie ihn hinter Gitter bringen könnte.«

»Großer Gott«, sagte Stella. Sie konnte kaum glauben, was sie da hörte. Mit der Hand tastete sie über die Narbe in ihrem Gesicht, während sie über ihre Schulter zu ihrem Mann sah.

»Nicht einmal der liebe Gott persönlich würde diesen Kerl auch nur mit einer drei Meter langen Kneifzange anfassen«, bemerkte Holly wütend. »Der Mistkerl hat dich danach sogar noch geheiratet. Abgesehen von den rechtlichen Verstrickungen – wie würdest du dich fühlen, wenn du dafür verantwortlich wärst, daß deine Frau für den Rest ihres Lebens entstellt ist? Ich denke, Brad muß eine Heidenangst davor gehabt haben, daß du ihm auf die Schliche kommen würdest, Stella. Mindestens genauso sehr wie vor dem Gefängnis.«

Stella biß sich in die Wange und schmeckte ihr eigenes salziges Blut. In der vergangenen Nacht hatte sie sich wie ein normaler Mensch gefühlt – jetzt war sie wieder die Entstellte. »Warum hat er mich nur geheiratet?« fragte sie.

»Warum nicht?« gab Holly kühl zurück. »Du hast ihm leid getan. Die ganze Sache muß ihn sehr mitgenommen haben. Was hatte er dir nicht alles angetan! Wer weiß? Vielleicht dachte er, eine Ehe mit dir sei der beste Weg, um den Fall unter Kontrolle zu behalten und für immer sicherzugehen, daß die Wahrheit niemals ans Tageslicht kommen würde.« Als sie Stellas Bestürzung sah, fügte Holly hinzu: »Er könnte Randall auch getötet haben, um dich zu beschützen, Stella. Vielleicht besitzt er noch ein paar menschliche Züge. Vielleicht konnte er den Gedanken nicht ertragen, daß du möglicherweise für ein Verbrechen bestraft werden solltest, das er begangen hat. Er hatte dir schon so viel Schlimmes angetan. Erst als er neulich im Gerichtssaal erfuhr, daß wir das Feuerzeug untersuchen wollten, wurde ihm klar, daß er die Metallteile um jeden Preis in seinen Besitz bringen mußte.«

»Er brach in Marios Apartment ein, fand die Teile aber nicht«, stellte Stella fest.

»Ja. Und anschließend kam er zu mir«, sagte Holly. »Er dachte, du hättest mir die Metallteile schon zurückgegeben. Als ich ihm sagte, ich hätte dich seit der Anhörung nicht mehr gesehen, nahm er an, daß du die Beweisstücke noch hättest und sie, wie Frauen dies zu tun pflegen, in deiner Handtasche aufbewahrtest.« Holly räusperte sich. »Es tut mir leid, Stella. Nachdem ich die Geschichte entwirrt hatte, habe ich versucht, so schnell wie möglich hierher zu kommen. Ich rief Mario an, weil ich wissen wollte, wo du stecktest, und erfuhr, daß du hier im Astrodome seist. Nur wenige Minuten vor meinem Anruf hatte Brad mit Mario telefoniert und behauptet, du müßtest ein paar wichtige Papiere unterschreiben. Brad wußte also auch, daß du im Astrodome warst, und überdies kannte er deinen Sitzplatz. Ich hatte befürchtet, daß er dich töten würde, um sich in den Besitz der Metallteile zu bringen. Deshalb bin ich hergekommen.« Holly hielt inne und starrte Stella an. »Ich bin froh, daß es so ausgegangen ist und daß niemand ernsthaft verletzt wurde.«

»Wo ist Mario?« fragte Stella. »Ist er mit dir zusammen gekommen?«

»Ja«, bestätigte Holly. »Aber wir haben uns auf der Suche nach dir getrennt. Als ich die Schüsse hörte, zog ich meine Waffe. Und dann kam dieser idiotische Polizist ... Mario ist wahrscheinlich irgendwo in der Menge steckengeblieben.«

Lange Zeit blickten sich die beiden Frauen wortlos in die Augen. Stella trat einen Schritt näher, blieb jedoch wieder stehen. Holly sagte: »Ich hab' doch nur meine Arbeit gemacht, Stella. Minor und Winters redeten mir ein, daß du schuldig seist. Ich habe diesen Stein nicht ins Rollen gebracht.«

»Ich kann kaum fassen, was du herausgefunden hast«, brachte Stella hervor und massierte ihre Schläfen. »Noch schwerer fällt es mir zu glauben, du könntest dir über meine Sicherheit Gedanken gemacht haben. *Du* bist gekommen, um *mich* zu retten? Es tut mir leid, Holly, aber in dieser Hinsicht hat mein Vertrauen erheblich gelitten.«

»Warum hätte ich sonst kommen sollen?« entgegnete Holly beleidigt. Wenige Augenblicke später entspannten sich ihre Gesichtszüge wieder. »Also, Stella? Verzeihst du mir? Keine Gemeinheiten mehr, einverstanden?« Sie hielt Stella die Hand entgegen, doch da Stella nicht reagierte, ließ sie ihre Hand schließlich wieder sinken.

»Weißt du was?« sagte Stella. Die Polizei hatte inzwischen die Ausgänge geöffnet, und die Leute strömten an ihnen vorbei. Sie wurden angerempelt, und der Krach erschwerte die Unterhaltung. »Du bist eine gute Staatsanwältin, Holly«, schrie sie über den Lärm hinweg. »Aber du bist die schlimmste Hexe, die mir je begegnet ist. Du könntest mich aus dem Maul eines Hais befreien, aber auch dann wäre ich nicht sicher, ob ich dir jemals vergeben könnte.«

»Herzlichen Dank.« Holly sah, wie Stella sich umdrehte und davonging. Ein paar Jugendliche rannten an ihr vorbei und rempelten sie so heftig an, daß sie stürzte und mit ausgestreckten Beinen auf dem Hosenboden landete. Sie erhob sich nicht, sondern blieb auf dem Boden sitzen und starrte ins Leere.

Eine Stunde war inzwischen vergangen. Stella, Sam und Adam standen vor dem Astrodome und beobachteten, wie ein Polizeibeamter Brad auf die Rückbank eines Polizeiwagens schob. »Sie waren wirklich mit diesem Kerl verheiratet?« fragte Adam. »Kein Wunder, daß Sie sich von ihm scheiden lassen wollen.«

Stella entdeckte Mario in der Nähe auf dem Gehweg, eilte zu ihm und umarmte ihn. Sie flüsterten eine Weile miteinander, dann sah Stella über die Schulter zurück zu Sam und Adam. Nachdem der Polizeiwagen mit Brad davongefahren war, nahm sie Mario bei der Hand und führte ihn zu Sam und Adam. »Das ist mein Bruder, Mario Cataloni«, stellte sie ihn vor. »Mario, das sind Sam Weinstein und sein Sohn Adam.«

»Nett, Sie kennenzulernen«, sagte Sam mit dem Anflug eines Lächelns, während er Mario die Hand schüttelte. »Es ist schade, daß Sie das Spiel verpaßt haben, aber wenigstens hat sich alles zum Guten gewendet.«

»Ich wurde als Geisel genommen«, berichtete Adam stolz. »Für den Fall, daß Sie Ihren Freunden erzählen wollen, daß Sie mich kennengelernt haben.«

»Und ich bin der Typ, der keine Ahnung von Computern

hat«, sagte Mario und schüttelte Adams Hand. »Wir haben schon miteinander telefoniert, erinnerst du dich?«

»Also«, Stella schaltete sich mit einem Seufzer ein, »wir sollten jetzt aufbrechen. Ich sterbe vor Hunger. Laßt uns in ein nettes Restaurant gehen und ganz in Ruhe etwas essen. Dann könnt ihr euch ausgiebig kennenlernen.«

»Ich will aber lieber einen Hot dog«, bettelte Adam. »Ich wollte gerade in meinen reinbeißen, als alles passierte. Ich möchte nicht in einem vornehmen Restaurant essen. Wenn ich schon das Spiel nicht sehen konnte ...«

Stellas Verlobungsparty fand ein paar Blocks vom Astrodome entfernt an einem Imbißstand statt. »Das war nicht unbedingt das, was mir vorschwebte«, sagte sie zu Sam und ließ ihre Serviette und die leere Mineralwasserdose in den Abfallkorb fallen. Mario und Adam unterhielten sich an einem kleinen Tisch ein paar Meter weiter.

»Stimmt«, sagte Sam. »Aber du mußt auch das Positive daran sehen.«

»Was soll daran positiv sein?« fragte Stella. »Daß es nun endlich vorbei ist und ich wieder nach Dallas zu den Trümmern meines Lebens zurückkehren kann?«

Sam lächelte und legte seinen Arm um ihre Schultern. »An besonders schlimme Erlebnisse erinnert man sich oft nur schwer«, sagte er. »Ich bezweifle aber, daß du den heutigen Tag jemals vergessen wirst, oder? Es ist schließlich der Tag, an dem ich dir einen Heiratsantrag gemacht habe. Auch wenn du mich abgewiesen hast, bleibt dir doch wenigstens meine Frage in Erinnerung.«

»Das liebe ich so an dir, Sam«, antwortete sie und gab ihm einen flüchtigen Kuß auf die Wange. »Selbst in den schlimmsten Situationen schaffst du es immer noch, etwas Positives zu entdecken.«

EPILOG

Sam, Stella und Adam warteten im Flur vor dem Gerichtssaal in Houston. Nach sechsmonatiger Verhandlung hatte Brad ein Geständnis bezüglich der Anklagepunkte der fahrlässigen Tötung von Stellas Eltern und des vorsätzlichen Mordes an Tom Randall unterschrieben. Im Gegenzug ließ die Staatsanwaltschaft die restlichen Anklagepunkte fallen, ohne Versprechungen hinsichtlich des Strafmaßes abzugeben.

»Wohl gekommen, um zu sehen, welche Beute die Katze angeschleppt hat?« sagte Stella mit einem Lächeln, als sie Mario auf sich zueilen sah. Seine Cowboystiefel klapperten auf dem Fußboden.

»Bin ich zu spät?« fragte Mario gehetzt. »Ist die Verhandlung schon vorbei?«

»Nein«, sagte Stella. »Dieses Mal bist du ausnahmsweise pünktlich.«

Mario umarmte seine Schwester. »Ich bin schon seit sechs Monaten clean, Stel, und mein letztes Wochenende im Gefängnis habe ich auch abgesessen. Ich habe alles hinter mir.«

»Ich bin stolz auf dich«, gab sie lächelnd zurück.

»Ich habe ein paar tolle Schwarzweißaufnahmen geschossen«, fügte er hinzu. »Eine Galerie in Dallas will meine Bilder ausstellen. Ich spiele mit dem Gedanken, wieder nach Dallas zu ziehen. Was hältst du davon?«

»Das fände ich großartig«, sagte sie. »Nach allem, was passiert ist, kannst du dir vorstellen, daß Houston nicht mehr zu meinen Lieblingsstädten zählt. Ich fände es toll, wenn du wieder nach Dallas zurückkämst, Bruderherz. Dann könnten wir uns häufiger sehen.«

Alle blickten auf, als Holly mit Frank Minor den Korridor entlangkam. Sie trug ein maßgeschneidertes Kostüm, ihre Haarfarbe war jetzt dunkelbraun, und sie hatte ein paar Pfund zugenommen, wodurch ihr Gesicht hübscher und weicher erschien. Sie nickte Stella zu und schüttelte Sam die Hand. »Wie geht es unserem kleinen Helden?« fragte sie Adam.

»Es ist nicht gerade freundlich, meine Körpergröße zu kommentieren«, sagte Adam. »Außerdem bin ich genauso groß wie Sie.«

»Wenn du einmal so alt bist wie ich, darfst du dich auch über meine Körpergröße äußern«, erwiderte Holly. »Aber bis dahin, mein Junge, solltest du dein Plappermaul lieber geschlossen halten, sonst könnte es dir einmal jemand stopfen.« Sie stieß die Tür zum Gerichtssaal auf und trat mit Minor ein.

»Vielleicht sollten wir jetzt auch hineingehen und uns Plätze sichern«, sagte Stella. »Sonst ist nachher alles besetzt.«

Mario fuhr herum, als er eine Frau langsam den Gang entlangkommen sah. Brenda Anderson wirkte dünn und irgendwie zerbrechlich, aber sie lächelte über das ganze Gesicht.

Bei ihnen angelangt, umarmte sie Stella stürmisch und drückte sie fest an sich. »Es tut so gut, dich zu sehen«, sagte sie. »Ich habe dich wirklich vermißt, Stella.«

»Hat Mario dich im Krankenhaus besucht, wie ich es ihm aufgetragen hatte?« fragte Stella. »Wenn nicht, kann er sich auf etwas gefaßt machen.«

»O ja«, bestätigte Anderson und blickte Mario an. »Er war wunderbar, Stella. Er hat mich jeden Tag besucht. Er hat meine Mutter um den kleinen Finger gewickelt und sogar meinen Vater beim Kartenspiel gewinnen lassen.«

Da sie nun alle versammelt waren, gingen sie in den Gerichtssaal, wo sie Plätze in derselben Reihe fanden. Die Verhandlung hatte bereits begonnen, und Holly sprach zum Richter.

»Euer Ehren, die Staatsanwaltschaft hält einen Freiheitsentzug von fünfundzwanzig Jahren für angemessen. Der Angeklagte hat sich um eine gute Zusammenarbeit mit der Staatsanwaltschaft bemüht.«

Paul Brannigan erhob sich von seinem Stuhl. »Euer Ehren.« Er sprach mit ausgeprägtem texanischem Akzent. »Die fünfundzwanzig Jahre Freiheitsentzug, die Miss Oppenheimer für angemessen hält, würden für meinen Klienten einen lebenslänglichen Gefängnisaufenthalt bedeuten. Er wäre ein kranker, alter Mann, wenn er entlassen würde.« Er legte eine effektvolle Pause ein. »Der unglückliche Tod von Mr. und Mrs. Cataloni stellt keinen vorsätzlichen Gewaltakt dar. Mein Klient betrat das Haus nicht in der eindeutigen Absicht, sie in irgendeiner Weise körperlich zu verletzen. Dieser Mann war ein angesehenes Mitglied unserer Gesellschaft. Er hat keine Vorstrafen. Er besaß und leitete sein eigenes Geschäft, bezahlte seine Steuern und ging Tag für Tag seiner Arbeit nach. Dieser Mann ist kein notorischer Verbrecher«, sagte er und blickte in Brads Richtung. »Er ist ein anständiger Mensch. Er ist es wert, daß wir hier und heute sein Leben retten.«

Der Anwalt sah auf seine Notizen, bevor er fortfuhr und dabei die Enden seines geschwungenen Schnurrbarts zwirbelte. »Diese Verbrechen stellen eine tragische Verkettung unglücklicher Ereignisse dar. Mein Klient hat sich einer Unterlassung strafbar gemacht, aber keines geplanten Gewaltaktes. Er versäumte es, der Fundamentmischung genügend Zement beizumengen.« Brannigan zuckte mit den Schultern. »Wie hätte er wissen sollen, daß das Gebäude auf einer ehemaligen Mülldeponie gebaut wurde? Wie hätte er wissen sollen, daß Kinder verletzt werden würden, daß ein Kind gar sterben würde? Viele von uns hätten unter diesem Druck gehandelt wie er, wären wie Bradley Emerson in Panik geraten. Er konnte nicht mehr vernünftig denken und beging eine irrationale Handlung. Soll er dies mit seinem Leben bezahlen?« Brannigan setzte sich und besprach sich flüsternd mit seinem Klienten.

Der Richter spähte auf Holly hinab: »Miss Oppenheimer, haben Sie noch etwas zu sagen?«

»Ja, Euer Ehren«, antwortete sie von ihrem Platz aus. »Der Angeklagte mag vielleicht nicht die Absicht gehabt haben, die Catalonis zu töten, aber sein Angriff auf Tom Randall war eindeutig vorausgeplant und bösartig. Er lockte den Mann in eine dunkle Gasse und jagte ihm eine Kugel in den Kopf, einem Mann, den er noch nie zuvor gesehen hatte. Er wußte, daß seine Ehefrau nichts mehr fürchtete als Feuer, und deshalb verfolgte er sie und setzte ihren Rock in einem unnötigen Akt der Gewalt in Brand. Er wollte sie verängstigen, sie aus der Bahn werfen.« Sie stand auf und ging um den Anwaltstisch herum. »Mr. Emerson kann froh sein, daß ihm heute nicht die Todesstrafe droht«, rief sie aus. Ihre Stimme explodierte förmlich im Gerichtssaal. »Drei Menschen mußten die Handlungen dieses Mannes mit ihrem Leben bezahlen. Mr. Brannigan stellt den Cataloni-Fall in den Vordergrund, um ein mildes Urteil zu erlangen. Denkt er etwa, das Gericht könne den gefühllosen und verabscheuungswürdigen Mord an einem Augenzeugen übersehen?« Ihre Stimme wurde leiser. »Eine Inhaftierung des Angeklagten für weniger als fünfundzwanzig Jahre wäre in jeder Hinsicht ein Fehlurteil. Die Opfer haben mit ihrem Leben bezahlt. Warum sollte dem Angeklagten nicht eine ähnliche Strafe auferlegt werden?«

»Gut«, sagte der Richter und rückte seine Brille auf der Nase zurecht, bevor er sein Urteil verkündete. »Der Angeklagte, Bradley Emerson, wird vom Strafgericht Texas zu einer Freiheitsstrafe von fünfundzwanzig Jahren verurteilt.« Er klopfte mit seinem Hammer auf das Richterpult. »Die Sitzung ist beendet.«

Brad blickte über seine Schulter zurück zu Stella. Er wirkte bereits jetzt wie ein alter Mann, dachte sie, als sie die tiefen Falten um seine Augen und die Gefängnisblässe seiner Haut bemerkte. Sie berührte die Narbe auf ihrer Wange. Lange Zeit behielt sie ihre Hand dort und rief sich ins Gedächtnis zurück, was er ihr angetan hatte. Auch wenn sie dagegen anzukämpfen versuchte, erfüllte der Moment sie mit Trauer. Brad war ihr Ehemann gewesen. Niemand konnte ein Jahrzehnt der Erinnerungen einfach abschütteln. Die Leute strömten aus dem Gerichtssaal. Stella drückte Sams Hand und wartete, bis der Gerichtsdiener Brad abgeführt hatte.

»Wann kommst du wieder zur Arbeit?« fragte Stella Brenda Anderson, während sie durch den Mittelgang den Gerichtssaal verließen. »In den vergangenen sechs Monaten ging bei uns alles drunter und drüber. Wir brauchen dich wirklich dringend im Büro.«

»Nächste Woche«, erwiderte Brenda und sah Stella in die Augen. »Hat Holly dir vom Ergebnis der Untersuchung der Metallteilchen erzählt?«

»Ja«, sagte Stella. »Ist das Leben nicht manchmal sonderbar? Das Labor konnte die Gravur nicht entziffern. Die Buchstaben waren zu sehr zerschmolzen. Ich weiß allerdings, daß Brad Feuerzeuge mit dem Namenszug ›Emerson Construction‹ besaß. Eines hatte er sogar meinem Vater geschenkt. Aber willst du die Ironie der Geschichte wissen?«

»Daß du ihn geheiratet hast?« fragte Anderson.

»Das natürlich auch«, sagte Stella. »Aber ich meine etwas anderes. Mein Vater war nämlich Nichtraucher, Brenda. Ich hatte immer eines von Brads Firmenfeuerzeugen in meinem Schließfach in der Schule. Ich zündete damit meine Wurfstäbe an, wenn wir mit Fackeln auftraten.« Sie schüttelte den Kopf. »Ich habe dieses Feuerzeug wahrscheinlich Dutzende Male angesehen, aber nach dem Tod meiner Eltern völlig vergessen.« Sie hielt inne, denn Mario trat neben Anderson. »Brad hat nicht nur das Geld meines Vaters unterschlagen, Brenda. Er zog auch jahrelang Geld aus unserem jetzigen Geschäft. Es ist nichts übriggeblieben. Und falls doch, dann können wir es nirgends finden.«

»Einmal ein Gauner, immer ein Gauner«, bemerkte Anderson.

Im Gang holte Stella Adam und Sam ein. Sie warteten gemeinsam auf Mario und Anderson, die in dem leeren Gerichtssaal zurückgeblieben waren. »Ich weiß nicht, was die beiden da drinnen noch tun«, sagte Stella. »Sie waren eben noch hinter mir.« Sie öffnete die Tür, spähte hinein und sah, daß Mario ganz dicht vor Anderson stand und seine Stirn an die ihre gelehnt hatte. Ein paar Augenblicke lang stand Stella mit offenem Mund staunend da, dann schloß sie rasch die Tür.

»Was ist los?« fragte Sam.

»Das erzähle ich dir später«, entgegnete Stella und lächelte in sich hinein. »Es gibt eine unerwartete Wendung, aber ich denke, der Fall könnte ein gutes Ende nehmen.«

Anderson und Mario traten schließlich aus dem Gerichtssaal. »Wann wollt ihr beide eigentlich heiraten?« fragte Brenda, wobei sie kurz zu Mario blickte. »Hattest du nicht gesagt, daß ihr schon einen Termin festgesetzt habt?«

Stella wurde blaß und zog Brenda zur Seite. »Adam weiß es noch nicht, Brenda. Wir haben noch keinen Termin. Ich möchte, daß auch Adam mich akzeptiert.« Sie spürte, daß jemand sie am Ärmel zupfte, und bemerkte Adam, der neben ihr stand.

Er grinste verlegen, scharrte mit den Füßen über den Boden und hüstelte vor sich hin. Stella wußte nicht, wie ihr geschah, als der Junge sich plötzlich einen Ruck gab und seine Arme fest um ihre Taille legte. »Bitte«, flüsterte er ihr ins Ohr. »Heirate meinen Vater. Dann brauche ich nicht mehr jeden Abend abzutrocknen und muß keine Gummisteaks mehr essen.«

Stella hielt eine Hand an den Mund und flüsterte zurück: »Ich kann aber auch nicht kochen, Adam.«

»Dann kannst du wenigstens den Abwasch machen«, sagte er, wobei sein Atem sie am Ohr kitzelte.

Alle schwiegen in dem Bemühen, etwas von Adams und Stellas Getuschel mitzubekommen. Als sich der Junge von Stella löste und umdrehte, fragte Sam: »Nun, erzählt ihr es uns oder nicht?«

»Ja, Stel«, stimmte Mario ein. »Was hat der Junge gesagt? Warum siehst du uns so komisch an?«

Stella schüttelte den Kopf. »Ein Mensch muß auch ein paar Geheimnisse haben«, sagte sie augenzwinkernd. Sie nahm Adam bei der Hand, und Seite an Seite verließen sie das Gerichtsgebäude.